Monika Elsen

DURCHREISE

AUTORIN
Monika Elsen
Geboren 14.01.1967 in Wittlich, Deutschland, heute wohnhaft
in der Schweiz

Mit einer grossen Portion Neugierde, Lebenserfahrung und Wissen. Immer noch auf der Suche und Reise. Viele Antworten hat sie auf ihre Warums bereits bekommen. Doch je mehr, desto mehr Fragen taten sich wiederum auf. "Des Lebens Ruf an uns wird niemals enden. Wohlan denn, Herz, nimm Abschied und gesunde. Hermann Hesse"

INHALT
Ein wenig autobiographisch – mit grösstenteils geänderten Namen – eine Zeitspanne von 20 Jahren -beleuchtet aus einer etwas anderen Perspektive – mehrdimensional oder metaphysisch? Eine Theorie, wie es hätte sein können. Wie sich alles zusammenfügen möchte - zu einem grossen Bild. Das Buch ist geflossen – als sollte es so sein.

IMPRESSUM

© Monika Elsen
2. Auflage 2024 (original 2022)
Verlag: BoD • Books on Demand GmbH, In de Tarpen 42,
22848 Norderstedt
Druck: Libri Plureos GmbH, Friedensallee 273, 22763
Hamburg

ISBN: 978-3-7597-9613-4

Monika Elsen

Durchreise

Für meine Tochter

Ich wünsche dir, dass du immer neugierig bleibst und niemals das Unmögliche ausschliesst – es ist vielleicht einfach noch nicht bewiesen!

„Wenn wir alles erforschen, werden wir die Wahrheit manchmal da finden, wo wir sie am wenigsten erwarten." (Quintilian)

Inhalt

Sie waren ein grosses Volk. Unsterblich. Weit über das Universum verstreut. Manchmal kam es Kay so vor, als würde er nicht mehr dazu gehören. Oder noch nicht. Die Versammlungen waren ihm fremd. Das Reisen machte ihm keinen Spass. Und obwohl er ein umfassendes Wissen hatte, konnte er nichts damit anfangen. So ganz ohne Ziel. Langsam setzte er sich wieder in Bewegung. Löste seinen Blick von den wundervollen Bergen und dem Sonnenuntergang, der seinen rötlichen Schimmer über die Bergspitzen goss. Ein unglaubliches Bild. Nun gut, genug nostalgische Gefühle. Er schwebte über den Gipfel, auf dem er eben noch gesessen hatte und fing an, sich auf Gesch zu konzentrieren. Gesch würde in einer Energiehöhle auf ihn warten. Weit weg, in einem anderen Sonnensystem. Er spürte, wie er sich zu einem einzigen Energiestrich zusammenballte und flog davon.

Gesch begrüsste ihn mit warmen Worten. Ihre Sprache bestand nur aus Gedanken. Gezielte Telepathie. Jeder von ihnen konnte steuern, ob nur das Gegenüber oder auch andere Mitglieder dieses grossartigen Volkes es hören sollten. Jeder von ihnen war für jeden erreichbar. Und sie kannten sich alle. Aber nun sprach Gesch allein zu ihm. Und Kay war ihm dafür dankbar. Er fühlte sich so ein wenig mehr aufgefangen. Sie setzten sich in eine in den Felsen vor Urzeiten von den Einwohnern gehauene Nische. Manche Gepflogenheiten waren ihnen selbst so ans Herz bewachsen, dass sie nicht mehr darauf verzichten wollten und es gerne bei jeder Gelegenheit nachahmten. Sitzen. Gehen. Ruhen. Ja, sogar eine menschliche Gestalt annehmen.

An der Decke und an den Wänden funkelten die wunderschönsten Kristalle. Das Licht fiel durch einen kleinen Tunnel, der nach oben führte und den Blick auf Arius, die zweite Sonne am Himmel, freigab.

Gesch wollte alles wissen. Über den Anfang. Das Ende. Kays Gefühle. Schnell spulten sich die Erinnerungen ab. Ein Gesicht tauchte auf. Ein liebliches Gesicht. Ja, das war Giselle. Seine Giselle. Er spürte immer noch die tiefe Verbundenheit zu ihr. Und kurz flackerte der Schmerz auf, als sie ihn verlassen hatte. Der Gedanke, dass sie nun doch nicht für immer verloren sein würde, tröstete ihn sofort. Aber eigentlich hatte er es auch schon zu Lebzeiten geahnt. ,Bald, Giselle! Dann wirst du wieder bei mir sein,' beendete er seinen Gedankengang. Bald. Gesch fühlte Kays inneren Aufruhr. Und lächelte wissend. „Mein lieber Kay. Lass dir ein wenig Zeit, bis du alles begreifst. Du hast die Aufgabe erfüllt, weisst du das?" Kay sah ihn verständnislos an. Hatte er etwas vergessen können? Eine Aufgabe? „Nein, du hast nichts vergessen", grinste Gesch ihn an. „Wir hatten es nie wie eine Aufgabe formuliert. Aber du bist nun eine Einheit mit Giselle – oder besser Romania. Ihr werdet für immer verbunden sein und weiter leuchten als alle nicht transformierten Sonnenkinder. Unangreifbar." Er machte eine kurze Pause. „An die Ausgangslage erinnerst du dich noch, oder?"

Kay konzentrierte sich auf den Zeitpunkt vor dem Weggang, und Bilder tauchten vor seinem geistigen Auge auf. Die Äeschs. Ein aufgetauchtes Volk, das Energie verspeiste, als wäre es Benzin für den Motor. Kurz musste er lächeln, als er an das Benzin dachte. Eine so wunderbar begrenzte Welt. Jetzt kam ihm die ganze Bandbreite seiner Existenz wieder ins Bewusstsein. Langsam löste sich der Schleier. Und die Bedrohung der Äeschs wurde erneut spürbar. Sie jagten sein Volk – die Sonnenkinder. Jeder von ihnen war eine kostbare Energiequelle. Und die Äeschs das Pendant dazu. Mit raffinierten Fallen hatten sie schon einige von ihnen eingesogen. Und von Fert, Gigs, Vae und all den anderen kam kein Signal mehr. Die

Sonnenkinder mussten davon ausgehen, dass ihre Brüder und Schwestern verloren waren. Ein Zustand, den sie nicht kannten. Kalte Schauer liefen Kay über den Rücken. Er schaute Gesch fragend an. „Ist noch Schlimmeres in der Zwischenzeit passiert?" Gesch nickte unglücklich. „Die ganze Sippe der Krals ist verschwunden. Sie antworten ebenfalls nicht mehr. Wir müssen von dem Schlimmsten ausgehen." Kay spürte einen heftigen Schmerz in seiner Brust, als er an seine alten Begleiter dachte. Es stimmte. Kein Zeichen war zu spüren. Traurig liess er seinen Blick über die Kristalle schweifen. Sie gaben ihm Trost und Stärke und er wandte sich wieder an Gesch. „Ich erinnere mich nun, dass wir über unsere Abwehr gesprochen hatten. Die einzige Waffe, die uns vor den Äeschs schützt." Gesch nickte und erwiderte: „Du hast sie für dich mitgebracht." Kay suchte in Geschs Gedanken eine Antwort auf seine Frage. Welche Waffe hatte er mitgebracht?! Da blitzte ein weiteres Erinnerungsfenster auf. Der Beginn ihrer heutigen Existenz. Der Beginn ihrer Entwicklung. Gegen die Äeschs. Er sah Greija und Laos. Wie so oft, hatte sein Volk wieder Experimente gemacht. Um noch mehr zu verstehen. Um weitere Horizonte zu beschreiten. Und war auf eine Entdeckung gestossen: Die Verschmelzung. Greija und Laos, die das Experiment begleiteten, hatten sich als Versuchsobjekt zur Verfügung gestellt. Und die anschliessende Kernfusion hatte aus ihnen eine leuchtende Einheit hervorgebracht. Man sah sie nun schon von weitem. Sie bewegten sich elegant und präzise. Ihre Harmonie war überall zu spüren, wo immer sie anschliessend auftauchten. Und ihr Wissen war allumfassend geworden. Kein Äe konnte ihnen etwas anhaben. Und genau diesen Zustand wollten sie für alle Sonnenkinder erreichen. Das Experiment war allerdings heikel gewesen. Das Risiko zu gross, dass andere Sonnenkinder womöglich nicht überleben würden. Oder sie selbst zu einem schwarzen Loch werden liess. Und so kreierte man nach langen Versuchen eine Lernumgebung, die nicht so gefährlich für sie war. Auf bewohnbaren Planeten. Nicht jeder, der an den Lektionen teilnahm, erreichte jedoch das Ziel. Ihre ursprüngliche Neutralität ohne die Ausprägung der Gefühle, ihre Fähigkeiten, alles wahrzunehmen und zu analysieren, aber auch ihre Individualität waren teilweise Hinderungsgründe.

Zu Anbeginn der Zeit waren sie alle eine friedliebende Gesellschaft gewesen. Sie spielten auf den vorhandenen Planeten in den unterschiedlichsten Sonnensystemen. Zeit und Raum waren für sie eine perfekte Spielwiese.

Doch mit der Zeit hatte sich aus ihrem Spieltrieb ein raffiniertes Jagen und gejagt werden herauskristallisiert. Sie hatten es bis zur Perfektion betrieben. Und immer dann, wenn es einen Sieger gab, jubelte das ganze Volk. Das Gefühl von Sieg und Niederlage nahm Besitz von ihnen. Und sie gierten immer mehr danach. Das Gefühl von Macht war eine grosse Energiequelle, die sie zu unvorhergesehener Stärke führte.

Schliesslich hatte Äe, der mehrere Niederlagen einstecken musste, zu einem neuen Experiment gegriffen, das ihn verändert hatte. Ein heftiges Experiment, das ihn umkehrte in ein schwarzes Loch. Er zog einige seiner engen Umgebenden mit hinein und war ab da, zusammen mit den anderen, nicht mehr greifbar. Und seitdem jagten die Äeschs die Sonnenkinder. Ein noch grösseres Machtspiel begann. Es wurden immer mehr und vor allem grössere schwarze Löscher. Und jedes Sonnenkind musste nun extrem aufpassen, um nicht in eine der vielen Fallen zu geraten. Äe war mächtiger geworden als sie. Sie hatten händeringend nach Gegenmassnahmen gesucht. Sie waren Sonnenkinder und mussten wieder stark werden, um der Nacht ein Gegengewicht zu bleiben und um zu verhindern, dass auch ihre Sonnen als ihr primärer Lebensraum eines Tages von den Schwarzen Löchern aufgesogen wurden. Also formten sie weitere bewohnbare Planeten zu ihrer eigenen Lernumgebung. Dort schufen sie Spannungsfelder, die letztendlich zu einer vergleichbaren Verschmelzung führen konnten, wie die anfängliche Kernfusion von Greija und Laos. Auf der Erde entdeckten sie perfekte Bedingungen. Nur dass die Verschmelzung weiterhin zwei Individuen entliess, die bereits einzeln heller leuchteten als jedes andere Sonnenkind. Waren sie jedoch zusammen, konnten sie durch ihre Macht noch andere Sonnenkinder beschützen. Seit dieser Entdeckung scharten sich reihenweise nicht transformierte Sonnenkinder um die transformierten. Doch seit der Entdeckung strebten von nun an alle nach Transformation. Nach Sicherheit. Nach dem Gegengewicht zu den schwarzen Löchern. Der Weg war langwierig und stand nicht jedem Sonnenkind offen. Sie waren einfach zu viele. Und waren Sonnenkinder auf der Erde, war jeglicher Kontakt und damit die Kontrolle unterbunden. Bis…

Gesch fragte ihn, ob er sich an die letzte Zeitspanne erinnern könne. Kay überlegte. Giselle war ihm sehr präsent. Sie hatten im Erdenjahr 1959 bis 1966 ihr Leben zusammen verbracht. Mehr oder weniger… Doch dann öffnete sich erneut ein Fenster. Er sah sich 1791 in Frankreich. Ja, dort hatte er Giselle das erste Mal gesehen. 1517 – hier war er auch. 1326. 1140. … Ihm wurde plötzlich bewusst, dass er viele Leben auf der Erde gelebt hatte. Hunderte? Und dann erinnerte er sich an noch etwas: Er war vorher schon einmal dort gewesen. Als Einzeller, Fisch, Dinosaurier. Bis die meisten von ihnen zurückgerufen wurden. Für einen kurzen Moment. Dann war er als Mensch zurückgekehrt. Und hatte sich weiterentwickelt. Gesch blickte ihn liebevoll an. ‚Du hast die Ausbildung erfolgreich gemeistert! Du bist verschmolzen. Du strahlst heller als die meisten von uns. Romania und du – ihr seid nun gewappnet gegen unseren grössten Feind!' ‚Aber warum ist Romania nicht bei mir?' Ein starkes Ziehen meldete sich in seiner Herzgegend. ‚Sie wartet bereits auf dich. Sie kam etwas früher als du zurück. Lass deine Ängste los und fühle hinein!'. Tatsächlich. Sobald er sich auf sie konzentrierte, war sie bereits da. Ihre Wärme umfing ihn sofort. Gesch lächelte, als er sie so sah. Kays und Romanias Schönheit strahlte und brachte alle Steine noch mehr zum Funkeln. Ihre Lichter verwoben wie ein farbiges Muster. Sie brauchten nicht mehr zu reden. Sie waren eins. Gesch liess sie gewähren, wusste er doch, dass sie die Hürde der erdgebundenen Ängste durch ihren dortigen Tod erst einmal verarbeiten mussten. Ihr helles Strahlen änderte sich von vereinzelt aufflackernden Regenbogenfarben in ein konstantes helles, warmes Licht. Dabei wurden ihre Konturen wieder deutlicher. Romania verabschiedete sich wieder. Sie wusste, das Gespräch mit Gesch war noch nicht vorbei. Und Kay setzte sich nun erneut Gesch in menschlicher Gestalt gegenüber –doch in sich ruhend und strahlend – und allwissend.

Kay runzelte die Stirn. Irgendetwas kam ihm in den Sinn. Etwas Wichtiges. Er hatte etwas gespürt. Dort auf der Erde. ‚Gesch. Kann ich dich etwas fragen?' ‚Ja, natürlich.' ‚Weisst du, was auf der Erde falsch läuft?' Jetzt schaute Gesch ihn erstaunt an. ‚Etwas falsch laufen? Was denn?' ‚Das Gleichgewicht. Es stimmt nicht mehr.' Gesch überlegte. ‚Meinst du die Kriege und Unterdrückungen? Morde und sonstige Gewalttaten? Die gehören zu dem System dazu. Erinnere dich. Wir waren früher schon immer auf der Jagd. Wir sind perfekt darin. Und dieser Zug ist nicht immer abzustellen. Wir nehmen ihn mit. Und treiben dadurch auch andere, ohne diese Eigenschaft, in leidvolle Situationen hinein. Wir benötigen diese Dualität. Sie ist Grundlage unserer Ausbildung.

Ohne diese schwarze Seite, wird die uns wichtige Seite nicht geformt. Ohne Überlebensinstinkt und Gruppen- bzw. Gesellschaftsbildung erhalten wir keine weiterreichenden positiven Gefühle. Dazu gehört sogar die Rebellion.

Ohne schlimme Erlebnisse weiss man die Guten nicht zu schätzen. Auf lange Sicht. Über die vielen Leben hinweg. Wir brauchen diese Kräfte für die Verschmelzung. Als Voraussetzung.'

,Das weiss ich.' hob Kay an. ,Wir haben alle unsere dunkle Seite ausleben müssen. Aber die Gemeinschaften bröckeln. Und die Ausbildung der Gefühle für das Gegenüber mit ihnen. Es herrscht immer mehr Gier, Egoismus und Gleichgültigkeit. Nicht ausserhalb der eigenen Gesellschaftsgrenzen, wie es teilweise früher war, sondern ganz individuell. Bei immer mehr einzelnen Menschen. Ich habe das Gefühl, dass das, was wir für die Verschmelzung benötigen, immer mehr absinkt. Dass die Entwicklung irgendwie rückläufig ist. Bei vielen. Es gibt irgendwie nicht mehr den Gegner „Goliath", sondern viele kleine „Goliathe" in den Menschen selbst.

Vielleicht bilde ich mir das nur ein. Aber wenn nicht... Was kann das sein?', fragte Kay vorsichtig. Gesch verharrte einen Moment. ,Kann ich diesen Gedanken teilen?', fragte er. ,Natürlich. Ich wäre auch gerne dabei.'

Und so öffneten sie ihre Gedanken und hielten spontan Zwiesprache mit allen, die offen dafür waren. Unruhe machte sich unter den Zuhörern breit. Alle dachten nur an denselben: Äe. Hatte er es geschafft, sich in ihr Zentrum zu infiltrieren? Heimlich Einfluss zu nehmen, um den weiteren Erfolg zu verhindern? Sie waren schon so weit gekommen. Etliche trugen den Samen der Liebe in sich.

Viele waren schon dauerhaft zurückgekehrt, verschmolzen und als kleine Sterne am Firmament zu bestaunen. Und ihr ganzes zukünftiges Potential steckte in diesem einen übriggebliebenen Planeten. Nach und nach hatten sich immer mehr von ihnen entschieden, zu diesem gemeinsamen Ziel geführt zu werden. Durch diese harte Schule. Und bereits sehr viele waren zurückgekehrt. So wie Kay. Oder auch Gesch.

Man entschloss sich noch im selben Moment für ein Treffen. Denn nur so konnten sie ihre Energie vereinen und Antworten finden, die sie auf telepathischem Weg nicht erhalten würden.

Und so machten sich die Sonnenkinder auf zu Arius, der zweiten Sonne. Beobachter sahen Arius fast aus den Fugen quellen, soviel Energie musste sie aufnehmen. Scheinbare Eruptionen waren die Folge, die von den Sonnenkindern als angenehme und unterstützende Windstösse empfunden wurden. Und Äe schaute zu.

***

Sie nickten sich zu. Einvernehmlich. „Wir zählen auf dich, Romania. Du wirst einen weiteren Auftrag erfüllen. Für unser Volk." Romania sah ihre Freunde voller Zuversicht an. „Ich werde es schaffen. Diese kleinen Pflänzchen werden wieder stark und die Schleusen werden sich öffnen. Für unser Fortbestehen." „Du weisst, dass du mächtige Gegenspieler hast?" „Ich weiss", nickte Romania. „Und du kennst deine Stärke und die Verbindung zu Kay, die dir helfen wird?" „Ja, ich denke. Noch…" „Du wirst sie spüren, wenn es soweit ist. Das wissen wir." Romania nickte. „Und nun, geh hin in Liebe. Der richtige Zeitpunkt ist jetzt gekommen. Wir können nichts mehr für dich tun. Ab jetzt bist du auf dich alleine gestellt." Sie nahmen Romania in ihre Mitte. Umarmten sie noch einmal, hielten einen Teil der leuchtenden Energie zurück und schauten ihr nach, wie sie sich langsam durch den Bauch in das winzige sie erwartende Menschenkind senkte. Diese Hülle würde jetzt ihre sein. Vorgesehen für eine Geburt im Zeichen des Pferdes und des Steinbocks. Januar 1967. Stark und ehrgeizig würde sie sein. Freiheitsliebend und empfindsam.

Während sie die vollkommene Geborgenheit spürte, die sie soeben verlassen hatte und die sie nun wieder empfing, wurde sie ganz sanft von ihrem Gedächtnis verlassen. Das kümmerte sie jedoch kaum, wusste sie doch, dass sie bald alle Erinnerungen wieder miteinander vereinen würde.

1. Anfang

Voller Freude verliessen wir das Haus. Ein Haus! So billig wie unsere Drei-Zimmer-Wohnung! Einziger Wermutstropfen: Eine Ofenheizung. Aber dafür auf dem Land, nicht weit von unserer Stadt entfernt und vor allem: Ein Garten! Wir sagten dem Vermieter sofort zu – falls er uns haben wollte. Er würde es sich noch überlegen, sich aber auf jeden Fall in den nächsten zwei Wochen melden.

Rachel hatte die Neuankömmlinge teilnahmslos beobachtet. Schon wieder welche. Die siebten für diese Woche. Vielleicht besser als die jetzigen Mieter, aber eigentlich war es auch egal. Was änderte es… Doch plötzlich hatte diese Lisa etwas gesagt, was sie aufhorchen liess: „… wir würden hier zusammen mit meinem Sohn einziehen. Er ist allerdings heute nicht dabei." … ‚mein Sohn?' Also war es nicht ihr gemeinsamer, sonst hätte sie es nicht so betont! Rachel verspürte ein leises Ziehen in ihrer Magengrube. Parallelen? Dann hatte sie Lisa genauer betrachtet. Die Unbekannte schien ein liebes Wesen zu sein. Lachte oft und herzlich. Und sie war nicht nur hübsch sondern strahlte auch bei näherem Hinsehen eine zart spürbare Lebensweisheit aus. Und ihr Mann oder Freund? In den heutigen Zeiten wusste man das ja nie so genau. Der war eher distanziert. Selbstbewusst schien er aussagen zu wollen: ‚Ich habe hier sowieso alles im Griff'. Gut sah er aus, fand sie. Ja, ein nettes Paar. So wie sie damals. Und dann wusste sie es: Sie würde es wollen, die beiden hier einziehen zu lassen. Sie spürte eine Verbindung. Und vielleicht ergab sich doch eine Lösung für ihr eigenes Problem.

Bereits eine Woche später hatten wir die Zusage. Endlich. Endlich gab es auch eine gemeinsame Zukunft. Bisher hatte Volker bei mir gewohnt. Bei mir und meinem fast dreijährigem Sohn. Seit einem halben Jahr. Das war nicht dasselbe. Hier in der Wohnung war ich zuerst gewesen. Hatte alles geprägt. Und dort hätten wir einen gemeinsamen Start.

Nachdem wir den Mietvertrag unterschrieben hatten, gingen wir noch einmal in das nun leere neue Zuhause. Ein muffiger Geruch strömte uns entgegen. Na ja, das Haus war uralt und schon lange nicht mehr gelüftet worden. Aber da, was war das? Die halbe Wand im Treppenhaus kam uns entgegen. „Das ist kein Problem", meinte Volker. „Das kann ich verputzen." Jetzt, wo keine Möbel mehr herumstanden, konnte man aber auch noch etwas anderes sehen: feuchte Wände mit Schimmelflecken. Mir wurde ganz flau im Magen. Der Geruch nistete sich in meinem Kopf fest. „Lass uns vom Vertrag zurücktreten", bat ich spontan. Ein Gefühl machte sich breit, als ob wir hier falsch wären, das Ganze nicht sein sollte. Volker beschwichtigte. „Das kriegen wir schon alles hin. Wir müssen eben eine Menge renovieren." „Und der Schimmel?" „Da gibt es Mittel…" „Und diese Ofenheizung? Vielleicht ist sie daran schuld, dass es immer wieder schimmelt." „Ach, das wird schon klappen. Ich werde dafür sorgen, dass genug geheizt wird. Werde Holz im Wald machen gehen, bis der Schuppen überquillt." Ich liess mich beruhigen.

Wie sehr wollte Rachel, dass sie einziehen! Aber es war wirklich beeindruckend. Diese Frau liess sich nicht einfach beeinflussen. Legte ihr Steine in den Weg. Wie machte sie das? Er hingegen war leicht zu steuern. Tröstlich. Es war gelungen! Und für die Zukunft bedeutete es eben: Wenn schon nicht auf dem direkten Weg, konnte sie diese Frau zumindest so erreichen!

Die nächsten zwei Wochen schufteten wir wie die Irren. Tapete runter, Mittel drauf, neue Tapete. Dielen abschleifen. Versiegeln. Der eine Fensterladen war kaputt. Erste zähe Verhandlungen mit dem Vermieter. Aber wir würden neue Fenster bekommen. Der kleine Sven durfte jetzt öfter mit. Meistens beschäftigte er sich in dem neuen Garten. Aber die Versorgung war schwierig. Wir hatten ja noch keine Möbel, geschweige denn eine Küche. Und Sven hatte, wie jedes kleine Kind, pünktlich Hunger und kein Verständnis für unsere Notlösungen. Eigentlich war es ein stressiges und auch finanzielles Desaster. Aber Volker liess sich nicht aus der Ruhe bringen. Sonst war doch immer ich der Optimist! Vielleicht war aber auch meine persönliche Verfassung daran schuld. Ich hatte gerade meinen Job verloren und wusste nicht, wovon mein Sohn und ich zukünftig leben sollten. Wie viel ich beisteuern konnte zu unserem jetzt gemeinsamen Leben. Für Volker kein Problem, er konnte sich darauf verlassen, dass ich einen Weg finden würde. Er hatte zwar einen festen Job, aber für drei würde es nicht reichen. Und ich würde auch niemals auf seiner Tasche liegen, das wusste er. Zu stolz, zu unabhängig. Umso mehr belastete es mich. Nach dem Umzug waren meine Reserven ins Minus gerutscht. Ich schwankte noch, ob das Haus wirklich die richtige Entscheidung war. Wenn ich nicht schnell einen Job finden würde, müsste ich nach einer billigeren Variante suchen.

Die Reise in die Stadt war ziemlich anstrengend gewesen, doch zufrieden liess sich Rachel in ihren Sessel gleiten. Jetzt würde es Lisa bald besser gehen.
Und dann würde es Lisa auch in ihrem neuen Zuhause besser gefallen. Und dann würde sie auch bleiben wollen. Das war doch logisch.

Schon bald nach unserem Einzug erhielt ich unerwartet eine Einladung zu einem Vorstellungsgespräch. Mitten im Umzugsstress hatte ich noch schnell eine Bewerbung geschrieben und jetzt das! Ich freute mich wie ein kleines Kind. Der erste Schritt für einen neuen Job war gemacht. Und der Rest, ihn dann auch zu bekommen? Der ist nur noch ein Klacks. Ich wusste, dass ich überzeugen konnte, wenn ich wollte. Es ging aufwärts, Lisa.

„Hör auf, Schicksal zu spielen", kam es mit dunkler Stimme aus der Ecke. Rachel wusste genau, wer das war, und wütend fuhr sie hoch. „Das sagt ja genau der richtige! Wie wäre es, wenn du dich ausnahmsweise mal raushalten würdest!" Er kam aus dem Schatten und grinste sie schief an. „Immer noch böse?" „Natürlich! Wie könnte ich denn anders. Immerhin bist du an allem schuld!" „Moment mal.", fuhr er sie an. „Zu unseren Problemen gehören immer noch zwei." „Wenn ich das nur höre", ereiferte sie sich. „Zwei! Wenn überhaupt, dann gilt das für zwei menschliche Wesen im Hier und Jetzt. Also rede dich nicht raus." „Na ja. Vielleicht hast du Recht. Ich wusste mit mir halt nichts anzufangen. Und du hast mir wirklich gefallen." „Toll.", antwortete sie ironisch. „Aber du hast mich heute trotzdem nicht." „Das stimmt. Sehr zu meinem Bedauern", bekräftigte er. Schweigen. Er fuhr fort: „Und wie ich zu meinem Leidwesen feststelle, möchtest du mich auch noch hier alleine lassen. So, wie du dich um die neue Mieterin bemühst!" Genervt verdrehte sie die Augen. „Jetzt hör aber auf! Hast du es immer noch nicht begriffen? Hier geht es überhaupt nicht um uns! Ausserdem kannst du ja mitkommen. ... Wenn du es schaffst." „Wenn du es schaffst", äffte er sie nach. „Sehr lustig. Mir reicht's für heute. Ich gehe wieder zurück." „Ja, mach das." Rachel atmete auf, kaum war er weg. Wie sehr sie ihn ver-

abscheute! Sie kuschelte sich in ihre Decke vor den warmen, lodernden Kamin und dachte über ihre Pläne mit Lisa nach.

Wie konnte mir das nur passieren! Nicht aufgepasst, natürlich. Ich wollte kein zweites Kind. Nicht jetzt. Aber die Anzeichen waren nicht zu übersehen. Oder zu überspüren? Ich versuchte meinen Verdacht zu ignorieren. Bloss keine Entscheidung. Nicht wie damals. Stattdessen fuhr ich mit einer handfesten Bronchitis auch noch Motorrad. Über so viele Schlaglöcher, wie es ging. Aber nein, nichts passierte. Ich fing nicht an zu bluten und das Ende der gefühlten 12. Woche rückte immer näher. Gut, einerseits wünschte ich mir von Volker ein Kind. Ich liebte ihn. Er war mein Zuhause. Ich schien endlich angekommen. So harmonisch und lebensfroh. Wir unternahmen viel mit anderen. Unser Haus war mittlerweile Anlaufstelle für alle unsere Freunde. Feste bei jeder Gelegenheit. Gemeinsame Essen. Und wenn wir alleine waren, lebten wir immer unsere körperliche Anziehungskraft aus, selbst wenn es nur zärtliches Kuscheln vor dem Fernseher war. Oder wir diskutierten über Gott und die Welt. Nur… ich wollte keine Abhängigkeit. Es sollte so bleiben. Er sein Geld, ich mein Geld. Und gemeinsam bestreiten wir unkompliziert den Rest. Wenn ich noch ein Kind bekäme, wie würde ich dann arbeiten können? Wieder von vorne anfangen? Ganz unten? Ausserdem könnte mich Volker gar nicht versorgen, schliesslich war er bis unter die Halskrause verschuldet. Und ich hatte doch gerade erst einen neuen Job. Und wie sähe das denn dort bei meinem Chef aus? Wie Absicht.

„Tobias, warst du das?", brüllte Rachel in den Raum. „Wie kommst du denn darauf?", kam es scheinheilig zurück. Rachel konnte es nicht fassen. Was bildete sich der Kerl

ein, ihr einfach dazwischen zu funken. Sie wusste genau, dass er seine Finger im Spiel hatte. „Warum willst du sie unglücklich machen?", fragte sie ihn verzweifelt. „Unglücklich? Ein Kind ist doch kein Unglück, wie du selbst weisst." „Ja wohl. In diesem Fall schon. Es wird sie noch mehr binden und sie wird immer weiter in die Falle tappen. Wie bei mir damals. Aber … du weisst das doch genau." „Ich weiss nur, dass sie dieses Kind bekommen musste. Wenn ihr schon so miteinander verbunden seid, dann müsstest du es wissen. Ich war es nicht. Also beruhige dich und höre auf Schicksal zu spielen. Du wirst es sowieso nicht schaffen. Ich lass dich nicht gehen."

Ich stand stolz meinen „Mann". Fehlte keinen Tag während meiner Schwangerschaft. Und da ich eine befristete Stelle hatte, nahm ich mir auch gleich vor, direkt nach der Geburt, d. h. nach dem Mutterschutz, wieder arbeiten zu gehen. So lange wie möglich die gute Bezahlung mitnehmen. Sven freute sich auf sein Geschwisterchen. Ich bezog ihn mit ein. Bloss keine späteren Eifersuchtsdramen! Und Volker? Er war nicht begeistert gewesen, aber er gab mir das Gefühl, alles gemeinsam meistern zu können. Die Schwangerschaft war unproblematisch. Die Geburt war für Anfang März vorhergesagt.

Am 31. Dezember feierten wir natürlich wieder eine Party. Wie jedes Jahr seit wir zusammen waren kamen ungefähr 30 Gäste. Wir hatten perfekte Aufgabenteilung: Er war der charmante Unterhalter, während ich die Freunde liebevoll umsorgte. Ich tanzte sehr gern und zu späterer Stunde konnte ich nicht anders, als mich mit meinem dicken Bauch auf die Tanzfläche zu begeben – wir hatten mittlerweile auf dem Dachboden einen Partyraum eingerichtet – und dort wenigstens so zu tun als ob. Ich ahnte, dass das Folgen haben würde, denn ich hatte bereits in den Wochen davor, jedes Mal, wenn ich mich mehr als sonst bewegt hatte, anschliessend höllische Schmerzen in meinem Schambein bekommen, so dass ich kaum noch laufen konnte. Der Arzt meinte, das wäre normal. Ich sollte mich halt schonen. Egal. Heute nicht. Nachdem ich schliesslich total erschöpft war – und ich durfte ja sowieso kein Alkohol trinken oder rauchen, was mich etwas von den Partygästen ausschloss – ging ich um drei Uhr ins Bett. Wohlweisslich, denn um sieben Uhr würde schon Sven nach seinem Frühstück schreien. In unserem Schlafzimmer schliefen schon Karin und Lorena auf ihren mitgebrachten Matten. Karin war die Schwester eines gemeinsamen Freundes, die ich bei einer der letzten Feten erst kennengelernt hatte. Doch sie hatte sich schon in kürzester Zeit als treue und liebe Seele herausgestellt. Ein wenig später kam Volker, legte sich neben mich, gab mir einen rauchgeschwängerten Gutenachtkuss und schlief ein. Eine Stunde später wachte ich auf. Ein Gefühl, als würde ein Messer durch meinen Unterleib bohren, trieb mir die Tränen in die Augen. Es tat so weh, dass ich anfing zu schluchzen. Ein Unterdrücken war zwecklos, je mehr ich es versuchte. Karin wurde wach. „Was hast du?", fragte sie besorgt. „Warum weinst du?" Mittlerweile war auch Lorena wach geworden. „Kriegt sie das Kind?", wollte sie wissen. „Nein", stammelte ich. „Es tut nur so höllisch weh!" „Was denn?", fragten beide wie aus einem Mund. „Mein Schambein! Die beiden Knochen unter dem Bauch. Das Baby drückt sie auseinander und jetzt tut es einfach nur höllisch weh.", „Ach so… Können wir denn irgendetwas für dich tun? Hilft vielleicht aufstehen?" „Nein. Ich kann nicht aufstehen." Hilflos schauten sich Karin und Lorena an. Langsam wurde der Schmerz etwas schwächer und mein Schluchzen hatte fast aufgehört. Karin bemerkte: „Sagt mal, wird Volker eigentlich gar nicht wach? Der müsste sich doch eigentlich besorgt um Lisa kümmern. Na ja, das ist ja mal wieder typisch Mann!" Bewusst gemacht, fühlte ich mich in dem Moment von ihm im Stich gelassen.

Sie hatte wie wild an ihm gerüttelt. Warum wachte Volker nicht auf? Nichts. Bis sie Tobias bemerkte. Das gibt es doch nicht! Schon wieder er! Er hatte sich sicherlich in Volkers Träume geschlichen. Ihm einen Traum beschert, der zu schön war, um aufzuwachen. Das hätte sie umgekehrt auch getan. Tobias war wirklich ein ernstzunehmender Gegner. Rachel gab auf. Für den Moment.

Kathi kam etwas früher als geplant auf die Welt. Für mich war es mehr als rechtzeitig, wollte ich doch meine Unförmigkeit und Unbeweglichkeit einfach nicht mehr länger hinnehmen. Eine Woche vorher hatten wir bereits einen Fehlalarm gehabt. Wie lange war Volker mit mir im Krankenhaus treppauf, treppab gegangen, damit die gerade angefangenen Wehen wiederkommen würden. Nichts. Aber jetzt ging alles schnell. Ich war Zuhause, Sven im Kindergarten. Volker auf der Arbeit. Die Fruchtblase platzte nach einer ausgiebigen Badewanne. Jetzt nur keine Panik! Taxi? Nein, lieber nicht. Wo war mein Mutterpass? Ach ja, hier in der Manteltasche. Und Volker? Ich wählte. Keiner ging dran. Noch mal und noch mal… Nichts. Ich fühlte mich verloren. Wer würde sich jetzt um Sven kümmern, wenn der Kindergarten mittags zu machte? Panisch rief ich dort an. „In diesem Fall kümmere ich mich natürlich um ihren Sohn.", sagte die freundliche Erzieherin. „Machen Sie sich keine Sorgen." Eine Last weniger. Und jetzt? Besser Krankenwagen, falls die Wehen anfangen würden. Die Fahrt war jedoch problemlos. Erst im Krankenhaus setzten sie ein. Dort bat ich die Schwester, bei Volker weiter zu probieren. Nichts. Dann endlich, endlich hatten sie ihn erreicht. Die Wehen waren schon weit fortgeschritten. Er kam sofort ange-stürmt und setzte sich hilflos neben mich. „Was kann ich tun?", fragte er mich. „Nichts. Halte nur meine Hand." Eine halbe Stunde später war Kathi geboren. Erschöpft hielt ich die Kleine in meinem Arm und spürte, wie Vol-kers Blick gerührt und stolz auf uns ruhte.

Zufrieden wachte sie über Lisa. Gerade noch einmal gut gegangen. Er durfte einfach keinen Erfolg haben. Aber sie merkte, wie anstrengend es wurde, gegen Tobias zu kämpfen und dafür zu sorgen, dass Volker sich kümmerte. Sie musste höllisch aufpassen, damit ihr Plan aufging. Nur noch drei Jahre!

„Wenn du arbeiten gehst, könnte ich doch ein halbes Jahr Erziehungsurlaub nehmen", schlug Volker eines Ta-ges vor. Mittlerweile war ich schon wieder einige Wo-chen am Arbeiten. „Wenn du möchtest?", antwortete ich desinteressiert. Es war mir eigentlich egal. Eigentlich war mir alles egal. „Ich könnte dann bei meinem Stiefvater in seiner Baufirma schwarz arbeiten und wir hätten dann mehr Geld." „Dann mach. Meinen Segen hast du." Ich fühlte mich ausgebrannt. Geld. Wo war meine Zeit ge-blieben? Unsere Zeit? Ich hatte einen minutiös durchge-planten Tagesablauf. 6:00 Uhr aufstehen (nach zwei Stunden durchgängigem Schlaf, weil Kathi um 4 Uhr das Fläschchen bekam). Frühstück für Sven und mich ma-chen. Fläschchen vorkochen. Sven wecken, anziehen, seine Zähne mit ihm putzen. Seine Wutanfälle aushalten. Mich fertig machen, während Sven an meinem Bein klebt. Kathi wecken, wickeln, fertig machen. Alle(s) zu-sammen packen. Um 7:45 Uhr zum Kindergarten fahren. Sven verabschieden. Um 8:15 Uhr bei Karin, die sich Gott sei Dank als Kathis Tagesmutter angeboten hat. Nicht bil-lig, aber ich wusste, dass Kathi dort gut aufgehoben war.

8:45 im Büro. Entspannen. Hier– im Gegensatz zu meinem Zuhause – nur eine Hochzeit, auf der ich tanzen muss. Nicht viel zu tun. Suche mir Aufgaben und entwickle eigene Ideen. 12:45 Uhr zu Karin fahren. Noch etwas erzählen, Kathi einpacken. 13:30 Uhr Sven vom Kindergarten abholen. „Ich habe Hunger!" Zuhause Kochen. Wo ist die Dose mit den Früchten, die ich gestern für den Nachtisch gekauft hatte? Kein Nachtisch. Kathi schläft. Ich räume die Küche auf. Sven möchte spielen. Fernsehen? Nein, Spielen. Ich beschäftige mich etwas mit ihm. Dann: Wäscheberge. 20? Ich wühle mich durch. Kathi schreit. Ich füttere sie. Trage sie auf dem Arm herum. Sven zieht an mir herum. Schon Abendessen? Es ist 18:00 Uhr. Volker kommt nach Hause. Wir sitzen am Tisch. Er setzt sich zu uns und erzählt mir vom Ärger auf seiner Arbeit. Sie wollen ihn raus haben. Sven reisst an der Tischdecke und schmeisst einen Teller runter. Volker wird böse. Ich erkläre ihm, dass er Sven noch nicht einmal Hallo gesagt hat und Svens Reaktion kein Wunder wäre. Abends Bügeln vor dem Fernseher. Um 22:00 Uhr hundemüde. „Kommst du mit hoch?", frage ich. „Nein, ich bleibe noch etwas hier." Nachts Schreien von Kathi. Volker wacht nie auf. Ich beruhige sie. Wanke wieder ins Bett. Um 4:00 Uhr erneutes Schreien. Hunger! Danach noch ein bisschen Schlaf bis ich wieder aufstehen muss. Uff.

Rachel bedauerte Lisa. Im Gegensatz zu ihr selbst damals musste Lisa arbeiten. Das war zu viel mit einem so kleinen Kind und noch einem zweiten. Wie sollte man das schaffen.

„Hast du die Dose Pfirsiche gesehen?" „Na klar, habe sie vorgestern Abend noch gegessen." „Ach, so." Ich war ungehalten. „Hör mal, wenn du schon nicht einkaufen gehst, wäre es zumindest schön, wenn du mich vorher fragst, ob ich das, was du wegnaschst, vielleicht noch brauche." „Jetzt reg dich bitte nicht auf. Ich kann doch wohl mal eine Dose Pfirsiche naschen." „Volker, hier geht es ums Prinzip. Und überhaupt. Ich reiss mir hier den Arsch auf, damit alle versorgt sind und du ruhst dich nur darauf aus. Du gehst nicht einkaufen, hilfst nicht im Haushalt und wenn du kommst, dann verschwindest du immer gleich in deinem Bastelzimmer!" „Jetzt mach aber mal halblang! Erstens arbeite ich Schicht und kann mich nicht regelmässig kümmern. Und ausserdem helfe ich dir in der Küche, koche, wenn ich da bin, räume meinen Kram immer weg. Sogar gestaubsaugt habe ich am Wochenende. Und ausserdem..." er machte eine Pause. „Was? " „Ich habe null Motivation dir zu helfen, solange es mit uns nicht wieder so ist wie früher." „Wie meinst du das?" „Ich meine, du hast keine Zeit mehr für mich. Du schläfst kaum noch mit mir, behandelst mich wie einen WG-Partner und überhaupt ist einfach gar nichts mehr mit dir los." Ich konnte es nicht fassen. Sah er denn nicht, wie es mir ging? Was los war? Dass ich einfach nicht mehr konnte? „Hast du mal gesehen, wie viel übrig bleibt von mir?", fragte ich ihn verständnislos. „Und wenn du mir nicht hilfst, habe ich logischerweise auch weniger Zeit für dich. Geschweige denn für mich. Und wie, bitte schön, soll ich das hier alles schaffen?" „Na so wie früher. Da warst du auch arbeiten und hattest ein kleines Kind." „Hallo? Siehst du denn nicht, dass wir Zuwachs bekommen haben? Kathi ist auch deine Tochter."

Oh, oh! Das lief aber gar nicht gut. Merkwürdig war nur, dass sie Tobias gar nicht entdeckte. War es doch alles Volkers eigenes Verhalten? Egozentrisch wie ihr damaliger Mann Matthias? Rachel musste irgendwie eingreifen.

Lisa brauchte Unterstützung. Vielleicht würde ein gemeinsames Wochenende Abstand in den Alltag bringen und die beiden zur Besinnung?

Wir fuhren mit der Clique und natürlich unseren Motorrädern in den Elsass. Einfach mal raus. Karin hatte sich für ein Wochenende als Babysitter angeboten. War das nicht traumhaft von ihr? Warum, um Himmelswillen hatten Volker und ich uns eigentlich die letzte Zeit so gezofft? Aus der häuslichen Distanz heraus fand ich ihn wieder attraktiv, witzig und begehrenswert. Er bemühte sich, kümmerte sich um mich, als wäre ich das Wichtigste der Welt. Ich war versöhnt.
Wir hatten nur eine halbe Stunde im Hotelzimmer, bevor wir uns mit den anderen wieder treffen würden. Und die nutzten wir. Vertraut wie früher.

Ein wunderbares Wochenende ging zu Ende und eine rührende Karin erwartete uns mit einem grossen MöhrenEintopf draussen im Garten zurück. Uns ging es doch richtig gut! Volker und ich redeten ab da wieder öfter miteinander und auch der Stress wurde mit Kathis zunehmender Pflegeleichtigkeit immer weniger. Ich versuchte Volker zu erklären, warum ich ab und zu so distanziert war. Wie sollte ich ihm mehr geben, wenn ich für mich selbst keine Zeit hatte? Ohne sein Gefühl, vernachlässigt zu werden, hörte er zu und schien es zu verstehen. Er half zunehmend wieder mehr im Haushalt, zumindest die schweren Getränkekisten brauchte ich nicht mehr zu schleppen. Und er kümmerte sich, jetzt im Herbst, um jede Menge Holz. Leider etwas zu spät, wie wir später im Winter, bei schwelendem Feuer, das nicht richtig brennen wollte, bemerken sollten. Aber immerhin.

Die Zeit seines Erziehungsurlaubs brach an. Er freute sich richtig, von seiner Arbeit wegzukommen und blühte regelrecht auf. Seine alltäglichen Beschwerden fielen weg und auch mir ging es damit besser. Entspannter. Wir hatten eine schöne Zeit und auch das Sexleben kam nicht zu kurz. Zumal er jetzt auch nicht mehr Schicht arbeiten musste, wir also mehr Zeit füreinander hatten. Und vor allem so auch mal gemeinsam zu Bett gehen konnten.

Rachel beobachtete mit Wohlwollen den Rollenwechsel. Wenn auch nicht ganz, schliesslich waren die Zuständigkeiten der Beiden immer noch klar definiert. Aber Volker fühlte sich verantwortlicher, jetzt wo er entspannt war. Das hatte Rachel nicht erlebt. Immer nur Erwartungen zu spüren bekommen. Aber sie hatte auch nicht mit Matthias reden können. Nicht über sich. Zwecklos.

Leider hatte Volker kein Gefühl für Geld. Mittlerweile hatte ich seine Geldangelegenheiten übernommen. Ihm einen Dauerauftrag auf mein Konto eingerichtet, von dem unsere Miete, Telefon, Strom, Essen und seine Schuldenabzahlungen abgingen, die ich Stück für Stück für ihn regelte. Und als am Anfang seines Erziehungsurlaubs sein Gehalt fälschlicherweise überwiesen wurde, freute er sich diebisch - wie gesagt, kein Gefühl für Geld. „Das merken die bestimmt nicht. Ich gebe es einfach aus. Und wenn nichts mehr da ist, können sie auch nichts mehr verlangen. Fass mal einem nackten Mann in die Tasche." „Das Geld darfst du auf keinen Fall anrühren!", beschwor ich ihn. „Sie kürzen sonst deine zukünftigen Bezüge." Schon einen Monat später bekam er die Aufforderung, es zurückzuzahlen. Gott sei Dank hatte er auf meinen Rat gehört. Ein halbes Jahr später, als der Erziehungsurlaub vorbei war, bekam er diesmal gar keine Bezüge. Weil sein Arbeitgeber anscheinend immer langsam war. Ich bekam Panik. Die Miete würden wir nicht zahlen können. Und die ganzen Daueraufträge würden platzen. Hatte ich seinen Gläubigern nicht hoch und heilig versprochen, dass wir nun regelmässig zahlten? „Du musst dir einen Vorschuss holen gehen!", drängte ich. „Ja, ja." Eine Woche später nervte ich ihn wieder. „Jetzt wird es verdammt knapp. Ich muss die ganzen Überweisungen per Hand machen. Bring bitte das Geld zumindest diesen Monat noch! Wir schaffen es sonst nicht." „Ja, ja."

Eine paar Tage später: „Warum hast du immer noch kein Geld? Ich weiss schon nicht mehr, wovon ich einkaufen gehen soll." „Na ja, ich wollte es dir eigentlich nicht sagen…" „Was?" „Ich habe mir von dem Vorschuss Computerteile gekauft. Und wenn ich diese zusammengebaut habe, kann ich den Computer für das Doppelte verkaufen." Entsetzt starrte ich ihn an. „Hast du sie noch alle?" Ich war mittlerweile dunkelrot angelaufen. „Kannst du nicht nachdenken?" „Ach, du hast so genervt. Wie eine Mutter. Da hatte ich keine Lust, dir meine Pläne zu erzählen." Ich war fassungslos. „Verdammt noch mal. Wir sind deine Familie! Und du schaust seelenruhig zu, wie wir hungern müssen?" „Jetzt dramatisier doch nicht so. Du bekommst dein Geld doch noch." „Na toll!" Rasend vor Wut setzte ich mich ins Auto und fuhr ein paar Runden, um mich abzukühlen. Ich war entsetzt über seine Verantwortungslosigkeit. Wie konnte ich nur an so einen Typ geraten!

Sie erinnerte sich. Rachels eigener Mann hatte ihr überhaupt keine Möglichkeit gegeben, bei Geld mitzureden. Oft hatte Rachel betteln müssen, wenn sie Geld brauchte. Oft hatte sie trotzdem nichts bekommen. Aus der Not heraus hatte sie aus alten Kleidern neue für ihre Kinder genäht. Oft Restesuppen gekocht. Während Matthias allabendlich in die Dorfkneipe einkehrte. So demütigend.

‚Na ja, ein Gutes hat es ja', dachte Rachel bei sich. ‚Lisa wird stark. Sie fängt an sich zu wehren. Und die Bedingungen sind heutzutage wesentlich besser als damals. Frauen dürfen mehr. Auch wenn sie trotz Kindern arbeiten gehen müssen. Vielleicht ist meine Aufgabe doch nicht, die Beziehung zu retten, sondern Lisa nur so zu stärken, dass sie ihr eigenes Ding dauerhaft durchzieht. Einfach nicht aufgibt! Nicht so wie ich.

Ich beruhigte mich wieder. Letztendlich hatte er mir ziemlich kleinlaut Geld gegeben. Und die Zwischenzeit hatte ich mit einem Überziehungskredit überbrückt. Trotzdem hatte unsere Beziehung ab da einen kleinen Knick, den ich aber nicht sehen wollte. Dann kam es noch dicker. Kurz vor Weihnachten erfuhr ich auf der Arbeit, dass unser Standort geschlossen werden würde. „Ende Januar schon." „Und was wird dann aus mir?" „Du kannst, wenn du möchtest, zu unserem anderen Standort." 60 Kilometer von hier? Dann wäre ich ja für vier Stunden am Tag mindestens sieben unterwegs! Und wie sollte ich das dann mit den Kindern hinbekommen? OK, Kathi war jetzt in einer Kindergrippe, die auch Vollzeitplätze anbot. Aber was war mit Sven? In seinem Kindergarten gab es so etwas nicht. Und ausserdem… Wollte ich nicht noch ein bisschen Zeit für die Kinder haben?
Verzweifelt fuhr ich nach Hause. Was sollte nur aus uns werden? Abends sprach ich lange mit Volker darüber. Er tröstete mich. „Mach dir nicht so viele Sorgen. Du kannst doch jetzt einfach in Erziehungsurlaub gehen. Schliesslich hattest du den noch nicht." „Und wie sollen wir dann leben? Uns fehlen dann über 2000,- DM!" „Na ja." Er druckste herum. „Wir könnten zum Beispiel heiraten." Entsetzt schaute ich ihn an. Sofort lenkte er ein: „Nein, nein, nicht dass ich meine Meinung geändert hätte. Nur,

würde dann mein Gehalt weniger gepfändet und ich bekäme auch noch einen Familienzuschlag. Das würde ungefähr zusammen 2000,- DM machen." „Ja, kannst du dir denn vorstellen zu heiraten? Wir waren uns doch einig, dass das nichts für uns ist." „Doch, dich schon. Ausserdem sind wir sowieso schon zusammen." Ich war gerührt. „Wenn, dann aber ohne das übliche Drumherum, OK?", stellte ich zur Bedingung. „OK." „Na, dann überlege ich es mir. Es wäre wirklich eine Möglichkeit. Und ich hätte mehr Zeit."

Sie rüttelte an ihr, schrie ihr ins Ohr und versuchte sie zur Vernunft zu bringen. Aber diese Lisa war ja so unempfänglich! Keine Regung. Rachel konnte die Folgen geradezu fühlen und sah die Katastrophe auf Lisa zurollen.

Volker hatte sogar Ringe besorgt, die ich aber verweigerte. Es waren Ringe mit einem Auge darauf, das mich anstarrte. Vielleicht nahm er mich nicht ernst? Oder seine Art, sich selbst nicht ernst zu nehmen?
Sein Verhalten noch im Verwaltungstrakt, direkt nach der Hochzeit, machte mich skeptisch. Ihm war ganz feierlich zumute. Mir nur komisch. OK. Ich gebe ja zu, es war etwas Besonderes zu heiraten. Auch wenn wir ‚bis dass der Tod euch scheidet' nicht hatten hören wollen und dem Beamten untersagten, eine solche Rede zu halten. Zu meiner Überraschung zückte Volker nach der Trauung den Sekt hervor und stiess mit den Trauzeugen und mir an. Fühlte er sich als Gewinner? War das seine Siegesfeier?

Nach der Hochzeit fühlte ich mich eingesperrt. Als ob ich mich selbst aufgegeben hätte. Hatte Volker jetzt mehr Erwartungen an mich? Sollte ich ihm jetzt zu Diensten sein? Er bezahlte mich doch!

Misstrauisch beobachtete ich ihn die nächste Zeit. Hatte sich sein Verhalten geändert? Lauernd? War es nur Einbildung? Zumindest destruktiv. Wenn er mal wieder Sex forderte, ging ich ihm aus dem Weg. Wie würde er darauf reagieren? Doch er nahm es hin. Beschwerte sich zwar andauernd, aber verhalten. Ich beschloss schliesslich, meine Phobie zu bekämpfen und uns wieder als normales Paar zu betrachten. Ich konnte doch immer noch gehen, oder? Wie ein Lamm auf dem Weg zur Schlachtbank fühlend, fügte ich mich meinem Schicksal. So schwer ist es doch gar nicht, Lisa.

Es fängt an, es fängt an. Was soll ich nur tun? Vielleicht ihr eine Idee einpflanzen. Ihr irgendwie Freunde und Freude verschaffen. Ihr neuen Mut geben! Eine Aufgabe. Nur wie? Da erinnerte sie sich.

Ich hatte plötzlich mehr Zeit. Jeden Vormittag ein paar Stunden für mich. Ein Traum. Der Haushalt war OK. Volker brauchte sich jetzt noch weniger zu kümmern. Ich war ja da. Aber die Stunden morgens gönnte ich mir. Meine Freiheit. Und ... entwickelte einen Plan. Eine Idee. Sie wuchs. Ich strickte ein Konzept für einen Verein. Einen, der Müttern helfen sollte, irgendwie aus dieser Misere herauszukommen: Armut oder Unterordnung. Autark sollten sie sein. Die Wahl haben können, zwischen einer guten Partnerschaft oder einem würdevollen Leben alleine mit Kind und einem vernünftigen Umgang mit dem Vater. Eine einmal getroffene Entscheidung für den Partner revidieren können. Im Zeichen der Zeit.
Dazu müssten die Frauen aber arbeiten gehen können, um sich selbst zu versorgen. Gute Mütter sollten sie sein. Dazu müssten sie aber auch Beratung, Zeit und Entlastung haben. Einen hohen Ausbildungsgrad müssten sie

haben. Um genügend Geld auch in der Hälfte der Zeit verdienen zu können. Schwerpunkte: Betreuung der Kinder (gute!), gegenseitige Unterstützung mit Rat und Tat, Weiterbildung. Eine revolutionäre Idee. Emanzipation neu aufgelegt.

Ich legte los. Volker erzählte ich von meinen Plänen. Er war sprachlos. Warum? Ich erläuterte ihm noch mal meine Situation und die damalige vor ihm. Meine Verzweiflung. Existenzängste. „Kann ich zwar nicht ganz nachvollziehen, schliesslich bin ich ja jetzt finanziell für dich da. Aber ich weiss, dass du so eine Aufgabe brauchst. Sonst fehlt dir was, nicht wahr?" Dankbar sah ich ihn an. Auch die darauffolgende Zeit zeigte er Verständnis. Doch nach einem weiteren Jahr liess es so langsam nach. Zu politisch. Nicht mehr nachvollziehbar. Und immer, wenn er Spätschicht hatte, und somit vormittags zuhause war, beklagte er sich, dass ich mir dann keine Zeit für ihn nehmen würde. Warum immer dieser Verein? Hatte ich denn jetzt nicht alles, was ich brauchte? Wir stritten uns wieder häufiger.

So ging das nicht weiter. Lisa brauchte Weggefährten. Ohne Unterstützung würde sie nicht durchhalten. Rachel spürte schon ganz zart Lisas Zermürbung, obwohl Lisa an ihrer Aufgabe festhielt.

Zur selben Zeit lernte ich Marion kennen. Eine faszinierende Frau. Dunkelhäutig, fremdländisch. Verheiratet mit einem Deutschen, zwei Kinder. Zwillinge. Unwesentlich älter als meine Tochter. Sie, unwesentlich jünger als ich. Sie kam bald jeden Tag. Und bald wusste ich alles von ihr und sie von mir. Sie war warmherzig und interessiert. Einfach alles wollte sie über mich wissen. Und erzählte mir umgekehrt ungeschminkt alle ihre Geheimnisse. Ich schloss sie in mein Herz. Es tat einfach gut jemanden an der Seite zu haben, der mich wahrnahm, sich für mich interessierte. Und Tiefe besass. Volker sah mich schon lange nicht mehr. Nur seine Interessen standen für ihn im Vordergrund. Wohl die Antwort auf meinen Versuch auf „allen meinen Hochzeiten" zu tanzen, und damit einem spürbaren Interessensentzug bei ihm.

Er machte mir jetzt noch mehr Vorwürfe, schliesslich war ich emotional durch Marion versorgt. Noch mehr Vernachlässigung für ihn. Und immer diese ganzen anderen Leute, die bei uns ein und ausgingen. Immer Verein, Verein, Verein! Stimmt.

Zufrieden rieb sich Rachel die Hände. ‚Es wird', sagte sie sich. ‚Und sie wird nicht untergehen!' Marion war ein einfacher Kandidat gewesen. Aber merkwürdigerweise hatte Rachel das Gefühl, dass nicht sie sie gefunden hatte, sondern, dass es irgendwie umgekehrt gelaufen war. War das möglich? Marion war genau die richtige. Unkonventionell. Interessant. Und sie hatte Zeit, war aus demselben Dorf. Nur noch ein Jahr! In dem sie vorhatte, Lisa zu stärken und zu fördern.

Der Verein war gross geworden. Viel Arbeit lag hinter mir. Die ersten Fördergelder flossen. Wir eröffneten ein Familienzentrum. Ein absoluter Glücksfall! Durch Hörensagen erfuhren wir von einem wundervollen alten Haus in der nächsten Kleinstadt, mit einem grossen Garten, der bis zum nahegelegenen Fluss reichte. Ein Paradies! Die Miete war billig und die Vermieter überzeugt von meinem Projekt. Sie glaubten an mich. Doch immer wieder sah es so aus, als müssten wir aufgeben. Für die Kinderbetreuung benötigten wir eine Genehmigung. Für die Genehmigung benötigten wir die Erfüllung der vielfältigen Auflagen nach dem Gesetz. Das günstigste war noch die Anbringung von Folien an Fenstern und Türen, um im

Notfall ein Splittern zu verhindern. Das teuerste die Sicherstellung des Fluchtwegs, d. h. der Einbau neuer Dachgeschossfenster und einer Rauchmeldeanlage. Dann die Auflagen, festes Personal nachzuweisen. Jedes Mal war ich verzweifelt. Wovon bezahlen? Jedes Mal kam von irgendwoher doch Hilfe. Ich wurde fit im Anträge Einreichen bei den Behörden oder in der Öffentlichkeitsarbeit. Sogar in der Spendenakquise, obwohl ich Türklinkenputzen hasse.

Aber ich stand hinter meinem Projekt und das überzeugte. Das Sozialamt stellte uns eine Erzieherin und einen Hausmeister zunächst für ein Jahr Vollzeit zur Verfügung. Und die Spenden flossen schliesslich, obwohl das Thema nicht gerade anrührend war. Das Sprüchlein bestätigte sich immer wieder aufs Neue: Und wenn du denkst, es geht nicht mehr, kommt von irgendwo ein Lichtlein her. Und es kamen immer mehr Lichtlein in Form von Mitgliedern und Helfern dazu. Ich war auf der Gewinnerseite. Oft in der Zeitung. Eingeladen zu öffentlichen Veranstaltungen und zu guter Letzt gut besucht von Politikern, die sich mit uns brüsten wollten.

Volker war ein bisschen stolz auf mich. Doch dann wieder, während wir stritten, wurde der Verein zu meinem Hobby degradiert. Immer öfter. Nicht wichtig. Schliesslich war der Verein der Grund für meine fehlende Präsenz in der Beziehung. Aber hatte ich nicht ein Recht darauf? „Stell dir vor, ich würde studieren.", argumentierte ich. „Dann würde ich auch kein Geld verdienen, und könnte es auch nicht einfach hinschmeissen. Aber ich würde für die Zukunft lernen. Und das mache ich hier auch. Ausserdem wird mich der Verein eines Tages bezahlen können." Er wollte es mal wieder nicht verstehen. Vernachlässigt. Er war doch der Brötchenverdiener, oder? Wollte doch nur Anerkennung, die ich ihm nicht gab. Ich war zu sehr mit meinen Plänen beschäftigt. Und zu stolz um dankbar zu sein.

Rachel war etwas erschöpft. Ständig war sie gefordert. Musste Einfluss nehmen, neue Wege suchen. Einiges lief zwar wie von selbst. Schliesslich brachte sie eine Menge Erfahrung mit, die sie damals in „ihrem" Kindergarten gesammelt hatte. Aber viel war auch anders. Die Zeiten hatten sich extrem geändert. Man brauchte nach wie vor Verbündete, musste überall nach Unterstützung betteln. Aber die Wege waren komplizierter. Damals gab es noch keine staatliche Behörde, die sich in dem Masse um Kinder und Erziehung kümmerte, wie heute. Die Kirche hatte einen Grossteil übernommen. Sowohl finanziell als auch moralisch. Das einzige, was gleich blieb, war die Einbeziehung freiwilliger Helfer als Grundstein für eine solche Initiative. Damals wie heute. Aber die Formalitäten hatten sich extrem geändert. Die Auflagen für eine Kinderbetreuung waren riesig. Gruppenstärken, Personalschlüssel, Sicherheitsvorschriften. Immer mehr Geld war erforderlich. Ständig schwang die Angst mit, dass es nicht reichen würde. Sie litt mit Lisa mit. Hatte aber eine Menge bewegen können. Nun, jetzt war es erst einmal wieder an der Zeit Energie aufzutanken.

Für einen Moment liess sie Lisa ausser Acht. Zurücksinken. Zeit verstreicht. Sie legte sich auf ihr altes Bett und liess ihre Gedanken kreisen. Da plötzlich spürte sie Tobias Nähe. „Marion ist ein so dankbarer Geist", eröffnete er ihr hämisch. Entsetzt setzte sich Rachel auf. „Was meinst du damit?", stellte sie ihn sofort zur Rede. Tobias schlenderte gleichgültig zu ihr herüber. „Sie ist offen für mich. Und meine Wünsche. Mein Mentor. Du wirst sehen!" „Was hast du vor?", schrie Rachel hilflos. Eine Vorahnung beschlich sie. Sie liess Tobias stehen, rappelte sich auf und strebte voller Sorge zurück zu Lisa.

Mittlerweile hatte ich drei Angestellte und zehn ehren-amtliche Betreuerinnen im Verein. Dann noch die vielen Eltern, die Betreuung von 100 Mitgliedern. Die Arbeit frass mich wieder auf. Jeden Tag im Verein. Am Wochen-ende Veranstaltungen. Delegieren war schwierig. Schliesslich war keiner so motiviert wie ich. Und Geld gab es auch nur wenig. Für die richtig anstrengenden Aufga-ben, wo Verantwortung übernommen oder mitgedacht werden musste, war kaum jemand da. Aber am Sommer-fest quoll die Küche über mit selbstgebackenem Kuchen. Halt Ehrenamt. Auch Marion gehörte zu besagten „Eh-renamtlichen". Zwar wollte sie überall mitmachen und versprach viel. Immer an meiner Seite kannte sie sehr ge-nau meine Sorgen und Nöte. Aber sie fing immer etwas an und liess es dann wieder. Oder machte nur die Dinge, die ihr Spass machten. Es hatte keinen Sinn. So flatterhaft konnte ich sie nicht wirklich gebrauchen. Mehr Belastung als Hilfe. Wie motiviert man, wann mahnt man an? Ich war unsicher. Schliesslich entzog ich ihr ein paar Aufga-ben. Gab sie jemandem, der zuverlässiger war. Zutiefst beleidigt zog sie sich zurück. Ich versuchte mit ihr zu spre-chen, aber sie liess sich durch ihren Mann ständig ver-leugnen. Wenn ich sie zufällig beim Edeka-Geschäft traf, grüsste sie verhalten und ging sofort in eine andere Rich-tung. Ich konnte sie ja nicht zwingen, sich mit mir ausei-nanderzusetzen. Also gab ich irgendwann auf. Traurig, dass ich sie verloren hatte, merkte ich nun, wie sehr sie mir fehlte. Mein emotionaler Halt war weggebrochen. Noch schlimmer, als wenn Marion niemals aufgetaucht wäre.

Rachel wusste jetzt, was Tobias gemeint hatte. Er war doch sehr vorausschauend gewesen. Plötzlich ahnte sie, warum sie damals das Gefühl hatte, dass Marion irgendwie auf sie zugekommen war. Von Tobias geschickt, vervollständigte sie seinen Plan. Freunde gewinnen und dann wieder verlieren schwächt nachhaltiger, als erst gar keine zu haben. Aber doch erstaunlich, wie sehr die Lebenden manchmal nur Werkzeug waren. Für die Toten und ihre unsterbliche Energie. Sie war müde. Immerzu musste sie gegen Tobias intervenieren. Aber sie würde trotzdem nicht aufgeben. Das schwor sie sich. Heute hatte sie andere Mittel, als damals, als sie selbst noch lebte. Es musste einfach ein neuer Freund her. Und diesmal würde sie selbst auswählen, ohne von Tobias gesteuert zu werden!

Durch Zufall lernte ich Dominique kennen. Ein Trost. Ich war gerade wieder dabei gewesen, Tagesmütter für die Vermittlung zu suchen. Dominique meldete sich am Telefon. Wir kamen ins Gespräch. Und merkten sehr schnell, dass wir uns noch mehr zu erzählen hatten. Sie bat mich, sie einmal besuchen zu kommen und kurz darauf setzte ich ihre Bitte um. So stand ich also eines Tages vor ihrer Wohnung. Sie öffnete die Tür. Sofort sympathisch. Hübsch. Ein dunkler Typ und irgendwie sinnlich. Sie wohnte mit ihren zwei kleinen Kindern in der Stadt, in einer Altbauwohnung. Ihre Räume waren gemütlich. Strahlten Wärme und liebevolle Aufmerksamkeit für ihre Kinder aus. Kinderbilder überall. Holzspielzeug und Vorlesebücher lagen herum. In der grossen Wohnküche machte sie mir erst einmal einen Kaffee. Wir kamen vom Hundertsten ins Tausendste. Sehr interessiert hörte sie sich meine Geschichte über den Verein an. Wollte mit machen. Und ich verliess sie mit der Gewissheit, einen neuen Weggefährten für den Verein gefunden zu haben. Ab da trafen wir uns öfter. Sie übernahm die Tagesmüttervermittlung. Verantwortung. Und schon bald verliessen wir den offiziellen Pfad und redeten auch privat. Eine neue Freundin? Ein Ausgleich für die mir so fehlende Marion?

Doch dann, nach drei Monaten, erzählte sie mir, dass sie wegziehen würde und nicht mehr mitmachen könnte. Sie habe einen netten Mann kennen gelernt und wollte direkt zu ihm ziehen. Nur leider wohnte er fast 100 km weit weg und sie würde nicht mehr mithelfen können. Ich fand es verrückt. Mischte mich aber nicht ein. Nach ihrem Umzug fehlte sie mir. Und wieder fühlte ich mich sehr einsam.

Es schien Rachel aus den Händen zu gleiten. Sie fühlte sich machtlos. Freunde zu beschaffen, war schon schwer. Aber sie zu halten stellte sich als noch grössere Herausforderung heraus. War es wieder Tobias gewesen, der interveniert hat? Wahrscheinlich. Andererseits war dieser neue Freund von Dominique aus einem entfernt gelegenen Ort. Dieser entsprach nicht wirklich dem Radius von Tobias. Konnte es vielleicht sein, dass sie, die Reisenden, doch nicht alles steuern konnten? Der Zufall ihnen in den Rücken fiel? Oder sie selbst einfach nicht das Zeug hatte, für Lisa jemand richtigen zu finden?

Volker machte mir mittlerweile nichts mehr ausser Vorwürfe. Und je mehr Vorwürfe er mir machte, desto mehr distanzierte ich mich von ihm. Seine Vorwürfe waren aber nicht einfach so, nebenbei. Wenn es wieder einmal soweit war, wollte er das Problem sofort lösen. Und gab nicht auf. Wir redeten. Stundenlang. Immer im Kreis. Am Anfang einer solchen Unterhaltung gab ich mir wie so oft Mühe, ihm zu erklären, was in mir vorging. Ich wollte sein

Verständnis für mich und meine Situation. Endlich. Irgendwann. Und sein Unverständnis hinterliess bei mir den faulen Nachgeschmack, nicht so angenommen zu werden, wie ich bin. Also nicht geliebt. Liebte ich ihn? Verstand ich ihn? Theoretisch schon. Nur es half nichts. Ich konnte ihm die körperliche Zuneigung nicht mehr zeigen, obwohl ich wusste, dass es nur darum ging. Und darum, ihm seine Wichtigkeit für mich zu beweisen. Es schnürte mir die Kehle zu, wenn ich an seine Forderungen dachte. Sie verfolgten mich überall hin. Und es ging mir zusehends schlechter, denn erwarten durfte ich nichts mehr von ihm. Die Kinder am Wochenende mal nehmen, wenn ich eine Veranstaltung hatte? „Du musst mich schon darum bitten." Ich war so stolz. Bitten? Wäre es nicht selbstverständlich? Schliesslich war ich doch während der Woche schon immer für Haushalt und Kinder zuständig. 24 Stunden. Was denn noch? Aber nach seiner Kalkulation war ich ja selbst schuld. Ich hätte ja mehr Zeit haben können, wenn ich nur mein Hobby wieder aufgeben würde. Manchmal gingen seine Vorwürfe so weit, dass er mich noch nicht einmal mehr schlafen liess. Ich lag hundemüde im Bett und er rüttelte immer wieder an mir. Ich solle ihm zuhören. Sein Problem lösen. Ich schlug ihm schliesslich vor, sich eine Geliebte zu suchen. Der Gedanke gefiel mir nicht, denn ich wollte ihn nicht verlieren. Aber es würde bestimmt den Druck herausnehmen. Wenn er anderswo Bestätigung finden würde. Doch er ging nur achtlos darüber hinweg. Ein kleiner Teil in mir war beruhigt.

Schliesslich machten wir den kläglichen Versuch einer Eheberatung. Das erste Mal war ich dort alleine hingegangen. „Ohne ihren Mann können wir da nichts machen." Also gut. Ich bekniete ihn mitzukommen. „Das ist ganz schlecht. Du weisst doch, dass ich bei meinem Schichtdienst keine regelmässigen Termine haben kann."

„Dann komm wenigstens nächste Woche mit. Dann hast du Spätschicht." „Na gut." Dienstags morgens fuhren wir also zur Familienberatungsstelle. Und innerhalb von 30 Minuten hatte er die Beraterin auf seiner Seite. Er war der zu Bemitleidende, Unverstandene, im Stich gelassene - mit einer so kaltherzigen Frau. Nichts von dem Druck, den er mir machte, wurde deutlich. Keine konstruktiven Vorschläge, wie man mir vielleicht Brücken bauen könnte, um aus der Misere der Überforderung herauszukommen. Stattdessen nur weitere Vorwürfe. Seine Fehler verpackte er so geschickt, dass es zum Schluss nur eine Schuldige geben konnte. Ich hatte zumindest Parteilosigkeit erwartet. Objektivität. Hilfe. Aber das war hier unmöglich. Er hatte nichts von seinem Charme eingebüsst und dies führte dazu, dass die Beraterin ihn auf ein Podest hob. Oder zumindest andere Massstäbe ansetzte. Vielleicht wusste sie aber auch einfach nur, dass meine Ansicht von Gerechtigkeit oder Gleichberechtigung zwischen Mann und Frau nicht funktionieren konnte? Männer sowieso in der Familie einen Sonderstatus brauchten, damit eine Ehe Bestand hatte? Wir gingen nicht noch einmal hin.

„Tobias, du bist so ein Schwein!", rief Rachel aufgebracht. „Ich bin nicht für alles verantwortlich", kam es als Antwort. „Marion ist irgendwie zum Selbstläufer geworden." „Wie meinst du das? Was hat sie denn damit zu tun?" „Schau doch selbst hin", wiegelte Tobias ab.

Ich wurde schwächer. Magerte ab. Hatte keine Kraft mehr. Und fühlte mich zerrissen zwischen all meinen Verantwortlichkeiten, denen ich nicht mehr gerecht wurde: dem Verein, um ihn weiterzubringen, Volker, den ich trotz unserer Probleme immer noch liebte, und meinen

Kindern, für die ich kaum noch Zeit hatte. Und auf keinen dieser an mir zerrenden Seiten konnte ich verzichten.

‚Was soll ich nur tun? ‚, fragte sich Rachel ratlos. ‚Vielleicht noch einmal eine Reise? Volker muss ihr endlich mal wieder ein bisschen Kraft geben, anstatt sie ihr zu entziehen. So geht das nicht weiter. Sie hält sonst nicht durch!‘

Überraschend flatterte wieder ein Gutschein für die Betreuung unserer Kinder von meiner Karin ins Haus. War wirklich süss von ihr. Wahrscheinlich spürte sie unsere Krise. Und warum nicht? Volker fand die Idee auch gut. Mal wieder raus. Wann war eigentlich das letzte Mal gewesen? Vor zwei Jahren? Diesmal ein Kurztrip an den Lac du Dér in Frankreich. Wir fuhren wieder mit den Motorrädern. Vollbepackt. Auf dem Campingplatz am See schlugen wir unser kleines Zelt auf, packten aus, stellten unsere Stühle auf und nach einer kleinen Verschnaufpause trieb uns der Hunger ins nächste Städtchen. Dort war gerade ein grosses Fest zugange. Ein Motorradtreffen, mit Ausstellungsständen der verrücktesten Maschinen – meist Harleys -, mit Essenbuden an jeder Ecke und einer Band, die das Ganze mit rockigen Tönen untermalte. Wir schlenderten über den Platz und fühlten uns das erste Mal seit langem wieder verbunden. Die Sonne kam hervor und schien mir sagen zu wollen, dass das Leben doch schön war. Warum sah ich immer alles so schwarz? Hatte ich ihn nicht vor kurzem noch total abstossend gefunden? Und jetzt wieder vertraut? Ich war verunsichert. Warum konnte dieses Gefühl nicht einfach bleiben? Warum frass uns der Alltag so auf? Volker war zuvorkommend. Wieder rührend bemüht. Bestellte mir ein Baguette mit Schaschlik und Pommes. So etwas gab es auch nur in Frankreich, oder? Wir setzten uns auf eine Bank und schauten dem bunten Treiben zu.

Irgendwann liess ich mich auf den Satz ein: „Du, ich könnte jetzt sofort mit dir ins Bett gehen." Warum hatte ich das gesagt? Um ihm zu gefallen? Ihm Trost zu geben? Oder um mir selbst zu bestätigen, dass ich ihn noch wollte? Das vertraute Gefühl, das wir soeben hatten, brauchte ich dafür. Genau das. Irgendwann kehrten wir zu unserem Zelt zurück. Es war mittlerweile 21:00 Uhr. Volker kam mit den Zeltnachbarn ins Gespräch. Resultat: Wir sassen bis halb 1 vor den Zelten, tranken Bier und unterhielten uns belanglos. Im Zelt schlief ich sofort ein. Sowieso – ich war immer zum Umfallen müde. Er weckte mich. „Kannst du dich noch daran erinnern, was du mir vorhin gesagt hast?" Er fing an, mich zu streicheln. Ich war müde. Ich wollte nicht. Nicht mehr. Vielleicht auch gar nicht mehr. Das vertraute Gefühl war vor dem Zelt hängen geblieben. Bei diesem belanglosen Geplänkel. Hätte er nicht mich als Priorität sehen können? Die Situation nutzen? Ich fühlte mich wieder unter Druck gesetzt. Er spürte meine Ablehnung und war zutiefst enttäuscht. Machte mir wieder Vorwürfe. „Wie soll das mit uns denn weitergehen?", fragte er verzweifelt. „Ich kann doch nicht ewig auf dich warten. Wir haben jetzt schon ein halbes Jahr nicht mehr miteinander geschlafen. Kannst du dir vorstellen, was das für eine Tortur für mich ist? So abgewiesen zu werden? Ich habe sogar Angst, abends mit dir hoch ins Bett zu gehen. Ich könnte ja Lust auf dich bekommen und du würdest wieder Nein sagen. Aber ständig schwirrt es in meinem Kopf herum. Und ich weiss echt nicht mehr was ich machen soll. Vielleicht sollte ich doch Marions Angebot annehmen?" „Was für ein Angebot?" „Kannst du dir das nicht vorstellen? Hast du nicht gemerkt, wie sie mich immer angesehen hat?" Also doch! Ich hatte mir eingeredet, dass ich es mir nur eingebildet hatte. Doch jetzt kamen mir die schmachtenden Blicke in den Sinn, die sie mit ihren rehbraunen, grossen Augen Volker immer zugeworfen hatte. Und dann hatte sie auch schon öfter bei uns Zuhause auf mich gewartet, wenn ich mal wieder auf einem Termin gewesen war. Es fiel mir wie Schuppen vor den Augen. Klar! Sie hatte die Gelegenheiten genutzt, um mit Volker alleine zu sein. „Aber ich will dich, nicht diese Marion!", schloss er. Das rührte mich und er tat mir unglaublich leid. Ich versuchte ihn zu trösten und nahm ihn in den Arm. Sofort fing er wieder an, mich zu streicheln. Wieder kam der Druck hoch. Ich wollte mich nicht zwingen lassen. Es müsste doch von alleine entstehen. Ohne diesen Krampf! Aber diesmal liess ich es geschehen. Auch den Rest. Ich war es ihm doch schuldig, oder? Der Sex war kurz. Gott sei Dank. Danach drehte er mir zufrieden den Rücken zu und schlief ein. Mir stiegen Tränen in die Augen. Ich fühlte mich beschmutzt. Als hätte ich mich gerade selber verraten. Ich schlief nur wenig und total gerädert würgte ich noch ein kleines Frühstück herunter, bevor wir zusammenpackten. Es hatte wieder angefangen zu regen und auf dem Nachhauseweg musste ich immer wieder mit meinen Tränen kämpfen. Ziellos kamen sie nach oben. Ich hatte mich selbst vergewaltigt. Aber warum? Ich liebte ihn doch noch. Ich wollte ihn nicht verlieren. Zu sehr hatte ich mich an ihn gewöhnt. An seine Stimme, an sein Lachen. Aber warum spielte mein Körper nicht mit? Zu viele kleine Verletzungen. Wie ein Puzzle zusammengesetzt. Zuhause brach ich schluchzend zusammen. Volker verstand die Welt nicht mehr. War denn nicht endlich wieder alles gut gewesen? Ich zog mich wieder in mein Schneckenhaus zurück. Mit dem Resultat, dass dann wieder die endlosen Diskussionen anfingen. Ich fühlte mich unverstanden. Einsam. Verzweifelt. Wollte nicht mehr.

Konnte nicht vor und nicht zurück. Zu schwer. Zu ausweglos. Rappelte mich wieder hoch und funktionierte weiter. Leblos.

Rachel betrachtete verzweifelt die Situation. Noch vier Monate! Und jetzt war Lisa da, wo sie gewesen war. Parallelen. Das, was sie vorher gespürt hatte. ‚Doch nicht bis zum Ende!', schoss es ihr durch den Kopf. ‚Es muss einen Ausweg geben! Sonst war alles umsonst!' Ihre ganze Hoffnung. Ihr Kampf. Sie konnte schon Tobias siegesbewusstes Lachen hören. „Nein! Du wirst mich nicht zurückhalten!", rief sie kampfbereit. Plötzlich kam ihr der Gedanke an Lucia. Eine starke Frau, die sie mal gekannt hatte. Die damals versucht hatte ihr zu helfen. Sie würde jetzt helfen können. Wenn überhaupt, dann nur sie! Rachel konzentrierte sich. Würde sie sie finden? Sie musste!

2. Rettung

Lucia besah ihren leblosen Körper mit Überraschung. Wie konnte das nur passieren? Einfach so umgefallen. Und überhaupt. Wo war sie eigentlich? Sie schwebte über ihrem eigenen Körper. Das war doch nicht möglich! Ihr Körper, alt, ausgemergelt. Immer noch in der sie all die Jahre begleitenden Schwesterntracht. Ja, auf Ordnung hatte sie immer geachtet, selbst in diesem hohen Alter von 79 Jahren. Gut, das war es also jetzt gewesen, stellte sie unbekümmert fest. Sie hatte ihre Schuldigkeit getan. Trotzdem verharrte sie. Was würde jetzt kommen? Würde sie jetzt in den Himmel fahren, wie es ihre Religion sie gelehrt hatte? Erstaunlich, dass sie sich immer noch als Körper fühlte. Als Mensch. Als sie selbst. Sie starrte an sich herunter. Immer noch die Schwesterntracht. Gut. Aber ihre Hände! Sie sahen glatt aus. Ohne Falten. Ohne Altersflecken. Und ihre Gicht war verschwunden. Überhaupt – sie fühlte, als könne sie Bäume ausreissen. Keine Schmerzen mehr. Ihr krummer Rücken hatte sich gestreckt. Sie hatte sich gestreckt. Stolz und energiegeladen. Sie versuchte sich zu bewegen. Es ging leicht, so leicht. Eine kleine Willensbekundung und schon schwebte sie in die gewünschte Richtung. Auch nach oben. Was für ein herrliches Gefühl. Wenn sie verharrte, schwebte sie ganz langsam wieder Richtung Boden. Erstaunlich. Das bedeutete, sie war doch nicht ganz schwerelos. Oder „masselos"? Stimmt. Energie war auch Masse. Ganz unwesentlich. Sie war reine Energie, aber zusammengehalten durch ihre Erinnerung. Ihren Willen. Faszinierend. Sie fing an zu springen. Wie leicht ging das? Vor lauter Übermut schlug sie einen Purzelbaum. So wie in ihren Kindertagen. Kein Zwicken, keine Rückenschmerzen! Ein herrliches Gefühl. Und wie es ihr erst ging, wenn sie auf ihren alten Körper schaute, der unter ihr auf dem Boden lag! Sie war so glücklich. Endlich hatte sie es hinter sich. Die ständige Quälerei morgens aufstehen zu müssen. Sich zur Kirche zu schleppen. Im alten Kirchenschiff, wo es ständig zog, zu frieren. Sie musste keine Verpflichtungen mehr erfüllen. Sie war frei! Wie hopste sie jetzt durch den Raum! Wie ein ausgelassenes Kind. Trotzdem fühlte sie sich wie eine 79 jährige. Sie wollte am liebsten in den Spiegel schauen. Ach stimmt ja. Sie hatte ja gar keinen. Sie müsste jemanden fragen, wie sie aussah. Jemanden fragen? War irgendwo noch jemand? In diesem Moment kam die Pflegekraft Maria in den Raum. Nein. Mit ihr kann sie bestimmt keinen Kontakt aufnehmen, das wurde ihr unbewusst klar. Also beobachtete sie nur. „Ach du lieber Gott, " rief diese aus. „Lucia, Lucia!" Sie kniete sich neben Lucias Leichnam, fühlte ihren Puls. „Jetzt ist es also soweit, Lucia. Irgendwie habe ich damit gerechnet. Trotzdem finde ich es unfair, dass du mich hier so alleine lässt." Arme Maria. Sie war eine liebe Frau, die ihr immer ihr Herz ausgeschüttet hatte. Jetzt müsste sie wohl jemand anderen finden. Voller Mitleid strich Lucia ihr tröstend über die Haare. „Ach Lucia, ich wünsche dir wirklich deinen Frieden.", seufzte Maria und bekreuzigte sich. Sie stand auf und ging die Treppe hinunter. Lucia folgte ihr. Es war ganz einfach. Und beobachtete, wie Maria zu dem alten Bernhard lief, dem örtlichen Pfarrer. Dieser rief sofort den Krankenwagen. Und zu zweit, d. h. natürlich zu dritt, warteten sie in Lucias Wohnung auf die Hilfe. Natürlich war nichts mehr zu machen. Lucia würde nicht mehr aufwachen. Das würde Lucia auch nicht mehr zulassen. Ihr ging es jetzt so gut! Doch was war das? Der Pfarrer, Maria und die beiden Erste-Hilfe-Männer wurden immer durchsichtiger! Sie verschwanden vor ihren Augen. Ganz langsam. Immer weniger. Ihre Stimmen hörte sie noch. Doch die schienen nicht mehr zu den Mundbewegungen zu passen. Zeitverzögert. Dann wurde es still. Niemand mehr da. Doch – dort sah

sie noch ein Rest ihrer Schatten, in der Nachmittags-
sonne, die in ihr Zimmer schien. Dann verschwanden auch
diese. Lucia fühlte sich plötzlich allein. Alles war ruhig.
Nur ihr Leichnam lag noch unverändert in ihrem Zimmer.
Unruhig wanderte sie durch die Zimmer. Betrachtete alles
genauer. Hatte sich etwas verändert? Nein, eigentlich
nicht. Trotzdem war sie hilflos. Was sollte sie tun? Sie
brauchte ja nicht mehr zu essen oder zu schlafen. Kurz-
entschlossen lief sie zur Tür. Sie würde erst einmal in die
Kirche gehen. Sollte sie aber nun die Tür aufmachen?
Konnte sie das noch? Oder sollte sie hindurchschlüpfen,
so wie sie es einmal in einem Film mit Heinz Rühmann ge-
sehen hatte? Sie versuchte es und tatsächlich: Schon war
sie durch.

Nachdenklich schaute sie aus dem Fenster. Mittlerweile
war sie wieder zurück in ihrer Wohnung. Der Besuch der
Kirche hatte sie beruhigt. Alles war dort noch an seinem
angestammten Platz gewesen. Sie hatte gebetet. Und ir-
gendwie gestärkt war sie wieder hergekommen.
Die Bäume waren ruhig geworden. Kein Windhauch
schien sie mehr zu bewegen. Und die Vögel, ihre geliebten
Vögel, zwitscherten nicht mehr. Aber die Sonne schien un-
verändert. Obwohl nach ihrem Zeitgefühl schon Stunden
vergangen sein mussten. Und wärmte sie mit ihren hellen
Strahlen. Lucia fühlte sich zu ihr hingezogen. War das
Licht nicht wärmer als sonst? Heller? Sie stellte sich in die
Strahlen und hatte das Gefühl, sich einfach fallen lassen
zu können. Angekommen zu sein. Alles wurde unwichtig
und eine unglaubliche Geborgenheit schien sie zu emp-
fangen. Sie müsste nur loslassen. In dem Moment rüt-
telte es an ihr. „Lucia, Lucia! Nicht!" Lucia drehte sich um.
Erstaunt sah sie Rachel vor ihr stehen. „Rachel, was
machst du denn hier?" „Komm bitte da weg", bat Rachel
inständig. „Na, gut." Schweren Herzens trennte sich Lucia

von ihrem Licht. War es das? Das Licht, von dem alle gesprochen hatten? Voller Vorfreude schaute sie zurück. „Du hast es also auch", bemerkte Rachel traurig. „Was?" „Das Licht." „Du nicht?" „Nein. Ich weiss zwar, dass es das gibt, aber für mich sind diese Sonnenstrahlen nur einfache Sonnenstrahlen. Ich kann nicht gehen." „Also ist es das wirklich!", sinnierte Lucia. „Ja. Nur eben für die Auserwählten." „Und du bist es nicht?", fragte Lucia erneut. „Nein. Du weisst doch was ich getan habe." „Stimmt, du hast dich damals umgebracht. Vor zwanzig Jahren. Erhängt." Rachel schwieg. Schnell wechselte sie das Thema. „Ach Lucia. Ich bin ja so glücklich, dass ich dich noch gefunden habe." „Du hast mich gesucht?" „Ja. Und ich hatte so viel Glück. Wärst du jetzt gegangen, hätte ich keine Chance mehr gehabt." „Du scheinst ja ziemlich viel von dieser Geisterwelt zu wissen.", bemerkte Lucia. „Sag bitte nicht Geisterwelt. Das ist so abgedroschen. Wir sind Reisende, in Ordnung? Aber es stimmt. Ich lebe schon ziemlich lange hier. Kenne alle Tricks. Nur den Ausgang, den kenne ich nicht." „Und warum hast du mich zurück gehalten?", kam Lucia schliesslich auf den Punkt. „Ich brauche deine Hilfe. Um meinen Ausgang zu finden. Aber um dir alles zu erklären, brauchen wir viel Zeit." „Na, die haben wir ja jetzt", lachte Lucia.

Lucia und Rachel setzten sich in die Küche. „Machst du uns einen Kaffee?", bat Rachel. „Geht denn das?", fragte Lucia erstaunt. „Natürlich. Ist zwar nur imaginär. Aber du wirst sehen. Er wärmt und wird auch nach Kaffee schmecken." Lucia machte sich sofort ans Werk. Auch das Geschirr, was sie wegräumte, blieb dort. Sie konnte Dinge verändern! Erstaunlich. „Für dich gibt es die Zeit in dem einen Augenblick genauso, wie für alles Lebende.", fasste Rachel ihre Gedankengänge auf. „Nur vergeht sie nicht mehr wirklich. Die gespülte Tasse bleibt so, weil du es willst. Du könntest sie auch wieder in den alten Zustand versetzen. Und das übrige Leben verlässt dich. Hier. Diese wunderschönen Blumen, die du dort siehst, auf deiner Fensterbank. Oder die Bäume vor deiner Tür. Das alles ist Leben. Auch das wird dich bald verlassen." „Und warum ist es noch hier?", fragte Lucia verständnislos. „Pflanzen haben eine andere Energie. Sie leben langsamer.", erklärte Rachel. Lucia stellte den dampfenden Kaffee auf den Tisch. Entsetzt betrachtete sie die Blumenkübel auf ihrer Fensterbank. Die Blumen waren verdorrt. So schnell? Sorgenvoll schweifte ihr Blick zum Fenster. Gott sei Dank, die Bäume standen nach wie vor kraftvoll und grün vor ihrem Fenster.

„Erzähl mir mehr über die Zeit", forderte sie Rachel auf. Rachel wurde unruhig, aber sie zwang sich geduldig zu sein. „Gut. Also. Das Leben, so wie wir es kennen, belegt eine feste Zeitzone, die sich in einer bestimmten Geschwindigkeit fortbewegt. Für uns ziemlich schnell." Sie nahm ein Stück Papier und einen Stift zur Hand und malte es Lucia auf. „Hier befinden wir und gerade. Du bist hier gestorben." Sie malte einen Punkt. „Wir haben jetzt für dich das Jahr 1985. Der Abstand zum normalen Leben ist für dich vielleicht gerade zwei Tage alt. Das Leben ist weitergezogen. In seinem Rhythmus. Du bleibst im Jahr 1985, solange du willst." „Und du? Lebst du im Jahr 1965? Warum bist du dann hier?" „Wir können reisen. Egal wohin. Nur nicht in die Zukunft. Das ist sehr kompliziert, solange wir auf unserer guten alten Erde sind. Aber alles, was in der Vergangenheit liegt, nein, alle Menschen, die in der Vergangenheit gestorben und noch hier sind, können sich besuchen. Jederzeit. An jedem Ort. Wir sind so etwas wie Zeitreisende ohne Zeit." „Und in welcher Zeit befindet sich das richtige Leben jetzt für dich?", wollte Lucia wissen. „Für uns, liebe Lucia. Für uns. Zuletzt im Jahr 1999."

„Das gibt es doch nicht", rief Lucia aus. „Du hast doch gerade gesagt, dass mich das Leben erst zwei Tage verlassen hat!" „Das stimmt. In den zwei Tagen sind Jahre vergangen. Hättest du direkt am Leben festgehalten, hätte es für dich nicht so einen fühlbaren grossen Sprung gemacht. Aber so hast du es laufen lassen. Ich versuche es dir mal so zu erklären. Stell dir einfach Wasser vor. Die Oberfläche, dort wo man schwimmen kann, ist die Gegenwart. Sie fliesst schnell. Stirbt man, sinkt man sofort nach unten, wenn man nicht versucht, an der Oberfläche zu bleiben. Nein, falsch. Die Wassermassen türmen sich rasend schnell über dir zusammen." Sie malte ihr die Wasseroberfläche über Lucias Punkt. Dann malte sie einen Punkt direkt schräg darunter. „Das hier ist mein Sterbepunkt. Die dazwischen liegenden Jahre sind lediglich so etwas wie ganz dünne, aufeinander liegende Schichten geworden. Die sich langsam, viel langsamer als die Oberfläche bewegen. Je weiter unten, desto langsamer. Aber unter der Oberfläche können wir schwimmen wie die Fische. Nach unten, nach oben, zur Seite. Ganz egal. Der Abstand von deinem Sterbepunkt zu meinem ist wie von eben zu jetzt. Sozusagen komprimiert." Erneut nahm sie das Blatt Papier. Sie malte eine kurze Verbindung von sich zu Lucias Punkt. „Der Faktor Zeit ist für uns kaum noch spürbar. Aber wir können trotzdem noch an die Oberfläche." Sie malte einen Weg bis zur Oberfläche und wieder zurück und fuhr dann fort: „Ein Gedankenstrich und wir sind dort. Nur, um dort hinzukommen benötigen wir Energie. Je länger der Zeitabstand desto mehr. Und wir verlieren auch immer ein wenig davon um dort zu verweilen. Als ich damals gestorben bin, habe ich eine ganze Zeit lang meine Familie weiter begleitet. Und damit jegliches Gefühl für meine eigene Zeit verloren. Das Gefühl für die Zeit ist gleich geblieben. Eine Stunde hier fühlt sich an, wie

eine Stunde dort. Aber irgendwann muss man wieder los-
lassen, um Energie zu tanken. Und hat man erst mal los-
gelassen und ist in sein eigenes Jahr gesunken und be-
sucht dann wieder die lebende Zeit, dann sind in der Zwi-
schenzeit ganz schnell ein paar Monate dort vergangen.
Oder wenn man zu lange bleibt, sogar Jahre. Schau, die
Bäume sind verschwunden." Entsetzt schaute Lucia aus
dem Fenster. Tatsächlich. Nur noch Häuser und kahle Hü-
gel umsäumten ihr Haus, gespickt von einzelnen toten
Bäumen. „Das ist ja fürchterlich! Das sieht einfach nur
trostlos aus!" Rachel beruhigte sie. „Wenn du lebende
Bäume sehen möchtest, müssen wir einfach eine kleine
Zeitreise machen." „Wie geht das?" „Wir konzentrieren
uns auf jemanden oder etwas in der Gegenwart." „Auf
das Haus hier?" „Ja, das geht. Du brauchst nämlich einen
Fixpunkt. Etwas, das in der Zeit noch da ist. Wenn du
keine Person hast, auf die du dich konzentrieren kannst,
ist es auch möglich mithilfe dieser toten Gegenstände zu
reisen. Das ist ein bisschen schwerer, aber es geht. Kennst
du nicht vielleicht doch eine Person, auf die du dich kon-
zentrieren kannst?" „Im Jahr 1999? Nein." „Gut. Dann
nehmen wir wohl oder übel das Haus. Am sichersten ist
die Aussenmauer, falls irgendetwas umgebaut wurde.
Was hältst du von dieser Mauer?" Sie deutete auf die
Mauer neben dem Fenster. „Ja, in Ordnung. Und wie ma-
che ich das jetzt?" „Schliesse die Augen und konzentriere
dich nur auf die Mauer. Dann stellst du dir vor, du greifst
von oben nach ihr, ziehst an der Mauer und tauchst mit
ihr auf. Wenn du merkst, dass es nicht weitergeht, bist du
da." Lucia versuchte es. Es schien ganz leicht. Dann immer
anstrengender. Trotzdem hatte sie das Gefühl zu schwe-
ben. Dann ein Gefühl, als tauche sie auf. Sie liess die
Mauer los und öffnete die Augen. Sie stand direkt vor ihr,
genauso wie sie in der Vergangenheit zuletzt gestanden
hatte. Dann schaute sie daneben aus dem Fenster.

Schneebedeckte grosse Bäume, direkt vor ihr. Lärm von draussen. Im Zimmer keine Möbel. Und das Gefühl, sich festhalten zu müssen, um nicht zurückzufallen. Rachel tauchte neben ihr auf. Erleichtert registrierte sie, dass wohl erst ein paar Monate vergangen waren. „Hat doch gut geklappt. Willkommen im Jahre 1999!" Unsicher schaute sich Lucia um. Dann sah sie wieder aus dem Fenster, diesmal nach unten. Unbekannte Automodelle fuhren direkt vor der Tür auf der Hauptstrasse. So viele! Und immer auf den gegenüberliegenden Parkplatz. War das der kleine Tante-Emma-Laden? Herrje, der ist ja zu einem grossen Edeka-Geschäft geworden! „Ich bin beeindruckt", gestand Lucia. „Du musst dich nur gelegentlich festhalten, damit du den Anschluss nicht verpasst", grinste Rachel und fügte hinzu: „Merkst du den Zug? Wie es an dir zieht?" „Ja. Es ist etwas anstrengend." „Ja, und wenn du innerlich loslässt, schwebst du wieder sachte zu deinem Licht." „Meinst du, es wartet dort auf mich?" „Oh ja.", bekräftigte Rachel. Lucia sah sich weiter um. „Schau nur, Rachel.", frohlockte sie. „Hier sind nagelneue Heizkörper! Und neue Fenster! Wie schön. Was habe ich über die alten Ölbrenner geflucht." Sie lachte. Sie war glücklich. Glücklich über diese Erfahrungen und glücklich über das Licht, das auf sie wartete. Aber so ganz verstand sie das immer noch nicht mit der Zeit.

„Hör zu, Lucia.", setzte Rachel an. „Ich brauche deine Hilfe." Lucia nickte. „Du weisst ja, dass ich mich damals umgebracht habe." Lucia nickte. „Ja. Aber erzähle doch mal die wirkliche Version. Es wurde so viel spekuliert." „Na ja, ich war damals total verzweifelt. Ich kam ursprünglich aus einer freiheitlich denkenden Familie, trotz der Prägung durch Hitler, trotz Krieg. Ich bin 1940 geboren. Eine Zeit kurz vor Kriegsende und wir litten damals

Hunger. Aber dann kam kurz nach Kriegsende der wirtschaftliche Aufschwung und ich selbst bekam nur den Wohlstand mit. Trotzdem war es damals noch nicht üblich, dass Mädchen eigenständig wurden. Sie wurden auf Hauswirtschaft getrimmt und alles schien nur auf eine Ehe ausgerichtet zu sein. Als Lebensziel. Du müsstest diese Zeit eigentlich noch intensiver mitbekommen haben, oder? Bist du nicht über 20 Jahre älter als ich?"

„Ja. Aber weisst du, die Arbeit in einem Kloster lässt einen nicht viel mitbekommen. Während des Krieges habe ich Verletzte gepflegt. Und danach hatte ich lange keinen Kontakt zur Aussenwelt. Das Leben in einem Kloster ist ziemlich abgeschieden von der Welt. Das Einzige, was wir mitbekamen, war, dass es wieder mehr Spenden gab. Und Kirchenbeiträge. Und dadurch auch wieder besseres Essen."

„Dann hast du auch nichts von den wilden 60ern mitbekommen?"

„Nein. Im Nachhinein hat man uns aber die schlimmen Exzesse geschildert. Sozusagen als abschreckendes Beispiel für den Niedergang jeglicher Moral." Lucia musste lächeln. Sie hatte immer schon ihre eigene Meinung dazu gehabt. „Und du? Hast du sie miterlebt?", fragte sie Rachel. „Nein. Meine Eltern wollten mich zwar nicht verheiraten, sondern ich sollte selbst entscheiden, und wenn ich wollte, für mich auch selbst sorgen. Diese Haltung war damals schon sehr fortschrittlich, gerade in diesem Dorf hier. Aber sie vertraten es natürlich nicht nach aussen. Mich trieb es fort. Ich landete als Zimmermädchen in Berlin. Berlin war natürlich die Hochburg für die 60er. Ich erlebte Hausbesetzungen. Wurde auch ein paar Mal eingeladen. Die Atmosphäre war überall geladen. Eine Aufbruchsstimmung – Wir verändern etwas in dieser spiessigen Gesellschaft. Ich genoss es, dabei sein zu dürfen. Aber die sexuelle Revolution machte ich nicht mit. Ich hatte

nichts daran. Warum? Sex war für mich immer ein Zeichen für Liebe. Und lieben wollte ich nicht alle diese Männer, die mich einfach mal ausprobieren wollten. Konnte ich auch nicht.", grinste sie. „Ich nahm auch keine Drogen. Denn irgendwie war ich doch zu spiessig erzogen worden. Und wiederum so gut, dass ich keinen Grund sah, mich aufzulehnen. Wogegen? Die Gesellschaft meiner Kindheit war ja in Ordnung gewesen. Und für Politik hatte ich mich noch nie interessiert.

Stattdessen nahm ich ein bisschen an diesem Leben teil, um zu lernen. Ich hatte ja meine Arbeit in dieser reichen Familie. Und einmal pro Woche hatte ich Ausgang, um mich wieder kurz umzuschauen." Sie machte eine kurze Pause. „Und was ist dann passiert?", wollte Lucia wissen. „Dummerweise verliebte ich mich in den Sohn des Hauses. Ich war halt eine grosse Romantikerin. Und es dauerte nicht lange, bis mich der Sohn der Familie verführte. Für mich war es die erste grosse Liebe, für ihn damals wohl nur ein Flirt. Ein Spiel. Als ich schwanger wurde, interessierte es Tobias überhaupt nicht. Heiraten kam für ihn nicht in Frage. Und als ob das nicht genug war, organisierte er eines Abends mit seinen Freunden eine Sexparty. Er gab mir vorher irgendeine Droge und schon war ich mittendrin. Ich weiss nicht, wie viele Männer mich damals hatten. Ich bekam ja nicht viel mit, ausser dass ich mich total dreckig fühlte. Am nächsten Tag kam Tobias zu mir und meinte, ich solle ein paar Wochen warten und dann behaupten, dass einer von den Jungs der Vater meines Kindes wäre. Sie wären alle eine gute Partie und ich könnte mir sogar einen aussuchen. Mir brach es nun endgültig das Herz. Fluchtartig kehrte ich zu meinen Eltern zurück. Dort konnte ich dann in Ruhe mein Kind auf die Welt bringen."

„Oje, du Arme. Du hast so viel mitgemacht.", bedauerte sie Lucia.

„Es war nicht so schlimm, Lucia. Ich kam darüber hinweg. Hatte ja jetzt meinen Sohn und war glücklich. Aber meine Eltern konnten mich natürlich nicht dauerhaft mitversorgen. Nachdem dann mein Sohn ein paar Monate alt war, versuchte ich wieder eine Anstellung zu finden."
„Unmöglich damals, oder?"
„Ja, du hast Recht. Absolut unmöglich. Hier im Dorf und leider auch in den Nachbargemeinden wusste jeder, dass ich ein Kind hatte. Und keiner gab mir eine Stelle. Weiter weg konnte ich nicht gehen. Ich hatte kein Auto und Busse fuhren damals noch nicht.

Naja, dann lernte ich bei einem Dorffest Matthias kennen. Wir verliebten uns ineinander. Und schliesslich bot er sich an, mich zu heiraten. Trotz Kind. Und ich Idiot sagte sofort ja. Matthias, meine Rettung. Natürlich war ich die erste Zeit nach der Hochzeit überglücklich. Ich konnte in sein Haus mit einziehen und wir waren eine richtige nette, kleine Familie. Aber nach einer Weile fing es an. Ich war ihm zu Dank verpflichtet, da er mich und ja vor allem meinen Sohn, den er wie seinen eigenen Sohn angenommen hat, versorgte. Und dadurch fühlte ich mich mehr und mehr wie gekauft. Er erwartete klare Dienste von mir. Egal, wie es mir ging. Um mich ging es dann irgendwann überhaupt nicht mehr, sondern nur noch um die Institution der Ehe. Ich fühlte mich eingekesselt. Konnte nicht mehr raus. Das war übrigens der Zeitpunkt, als ich öfter mal zu dir kam."

„Stimmt. Ich kann mich erinnern. Du hast zu der Zeit immer nach den Pflichten einer Ehefrau gefragt."

„Ja, und du hast mich so herrlich unkonventionell beraten. Du hast dich gewunden wie ein Fisch. Und das als Kirchenfrau!" Sie mussten beide lachen.

„Und wie ging es dann weiter?", wollte Lucia gespannt wissen.

„Na ja, dann bekam ich unser zweites Kind. Ich hatte gehofft, es würde anders. Nicht mehr dieser Druck. Eine neue Aufgabe. Eine Daseinsberechtigung mit ‚seinem' Kind. Mit mehr Rechten vielleicht? In der Zeit habe ich dir in deinem Kindergarten angefangen zu helfen und mir ging es damals richtig gut. Selbst mein Mann hat es toleriert."

„Oh ja, du warst mir eine grosse Hilfe gewesen! Ich weiss noch, wie viele Schwierigkeiten wir hatten, die Männer im Dorf davon zu überzeugen, dass ihre Frauen besser im Weinberg mithelfen können, wenn ihre Kinder bei uns versorgt sind. Und du warst jeden Tag da."

„Das war eine tolle Zeit gewesen, Lucia. Ich wurde gebraucht und konnte beweisen, dass ich auch was kann. Aber du weisst ja, dass es nicht lange hielt. Nur ein paar Jahre."

„Stimmt. Irgendwann kamst du nicht mehr, hast dich durch Matthias entschuldigen lassen, du seist krank, und ab da habe ich dich auch nicht mehr gesehen. Warum eigentlich?"

„Tja, Matthias schaute sich das Ganze einige Zeit an und dann forderte er wieder mehr. Den Kindergarten sollte ich nur noch besuchen, wenn alles andere erledigt war. Einkaufen. Den Garten. Sein Mittagessen. Nähen, bügeln, putzen.

In der Zeit habe ich versucht, alles unter einen Hut zu bekommen. Und wurde immer schwächer. Dazu kam natürlich das Thema Sex. Ich wollte ihn lieben. Aber ich fühlte mich immer mehr nur benutzt. Träumte mich jede Nacht in eine andere Welt. Und er, er wurde immer gleichgültiger. Herrschte mich nur noch an, wenn er Zuhause war. Ich fing an, ihm aus dem Weg zu gehen. Ich hatte ständig Migräne oder konnte plötzlich wegen seinem Schnarchen nicht mehr im gemeinsamen Ehebett schlafen. Und eines Tages redete ich offen mit ihm. Versuchte es zumindest.

Er solle mich in Ruhe lassen, bis ich von selbst wieder auf ihn zukäme. Ich versuchte eine Lösung zu finden. Wollte irgendwie wieder glücklich werden mit ihm. Der Erwartungsdruck musste einfach raus. Und er? Statt auf mich einzugehen oder mich zu verstehen, geriet er total aus der Fassung - wurde rasend vor Wut. Schuld an allem wäre der Kindergarten. Er würde mich zu sehr ablenken. Schliesslich drohte er mir, mich zu verstossen, wenn ich meinen ehelichen Pflichten nicht richtig nachkäme. Er fing an, mich bei jeder Gelegenheit zu kontrollieren und verbot mir ab da, noch einmal in den Kindergarten zu gehen oder überhaupt mit dir zu sprechen.

Und natürlich verlangte er, dass ich wieder mit ihm in einem Bett schlafen solle. Ich verweigerte mich. Ich konnte nicht anders. Das macht ihn noch wütender. Und eines Abends, als die Kinder schon im Bett waren, zerrte er mich von meinem Sofa, zog mich an den Haaren ins Schlafzimmer und vergewaltigte mich, nur um zu beweisen, dass er ein Anrecht auf Sex hat und stärker ist als ich. Es schien ihm sogar Spass zu machen." Sie machte eine kurze Pause. *„Er wiederholte es ab da regelmässig."*

Lucia sog die Luft ein. Voller Mitleid betrachtete sie Rachel. Hätte sie ihr helfen können, wenn sie es gewusst hätte? Rachel fuhr fort:

„Ich wollte eine Zeitlang nur noch weg. Die Kinder waren mittlerweile ganz verstört, weil sie meine Veränderung mitbekamen. Wahrscheinlich hatten sie auch meine anfänglichen Schreie gehört. Später habe ich dann nicht mehr geschrien. Ich war einfach nur noch zerbrochen. Und was hätte ich auch machen sollen? Weglaufen? Wie sollte ich meine Kinder versorgen? Und auf sie verzichten hätte ich auch nicht können. Sie waren der einzige Halt, den ich im Leben hatte. Ich wusste keinen Ausweg mehr.", damit schloss sie ihre Geschichte.

Lucia schluckte. Ihre Version, die sie bis jetzt gekannt hatte, war, dass Rachel depressiv geworden wäre. Und nichts mehr Zuhause gemacht hätte, ausser sich hängenzulassen. Rachel hatte ihr zwar eine Zeit lang ihr Herz ausgeschüttet, als sie damals im Kindergarten zusammen arbeiteten. Aber so deutlich war sie nie geworden. Und was hätte eine Nonne ihr für ihr Eheleben schon raten können! Das hier hörte sich ganz anders an. Und sie konnte mehr denn je verstehen, warum Rachel sich umgebracht hatte.

„Und wie kann ich dir jetzt helfen?", frage Lucia.
„Ich sehe das Licht nicht", sagte Rachel traurig. „Ich denke, das ist die gerechte Strafe für meinen Selbstmord. Ich muss so lange hier aushalten, bis ich eine Lösung für mich, über jemand anderes, gefunden habe."
„Woher weisst du das?"
„Es muss möglich sein. Ich bin jetzt schon so lange hier. Manche Gestorbene treffe ich nicht, weil sie in das Licht gegangen sind. Wenn ich sie sehen will, ist es meistens zu spät oder sie stehen kurz davor und wollen nicht bleiben. Andere wiederum habe ich oft getroffen. Mit ein paar Selbstmördern habe ich mich unterhalten. Und einige von ihnen haben einen Weg gefunden. Sie sind heute nicht mehr hier. Einer von ihnen hiess Thomas. Er hatte mir erzählt, dass er in der Gegenwart jemanden gefunden hat. Vielleicht einen Seelenverwandten. Der fast ähnliche Erlebnisse hatte wie er. Und Thomas hatte es geschafft, diesen Seelenverwandten vom Selbstmord abzubringen. Und danach durfte er gehen. Ich war dabei gewesen. Sie überlegte kurz: „Ich glaube, das Geheimnis dabei ist, dass man endlich versteht. Und einsieht. Den richtigen Weg für den anderen und damit für sich selbst erkennt. Und sich auch ein Stück weit für diesen Seelenverwandten hingibt."
„Das klingt plausibel", meinte Lucia und fragte: „Hast du auch so jemanden gefunden, einen Seelenverwandten?"

Rachel wurde ganz aufgeregt. „Ja, stell dir vor. Lisa. Sie wohnt in meinem Haus und ist ganz verzweifelt, obwohl ich wirklich alles versucht habe."

„Was hast du versucht?", fragte Lucia mit Nachdruck. „Hast du etwa Kontakt mit ihr aufgenommen?"

„Ja und nein. Lisa ist relativ unempfänglich. Auf Ideen springt sie scheinbar an, in ihren Träumen. Aber direkt Kontakt kann ich nicht aufnehmen. Stattdessen kann ich ihren Mann und einige ihrer Freunde beeinflussen, indem ich ihnen Gedanken in den Kopf pflanze."

„Das ist ja schrecklich!", entfuhr es Lucia, „Das kann nur eine Sünde sein, das Leben so zu beeinflussen."

„Das sehe ich ganz und gar nicht so", wehrte sich Rachel. „Es kommt darauf an, mit welchem Ziel man Einfluss nimmt. Ich habe bestimmt kein Interesse, Lisa zu schaden. Im Gegensatz zu anderen."

„Zu anderen?", wiederhole Lucia entsetzt, „Heisst das, das macht womöglich jeder?"

„Mehr oder weniger. Es gibt Reisende, die wollen nur beobachten. Sonst nichts. Dann gibt es solche, die sich einen Schabernack daraus machen. Sie sprechen mit empfänglichen Menschen. Geben ihnen Ratschläge, die oft nicht brauchbar sind, und haben auch sonst ihren Spass. Oder sie besetzen die arme Seele und führen ihr vorheriges Leben weiter, soweit es geht. Manche lieben es auch nur, Macht über einzelne Menschen zu haben. Aber dann gibt es die Ernsthaften, die wirklich versuchen zu helfen, oder etwas zu lösen. Vor allem, damit sie irgendwann selbst hier raus können."

„Und wie denkst du, könnte das funktionieren?", fragte Lucia skeptisch. Rachel erklärte es ihr: „Lisa ist mit meinem Schicksal verbunden. Es wiederholt sich. Derselbe Ort, dieselbe Zeitspanne. Ich habe es damals sechs Jahre ausgehalten. Sie ist jetzt kurz vor dem sechsten Jahr. Sie

muss es schaffen. Ich muss es schaffen, dass sie durch-
hält. Sich nichts antut. Aber dafür brauche ich deine Hilfe.
Ich bin nicht stark genug." „Wie könnte ich dir helfen?"
„Ich habe Gegenspieler. Von einem weiss ich mit Gewissheit. Tobias. Der Vater meines Sohnes. Mit 25 Jahren gestorben. Hat eine Menge Macht und möchte, dass ich hier
bleibe. Ihm Gesellschaft leiste. Ihm verzeihe. ... Oh!" Es
durchfuhr sie siedend heiss. „Das ist es!" Sie schlug sich
die Hand vor den Mund.

„Rachel, was meinst du?"

„Er ist wegen mir noch hier. Nie hat er nach einer Lösung
für sich gesucht, so wie ich. Und jetzt ist es mir klar geworden. Er kann nicht ohne mich gehen. Er braucht meine
Verzeihung! Jetzt habe ich es verstanden." „Heisst das,
wenn du ihm verzeihst, lässt er auch Lisa in Ruhe und damit erfüllt sich auch dein Schicksal und du kannst gehen?"
„Vielleicht. Das könnte sein. Je mehr ich darüber nach-
denke, desto wahrscheinlicher scheint es. Desto plausib-
ler wird es. WENN er es zulässt.

Aber wie soll ich ihm verzeihen? Er hat mich nicht nur im
richtigen Leben im Stich gelassen, sondern liess mir auch
nach seinem Tod keine Ruhe. Hat sich damals in meine
Träume gestohlen. Und wahrscheinlich auch Matthias
beeinflusst. Wegen seiner Einmischung habe ich mich
umgebracht! Er hat mich so weit getrieben, damit ich zu
ihm komme. Wie kann ich ihm das verzeihen?"

Lucia überlegte. „Vielleicht befasst du dich einfach mal
mit seinem Leben?", schlug sie vor. „Frage ihn. Versuche
es zu verstehen. Und versuche dich zu verstehen. Nicht alles kann er schuld gewesen sein. Vielleicht kannst du ihm
dann verzeihen."

„Kommst du mit?", fragte Rachel unsicher.

„Wenn du mir zeigst, wie ich zu ihm komme?"

„Ja, das ist ganz leicht. Er ist ja schon tot. Aber zuerst schauen wir noch nach Lisa, einverstanden?" „In Ordnung." „Und wie kommen wir zu ihr?" „Wir laufen oder schweben. Wie du willst", lachte Rachel über Lucias Unwissenheit.

3. Flucht

Die Wohnung, ein Segen. Zur richtigen Zeit am richtigen Ort. Als sollte es so sein. Es war Ende November.
Nass und kalt. Innen wie aussen. Dann der Entschluss – bevor ich mir etwas antun würde, oder wir uns gegenseitig umbrachten – seelisch, körperlich, wer weiss das schon – musste ich ausziehen. Weg von ihm. Nach vielem Hin und Her das einfachste. Mit der wenigsten Verantwortung. Ein schwerer Schritt, denn nie hatte ich wirklich gehen wollen. Nur bleiben war auch nicht möglich gewesen. Ich hatte mich verloren und war niemandem mehr gerecht geworden. Nicht meinem Mann, nicht meinen Kindern, nicht dem Verein. Und nun? Die Entscheidung schien irgendwann wie von alleine gekommen zu sein. Wer brauchte mich am meisten? Meine Kinder und der Verein.

Aber, mein Traumhaus war zerplatzt. Zusammen mit meinem Traummann. Ein Zuhause der Illusion. Hatte ich nur deshalb nicht früher gehen können, weil ich an der Hoffnung festgeklammert hatte, es würde wieder alles gut? Von alleine? Ich hatte zu lange gewartet, bis ich nur noch ein nervliches Wrack war und nichts mehr ging. Aber wer gibt schon gerne Träume auf?

Ich hatte angefangen nach Wohnungen im Dorf zu schauen, damit die Kinder nicht aus ihrem Umfeld heraus mussten. Zwei hatten zur Auswahl gestanden. Aber die erste wurde mir schliesslich abgesagt; ich hatte kein Geld für eine Kaution. Ausserdem würden meine Kinder zu viel Lärm machen. Die zweite Wohnung war zwar direkt an der Hauptstrasse, aber der junge Pfarrer, der unten im Haus sein Büro hatte, machte mir gleich Hoffnungen. Ich musste keine Kaution stellen. Ihm war sogar egal, dass ich nicht mehr in seiner Kirche war. Als zahlender Mieter spielt die Konfession wohl keine Rolle. Alles ganz einfach. Und die Wohnung? Drei helle, grosse Zimmer. Bis auf ein Zimmer alle mit abgezogenen Dielen. Grosse Fenster. Ich fühlte mich sofort wohl. Irgendwie sicher. Geborgen. Eine warme Atmosphäre. Und meine Kinder und ich zogen ein.

Das Ganze war wirklich leicht gewesen. Schicksal spielen. Rachel hatte Recht behalten. Der junge Pfarrer – ein Kinderspiel. Lucia verweilte gerade in ihrem ehemaligen Zimmer und betrachtete voller Freude Lisa, die endlich eingezogen war. Möbel hatte sie kaum mitgebracht. Eine Waschmaschine, was übrigens eine tolle Sache ist – sie selbst hatte damals keine gehabt. Möbel für Lisas Sohn. Kathi musste noch ein Bett bekommen. Und Lisa selbst auch. Sie hatte wohl Volker nicht noch mehr verletzen wollen. Alles andere zurückgelassen. Und ihr letztes Sparguthaben verbraucht, auf Kredit eingekauft, um wenigstens das Nötigste einrichten zu können. Stolz hatte sie einen gebrauchten Herd für 50,- DM erstanden. Und zu ihrer Überraschung hatte Volker Lisa doch tatsächlich noch bei dem Zuschneiden der neuen Küchenplatte geholfen. Nur, sonst war grosses Schweigen zwischen den Beiden. Und immer wenn Lucia Volker vor sich sah, empfing sie eine unheimliche Energie. Zu viel für eine Person. Eine Doppelbelegung. War das Tobias? Heute Abend würde sie mehr wissen. Denn dann würde sie mit Rachel und ihm das Gespräch haben. Nur, wenn er nicht der Schatten bei Volker war, wer konnte das sonst sein? Und warum? Sie konnte sich keinen Reim darauf machen. Noch nicht.

Sie traf Rachel in ihrem Haus. In ihrer Zeit. Der Kamin prasselte. Erstaunlich.
„Wie hast du das mit dem Feuer hinbekommen?"

Rachel lächelte vielsagend. „Ich habe dir doch erklärt, dass du Dinge verändern kannst. In deiner Zeit. Und es ist einfach. Probiere doch selbst mal aus, einen deiner Ölöfen anzumachen. Du wirst sehen, es geht."

„Wenn du es sagst." Lucia liess sich in einen Sessel gleiten. „Und wo ist Tobias?", wollte sie wissen.

„Ich kann ihn rufen. Aber jetzt noch nicht. Komm erst mal mit. Ich möchte dir etwas zeigen." Lucia erhob sich und folgte Rachel auf den Speicher. „Schau!", rief Rachel überglücklich. „Mein Licht!"

Lucia entdeckte erstaunt die Leiche von Rachel, die unter dem Deckenbalken hing und erstaunlicherweise nicht verwest war. Aber stimmt, sie waren ja in Rachels Zeit. 1985. Und vielleicht blieb die sterbliche Hülle ja so lange mit einem selbst verbunden, bis man gehen konnte. Sie würde später mal Rachel fragen. Sie schaute sich weiter um und plötzlich sah sie es. Direkt neben Rachels totem Körper schien durch das Fenster ein warmer heller Strahl. Sofort fühlte sie sich wieder angezogen.

„Ich kann gehen, Lucia. Ich bin so glücklich! Und das alles nur, weil du mir geholfen hast!"

„Ich habe doch nicht viel gemacht, Rachel. Ich habe mich nur vor Lisa gestellt, so dass keiner mehr an sie herankam. Volker war ein Klacks."

„Ja, aber alleine hätte ich es nicht geschafft. Du hast diese positive Energie."

„Meinst du wirklich, das macht einen Unterschied?"

„Ja. Meine Energie war immer zu neutral. Ich konnte dem nichts entgegensetzen. Immer wieder hatte ich Rückschläge. Aber du? Du bist nur einfach anwesend und schon kann Lisa wieder Kraft sammeln. Das ist beachtlich."

Lucia war selbst erstaunt. Gab es unterschiedliche Energieausrichtungen? Qualitäten? War ihre so positiv, weil sie direkt nach ihrem Tod hätte gehen können? Ihr Licht sofort da gewesen war? Benötigte man eine bestimmte Energieform oder -stärke, um das Licht zu sehen? Sie schaute Rachel an und tatsächlich. Rachel war fast nicht wiederzuerkennen so strahlte sie. Es war eine Freude sie so zu sehen.

Rachel konnte sich kaum von ihrem Licht trennen.

Lucia mahnte sie: „Komm mit runter, Rachel. Wir müssen noch mit Tobias sprechen."

„Ja, du hast Recht. Wobei ich immer noch nicht ganz dahinter stehe. Er hat mir so viel angetan. Eigentlich könnte ich ihn hierlassen. Als Strafe."

„Rachel", rief Lucia sie zur Ordnung. „Vielleicht kannst du eine Seele retten."

Rachel grinste. „Schon gut. Ich wollte nur deine Reaktion testen. Ich hasse ihn merkwürdigerweise nicht mehr. Etwas hat sich verändert." Lucia wollte mehr wissen. „Was genau hat sich verändert?" „Ich habe mit Tobias und Matthias irgendwie abgeschlossen. Seit Lisa gerettet wurde. Ich hätte damals auch gehen müssen. Um mich zu retten. Um Abstand zu gewinnen. Und wieder zu mir selbst zu finden. Und wenn ich unter einer Brücke geschlafen hätte. Na und? Es wäre irgendwie weitergegangen. Das weiss ich heute." Lucia nickte verständnisvoll. Rachel schaute sie nachdenklich an. „Tatsächlich war mein Grund für den Selbstmord nicht nur meine Verzweiflung, sondern auch ein kleiner Rachefeldzug gegen alle, die mir das angetan haben. Und ich selbst hasste mich am meisten. Warum hatte ich das alles mit mir machen lassen? Ich hatte es nicht verdient, weiterleben zu dürfen." Sie schwebte um ihre Leiche herum und betrachtete sie, als hätte sie sie noch nie vorher gesehen. „Ich bin aus Scham gestorben. Anstatt mich zum Beispiel an dich zu wenden. Und habe mir dadurch die Möglichkeit verbaut, es für mich zu lösen. Daraus zu lernen. Und wieder stark zu werden. Heute glaube ich, dass jeder Mensch die Verpflichtung hat, die Schmerzen und Demütigungen so zu verarbeiten, dass sie das eigene Leben nicht zerstören. Stattdessen kultivieren Menschen wie ich die Bilder der Vergangenheit und entwickeln uns nicht weiter. Wir leben nicht mehr im Hier und Jetzt. Und in diesem Zustand verharren wir auch in der Zwischenwelt."

Lucia nickte. Sie glaubte Rachel sofort. Vielleicht war auch dieses Wissen der Grund, warum in ihrer Religion ein Selbstmörder generell verachtet wurde. Im Mittelalter wurden die Leichen sogar noch einmal postmortal aufgehängt. In jedem Fall war das Begräbnis nie ehrenhaft. Ein Selbstmörder hatte sich der Gesellschaft entzogen. Und so wurde er auch nach seinem Tod behandelt. Selbst heute noch war die Angst vor einer Wiederkehr der Seele weit verbreitet. Wenn ein altes Grab einen Zaun vorwies, war dies der Versuch, eine Rückkehr und vielleicht sogar eine Rache zu verhindern.

Rachel riss sie aus ihren Gedanken. „Komm. Lass uns hinunter gehen. Ich möchte es hinter mich bringen." Sie schwebten mehr als sie gingen. Im Wohnzimmer angekommen rief Rachel Tobias Namen. Fast unmittelbar danach erschien er. Ein schöner Mann fand Lucia. Kein Wunder, dass Rachel sich früher einmal in ihn verliebt hatte.

„Hallo Rachel. Ah, du bist nicht alleine. Wer ist denn das?"

„Das ist Lucia, meine Freundin", antwortete sie.

Er brummte. „Irgendwie kommst du mir bekannt vor. Lucia. Warst du nicht damals in dem Kindergarten, wo Rachel mitgeholfen hat?"

„Ja, das stimmt.", gab Lucia erstaunt zu. „Und ich bin heute hier, um mit dir zu reden. Nein, eigentlich will Rachel mit dir reden."

„Was?" Tobias verschluckte sich beinahe. „Rachel kann überhaupt nicht mit mir reden wollen. Sie geht mir immer aus dem Weg."

„Doch, ich will mit dir sprechen. Es gibt Neuigkeiten."

„Ah. Ich kann es mir denken. Du kannst gehen, nicht wahr?"

„Ja."

„Und jetzt willst du deine Genugtuung auskosten und dich auch noch von mir verabschieden?", kam es höhnisch von ihm.

„Nicht ganz. Vielleicht gibt es auch eine Lösung für dich."

„Für mich?" Zweifelnd schaute er Rachel an.

Lucia mischte sich wieder ein. „Ja, Tobias. Vielleicht. Aber um das zu beurteilen, müsstest du uns erst einmal erzählen, warum du noch hier bist."

Er schluckte. „Weil..." und kam ins Stocken.

„Hat es mit mir zu tun, Tobias?", wollte Rachel wissen.

„Äh, ja", druckste er herum.

„Erzähl uns, was du weisst", forderte Lucia ihn auf.

Unsicher schaute er Rachel an. „Na ja. Ich hatte einen Autounfall, kurz nachdem du zurückgegangen warst. Eigentlich hatte ich mit dem Gedanken gespielt, dir zu folgen. Dich zurückzuholen. Aber meine Familie hatte mir ja untersagt dich zu heiraten. Und ich war ziemlich verzweifelt."

Rachel hielt die Luft an.

Tobias sah sie kurz an und fuhr fort: „Sie drohten damit mich zu enterben, wenn ich mich an dich binden würde. Sie hatten andere Pläne mit mir. Wollten mich mit einer Frau verheiraten, die ebenfalls aus einer reichen Familie stammte. Und ich Feigling habe einfach klein beigeben. Habe versucht dich mit einem Trick bei einem meiner Freunde unterzubringen."

Rachel unterbrach ihn wütend. „Ja genau. Ein Trick. Du Schwein. Was hattest du dir dabei nur gedacht? Hast du geglaubt, ich ginge darauf ein?"

„Naja, es wäre für dich das Beste gewesen. Und ich weiss, dass einer von ihnen dich geheiratet hätte. Sie kamen aus *guten Häusern. Und ich wusste, dass ihre Familien nichts erfahren durften, von den diversen Umtrieben ihrer Kinder. Da ich alles wusste, hätte ich sicher einen von ihnen überreden können..." Dabei grinste er diebisch. „Aber insgeheim hatte ich ja gehofft, dass du es nicht tust. Es hätte mir wehgetan, dich mit einem von diesen Jungs zu teilen."*

„Wieso teilen?", frage Rachel ungläubig.

„Ich wollte dich nicht aufgeben. Nur eben nicht heiraten. Das durfte ich ja nicht. Und was anderes kam für dich ja nicht in Frage."

„Aber du hast mich doch in dieser Nacht geteilt. Mit allen!", rief Rachel empört.

„Ja, das stimmt. Ich konnte aber nicht hinsehen. Und die Bilder in meiner Fantasie verfolgten mich ab da jede Nacht. Ich bin damals aus dem Raum geflohen und erst wieder zurückgekehrt, als alle gegangen waren. Dich habe ich nackt auf dem Sofa gefunden. Schlafend. Ich habe dich gewaschen, in dein Bett getragen, dir dein Nachthemd angezogen und gebetet, dass du nicht viel mitbekommen hast. Und... es vielleicht verstehen würdest. Als du dann am nächsten Tag so hysterisch weggelaufen bist, wusste ich, dass ich einen Fehler gemacht habe. Es tut mir leid, Rachel." Rachel sah ihn an, sagte aber nichts.

Er fuhr fort: „Den Unfall hatte ich, weil ich ziemlich trotzig und wütend auf meine Eltern war. Und verwirrt über meine Gefühle. Ich fuhr einfach los. Und irgendwie automatisch in deine Richtung. Und je weiter ich kam, desto klarer wurde mir, dass ich dich sehen wollte. Ich schmiedete mir unterwegs die unterschiedlichsten Ideen zurecht. Wir könnten zum Beispiel eine Bank überfallen..." Er grinste schief. Rachel musste lächeln. Tobias fuhr fort. „Irgendetwas musste mir einfallen, um mit dir zusammen sein zu können. Ich grübelte unentwegt. Bis... Naja, ich habe dann nicht richtig aufgepasst. War nach den 700 km ziemlich müde und überlegte gerade, wo ich übernachten sollte. Und kurz vor dem Dorfeingang fuhr mir dann ein anderes Auto in die Seite. Ich überschlug mich und es war vorbei."

Rachel und Lucia schauten sich an. Deshalb war er immer so nah bei ihr gewesen.

Tobias fuhr fort: *„Nach meinem Tod, als ich herausfand, dass ich nicht ins Licht gehen konnte, vertrieb ich mir erst die Zeit damit, hier alles kennenzulernen. Mich mit anderen Reisenden auszutauschen. Als ich schliesslich erfuhr, dass ich auch vorübergehend meine Familie und meine Freunde besuchen konnte, die so weit weg wohnen, beobachtete ich auch sie eine Weile, fing an, sie ein bisschen zu manipulieren und zuzusehen, was geschah. Dadurch lernte ich eine Menge über unsere Fähigkeiten. Es kostete aber mit der Zeit zu viel Energie.*

Ich hatte zunächst keine Erinnerung mehr an den Grund, warum ich hier gestorben war. Vielleicht war es der Schock gewesen, dass ich es vergessen hatte. Oder weil ich nicht hierher gehörte? Ich wusste nur, irgendwas hielt mich hier. Ich war auf der Suche und konnte mich nicht verabschieden. Bis irgendwann, durch Zufall, du mir über den Weg liefst. Ich war wie von Sinnen. Folgte dir bis zu deinem Zuhause. Und war entsetzt, dass du mittlerweile verheiratet warst. Zuerst liess ich mich zurückfallen. Total schockiert und traurig. Es hatte mich umgehauen, obwohl ich es ja damals in Berlin auch zugelassen hätte. Mir wurde erst dann richtig klar, was ich mir selbst damit angetan hätte.

Und jetzt? Ich konnte dich nicht loslassen. Es trieb mich immer öfter zu dir. Wie Selbstgeisselung. Ich bekam mit, wie glücklich du mit ihm warst. Und es tat so weh. Warum hast du nicht auf mich gewartet?"

„Was blieb mir denn anderes übrig!", fuhr Rachel ihn an.

„Ich weiss es nicht, Rachel. Aber ich konnte den Anblick nicht ertragen. Und Matthias war zu Anfang immer nur der Schönste und Beste für dich gewesen! Ich bin vor Eifersucht fast wahnsinnig geworden."

„Also hast du ihn manipuliert!", folgerte Rachel.

„Ja, ein bisschen. Er sollte nicht so toll sein. Dich ab und zu vergessen. Und dir habe ich schöne Träume geschenkt", grinste er.

„Ja, verflucht. Wie oft habe ich von dir geträumt. Das war unmöglich. Wie sollte ich so Matthias lieben? Wenn ich nach einem solchen Traum aufwachte, spürte ich noch die Küsse von dir. Es war furchtbar. Ich habe geglaubt, dass ich langsam durchdrehe."

Lucia wandte sich an Tobias: „Und du hast so lange weitergemacht, bis du sie an deiner Seite hattest, nicht wahr?"

„Ja. Es hat zwar ziemlich lange gedauert. Aber als sie schliesslich vor mir stand, in meiner Zeit, war ich überglücklich."

„Und dann?", wollte Lucia wissen.

„Dann hat sie mich behandelt wie einen Aussätzigen. Vor allem nachdem ich ihr erzählt hatte, was wir Reisenden alles tun können. Sie zählte dann eins und eins zusammen. Und wurde total wütend auf mich. Danach hatte ich nicht mehr die Möglichkeit mit ihr richtig zu reden."

Rachel schaute ihn schuldbewusst an. Sie verstand nun viel besser das Warum.

„Es tut mir leid Tobias. Ich hatte die ganze Zeit gedacht, dass du mich nur aus Spielsucht manipuliert hast. Aber anscheinend war es doch ein anderer Grund."

Tobias sah sie zärtlich an. „Ja. Verdammt noch mal. Ich liebe dich. Hoffentlich verstehst du es endlich."

Lucia konnte an Rachels Gesicht sehen, was in ihr vorging. Betroffenheit. Mitleid. Und Zuneigung. Sie ergriff das

Wort. „Tobias. Vielleicht war es das. Du konntest nicht gehen, weil du noch an ihr gehangen hast. Und sie dir nie verziehen hat. Rachel, verzeihst du ihm jetzt?"

Rachel überlegte nur kurz. Sie war versöhnt. Nach all den Jahren erhielt sie die Bestätigung, doch nicht nur ausgenutzt worden zu sein. Er hatte sie wirklich gewollt und vielleicht hätte er sie auch geheiratet, wenn nicht der Unfall dazwischen gekommen wäre. Zumindest wäre er an ihrer Seite geblieben. Und dass er auch Matthias und nicht nur sie manipuliert hatte, war irgendwie tröstend. Wer weiss, vielleicht hatte auch Matthias sie geliebt. Jetzt wo sie die ganze Bandbreite von Tobias' Intervention erkannte, würde sie auch Matthias verzeihen können.

„Ja, ich verzeihe ihm." Sie wandte sich an ihn. „Ich verzeihe dir, und es tut mir leid, dass ich dich nie angehört habe.

Kommst du mit nach oben? Vielleicht kannst du jetzt mitkommen."

Zögernd ging er auf sie zu. Sie reichte ihm ihre Hand, die er vorsichtig ergriff. „Wenn es nicht klappt, bleibst du dann noch etwas bei mir?"

„Ja, Aber es wird schon klappen", tröstete sie ihn.

Hand in Hand gingen sie zum Dachboden. Lucia wollte Rachels Leiche nicht mehr sehen. Sie wollte auch nicht wieder die Verlockung spüren, ins Licht zu gehen. Es gab noch etwas zu tun, das spürte sie ganz deutlich. Steif blieb sie vor dem Treppenabsatz stehen. „Rachel, ich komme nicht mit. Wenn ihr gleich nicht wieder zurückkommt, weiss ich, dass ihr gegangen seid."

„Ach Lucia. Ich weiss genau, dass wir jetzt gehen können. Zusammen. Ich spüre es." Sie schwebte zu ihr hinunter und umarmte sie. „Lucia. Danke für alles. Und komm bald nach, OK?" „OK.", antwortete Lucia zögerlich. Immer diese neumodischen Wörter. „Mach es gut." „Du auch!"

Lucia war wieder zurückgekehrt. Die beiden waren nicht mehr aufgetaucht. Sie hatten es geschafft.

Die Stunde bei Rachel hatte einen ganzen Monat mit Lisa gekostet. Aber es hatte sich nichts Wesentliches geändert. Immer noch spürte sie die negative Energie um Volker herum.

Sie hatte ganz vergessen, Tobias danach zu fragen. Aber zumindest wusste sie jetzt, dass er es nicht mehr sein konnte. Womöglich all die Zeit nicht war.

Hatte Rachel ihm auch darin Unrecht getan? Sie verwarf den Gedanken und hielt sich weiter in Lisas Nähe auf. Es war nun eh nicht mehr zu beweisen.

Irgendwie war Lisa ihr richtig ans Herz gewachsen. Lucia empfand das Bedürfnis, sie auch weiterhin zu beschützen. Diese hilfsbereite, liebenswerte und unbeugsame Frau. Und überhaupt. Lisa erinnerte Lucia an ihre eigenen Charakterzüge, obwohl Rachel das auch von sich behauptet hatte. Nein stimmt. Nicht die Charakterzüge sondern das Schicksal hatte sie verbunden. Unterschiedlicher konnten die beiden eigentlich nicht sein. Lisas Aura war warm und hatte eine orange Farbe. Die von Rachel war eher blaugrün gewesen. Lediglich die Geschichte der beiden ähnelte sich. Aber der Aufbau der Kindertagesstätte von Lisas Verein war wiederum eine Parallele zu ihrem eigenen verflossenen Leben. Und vielleicht hatte Rachel Lisa diese Idee doch nicht eingepflanzt. Sie nur darin bestärkt.

Sie überlegte weiter und suchte Begründungen für ihr eigenes Verhalten an Lisa festzuhalten. Nach weiteren Parallelen. Rachel war auch nicht so reflektiert gewesen wie sie selbst und Lisa. Lisa versuchte aufzuarbeiten, zu verstehen. Immer wieder fragte sie nach dem Warum. So, wie sie selbst.

Dann neue Existenzängste. Neu – jetzt mit zwei Kindern. Allein.

Mit diesem Zustand versuchte ich mich zu arrangieren. Das erste halbe Jahr war das kein Problem. Ich war dabei, mein Leben neu einzurichten. Das lenkte ab. Auch hatte ich unerwartete Unterstützung von meiner alten Freundin Jenny bekommen. Eigentlich lebte sie immer ihr eigenes Leben, aber wenn ich sie brauchte, war sie da. Schenkte mir einen alten Fernseher, viele Tassen, Teller und Töpfe und kam ab und zu vorbei, damit ich mein Herz ausschütten konnte.

Der alte fleckige Teppichboden im Wohnzimmer musste raus. Nach dem OK des Pfarrers legte ich los. Darunter alte Dielen. Im Abschleifen hatte ich ja Erfahrung. Es würde schön werden. Jenny half mir einen ganzen Nachmittag. Wir rissen den alten Teppich stückchenweise vom Boden. Gut verklebt. So gut, dass die Ausgleichmasse darunter gleich mitkam. Macht nichts, ich wollte sowieso an die darunterliegenden Dielen. Aber körperliche Schwerstarbeit, da die zu Stein gewordene Masse stellenweise fast 10 cm dick war. Nach der Hälfte des Zimmers hörten die Dielen plötzlich auf. Ich hatte mich verkalkuliert. Für den Moment gaben wir auf. Was jetzt? Ich rief am nächsten Tag den Pfarrer hoch und erläuterte ihm das Problem. Er war nicht gerade begeistert. „Da weiss ich auch nicht weiter. Aber ich hole Ihnen Herrn Seibert. Der hat alles hier in der Wohnung vor 20 Jahren sanieren lassen. Und er kennt sich aus."
Am nächsten Abend stand Herr Seibert schon vor der Tür. Ein kleiner energiegeladener älterer Herr. Aus dem Kirchen- und Gemeinderat. Freundlich, und entgegenkommend. Obwohl ich auf dem Dorf schon eine gewisse Koryphäe abgab. Schliesslich war ich alleinerziehend, aber

nicht asozial, da im öffentlichen Leben stehend. Also für die Dorfbewohner ein schwieriger Fall, mich in eine Schublade zu stecken, was ich in einer gewissen vorsichtigen Distanz zu mir fühlte. Nicht so Herr Seibert. Er krempelte buchstäblich die Ärmel hoch. Das Aufhören der Dielen entpuppte sich als eine vorübergehende Unterbrechung, wohl durch eine ehemalige Mauer hervorgerufen. „Das können wir mit einem breiten Brett ausfüllen lassen", schlug er vor. Ab da kam er jeden Tag für ein paar Stunden. Wir entsorgten gemeinsam den alten Teppich, versenkten alte Nägel, schliffen die Dielen ab. Ich hatte ganz vergessen, wie viel Arbeit das war! Während der Arbeiten unterhielten wir uns viel. Er war ein sympathischer Mann, der mich ein bisschen väterlich umsorgte. Sich gerne kümmerte. Das tat gut. Er fragte mich, wo ich vorher gewohnt hätte. „Auch hier im Dorf. Aber oben in der Rosenstrasse." „Und wo da? Wer war der Vermieter?" „Die Familie Willems." „Ach so. Dann waren Sie in dem alten Rachel-Haus." „Rachel?" Irgendwie wurde ich neugierig.

„Ja. Rachel hiess eine Frau, die eine Zeitlang dort gewohnt hatte. Eigentlich war es nicht ihr Haus. Sie war nur eingeheiratet und die Mutter des jetzigen Vermieters. Aber im Dorf zählt nicht, wie lange jemand da war, sondern was er oder sie für Aufsehen erregt hat. Also wurde das Haus einfach nach ihr benannt, weil sie sich umgebracht hatte. Auf ihrem Dachboden. Einfach aufgeknüpft."

Ein Schauer lief mir über den Rücken. Dort hatte ich gewohnt? War das der Grund gewesen, warum ich in dem Haus sooft so viel Angst gehabt hatte? Ich hatte es kaum ertragen können, mich dort allein, ohne Gesellschaft, aufzuhalten. Wenn Volker Nachtschicht hatte, war ich oft schweissgebadet aufgewacht. Und wenn ich auf den Dachboden gegangen war, um Wäsche aufzuhängen, war mir die Panik den Rücken heruntergerieselt, ohne dass ich es logisch hätte begründen können. Es muss das Haus gewesen sein. Vielleicht alte negative Energie, die dort gespeichert war?

Hier in der neuen Wohnung hatte ich nicht ein einziges Mal Angst gehabt. Obwohl ich alleine war. Hatte sogar schon die Tür vergessen abzuschliessen. Geborgen wie in einer Höhle. Merkwürdig.

Eigentlich interessierte ich mich nicht besonders für die Dorfgeschichten, die ich jetzt zu hören bekam. Aber dieses Haus hier interessierte mich. Warum war es so anders? Jemand hatte mir erzählt, dass es sich um ein altes jüdisches Haus handelte. Meine Neugier war geweckt. Wie war das Haus in die Hände der Kirche gelangt? Hatte die sich schuldig gemacht?

Herr Seibert korrigierte meine Vermutung. „Wir haben das Haus und das ganze Grundstück als Gegenleistung bekommen. Für die Pflege des alten Konrad. Bis vor einigen Jahren lebten hier noch unsere Schwestern in der Wohnung, die diese Aufgabe übernommen hatten. Bis zum Tod von ihm.

Und unten in der Etage hatten sie einen Kindergarten eingerichtet. Für damals sehr modern, unsere Schwestern. Allerdings war das auch notwendig, denn die meisten Frauen mussten damals im Wingert mit anpacken. Das erinnert mich übrigens etwas an Ihr Projekt."

War das der Grund, warum ich hier gelandet war? Wiederholten sich bestimmte Dinge einfach im Leben? War es, dass die Wohnung einfach mich gewollt hatte? Weil ich so etwas Ähnliches wie einen Kindergarten ins Leben gerufen hatte? Aber sonst hatte mein Leben denkbar wenig Ähnlichkeit mit dem einer Schwester. Oder würde ich jetzt im Zölibat leben müssen? Ein wenig war mir schon danach, so getroffen war ich noch von Volker.

‚Spürt sie mich?', war Lucias erster Gedanke, als sie das hörte. Hörte? Sie konnte doch keine Gedanken lesen, oder? Bisher nicht, aber scheinbar waren ihr die Worte zugeflogen. Eine Verbindung? Vielleicht war Lucia Lisa einfach näher gekommen und so wurde es möglich. Energie konnte doch überall eindringen, warum nicht auch in Lisas Gedanken? Funktionierte es bei ihr nun auch umgekehrt? Nein, sie wollte es nicht versuchen. Es fühlte sich nicht recht an.

Kurze Zeit nach meinem Umzug begann das Horrorszenario mit Volker: Warum liebst du mich nicht mehr? Warum gibst du mir nicht meine Selbstachtung zurück? Kampf, Terror, Miss- und Unverständnis. Er rief ständig an, versuchte sich sinnlos mit mir auseinanderzusetzen: Mit dem einen Ziel, mich zurückzubekommen, wieder Bestätigung und Achtung durch mich zu erhalten. Grenzenlos eifersüchtig auf meine Freunde, terrorisierte er auch sie. So lange, bis die meisten ihm bestätigten, dass ich schuld an allem war. Dass ich die Schlechte von uns beiden war. Seine Schwester setzte mich vor die Tür, nachdem ich die Kinder bei ihr vorbeibringen sollte. Sie musste ja solidarisch sein. Selbst Marion, über die er früher immer nur verächtlich geredet hatte, rief er täglich, manchmal sogar fünfmal an, wie sie mir später erzählte. Ich versuchte ihm anfangs wie immer zu erklären. Mich zu erklären. Ich sagte ihm, er sei für seine Selbstachtung allein verantwortlich – nicht ich. Und er hätte mich einfach nur in Ruhe lassen müssen. Ich wäre bestimmt von selbst zurückgekommen. Aber es war sinnlos. Er wollte das gar nicht hören. Er konnte es nicht hören. Seine Aufnahmebereitschaft war nur noch auf solche Sätze wie „Ich liebe dich, du bist wichtig für mich, ich brauche dich und ich komme zurück zu dir" ausgerichtet.

Als er merkte, dass er mit seinen Liebesbeteuerungen und Anklagen nicht weiter kam – mittlerweile hatte ich mich total zurückgezogen, ging kaum noch ans Telefon, versuchte den Kontakt wenn möglich ganz zu vermeiden, der natürlich aufgrund der Kinder nicht ganz vermeidbar war – schlug sein Gefühl in Hass um. Er bekam zunehmend Wutausbrüche, trat beinahe meine Haustür ein, besuchte mich im Verein, beschimpfte mich und schüttelte mich aggressiv, versuchte überall Informationen über mich zu bekommen, fuhr mir hinterher, setzte die Kinder unter Druck und erntete von mir als Antwort ebenso: Hass und Wut. Er verletzte meine Kinder und das traf. Doch ich war machtlos.

Lucia beobachtete das Szenario mit Unverständnis. Wie konnte jemand so verrückt werden? Sie spürte die andere Energie. Erkannte kein Gesicht. Aber Konturen. Konnte ein Reisender einen Lebenden vielleicht richtig besetzen? Was hatte Rachel damals angedeutet?
War sie selbst vielleicht auch dazu in der Lage? Aber ihre Moral stand dem entgegen. Was hätte sie auch davon gehabt. Sie wollte nicht wirklich in menschliche Schicksale eingreifen. Nur im Notfall. Und wozu besetzen? War das nicht unsinnig, einen Menschen steuern zu wollen? Wollte derjenige dort, dieser unangenehme Schatten, selbst noch mal leben? Was war das für ein Leben! Mit all der Wut und dem Hass. Nur negativ. Aber gegen sie hatte er keine Chance. Sie hüllte sich um Lisa, wie ein Mantel, wenn es sein musste. Ihm überlegen. An ihre positive Energie traute er sich nicht heran.

Die Kinder wollten ständig zu ihm, zeigten sich solidarisch und ein paar Mal schaffte er es sogar, mich bei meinen Kindern so schlecht zu machen, dass sie mich mit Vorwürfen bombardierten. Gleichzeitig liess er Verabredungen mit ihnen sausen, liess sie, wenn sie dann mal bei ihm waren, bis in die Puppen auf und nahm keine Rücksicht auf ihre Präsenz, wenn er mal wieder vor Freunden über mich lästerte oder sich sinnlos betrank. Meine Kinder wurden missbraucht, für seinen Egozentrismus, und das tat unendlich weh: Denn den Kontakt konnte ich den Kindern nicht verweigern.

Nach weiteren drei Monaten schliesslich liess er etwas von mir ab - von seinem Wahn. Langsam Ruhe. Ruhe und in die Tiefe graben. Ruhe und Verstehen. Depressionen. Wieder verstehen. Was war zwischen uns abgelaufen? Warum war es so weit gekommen? Warum hatte ich mal wieder einem Zuhause den Rücken gekehrt? Alle bestätigten mir doch, dass Volker mich wirklich geliebt hatte. Das konnte es also nicht sein. Oder doch? War es nicht eine egoistische Liebe gewesen? Er hatte verlangt, dass ich mich in meinem Verhalten ändere, dass ich meine Freiheit, situationsbezogen Nein zu ihm zu sagen, aufgebe. Dass ich ihm die Bestätigung gebe, etwas wert zu sein, anstatt dass er dafür selbst verantwortlich ist. Ja. Er hatte die Verantwortung für sein Leben in meine Hände gelegt und ich wollte sie nicht übernehmen.

Aber war ich nicht genauso egoistisch gewesen? Ich wollte ebenfalls, dass er sich ändert, dass er verantwortungsbewusst wird und auch mal an mich denkt, mich sieht, und als er das nicht tat, hatte ich mich von ihm abgewendet. Und ich wollte meine Freiheit, eigenverantwortlich zu handeln, und keine zusätzliche Verantwortung für ihn aufgebürdet bekommen. Als Bremse. Diese Freiheit auskosten, um jeden Preis, auch dem der Beziehung – wenn es sein muss. Aber ... anstatt ihm meine

Bedürfnisse offensiv bewusst zu machen, war mein Verhalten - weglaufen. Erst innerlich, dann äusserlich. Wie immer. Ich hatte zu viel wie selbstverständlich erwartet. Nicht darum gekämpft. Mir nicht genug Mühe gegeben. Mich nicht verständlich gemacht. Wenn man ganz anders fühlt, kann man den anderen nur schwer verstehen. Ich hatte Volker auch nicht verstanden. Mit seinen Ängsten, seiner Sensibilität. Ihm immer nur den kleinen Finger gegeben, um ihn nicht zu verlieren. Aber niemals richtig. Ich grub Dinge aus, die mir wehtaten. Ich musste mir selbst ins Gesicht sehen.

Kein Schwarzweiss, das war Lucia schon immer bewusst gewesen, auch wenn die Kirche diese Methode gerne für eine einfache Symbolik verwendete. Das Leben: unzählige Grauschattierungen. Der fremde Reisende, Rachel oder Tobias, sie waren wohl nicht die einzigen Ursachen für Volkers Irrsinn und die missglückte Beziehung gewesen. Ein Zusammenspiel, sicher. Zwischen Lisa, Volker, uns Reisenden, ihren ureigenen Charakteren, der Vergangenheit, der Gegenwart. Noch mehr Faktoren? Interessant.

Langsam, ganz langsam raffte ich mich aus meiner Niedergeschlagenheit und meiner Kraftlosigkeit wieder auf und fing an zu leben. Ich war wieder frei und ... heimatlos. Ich schwankte zwischen totaler Euphorie und Depressionen über den Verlust.
Finanziell kam ich rund. Für ein Jahr konnte der Verein mich als Geschäftsführerin anstellen, Jenny war Vorsitzende geworden und half mir so schon wieder. Ich lebte auf. Doch meine Kräfte waren noch lang nicht hergestellt und ich arbeitete nicht so effektiv, wie ich es in meiner Powerzeit, in den relativ glücklichen Jahren, auf der Basis von einem zuverlässigen Partner im Rücken – wie ich damals glaubte, getan hätte.

Mit Marion hatte ich mich mittlerweile ausgesöhnt. Sie war wieder Teil von meinem Leben, aber nicht mehr vom Verein. Eines Tages hatte sie eine Einladung für meine Tochter zum Geburtstag ihrer Kinder bei mir vorbeigebracht. Zufällig war ich gerade aus der Tür gegangen und hatte sie so angetroffen. Also sprachen wir miteinander. Freundlich – warum nicht. Und ganz vorsichtig trafen wir uns wieder öfter.

Sie beschwor mich, ich müsse wieder raus. Ins Leben. Einen Lover finden. Und eines Abends kam sie vorbei, beriet mich beim Anziehen und Schminken und fuhr anschliessend mit mir nach Saarbrücken zum Tanzen. Zusammen mit Ida, die später einmal Volkers Freundin werden sollte. Dort lernte ich Max kennen. Einen schwarzen Musiker. Wir machten die Nacht durch. Letztendlich dann in einer Wohnung eines Bekannten von Ida, wo wir hätten schlafen können, passierte es. Beim ersten Kuss kamen mir die Tränen. Wie der erste Schluck Wasser, nach drei Tagen Durst. Die Beziehung dauerte zwar nur drei Monate, aber der körperliche Kontakt tat mir gut. Wie eine Befreiung. Nein, kein Zölibat!

Lucia hatte Lisa nun ein ganzes Jahr begleitet, ihr versucht Mut einzuflüstern. Vielleicht war sie jetzt über den Berg? Aber warum nur einen neuen Mann! Lisa brauchte doch keinen, oder? Max war Lucia unsympathisch gewesen. Aber wohl auch nur Mittel zum Zweck. Damit Lisa wieder das Leben spürte. Oder war es Lisas Bestätigungsdrang? Hatte Lisa nicht genug Bestätigung durch die – wenn auch krankhafte – Liebe von Volker erhalten? Gut, Volker hatte sie auch abgelehnt und sie nicht angenommen, wie sie war. Lucia wusste, dass er Lisa tief verletzt hatte. Trotzdem, Lucia fand es nicht gut. Verantwortungslos. Egoistisch. Unabhängig davon, dass sie Max nicht mochte, befürchtete sie, dass Lisa mit seinen Gefühlen spielte. Was, wenn Max sie auch so liebte, wie Volker? Lisa würde ihm nie etwas geben können, ausser die kurzen innigen Momente beim Sex.

Am Wochenende, wenn die Kinder bei Volker waren, kam er oft zu Lisa, Dann verschwand Lucia einfach. Nicht zuletzt, weil sie den Sex nicht mitbekommen wollte. Nur einmal hatte sie zugesehen. Ja sogar mitgefühlt. Ein Energieschub. Tröstlich, vergessend. Doch dieses körperliche Begehren war ihr zu fremd gewesen. Also verliess sie Lisa für eine längere Zeit. Ganz kurz, ganz leicht. Sie brauchte nur loszulassen und schwebte in ihr altes Reich. Das Licht war noch da. Rachel hatte sie nicht belogen. Aber noch würde Lucia nicht gehen. Es gab noch so viel zu entdecken! Vor allem würde sie nach ihren Freundinnen und damaligen Mitbewohnerinnen suchen. Rosita und Agatha. Ob sie noch hier waren? Sie konzentrierte sich auf die Beiden. So wie Rachel es ihr beigebracht hatte. Und siehe da, schliesslich fand sie sie einen Gedankenstrich zurück in denselben Räumen.

Die Beziehung zu Max hielt nicht lange. Ich wurde schwanger. Ein zweites Mal in meinem Leben musste ich mich gegen ein Kind entscheiden. Unvorstellbar, mit Max ein Kind zu haben. Unvorstellbar, ihn und das Kind durchzufüttern, denn er hatte nicht mehr lange eine Aufenthaltserlaubnis, war ein Träumer. Ich war sowieso schon arm. Und ich brauchte Sicherheit. Liebe. Nicht das Gefühl, für seine Zwecke benutzt zu werden. Er wollte das Kind unbedingt. War es doch auch seine Dauer-Eintrittskarte in die westliche Welt. Er wurde fordernd, und damit war auch automatisch meine Fähigkeit zur körperlichen Liebe zunichte gemacht. Nie mehr würde ich zulassen, unter Druck gesetzt zu werden! Jenny fuhr mich zur Klinik. Diesmal würde ich mich gleich sterilisieren lassen.

Niemals wieder wollte ich mich gegen ein Kind entscheiden müssen. Es traf mich wieder in Mark und Bein. Nicht mehr so schlimm wie beim ersten Mal. Schliesslich hatte ich mittlerweile zwei Kinder zur Wiedergutmachung. Doch mein schlechtes Gewissen blieb. Max sah ich nicht wieder. Er kämpfte auch nicht um mich, nachdem ich ihm unmissverständlich klargemacht hatte, dass er nicht zu meinem Leben und damit auch nicht zu meiner Entscheidungsfindung gehörte.

Lucia diskutierte mit Rosita und Agatha Lisas Situation. Endlich hatte sie Gesprächspartnerinnen. Konnte ihre Erfahrungen teilen. Und bekam erstaunliche Antworten.

„Ich finde es nicht schlimm, dass Lisa das Kind abtreiben lässt. Seit wir denken können, lassen Frauen Kinder wegmachen", liess Rosita verlauten.

Entsetzt schaute Agatha sie an. „Aber mit diesem Gedanken verletzt du das Ansehen der Kirche. Der Schutz des ungeborenen Kindes ist doch unser Auftrag!"

Lucia überlegte kurz und entgegnete den beiden: „Aber was ist mit den Erwachsenen? Bedürfen die keines Schutzes mehr? Ist es richtig zuzulassen, dass Kinder in Armut auf die Welt kommen? Und dann? Wenn sie kurz vorm Verhungern sind, kümmert sich keiner mehr um sie!"

Rosita schaute Lucia ungläubig an. „Du bist meiner Meinung? Wie kann das sein?"

„Ich habe nachgedacht. Angesichts unserer aussergewöhnlichen Situation muss ich leider einige Ansichten der Kirche revidieren. Vor allem auch, was die Rolle der Frau in der Kirche betrifft. Und Kinder sind zwar ein natürliches Bedürfnis. Aber ich finde, nicht um jeden Preis. Und vor allem auch nicht, um Frauen auf ihre Rolle zu reduzieren."

Agatha schluckte. Leise und vorsichtig meinte sie: „Lucia. Ich glaube, du hast wirklich Recht. Wir haben zwar relativ frei von den Sorgen und Nöten normaler Frauen gelebt.

Aber wir standen trotzdem all die Jahre unter der Fuchtel von Männern. Nie durften wir für uns selbst entscheiden. Und die Pflege des alten Konrads war auch nur ein Handel zwischen unserem Pfarrer und Konrad. Wir hatten nichts zu sagen. Mussten aus unserem geliebten Kloster in dieses Haus hier ziehen. Und gehorchen. Andererseits fühle ich, dass eine Abtreibung trotzdem nicht richtig ist. Was ist mit der Seele des Kindes? Muss diese nichts geschützt werden?"

Lucia und Rosita nickten nachdenklich. Dann ergriff Lucia wieder das Wort: „Weisst du, wann die Seele entsteht? Ist sie das, was wir jetzt sind? Und wie sind wir zu dem geworden, was wir jetzt sind? Ich kann mich nicht erinnern, wann ich meinen Körper in Besitz genommen hatte. Aber, wenn ich mich nicht erinnern kann, sind wir jetzt und hier dann nur ein Produkt unserer Erinnerungen und Erfahrungen? Oder ist die Seele unsere Essenz, die bereits von Anfang an in dem kleinen Körper vorhanden ist, durch Sammeln von Energie wächst und dann durch das Leben wie ein Edelstein geschliffen wird."

„Interessante Theorie", meinte Agatha. „Aber darf man die Seele dann daran hindern, Energien zu sammeln? Zu wachsen?", wollte sie wissen.

„Meiner Meinung nach wird sie dann einen anderen Weg finden, um zu wachsen.", meinte Rosita.

Agatha warf ein: „Aber das wäre dann eine Wiedergeburt. Und an eine solche glauben wir nicht. Das ist gegen die Überzeugung der Kirche."

„Und wenn es doch so wäre?", hielt Rosita dagegen. „Es könnte doch sein, dass die Seele solange versucht, einen Weg zu finden, bis sie unser Stadium erreicht hat. Bis sie in dieser Zwischenwelt landet und eine Wahl hat weiterzugehen. Wäre das nicht logisch?"

Lucia unterbrach schliesslich die philosophische Runde. „Ihr Lieben. Ich muss wieder zurück. Sonst verliere ich zu

viel Zeit. Aber wenn ich wiederkomme, sprechen wir wei-
ter. Ausserdem möchte ich noch wissen, warum ihr hier-
geblieben seid!" Agatha stand auf. „Nein warte. Wir kom-
men mit." „OK. Dann kommt." Lucia schmunzelte in sich
hinein. Jetzt würden sich alle drei an das OK gewöhnen
müssen.

4. Versuchung

Nach der Geschichte mit Max musste ich erst einmal meine Wunden lecken. Grub mich ein und grübelte wieder. Aber ein Gutes hatte es. Ich konzentrierte mich wieder mehr auf die Geschicke des Vereins. Es lief gut. Wir hatten viele Erfolgserlebnisse und waren mittlerweile ständig in der Presse. Das lockte auch an. Mehr Mitglieder, mehr Spenden. Es lief.

Eines Tages erhielt ich einen Anruf im Verein. „Ich bin wieder da. Können wir uns treffen?" Dominique! Ich freute mich sehr. Wir hatten uns zwei Jahre nicht mehr gesehen oder gehört. Kurz entschlossen trafen wir uns noch am selben Wochenende in einem Tierpark, mit unseren Kindern. Sie schob einen Kinderwagen vor sich her. Ein kleines hübsches Mädchen schaute mich mit ihren grossen Kulleraugen an. Drei Kinder! Wow.

Und so erzählte sie mir ihre Geschichte. Schwangerschaft, Trennung von ihrem neuen Freund, psychischer Zusammenbruch, Behandlung, Geburt der Tochter. Wir schütteten uns gegenseitig das Herz aus. Es war schön, dass sie wieder da war. Es dauerte nicht lange und sie rief jeden Tag an. Normalerweise hätte mich das genervt. Aber ich konnte stundenlang mit ihr reden, denn sie hörte im Gegenzug auch zu, wenn ich einmal etwas zu erzählen hatte. Das Niveau wurde immer vertrauter und anspruchsvoller. Wir analysierten zusammen unsere Männergeschichten. Obwohl sie wie ein Engel aussah, hatte sie viele davon. Mehr als ich. Wir stellten fest, dass wir oft die gleichen Gründe hatten, eine Beziehung zu beenden. Dachten wir. Wir waren beide auf der Suche. Doch mit der Zeit stellte sich ein gravierender Unterschied heraus. Sie suchte immer aussen, ohne jemals, ausser oberflächlich, nach innen zu schauen. Das Warum konnte sie nicht ertragen. Und so wiederholten sich ihre

Geschichten immer wieder nach demselben Schema. Sie hatte ein so schweres Päckchen zu öffnen, dass sie sich nicht daran traute: Sie war als Kind missbraucht worden. Und dieses Päckchen kam nicht nur in ihrem Nähe-Distanz-Verhalten sondern vor allem in ihrer Sexualität zum Tragen. Wir redeten sehr offen darüber. Und so erfuhr ich so manches, was wahrscheinlich selbst ihre Therapeutin niemals erfahren würde. Sie konnte nicht ohne Sex. Ihre längste Enthaltsamkeit seit ihrer Jugend waren drei Wochen. Ohne zu verschnaufen. Immer hungrig. Immer auf der Jagd. Und zwischendurch ... seelische Zusammenbrüche. Ich war für sie da, so gut ich konnte. Einmal wollte sie Tabletten nehmen. Oder sie drohte nur damit? Sie hatte mich doch vorher angerufen! Ein Hilfeschrei. Ich fuhr mitten in der Nacht zu ihr. Sie war mein Kind geworden. Und vielleicht mein Partnerersatz? Verantwortung, die ich übernehmen konnte.

„Dominique erinnert mich total an mich", rief Agatha aus, als sie gerade alle drei von der Beobachtungsrunde zurückkamen.

Lucia sah sie erstaunt an. „Wieso?", wollte sie wissen. „Hattest du auch so viele Männer?" Unvorstellbar.

Agatha reagierte eingeschnappt. „Du müsstest eigentlich wissen, was ich meine. Ich hatte auch so einen Onkel… und hatte dir das auch mal erzählt."

„Stimmt ich erinnere mich. Und es tut mir im Nachhinein leid, dass ich nie auf dich eingegangen bin. Ich hatte es nur zur Kenntnis genommen, weil ich nicht wusste, was ich damit anfangen sollte. Aber sag, bist du deshalb Schwester geworden?", wollte Lucia wissen.

Agatha antwortete leise: „Ja. Ich war damals sehr verstört gewesen und meine Eltern konnten mich nicht mehr verheiraten. Also haben sie mich an die Kirche verkauft."

„Wieso verkauft?"

„Die Pfarrei hat dafür das Haus meiner Eltern bekommen. Schliesslich war ich ja Einzelkind gewesen."

Lucia schluckte. „Ach so war das! Warum hast du uns das nie erzählt?"

„Rosita wusste davon, nicht wahr Rosita?"

„Ja, stimmt."

Lucia sah die beiden überrascht an. Wie konnte es sein, dass sie, obwohl alle drei zusammen gelebt hatten, so wenig von den beiden wusste? Gut, der Alltag war streng geregelt gewesen. Und meistens, wenn sie neben der Pflege des alten Konrads noch etwas Zeit gehabt hatten, hatten sie über Gott philosophiert. Über das Leben wussten sie ja nicht allzu viel. Zumindest nicht über das der Normalsterblichen. Und über Sex hatten sie wirklich niemals gesprochen. Ein absolutes Tabu! Und jetzt? Alles schien ausgehebelt zu sein.

Sie betrachtete ihre Freundinnen. Wie schön sie aussahen. Man sah zwar ihr Alter an ihrer Figur und ihrer Ausstrahlung. Aber ansonsten sahen sie aus wie wunderschöne, leicht durchscheinende Feen. Agatha mit ihren dunklen Haaren, die ihr immer noch leicht ins Gesicht fielen und ihr hübsches Gesicht noch unterstrichen. Und Rosita, die ihre Haare wohl am liebsten kurz hielt und damit ihre markanten, aber trotzdem schönen Züge in den Vordergrund stellte. Die Schwesterntracht hatten beide abgelegt. Wenn es ihnen gefiel... Ein Gedanke durchzucke sie erneut: Warum waren sie hiergeblieben?

„Es war die Liebe", griff Agatha ihren Gedanken auf.

„Kannst du meine Gedanken lesen?", wollte Lucia voller Schreck wissen.

„Nicht wirklich. Nur Ahnungen. Aber du hast doch darüber nachgedacht, warum wir noch hier sind, oder?"

„Richtig."

„Willst du es genau wissen?"

„Natürlich! Ich möchte vor allem verstehen."

„Rosita, darf ich?" versicherte sich Agatha.

„Nur zu", antwortete diese. „Die Zeiten des Verheimlichens sind nun wirklich vorbei."

Agatha lehnte sich in ihren Sessel zurück und schaute Lucia verklärt an. „Ich habe mich damals in unseren Pastor Bernhard verliebt. Und er sich in mich. Es war grausam. Jedes Mal wenn ich ihn sehen musste, war dieses Band zwischen uns. Gesprochen hatten wir zu Anfang nie. Darüber schon gar nicht. Aber er war immer so mitfühlend gewesen und ich glaubte, nur er könne meine Wunden heilen. Nicht Jesus. Nicht Gott. Sondern nur er."

„Woran hast du denn gemerkt, dass es ihm genauso ging und er dieses Band auch spürte?", wollte Lucia skeptisch wissen.

„Naja, ganz einfach", grinste sie. „Eines Tages hat er mich in seinem Besprechungszimmer verführt." Lucia schnappte nach Luft. „Das gibt es doch nicht. Unser alter Pastor?!"

„Ja. Danach hatte er ein schlechtes Gewissen. Er zog sich erst mal monatelang zurück. Und liess mich mit meinen Gefühlen allein. Aber Rosita hat mich getröstet."

„Rosita? Warum hast du nicht mit mir darüber geredet?"

„Ich wollte ja eigentlich. Aber dann war es nicht mehr nötig. Rosita hat mich anders getröstet, verstehst du?"

„Nein."

„Rosita?", hilflos sah Agatha zu ihr hinüber.

Rosita ergriff das Wort: „Agatha und ich haben uns seelisch und körperlich getröstet." „Was?" Lucia konnte es nicht fassen. So etwas in ihrem eigenen Zuständigkeitsbereich? Nicht möglich. „Warum habe ich das nie gemerkt?", sagte sie mehr zu sich selbst.

„Wir waren eben gut.", grinste Rosita.

Agatha ergriff wieder das Wort. „Um auf unser Hierbleiben zurückzukommen... Zumindest denken wir jetzt, dass etwas nicht zu Ende gebracht wurde."

„Und was könnte das sein?", fragte Lucia.

„Meine Liebe zum Pastor und meine Nichtliebe zu Rosita."
Betretenes Schweigen.

Lucia griff den Faden wieder auf. „Agatha, heisst das, dass du nicht mehr mit Rosita befreundet bist und ihr trotzdem hier zusammensitzt?"

„Doch. Aber ich habe sie ausgenutzt. Das weiss sie. Und davon abgehalten, mit jemand anderem glücklich zu werden."

„Jetzt hört mal, wir sind Jesus Christus verpflichtet. Seiner Liebe und sonst niemandem. Was redet ihr da von Irgendjemanden zu lieben und glücklich zu werden!" Empört sah Lucia in die Runde.

„Lucia", mischte sich Rosita ein. „Schau dich doch um. Wir sind genau solche Reisende, wie alle anderen auch. Wir haben eine Aufgabe. Und je länger wir hier sind, und je mehr wir mit anderen Reisenden sprechen, desto sicherer ist es, dass die Antwort aus drei Dingen besteht: Verständnis, Verzeihung und Liebe. Eine Liebe zu sich selbst und zu anderen. In den schönsten Schattierungen. Selbstlos. Jesus Christus lieben wir immer noch. Vielleicht nicht so stark wie du. Aber das darf die andere Liebe trotzdem nicht ausschliessen. Denn sie ist Antwort."

Lucia war sprachlos. Musste sie ihre Einstellung noch einmal überdenken? Aber warum war ihr Weg offen gewesen? Warum hatte sie dann das Licht gespürt? Hatte sie jemanden geliebt? Nur die Menschen im Allgemeinen. Und ja. In gewisser Weise auch selbstlos. Mit all ihren Schwächen. Und Jesus Christus unseren Herrn. Diese Liebe war stark gewesen. In guten wie in schlechten Zeiten. Vielleicht nur imaginär, aber sie war da gewesen. Hat ihr Stärke gegeben. Immer noch. Aber vielleicht war das wirklich nicht die einzige Liebe, die richtig war. Gab es richtige oder falsche Liebe?

„Körperliche Liebe ist schmutzig", wehrte sie sich. Rosita dementierte. „Die richtige nicht! Sicherlich, " beschwichtigte sie, „es gibt Arten der körperlichen Liebe, bei der es nicht darum geht zu geben, sondern zu nehmen…", dabei schaute sie Agatha vorwurfsvoll an. „Und diese Art ist krank!"

Agatha verteidigte sich. „Ich habe dir auch gegeben. Vielleicht nicht so viel, wie du mir. Aber ich habe dich wirklich gemocht, nur halt nicht geliebt."

Lucia fuhr dazwischen. „Jetzt hört mit diesen Vorwürfen auf. Das führt zu nichts. Erzählt mir lieber, was ihr dafür tun möchtet, um das Licht zu spüren."

Rosita und Agatha schauten sich betreten an. Rosita meinte schliesslich: „Eigentlich wissen wir noch nicht so recht, was wir tun können. Ich habe eine Seelenverwandte gefunden. Im Nachbardorf. Und gehe sie ab und zu besuchen. Und komischerweise hat sie, obwohl sie Frauen liebt, ein Kind. Und das wiederum wird in diesem Verein betreut, in dem von deiner Lisa."

Eines Abends, ungefähr ein Jahr später, nachdem ich Abstand zu allem gewonnen hatte, ging ich mit Karin in unseren geliebten Tanzkeller. Ich war ausgelassen. Irgendwie befreit – an diesem Abend. Wir tanzten fast ununterbrochen. Irgendwann, bei einer Verschnaufpause, stand ich neben der Tanzfläche und schaute Karin beim Wirbeln zu, als sich ein wirklich gutaussehender Mann neben mich stellte. Ich war in einer komischen Laune, also sprach ich ihn an. Belanglos. „Siehst du genug? Oder soll ich ein Stück weggehen…" Wir kamen kurz ins Gespräch. Nur seine Stimme gefiel mir nicht. Hoch, überhaupt nicht männlich. Aber ich war ja sowieso nicht wirklich offen für jemanden, oder? Warum sollte ich ihn überhaupt als Mann beurteilen? Irgendwann verriet er mir sein Alter. 24. Ich war gerade 34. Auf dem Nachhauseweg steckte er mir seine Karte zu und draussen flachste Karin mit mir herum. „Wäre der nichts für dich, Lisa? Er sah doch wirklich gut aus." „Nein. Gott bewahre! Ich bin doch kein Kinderschänder!" Karin lachte wohlwissend.

Eine Woche später rief ich an... Wir trafen uns in einem Café und redeten den ganzen Nachmittag. An seine Stimme gewöhnte ich mich. Er war aufmerksam und hatte viel zu erzählen. Wir verabredeten uns wieder und eines Tages lud ich ihn zu mir ein. Wir spielten den ganzen Nachmittag mit meinen Kindern Playstation und amüsierten uns köstlich. Unverfänglich. Als ob er ein natürlicher Bestandteil unserer kleinen Familie wäre. Und so verliebte ich mich schliesslich doch in ihn. Steffen, vollkommen anders als meine Verflossenen, erstaunlich reif und ungezwungen. Körperlich frei, ohne Komplexe, nahm er mich voller Neugierde mit all meinen Bedürfnissen an. Legte sich um mich wie ein kostbares Seidentuch. Nie hatte ich das Bedürfnis, mich körperlich abgrenzen zu müssen. Im Gegenteil. Ich bekam nie genug. Das war neu. So kannte ich mich gar nicht. Ich schwebte im siebten Himmel und wusste gar nicht, wie mir geschah. Sollte es das nun sein? Jemand, der mich einfach so lässt, wie ich bin? Es tat so gut.

Natürlich schwärmte ich allen meinen Freundinnen von ihm vor. „Würdest du denn auch mal mir deine Dienste anbieten?", fragte Dominique Steffen eines Tages schelmisch, als sie auf meinem Sessel lümmelte. Sie bluffte, oder musste ich jetzt eifersüchtig sein? Solange sie nur in ihrer Fantasie meine Männer haben wollte, war es mir egal. Sie war neidisch, dass ich so glücklich war und sagte mir das auch. In dieser Zeit, mit der neuen Beziehung, hatte ich nicht mehr so viel Zeit für sie. Trotzdem bemühte ich mich, sie nicht zu vernachlässigen. Sie war mir wichtig.

Ich lebte in einem ständigen Höhenflug, der mich aber gleichzeitig von meiner Pflicht im Verein erneut ablenkte. Ich fing wieder an zu jonglieren: Zwischen Kindern, Freunden, Verein und meinem neuen Freund. Mit meiner Zeit, meiner Kraft. Doch ich hatte viel gelernt. Kannte mittlerweile meine Bedürfnisse nach Unabhängigkeit und Freiheit und bezog Steffen mit ein. Er bombardierte mich nie mit Vorwürfen, wenn ich mal wieder das Bedürfnis nach Alleinsein hatte oder mir gerade nicht nach Zärtlichkeit war, weil ich den Kopf mit anderen Dingen so voll hatte. Ich lernte wieder, Vertrauen zu haben, auch wenn der Weg bis dahin für ihn ziemlich schwer war, denn ich war schonungslos offen. Aber, ich genügte ihm. Er setzte mich nie unter Druck. Und das war wesentlich.

Der Verein konnte mich nach einem Jahr nicht mehr bezahlen. Es war abzusehen gewesen. Noch stand er nicht gut genug auf eigenen Füssen. Und eine Geschäftsführerin war natürlich Luxus. Geld, das viel eher in die Betreuung fliessen musste. Und die so dringend benötigte Anerkennung als offizielle Kindertagesstätte zögerte sich immer wieder hinaus. Gerade unsere flexiblen Öffnungszeiten oder die gemischten Altersgruppen entsprachen nicht den öffentlichen Richtlinien. Wir kämpften. Ich wurde erst einmal offiziell arbeitslos, konnte also leben, war aber immer noch im Verein präsent. Aber ich wusste natürlich, dass ich nicht ewig so weitermachen konnte. Ich musste auch irgendwann an mich und meine dauerhafte Existenz denken. Ich sprach natürlich viel mit anderen darüber und schliesslich fand ich eine Unterstützung von einem neuen Mitglied, die stundenweise organisatorisch aushalf. Sie war kaufmännisch ausgebildet und froh, neben ihrem momentanen Hausfrauendasein in ihrem Beruf etwas machen zu können. Und fast zeitgleich schlug mir das Arbeitsamt eine Stelle vor, die ich nicht ablehnen konnte: Einen 15-Stunden-Job bei einer Diplom-Pädagogin – im sozialen Bereich. So hatte ich einen relativ gut bezahlten Job, der nicht stupide war, weiterhin noch Zeit für den Verein, kam halbwegs finanziell rum und hatte den Nachmittag für meine Kinder. Zwar konnte ich mir keine Sprünge erlauben, geschweige denn an meine Rente denken (es war gerade die Zeit der Umstellung auf die Riester-Rente), aber ich war frei und glücklich, weil ich wieder ein Zuhause hatte, einen Partner, mit dem ich nur zusammen sein brauchte, ohne die Sackgasse der emotionalen und finanziellen Abhängigkeit und sogar ein wenig Freiraum für mich. Steffen zog in zwei Büroräume unter meine Wohnung. Der Pastor war mittlerweile ausgezogen. Ich erklärte Steffen, dass ich nur noch eine WG dulden könne. Er seine Kosten, ich meine. Er sein Zimmer, ich meins. Rückzugmöglichkeiten ohne ausgeliefert zu sein, das Bedürfnis machte ich ihm klar und er ging darauf ein. Ob es gut ging? Die Zeichen standen günstig.

Lucia freute sich für Lisa. Nun gut, sie hatte nur ein klein wenig nachgeholfen. Nicht beim Kennenlernen. Dort hatte sie lediglich erstaunt beobachtet. Tanzen. Befremdliches Verhalten. Doch wiederum sehr interessant! Sie entdeckte eine andere Form der Energie. Einige wenige der Tanzenden erstrahlten in hellem Licht. Offen, frei und zugänglich. Hervorgerufen durch den Rhythmus, die Bewegungen, die eigene Bereitschaft loszulassen. Selbst auf Lucia hatte diese Atmosphäre Einfluss. Sie spürte wellenähnliche Glücksgefühle. Nicht bei jedem Lied. Aber bei bestimmten Rhythmen. Sie hatte einmal gehört, dass Trommelklänge mit einer bestimmten Frequenz das Gehirn in eine Art Rausch versetzen konnten. Hier fand sie die Bestätigung. Und das Ergebnis des Rauschs durchflutete sie.

Angezogen konnte sie in die Gefühle der Menschen blicken. Sogar in gewisser Weise mit ihnen kommunizieren. Energetisch. Gegenseitig erweiternd. Doch dann war das Lied aus und die Stimmung erschlaffte. Lucia hatte sich schliesslich nach Lisa umgeschaut, die nicht mehr unter den Tanzenden weilte. Und als sie diesen jungen Mann mit der noch so unverdorbenen, ja geradezu reinen und sympathischen Ausstrahlung entdeckte, dachte sie bei sich: ‚Lisa muss doch endlich noch einmal etwas Glück erfahren, bei all der Aufopferung die sie ihrer Familie und ihrem Verein gegenüber zeigt.‘ Also hatte sie ihn nur ein klein wenig motiviert, Lisa seine Telefonnummer zu geben. Und beruhigte ihr schlechtes Gewissen mit dem Gedanken, dass Lisa ja keinen Jesus Christus hatte so wie sie. Und ganz ohne Liebe….

Jetzt, nachdem sie die beiden eine Weile begleitet hatte, konnte Lucia auch nachfühlen, dass körperliche Liebe nicht immer schmutzig war. Diese hier war rein. Natürlich. Erfrischend. Und Kraft gebend. Nicht nur Lisa, sondern auch ihr selbst. Lucia ertappte sich immer öfter dabei, die Situationen mit zu geniessen. Die Scheu zu verlieren und sich hineinfallen zu lassen. Alles Energie, also warum nicht?

Wir unternahmen viel gemeinsam. Er war noch in Frankfurt bei einer Jugendgruppe engagiert. Der Bezug zu seiner alten Heimat. Und eines Tages fragte er mich, ob ich ihn nicht in Frankreich besuchen wolle, wenn er dort als Betreuer sei. Ein Urlaub! Sonne! Meer! Ich sagte begeistert zu. Ein verlängertes Wochenende. Mittlerweile war es kein Problem mehr Volker zu fragen, ob er die Kinder ein wenig länger nehmen könne. Ja, er hatte sich um 180° gedreht. War nun doch Ida an seiner Seite. Und Ida wollte ein Familienleben mit ihm. Sie wollte dasselbe Leben, dass ich aufgegeben hatte und bemühte sich. Vor allem um Kathi. Sie hatte mich sogar einmal gebeten, dass Kathi bei ihnen leben dürfe. Nein, hatte ich entsetzt geantwortet. Wie war Ida nur auf so eine absurde Idee gekommen? Volker hatte seinen Hass weitestgehend unter Kontrolle. Nur manchmal kam er noch hoch. Und ich? Nachdem ich meinen Kampf aufgegeben hatte, von ihm Unterhalt für Kathi oder das Kindergeld zu fordern, bemühte er sich im Gegenzug redlich, zuverlässig und regelmässig für die Kinder da zu sein.

Also fuhr ich entlastet nach Frankreich. Mein Frankreich. Meine Atlantikküste. Wie sehr ich es liebte. Ich verbrachte ein paar schöne Tage mit Steffen. Intensiv. Und trotzdem fremd. War nicht die Atlantikküste Volker vorbehalten? Dort hatten wir so viele schöne Urlaube verbracht. Auch unseren ersten. Irgendetwas fühlte sich falsch an. War ich immer noch nicht über ihn hinweg? Ich war doch glücklich. Mit Steffen. Ich musste einfach nur neue Erinnerungen schaffen.

Als wir zurück waren, überredete mich Steffen, ein Motorrad zu kaufen und gab mir den Kredit dafür. Mein eigenes Motorrad! In den Ferien fuhren wir nach Berlin. Ein Abenteuer. Unterwegs übernachteten wir auf einem kleinen Campingplatz, der atmosphärisch noch immer einen Hauch der alten DDR in sich trug. Beklemmend. Abweisend. Wir waren irgendwie auch wieder froh, dort wegfahren zu können. In Berlin schliefen wir bei meiner alten Freundin Monika. Und trafen wieder alte gemeinsame Freunde. Mein altes Leben hatte mich für einen kurzen Moment wieder. Motorradfahren, Monika, Berlin. Aber es fühlte sich wieder alles falsch an. Steffen gehörte nicht dort hinein. Und ich fühlte mich nicht am richtigen Platz mit ihm. Nicht hier, nicht in meinem Leben auf diesem Dorf. Und fing an zu zweifeln. Wollte ich dort bleiben?

Mit ihm mein Leben verbringen? Volker steckte mir wirklich noch in den Knochen. Auch wenn ich es nie zugegeben hätte. Und mein alter noch nicht zu Ende gelebter Traum ‚Berlin'. Ich verdrängte beides. Das durfte nicht sein. Wieder zuhause vermied ich Berührungspunkte mit meinem alten Leben. Und es dauerte nicht lange und ich konnte Steffen wieder geniessen.

In dieser wieder zufriedenen Stimmung ging ich an einem schönen Herbsttag durch die Fussgängerzone in der nahegelegenen Grossstadt, als mich plötzlich eine Frau anhielt. „Du bist so eine besondere Frau. Ich sehe deine Aura und werde dir deshalb aus der Hand lesen.", sagte sie in gebrochenem Deutsch. „Tut mir leid. Ich habe kein Geld dafür." „Das macht nichts.", entgegnete sie. „Ich mache es umsonst."
Na ja, schaden kann es ja nichts, dachte ich bei mir. Aber aufpassen werde ich, dass sie mir nicht doch Geld aus der Tasche zieht. Eigentlich war mir die Frau sympathisch. Sie mochte in etwa mein Alter haben und erzählte mir, dass sie aus Lourde kam und dort schon genügend Kunden hätte. Aber ich wäre eine Ausnahme. Ich hätte diese Ausstrahlung...
Ich gab ihr also meine Zustimmung, sie zog mich mit an den Strassenrand, nahm meine Hand, drehte meine Handfläche nach oben und fing an: „Ich sehe, du hast viel Leid hinter dir. (Volker?) Du hast geholfen vielen Menschen. (Der Verein?). Im Moment bist du glücklich, aber auf beiden Seiten enorme Blockaden. Und du bist oft ein fröhlicher Mensch nach aussen hin, aber wenn du alleine bist, sehr nachdenklich und melancholisch." Sie sah meine Tochter. Sie würde sehr glücklich werden. Und sie sah meinen Sohn. „Stopp. Hier sehe ich etwas, das stimmt nicht. Dein Sohn ist in Gefahr. Ich sehe grosses

Wasser. Und hier, oh nein. Du bist verflucht worden, deshalb er ist in Gefahr." Mir lief es eiskalt den Rücken runter. Aber vielleicht doch nur Humbug, sie spielt mit meiner Angst. Doch ich wusste, Sven würde bald mit Volker und Kathi in Urlaub ans Meer fahren. Ausgerechnet an den Atlantik, der mit seinen Strömungen sehr gefährlich sein konnte. Ich musste mehr erfahren.

„Was für ein Fluch soll das denn sein?"

„Ich spüre nur, dass es eine Bekannte von dir ist. Wenn du willst, kann ich dir helfen und den Fluch bannen. Dann musst du mir aber geben etwas Geld."

Schon sass ich in der Falle. „Wie viel möchtest du denn?"

„So viel, wie die Sache dir wert ist."

„Wenn es wirklich stimmt, wäre es unbezahlbar!", entgegnete ich.

„Dann gib mir so viel wie du hast."

„OK." Was blieb mir anderes übrig? Würde ich darauf beharren, dass es nicht stimmte, könnte vielleicht Schreckliches geschehen. Würde ich bezahlen, konnte es ruhig stimmen oder auch nicht. In jedem Fall wäre dann das Risiko gebannt. Ich liess mich darauf ein. Musste ich, obwohl ich vermutete, dass sie mich geschickt in diese emotionale Falle gelockt hatte. Wir gingen in ein nahegelegenes Café und setzten uns ganz hinten in eine Nische. „Ich werde dir jetzt weg beten den Fluch. Konzentriere dich auf mich und wenn ich ‚jetzt' sage, ziehst du dreimal hintereinander zusammen deinen Unterleib. So fest wie du kannst. OK?" Ich nickte. Sie fing an. Nahm ein Kruzifix aus ihrer Tasche, legte es mir in beide Hände und umfasste sie. Sie schloss die Augen und begann in einer fremden Sprache zu murmeln. Es dauerte lange. Sie wirkte angestrengt. Mir war ganz mulmig zumute. Schliesslich sagte sie: „Jetzt!"

Ich tat, wie mir geheissen.

Danach sagte sie: „Du werden jetzt in den nächsten 24 Stunden drei Stunden bluten. Das nicht deine Periode. Damit wird ausgespült der Fluch. Und du erfahren in dieser Zeit, wer es war." Leicht benommen zahlte unseren Kaffee, gab ihr danach mein letztes Geld, und dann verabschiedete ich mich herzlich von ihr. Ich hatte in kürzester Zeit eine Verbindung zu ihr aufgebaut, die mir merkwürdig vorkam. Ich vertraute ihr.

Lucia hatte ihre Macht gespürt! Als die Frau anfing zu beten, umwirbelte sie eine blaue Energie. Zog sie magisch an. Nutzte sie. Und Lucia spürte, dass auch andere Reisende in ihren Strudel gerieten. Kraft, die Lucia nicht kannte. Eine Verbindung zu dieser fremdländischen Frau, die sie zu beherrschen schien. Danach fühlte sie sich wie ausgespien. Und taumelte in ihre Zeit zurück.

Als ich durch das Café ging, sprach mich eine Frau an, die an einem der Tische sass und uns gesehen hatte. „Glauben Sie ihr kein Wort. Sie hat mir letztes Jahr vorausgesagt, dass mein Mann sterben würde. Was glauben sie, habe ich für Ängste ausgestanden. Doch Gott sei Dank ist er nicht gestorben. Aber so etwas tut eine gute Wahrsagerin nicht.", bekräftigte sie. Völlig verwirrt ging ich aus dem Café. In Gedanken ging ich alle möglichen Bekannten durch, die mir einen Fluch hätten anhängen können. Mir fiel niemand ein. Da ich weder am selben noch am nächsten Tag anfing zu bluten, geriet der Vorfall schon bald in Vergessenheit.

„Ich muss zu ihr zurück", begründete Lucia ihren eiligen Aufbruch, nachdem sie ein wenig geruht hatte. Sie hatte Rosita und Agatha alles erzählt. Erstaunt hatten sie zugehört. „Wir kommen mit", entschlossen sie sich spontan.

„Wir wollen doch auch wissen, wer Lisa verflucht hat."
„Dann kommt. Schnell. Ich habe bestimmt schon drei Tage verpasst. Hoffentlich erfahren wir noch, wer es war."

Am dritten Tag nach diesem Vorfall bekam ich eine unerwartete Blutung. Sie dauerte 24 Stunden an. War es Zufall? Hatte ich die Wahrsagerin falsch verstanden? Vielleicht anstatt drei Stunden Blutung in den nächsten 24 Stunden, 24 Stunden in den nächsten drei Tagen? Mir wurde mulmig zumute. Ich erzählte die Geschichte erst Dominique und dann auch am nächsten Tag Marion, als sie gerade zum Kaffeeklatsch vorbeigekommen war. Sie sass mir gegenüber und wurde bleich. „Sven war in Gefahr? Sag, dass das nicht wahr ist", stammelte sie.
„Was ist denn los mit dir?", fragte ich erstaunt.
„Das war ich damals gewesen.", antwortete sie leise.
„Du? ... Warum?"
„Ich habe mich damals so in Volker verliebt. Ich wollte ihn haben. Aber er hatte ja nur Augen für dich! Und du gingst mir auf die Nerven mit deinem Verein. Du kannst dich bestimmt erinnern, wie wir uns damals in die Haare bekommen haben, nicht wahr?"
„Ja, natürlich.", gab ich zurück.
„OK, da habe ich dich dann einfach verflucht. Ich habe dir gewünscht, dass es dir ganz schlecht ergehen soll. Und dass ihr euch trennen sollt, und Volker zu mir kommen soll. Und kurz darauf ist es dann auch passiert.", schloss sie schuldbewusst.
Ich schluckte. „Warum machst du so etwas?", fragte ich verständnislos.
„Ich mache so etwas ja nicht mehr!", beteuerte sie. „Ich habe mein Lehrgeld bezahlt, glaube mir. Denn jedes Mal, wenn ich so etwas gemacht habe, fiel das Ganze auf mich zurück. Ich musste es immer ausbaden. Wie bei dir und

Volker. Ich habe doch damals nach eurer Trennung eure ganze Leidensgeschichte abbekommen. Wenn du mir nicht die Ohren voll geheult hast, dann war es Volker. Ja, und ich bekam Volker. Nur anders als ich wollte. Er rief mich jeden Tag an. Wollte jede Sekunde mit mir zusammen sein. Aber nur mit mir als Trostpflaster, als Zuhörer. Mehr nicht. Und das war nicht nur total anstrengend gewesen, sondern auch sehr belastend für mich."

„Aber wie machst du das? Das kann doch nicht sein, dass du einfach so jemanden verfluchst."

„Es ist auch nicht einfach. Es erfordert totale Konzentration. Ich muss mich in eine Art Trance versetzen. Ich sage dabei die ganze Zeit denselben Satz. Den Fluch. Dann krieche ich gedanklich in den anderen hinein. Durch seine Ohren oder Nasenlöcher. Und wenn ich dort angekommen bin, verstreue ich all meine Wut. Hinterlasse meine Energie, die dann wirkt." Mir lief ein kalter Schauer über den Rücken. Jetzt glaubte ich der Wahrsagerin. Ich war zwar schockiert, konnte Marion aber nicht wirklich böse sein. Sie bereute doch.

Lucia horchte auf! ‚Der Schatten bei Volker', durchfuhr es Lucia. Negative Energie. Ein Reisender, der für Marions Plan eingespannt worden war? War die Macht von Marion so gross? Hatte sie damit einen anderen Reisenden ins Leben gerufen? Einer, der diese Aufgabe gerne übernommen hatte? Oder konnte es sein, dass sie, die Reisenden, unfreiwillig zweckentfremdet werden konnten, wenn sie nicht aufpassten? So wie sie selbst. Nur bei der Wahrsagerin für einen positiven Zweck. Letztendlich auch dem, dass der Reisende um oder in Volker endlich verschwand. Gab es eine automatische Zuordnung nach positiver und negativer Energie, wenn sie gerufen wurden? Es war jetzt endgültig klar, dass es nicht Tobias gewesen war. Volkers Besessenheit war von Marion erzeugt worden.

Eines Tages rief Dominique total euphorisch an. Sie hatte mir etwas Wichtiges mitzuteilen: „Ich habe jemanden kennengelernt und bin total verliebt." Umfassend erzählte sie mir von ihrem Nachbarn. Dass er zwar Einzelgänger und kompliziert wäre, aber eine unglaubliche Anziehungskraft auf sie ausübe. Ab da hielt sie mich regelmässig auf dem Laufenden. Nun, das Blatt kippte schon bald. Es folgte ein ständiges: Er liebt mich, er liebt mich nicht. Er nahm sie nicht wirklich ernst in ihren Gefühlen. Hatte aber eine derartig starke sexuelle Macht über sie, dass sie nie Nein sagen konnte. „Lisa, er hat mich gestern einfach so genommen. Obwohl ich nicht wollte und ihm ständig Nein gesagt habe.", schluchzte sie am Telefon. Sie erzählte mir alles haarklein. Ich regte mich darüber auf. Wie konnte er es nur wagen! Sie versprach mir, ihn nicht mehr in ihre Wohnung zu lassen. Eine Woche später erzählte sie mir, dass er ihr ein halbes Hähnchen vorbei gebracht hätte und dass alles wieder in Ordnung sei. Er habe ein schlechtes Gewissen.

„Und die Demütigung? Hast du die vergessen?"

„Welche Demütigung? So schlimm war das nun auch nicht gewesen. Ich glaube, es hatte mir sogar gefallen." Die Zeit verstrich. Nach einem Jahr Beziehung mit ihrem Nachbarn hörte ich nicht mehr wirklich hin. Mittlerweile war sie ein Nervenbündel, aber nicht willens oder bereit, auf meine Ratschläge zu hören. Ich liess sie einfach nur noch erzählen, das Einzige was ich für sie tun konnte. Es gab so viele Geschichten, bis hin zu einer noch schlimmeren demütigenden Situation, die für mich absolut über der Schmerzgrenze lag. Er hatte sie gemeinsam mit seinem Freund verführt. Verlangt, dass sie seinen Freund so verwöhne, wie sie ihn immer verwöhne. Der krönende Abschluss: Beide gleichzeitig. In sie, über sie, sie wusste nicht mehr wie ihr geschah. Als sie fertig waren, war sie entsetzt nach Hause gelaufen. Voller Ekel. Und rief mich weinend an. Die nächste Zeit schwankte sie zwischen der Ablehnung ihres Körpers und einem aufkeimenden Stolz, doch ein körperlich freier Geist zu sein. Sex zu geniessen, egal mit wem. Missbraucht von ihrem Freund.

„Wiederholungen, erkennst du sie?" wollte Agatha von Rosita wissen. Voll von neuen Eindrücken liessen sie sich in ihrer Vergangenheit in ihren Sesseln nieder. „Lass uns Lucia dazu rufen", schlug Rosita vor.

Lucia hatte eine feine Antenne und tauchte sofort auf. „Wollt ihr über Dominique reden?", fragte sie mit ihrem siebten Sinn. „Ja, Dominiques Schicksal erinnert mich sehr an das meinige.", stellte Agatha richtig.

„Aber der Pastor war doch nicht so gemein zu dir, oder?", wollte Lucia wissen.

„Doch", antwortete Rosita anstelle von Agatha. „Nicht ganz so sexbesessen. Und am Anfang hatte er sogar noch ein schlechtes Gewissen gehabt. Aber später hat er sie nicht mehr in Ruhe gelassen und sie immer wieder seelisch gequält... Und ich musste sie immer wieder trösten."

„Stimmt das, Agatha? Hat er mit dir all die Zeit ein Verhältnis gehabt?"

„Ja, ein sehr ungutes. Er schwankte immer zwischen Widerstand und Forderung. Ich konnte seiner nie sicher sein. Mal liess er mich monatelang am langen Arm verhungern. Dann wollte er mich wieder so oft sehen, wie es ging. Ein ewiges hin und her. Ich war auf Abruf, konnte aber genauso wenig Nein sagen, wie unsere Dominique hier."

„Und wie ist es bei dir ausgegangen?"

„Kannst du dich nicht mehr erinnern, dass ich seelisch krank wurde, durchgedreht bin und in die Anstalt musste?", fragte Agatha ungläubig.

„Doch natürlich. Als du uns verlassen hast. Aber ich hatte all die Zeit angenommen, deine Verwirrung, die Depressionen und deine Anfälle, das alles wäre vielleicht aufgrund deiner Kindheit gekommen..." Lucia ging ein Licht auf und das schlechte Gewissen, Rositas seelische Qual nicht bemerkt zu haben, liess sie verstummen. „Nein Lucia. Wir kamen nicht voneinander los, durften aber auch keine gemeinsame Zukunft haben. Das hat mich in den Wahnsinn getrieben. Seine fehlende Eindeutigkeit. Meine Abhängigkeit von ihm. Leider hat mir auch Rosita nicht wirklich helfen können. Sie war immer nur mein tröstender Deckel. Aber ohne sie wäre ich wahrscheinlich noch früher durchgedreht." Sie schaute Rosita liebevoll an. „Ich habe dir viel zu verdanken, weisst du das?"

„Danke Agatha, dass du das heute so siehst. Aber auch ich habe dich fallen lassen. Erinnerst du dich?"

„Nein. Hast du nicht. Du konntest mich ja nicht besuchen kommen. Du durftest nicht. Niemand. Auch nicht Bernhard."

„Aber als du raus kamst, hätte ich nach dir suchen können. Nur insgeheim hatte ich zu viel Angst davor dich zu finden. Wieder von dir abhängig zu werden."

„Und das war gut so, liebe Agatha. Dort, wo ich dann hinkam, ging es mir gut. Weit weg von allem. Ich bekam weiterhin meine Tabletten. War versorgt. Und entdeckte meine Liebe zu den Kräutern. Das hat mich dann bis zu meinem Tod ausgefüllt. Mehr brauchte ich nicht mehr. Und du hättest auch nicht wirklich etwas für mich tun können. Ich hätte sonst höchstens wieder angefangen etwas zu fühlen und wäre vielleicht wieder durchgedreht. Du warst in meinen Gefühlen untrennbar mit Bernhard verbunden. Irgendwie gehörtet ihr beide in meiner Welt zusammen. Bernhard nicht ohne dich oder umgekehrt. Der neue Deckel war besser."

Nach dem Hoch folgt ja bekanntlich immer das Tief. Nach dem Freiflug der Fall, nach dem Hell das Dunkel... Auch bei mir ging es schliesslich bergab. Meine Arbeitgeberin war mit mir nicht zufrieden. Zu viel war ich gedanklich nicht anwesend. Zuwenig gab sie mir Herausforderung. Sie kündigte mir und ich benötigte einen neuen Job. Verzweifelt fing ich bei einer Zeitarbeitsfirma an. Verzweifelt ging ich einen Ganztagsjob ein. Kathi blieb jetzt den ganzen Tag im Kindergarten. Sven nachmittags nach der Schule allein zuhause. Nach drei Monaten wurde ich von der ausleihenden Firma übernommen und hatte einen wunderbaren, ausfüllenden, anstrengenden aber gut bezahlten Job. Den Verein gab ich ab. Auch hier hatte ich eine Lösung gefunden: Dominique wurde meine Nachfolgerin. Jetzt leistete ich mir Karin zweimal die Woche. Sie kochte für Sven, half mir im Haushalt und kümmerte sich einfach. Es funktionierte alles. Bis auf die Beziehung.

Ich war so gefangen in meinem neuen Job, voller neuer Eindrücke und so erschöpft von dem ungewohnten Stress und der neuen minutiösen Organisation meiner kleinen Familie, dass ich kaum noch etwas in die Beziehung investieren konnte. Ich sah ihn nicht mehr. Und erntete Unverständnis statt Auseinandersetzung. Vorwurfsvolle, erwartende Blicke, die mich unter Druck setzten. Ich wollte keinen Druck. Keine unerfüllten Erwartungen. Abstand. Erklären konnte ich mich nicht. Er fragte auch nicht. Ich fühlte mich merkwürdig stumm, reagierte nur noch mit Ablehnung und Ignoranz. Es war, als hätte ich all meine Worte bei Volker verloren. Das hatte Steffen sicherlich nicht verdient.

Lucia und Agatha berieten sich. Das war nun wirklich nicht das, was sie sich für ihre Schützlinge wünschten. Irgendetwas musste sich ändern. Lisa befand sich wieder in ihrem Gefühlsvakuum. Komplett erschöpft. Trotz ihrer damaligen theoretischen Einsicht immer noch nicht bereit, ihre Bedürfnisse nach Unterstützung einzufordern. War Steffen vielleicht doch nicht der richtige für sie? So jung und vielleicht doch zu unreif um ernst genommen zu werden? Doch keine Liebe?

Und Dominique? Für sie musste auch etwas geschehen. Dieser Nachbar tat ihr einfach nicht gut. Schliesslich versuchte Lucia in Lisas Träumen und Agatha in denen von Dominique Einfluss auf sie auszuüben. Ein Ziel einzupflanzen. Einen Ausweg. Doch wie immer verhielt sich Lisa dumpf. Nicht aufnahmefähig. Und Dominique schien überhaupt kein Interesse an einem Ausweg zu haben. Lucia und Agatha fassten schliesslich einen Plan. Gemeinsam würden sie Lisa beeinflussen. Gemeinsam würden sie es schaffen. Und Lisa würde Dominique schon mitziehen. Sie war die Stärkere.

Unruhig und schweissgebadet wachte ich auf. Was hatte ich für wilde Träume gehabt. Ein anderes Leben. Fremde Menschen. Sonne und Strand. Aber die Erinnerung tat mir gut. Ich wollte noch dort verweilen. Nicht aufstehen. Da durchzuckte mich ein Gedanke. Ich war doch so ausgebrannt. Dominique unglücklich. Was half denn in solchen Fällen? Ein Tapetenwechsel zu Sonne, Strand und Meer! Die Sehnsucht meines Traumes hallte noch nach. Sofort setzte ich mich an den Computer und suchte eine kurzfristige Reise raus. Und rief dann Dominique an. Sie war begeistert! Als sollte es so sein, bekam sie Unterstützung für ihre drei Kinder. Und meine Eltern nahmen meine beiden. Also flogen Dominique und ich kurz entschlossen zusammen in Urlaub. Nur eine Woche. Auf Kreta. Es war trocken und heiss als wir ankamen. Wir bezogen unser kleines Quartier in einer wunderschönen

Anlage. Überall wuchsen Büsche mit rosa Blüten. Ein wohlriechender Duft lag in der Luft.

Wir waren froh, auf der Südseite gelandet zu sein. Hier waren keine riesigen Hotelanlagen.

Hier war Matala. Ein altes Hippie-Aussteigerdomizil.

Wir gingen, kaum ausgepackt, an den Strand. Wir rochen das Meer. Sahen endlich wieder die rauschenden Wellen und den endlosen Horizont. Weite. Es war wie ein Rausch. Und wie ein Rausch ging es weiter. Wir assen in einem nahegelegenen Restaurant. Fisch, was sonst. Eine Band spielte griechische Folklore und wir genossen es einfach, einmal nichts zu tun. Einfach zu sein. Es bediente uns ein junger Mann. Vangelis. Er verwöhnte uns mit jeder Menge Raki, als ich ihm erzählte, dass ich ständig Bauchschmerzen hätte. „Das hilft", beteuerte er. Nach dem vierten Raki setzte er sich zu uns. Mittlerweile war das Restaurant fast leer. Die Bandmitglieder setzten sich mit ihrem Fanclub an einen Tisch neben uns und wir hatten alle eine ausgelassene Stimmung. Vangelis war fasziniert von Dominique. Er liess sie nicht mehr aus den Augen und wickelte sie immer wieder in Gespräche ein.

Und Dominique? Sie war sichtlich angetan von seiner Aufmerksamkeit und gestand mir später im Bett, dass sie sich wahrscheinlich verliebt hätte.

Endlich ein Ausgleich für all ihre Demütigungen. Sie war die nächsten Tage wie im siebten Himmel und zog mich ein Stückchen mit. Tagsüber gingen wir wandern, an den Strand oder bummeln. Abends machten wir die Kneipen und Discos unsicher. Natürlich tauchte Vangelis immer wieder auf. Aber ausser dass sie ab und zu mal morgens spät ins Hotelzimmer kam oder tagsüber mal kurz mit ihm dort verschwand, hatten wir eine sehr innige Zeit miteinander. Es gab ja auch immer etwas zu erzählen.

Ich hatte zu meinem Leidwesen immer noch ständig Bauchschmerzen, doch Raki, den es bei jeder Gelegenheit weiterhin kostenlos gab, und die gute Urlaubsstimmung minderten den Schmerz. Ich blutete die ganze Zeit leicht, machte mir aber keine Gedanken. Vielleicht dauerte einfach meine Periode etwas länger.

Lucia bekam einen grossen Schreck! Sie spürte Lisas körperliche Verfassung, als wäre es ihre eigene. War es zu viel gewesen? Hiess das, Agathas und ihre Macht zusammen waren zu gefährlich? War das möglich? Hatten sie mit ihrer gemeinsamen Beeinflussung an Lisa zu stark gezogen? In ihre Vergangenheit gezogen? Die Schwelle dazu war doch der Tod. Lisa war in Lebensgefahr. Nein! Sie durfte nicht sterben! Nicht wegen ihr! Schuldbewusst suchte Lisa nach einem Ausweg. Sie dehnte sich aus. Schwebte nach Kreta. Und fand unerwartet Hilfe.

Ich lernte Georgos kennen. Er war mir schon am ersten Abend in unserem Strandrestaurant aufgefallen. Ein himmlisches Lachen. Gross, gutaussehend. Und bei den Frauen zu sehr begehrt, als dass ich ihn näher in Erwägung gezogen hätte. Ausserdem, ich wollte doch auf gar keinen Fall wieder eine Beziehung. Keine Bindungen mehr. Es war zu viel gewesen. Er kannte natürlich Vangelis. Und es dauerte nicht lange und Dominique und ich wurden von ihnen zu einem Strand-Barbecue eingeladen. Es war ein lustiger Abend. Ungefähr 12 Gäste sassen um einen grossen Tisch herum. Das Essen war gut. Fisch. Calamaris. Viele Salate. Und Jeder hatte etwas beigetragen. Ausser wir. Wir entschuldigten uns dafür, aber alle winkten ab. „Kein Problem!" Georgos machte zu Anfang einen Bogen um mich. Aber ich spürte seine Blicke. Doch als alle schon fast fertig waren, teilte er unerwartet ein Stück Fisch mit mir. Legte es mir einfach auf den Teller.

„Es ist fantastisch. Das musst du unbedingt noch probieren!" Und ab da unterhielten wir uns, lachten viel und er schenkte mir immer wieder nach. Rezina. Ich war schon leicht betrunken und hatte irgendwann einfach das Bedürfnis, alleine zu sein. Am Strand. Im Mondschein. Die Nacht hatte etwas Mystisches an sich, was mir bei den ganzen Leuten irgendwie verloren ging. Zu belanglos waren ihre Gespräche. Es dauerte aber nicht lange, dann kam Georgos zu mir. Wir spazierten en Stück den Strand entlang und legten uns schliesslich in dieser sternenklaren Nacht im kühlen Sand nebeneinander. Einfach so. Und philosophierten über die Sterne. Den Einfluss, den diese auf uns haben. War es Anziehungskraft? Energie? Dann schwiegen wir wieder und liessen die Atmosphäre auf uns wirken. Aus heiterem Himmel legte er eine Hand auf meinen Bauch. Er streichelte ihn und sagte: „Ich werde dir Reiki geben. Du hast dort etwas Schlechtes. Das wird dir helfen." Und tatsächlich. Die Schmerzen liessen nach. Oder war es Einbildung?

Beruhigt liess sich Lucia zurückfallen und ungemein müde kam sie Zuhause an. So eine weite Reise in der Gegenwart zehrte zu stark an ihren Energiereserven. Je weiter weg von ihrem ursprünglichen Radius, desto mehr Kraft musste sie aufwenden. Sie spürte, sie musste vorsichtig sein.

Georgos bemühte sich nach diesem Abend um mich. Ganz leicht. Nichts Ernstes. Aber meiner zerrissenen Seele tat es gut. Die eine Woche fühlte sich jetzt noch kürzer an. Nein eigentlich waren es ja auch nur noch drei Tage. Nach einer ausgiebigen Wanderung mit Dominique lag ich nachmittags alleine am Strand, als er mit einem Eiskaffee zu mir kam. „Der wird dir gut tun." Er setzte sich zu mir und gemeinsam schauten wir über das weite Meer.

Ich erklärte ihm, dass ich keinen Freund haben wolle. „Du musst doch jemanden an deiner Seite haben!", konterte er. „Hast du wirklich niemanden?" „Nein, nicht mehr", gestand ich. Ich erzählte ihm kurz von meinen Schwierigkeiten. „Und du? Hast du jemanden?" „Ja. Eine Deutsche. Wir sind schon lange zusammen, sehen uns aber nur in den Ferien. Wir haben uns im Reiki-Kurs kennengelernt und wollen gemeinsam etwas auf die Beine stellen. Aber jetzt kommt sie erst einmal ganz nach Matala. Sie bekommt nämlich ein Kind von mir." Ich schaute ihn fragend an. „Wie geht es dir damit?" „Irgendwie freue ich mich darauf und irgendwie habe ich Angst, dass sich mein Leben nun total ändert. Vielleicht wollte ich auch nur ein Stückchen mit dir flüchten." Tief schaute er mir dabei in die Augen. „Weisst du, das Leben ist wie das Meer. Ein ständiges Auf und Ab. Wellen. Und es bringt nichts, sich dagegen zu stemmen. Man muss sich treiben lassen. Und die Hochs und Tiefs einfach zulassen." Er küsste mich auf den Mund, stand auf und ging weg.

Die nächsten Tage vergingen wie im Flug, und Dominique und ich mussten uns notgedrungen von unseren neuen Bekannten wieder verabschieden. Auf dem Nachhauseflug weinten und lachten wir gleichzeitig. Die Stimmung war so intensiv gewesen. Für uns beide. Und unterwegs meinte Dominique plötzlich, sie sei jetzt schwanger geworden. Sie würde es spüren. „Ist das alles nicht total verrückt, Lisa?"

Als ich nach Hause kam, ging ich dann doch mal zum Arzt: Auch ich war schwanger. Nein, nein, ich war ja mittlerweile sterilisiert. Wenn da nicht noch Eierstöcke gewesen wären ... Es war knapp. Mein Bauchraum war schon voller Blut und der Arzt kommentierte mit Verwunderung, dass ich noch auf den Beinen stand. Als ich Steffen bat, mich ins Krankenhaus zu fahren, schliesslich war er ja mit beteiligt, war sein einziger Kommentar: „Dann weiss ich jetzt wenigstens, dass ich zeugungsfähig bin." Kein Bedauern, keine Anteilnahme, dass ich mich in Lebensgefahr befand. Nur kalt. Ich reagierte heftig. Gebranntes Kind. Keine Kälte mehr. Keine Ablehnung. Ich musste ihm meinen Rücken zukehren. Genau wie damals meinen Eltern. Aber er wohnte doch noch bei mir! Pflichtbewusst fragte er, ob er mit hinein kommen sollte. „Ich brauche deine Hilfe nicht. Das kann ich schon alleine." Ich liess ihn stehen.

Nach der Operation fühlte ich mich traurig. Alles war so hoffnungslos. So kompliziert. Das Gefühl schlich sich ein, es ist genug. Genug erlebt, genug gelernt, genug gegraben.

Nachdem ihre Kräfte wieder einigermassen hergestellt waren, musste sich Lucia sofort von dem Wohlergehen ihres Schützlings überzeugen. Ein Trauerspiel empfing sie. Lisa war in einer tiefen Depression versunken. Ihre Aura war nur noch blass. Das konnte Lucia nicht zulassen!

Als ich auf Marion wartete, die mich nach ein paar Tagen aus dem Krankenhaus abholen wollte, sass ich in der wärmenden Sonne und merkte mit einem Mal: Nein! Es ist nicht genug. Ich will leben – mit allen Konsequenzen. Wie angeflogen befiel mich neuer Mut.

Und zuhause, wo Steffen mir tunlichst aus dem Weg ging, setzte ich mich hin und grub weiter. Schrieb alles auf, was mich bewegte.

Ich wusste, dass ich Steffen nicht wirklich hatte lieben können, weil ich selbst nicht offen war. Warum? Meine Muster. Ich entdeckte meine Angst. Meine Angst davor, mich auf jemanden wieder richtig einzulassen, gepaart mit der grossen Sehnsucht danach, die ich Steffen signalisiert hatte, aber nicht leben konnte. War das nicht paradox?

Ausserdem hoffte ich immer noch auf das Wunder, nicht nur irgendjemanden wie Steffen zu finden. Sondern, ihn zu finden. Den Besonderen. Den ich dauerhaft sehen konnte, den ich wahrnehmen konnte so wie er war. Warum hatte es Steffen nicht sein können? Zu früh. Zu oberflächlich. Aber auch nicht jemanden wie Volker. Von dem ich durch innere und äussere Zwänge abgelenkt wurde. Wir hatten tief angefangen und so arm aufgehört.
Ich musste lernen, den anderen stehenzulassen und wenn es sein musste auch gehenzulassen. Aus Liebe. Uneigennützig. Annehmend. Aber ich konnte es nicht.

Ich wollte keine unbewussten Mechanismen mehr. Und kam zu dem Schluss, dass dieses Ziel nur dauerhaft lebbar war, wenn es an eine Bedingung geknüpft wurde: Mit einem offenen Gegenüber, der gelernt hatte, sich selbst zu hinterfragen, würde es möglich werden. Jemanden, der auch mich stehen lassen konnte, ohne mich als Mutter, Hausfrau, Geliebte, Psychologin, Therapeutin ..... zu instrumentalisieren.

So wie ich war, wollte ich angenommen werden. So wie er wäre, würde ich ihn annehmen wollen. Keine Bedingungen. Und ihm geben, ohne dass er etwas fordert, und nehmen ohne darum zu bitten. Die Basis für mein Vertrauen. Meine Angst wäre besiegt. Aber war es nicht meine eigene Aufgabe, die Angst zu besiegen? Nicht wieder eine Erwartung an den anderen? Ich drehte mich im Kreis.

Nur eines spürte ich ganz deutlich: Wenn ich mir dieser Angst bewusst bliebe, würde ich vielleicht niemanden mehr unbewusst anziehen, der mein Päckchen für mich an die Oberfläche bringen soll. Denn dafür hatte ich Uwe und Steffen irgendwie auch gebraucht. Oder missbraucht? Damit mir diese zeigen konnten, was überhaupt in meinem Päckchen drin steckt.

Lucia schaute vom Tagebuch auf, über dem Lisa gerade sass. Lisa hatte viel gelernt. Über die Suche nach der Liebe. Über ihre eigenen Bedürfnisse. Und dem eigentlichen Wunsch nach Urvertrauen. Als erwachsener Mensch unmöglich wiederzuerlangen. Zu weit weg gewachsen. Aber vielleicht doch noch annähernd zu erhaschen. Durch Aufarbeitung und dem damit verbundenen Weg zurück. Lisa hatte ihr Päckchen, wie Lisa sich selbst ausdrückte, nicht wirklich erkannt. Lucia sah sofort, worum es eigentlich ging. Verlassen werden war Ablehnung und Ablehnung Verlassen werden. Daher diese vielen Bedingungen. Zu viele. Die Suche nach der Liebe gestaltete sich unter Menschen doch sehr schwierig. Gegenseitige Päckchen, die gelöst werden sollten. Vom anderen. Interessant überhaupt, was man so unter einem Päckchen versteht. Zunächst einmal wiegt es schwer, es ist etwas, das man (er)tragen muss. Dann wiederum ist es etwas, was eingepackt ist. Also der Inhalt nicht sichtbar. Und drittens ist es etwas Übertragbares, dessen Inhalt vom Gegenüber noch weniger erkannt werden kann und dessen Verpackung eigentlich „Erwartung" heisst – Erwartung zum Öffnen. Ach, warum konnte Lisa nicht einfach Jesus lieben? Das wäre so einfach gewesen. So klar. Und selbstlos. Andererseits lernte Lucia durch Lisas Probleme gerade so viel über das Leben. Eine Art von Leben, die in ihrem eigenen strukturieren und eingegrenzten Leben nicht vorstellbar gewesen war.

Sie war neugierig, wie Lisa sich entwickeln würde. Sie war neugierig wer Lisa überhaupt war. Wo kam ihre Angst her? Vor Ablehnung? Vor dem nicht angenommen werden? Sie fasste einen Entschluss. Sie wollte mehr erfahren. Lisas vergangenes Leben war Lucia zwar verschlossen. Diese Form der Zeitreise war für Lucia und ihre Gleichgesinnten nicht möglich. Es gab keine nachweisbaren Parallelwelten. Aber es war ihr möglich, nach Lisas Vorfahren zu forschen. Mit der Verbindung zu Lisa war der Ruf in die Vergangenheit einfach. In ihre eigenen Zeit. Der Zeit der Reisenden.

Und so begegnete sie eines Tages Rudolf, Lisas Opa. Er erschien ihr aus heiterem Himmel. Ohne Vorwarnung. Als sie wieder einmal ihre Gedanken auf Lisas Vergangenheit konzentriert und in den Raum geworfen hatte. Die anderen gestorbenen Familienmitglieder von Lisa waren entweder nicht mehr da, oder sie hatten ihren Ruf nicht gehört. Oder nicht hören wollen.

Nur Rudolf. Er war ein unruhiger Reisender. Setzte sich nicht zu ihr sondern lief ruhelos im Raum umher. Er wäre noch nicht bereit zu gehen, antwortete er auf ihre stumme Frage. Aber er wolle von seiner Familie in Ruhe gelassen werden.

„Warum? Wie können sie dir deine Ruhe stehlen?", wollte Lucia wissen.

Er dachte kurz nach: „Meine Tochter und meine drei Enkelinnen, darunter auch Lisa, haben sehr an mir gehangen. Ich bin zu früh gestorben. Mit 64. Ihre Trauer hat mich umgeworfen. Mich hier gehalten. Irgendwie habe ich nach meinem Tod die ganze Zeit versucht, etwas wieder gut zu machen. Auch bei meiner Tochter, die sich leider als Mutter nicht sehr gut machte. Und die es auch nicht schaffte, das Loch bei ihren Kindern zu stopfen, das ich hinterliess. Mir war in meinem Leben gar nicht bewusst gewesen, dass meinen Enkelinnen die Wärme und Aufmerksamkeit einer Mutter fehlte. Anscheinend habe ich das grösstenteils ausgeglichen, solange ich lebte." Er verstummte traurig. Doch dann fuhr er fort: „Als ich noch lebte, war ich oft mit ihnen zusammen gewesen. Fast jedes Wochenende. In allen Ferien. Wir gingen wandern oder zelten. Oder waren in meinem Bienenhäuschen im Wald. Und als ich nicht mehr da war, erkannte ich ihr Defizit. Ja und dann versuchte ich, ihnen Wärme zu geben. Aber das ist unmöglich. Vielleicht spürten sie ein wenig Trost durch meine Anwesenheit. Aber Wärme? Schliesslich merkte ich, dass meine Energie zuneige ging. Und mit dem dann folgenden notwendigen Abstand zu ihnen wurde mein Wunsch grösser, endlich loszulassen." „Aber wieso lassen sie dir keine Ruhe?"

„Du bist noch neu hier, oder?"

„Ja."

„Das merkt man. Ich erkläre es dir. Jedes Mal, wenn sie von mir gesprochen, an mich gedacht oder um mich geweint haben, kam die Botschaft unmittelbar bei mir an. Durch die enge Verbindung, die besteht. Egal wo ich mich gerade befand. So konnte ich nicht loslassen. Die Liebe bindet. Mit der Zeit wurde es weniger. Aber jedes Mal, wenn ich kurz davor war zu gehen, erreichte mich eine neue Botschaft. Und ich zögerte immer wieder. Diese Liebe beeinflusst mich in meiner objektiven Entscheidung."

„Immer noch?"

„Ja."

„Das ist erstaunlich. Aber irgendwie auch wieder nicht. Dass ich das nicht weiss, liegt aber übrigens nicht nur daran, dass ich neu bin, sondern auch, dass ich niemanden zurückgelassen habe, der mich liebt."

„Na dann."

„Was weisst du über Lisa?", fragte Lucia schliesslich neu-gierig.

Rudolf zögerte... „Nicht viel. Ich habe sie schon lange aus den Augen verloren. Wie übrigens alle meine Lieben, auch wenn die Verbindung noch da ist. Lisa war eigentlich ein einsames Kind. Ihre Schwestern sind nur ein Jahr ausei-nander, fast wie Zwillinge. Und Lisa war das Nesthäkchen, das keiner mehr wahrnahm. Meine Tochter nicht, weil sie hoffnungslos überfordert war. Lisas Geschwister nicht, weil sie sich selbst genügten. Und ihr Vater nicht, weil er sich selten Zeit für die Familie nahm. Als ich noch lebte, habe ich es ein wenig auszugleichen gewusst. Sie hatte so ein wundervolles Lachen. Und ich liebte es, sie zum La-chen zu bringen. Wenn ich ehrlich bin, liebte ich sie mehr als alle andere." Er hielt kurz inne, bevor er fortfuhr. „Aber sie war auch schwierig. Wenn ich sie vernachlässigte, weil ich zum Beispiel gerade mit anderen beschäftigt war, brachte sie es fertig sich einfach umzudrehen und zu ge-hen. Und das mit 5 Jahren. Ich fand sie damals auf einem Bauernhof, mit den kleinen Hunden spielend. Ja, sie schaffte es schon, mir Sorgen zu machen. Aber umso mehr hatte ich das Bedürfnis, mich um sie zu kümmern. Für sie da zu sein. Sie hing mehr an mir, als an ihren El-tern. Aber für ihre Liebe forderte sie. Sie brauchte die Be-stätigung, dass auch sie geliebt wurde. Präsenz. Eine Zeit-lang konnte ich sie ihr geben. Dann musste ich sie verlas-sen. Nicht nur sie, sondern auch alle anderen. Als ich krank wurde und schliesslich starb, litt meine Tochter am schwersten unter dem Verlust. Und Lisa? Ich weiss nicht. Sie vergrub sich irgendwie. Ich versuchte zu trösten. Aber ich hatte keinen Zugang mehr zu ihr. Und auch nicht zu den anderen." Er macht eine kurze Pause. „Trotzdem blieb ich in der Nähe. Zuletzt sah ich Lisa, als sie 14 war. Sie war gerade in einem sehr ungnädigen Alter. Rebel-lierte gegen meine Tochter, als wäre sie die schlimmste

113

Feindin. Ich konnte zwar Lisas Reaktion ein wenig verstehen, denn irgendwann ist es wirklich mal genug mit den kleinen alltäglichen Demütigungen. Meine Tochter kam einfach nicht mit Kindern zurecht. Aber sie litt trotzdem unter Lisas radikaler Reaktion. Und ich konnte dann einfach nicht mehr zusehen, wie sich die beiden nahezu zerfleischten."

„Aber warum bist du dann noch hier? Ist die Zeitspanne nicht lange genug, um es dir überlegt zu haben?"

„Du fragst ja wirklich eine Menge. Aber, nein. Die Zeitspanne ist nicht genug. So hat Rosi, meine andere Enkelin und Lisas Schwester gerade erst vor einem Jahr einen Kurs besucht. Später habe ich mich erkundigt, was das gewesen war: Sie nennen es Schamanismus. Auf jeden Fall stand sie irgendwann einfach vor mir. Auf meinem alten Grundstück. Und sprach mit mir. Sie hatte einfach nach mir gesucht."

„Das ist doch nicht möglich!"

„Doch. Es ist erstaunlich, wozu der Mensch überhaupt in der Lage ist."

„Und wie hast du reagiert?"

„Ich habe sie gebeten, dass sie mich in Ruhe lassen soll. Und seitdem respektiert sie das auch."

„Dann könntest du doch jetzt gehen."

„Stimmt. Es wäre jetzt leichter. Aber ich spüre, dass es noch nicht geht. Irgendetwas ist noch offen. Oder soll ich auf sie alle warten? Ich weiss es nicht."

Nach dem Gespräch hatte Lucia noch mehr die Notwendigkeit erkannt, dass Lisa endlich wirklich an ihr Päckchen heranging. Denn Lucia hatte Zusammenhänge erkannt, die Lisa nicht sah. Zu Lisas Vergangenheit. Zu ihrem daraus resultierenden Verhältnis zur Liebe. Zu ihrem Bedürfnis, sich ständig und immer mehr abzusichern. Worte und

Taten auf die Goldwaage zu legen. Falsch. Zu viel erwartet. Es sind doch nur Menschen, die auch gehen dürfen. Irgendwann sogar gehen müssen. Lisa musste frei werden. Vielleicht würde sich ein Weg finden, das Päckchen aufzubrechen? Vielleicht würde dann auch ihr Opa gehen können, wenn er sich nicht mehr verpflichtet fühlte, etwas zu heilen?

Tatsächlich hatte Steffen dieses eine Mal doch noch Verständnis: Er zog innerhalb von zwei Wochen aus – in ein Haus schräg gegenüber. Erleichtert atmete ich auf, auch wenn er wohl noch Hoffnung hatte. Ich nicht.

Kurze Zeit später bestätigte sich auch Dominiques Verdacht. Nein, sie wollte kein viertes Kind. Obwohl... Sie liebt Kinder über alles. Aber nach vielen Diskussionen liess sie es doch abtreiben. Ich konnte sie nicht begleiten. Ich war gerade erst aus dem Krankenhaus und konnte im Job doch nicht schon wieder fehlen. Aber Yvonne bot sich an. Ich wusste, dass Dominique bei ihr gut aufgehoben war. Yvonne kannte ich schon länger aus dem Verein. Sie liess dort ihre Tochter betreuen und war eine der mehr engagierten Mütter. Durch ihre unkonventionelle Art waren wir sehr schnell ins Gespräch gekommen. Ganz offen lästerte sie über die Männer. Und das konnte ja so ansteckend sein... Als sie von Dominiques Nöten erfuhr, die beiden hatten sich mittlerweile über mich kennengelernt, liess sie sich nicht zweimal bitten.
Der Tag der Abtreibung sollte folgenschwer sein. Yvonne verliebte sich in Dominique. Und da sie sehr offen war, verschwieg sie Dominique ihre Gefühle nicht. Für Dominique war das eine ganz neue Erfahrung. Eine Frau? Auch Yvonne hatte noch nie eine Freundin gehabt, auch wenn sie schon länger wusste, dass sie sich auch in Frauen verlieben konnte. Und Dominique liess sich irgendwann auf

Yvonne ein. Jetzt hatte ich zwei Freundinnen, die ich nicht mehr hatte. Von jetzt auf gleich bekam ich kaum noch Anrufe. Von 100 auf fast 0. Ich fühlte mich einsam, tolerierte es aber. Blieb mir etwas anderes übrig?

„Rosita, hast du damit irgendetwas zu tun?", fragte Agatha vorwurfsvoll. Es war erstaunlich, einfach so in den Raum hineinrufen zu können. Bestand einmal eine Verbindung, würde der andere schon hören. Und so auch Rosita. Sie erschien sofort. „Wie meinst du das?" „Du bist doch schon die ganze Zeit an dieser Yvonne dran!" „Stimmt. Sie ist meine Seelenverwandte." „Könntest du sie bitte von Dominique fernhalten?" „Tut mir leid, aber darauf habe ich keinen Einfluss. Das ist ganz von alleine geschehen." „Wirklich?" „Ja, ehrlich. Anscheinend gibt es so lange Wiederholungen, bis wir es geschafft haben." „Meinst du, wir haben eine Chance?" „Natürlich, Agatha. Gib die Hoffnung bitte nicht auf. Wir brauchen einfach nur etwas Zeit."

Nach einigen Monaten kamen die ersten Missverständnisse zwischen Dominique und Yvonne auf. Sie kommunizierten aneinander vorbei. Ist das so bei Frauen? Brauchen wir Männer, damit nicht alles immer so kompliziert wird? Auch waren sie sich einig, dass sie eine unkonventionelle Beziehung führen wollten. Männer seien zugelassen. Dominique praktizierte diese Vereinbarung mit ihrem Nachbarn. Nach wie vor. Aber wenn Yvonne, die erstaunlicherweise in der Lage war, den Sex nach Bedarf nur rein körperlich zu geniessen, einen Mann hatte, wurde Dominique rasend eifersüchtig. Sie klammerte aus Verlustangst. Und sie stiess Yvonne von sich, weil sie ihr zu nahe kam. Zu tief in die Seele blickte. Viele, viele Diskussionen folgten. Mal trennten sie sich, mal kamen sie wieder zusammen. Hin und her. Sie schalteten mich ein.

Ich wurde ihr Mediator, Berater und Übersetzer. Sie hatten eine Beziehung, die sie in allen Details verbal mit mir teilten. Ich immer mittendrin...

„Das läuft aber nicht so, wie wir es kennen", meinte Agatha. „Dich haben wir nie eingeweiht, Lucia." „Das stimmt. Wie war denn euer Verhältnis? Genauso kompliziert?" Rosita überlegte. „Vielleicht nicht so extrem. Ich hatte keine anderen Männer. Aber Agatha war ähnlich zerrissen." Agatha nickte. „Es stimmt. Ich war ziemlich verwirrt. Hin und her gerissen. Zwischen mir selbst und meiner Vergangenheit. Zwischen Bernhard und Rosita." Nachdenklich schaute sie Rosita an. „Ich lerne gerade so viel über mich und mein eigenes damaliges Verhalten. Es tut mir leid, Rosita." „Ist schon gut. Es tut ja nicht mehr weh."

„Aber, sag mal, Lucia. Was machen eigentlich deine Pläne mit Lisa?", wollte Rosita wissen, als sie wieder einmal zusammensassen. „Es sieht gut aus. Ich glaube, ich habe einen guten Kandidaten für sie gefunden." „Wie meinst du das?" „Ein faszinierender, hochkomplizierter, freiheitsliebender Mann, den Lisa niemals bekommen kann." „Das hört sich aber sehr schmerzhaft an." „Das muss es sein, damit Lisa sich öffnet." „Wirklich? Woher weisst du das?" „Ich spüre es. Ganz deutlich."

5.   Neue und alte Wunden

Jetzt war ich schon über ein Jahr Single. Ich hatte mich erholt. Wurde wieder offen für neue Dummheiten. Zwar hatte ich keine Zeit für eine neue Beziehung. Das wusste ich. Aber irgendwie schlich sich die Sehnsucht wieder ein. Nach Nähe, nach Reibung. Nach dem besonderen Menschen. Ich fühlte mich wie in einer Zwischenstation. Nichts bewegte sich weiter, mein gewohnter Alltag verlief immer im selben Rhythmus.

Erwin, ein Kollege von mir, erschien ab und zu in meinem „Dunstkreis", gab ein paar nette Worte von sich (manchmal auch etwas befremdliche Aussagen) und verschwand wieder. Er hatte strahlend blaue Augen und eine intensive Ausstrahlung. Warum war er mir vorher nie aufgefallen?

Wir hatten schon bald ein gemeinsames Thema gefunden: Motorradfahren. Meine letzte Fahrt lag ja bereits zwei Jahre zurück. Aber die Sehnsucht danach war geblieben. Und er verstand es, diese Sehnsucht zu schüren. „Ich nehme dich mal irgendwann mit. Dann erlebst du, wie man richtig fährt."

Er kam irgendwann mit einer Flasche O-Saft in meine Nähe und fragte mich, ob ich etwas davon haben wolle. Ich antwortete: „Klar". „Da ist aber was drin!", gab er schalkhaft zu bedenken. „Na, dann erst recht", grinste ich. Also gab er mir ein Glas. Später steckte er seinen Kopf in mein Büro: „Und? Wirkt es schon?" „Nein, noch nicht", antwortete ich mit einem scheinbar betrübten Gesicht. „OK, dann kriegst du morgen eine höhere Dosis", und verschwand. Es machte mir Spass, diese Spielchen mit ihm zu spielen. Gegenseitiges Aufziehen. Es wurde immer mehr. Mal hatte er mir heimlich Raffaelo auf meinen Platz gelegt. Oder ich fand einen Zettel: „Ruf mich doch einfach mal an..." Und es gefiel mir. Ich liess mich gern auf das vorsichtige Umwerben ein. Wir gingen ab und zu mittags zusammen in der Gruppe essen, oder er schlug spontan vor: Lass uns bei McDonalds ein Eis essen gehen. Dort erzählten wir uns auch das erste Mal von unseren Familien und alten Beziehungen. Er schien sehr interessiert. Und ich fühlte mich zu ihm hingezogen. Vertraut. Und trotzdem irritierte er mich. Seine Kommunikation war mir fremd. Nicht ein Wort ergab das andere, sondern mein Wort ergab oft Schweigen. Das war ich nicht gewohnt. Wo war ich bei ihm dran? Was war ich für ihn? Ein Studienobjekt?

Eines Tages erzählte er nach einem der Kantinenbesuche: „Diese Woche ist hier spanische Woche." „Und wo ist das spanische Essen?", fragte ich ihn. „Morgen, bestimmt", kam die Antwort. Am nächsten Tag bevor wir in die Kantine gingen: „Erwin, wenn heute kein spanisches Essen angeboten wird, musst du mich wohl oder übel zum Spanier einladen." „Kein Problem", war seine lässige Antwort. Natürlich gab es kein spanisches Essen. Es war einer seiner vielen Spässe gewesen. Da ich Freitag länger arbeiten musste und er wohl auch, er kam mindestens dreimal nach mir gucken, fragte ich ihn schliesslich: „Wie wäre es denn heute mit spanischem Essen?" „OK, machen wir. Obwohl ich das lieber selbst vorgeschlagen hätte." Schon wieder eine Aussage, die ich nicht ganz verstand. Aber musste man immer alles verstehen?

Wir fingen beim Spanier an. Er liess mich wie selbstverständlich von seiner Gabel probieren und ich ihn natürlich auch dann von meiner. Es fühlte sich so vertraut an, als ob wir uns schon lange kennen würden. Seine blauen Augen und sein unglaublicher Charme hatten mich in seinen Bann gezogen.

Nach dem Essen zogen wir durch mehrere Kneipen und endeten schliesslich irgendwann in einer Schwulenbar, die bis morgens offen hatte. Er wurde immer betrunkener, ich immer nüchterner. Also fuhr ich ihn nach Hause. „Kaffee?", fragte er mich. „Nein, ich will nach Hause in mein Bett." „Frau Schumacher, kann es sein, dass Sie etwas aufgeräumt sind?" „Etwas, was?", fragte ich verständnislos. „Na, aufgeräumt." „Wie meinst du das?". „Aufgeräumt ist aufgeräumt." „Na gut. Lassen wir es einfach so stehen", antwortete ich resigniert. „Kaffee?", fragte er erneut. Es ging ewig so weiter, ohne dass er Anstalten machte, aus meinem Auto zu steigen. Schliesslich gab ich doch nach, da ich mittlerweile auf Toilette musste. Als ich neben Erwin auf dem Sofa sass und meinen Kaffee schlürfte, merkte ich, dass ich wirklich weg wollte. Nein, nein. Es war nicht mein Instinkt gewesen, der mich vor ihm hätte warnen sollen. Es war meine Angst gewesen, mich wieder zu verlieben, weil ich mich langsam selbst nicht mehr ernst nehmen konnte. Ich kannte dieses Aufflackern und das zumeist sehr schnelle Verlöschen meiner Interessen. Ich wollte es ihm nicht antun! So flüchtete ich also, mit einem starken Kribbeln im Bauch, trotz seiner ständigen Aufforderungen zu bleiben. „Erwin, ich bin wirklich müde!"

Montag fragte er mich als erstes: „Und? Warum bist du weggelaufen?" Konnte er mich lesen? Hatte er einen so sicheren Instinkt? „Weil...", setzte ich an. „Aha, " unterbrach er mich, „du bist also weggelaufen!". Das schien ihm wichtiger als der Grund. Schliesslich fragte er doch noch rein rhetorisch nach dem Warum. Ich blockte. Irgendwie war es unheimlich, so durchschaut zu werden.

Er kam wieder öfter am Tag nach mir gucken, um mir schliesslich die Frage zu stellen, wann wir wieder einen

Rotwein trinken gehen würden. „Mal schauen", antworte ich ausweichend. Doch er liess natürlich nicht locker. Sein Jagdinstinkt war geweckt. Und er liebt Jagen.

Mittwochs überredete er mich, wieder mit ihm in der Mittagspause rauszufahren. Ich liess mich gern überreden. Ich war verliebt. Und ausserdem rückte er mir nicht so stark auf die Pelle und liess mich scheinbar laufen. Seine Aufmerksamkeiten waren immer unverbindlich. Ich spürte, dass ich bei ihm keine Angst haben müsse, dass er meine Distanzbedürfnisse ignorieren würde.

Wir fuhren zu einem Hotel, da ich wenigstens was kleines Herzhaftes essen wollte. Die Zeit reichte gerade für eine Suppe. Aber dafür sassen wir auf der Terrasse und liessen uns von der Frühlingssonne bescheinen. „Soll ich uns ein Hotelzimmer für eine Stunde anmieten?", grinste er mich aus heiterem Himmel an. „Ach Erwin", gab ich ihm Kontra, „normalerweise gerne, aber heute habe ich meine Migräne." Wir plänkelten herum. Dann wieder fingen wir an zu philosophieren. Es machte wirklich Spass mit ihm. Und die Zeit verstrich. Ach du je! Es waren sage und schreibe 2 Stunden vergangen! Und wir hatten doch nur 30 Minuten Mittagspause, die uns zustand. Was sollten wir sagen? Auf dem Rückweg erdachten wir uns alle möglichen Ausreden. Doch letztendlich fragte uns niemand, es war gar nicht aufgefallen.

Der Rotwein stand natürlich immer noch im Raum und ich machte ihm schliesslich auf sein Drängen hin den Vorschlag, an meinem kinderfreien Samstag noch mal Essen zu gehen. „OK, ich hole dich ab." Wieder wurde es ein ausgiebiges Essen mit anschliessenden Kneipenbesuchen bis wir wieder in der Schwulenbar endeten. Dort geschah es dann: Wir küssten uns. Er konnte gut küssen und es schmeckte nach mehr. Wir stolperten schliesslich irgendwann gegen 7 Uhr aus der Kneipe und ich war doch etwas entsetzt, dass er noch fahren wollte. Er war mindestens so betrunken wie ich. Es war ihm egal. Er fuhr mich nach Hause und kam noch mit zu mir hoch. Dort bot ich ihm einen Kaffee an und wir hörten noch sehr lange Musik, bis wir schliesslich ins Bett fielen und kuschelten. Aus dem Kuscheln wurde mehr und er wurde plötzlich ziemlich stürmisch, war dabei aber irgendwie ungelenk. Scheinbar unkontrolliert. Er schien sogar einmal fast total aus der Kontrolle zu geraten. Würgte er mich? Es war nur ein kurzer Moment. Ein kurzes aufflackerndes Bedenken. Doch ich vergass es wieder. Er schlief nicht mit mir. Er wollte wohl, aber sein Glied wurde nicht steif. Ich sagte nichts dazu. Es war mir auch egal. Ich fühlte mich einfach nur glücklich mit ihm, auf einer anderen Ebene. Er verstand es so sehr, mich in seinen Energiestrudel zu ziehen. Wie ein Magnet. Er erzeugte Bilder in mir. Glückliche Bilder. Ein starkes Zusammengehörigkeitsgefühl. Verbunden.

Doch kurz darauf zeigte er sich von einer anderen Seite: Launisch, und teilweise nicht mehr zugänglich. Manchmal von einer Äusserung von mir scheinbar getroffen: „Das finde ich aber jetzt echt Scheisse von dir", manchmal festgebissen in einem Thema: „Du hast mit diesem Typ gestern herum geknutscht!" „Nein, ich habe ihm nur zwei Abschiedsküsse auf die Wange gegeben." „Nein, du hast herum geknutscht!" War das jetzt Ernst oder Spass? Diese Frage konnte ich mir nie wirklich beantworten. Also müsste ich ihn besser kennen lernen. Ich würde es nie schaffen.
Jetzt in den Osterferien hatte ich frei und konzentrierte mich auf meine Kinder und meine Freunde. Marion und ich unternahmen viel zusammen. Und Erwin? Er suchte vorsichtig Kontakt, bis wir uns eines Abends wieder bei mir trafen. Die Kinder waren schon im Bett.

Wieder hörten wir Musik. Er liebte meine alte Bob Marley Platte und hörte sie rauf und runter. Er hatte sowieso schon das Kommando über meine Anlage übernommen. Und es war unausweichlich: Wir landeten wieder im Bett. Auch diesmal wieder leidenschaftlich, auch diesmal klappte es nicht. Er sprach nicht darüber. Stattdessen machte er Andeutungen, dass er Fesselspiele mag. „Warst du schon einmal gefesselt?", fragte er mich. „Nein. Ich hätte auch, glaube ich, nie genug Vertrauen." „Siehst du, dass ist dein Problem!" Vertrauen. Stimmt. Der einzige Moment, in dem ich wirklich vertrauen konnte, war der, wenn ich mich in den Armen eines Mannes endlich fallen liess. Wenn ich das Gefühl hatte, es ginge jetzt nur um mich. Wenn ich die Liebe spürte. Die Anziehungskraft. Körperlich. Und der dazugehörige Sex war dann eine Verstärkung. Für den Moment. Bis mein Räderwerk wieder einsetzte.

Er ging nicht weiter darauf ein. Er sprach meistens mit Andeutungen. So auch über sein erstes Mal. Machte ein Geheimnis daraus und offenbarte so viel, dass ich annehmen musste, er sei vergewaltigt worden. Vielleicht würde er ja später darüber reden können.
Wir machten die Nacht durch, was kein Problem mit ihm war. Seine Energie schien ansteckend zu sein. Wir legten uns einfach nebeneinander und machten uns gegenseitig heiss. „Du bist gefährlich für mich.", sagte ich ihm spontan. „Wieso?" „Als kontrollgesteuerter Mensch verwirrst du mich total." „Du bist viel gefährlicher", antwortete er und schon verschmolzen wir wieder in leidenschaftlichen Umarmungen. Aber zu mehr kam es nicht mehr. Er musste weg. Bevor meine Kinder aufwachen würden.

Am nächsten Tag war ich bei Karin zum Brunch eingeladen. In der Zwischenzeit hatte er fünfmal bei mir zuhause angerufen. Als ich zurückrief war das Gespräch wieder sehr bizarr. Ich hatte ihm von meiner geplanten Fete im Mai erzählt. Er war begeistert. Dann sagte ich ihm, er solle noch Freunde mitbringen. „Das finde ich jetzt absolut Scheisse", erwiderte er heftig. Wollte er keine Beziehung? Keine Verquickung seiner und meiner Freunde? Keine Integration von mir in sein Leben? Nur umgekehrt? Unverbindlich? Ich hatte zwar selbst nie so weit geplant, für mich war es aber ganz natürlich. Ich konnte ihn wirklich nicht verstehen. Also nahm ich alles wieder zurück und liess ihn damit in Ruhe.

Lucia frohlockte. Ja. Es war der Richtige. Sie hatte doch feine Antennen. Erwin war ein ruheloser Freigeist. Nie würde er sich auf diese tiefen Gefühle von Lisa einlassen. Zu gefährlich. Zu bindend. Doch er war schon in ihrem Strudel gefangen, gegen den er sich vehement wehrte. Und durch das Wehren würde er Lisa die Augen öffnen. Sie musste verstehen lernen, was in ihr vorging. Warum sie sich selbst immer Stolpersteine in den Weg legte.

In der nächsten Woche musste ich wieder arbeiten und wie üblich schaute er öfter bei mir vorbei. Ich konnte sofort hören, wenn er sich näherte. Der Klang seiner Schritte hatte sich eingebrannt.
Es war eine sonderbare Situation auf der Arbeit. Schliesslich wollten wir beide uns unter unseren Kollegen nicht outen. Doch, hätten sie genauer hingesehen …
Mittwochs nach der Arbeit gingen wir spontan „Sonne tanken". Ich hatte wieder kinderfrei und konnte so nicht nur mit ihm essen gehen, sondern auch, wie sollte es anders sein, anschliessend versacken. Wir schliefen in dieser Nacht das erste Mal miteinander. Kurz und heftig. Ich war froh, dass es endlich geklappt hatte. Dass der Druck, gerade für ihn, heraus war. Wir hatten danach noch eine

halbe Stunde, bis wir aufstehen mussten und machten nur kurz die Augen zu.

Irgendwie bekam ich den Tag auf der Arbeit herum. Adrenalin half. Und schon am nächsten Tag unternahmen wir wieder etwas zusammen. Die Kinder waren bei Volker. Wir fuhren also auf seinem Motorrad in die Stadt Garnelen kaufen und machten anschliessend bei mir Zuhause ein kleines Festessen daraus. Er bemerkte schliesslich: „Kann es sein, dass wir uns zu oft sehen?" Ich nahm es als Spass auf, schliesslich spürten wir beide doch diese unsagbare Verbundenheit. Doch es war scheinbar Ernst. Denn er schlief zwar wieder bei mir, aber einen halben Meter von mir entfernt. Ich streichelte ihm den Rücken. Er rückte noch weiter ab. Es war unmissverständlich: Rühr mich nicht an!

Einerseits war es mir ganz recht. So ausgepowert wie ich war, schrie mein Körper nach Ruhe. Andererseits, warum so brutal? Morgens sagte ich ihm, dass ich mit dieser Distanz nicht zu recht käme. Er antwortete: „Ja, ich habe öfter solche Phasen. Aber das ist nicht gegen dich."

Er blieb noch bis halb 12, genauso distanziert wie die ganze Nacht – es war Samstag und wir mussten nicht arbeiten. Er suchte kein einziges Mal meine Nähe ausser die verbale. Und ich traute mich nicht mehr, den Anfang zu machen. Doch er verabschiedete sich schliesslich sehr zärtlich von mir. Ich war verwirrt. Schwankte er noch, weil er sich noch nicht für mich entschieden hatte? War seine alte Beziehung daran schuld, die er noch nicht verarbeitet hatte?

Ich hatte meine Ängste zurückgestellt, mich ganz auf ihn eingelassen, er vielleicht nicht. Ich sagte mir, dass ich ihm einfach Zeit lassen müsse. Vielleicht müsste er einfach nur mehr Vertrauen fassen? Doch gab ich ihm Anlass, mir zu misstrauen? Ich verletzte ihn doch nicht. Im Gegenteil. Ich behandelte ihn mit emotionalen Samthandschuhen -

setzte ihn nicht unter Druck, oder doch? Nach meinem Empfinden nicht, ich reagierte doch nur auf ihn und seine Annäherungsversuche, seinen spürbaren Wunsch nach Präsenz. Und der damit natürlich verbundenen Erwartung nach Körperlichkeit. Nach Nähe. Vielleicht war es das. Zu viel Erwartung. Ich kannte mich aus mit Erwartungen. Wusste, wie sehr diese unter Druck setzen konnten. Doch, wie konnten meine mir nur geringfügig bewussten Erwartungen, die ich noch nicht einmal äusserte, ihn unter Druck setzen? Sollte ich ihn ganz in Ruhe lassen? Ich fühlte mich unglücklich.

Montags war ich zurückhaltend, verunsichert. Doch er bemühte sich. Kam öfter vorbei. Versuchte mich zum Lachen zu bringen. „Kann ich mir heute Abend dein Auto mal ausleihen?" „Klar." Ich war ihm also doch wichtig und er brauchte mich! Als er abends kam, blieb er sogar noch nach dem Zurückbringen meines Wagens bis halb 2 Uhr nachts. Er hatte mir sogar einen Kuss gegeben! Also gab er mir damit so viel Sicherheit, dass ich beruhigt war und ihm bereits am nächsten Abend das Angebot machte, noch ein Bier nach Feierabend bei mir trinken zu kommen. Er kam. Zwar spät, aber dafür blieb er über Nacht. Er schlief diesmal im Sessel, doch wundern konnte ich mich nicht mehr.

So ging es die nächste Zeit kontinuierlich weiter. Er rief oft an, war ständig irgendwie präsent, aber verweigerte körperliche Nähe. Ich versuchte Verständnis zu zeigen. War beruhigt, dass er sich zumindest bemühte. Als ich ihn fragte, ob er ein Problem mit Nähe hätte, verneinte er. Ich sagte mir, wie so oft: Geduld, Lisa. Du musst lernen, damit zurecht zu kommen. Er ist halt so. Und vielleicht wird er ja noch zugänglicher.

Nein im Gegenteil. Stattdessen liess er mich immer öfter am langen Arm verhungern. Schürte immer wieder meine Sehnsucht, indem er mit Andeutungen um sich warf und sich gleichzeitig körperlich entzog. Wie oft schlief er bei mir. Auf dem Sofa, dem Sessel, oder im Bett mit einem Meter Abstand. In Lederhose.

Ich kämpfte gegen mich an. Ich war stolz. Wollte nicht zeigen, dass ich darunter litt, nicht gewollt zu werden. Und irgendwie aber doch. Wollte nicht darunter leiden. Ich wand mich. Versuchte mich zu distanzieren. Doch er brauchte nur einmal mit dem kleinen Finger zu winken, schon stand ich wieder Gewehr bei Fuss... und litt. Ich verlor langsam die Achtung vor mir.

Ich fühlte mich manchmal, als würde ich in seinen Augen klammern. Seine manchmal so ablehnenden Reaktionen liessen diesen Schluss zu. Ich hielt mich immer öfter zurück und liess ihn den Kontakt zu mir suchen. Baute keine Brücken mehr. Und trotzdem. Klammerte ich? Als er irgendwann einmal sagte: „So, ich muss jetzt fahren", antwortete ich spontan: „Wunderbar, dann kann ich jetzt mein Buch weiter lesen." Eigentlich wollte ich ihm das Gefühl geben: Hey, ich klammere nicht. Doch er sagte ganz schockiert: „Das hat mir jetzt echt weh getan." Wollte er doch meine Nummer Eins sein? Für mich wichtig sein? War es also nicht mein Klammern, was ihn vertrieb? Ich wurde immer verunsicherter und zerbrach mir den Kopf.

Schliesslich war es Zeit für meine Fete. 10 Mai 2003. Sie war gelungen. 25 Gäste. Viele unbekannt, durch Marion angeschleppt. Ein merkwürdiger Gast mit merkwürdigen Räucherstäbchen. Ein unvergesslicher Geruch. Dominique und Yvonne knutschten vor allen Leuten. Interessantes Outing. Keiner war wirklich schockiert. Erwin kümmerte sich nicht um mich, ausser dass er ab und zu mal kurz meine Präsenz suchte. Also ging ich auch meinen Weg. Erst zur späteren Stunde tanzte er eine Runde mit mir. Wir waren schon alle ziemlich betrunken. Aber, er beobachtete mich und meinen Freundeskreis die ganze Zeit. Dass er mich links liegen liess, war mir an diesem Abend ziemlich egal. Sollte er nur. Ich wusste, er würde heute bei mir schlafen. Vielleicht suchte er betrunken eher nach Nähe? Nein, er legte sich nur quer übers Bett, schnarchte laut, und machte mir keinen Zentimeter Platz. Es war keine schöne Nacht.

Er überredete mich in den nächsten Tagen, früher Feier-abend zu machen und mit ihm in die Natur zu fahren. Er schnappte sich eine Decke, Bier und mich und los ging es. Überreden? Nein, das war eigentlich nicht nötig. Ich musste nur pünktlich zurück am Hort sein, um Kathi ab-holen. Wie wir so dalagen, redeten wir über dieses Dis-tanzproblem. Er meinte: „Ich wurde immer verwöhnt. Ich musste mich nicht bemühen." Das konnte ich ihm von mir auch sagen. „Du kannst dich ja ändern", sagte er mir. „Nur, wenn du dich auch änderst", gab ich zurück. Wir lagen stocksteif nebeneinander. Doch als er irgendwann meine Hand nahm, versuchte ich doch, unseren Vorsatz sofort umzusetzen.

Er ging darauf ein. Zog mich auf sich und berührte mich als Antwort heftig und ziemlich brutal. Dann liess er plötzlich wieder ab von mir, als hätte ich die Pest. Wie so zueinander finden? Ich traute mich schon gar nicht mehr, ihn anzufassen. Ich könnte ihn ja verprellen. Was ging nur in ihm vor? Erwartete er von mir ständig diese Spontane-ität den Anfang zu machen, mit der Freiheit, mir jederzeit einen Korb geben zu können? So etwas fiel mir so schwer.

Ich hatte Angst vor Ablehnung. Aber warum? War es nicht natürlich, auch mal abgelehnt zu werden?
Hatte ich nicht dasselbe von Volker erwartet? Dass er im-mer den Anfang machen solle und ich nur Ja oder Nein

sagen müsste? Aber ich hatte wenigstens Rücksicht genommen, indem ich über meine Bedürfnisse sprechen konnte, mich erklären konnte. Erwin nicht. Und ausserdem hatte ich bei Steffen gelernt, dass man mit Ablehnung wunderbar umgehen konnte, wenn man die Sicherheit hatte, trotzdem für den anderen begehrenswert zu sein. Steffen hatte mir genauso Nein sagen können, wie ich ihm. Ohne bitteren Nachgeschmack. Ganz natürlich. Doch hier war keine Sicherheit, dass Erwin mich begehren würde.

Ich konnte in der darauffolgenden Zeit einfach nicht mehr über meinen Schatten springen, um den Anfang zu machen, und versuchte stattdessen kleine Zeichen von ihm zu deuten. Mein Fokus hatte sich total auf ihn gerichtet. Ständig kreisten meine Gedanken um ihn, sein Verhalten, seine Äusserungen... und meine Gefühle.

Oft kamen mir die Tränen. Ich wusste, dass auch ich die Distanz brauchte, aber so viel? Er suchte ständig meine Präsenz, aber wenn es um Nähe ging, hatte ich zu agieren. Von ihm kam nichts mehr. Hatte ich ihn durch meine Offenheit verprellt? Ich sprach die Dinge an, die mich belasteten. Er wich mehr und mehr zurück.
Diese Uneindeutigkeit war die Hölle für mich. Ich gierte geradezu nach seiner Bestätigung.
Und versuchte gleichzeitig, von ihm loszukommen. Wie schlecht kam ich mit dieser Ablehnung zurecht!

Endlich plante ich ein paar Tage für mich: in Berlin bei meiner Freundin Monika. Prompt rief er aus dem Urlaub an. Er vertelefonierte seine ganze Karte. Für mich! Kaum war ich in Berlin, rief er mich wieder an: „Ich bin zu Hause. Wo bist du?" Enttäuscht nahm er zur Kenntnis, dass ich nicht zur Verfügung stand. „Ich wäre gerne mitgekommen", gestand er mir. ‚Mit mir? ', fragte ich mich insgeheim. Am Wochenende in Berlin tobte ein ziemlich heftiger Sturm. Es wurde in den Nachrichten übertragen. Ich hatte allerdings kaum etwas davon mitbekommen. Doch Erwin rief mich sofort montags an: „Ich habe mir Sorgen gemacht. Schön, dass es dir gut geht. Komm bald heim."

Ich war glücklich. Auf dem Nachhauseweg rief er mich fast stündlich an. „Wann bist du da? Wann können wir uns treffen?" Ich teilte ihm jedes Mal den Kilometerstand mit. Er liess nicht locker, bis wir uns abends endlich sahen. Trotzdem war ich distanziert. Misstrauisch. Und blieb meinen Vorsätzen treu, indem ich nach ein paar Stunden nach Hause fuhr. Ich wartete nicht mehr darauf, was als nächstes kommen würde. Ob er mit mir zu sich oder zu mir fahren wollte. Ich war auf dem Wege der Besserung. Und fuhr los. Er fuhr neben mir. An der Ampel fragte er mich: „Bist du nicht gut drauf?" „Doch", entgegnete ich ihm mit Nachdruck. „Ich glaube, wir müssen reden", sagte er. „Wenn du es willst, in Ordnung." Ich wollte immer noch verstehen. „Kaffee bei dir?". „OK". Wir redeten bis 4 Uhr morgens.

Das Gespräch begann schleppend. Wir waren beide nervös. Aber egal was ich fragte, zu seiner Distanz, zu seiner Verschlossenheit: Es kamen keine Antworten. Nicht dass er nicht wollte. Ich glaube, er hatte keine. Oder es kam nicht raus. Er hatte wohl eine so grosse Mauer um sich errichtet, dass er sich selbst nicht mehr wahrnahm. Irgendwann fragte er mich nach meinen Erwartungen. Hatte er Angst davor? Machte ihm das Druck? „Auf der Ebene der Beziehung, wie gemeinsame Zukunft oder wie geht es weiter, habe ich keine. Aber im Moment des Zusammenseins erwarte ich Nähe, Offenheit und Vertrauen!" Ich fragte ihn nach seinen. Er überlegte lange.

Dann sagte er: „dass du mich akzeptierst." „Hast du das Gefühl, dass ich es nicht tue?", fragte ich ihn erstaunt zurück. Konnte es sein, dass er meine Erwartungen an ihn, an Nähe und Offenheit und meinen manchmal spürbaren Schmerz so auffasste, als würde ich ihn nicht akzeptieren? Ihn verändern wollen? Hatte ich nicht ähnliches bei Volker umgekehrt empfunden? Doch zu meiner Beruhigung antwortete er: „Nein. Aber wir kennen uns noch nicht so lange."

Er erklärte mir, dass er normalerweise offener wäre und normalerweise gerne berühren würde. „Was hältst du davon, dass ich es bei dir nicht kann?", fragte er mich. Spontan antwortete ich: „Eine andere Frau!". Er bejahte und dann war der Knoten gelöst. Er gab mir zu verstehen, dass es doch mit seiner Exfreundin zu tun habe, und er noch Trauerarbeit zu leisten habe.

Wir redeten schliesslich über seine letzte Beziehung, soweit er es zuliess, und ich erzählte ihm von dem Ende meiner. Wie lange es gedauert hatte, bis ich darüber hinweg gewesen war. Und mir wurde klar, dass es mit uns beiden noch zu früh sein musste. Das sagte ich ihm auch. Dann fuhr er, gab mir vorher aber noch einen vorsichtigen Kuss auf die Wange. War jetzt Schluss? Ich wusste es nicht. Ich hatte eine Begründung für sein Verhalten bekommen. Gut, nicht für seine Unentschlossenheit. Sein Wechselspiel. Aber das war halt auch er. Ein Spieler. Mit der Aussage ging es mir erst einmal wesentlich besser, auch wenn es wehtat. Und ich verstand: mein Abschied von ihm würde wohl unausweichlich sein. Ich versuchte mich zu arrangieren.

Doch kaum hatte ich ein paar Tage nichts von ihm gehört oder gesehen, fing die Sehnsucht wieder an. Trotz aller Missverständnisse und Distanzwünsche gehörte er bereits zu meinem Alltag dazu, gab mir Inhalt in meiner

Leere und eine unbeschreibliche seelische Verbundenheit, die mich jetzt an ihn kettete wie eine Gefangene. Ich
zermarterte mein Hirn. Suchte Auswege, wollte weg.
Neue Ziele, neuer Aktionismus, der mich ablenkte.
Er warf mir weiterhin immer kleine Bröckchen hin.
Träumte von gemeinsamen Reisen oder sonstigen Unter-
nehmungen mit mir. Gab mir das unmissverständliche
Gefühl, ich sei wichtig für ihn.
Was sollte ich tun? Sollte ich ihm glauben? Es war so viel,
was von ihm kam, natürlich nur verbaler Natur, dass ich
schliesslich beschloss auf ihn zu warten.

Es ging immer so weiter. Er eröffnete mir, dass er weniger fühle als ich. Dann, wenn ich mich zurückzog, kam er
wieder an und umgarnte mich. Das nächste Mal gestand
er mir, dass er gar nichts mehr für mich fühle. Liess mich
eine ganze Zeit in Ruhe, bis ich mich erholt hatte. Dann
war er plötzlich wieder da und war charmanter denn je.

Er wusste, dass ich nach weiteren Antworten gierte. Und
eines Tages beteuerte er mir, dass er mich nie ausgenützt
hätte. Nicht so wie andere Frauen. Es wäre alles ehrlich.
Er könne im Moment keine Nähe. Das hätte er auch nach
seiner ersten langen Beziehung gehabt. Und er würde
noch vergleichen. Aber er wäre fast durch. War das wieder eine Aufforderung zu warten? „Schade, dass du nicht
früher mit mir über all das gesprochen hast! Das hätte
mir eine Menge erspart", warf ich ihm vor. „Es tut mir
leid", entschuldigte er sich.
Doch wieder warten? Ich kam einfach nicht von ihm los.
Doch eines Tages wurden die Aufmerksamkeiten plötzlich weniger. Ich liess es zu. Hatte sowieso keinen Einfluss
darauf. Und ganz langsam erholte ich mich wieder von
diesem Jo-Jo-Effekt.

Nach einem dreiwöchigen Urlaub, den ich bitter nötig hatte, ging ich gelassen an ihn ran. Lebte wieder mein Leben und ignorierte ihn die meiste Zeit. Verhalten suchte er Kontakt. Sollte er nur! Ich fühlte mich stark. Damit bot ich ihm natürlich die perfekte Herausforderung. Er lud mich wieder zu einer Motorradtour ein. Oder er zeigte mir ein Häuschen, was er kaufen wollte. Und fing sogar einen Tanzkurs mit mir an. 'Warum auch nicht?', dachte ich mir in meinem Zustand.

Er streute wieder Aufmerksamkeit und Hoffnung, und ich bemerkte es nicht.

Während der ganzen Zeit war ich auf der Arbeit nicht sonderlich ehrgeizig. Ich verrichtete mein tägliches Soll und schaute oft verträumt aus dem Fenster. Auch begleitete ich den Verein nur noch unwesentlich und war froh, selten zu Rate gezogen zu werden. Während der anderthalb Jahre ohne meine Präsenz hatten es meine Nachfolger inklusive Dominique geschafft, den Verein am Leben zu halten. Mehr noch, sie errangen die Bewilligung der Gelder nach nochmaliger Antragseinreichung, einem Antrag, mit dem ich damals gescheitert war. Diese Gelder waren überlebenswichtig, das hatte ich schon damals erkannt. Ohne regelmässige finanzielle Unterstützung für Personal war der Qualitätsanspruch bei der Betreuung nicht zu halten. Dominique rief mich eines Tages überglücklich an und teilte mir die Bewilligung mit. Ich war zufrieden. Konnte so mein Werk wenigstens weiterleben.

Doch bereits zwei Monate später, im August 2003, flatterte aus heiterem Himmel die Kündigung des Mietvertrags ins Haus des Vereins. Die Gemeinde, die gerade erst die Gelder bewilligt hatte, war daraufhin nicht mehr bereit, zu den zugesagten Geldern womöglich noch in ein neues Haus zu investieren. Damit kam dann das Aus. Der Geldhahn wurde komplett wieder zugedreht.

Ich war getroffen und konnte die Vermieter nicht verstehen. Warum? Natürlich hatten sie offiziell Eigenbedarf angemeldet. Aber nachdem ich sie eines Tages im Baumarkt getroffen hatte, wusste ich mehr. Sie beklagten sich bei mir, dass es nicht mehr dasselbe gewesen wäre ohne mich. Sie wären nur noch als lästige Vermieter angesehen worden, bekamen keine Informationen mehr und nach der Bewilligung der Gelder sollten sie noch mehr in das Haus investieren. Das kleine Zünglein an der Waage – ich hatte die Vermieter immer einbezogen. Oft eingeladen, schliesslich hatten sie viel gespendet. Eine Heizung, ein Dachfenster und manchmal einfach so etwas Geld. Und Dominique hatte sich einfach nur von den Vermietern kontrolliert gefühlt und sie auch entsprechend behandelt, wenn sie mal wieder unangemeldet aufgekreuzt waren … Die Vermieter wollten wichtig genommen werden, das war alles gewesen. Aber es war jetzt nicht mehr zu ändern. Irgendwann fand ich mich damit ab. Notgedrungen. Immerhin hatte ich einige Jahre lang Menschen geholfen. Auch wenn ich es lieber gesehen hätte, dass der Verein gross wird.

In einem traurigen Moment, nämlich am Abend des Tages, als es schliesslich um die Räumung des Vereinshauses gegangen war, betranken Dominique, Yvonne und ich uns anschliessend bei Yvonne Zuhause hemmungslos mit Tiquilla. Es sollte etwas Unheilvolles passieren.

Zu späterer Stunde wurde die erotische Anziehungskraft zwischen Yvonne und Dominique so stark, dass ich mich verabschieden wollte. Ich konnte zwar nicht mehr fahren, aber zur Not wäre ich zu fuss gelaufen.

Doch anstatt mich gehen zu lassen, fing Dominique an, mich mit einzubeziehen. Betrunken wie ich war, hatte ich keinerlei Vorbehalte. Sie verführte mich zielstrebig, und ich liess es erstaunt und neugierig geschehen. Es war schön, endlich noch einmal berührt zu werden. So ausgehungert wie ich war. Ich liess mich auf die Situation ein, berührte ebenfalls und war überrascht über mich selbst. Da gab es keine Unsicherheit. Selbstverständliche Körperlichkeit. Zunächst war Dominique voll auf mich konzentriert. Yvonne auf Dominique. Doch dann vermischten sich die Zuwendungen, bis irgendwann Yvonne mich verwöhnte. Ja, Yvonne hatte sich dann nur noch auf mich konzentriert. Dominique fühlte sich ausgegrenzt. Sie musste doch diejenige sein, die bei Yvonne im Mittelpunkt steht! Für Yvonne die wichtigste sein. Dominique bekam einen Eifersuchtsanfall und bewirkte damit ein Ende der Situation. Demolierte Yvonnes Wohnung. War nicht mehr zu beruhigen. Schrie, schmiss alles durch die Gegend, was sie greifen konnte. Zuletzt wälzte sie sich auf dem Boden. Hilflos. Getroffen. Yvonne versuchte zu ihr Zugang zu finden. Redete auf sie ein.

Ich floh nach Hause. Betrunken. Egal. Das hier war eindeutig eine Sache der Beiden. Und mir zu viel. Zu viele Emotionen. Unkontrolliert. Als ich Zuhause langsam wieder zu mir kam, fühlte ich mich aufgewühlt und… benutzt. Irgendwie dreckig. Warum? Hatte nicht fast jeder um mich herum gelegentlich Sex ohne Gefühl? War es denn gar kein Gefühl? Sie waren doch enge Freunde von mir. Wo war die Grenze zwischen Freundschaft und Liebe? Warum konnte man nicht auch bei Freunden diese Innigkeit erlangen, die ich gelegentlich bei einem Mann gespürt hatte? Ich lernte über mich, dass ich aber genau diese Innigkeit brauchte, um Sex wirklich geniessen zu können. Um mich anschliessend nicht schlecht zu fühlen. Und insgeheim hatte ich nach dieser Geschichte eine leichte Abneigung gegen Dominique entwickelt, die sich später vollständig entlud. Warum nur gegen sie?

Weil sie mich verführt hatte. Sie hatte die Grenze über-schritten. Aus reinem Spieltrieb, Bestätigungsdrang oder was auch immer. Yvonne war nur „Statist" gewesen. Doch gerade sie tastete sich am nächsten Tag vorsichtig vor: „Könntest du dir vorstellen, es wieder zu machen?" „Nein."

Mittlerweile redeten Erwin und ich wieder offen. Ein schöner Ausgleich für den Moment. Ein Vertrauter. Ich erzählte ihm den Vorfall mit Yvonne und Dominique. Er reagierte neugierig. Überhaupt nicht schockiert. Und war überrascht, dass ich nur Sex mit Gefühl suchte.

Seine Anteilnahme verband mich wieder mehr mit ihm. Und überhaupt schien er wieder zu meinem Leben zu ge-hören. Schleichend. Ich würde mich schon unter Kon-trolle halten. Doch beim Tanzkurs wurde es wieder schlimmer. Er schaute mir mit seinen blauen Augen so oft tief in die meinen, berührte mich gerne, liess mich nicht immer sofort los ... Und nach dem Tanzkurs wollte er im-mer noch ein Bier mit mir trinken gehen. Als würden wir zusammengehören. Ich hatte das Gefühl, er will wieder mehr. Gleichzeitig hatte er natürlich wieder diese Ge-fühlsschwankungen. Einerseits kümmerte er sich rüh-rend um mich. Dann wieder liess er mich links liegen. Das kannte ich ja schon. Aber diesmal verrannte ich mich nicht in hoffnungsloses Hoffen. Diesmal fing ich an auf-zuarbeiten. Nicht nur meine Verhaltensmuster sondern auch meine Altlasten. Warum hing ich so an ihm? War es der Wunsch nach Wiedergutmachung seiner Ablehnung? Ja! Es machte mich süchtig.

Nach einer erneuten Krise und endlosen Grübeleien über Ursachen meines Verhaltens und Nicht-Loslassen-Wol-lens, hatte ich eines Tages, als ich in der Badewanne nach

Entspannung suchte, eine plötzliche Eingebung. Mir kamen sofort die Tränen, als nach fast 30 Jahren plötzlich wieder das Gefühl des Verlustes hochkam, dasselbe, das ich damals empfand, als mein Opa gestorben war. Nicht mehr so intensiv und verzweifelt, aber sehr, sehr traurig. Ich weinte lange und hemmungslos. Und danach ging es mir besser. Als hätte ich jetzt erst Abschied von ihm genommen.

Ich erkannte die alte Wunde: Den frühen Verlust meines Opas, der einer meiner wichtigsten Bezugspersonen gewesen war, und die fehlende Aufarbeitung. Da war kein Trost gewesen, nur Trauer um mich herum. Und ich hatte gelernt. Gelernt, dass Liebe Schmerz bedeutet. Dass ich mich möglichst nicht mehr auf diese Ebene begebe. Bevor mich jemand verlässt oder ablehnt, gehe ich! Je länger die Beziehung. desto misstrauischer beäugt. Auf die Goldwaage gelegt. Bis ich Grund genug hatte, zu gehen. Das war immer meine Strategie gewesen. Jetzt war mir einiges klar geworden. Ich konnte bei Erwin nicht mehr gehen, weil er mich vor meiner Entscheidung bereits verlassen hatte, nur nicht ganz. Dadurch wurde mein Wunsch nach Wiedergutmachung verstärkt durch ständige Hoffnung darauf. Ich konnte so keinen Abschied nehmen.

Vier Monate nach meinem Urlaub und meinem damals erreichten Abstand zu ihm, in denen Erwin mich Stück für Stück wieder in seinen Bann gezogen hatte, war ich nervlich am Ende. Er hatte wieder so viel indirekt versprochen – durch Träumereien mit mir oder verbale Anzüglichkeiten.

Nach einer Beerdigung in meiner alten Heimat, die mich an früher erinnerte, erlitt ich einen Nervenzusammenbruch.

Hatte ich nicht noch einen wesentlichen Punkt übersehen? Durch meine extrem ausgeprägte Angst vor Ablehnung, die sich in meiner Kindheit entwickelte – meine Goldwaage war hier noch sehr klein gewesen - doch ich hatte mit der Zeit dazu gelernt - hatte ich mich immer mehr von meiner Familie distanziert. Nichts investiert. Sie bindet trotzdem. Ich verleugnete sie. Nein, ich brauchte sie nicht. Spürte ich ausserdem in meiner Kindheit schon ihren enormen Einfluss. Beeinflussen lassen, heisst nicht frei zu sein!

Hier, bei diesem traurigen Anlass, dem Tod eines Onkels, kam es hoch. Ich spürte jahrelang vergrabene, ignorierte Bindungen. Mit voller Wucht traf mich die Erkenntnis: Ich hatte einen hohen Preis für meine Freiheit gezahlt – selbst die trotz der Kälte meiner Familie mögliche familiäre Geborgenheit nicht mehr zugelassen. Nur Schwarz oder Weiss! Selbstverständliche allumfassende Liebe oder – gar nichts!

Und sehnte mich jetzt nach jemandem der mich auffängt.

Ich sass in meinem Auto, zitterte am ganzen Körper und konnte nur noch weinen. Ich rief Erwin an. „Kann ich zu dir kommen?" Ausgerechnet bei einer Ursache meiner Probleme! Ich wollte nicht alleine sein. Und vielleicht auch endgültig eine Wiedergutmachung. „Ich muss gleich weg zum Fussball", antwortete er. „Ist OK. Dann bis irgendwann." Ich legte auf. Er rief zurück. „Was ist mit dir? Komm vorbei. Ich kann auch ein andermal spielen." Dankbar nahm ich an und fuhr zu ihm. Auch bei ihm konnte ich nicht aufhören zu weinen. Er gab mir zu essen und zu trinken. Machte das Fernsehen an und sass ziemlich hilflos aber eng neben mir. Ich hätte mir so gewünscht, dass er mich einfach mal in den Arm nimmt. Ich lehnte mich etwas an ihn. Er rückte ab. Er konnte nicht.

Ich wollte weg. Hatte verstanden. Wortlos ging ich wieder. Doch als ich 500 Meter gefahren war, hatte ich wieder Weinkrämpfe. So konnte ich nicht fahren. „Kann ich zurückkommen?", fragte ich ihn am Telefon. „Klar!" So verbrachte ich eine Nacht auf seinem Sofa. Er schlief solidarisch auf dem anderen. Ich konnte nicht schlafen. Bedauerte ich mich selber? Der Drang nach einer menschlichen und tröstenden körperlichen Geste wurde riesengross. Ich grübelte zwei Stunden, ob ich mich trauen sollte. Fragen kostet nichts. Oder? ‚Nimmst du mich mal kurz in den Arm?' Ich versuchte ihn zu wecken. Vorsichtig. Er wusste, was ich wollte und reagierte nicht. Zumindest nahm ich das an. Also legte ich mich wieder hin und versuchte zu schlafen. Ich war total gerädert.

Selbst am Morgen kamen mir noch die Tränen. Doch es liess langsam nach. Nach dem Frühstück konnte ich endlich fahren. Ich traf eine Entscheidung. Ich würde nicht mehr mit Erwin tanzen gehen.

Er war schockiert, als ich es ihm in der nächsten Woche unterbreitete. Versuchte mich zu überreden weiterzumachen. Nein, er bestand geradezu darauf. „Das kannst du nicht machen! Das ist absolut unfair." Ich erklärte ihm meine Gefühle für ihn. Dass ich mich geirrt habe. Ich wäre nicht stark genug. Er schien nicht zu verstehen. Er wollte nicht verstehen. Doch diesmal blieb ich eisern.

Lucia, Agatha und Rosita sassen wieder einmal zusammen und berieten sich. „Was haltet ihr von der Geschichte?", wollte Lucia wissen. Agatha antwortete: „ich kann sie so gut verstehen. Diese Abhängigkeit. Diese ständige Fokussierung auf den anderen. Man kennt schliesslich jede Regung, jede Geste. Und interpretiert alles. Ich kenne das noch von mir. Ich habe auch ständig beobachtet. Alles beurteilt. Und ich selbst habe mich gar nicht mehr gespürt. Ausser wenn Rosita mich mal wieder getröstet hat. Sie konnte es. Mich wieder spüren lassen. Aber wenn ich dann endlich wieder Bernhard getroffen habe, war ich überglücklich. Es war jedes Mal eine Wiedergutmachung."

„Und du Rosita? Was meinst du dazu?"

„Lisa lernt. Über sich. Über die Abhängigkeiten zu ihrer Vergangenheit. Zu ihrem Päckchen. Wenn sie das hier hinter sich hat, glaube ich, wird sie unterscheiden können, was echte Gefühle sind und was nur durch den Wunsch nach Wiedergutmachung entsteht."

„Du hast Recht.", freute sich Lucia. „Die Lektion ist bitter, aber sie wird sie reifen lassen."

Gerd kam mich besuchen. Der Vater eines ehemals im Verein betreuten Kindes und Betriebsratsvorsitzender der Firma nebenan. Diese Firma war jedoch nicht nur der Nachbar, sondern gleichzeitig der Kunde der Firma, in der ich arbeitete. Noch komplizierter. Dieser Kunde war zudem noch ehemaliger Eigentümer unserer Firma. Er hatte unsere Firma für einen guten Preis verkauft. Zurück zu Gerd. Er hatte sich in den Kopf gesetzt, einen Betriebskindergarten ins Leben zu rufen. Und da unsere Firmen miteinander verbandelt waren, dachte er, er könne mich vielleicht bei meiner Firma für ein paar Stunden in der Woche rausleiern. Mein Chef war einverstanden. Und so sahen wir uns ziemlich oft, planten zusammen und waren auch sonst ein gutes Team. Als er nun bei mir sass, er hatte mir noch ein nachträgliches Geburtstagsgeschenk mitgebracht – den Alchemisten, den ich später regelrecht verschlang – war noch mehr zu spüren. Er schien sich verliebt zu haben. Ich ging nicht auf ihn ein. Zu sehr noch von Erwin besetzt. Zu wenig hatte ich Verbindung zu Gerd, auch wenn er ein interessanter, kluger Mensch war.

Durch ihn erfuhr ich noch etwas über mein Haus. Es war tatsächlich jüdischen Ursprungs. Da Gerd aus dem Nachbardorf stammte, wusste er durch seinen Vater viel von der damaligen jüdischen Gemeinde. Und er lieh mir ein Buch darüber. Darin hatte ich ein Foto von dem Haus gesehen. Und Briefe von Juden, die hatten fliehen können. Und da stand es: … Das beschlagnahmte Haus in der Hauptstrasse 22 wurde an Konrad Müller verkauft. Für 120 Reichsmark… Ein Schnäppchen. Bestimmt ein alter Nazi. Und um seine Schuld zu sühnen, hatte er sich bei den Schwestern eingefunden. Und der Kirche das Haus geschenkt. Interessant.

Im Projekt Betriebskindergarten ging es schnell vorwärts. Es wurde mehr Arbeit. Wir benötigten jemanden, der alle Fäden in der Hand halten würde. Dominique? Sie hatte Zeit. Jetzt, wo es den Verein nicht mehr gab. Und so kam sie für 20 Stunden die Woche zu Gerd in die Firma. Bezahlt.

Ende Januar machte ich eine Geburtstagsfeier auf dem Dachboden. Auch Erwin kam. Warum auch nicht? Mit dem neuen Abstand ging es mir richtig gut. Doch irgendwann waren Dominique und Erwin verschwunden. War das schlimm? Ich hatte doch Abschied genommen, oder? Aber er hatte sich mit ihr eine halbe Stunde im Badezimmer eingeschlossen. Direkt vor meiner Nase! In meiner Wohnung! In meinem Bewusstsein! Und ganz unschuldig kamen sie wieder heraus. Ich war so wütend und gedemütigt, dass ich sie beide anbrüllte. Sie hätten doch irgendwo anders hingehen können! Beide reagierten verständnislos. Beide Spielkinder. Dominique versuchte mir einzureden, dass Eifersucht doch etwas Schlechtes sei, das wären doch immer meine Worte gewesen. Ich solle doch an ihren Eifersuchtsanfall bei Yvonne denken. Damals. Zunächst reagierte mein Verstand. Ja stimmt. Ausserdem war ich ja nicht mehr mit ihm zusammen.

Doch am nächsten Morgen fing es an in mir zu arbeiten. Sowohl Erwin als auch Dominique waren meine engsten Vertrauten. Ich hatte nie einen Hehl aus meinen Gefühlen für Erwin gemacht. Beide hatten es gewusst. Warum zum Teufel hatten sie keine Rücksicht darauf nehmen können? Sie konnten nicht. So egozentrisch war es ihnen unmöglich, sich in mich hineinzuversetzen. Oder ich war ihnen zu gleichgültig.
War es nur Dominiques Revanche gewesen? Für damals? Aber Dominique hatte doch damals den Anfang gemacht. Und es zunächst toleriert, dass Yvonne mitmachte. Und ich? Eigentlich hatte ich umgekehrt auch Dominique grünes Licht gegeben. Ihr versichert, dass ich über Erwin hinweg wäre. Nein. Ich verwarf den Gedanken. Die Situationen waren trotzdem nicht vergleichbar. Ich hatte an meiner Fete Dominique doch nicht an die Hand genommen und sie Erwin angeboten. Und trotz meiner Aussage, dass mit Erwin Schluss ist, die mich in erster Linie selbst stärken sollte, hätte es Dominique wissen müssen. Sie hätte nur zu fragen brauchen. Und hätte ich wissen müssen, dass Dominique damals bei Yvonne durch die durch den Sex entstandene Ablehnung bzw. Vernachlässigung von ihr ebenfalls leiden würde? Nein. Ich war damals ja nicht darauf aus gewesen, etwas mit Yvonne anzufangen. Ich hatte mich lediglich in die Situation – in betrunkenem Zustand – fallen lassen, auf Initiative von Dominique.

Je mehr ich darüber nachdachte, desto stärker fühlte ich, es war genug. Genug verletzt. Und zog die Konsequenz: Solche Freunde brauchte ich nicht!

Ich schrieb beiden. Erwin brachte ich den Brief noch am Sonntag vorbei. Ungeöffnet landete er wieder bei mir im Briefkasten. Doch er rief an. „Ich lese keine Briefe mehr von dir!" „Pech", sagte ich, „aber du wirst es auch so begreifen." „Was begreifen?", fragte er aggressiv. „Reg dich nicht auf! Ich möchte nur keinen Kontakt mehr zu dir." „Das hatten wir doch alles schon." „Diesmal ist es endgültig!" „Keine Anrufe?" Er wurde immer kleinlauter. „Nein. Es ist vorbei, Erwin."

Dominique schrieb mir zurück. Ich löschte die Email ungelesen. Es war mir egal, dass sie meine Entscheidung nicht akzeptieren wollte. Ich war eiskalt geworden. In Mark und Bein erschüttert.

Natürlich konnte ich beiden nicht so einfach aus dem Weg gehen. Auch Dominique gehörte mittlerweile zu meinem Büroalltag. Ich hatte meins gesagt und war freundlich und distanziert. Das führte dazu, dass Erwin es immer noch nicht ganz begriffen hatte. Nach einigen Wochen tastete er sich vorsichtig wieder heran. Aber über rein sachliche Themen.

Damit bekam er mich - scheinbar. Erwin und ich hatten noch Anfang des Jahres grobe Pläne geschmiedet, zusammen die VWA zu besuchen, eine Weiterbildung. Doch ich hatte wieder abgesagt. Nicht nur wegen Erwin. Es wäre mir auch zu viel geworden. Er hatte schliesslich ohne mich angefangen, obwohl er immer wieder versuchte, mich noch zu überreden. Er reagierte verständnislos: Es war doch nur gemeinsame Schule!

„Dann musst du eben mit mir zuhause lernen", verlangte er schliesslich. „Ich verstehe dieses BWL nicht." Ich gab einmal nach. Ende März. Ich war innerlich kalt geworden. Also war es OK.

Er erzählte mir von dem Kurs und von den anderen. „Guck mal", sagte er und zeigte mir die Mitgliederliste. „Hier ist sogar ein Kumpel von mir dabei. Ich habe ihn nur bis jetzt noch nicht gesehen. Soll ich ihn mal anrufen?" „Klar, warum nicht." Er rief ihn an. „Ich sitze hier mit einer hübschen Kollegin über BWL. Sie hat mich um Hilfe gebeten. Wie sieht's aus? Kannst du ihr vielleicht helfen?" Ich war total verblüfft. Dieser Spieler. Sich bloss keine Blösse geben, dachte ich bei mir. Schliesslich drückte er mir den Hörer in die Hand und so entstand witzigerweise ein Kontakt mit Gerhard, mit dem ich mich schon bald einfach so mal traf.

Dieser schien es notwendig zu finden, mir reinen Wein einzuschenken, obwohl ich Erwin bei unserem Treffen mit keiner Silbe erwähnte hatte. Er erzählte, dass Erwin sehr unzugänglich wäre. Kaum jemand aus der Clique wisse etwas über ihn. Heute hier, morgen dort – besonders bei Frauen. Und mit einem ungeheuren Charme. Erwin habe im Sommer eine gute Bekannte von Gerhard total unglücklich gemacht. Obwohl er ihr von vornherein gesagt hätte, er wolle nichts Ernstes. Sie sei so eine liebe Person und es täte ihm heute noch leid für sie. Sie hätte so lange auf Erwin gewartet. Ihm Tür und Tor geöffnet. Er wäre auch mindestens einmal in der Woche zu ihr gekommen, obwohl er ja angeblich nichts von ihr wollte. Und als er nicht mehr so oft gekommen sei, hätte sie sehr gelitten.

Ich sagte nichts dazu. Aber letzten Sommer? Es fiel mir wie Schuppen vor den Augen: Das war die andere Frau gewesen – nicht die Exfreundin! Oder beide? Gerhard sagte zum Schluss: „Weisst du, Erwin ist wie ein Medikament. Unheimlich wirksam. Man sollte nur dringend den 15-seitigen Beipackzettel lesen!"

Ja, er war der Richtige gewesen. Zufrieden mit ihrem auf-gegangenen Plan kuschelte sich Lucia in ihren Sessel. Lisa hatte es geöffnet. Ihr Päckchen. Wenn auch mit grossen Schmerzen. Aber das Leben bestand doch daraus, oder? Schmerz um dann das Gegenteil zu erfahren. Erfahren zu können. Wann immer das sein sollte. Und Lisa war damit einen grossen Schritt nach vorne gekommen. Bereit für eine Liebe, die vielleicht endlich frei war von Ängsten.

Agatha erschien. „Warum hast du sie auseinanderge-bracht?", warf sie Lucia aufgebracht vor. „Richtig, das frage ich dich auch", mischte sich Rosita ein. „Wen meint ihr?", fragte Lucia verständnislos. „Na, Lisa und Domini-que. Und Yvonne. Das ist doch wohl offensichtlich!" „Ent-schuldigt. Das lag nun wirklich nicht in meiner Hand. Ich habe nur Felix den Glücklichen gefunden. Das ist übrigens Erwins zweiter Vorname. Und ein bisschen beim Kennen-lernen nachgeholfen. Mehr nicht." „Aber du warst doch viel öfter als wir dabei gewesen. Eigentlich die ganze Zeit. Da hast du doch bestimmt ab und zu mitgemischt", zwei-felte Rosita. „Nein. Wirklich nicht. Obwohl ich oft ver-sucht war, es zu tun. Mir tut es selbst ein bisschen weh, wenn ich Lisa leiden sehe. Aber, es wäre nicht richtig ge-wesen. Und es klingt wirklich verrückt. Ich hatte nur eine Ahnung, dass Erwin Lisa aufbrechen könnte. Dass es tat-sächlich so gekommen ist, grenzt an ein Wunder." „Viel-leicht ist unsere Macht doch grösser, als wir angenom-men haben", vermutete Agatha. Und Rosita fügte hinzu: „Vielleicht sind wir aber auch selbst Teil von einem gros-sen Plan. Dazu bestimmt, Dinge anzuregen…"

Obwohl ich keinerlei privaten Kontakt mehr zu Domini-que zuliess, bekam ich doch einiges durch das Kita-Pro-jekt von ihr mit.

Und so wurde mir auch erzählt, dass nach den ersten Wochen, die Dominique nun als Projektangestellte ausfüllte, sich Gerd in sie verliebte. Es war irgendwie zu erwarten gewesen. Schliesslich war Dominique ein Typ, auf den viele Männer flogen. Gerd machte ihr solange den Hof, bis sie nachgab. Eigentlich war er nicht ihr Typ. Äusserlich. Ich freute mich jedoch ehrlich für sie. Er würde anständig mit ihr umgehen. Charakterlich gefestigt. Fair und reflektiert. Allerdings tat er mir etwas leid. Schliesslich war sie so kompliziert, voller alter Wunden, unbeständig, verletzlich und verletzend.

Marions These, warum Dominique ausgerechnet ihn an sich heranliess, bestand daraus, dass Gerd zuvor auch mich interessant gefunden hatte und Dominique davon wusste. Marion war der vollen Überzeugung, Dominique würde mich bewundern, mir nacheifern, vielleicht mich auch bezwingen wollen? (Ich erinnerte mich an unser tiefgreifendes Erlebnis.) Und immer das haben wollen, was ich schon gehabt hatte. Hatte sie sich nicht damals auch nach Volker interessiert erkundigt? Steffen? Das bestätigte noch mehr meine Entscheidung, mich von ihr zu trennen.

Marion unterhielt sich oft mit mir über Dominique und erzählte mir alles, was sie zu hören bekam. Ob Gerd wieder bei ihr gewesen war. Ob sie sich gestritten hätten. Ob der Nachbar wieder eine Rolle spielte. Und, und, und. Hatte ich sie darum gebeten? Aber der Weg war leicht. Dominiques Nachbarin war Ellie und damit beste Quelle für neue Informationen. Gerd musste wohl einiges durch Dominique erleiden. Aber er ertrug ihre Eskapaden mit dem Nachbarn und später auch anderen Männern mit Hingabe. War er ihr verfallen? Aber er gab ihr damit Halt. Wahrscheinlich konnte Dominique nur so bei ihm bleiben. Und das blieb sie auch. Wurde immer ruhiger und gab schliesslich ihre Männergeschichten auf. Gerd war ihr Zuhause geworden.

Lucia, Agatha und Rosita sassen wieder einmal zusammen in ihrem alten Zimmer. Da plötzlich schrie Agatha auf. „Ich sehe es, ich sehe es", jubelte sie. Die anderen sahen es in dem Moment auch. Das Licht. Agathas Licht. Es war hell geworden. Warm und einladend. „Ich kann endlich gehen!" Agatha stiegen vor Freude die Tränen in die Augen.

Rosita schaute sie nur betrübt an. „Wie schön für dich."

„Jetzt schau bitte nicht so, Rosita", versuchte Agatha sie zu trösten. „Ich bleibe noch bei dir, bis du deins auch siehst, in Ordnung?" Rosita schien beruhigt und Agatha tanzte voller Freude durch den Raum.

„Aber warum?", stellte Lucia verwundert die Frage. „Wenn das wirklich so funktioniert, dass sich das eigene Schicksal mit einem anderen Menschen wiederholen muss, bis es ein positiveres Ende nimmt, hättest du dann nicht diejenige sein müssen, die das Schicksal von Dominique ändert oder den Richtungswechsel zumindest anstösst, so wie Rachel es damals gemacht hat?"

„Nein. Es scheint auch mit Stellvertretern zu funktionieren. Und Richtungswechseln. Du, Lucia, hast es mehr oder weniger für mich getan. Du hast Lisa indirekt Schicksal spielen lassen. Dadurch hat sich Dominique gelöst und ein Zuhause gefunden. Du hast aber noch mehr gemacht. Du hast mir durch Erwin und Lisa gezeigt, dass man auch eine Jo-Jo-Beziehung beenden kann. Wenn man stark genug ist und das System durchschaut. Ich habe Bernhard zwar geliebt. Aber noch mehr war ich durch ihn und seine Wankelmütigkeit abhängig geworden. Das habe ich jetzt erkannt. Ich danke dir!"

Lucia war überrascht. War das möglich, obwohl sie es nicht beabsichtigt hatte? War sie unbewusst noch einem anderen Plan gefolgt? Womöglich dem eigentlichen Plan? Sie wurde nachdenklich. „Erzähl mir mehr von deinem Gefühl", bat sie Agatha. „Ich fühle mich frei, jetzt, nachdem ich verstanden habe. Letztendlich habe ich auch Bernhard nur ausgenutzt. Damit ich lernen sollte, dass ich mich selbst lieben musste, um jemanden anderen zu lieben. Dass ich stark werde und freiwillig lieben könnte. Aber ich habe es nicht geschafft. Ich war immer nur mit mir beschäftigt. Mit meinen Wunden. Ich war gefangen in meinem eigenen Karussell und die anderen habe ich nicht gesehen. Nicht dich Rosita und auch nicht Bernhard. Ihr wisst, dass ich auch nicht gut darin war, meine Pflichten in der Gemeinde zu erfüllen. Es ging immer nur um mich und um die Wiederherstellung meiner Achtung vor mir selbst. Ich kann jetzt sehen, was falsch gelaufen war." Lisa nahm es auf wie ein weiteres Puzzleteil. Und freute sich ungemein, dass sie irgendwie dazu beigetragen hatte, Agatha zu helfen.

„Was machen wir jetzt mit Rosita", fragte Agatha. „Hast du einen Vorschlag, Lucia?"
„Ja. Ich denke schon. Aber vielleicht hat Rosita selbst auch einen..." „Stimmt. Vielleicht ist es der gleiche, den du hast, Lucia. Ich denke da an Michaela.."
„Ja genau!"
„Michaela?", kam es zweifelnd von Agatha.
„Ihr meint nicht die Michaela aus dem Frauen-Fussballverein, oder?"
„Natürlich. Genau die."
„Aber sie ist doch verheiratet. Und das ziemlich glücklich, meines Wissens nach."
„Na ja, " wand Lucia ein. „Freundschaftlich schon. Aber als Beziehung läuft da nicht mehr so viel. Und diese Freundschaft könnte auch fortbestehen bleiben."

„Lucia, was ist nur aus dir geworden? Du willst den heiligen Bund der Ehe brechen? Wo ist dein Glaube geblieben?", stellte Agatha ironisch fest.

Lucia verzog das Gesicht. „Ich weiss. Aber seit ich mich in dieser Welt bewege, hat sich meine Überzeugung im Hinblick auf die Gepflogenheiten der Kirche ziemlich geändert. Zumindest teilweise. Die Liebe ist wichtiger."

„Und Michaela könnte ihre Liebe zur anderen Seite ausleben. Zu Yvonne. Und also zu mir", ergänzte Rosita.

„Seid ihr schon dran?", fragte Agatha.

„Ein bisschen", lächelte Rosita, „aber wir müssen langsam und behutsam vorgehen. Es ist noch ein sehr kleines Pflänzchen."

Agatha sah wieder sehnsuchtsvoll auf ihr Licht. So würde sie noch einige Zeit darauf warten müssen. Sie hatte es aber versprochen! Sie spürte die Kraft und Geborgenheit, die davon ausging. Nach Hause. Ankommen. Sich fallen lassen. Es war so verführerisch und kostete Kraft, nicht zuzugreifen. Schliesslich wendete sie sich ab. „Wenn Rosita mitgehen kann, kommst du dann auch mit?", wandte sie sich hoffnungsvoll an Lucia. Drei Freundinnen. Zusammen.

„Nein. Ich glaube, ich benötige noch mehr Zeit als Rosita. Ich muss noch etwas zu Ende bringen. Mit Lisa. Das spüre ich." „Was denn zu Ende bringen?", wollte Agatha wissen.

„Sie soll die eigentliche Liebe kennenlernen. Die grosse Liebe. Die Liebe, die durch Loslassen entsteht."

„Kannst du sie nicht einfach sich selbst überlassen? Ich lasse Dominique doch jetzt auch in Ruhe."

„Ja, könnte ich. Vielleicht sollte ich es auch. Aber ich möchte diese Liebe eigentlich auch kennenlernen, wenn ich ehrlich bin. Und Lisa hat schon eine so grosse Entwicklung hinter sich. Ich muss sie einfach noch ein Stück begleiten."

„Ist das denn christlich, wenn du so eigennützig Schicksal spielst?" Nachdenklich schaute Lucia ihre Freundin an. „Vielleicht nicht. Aber es ist für mich auch eine Frage der Existenz. Warum habe ich das Licht gesehen? Mein Licht? Reicht es dafür, ein Leben in Demut verbracht und sich nichts zuschulden kommen gelassen zu haben? Und die Menschen nur im Allgemeinen zu lieben, so wie ich es getan habe? Oder war es meine Liebe zu Jesus Christus? Wenn ja, war diese Liebe wirklich ausreichend? Oder war es eine Kombination von allem? Ich möchte einfach die Faktoren verstehen – und wie stark die Liebe sein muss, damit diese Verbindung zum Licht entsteht. Und ausserdem frage ich mich, ob es noch etwas Grösseres gibt. Vielleicht eine Art heilige Liebe?

Und da gibt es noch etwas. Lisa schreibt ausserdem so schön. Vielleicht schreibt sie ja auch mal ein Buch über ihre Erfahrungen? Das würde vielleicht auch anderen Menschen nützen. Und ich glaube, ich möchte einfach noch mehr mit ihr erleben."

„Dann bleiben wir auch noch. Wir lassen dich hier nicht alleine. Und vielleicht können wir sie ja dazu bewegen, einmal über uns zu schreiben..." Lucia dachte nach. „Wer weiss? Das scheint gar nicht so abwegig. Auch wenn sie uns vielleicht nicht hört, sie hat ein Gespür für uns. Das merke ich."

Lucia weitete sich aus. Wie ein grosser Fisch schwebte sie über die Gegenwart. Durch Häuser. Quer über die Stadt. Sie suchte. Und dann sah sie ihn. Eine helle Aura umfloss ihn. Er leuchtete. Das war er. Ihr wurde warm, als sie ihn betrachtete.

6. Himmelhoch Fallen

Tina, meine 28-jährigen Kollegin überredete mich, mit ihr endlich mal auszugehen. So landeten wir im April im Irish Pub. Sie ist fast 10 Jahre jünger als ich, und oft erinnerte sie mich an mich, als ich in dem Alter war. Sie träumte den Traum noch, einen Mann zu finden, eine Familie zu gründen und bis ans Lebensende glücklich und zufrieden zu sein. Den Traum, den ich nicht mehr träumen konnte, wenngleich meine Sehnsucht danach weiterhin ungestillt war. Tina ist Saarländerin und so redet sie auch. Ich hatte eine Zeit lang gebraucht, um ihren Dialekt zu verstehen, aber mittlerweile klappte es schon richtig gut.

Wie es der Zufall wollte, lernten wir gleich einige Leute kennen. Eigentlich ging es nur um einen Barhocker, als Tina bereits mit dem Besitzer dessen auf Englisch ins Gespräch kam. Ich war überrascht. Nicht nur, dass sie sich fliessend unterhalten konnte. Auch war sie sehr gut zu verstehen, ohne Saarländer Akzent.

Wie sich später herausstellte, war das Anthony aus Detroit, den sie da kennen lernte. Und sie sollte ihn noch weit besser kennen lernen. Kurz darauf gesellten sich einige Freunde von Anthony zu uns und schon bald waren wir mit allen ins Gespräch vertieft. Sowohl Tina als auch ich genossen, noch einmal richtig Englisch sprechen zu können. Wie selten hatten wir doch „Practice". Nun denn. Sie luden uns zu einem Drink ein und wir blieben den ganzen weiteren Abend zusammen.
Neben Milan, einem Tschechen, der in die USA ausgewandert war, hatte sich auch ein junger rothaariger Mann dazu gesellt. Seine Präsenz war überraschend - selbst aus den Augenwinkeln unmittelbar. Sein Name war Erney. Nicht besonders hübsch, doch nach näherem

Hinsehen attraktiv, interessant und sympathisch. Ja und allesamt waren Monteure der amerikanischen Firma Fanucrobotics, die Industrieroboter vertrieb und installierte. Alle drei waren bereits seit Januar in der Gegend „stationiert" und würden bestimmt noch zwei Monate bleiben.

Wir redeten schon bald sehr privat. Meistens in Englisch, aber manchmal sprach er auch ein bisschen deutsch. Ich war überrascht, denn er war der erste Amerikaner, den ich kennenlernte, der einen Deutschkurs besucht hatte. Sehr schnell stellte er dann auch richtig, dass er gar kein Amerikaner sondern Kanadier sei. Und irgendwie war dann auch mal das Thema Beziehungen. Ich erzählte Erney:„Ich war einmal fast zwei Jahre mit einem Mann zusammen, der 10 Jahre jünger war als ich. Ich war überrascht, dass dieser so reif war, und alles so unkompliziert und frei gewesen war. Auch mit meinen Kindern hatte es erstaunlich gut geklappt." „Und warum ist es auseinander gegangen?", fragte er. „Ich glaube, ich war einfach noch nicht bereit gewesen für eine Beziehung. Ich hatte ihn schon ein Jahr nach der Trennung von meinem Exmann getroffen. Das war zu früh. Und ich konnte seine Erwartungen nicht erfüllen. Er setzte mich immer öfter indirekt unter Druck. Aber wenn ich ehrlich bin, habe ich ihn wohl nicht richtig geliebt."

„Ich hatte auch einmal eine solche Beziehung zu einer älteren Frau", gab er zu. „Sie hatte Kinder, war auch alleinerziehend. Es war unheimlich intensiv gewesen. Und ich habe sehr viel bei ihr gelernt." Dabei grinste er vielsagend. "Wie lange warst du denn mit ihr zusammen?" fragte ich. „Fast zwei Jahre. Und wenn ich ehrlich bin, liebe ich sie eigentlich heute noch." „Warum ist es denn bei dir auseinander gegangen?" „Sie hat irgendwann geklammert. Wollte mich kontrollieren. Hatte extreme Verlustängste, und letztendlich wollte sie mich sogar heiraten. Dabei war sie andererseits beispielsweise so rücksichtslos, mir am Strand die Stelle zu zeigen, wo sie am liebsten mit ihrem Mann herumgevögelt hat. Eigentlich hatte sie ihm immer noch nachgetrauert. Das hat mich dann wieder wahnsinnig gemacht. Nein, es war keine gute Beziehung gewesen. Aber trotzdem mit sehr viel Gefühl." Wir sprachen innerhalb kürzester Zeit sehr vertraut miteinander. Und ich fand ihn immer interessanter. Auch er war fast 10 Jahre jünger als ich. Doch ebenfalls von einer Reife, die ich nicht erwartet hätte. Und er schien sich für mich zu interessieren. Liess mich nicht mehr aus den Augen. Und später, als wir noch in „unseren" Keller tanzen gingen, empfing er mich jedes Mal freudestrahlend zurück, wenn ich von der Tanzfläche kam. Später tanzten wir noch alle zusammen total verrückt. Ich in der Mitte, Anthony vor mir, Milan eng hinter mir, machten wir ausgelassen Blödsinn auf der Tanzfläche. Tina schaute nur schmunzelnd zu. Schliesslich brach ich aus der Enge aus und schon war Erney hinter mir, legte einen Arm um meine Taille und so tanzten wir zusammen zum Rhythmus. Sehr heiss. Ich empfand Erneys körperliche Nähe als etwas ganz Intensives und Natürliches. Als müsste und sollte das so sein. Als wir Frauen uns schliesslich verabschiedeten, kam die obligatorische Frage nach einem Wiedersehen. Ich blockte, spürte ich doch, dass er mir gefährlich werden konnte – und das für zwei Monate? Ich hatte ausserdem eine Woche Urlaub vor mir und eine Menge zu tun. Aber ich sagte, Tina könne ihre E-Mail-Adresse hergeben und wir würden uns schon über den ein oder anderen Weg wiedersehen. Wir verabschiedeten uns herzlich und gingen um 3 Uhr morgens nach Hause. In der Woche Urlaub dachte ich oft an Erney. Er hatte bei mir etwas hinterlassen. Aber zum Ende der Woche hin verblasste die Erinnerung schon und da ich so sehr beschäftigt war, war er auch nicht mehr so wichtig für mich.

Eigentlich hatte ich zu der Zeit, als ich Erney kennen lernte, noch genug mit mir zu tun. Denn zu der Zeit hatte ich verstärkt Kontakt zu Yvonne und arbeitete meine und ihre ganze letzte Beziehung auf, wir hinterfragen uns und fanden Lösungen. Wir erörterten das Thema Eifersucht und Festhalten wollen und kamen gemeinsam überein, dass nur der Moment zählt. Das Gefühl. Eifersucht und Festhalten bezogen sich auf die Vergangenheit und die Zukunft. Beides ungesund. Niemals real. Aber das was wir wollten, war pure Ehrlichkeit, ohne Zwänge.

Und wir sehnten uns beide nach einer höheren Liebe. Auch zu diesem Thema hatten wir monatelang bei jeder Gelegenheit darüber philosophiert, gesucht, uns durchleuchtet. Wir waren irgendwann zu dem Schluss gekommen, dass unsere alten Verhaltensmuster falsch sein mussten. Nachdem wir uns in unseren alten kaputten Beziehungen immer nur mit dem Kopf bewegt hatten, immer bemüht, die Kontrolle zu behalten, war das die neue Konsequenz daraus: Nur auf den Bauch hören. Die Angst vor Verletzungen beiseitelassen, denn dies machte uns in der Vergangenheit gerade so kompliziert, so ‚zu' und letztendlich so desillusioniert.

Ich lernte so viel. Zu dieser Zeit las ich dann auch den Alchemisten. Das Buch bewegte mich sehr. Gab mir neue Impulse. Den Glauben an grössere Zusammenhänge und an mich selbst! Und Yvonne begleitete mich in dieser Zeit. Endlich hatte ich Erwin hinter mir gelassen.

Ich erkannte schliesslich für mich, was ich wirklich will und brauche. Und dass ich keine Angst mehr haben muss. Ich bin stark. Ich kann meinen schlimmsten Alptraum überleben. Und daraus resultierend würde ich meine Liebe nur noch demjenigen schenken, bei dem ich Offenheit spüre. Nähe. Fallenlassen. Und ich hoffte, dass ich durch diese ganzen Erkenntnisse auch nicht mehr unbewusst jemanden auswählen würde, um meine Altlasten zu lösen. Keine Volkers, Steffens und jetzt auch Erwins mehr.

Mit diesem Wissen wuchs meine Gewissheit, dass es vielleicht doch Liebe gäbe. Dass vielleicht auch ich eines Tages in der Lage sein würde, wirklich zu lieben.

Nach der besagten Geburtstagsfeier hatte auch Yvonne mit Dominique gebrochen. Nicht wegen Erwin, das hatte Yvonne gar nicht mitbekommen. Doch als momentane Exfreundin und nach wie vor nicht Loslassende war Dominique damals immer noch Bestandteil von Yvonnes Leben. Yvonne sollte immer auf Abruf für Dominique da sein, wenn sie sie brauchte. Dominiques Verhaltensmuster hatten sehr viel Ähnlichkeit mit denen von Erwin. „Ich möchte Nähe von dir. Aber, komm mir nicht zu nahe!"

Der Grund für den Bruch? Yvonne hatte während der Fete nach einigem Alkoholgenuss ihren „Moralischen" bekommen und geweint. Eigentlich wollte sie nur ein wenig Bestätigung. Zuneigung. Dominique hatte es zwar zur Kenntnis genommen, es war ihr aber egal gewesen. Sie hatte nur kalt darauf reagiert. Dominique sah nur ihren eigenen Film und ihre Interessen. Und Yvonne? Sie fühlte sich verlassen und ausgenutzt. Sie ging zu Fuss nach Hause und beschloss noch in dieser Nacht, den Kontakt mit Dominique komplett abzubrechen.

Und so verhalf dieser Abend letztendlich ebenso Yvonne wie auch mir, mit unseren Süchten aufzuräumen.

Das alles hatte ich schliesslich mit Yvonne aufgearbeitet. Und Yvonne umgekehrt mit mir. Und ab da ging es aufwärts. Drei Monate. Dann ging ich mit Tina ins Irish Pub....

Und stand nun also vor der Entscheidung, mich wieder auf einen Menschen einzulassen. War er es wert?

Am zweiten Arbeitstag nach meinem Urlaub leitete mir Tina folgende Nachricht weiter:

Von: Leonard, Erney
Gesendet: Dienstag, 13. April 2004 08:33
An: Leiser, Tina
Betreff: Guten Tag Tina und Lisa

Guten Tag Tina und Lisa

Ich weiss nicht ob Tina hat auch Urlaub diesem woche, vielleicht hatte sie zum hause einem email address um das du kannst weiter schicken. Ich hoffe das ihren hat ein gutes zeit gehabt beim tanz platz. Ich habe sicherlich viel Spass gehabt. War schön euch kennen zu lernen. Hoffentlich sieht man dich wieder.

Es dauert mir zu lang auf Deutsch zu schreiben, also mach ich es kurz. Ich mache es auf English nezte mal.

Erney

Ich freute mich über diese niedliche E-Mail. Mein Herz machte einen kleinen Sprung. Die erste Prüfung hatte er bestanden! Er hatte sich bemüht! Ich entschloss mich,

Erney noch mal zu treffen und dann endgültig zu entscheiden, ob ich mich weiter auf ihn einlassen wollte.

Tina, Anthony, Erney und ich verabredeten uns die Woche drauf im Café um die Ecke. Es war ein netter Abend. Es kam natürlich dazu, dass sich Tina fast nur noch mit Anthony und ich mich nur noch mit Erney unterhielt. Die Rollen waren klar verteilt. Die Männer erzählten uns schliesslich, dass sie sich nach einem richtigen Essen sehnen würden. Wir nahmen den Ball auf und versprachen ihnen, einmal typisch deutsch für sie zu kochen. Wir gingen ganz in den Planungen dafür auf. Im Gegenzug würden sie uns einmal richtig zum Essen ausführen. Später fragte mich Erney aus heiterem Himmel, was ich wolle. „Wie meinst du das?" „Na ja, wie stellst du dir deine Beziehung vor?" „Ich habe keine Vorstellungen. Und auch für eine Beziehung eigentlich keine Zeit. Nein, eigentlich will ich keine Beziehung." „Das war keine Antwort auf meine Frage was du willst. Ich wollte nicht wissen, was du nicht willst." Dabei grinste er. Ich konnte ihm nichts dazu sagen. Fand es aber bemerkenswert, dass er mich verbal herausforderte. Und es stand eigentlich schon fest, dass wir uns wiedersehen würden. Anthony erzählte Tina, dass sie versuchten in ein näher gelegenes Hotel umzuziehen, damit wir noch mehr Zeit miteinander verbringen könnten. Wir stimmten alle zu, dass das eine glänzende Idee sei. Mal wieder viel zu spät verabschiedeten wir uns voneinander: Morgen würde anstrengend werden.

Schon am nächsten Tag zielte der E-Mail-Kontakt zwischen Erney und mir natürlich nur auf ein neues Treffen ab.

Vorsichtig, unverfänglich, aber mit gewissen Andeutungen. Ich griff das Thema Essen wieder auf, schlug den

8./9. Mai vor (das war in drei Wochen). Er deutete daraufhin an, dass er auch gerne vorher seinen Teil der Vereinbarung, eine Einladung im Restaurant, einlösen würde. „Du könntest einen schlechten Deal machen! Vielleicht schmeckt mein Essen überhaupt nicht!", gab ich ihm schelmisch zu bedenken. „Nein, selbst wenn dein Essen schwarz verbrannt wäre, würde ich doch den Abend geniessen." Er schrieb mir, was er alles noch in der kurzen Zeit seines Aufenthalts sehen wolle: Burgen, ein echtes Bier bei Mc Donalds, den Dom. „Fährst du gerne Fahrrad? Bist du gerne draussen? Wie wäre es mit Kino?"

Wir trafen uns bereits am nächsten Abend. Verabredet waren wir vor dem Irish Pub. Wir wollten uns dort treffen und gleich weiter, etwas essen gehen. Da es regnete, parkte ich meinen Wagen mit Sichtkontakt zum Irish Pub und blieb sitzen. Kein Erney zu sehen. Ich lief einmal kurz hin, spähte durch die getönte Scheibe des Pubs, konnte aber niemand Bekanntes erkennen und wartete anschliessend wieder im Auto. Eine halbe Stunde später, immer noch kein Erney. Schliesslich ging ich ein letztes Mal gucken, vielleicht war er ja von der anderen Seite gekommen. Vielleicht hatte er sich so ungünstig gestellt, dass ich ihn nicht sehen konnte. Ich sah ihn immer noch nicht. O.K. ich würde jetzt zurückfahren. Doch plötzlich hörte ich, wie jemand meinen Namen rief. Ich drehte mich wieder um und sah Erney. „Wo warst Du denn gewesen?", fragte ich erstaunt. „Na drinnen, es regnet doch." „Ich hab dich nicht gesehen, obwohl ich hineingeschaut habe. Na ja ist ja jetzt egal. Sollen wir mit meinem Auto weiter zu einem Restaurant fahren, oder soll ich im Parkhaus parken?" „Lieber parken. Ich habe nämlich noch Jeff dabei. Kommst Du dann gleich in den Pub?" „Mach ich." Als wir uns alle endlich getroffen hatten, liefen wir dann gleich weiter zum Essen ins Antonio, einem nahegelegenen relativ günstigen Restaurant. Und so lernte ich dann also Jeff kennen, einen gehörlosen amerikanischen und sehr hübschen Kollegen von Erney. Jeff war einfach sympathisch. Noch jünger als Erney war es bewundernswert, wie selbstverständlich er mit seiner Behinderung umging und auch darüber erzählte. Und Erney erzählte mir, dass er ebenfalls ein Hörproblem habe. Schon mehrere Operationen hinter sich, hörte er auf einem Ohr gar nicht mehr und auf dem anderen nur noch mit einem Hörgerät. Er habe sich vorgenommen, irgendwann auch mal die Gebärdensprache zu erlernen, wobei wir schliesslich feststellen mussten, dass es auch in dieser Sprache Barrieren gab. Denn wie Jeff erzählte, hätte jede Landessprache ihre eigene.

Erney und ich hatten nach kürzester Zeit wieder diese Vertrautheit. Jeff fühlte sich sicherlich öfters ausgeschlossen, was durch seine Behinderung natürlich noch verstärkt wurde, denn wenn ich mich mit Erney unterhielt, konnte er ja nicht von meinen Lippen ablesen. Doch er schien es gelassen und humorvoll zu ertragen. Aufgeschlossen und neugierig, wie Jeff war, fragte er mich irgendwann, ob ich auch schon einmal Sex mit einer Frau gehabt hätte. Ohne zu überlegen und ehrlich, wie ich war, kam es über meine Lippen: „Ja." Erney schaute mich erstaunt an. Das hatte er wohl nicht erwartet. Ich musste dann auch etwas klarstellen. „Nein, ich bin nicht lesbisch. Es geschah einfach. Einmal. Mit zwei meiner Freundinnen. Und es war nicht schlecht. Aber ich weiss heute, dass es nicht meins ist." Erney fragte „Wieso?" "Weil ich gemerkt habe, dass ich, um Sex wirklich geniessen zu können, verliebt sein oder jemanden lieben muss. Alles andere reicht mir nicht und ich brauche es nicht. Und ich verliebe mich leider nicht in Frauen", grinste ich. „Das verstehe ich", bekräftigte er. „Ich würde mich auch nicht in einen Mann verlieben."

Erney war neugierig auf das Leben und interessiert an Zwischenmenschlichem und allem möglichen mehr. Wir diskutierten viel, wir erzählten viel, tauschten unsere Erfahrungen aus und lachten viel. Und an seinen Antworten erkannte ich, dass er offen war für alles Neue, ohne zu verurteilen. Das gefiel mir. Ein weiterer schöner Abend, der schliesslich zur Neige ging. Ich fühlte ein starkes Zusammengehörigkeitsgefühl, auch ohne deutlich zu werden. Es war OK, so wie es war. Ohne Eindeutigkeiten. Und ... es war klar, dass etwas passieren würde. Irgendwann. Wir tauschten noch unsere Telefonnummern aus und verabschiedeten uns herzlich voneinander.

Ich fühlte mich wohl. Es war einfach nur schön, einen so warmherzigen, interessanten Menschen kennen gelernt zu haben. Und gut gelaunt ging ich am nächsten Tag zur Arbeit. Am Nachmittag erreichte mich eine E-Mail von Erney.

Übersetzung:

" Lisa. Ich fühle mich schuldig. Du bist so ein wundervoller Mensch und lässt uns so sehr die Zeit hier in Deutschland geniessen. Aber ich bin nicht ganz ehrlich zu dir. Ich habe eine Freundin in Kanada. Entschuldige bitte, aber du bist zu wertvoll und verdienst Ehrlichkeit. Ich hoffe, dies beeinflusst nicht unsere Freundschaft und wir werden trotzdem einige Zeit miteinander geniessen. Pass auf dich auf. Ich hoffe trotzdem auf deine Hälfte der Vereinbarung."

Ich war wie vor den Kopf gestossen. Was sollte das?! Hatten wir irgendwas angesprochen? Verabredet? Aber nein. Er spürte wohl dasselbe wie ich. Diese Selbstverständlichkeit. Dieses: Es soll so sein. Aber warum lässt er die Dinge nicht einfach laufen? Wir wissen beide, dass wir nur eine befristete Zeit haben. Warum also muss ich das überhaupt wissen? Ich schrieb ihm nach langem Überlegen zurück.

Übersetzung:
"Lieber Erney! Ich werde also auch ehrlich zu dir sein. Zunächst einmal frage ich mich, warum du mir das überhaupt erzählst. Passt du gerade selbst auf dich auf und hoffst, ich würde die Verantwortung übernehmen? Aufhören, Gefühle zu investieren, weil du eine Freundin hast? Verhindern, dass du in einen moralischen Zwiespalt gerätst? Ich werde es nicht tun. Ich bin überhaupt nicht fähig dazu. Ich bin sicher, du fühlst was ich fühle. Für den Moment. Und das möchte ich auch geniessen. Solltest du jedoch erwarten, dass ich diese Gefühle kontrolliere: Ich kann es nicht und müsste mich dann von dir distanzieren. Ich weiss nicht, was die Zukunft bringt. Vielleicht eine Freundschaft? Es kommt darauf an, wie offen wir sind. Und welche Art von Kontakt du möchtest. Ich bin ehrlich, ich möchte eine Freundschaft mit dir, da du mir sehr wertvoll geworden bist. Eine Freundschaft, die länger dauert als dein Aufenthalt hier in Deutschland. Du weisst doch, dass ich keine Beziehung möchte. Ich kann keine Beziehung leben. Und da ich nicht eifersüchtig bin, solange mir der andere das Gefühl vermittelt ich wäre ihm wertvoll, stört mich deine Freundin nicht. Nur wenn du nicht damit klarkommst. Also musst du jetzt entscheiden, wie es weiter geht."

Da es bereits spät war und ich los musste, meine Kinder abholen, konnte ich seine Reaktion nicht mehr abwarten.

Ausserdem war es Freitag und ich rechnete nicht mehr damit.

So aufgewühlt ging ich ins Wochenende. Kinderfrei. Sogar bis Montagabend! Ich hatte einen Termin in Köln bei einer Familienaufstellung. Durch die Geschichte mit Erwin und die gemeinsame Aufarbeitung mit Yvonne war meine Vergangenheit zu meinem Thema geworden. Wie ticke ich? Warum suche ich mir immer Hintertüren aus? Immer jemanden, dem ich weglaufen muss! Warum konnte ich nicht einfach bedingungslos JA zu jemandem sagen? Frei, ohne festhalten zu wollen? Ohne Angst? Die Geschichte mit meinem Opa war mir noch im Gedächtnis geblieben. War das wirklich die Antwort? Sein Tod wirklich der Schlüssel für meine Ängste? Für meine beziehungstechnischen Verhaltensweisen? Lag der Schlüssel in meiner Kindheit? Oder doch in meinem Charakter? Was wollte ich überhaupt lösen?

Zumindest ein anderer Blickwinkel würde wohl nichts schaden. Hatte ich vielleicht etwas übersehen? Müsste ich noch andere Päckchen öffnen? Es war das erste Mal, dass ich eine Familienaufstellung bzw. überhaupt eine solche professionell angebotene Reise nach Innen mitmachte. Meine Schwestern hatten mir davon erzählt und mich über Hintergründe informiert. Den Rest hatte ich mir über das Internet besorgt. Sehr interessant. Fand ich dort auch die Bestätigung meiner neuen Entdeckungen, wie wichtig Familie ist. Auch die Väter der eigenen Kinder. Dass man sie in allen Fassetten sehen und zulassen müsse. Verzeihen, um Knoten zu lösen. Aber auch gefährlich, wie ich fand. Wie weit ging das Verzeihen? Was konnte alles hochkommen? Womöglich ausser Kontrolle? Was geschah mit den Menschen, die wirklich grosse Päckchen zutage förderten, wie zum Beispiel Kindesmissbrauch? War das ganze seriös genug? Na ja, ich musste ja nicht mitmachen. Erst mal schauen.

Yvonne fuhr mich nach Köln und organisierte die Unterbringung bei einer alten Bekannten von uns aus dem Verein. Auf der Hinfahrt philosophierten wir wieder. Natürlich, wie konnte es anders sein, über die Liebe und über die Gefahr von Verletzungen. In Köln angekommen, setzte sie mich ab und versprach, mich abends wieder abzuholen.

Ich betrat den Flur des Hauses. Rechts im Raum befanden sich Getränke. Links war der „Sitzungsraum". Gemütlich gestaltet, mit warmen Farben und überall Kissen und Decken. Die Leiterin war eine sympathische, ältere und selbstbewusste Frau. Im Raum befanden sich bereits sieben Menschen. Jeder stellte sich kurz vor. Dabei bekam ein Mann einen Zitteranfall. Konnte sich kaum ausdrücken. Ich dachte bei mir, er kennt das alles bestimmt schon und ist deswegen so aufgewühlt. Die Leiterin befasste sich sofort mit ihm und seiner Problematik und versuchte ihn schliesslich im Nebenzimmer bei leichter Musik zu beruhigen. Er hatte das Problem, keine Kinder mit seiner Frau haben zu können. Dies aber entsprach nicht seinem Lebensziel und er verzweifelte fast daran. Seine Frau schien eher die Gelassene zu sein. Ihr blieb ja auch nichts anders übrig, schliesslich war sie diejenige, die keine Kinder bekommen konnte. Ich dachte bei mir: ‚Er sieht sie auch nicht mehr. Nur noch seinen Film!' Eine Frau stellte sich als Assistentin namens Isabelle vor, die aber auch selbst aufstellen wollte. Und zwei weitere waren genauso neu wie ich. Der Mann, es war übrigens der einzige, wie so oft bei diesen esoterischen Anlässen, blieb erst einmal im Zimmer nebenan. Wir fingen an. Isabelle wollte sofort aufstellen. Sie habe Männerprobleme. Sie liesse niemanden an sich heran, wäre eiskalt, auch wenn sie das nicht wolle.

„OK." sagte die Leiterin. „Wen stellst du wie auf?" „Ich weiss nicht so recht." „Dann schlage ich vor, du stellst jemanden erst einmal für die Männer auf." Da noch kein männlicher Stellvertreter anwesend war, wählte Isabelle ihre Freundin Melanie. Diese wurde im Raum aufgestellt. Und Isabelle erzählte, sie könne diese nicht richtig anschauen. „Jetzt stellen wir jemanden für die Liebe auf!", sagte die Leiterin. „Wen möchtest du jetzt aufstellen?" Die Assistentin zeigte spontan auf mich.

Was war das? Lucia wurde wieder angesogen. Wie damals. Nur diesmal von Lisa. Es war ihr nicht unangenehm, da sie sich sowieso Lisa zugewandt fühlte. Aber es kostete Kraft. Kraft, die hier sowieso nicht mehr so stark war, soweit von ihrem Zuhause entfernt.

In dem Moment sah sie die Farben. Die Aura jedes einzelnen leuchtete, stärker als normal. Und die von Lisa loderte sogar bis fast an die Decke. Hier ging etwas Merkwürdiges vor. Wer war Lisa, dass sie diese Grösse hervorzurufen vermochte?

Oh je. Was sollte ich jetzt tun? Was erwarteten sie von mir? „Stell dich bitte direkt gegenüber von Isabelle auf", sagte die Leiterin. „Und wie fühlst du dich?" „Gut. Allerdings läuft es mir kalt den Rücken herunter". „Was spürst du, wenn du die Männer anschaust?" „Alles in Ordnung". „Isabelle, wie geht es dir, wenn du die Liebe anschaust?" „Es wird mir warm ums Herz. Ich möchte auf sie zugehen." Die Leiterin überlegte. Sie wartete einen Moment, dann fragte sie mich: „Du stellst die Liebe dar, aber sag uns bitte, gibt es die Liebe überhaupt?" Ohne zu zögern, brach es aus mir heraus, wie in den Mund gelegt: „Ja! Natürlich!" „Wow, das war aber überzeugend!", sagte die Leiterin. Ich war überrascht. Über mich selbst.

Die Leiterin beschloss eine andere Konstellation aufzubauen. „Wir stellen jetzt deine Familie auf.", sagte sie zu Isabelle. Ich sollte die Mutter darstellen. Eine andere Teilnehmerin den Vater. Und Isabelle stand uns direkt gegenüber. Es ging so weiter. Fragen, wie fühle man sich, oder wie ist die Beziehung zueinander wurden gestellt. Dabei kam heraus, dass die Mutter sehr schwach war. Eigentlich keine wirkliche Mutter sein wollte, sondern eher Freundin oder Leidensgefährtin ihrer Tochter. „Wir probieren was.", sagte die Leiterin. „Wir stellen jetzt mal die Mutter von der Mutter auf. Vielleicht finden wir heraus, warum sie so schwach ist. Karin, komm du mal her. Stell dich mal direkt hinter Lisa. Und nehme sie mal in den Arm. Von hinten, so dass sich Lisa anlehnen kann. Wie fühlt sich das an?" „Gut", sagte ich, „Gut", sagte Karin. Ich fühlte mich wirklich absolut geborgen. Bei einer wildfremden Frau! „Und jetzt drehe dich mal zu deiner Mutter um", sagte die Leiterin zu mir. Ich drehte mich um, und in diesem Moment kamen mir die Tränen. Ich sah die unbekannte Karin an und konnte es nicht fassen. So stark empfand ich eine unerfüllte Sehnsucht nach dieser Frau. Wir klammerten uns aneinander und trösteten uns gegenseitig. Ich war total ergriffen. Auch dass so eine Empfindung aus heiterem Himmel möglich ist. Isabelle erzählte, ihre Mutter habe ihre Mutter sehr früh verloren. Es war erstaunlich. Es passte.

Überrascht beobachtete Lucia die Szenerie. Wie viele ihrer Mitgenossen hatten sich hier eingefunden! Sie alle projizierten ihre Energie auf die Lebenden. Wie unter Zwang. Waren sie gerufen worden, oder auch freiwillig hier?

Der Vormittag ging so weiter. Am Nachmittag nach dem gemeinsamen Mittagessen stellte eine Margret auf. Wieder wurde ich gewählt. Diesmal als Stellvertreter für sie selbst. Und da sie erzählte, sie habe eine Psychose entwickelt, deren Ursache sie erforschen wolle, wurde jemand als Psychose aufgestellt. Jetzt sollte ich sagen, was ich fühle. Ich fühlte Panik, wenn ich sie ansah. Eine weitere Person wurde als Ursache hingestellt. „Und wie fühlst du dich jetzt?" Die Person stand direkt hinter der Psychose. „Gut" „Bewegt euch mal im Raum und sagt mir was dann passiert." Wir drehten uns umeinander und jedes Mal, wenn ich Blickkontakt zur Ursache bekam, wurde ich von einer unbekannten Kraft vor die Psychose gezogen, so dass diese immer zwischen uns war. Es war unbeschreiblich, wie ich durch den Raum geleitet wurde. Fremd gesteuert. Wir lösten schliesslich den Knoten, indem sich die Ursache zu erkennen gab. Eine Beziehung von mir als Stellvertreter für Margret zu einer Frau – Generationen vor Margret – wurde aufgedeckt. Diese Vorfahrin war als Hexe verbrannt worden und durch den Hass auf den Mann, der sie dorthin gebracht hatte, noch über Generationen gebannt. Dieser Hass hatte das Unglück nachfolgender Generationen bis hin zu Margrets Schicksal beeinflusst. Und sollte nun durch Verzeihung durchbrochen werden. Ich schrie innerlich auf. Niemals sollte sich diese arme verbrannte Frau vor ihrem Widersacher verbeugen. Auch die Stellvertreterin für diese Frau weigerte sich. Also wurde eine andere Methode gefunden. Die Leiterin setzte den Mann ein. Dem Mann schien seine Tat leid zu tun und er bat schliesslich um Verzeihung. Und nach langem hin und her gelang es, ein wenig Frieden in die spürbar unlösbare Situation einfliessen zu lassen. Ich war mit meinen Gefühlen mitgeschwommen. Nur Marg-

ret überzeugte die ganze Geschichte nicht, zu weit her-
geholt. Zu unrealistisch. Keine Antwort auf ihre Psychose? Doch sie liess sich am Ende in die Situation ein-
führen. Löste mich ab. Und schien trotz allem friedlich
herauszukommen.

All diese Szenarien waren für mich beeindruckend. Auch
ohne greifbare Lösungen. Welche Kräfte spielten hier mit
uns? So voll von fremden Energien, Eindrücken und einer
Atmosphäre, die innerhalb kürzester Zeit entstanden und
sehr herzlich und vertraut zwischen uns war, holte mich
Yvonne ab. Ich war verwirrt. Empfand mein Streben nach
Lösungen nicht mehr notwendig. Denn im Vergleich zu
den anderen Teilnehmern war ich weit. Ich kannte die
Ursache für meine vielen Beziehungsversuche und -prob-
leme.

Lucia war erschöpft. Und voller neuer Eindrücke liess sie
sich zurückfallen. Neue Kraft schöpfen. Agatha suchte sie
auf, als sie gerade auf ihrem Bett ruhte. „Was ist mit dir?"
„Nichts Schlimmes. Ich war in Köln. Anstrengend. Aber es
ist kaum fassbar, was ich dort erlebt habe." „Was hast du
denn erlebt?" „Eine Verbindung. Ein Verschmelzen zwi-
schen den Lebenden und uns Reisenden. Es war unbe-
schreiblich." „Aber wie ist so etwas möglich?", wollte
Agatha wissen. „Ich weiss es nicht. Ich nehme an, es ist
Training. Diese Frau, die Leiterin der Gruppe, scheint eine
Verbindung herstellen zu können." Sie schüttelte ungläu-
big den Kopf. „Aber wofür ist so etwas gut?" „Die Men-
schen wollen Antworten finden. Wir ja auch! Und wir Rei-
senden sind den Lebenden ein gutes Stück voraus. Wir
wissen Dinge, die sie nicht wissen können. Nicht sehen
können. Wir kennen Zusammenhänge, die sie nicht erken-
nen. Und mit solchen Treffen schaffen sie Möglichkeiten
für Antworten. Auch wenn diese nicht immer stimmen.
Wir sind schliesslich nicht allwissend."

Yvonne und ich fielen bei Beate und ihrer Familie ein. Eine liebevolle Familie. Ich fühlte mich wohl, war aber gleichzeitig so aufgewühlt, dass mir fast die Tränen kommen wollten – ohne Grund. Ich konnte die halbe Nacht nicht schlafen. Die Familienaufstellung hatte bei mir etwas hinterlassen: Intensität. Am nächsten Morgen beschloss ich, nicht weiterzumachen und sagte der Leiterin telefonisch ab. Sie schien enttäuscht. Aber mir wäre es zu viel geworden. Ich musste das alles erst einmal verarbeiten. Ich ging bei Beate auf dem Balkon eine Zigarette rauchen. Ich stand dort alleine. Fast wie benommen. Und als ich still in den Raum hineinfragte, wohin mein Weg mich noch führen wird, zog mich wieder eine unbestimmte Kraft – in Richtung Sonne. Ganz leicht, nur so, als würde ich nach vorne mein Gleichgewicht verlieren. Aber konstant. Ich interpretierte es als Zeichen für mich. Die Sonne, das Licht, die Wärme. Mein Ziel.

Auf dem Nachhauseweg konnte ich nicht viel reden, so erschöpft und voller Eindrücke war ich. Yvonne hatte Verständnis. Und doch, wenn wir redeten, kam höchst Sinnvolles hervor. So etwas wie eine spürbare Weisheit. Ich fühlte mich erhaben und aufgewühlt. Ich kam nach Hause und wollte mich erst einmal einigeln. Allein sein. Verdauen. Doch es kam anders. Erney rief an. Ob wir uns treffen könnten. „Ja, OK. Wann und wo?" „In einer Stunde am Hauptmarkt?" „In Ordnung, bis gleich." Ich machte mich noch etwas hübsch und fuhr los. Er wollte mich zum Essen einladen. Nachdem wir uns getroffen hatten, machten wir uns auf die Suche nach einem Restaurant, in dem er mit Visa bezahlen konnte. Nichts. Schliesslich, nach dem dritten Restaurant gaben wir auf und ich bot an zu zahlen. Wir flachsten noch ein bisschen mit der Kellnerin, nachdem wir versuchten das englische

Wort für Knoblauch herauszufinden. Dann redeten wir. Ganz offen. Über unsere E-Mails. Er sagte, er wolle mir keine Verantwortung übertragen. Es wäre natürlich sein Problem. Aber er wolle nun einmal absolut ehrlich sein. „In Ordnung". Unsere Stimmung war nicht belastet. Ich erzählte ihm von meinem Seminar. Interessiert hörte er zu.

Als wir mit dem Essen fertig waren, stellte sich die Frage, was wir machen wollen. Ich hatte kein Geld mehr, er hatte kein Geld mehr. „Na gut. Wenn du mit Chaos um-gehen kannst, nehme ich dich mit in meine Wohnung. Dort trinken wir dann noch einen Wein und wenn du willst, fahre ich dich nachher wieder zurück." „Good idea! Sag mal, hast du vielleicht noch was zu rauchen?" Ich hatte tatsächlich noch was. Von einer Fete von vor drei Jahren. Es war bei mir liegengeblieben. Ich erklärte es ihm. "Meinst du, das kann man noch rauchen?", fragte ich ihn unsicher. „Let's try it." antwortete er. So landeten wir dann bei mir. Ich schämte mich etwas. Schliesslich hatte ich am Wochenende keine Zeit gehabt aufzuräu-men. Es sah grauenhaft aus. Ich räumte schnell das Gröbste weg und öffnete uns dann einen guten spani-schen Rotwein. Ich suchte die Überreste des Haschischs zusammen und fand auch noch Blättchen dazu. Wir setz-ten uns auf das Sofa in meinem Zimmer und versuchten in Gemeinschaftsarbeit einen Joint zu drehen. Es gelang mehr schlecht als recht. Und wir lachten uns halb kaputt über unser Ergebnis. Egal. Wir rauchten gemeinsam die Zigarette und tranken Wein dazu.

Er erzählte viel. Von seiner Kindheit. Von seinen sechs äl-teren Geschwistern. Davon, dass sein Lieblingsbruder Tischler sei und er es ihm am liebsten gleichtun würde.

„Ich mache in meiner Freizeit schon Möbel. Aus kanadischem Holz. Die sind mittlerweile so gut, dass ich sogar schon welche verkaufen konnte." Er erzählte von der Zeit, als seine Familie richtig arm war, weil sein Vater sehr krank wurde. Und davon, dass ihre Glaubensgemeinschaft, die sehr streng und hierarchisch war, sie daraufhin im Stich liess. Von dem deutschen Priester erzählte er, der sie alle manipulierte und kontrollierte. Und davon, wie er sich als Jugendlicher mehr und mehr gegen ihn aufgelehnt hatte. Das gefiel mir gut. Ausserdem erzählte er mir über Kanada. Dieses weite Land. Seine ersten Jagdausflüge und die Gefahren, sich zu verirren. Wie gebannt hörte ich ihm zu. Schliesslich zeigte er mir im Atlas, über welches Fleckchen Erde wir da sprachen.

Irgendwann beugte er sich über mich und küsste mich, einfach so. Sehr zärtlich. Es fühlte sich gut an. Ein Schauer lief mir über den Rücken. Und dann war kein Zurück mehr. Und kein Halt mehr. Es war wunderschön. Ich küsste ihn wieder und merkte an seiner Reaktion, dass es ihm gefiel, wie ich küsste. Es wurde immer heisser, wilder. Irgendwann gingen wir zum Bett rüber. Es war merkwürdig. Ich war überhaupt nicht gehemmt. Nicht wie sonst, beim ersten Mal. Ich fühlte mich frei, wurde bestärkt durch seine Selbstverständlichkeit. Sein Körper, schmal, wohl proportioniert, wunderschön. Er war einfühlsam. Überhaupt nicht egoistisch. Und leidenschaftlich. So wie ich es liebte. Die halbe Nacht.
Irgendwann gegen 6 Uhr schliefen wir ein. Ich brachte ihn zwei Stunden später, bevor ich weiter zur Arbeit fuhr, zu seinem Hotel zurück. Im Auto frage er mich: „Hättest Du irgendwann den Anfang gemacht, wenn ich dich gestern nicht geküsst hätte?" „Nein, ich glaube nicht." „Das habe ich mir fast gedacht."

Ich hatte extremen Schlafmangel, so dass ich mich montags nicht bei ihm meldete. Meine Devise lautete sowieso: Nichts überstürzen. Er meldete sich allerdings auch nicht. Doch bereits am nächsten Tag hatten wir wieder regen E-Mail-Kontakt, so dass ich das befriedigende Gefühl bekam, kein „One-Night-Stand" für ihn gewesen zu sein.

Von: Leonard, Erney
Gesendet: Dienstag, 27. April 2004 09:48
An: Schumacher Lisa
Betreff:

Good Morning Sunshine

How are you doing today? Have you been getting more sleep? I tried yesterday, I went to bed straight after work and slept till 11:30.
Woke up hungry, went to Subway for a sandwich ....
who did I see walking past the Irish Pub? Jon and Anthony, of course I had to go and have 1 beer, they wouldn't have it any other way. Then 1 beer becomes 2 and 3 and 4...... and again a late night.

One day I'll get it right.
Hope your having a good day.
Erney

Wir erzählten uns, wie es uns erging. Jeden Tag. Er schrieb einmal, er habe von mir geträumt. Ich bekam Herzklopfen. Und wir verabredeten uns wieder. Für Freitag. Doch spontan kam er bereits am Donnerstag bei mir vorbei. Wieder wurde es leidenschaftlich. Und noch schöner – war das möglich? Wir fühlten uns frei und unbefangen. Er brauchte mich nur leicht zu berühren, und ich stand in Flammen.

Ab da trafen wir uns fast jeden zweiten Abend. Wir konnten uns aneinander nicht satt leben.
Oft gingen wir in die Stadt.
Oft hörte ich damals das neue Lied von Max im Autoradio, wenn ich unterwegs war: „Just can't wait until tonight, baby. Till I have you by my side, baby. For being with you ….". Es prägte meine Erinnerung an diese Zeit. Oft blieb ich in seinem Hotelzimmer. Oft war er bei mir.

Meine Kinder lernten ihn irgendwann kennen, ohne dass ich ihn grossartig als neuen Freund vorgestellt hatte. Sie nahmen ihn auf, wie einen alten Freund. Sie störten sich nicht an ihm. Im Gegenteil. Und oft machten sie Blödsinn mit ihm. Er brachte Kathi das Spiel „Give me five – higher" bei, wo es darum ging, wer am schnellsten seine Hand wegziehen würde. Oder er erklärte ihr, dass in Kanada alle Mädchen rückwärts gehen würden. Sven versuchte sogar, etwas englisch zu sprechen.

Und eines Abends, an einem meiner kinderfreien Wochenenden, machten Tina und ich unser Versprechen wahr. Ich kochte die versprochenen Rouladen mit Rotkohl, allerdings mit Klössen und Tina steuerte die Getränke bei. Um 20.00 Uhr kamen wie verabredet Anthony und Erney. Anthony hatte mir eine Kleinigkeit mitgebracht. Eine Packung Pflegemittel aus Amerika. Und echten Champagner! Erney hatte ein 6-Pack Bitburger dabei. Sein hiesiges Lieblingsbier.
Das Essen war schon fertig. Wir legten sofort los. Und danach begaben wir uns alle in mein Zimmer. Ich hatte frischen Flieder gepflückt und einen dicken Strauss auf das

Sideboard gestellt. Es duftete köstlich danach. Ich fragte, welche Musik sie hören wollten. Anthony hatte seine CD-Sammlung aus dem Auto mitgebracht und Tina stürzte sich sofort darauf. „Die hier musst du auflegen!", verlangte sie. Ich kannte die Gruppe nicht. Aber die Musik war gut. Wir erzählten über dies und das und probierten uns durch diverse alkoholische Leckereien. Erney bewunderte mein Bild. Er hatte es zwar schon vorher gesehen, fragte mich aber jetzt erst, was es bedeute. „Das Gleichgewicht zwischen Körper, Geist und Seele.", erklärte ich ihm.

Es war ein verschlungenes Bild. Mit drei unterschiedlich schattierten Farbfeldern, die einem gleichmässigen Kern „der Kindheit" entströmten, die scheinbar ineinander liefen, sich beeinflussten, sich aber in der Ausdehnung in etwa die Waage hielten. Sie symbolisierten sowohl die zeitliche Ausdehnung als auch die gegenseitige Beeinflussung von allen drei Bestandteilen unseres Lebens. Darin angedeutet waren einzelne Symbole für den jeweiligen Sinn. Warmes Gelb für die Seele mit Symboliken für Musik und Verschmelzung, ein klares Blau für den Geist mit angedeuteten Rechnungen und einer Sinuskurve, die die Fähigkeit symbolisierte, auch komplexe Zusammenhänge im Leben zu analysieren. In das dritte Farbfeld, dem ich die Farbe rot-orange zugeordnet hatte, dem Körperlichen, hatte ich schemenhaft zwei Menschen gemalt, die sich liebten. Der Geist überlappte die Seele, die mit der Zeit verletzt werden konnte – zum Schutz, konnte aber auch als Blockade gesehen werden. Das Körperliche war klar vom Geist abgegrenzt, auch wenn das eine das andere bedingte. Doch die Seele und der Körper konnten miteinander verschmelzen.

„Ich habe es erst vor kurzem gemalt", erzählte ich. „Ich weiss noch, es floss einfach aus mir heraus, wie ein innerer Zwang. Eigentlich kann ich nicht auf Anhieb malen. Doch meine damalige Situation verlangte einfach danach. Und das ist dabei herausgekommen."
„Und das da? Wer hat das gemalt?", fragte er und deutete auf eine Kohlezeichnung meines Portraits über dem Sofa. „Das ist ein Bild von einem Strassenkünstler aus Leningrad. Schon ziemlich alt, aus dem Jahr 1989. Ich war damals erst 22. Aber es ähnelt mir noch ein bisschen, oder?" „Definitiv", antworte er.

Mittlerweile hatte unser starker Alkoholkonsum dazu geführt, dass wir immer lustiger wurden. Erney bat um Whisky. Ich brachte ihm den gängigen Johnny Walker. „Das ist genau der Whisky, den ich wollte." jubelte er. „Den hat der Vater meiner Freundin, ein alter Indianer, überall im kanadischen Wald versteckt. Niemand würde die Flaschen finden. Aber wenn ich mit ihm auf Jagd war, steuerte er immer zielsicher die heimlichen Lager an, und wenn wir dann zurückkamen, war ich immer sternhagelvoll." Wenn Anthony etwas erzählte, hatte ich Schwierigkeiten ihn zu verstehen, aber Erneys Englisch war klar und deutlich. Und wenn wir uns dann doch nicht verstanden, verfielen wir in unser altbewährtes Kauderwelsch aus Englisch und Deutsch. Und den ganzen Abend, bis spät in die Nacht hinein, hörten wir alle mögliche Musik. Nachdem Anthony und Erney ihren Wunsch geäussert hatten, deutsche Musik zu hören, packte ich später noch, sehr zur Belustigung aller Beteiligten, meine alten Platten aus. Wir hörten Marius, dann BAP und schliesslich auch noch Grönemeyer. Und dann ging ich über zu meinen alten Rockplatten. Erney war begeistert. Wir tanzten auf dem freien Platz vor meinem Bett. Er war mittlerweile ziemlich betrunken. Ich auch, aber, da ich bei fast nur einem Getränk geblieben war, ging es mir etwas besser als ihm. Irgendwann gegen zwei Uhr morgens verliessen Tina und Anthony mein Zimmer und quartierten sich auf dem für sie hergerichteten Matratzenlager in Svens Zimmer ein. Kaum hatten sie den Raum verlassen, fiel Erney schon in mein Bett. Ich löschte noch die Kerzen und folgte ihm nach. Er hatte mich schon erwartet und schloss mich glücklich in seine Arme. Wir nickten sofort ein, um dann aber gleich wieder wach zu werden und unseren Gelüsten freien Lauf zu lassen. Irgendwann schliefen wir endgültig ein. Als wir morgens erwachten, bemerkten wir, dass das Kondom mitsamt dem mittlerweile schlaff gewordenen Inhalts noch in mir steckte. Wir lachten und beendeten, was wir angefangen hatten.

Schliesslich standen wir auf. Ich kochte erst einmal Kaffee. Erney fragte mich, ob ich Toastbrot und Eier hätte. „Klar". „Ich mache uns was Warmes zum Frühstück. Etwas, was wir immer als Kinder bekommen haben." „Au ja, ich bin immer für Überraschungen zu haben", rief ich aus. Aber was wurde es? Die altbekannten „Armen Ritter". Vom Geruch angelockt, gesellten sich bald auch Anthony und Tina zu uns. Wir sassen noch lange zusammen. Erney kam irgendwann auf die Idee, schon wieder einen Whisky zu trinken. „Müssen wir uns jetzt Sorgen machen?", lästerten wir. „Nein. Mir ist nur heute einfach danach." Irgendwann verabschiedeten sich Erney und Anthony dann. Sie teilten sich im Fanucrobitics-Team einen Mietwagen und heute waren sie ja gemeinsam da. Tina blieb noch und erzählte mir, dass es jetzt doch passiert sei. Sie hätte sich in Anthony verliebt. Er wäre so fürsorglich und natürlich. Und sie ärgerte sich über sich selbst. Dass sie nicht vernünftiger sein konnte. Tja, irgendwie sassen wir im selben Boot. Das war auch der

Grund, warum wir uns immer wieder auf der Arbeit trafen, um über „unsere Männer" zu reden. Wir brauchten das. Niemand sonst schien für unsere Erfahrungen und Probleme ansprechbar zu sein. Ihre Freundin nicht, Yvonne auch nicht. Beide konnten wohl mit unserem jeweiligen Zustand nichts anfangen.

Die Zeit nach der Fete verging wie im Flug. Und sie wurde immer intensiver. Erney und ich hörten viel Musik. Ich schenkte ihm eine gebrannte CD mit deutschen Songs, die ich bei Yvonne ergattert hatte. Schallplatten konnte man ja nicht brennen. ‚Kein zurück' von Wolfsheim, ‚Ein Tag am Meer' von den Fantastischen Vier, ‚Mensch' von Grönemeyer, und noch ein paar alte von Marius. Schon jetzt war es mir wichtig, ihm mich Stückchenweise mitzugeben.

Wir hatten noch zwei ½ Wochen. Ich wünschte mir dafür Leichtigkeit und Stärke. Warum fällt es dem Menschen so schwer, den Moment zu geniessen? Es ist doch alles vergänglich. Und doch im Moment unendlich. Wir halten fest und fesseln uns selbst.

Ich teilte ihm oft meine Gedanken mit. Erzählte ihm auch von Erwin. „Will er noch etwas von dir?" „Nein, er spürt wohl, dass er absolut keine Chance mehr hat, und macht einen grossen Bogen um mich."
Wir philosophierten. Über das Leben, den Sinn und uns. Stellten gemeinsam Parallelen zwischen der Sinuskurve und dem Leben fest. Alles hat ein Gegengewicht. Sprachen offen über uns, denn schon bald hatten wir das Bedürfnis dazu. Es gab ein UNS. Und wir mussten auf uns aufpassen, damit es uns nicht verschlang. Wir wussten, es ist befristet und dadurch klammerten wir uns wie zwei Ertrinkende aneinander. Nie genug. Jede Sekunde ist

kostbar. Manchmal liebten wir uns zwei oder dreimal hintereinander. Und vollkommen offen und unkompliziert. Ohne Hemmungen. Er verkörperte diese unwiderstehliche Kombination aus Selbstsicherheit und der vollkommenen Rücksichtnahme auf meine Bedürfnisse. Ich konnte mich total fallen lassen. Musste nicht mehr auf mich aufpassen. Vertrauen. Ein Gefühl des Verschmelzens. Und montags, nach jedem dieser absolut heftigen Wochenenden waren wir ausgepowert. Ich beschrieb ihm meine Gefühle mit einem „emotional Hangover". Wir fanden die Definition passend, so demotiviert und lustlos waren wir. Es war einfach ein zu viel an verbotenem UNS. Bis wir uns dienstags meistens schon erholt hatten und uns wieder sahen.

Wir kompensierten das UNS indem wir locker über die jeweilige unabhängige Zukunft des anderen sprachen. Ich schmückte ihm seine erotischen Abenteuer in China aus, da sein nächster Auftrag dort geplant war. Er versuchte mir einen Kollegen von sich hier aus der Gegend schmackhaft zu machen. Aber auch unsere jetzige Situation gestalteten wir verbal sehr locker. Er zog mich damit auf, dass er gerne einmal mit mir und einer Frau, die ich mir aussuchen könnte, Sex haben wolle. Oder ich ging wie selbstverständlich mit ihm für seine Freundin Schuhe kaufen. Wir verabredeten uns auch nicht erwartend. Eher so, wie es sich ergab. Und so gestalteten wir alles ohne aufkommende Verpflichtung gegenüber dem anderen. Ohne Treue, ohne Versprechen. Und wir schienen die Situation damit gut unter Kontrolle zu haben. Doch den Moment lebten wir ganz anders:

Wie gesagt, wir verabredeten uns eigentlich immer nur so ganz nebenbei. Sahen uns aber fast täglich. Und gerade, als ich einmal nachmittags, ganz natürlich ohne ihm darüber Bescheid zu sagen, zu Yvonne fuhr, erreichte er mich nicht. Er versuchte es mindestens fünf Mal, wie ich später auf der Anrufliste sah. Direkte Vorwürfe machte er mir später zwar nicht, doch er konstatierte es leicht verstimmt.

Ich hatte ihm zu Anfang erzählt, dass ich eigentlich zu freiheitsliebend für eine klassische Beziehung sei. Ich empfände sogar das Hand in Hand gehen teilweise einengend. „Siehst du, wie kompliziert ich bin?", fragte ich ihn damals. Doch wenn wir durch die Stadt schlenderten, gingen wir Hand in Hand, als wäre das das Natürlichste von der Welt. Irgendwann fiel es ihm auf und er bemerkte: „Du scheinst ja gar keine Probleme damit zu haben" und hielt dabei unsere Hände hoch. „Stimmt. Ist mir überhaupt nicht aufgefallen."

Oder er reduzierte mir gegenüber immer wieder viel verbal auf ‚puren Sex'. „Ich brauche Sex, weisst du? Ich wüsste nicht, wie ich ohne auskommen könnte."

Doch ich dachte bei mir: ‚Er ist so sehr für mich da, körperlich und seelisch. Achtet so sehr auf mich. Wie es mir geht. Nimmt mich in den Arm. Will mich ständig küssen. Macht mir tausend Komplimente. Nimmt mich mit jeder Faser wahr. Ist das „nur Sex"?' Mich konnte er nicht hinters Licht führen. War ich doch Spezialist auf dem Gebiet. Jede Kleinigkeit des möglichen Abgewiesenwerdens und damit auch die Reduzierung meines ICHS auf meinen Körper wäre mir aufgefallen. Nichts.

Der Kopf sagte natürlich immer wieder etwas ganz anderes. Erney argumentierte wiederholt vernunftbetont: ‚Wir sind nicht füreinander bestimmt.' Und dann vernunft- und gefühlbetont: ‚Du bist Gift für mich.'

178

Ich wollte es von Anfang an laufen lassen. Frei sein. Schauen, was auch immer kommt. Jetzt wusste ich, wir würden uns noch länger quälen. Es ging nicht anders. Dafür war es zu viel. Wir gestanden uns alle Freiheiten für unsere jeweilige getrennte Zukunft zu. Und doch. Es passte soviel.

Ich versuchte zwar, in dieser ganzen Zeit trotzdem auch noch meine anderen sozialen Kontakte zu pflegen, ich scheiterte jedoch kläglich. An einem kinderfreien Sonntag war ich mit Yvonne verabredet. Sie wollte einen Kuchen backen und Erney sollte mitkommen. Doch es kam wie es kommen musste. Wir versetzten sie um fast zwei Stunden. Wir waren vor Erschöpfung eingeschlafen. Als ich sie anrief, war sie ziemlich säuerlich. „Ich habe jetzt schon was anderes vor.", sagte sie. „Ihr braucht euch nicht mehr abzuhetzen." Und danach war ein Knick drin. Sie reagierte oft pampig, wollte Erney nun auf gar keinen Fall mehr kennen lernen. Bei einem Spaziergang, den ich einmal mittwochs nachmittags mit ihr unternahm, redeten wir. Ich entschuldigte mich und versuchte ihr meine Unzuverlässigkeit zu erklären. Aber Erney war bei ihr unten durch. Ich hatte ihr erzählt, dass er eine Freundin habe. Sie fand sein Verhalten, mit mir etwas anzufangen unreif. Ich sei für ihn viel zu schade. Einerseits ehrte mich das ja. Andererseits fühlte ich mich mit meiner eigenen Wahrnehmung übergangen, nicht ernst genommen. Und wo war der viel zitierte Freiheitsgedanke, den Yvonne so gerne propagierte? Wenn sie ihn lebte, war er gut. Aber wenn Erney ihn lebte, war er schlecht?

Yvonne war diese Zeit ganz schlecht drauf. Mag sein, dass sie mich vermisste. Aber, ehrlich gesagt, es war mir egal. Nur noch zwei Wochen!

Der einzige Mensch, den Erney aus meinem Bekanntenkreis noch kennen lernte, war Marion. Wir gingen eines

Abends zusammen essen. Sie war aufgedreht. Redete ununterbrochen. Und das Resumée des Abends teilte sie
mir später mit: „Was für ein bezaubernder Mensch.
Überhaupt nicht so ein Macho, wie du sie sonst immer
angeschleppt hast. So höflich. Und charmant. Was hat er
für eine niedliche Aussprache! Er hat mich sogar zum Essen eingeladen! Ich finde ihn ganz toll. Und ein bisschen
neidisch bin ich auch."
Gut sie neigte immer dazu zu übertreiben. Aber ihre Reaktion fand ich wesentlich angenehmer als Yvonnes.

In dieser Zeit ging es mir richtig gut. Ich blühte auf. Kollegen oder Besucher in der Firma machten mir Komplimente, wie gut ich aussähe. Und soweit prallten auch die
ersten Vorboten an mir ab, dass es vielleicht Streik geben
würde. Zu einer ersten Versammlung ging ich nicht hin.
Fühlte mich nicht involviert. Aber dann hatten wir Be-
triebsversammlung und einer der Hauptredner war ein
Professioneller der Gewerkschaft.
Er führte eine Rede, die die Meute aufhetzte. Keine Ab-
wägung des Für und Wider eines Streiks. Keine Rede über
mögliche Konsequenzen. Und unsere Leute waren begeistert. Montags hatte ich wieder regen Email-Kontakt
mit Erney:

From: Schumacher Lisa
Sent: Monday, May 17, 2004 9:31 AM
To: Leonard, Erney
Subject: Guten Morgen

Ich habe gesehen, dass Du versucht hast mich anzurufen. War es wichtig? Versuchst Du es noch einmal? Ich
hoffe, dein „Emotionskater" ist heute nicht zu schlimm.

LG

Lisa

Von: Leonard, Erney
Gesendet: Montag, 17. Mai 2004 11:00
An: Schumacher Lisa
Betreff: RE: Guten Morgen

Ich wollte nur Guten Morgen sagen, und dir ein Emtions-
katerlos tag wunschen. Mir gehts bis so weit gut
Freue mich von dir ein email zu bekommen

Erney

From: Schumacher Lisa
Sent: Monday, May 17, 2004 1:30 PM
To: Leonard, Erney
Subject: AW: Guten Morgen

Freut mich, dass es dir gut geht! Hier bei uns ist die Stimmung leider ganz schlecht. Das drückt natürlich auch auf
meine Stimmung. Weiss also nicht so genau wie es mir
geht ☹. Aber ich halte durch.
Have a nice day!
Lisa

Von: Leonard, Erney
Gesendet: Montag, 17. Mai 2004 14:37
An: Schumacher Lisa
Betreff: RE: Guten Morgen

Mochtest du gelegenheit haben weg zu kommen?
Ich muss morgen nach Ottmarsheim fahren and dann bis
Siegel.

Kommst du mit?

Erney

Ich konnte natürlich nicht mitfahren. Am selben Tag die Urabstimmung: 98 % für einen Streik. Erwin und ich hatten beide die gleiche Meinung und gingen zusammen den Schein ausfüllen. Wir hatten uns durchgerungen, bei der Frage „offen oder geheim" auf das kleine Klo des Wohnmobils der Gewerkschaft zu gehen und „Nein" anzukreuzen, um womöglich das schlimmste zu verhindern. Die gesamte Verwaltung inklusive aller Führungskräfte streikten nicht. Die Streikenden wurden ausgeschlossen. Und jeden Morgen pünktlich mussten wir durch einen Pulk grölender und aufgebrachter Mitarbeiter zu unserer Arbeit fahren. Grenzen wurden überschritten. Emotionen kochten über. Stinkefinger, „Streikbrechersau", Parolen wie „dem Chef ein Tritt", anklagende anonyme Zettel nachts am Auto. Handgreiflichkeiten. Ich war entsetzt. Und verstand plötzlich, wie einfach es war, die Meute zu manipulieren und zu mobilisieren. Ohne, dass ein einziger nachdachte. War es damals bei Hitler so einfach gewesen? Wir Streikbrecher, ca. 30 an der Zahl, versuchten, das Beste aus der Situation zu machen. Führungskräfte gingen wieder das erste Mal seit Jahren an die Maschinen und druckten dringende Aufträge zu Ende. Sachbearbeiter versuchten sich als Staplerfahrer und Maschinenhelfer. Ich versorgte sie alle mit Frühstück und Mittagessen und half ab und zu noch beim Sortieren der gefertigten Ware. Wir bildeten ein Überlebensteam. Und die Stimmung schweisste uns zusammen. Erwin war in dieser Zeit wieder sehr aufmerksam. Nahm mich bei jeder Gelegenheit in den Arm. Suchte wohl auch Halt. Und war witzig und charmant wie eh und je, erzählte mir vertrauensvoll von einer Affäre, die er gerade gehabt habe. Die Frau aber so geklammert hätte, dass er Schluss machen musste. The same procedure ... Ich nahm die neue Vertrautheit zwar mit Erstaunen zur Kenntnis, es prallte jedoch an mir ab. Während dieser Zeit half mir Erney. Er hörte mir zu, wenn ich ihm von dem Streik erzählte, munterte mich auf und gab mir Stärke.

Ich bekam Probleme. Wir liessen uns doch gehen, oder? So, wie es für uns am besten sein würde. Aber gerade das kettete uns immer mehr aneinander. Die Momente wurden noch intensiver. Wir waren sosehr für uns da, dass es ein Paradoxon in sich wurde. Ich hatte mich richtig fallen gelassen. Und anstatt, dass es ein wohliges, geborgenes Gefühl erzeugte, tat es irgendwann nur noch weh.
Er wollte länger bleiben. Oder noch einmal nach Deutschland kommen. War das gut?
Das Ende rückte näher, und seine Freundin störte mich von mal zu mal mehr, da er sie oft thematisierte. Sie war trotz allem präsent. Er wollte, dass ich aufpasse und ihn nicht versehentlich kratze. Seine Freundin könne es ja sonst vielleicht bemerken. „Riech mal. Dein Duftöl riecht man noch in meinen Klamotten, selbst nachdem ich sie gewaschen habe!" Emails könnten wir später natürlich auch nicht so einfach austauschen, wenn er zu Hause wäre. Und: „Meinst du, meine Freundin merkt es, wenn ich anders küsse?" „Natürlich. Sie ist doch eine Frau!" Er befasste sich gedanklich mit seiner Rückkehr, um auf sich aufzupassen. Ich fing an, meine Goldwaage auszupacken.

In einem unserer Gespräche kam heraus, dass er mit seiner Freundin ähnliche Probleme hatte, wie ich damals mit Volker. „Wenn wir ein Problem haben, will sie es immer ausdiskutieren. Aber egal was ich sage, sie nimmt davon nichts an, ein Tunnelblick. Manchmal kommt es mir so vor, als wolle sie gar keine Lösung. Als drehe sie sich im Kreis und ihr ginge es nur ums Prinzip. Und dabei gibt sie keine Ruhe. Findet kein Ende. Lässt mir keine Ruhe, mich noch nicht einmal schlafen. Es ist fürchterlich." „Das kenne ich.", rief ich erstaunt aus. „Volker hat mich auch nicht schlafen gelassen. Und mir nicht zugehört. Geredet, geredet um dadurch zu lösen, was nicht zu lösen war. Wie besessen. Und total emotional. Ist das übrigens der Grund, warum du diesen Job hast? Weglaufen?" „Vielleicht hast du recht." Seine Freundin, Indianerin, hatte eine Tochter von 6 Jahren und lebte mit Erney in einem Haus. Seit drei Jahren waren sie ein Paar. Er beschrieb sie mir als hochintelligent, aber in emotionalen Dingen absolut überfordert. „Sie stresst mich, wir streiten andauernd und eigentlich haben wir überhaupt kein Vertrauen zueinander." Eines Nachmittags fuhr er bei mir im Auto mit und wir kamen bei Volker an der Haustür vorbei. Er stand gerade draußen. Ich sagte zu Erney: „Das war übrigens Volker". „Der sieht ja aus, wie ein Indianer!", rief er spontan aus. Stimmt. Volker hatte mittlerweile lange Haare und hatte auch sonst, durch seine stolze Haltung, eine gewisse Ähnlichkeit mit einem Indianer.

Von einer Ahnung und natürlich von meiner Neugierde getrieben, schaute ich in meinem Buch über chinesische Astrologie nach. Da Erney mir verraten hatte, dass seine Freundin vier Jahre älter war als er, konnte ich ihr Geburtsjahr ziemlich genau einschätzen. Und es bestätigte sich: Sie war Ratte, genau wie Volker. Bemerkenswert, dass wir so ähnliche Erfahrungen mit unseren Partnern gemacht hatten! Und ich verbuchte es für mich unter „weiteren Übereinstimmungen", die den Tatbestand des „Vorbestimmtseins" untermahlten.

Er erzählte oft von sich, von seinen Träumen in Kanada. Von seinem Wunsch nach eigenen Kindern. Nach einer grossen Familie. Je öfter er diese Dinge ansprach, desto mehr tat es mir weh. Ich wehrte mich gegen meine unterbewussten Träume und Wünsche nach Festhalten. Wo war mein Verstand geblieben? Ich konnte ihm doch sowieso nichts dergleichen bieten. Insgeheim wünschte ich mir aber einen Platz in seinem Leben. Egal wie klein.

Dann kam unser vorletztes Wochenende vor seiner Rückkehr. Wir entschieden spontan, ans Meer zu fahren. Wir nahmen die letzten Krümel Haschisch mit, kauften unterwegs ein Sixpack und schafften es, spät nachmittags den belgischen Strand in der Nähe von Ostende zu erreichen. Wir schnappten uns jeder ein Bier und spazierten den Strand entlang. Ich liebte das Meer, den Strand und steckte ihn mit meiner Begeisterung an. „Das, was für dich das Meer ist, ist für mich der Schnee. Wenn ich im einsamen Wald unterwegs bin und vollkommen weisse Ebenen zu Gesicht bekomme. Es ist diese Unendlichkeit, nicht wahr?" „Ja. Und wenn ich es beobachte, hinterlässt es bei mir den Eindruck von Ewigkeit. Meine Probleme werden dann ganz klein, unbedeutend.", antwortete ich.

Wir suchten uns einen Sitzplatz auf einem grossen Stein und ruhten uns erst einmal von den Strapazen der Fahrt aus. Melancholisch schauten wir über das Meer. Er fragte mich, wie ich meine Zukunft sähe. „Ich weiss nicht. Nicht klar. Abhängig davon, was passiert." „Also wie ein Stück Treibholz auf dem Meer?" „So ähnlich. Nein. Ich bin immer noch der Steuermann, aber die Richtung ist mir nicht bekannt." „Ich möchte nicht, dass du dir eine Zukunft mit mir vorstellst." Das sass. Ich konterte: "Ich weiss, dass wir keine Zukunft haben. Das brauchst du nicht immer zu betonen." „Schau", sagte er tröstend. „Wir sind wie dieser wunderschöne Sonnenuntergang. Wir erblühen in den

unglaublichsten Farben, aber unser Ende ist unausweichlich." Nein, das wollte ich nicht hören. Doch er hatte ja
Recht.

„Aber komm. Lass uns die Zeit noch geniessen", forderte
er mich auf. Wir suchten uns ein Plätzchen in den Dünen.
Und er lief schnell zum Auto, Decken holen. Er packte
mich warm ein, drehte einen Joint und nachdem wir ihn
geraucht hatten, schliefen wir miteinander. Ganz sanft.
Danach war er aufgekratzt. Wollte alle möglichen Fotos
von sich gemacht haben. Ich fühlte mich einfach nur melancholisch und etwas traurig, zwang mich aber zu guter
Laune, um nicht die letzten Momente zu verderben. Als
die Sonne untergegangen war, wurde es empfindlich kalt
und wir zogen ins Auto um. Dort knuddelten wir noch etwas, dann fuhren wir ins Dorf. Irgendwo mussten wir
doch noch etwas zu Essen aufgabeln. In einer kleinen gemütlichen Kneipe fanden wir was wir suchten. Die Wirtin
machte uns noch Spaghetti Bolognese warm und wir ver-
schlangen diese mit Heisshunger. Im Fernsehen lief gerade Europa-Vision, wo auch Max Teilnehmer geworden
war. Jetzt waren wir richtig müde. Wohin? Wir verliessen
die Kneipe und suchten uns einen Platz abseits der
Strasse, wo wir unser Auto ungesehen abstellen konnten.
Wir legten uns hinten in den Van, in dem bereits zwei
Luftmatratzen vorbereitet waren. Eng umschlungen
schliefen wir fast sofort ein.

Morgens war unsere Stimmung leicht angespannt. Er
verliess das Auto ohne ein Wort. Ich musste auf Toilette
und folge ihm nach draussen. Entschlossen stieg ich eine
grosse bewachsene Düne empor, um ein abgeschiedenes
Plätzchen zu finden. Doch ich lief weiter. Es war so schön.
Diese fremde Vegetation. Dieser Geruch. Der Sand. Ich
fühlte so stark. Alles. Als wären meine gesamten Sinne

mit Hilfe meiner derzeitigen Emotionen messerscharf geworden.

Schliesslich ging ich zurück. Erney war wieder gefasst und stellte, nachdem er mich liebevoll in den Arm genommen hatte, grinsend fest: „Wir haben heute Nacht ja überhaupt nicht miteinander geschlafen!"

Wir fuhren Frühstück suchen, was sich als gar nicht so einfach herausstellte. Wir mussten uns durchfragen. Doch es hatte sich gelohnt. Eine sympathische Frau in einem kleinen Café machte uns alles, was unser Herz begehrte. Erst einmal einen Kaffee. Ein wenig Rührei, Brötchen. Die erste Zigarette. Jetzt ging es mir besser. Wir redeten über Kinder. Über seine Nichte. Über seine zukünftigen Kinder. „Ich möchte ein Foto von deinem ersten Kind.", sagte ich ihm spontan. Irgendwie loslassend und festklammernd. Er war leicht irritiert, überging es aber schnell.

Ich genoss es, mit einem Kanadier als Deutsche in einem belgischen Café mit einer flämischen Bedienung zu sitzen. Mit ihr unterhielt ich mich auf Französisch, mit Erney auf Englisch und Deutsch. Internationales Flair – wie ich das liebte. Er griff es auf und wir planten, noch einmal Luxemburg unsicher zu machen. Denn auch dort hatte man diese Atmosphäre.

Schliesslich machten wir uns wieder auf den Weg zurück. Unterwegs fing er an zu spinnen. „Wie wäre es, wenn ich mich in Deutschland selbstständig machen würde, und du würdest dann meine Sekretärin?" „Hör auf, Brücken zu bauen", antwortete ich kühl. Wie konnte er nur so ambivalent sein? Ich musste mich schützen. „Du hast ja recht!", gab er klein bei.

Er blieb diesen Nachmittag noch bei mir. Wir verlebten wieder einige Zeit im Bett. Doch da ich meine Kinder bei meinen Eltern gelassen hatte, musste ich sie ja auch irgendwann abholen. Er blieb in der Zeit alleine in meiner Wohnung. Es machte ihm nichts aus. Er wollte sowieso noch etwas spazieren gehen. Als ich zurückkam war er in einer komischen Stimmung. Er wollte zurück in sein Hotel. Hatte das Gefühl, rauszumüssen aus meiner Welt. Doch bereits abends rief er wieder an. „Kommst du noch in die Stadt?" Und nachdem meine Kinder im Bett waren, holte ich ihn vom Hotel ab. Aber anstatt gleich in die Stadt zu gehen, blieben wir hängen. Schliefen kurz und wild miteinander. Als wir dann endlich ins Irish Pub gingen, war er in komischer Laune. Nicht mehr wirklich zugänglich. Ich liess ihn in Ruhe und blieb auch nur auf ein Bier.

Zuhause lag ich noch lange wach. Nur noch 1 ½ Wochen! Mir kamen die Tränen. Halt, Lisa! Wie war das? Zählt nicht nur der Moment? Wir hatten doch so ein wunderschönes intensives Wochenende gehabt. Innig, romantisch, leidenschaftlich, offen. Ein Tag am Meer! Für immer eingeschlossen in meinen Erinnerungen.

Am nächsten Tag ging es mir nicht gut. Zu viel Gefühl. Immer grösser der Verlust. Nicht wegzudrücken. Doch abends kam er wieder. Blieb über Nacht. Wir redeten über weiter. Er sagte, er würde mich zwar sehr vermissen, aber für ihn wäre der Abschied klar. Er wollte nach Hause.

Mir wurde immer bewusster, dass er unsere Beziehung Stück für Stück entwürdigt. Wäre seine Freundin nicht, könnte ich ihn in meinem Herzen lassen, egal wie lange wir uns nicht sehen würden. Aber die Verbindung dürfte bestehen bleiben. So musste ich sie zurückgeben. Sie durfte nicht sein. Ich spürte, dass er so fühlte.

Er sah die Beziehung nicht so wertvoll an, wie ich. Konnte er nicht, da er mit seiner Freundin noch nicht klar und fertig war. Sie war noch in seinem Kopf. Er fühlte sich verantwortlich. Für sie, für ihr Kind und für sein Leben, das er nicht auf den Kopf stellen wollte.

Und trotzdem war diese grosse Vertrautheit und Intensität möglich. Ich wollte aber alles. Auch eine mögliche Zukunft. Ich spürte, dass er mich liebte. Mit jeder fürsorglichen Geste mehr. Aber er nahm mich nicht an. Nicht für die Zukunft. Zu kompliziert. Zu ausweglos. Ein kleiner Trost blieb mir. Das Bewusstsein, dass es wirklich möglich ist – auch für mich: LIEBE!

Irgendwann fing auch er an Probleme zu bekommen. Zu Anfang hatte er freimütig erzählt, er sei grundsätzlich immer eifersüchtig bei seiner jeweiligen Freundin. Auf deren Verflossene. Bei mir wäre das anders. Mich könne er gehen lassen. Natürlich war das auch Bestandteil unsere Taktik gewesen. Von Anfang an – loslassen. Jetzt jedoch revidierte er es. Er sei eifersüchtig auf die Männer, die mich hätten haben können. Haben können, so wie auf meinem Bild, das über meinem Sofa hing. Die Kohlezeichnung aus Leningrad von 1989. Ich war noch jung gewesen. Bereit für die Zukunft. Und ihm war sie verwehrt.

Obwohl ihm dieses Tingelleben in seinem Job nicht lag, wie er festgestellt hatte, bekam er langsam Angst vor seinem Zuhause. „Die Woche Urlaub zuhause wird hart für mich. Ich will nicht mehr hin."

Er träumte immer öfter, er könne wieder einen Einsatz in Deutschland bekommen. Wollte sogar seine Firma darum bitten, für Projekte in Europa eingesetzt zu werden. „Ich werde den Kontakt zu dir halten, auch wenn es schwierig wird, das verspreche ich dir."

Das letzte Wochenende waren die Kinder wieder bei Volker. Ich hatte Erney versprochen, noch einmal mit ihm nach Frankreich zu fahren. Er musste an dem Samstag, bevor es losging, noch lange arbeiten. Das Projekt lag in den letzten Zügen und musste abgeschlossen werden. Ich hatte endlich einmal etwas Zeit für mich. Und nutzte sie, indem ich wieder nachdachte:

,Hatte ich mir mit ihm nur eine neue „Weglauf-Insel" aus meinem Alltagstrott geschaffen? Oder war er mein Weg? Mir reichte der Sinn nicht, dass ich nun wusste, dass es so einen Menschen überhaupt gab. Auch Steffen war ähnlich. Ich war mit ihm anfangs genauso glücklich gewesen. Aber ich war nicht frei gewesen, hatte noch zu viele Ängste, wollte mich nicht wirklich einlassen/fallen lassen. Es war wohl auch zu früh nach Volker. Sah von Anfang an keine Zukunft mit ihm und hatte ihn nicht wirklich in mein Leben integriert. Dazu war ich jetzt wieder bereit. Erney bekäme den besten Platz. War das der Beweis, dass ich mich geändert hatte? Weg von dem „alles alleine hinkriegen/von niemandem abhängig sein" zu „wenn man mir die Freiheit garantiert, integriere ich den anderen in mein Leben"? War diese Änderung in meiner Einstellung nur aufgrund der Intensität mit Erney entstanden? Und diese wiederum nur, weil es von vorne herein befristet war? Oder war es vielleicht doch meine Vorarbeit?

Beziehungen waren nur immer vorübergehend ein Ziel für mich gewesen. Hatte ich mich verliebt, hatte ich tausend Reissleinen eingebaut. Warum? Niemals wirklich Ja gesagt, ausser bei Volker und da sehr spät. Hatte ihn vorher oft verletzt und verunsichert. Meine schlechten Erfahrungen mitgebracht. Diese waren komischerweise im Moment alle weg. Hatte meine Prioritäten verschoben. Aber sowohl bei Volker als auch bei Steffen, die mich beide geliebt hatten, hatte ich mich in dem Moment entfernt, indem ich eine Herausforderung und ein Ziel für mich selbst leben konnte. Noch nie hatte ich mich wirklich eingelassen. Das ist der Schlüssel – ich hatte ihn selbst in der Hand. Ich stand vor einem innerlichen Neubeginn, konnte ihn aber nicht nutzen!

Ich fühlte mich traurig. Hatte ich doch endlich die Voraussetzungen in mir geschaffen, eine glückliche Beziehung leben zu können. Doch die Umstände liessen es nicht zu.

Als Erney am Nachmittag endlich fertig war, kam er mich mit seinem Mietwagen abholen. Wir fuhren gleich los. Einfach so ins Blaue hinein. Er wollte einmal in seinem Leben über 200 km/h fahren. Hier war es möglich. Und ich sollte ein Foto von seinem Tacho machen. Auch sonst machten wir viele Fotos. Er wollte alles speichern. Mitnehmen.
Schliesslich fanden wir ein nettes Restaurant und speisten fürstlich. Er liess sich sogar die leere Flasche Bier mitgeben, da er eine solche noch nie gesehen hatte. Sammlerfieber. Er spürte, dass er so schnell nicht mehr wiederkommen würde.

Spät abends fuhren wir zurück. Zu mir nach Hause. Dort blieben wir auch, bis Sonntagabend. Wir igelten uns ein. Ich kochte für ihn frischen Spargel, den ich von Herbert in der Firma geschenkt bekommen hatte. Er hörte gar nicht mehr auf, meine Kochkünste zu loben.
Ich glaube, diesmal schliefen wir ununterbrochen miteinander. Es war so aufwühlend, dass wir das Gefühl bekamen, nicht mehr aufhören zu können. Vielleicht war unsere Anziehungskraft so gross, dass wir uns irgendwann weh tun würden, wenn wir uns nicht trennten? Ein Gefühl des auffressen Wollens. Auf Gegenseitigkeit.

Lucia war verwirrt. Das Licht. Sie hatte es gesehen und gespürt, als die beiden wieder miteinander schliefen. Es war direkt über Erney und Lisa aufgetaucht. War das möglich? Ewigkeit spüren - auch für die Lebenden! Sie war versucht, es selbst zu nutzen, hatte sie sich doch ebenfalls in diese Verschmelzung hineinfallen lassen. Oder hatte sie es mit ausgelöst? Durch ihre eigene Energie? Doch vorsichtig hielt sie sich am Rand auf. Sie war noch nicht so weit. Plötzlich entdeckte sie auch andere Reisende. Sie kamen in Scharen. Lachten, tanzten und liessen sich in das Licht fallen. Gespannt schaute Lucia zu. Ein Jubeln und Singen hallte durch den Raum. Das Licht wurde schwächer. Schnell jagten noch einige schemenhafte Reisende hinein. Dann war es vorbei. Der Sturz danach tat etwas weh, als es verblasste. Übriggebliebene Reisende verschwanden schnell. Die anderen waren gar nicht mehr da. Sie hatten es geschafft. Durch die Liebe von Lisa zu Erney. Aber wie mochte es sich für die beiden anfühlen? Waren sie erschöpft? Ausgelaugt? Oder glücklich?

Spät abends fuhren wir im Konvoi nach Trier. Wir gingen das letzte Mal mit allen Zusammen ins Irish Pub: mit Tina, Anthony, Milan und John und tranken ziemlich viel. Und ich blieb wieder über Nacht.

Auch an diesem Montag hatten wir einen „emotional Hangover". Stärker als jemals zuvor. Wir hatten doch nur noch bis Mittwoch!

Doch diesmal war mein Gefühlskater noch durch etwas anderes begründet. Ein Thema bei uns war immer schon die Verhütung gewesen. Auch wenn er wusste, dass ich sterilisiert war, war da doch immer noch Aids. Für ihn war es all die Zeit selbstverständlich gewesen, ein Kondom zu

benutzen. Und da wir bekanntermassen sehr oft miteinander schliefen, hatten wir wohl den höchsten Kon-
dom-Verbrauch, den ich jemals mit einem Freund hatte.

Montagmorgen direkt nach dem Aufwachen passierte
es. Er wollte mit mir ohne Kondom schlafen. Einmal richtig fühlen. Für mich ein Liebesbeweis. Es war wunderschön. Wieder verschmolzen wir miteinander und ich lag
noch lange erschöpft aber glücklich in seinem Arm. Danach redeten wir darüber. „Was war mit dir los, Erney!
Du weisst doch, dass ich keinen Test gemacht habe. Ist
jetzt plötzlich alles vergessen?" „Oh nein. Stimmt. Ich
habe es vergessen. Ich wollte dich einfach nur spüren.
Was soll ich denn jetzt machen?" Ich wurde wütend.
Denn rein theoretisch könnte ich Aids haben. Ich hatte all
die Jahre diese Möglichkeit verdrängt. Wollte nie darüber
nachdenken. Und jetzt? Jetzt war ich genötigt, es für ihn
nachprüfen zu lassen, damit er sorglos in seine Zukunft
gehen konnte. Sorglos mit seiner Freundin! Er verstand
nicht, warum ich aggressiv reagierte. Etwas betroffen
fuhr er zur Arbeit. Trotzdem schrieb ich ihm kurz darauf:

From: Schumacher Lisa
Sent: Monday, May 24, 2004 8:27 AM
To: Leonard, Erney
Subject: Guten Morgen

Habe heute um 14.30 Uhr den Arzttermin.
LG
Lisa

Und er antwortete: „Ich hoffe, du fühlst dich besser, als
heute Morgen. Was war passiert? Wir hatten gestern
doch noch so eine gute Zeit. Dann brach plötzlich die

Hölle los. Vielleicht verstehe ich nicht ganz deinen Standpunkt.

Aber ich bin froh, dass du einen Termin gemacht hast. Würdest du dich besser fühlen, wenn ich mitkäme? Aber ich mache mir irgendwie gar keine Sorgen. Weiss nicht warum. Einfach so ein Gefühl. Erney"

Ich spürte, dass ich ihm Unrecht getan hatte. Vielleicht hatte ich überreagiert? Trotzdem versuchte ich ihm, mich zu erklären. Dass ich eigentlich nur so reagiert hatte, weil ich mich unter Druck gesetzt fühlte, etwas tun zu müssen für sein „Comeback" in Kanada. Dafür dass ich doch keine Chance haben würde, ein kleiner Teil seines Lebens sein zu dürfen. Ein Leben, was er mit ihr führen würde, ohne dass er ein Foto von mir haben durfte, ohne einen Kratzer auf seinem Körper, ohne Briefe von mir ....

Ich machte ihm Vorwürfe. Ich fühlte mich plötzlich weggeworfen – jetzt wo das Ende spürbar war. Und gleichzeitig entschuldigte ich mich bei ihm.

"Ich verstehe, warum dir das weh tut", antwortete er mir. „Aber selbst, wenn ich keine Freundin hätte wäre es kein Unterschied für uns. Ich werfe dich nicht weg. Ich möchte auf jeden Fall mit dir in Kontakt bleiben. Ich muss nur auf mich aufpassen, das ist alles. Wir müssen uns trennen, unabhängig von deiner oder meiner Situation. Darum wollte ich auch immer über diese Situation reden, um diese Dinge zu klären und nicht in Vergessenheit geraten zu lassen! Und wenn du mich in Luxemburg nicht verabschieden möchtest, kann ich das verstehen und würde es akzeptieren." Seine überhebliche Art machte mich wütend! Von wegen in Kontakt bleiben. Er würde zu seiner Freundin zurückgehen und das verletzte mich. Warum verstand er mich nicht? Aber verabschieden würde ich mich trotzdem. Natürlich. Ich schrieb ihm: „Ich höre jetzt auf, über diese Dinge zu reden, um es nicht noch komplizierter zu machen. Und damit wir uns noch ein letztes Mal geniessen können."

Von: Leonard, Erney
Gesendet: Montag, 24. Mai 2004 13:55
An: Schumacher Lisa
Betreff: AW:

Maybe not the last time.

Erney

Lucia machte sich Sorgen. Lisa klammerte! Es geriet ausser Kontrolle. Hatte sie nicht alles versucht, Lisa auf den richtigen Weg zu bringen? Und ja, das Ziel auch erreicht, dass Lisa die Liebe kennengelernt hatte? War der Sturz zu tief gewesen? Womöglich. Er hatte den Verlust wieder fühlbar gemacht und Lisa in ihre alten Verhaltensmuster gedrängt. Doch dann überraschte Lisa sie.

Abends verabredeten wir uns. Jeder Tag war kostbar. Morgen würde er fahren. Ich war wortkarg. Angeschlagen. Ich wollte eigentlich nicht reden. Nur noch heute und morgen! Ich reagierte über. Ich war verzweifelt. Und legte alles auf die Goldwaage. Meine altbekannte. Schliesslich redeten wir doch. Er war leicht distanziert. Fühlte sich angegriffen. Was wollte ich eigentlich? Es tat einfach nur weh, keine Zukunft zu haben. Er konnte mir nicht mehr folgen. Zu kompliziert. Er versuchte schliesslich, die Stimmung etwas zu heben. Gab mir mein Abschiedsgeschenk. Ein kleines Motorrad. Er hatte es nicht vergessen! Hatte irgendwann, nachdem ich ihm von meiner Motorradleidenschaft erzählt hatte, einfach so dahingesagt: „Wenn ich genug Geld hätte, würde ich dir ein

Motorrad kaufen." Ausserdem gab er mir noch jede Menge kanadische und amerikanische Münzen als Andenken, die er beim Aufräumen in die Finger bekommen hatte. Ich freute mich darüber, auch wenn es wieder ein Schritt näher an Morgen war.

Sehr zurückhaltend nahm er mich irgendwann in den Arm. Als ich seine körperliche Nähe spürte, ging es mir gleich besser. Erschöpft schliefen wir schliesslich ein. Am nächsten Morgen schlich ich mich wie üblich an dem Frühstücksraum des kleinen Trierer Hotels vorbei. Doch die Besitzerin wartete schon auf mich. „Sagen Sie mal, was ist das überhaupt für ein Verhalten? Das geht nicht, dass hier einfach irgendwelche Leute übernachten. Das werde ich Herrn Leonard auch noch sagen. Einfach unmöglich. Und ausserdem ist es verboten. Keine Versicherung käme für irgendeinen Schaden auf ..." schimpfte sie. Mir war es egal. Ich zuckte die Achseln und ging einfach raus.

From: Schumacher Lisa
Sent: Tuesday, May 25, 2004 8:14 AM
To: Leonard, Erney
Subject: Good Morning

Hast du noch Ärger von der Hotelbesitzerin bekommen? Musstest du nachzahlen? Sie hat sich heute Morgen „etwas" aufgeregt. Vielleicht besonders, weil ich sie nicht gerade ernst genommen habe.

Heute Morgen geht es mir übrigens schon viel besser als gestern Morgen. Danke! Auch dafür, dass du versuchst mich zu verstehen. Es tut mir immer noch leid, dass ich

dich vielleicht mit meinen Emails gestern unter Druck gesetzt habe und dir damit einen schlechten Tag bereitet habe. Ich werde es wieder gut machen ☺
Have a nice day!!
Lisa

Er schrieb in seinem süssen Kauderwelsch zurück.

Von: Leonard, Erney
Gesendet: Dienstag, 25. Mai 2004 8:50
An: Schumacher Lisa
Betreff: RE: Good Morning

Ja, sie war mir bose. Hat nichts muss zahlen, also es machts mir nichts. Spater war sie wieder freundlich. Dann spater hat Jon untern gekommen mit ihren nacht gast. Ich musste schnell nach draussen gehn um dass Ich lachen konnte. Leider hab ich nicht gehort was sie zu Jon gesagt hatte. Viel spass damit.

Erney

Letzter Tag: Erney war bereits in ein Luxemburger Hotel umgezogen. Ich hatte überraschend doch noch kinderfrei bekommen. Machte früh Feierabend und fuhr direkt los. Auf der Autobahn kam das Lied ,Just one last dance' von Sarah Connor. Mir stiegen die Tränen in die Augen. Wir trafen uns bei seinem Hotel in der Nähe vom Flughafen. Fuhren dann erst zu einer grossen Kaufhalle. Er hielt nach etwas ganz Bestimmten Ausschau. Verriet mir aber nicht was. Nach dem dritten Laden und immer noch keinem Ergebnis, erzählte er es mir doch. Er suchte nach einer Art Freundschaftsband. Und versprach mir, eines von Zuhause aus zu schicken.

Dann fuhren wir weiter in die Stadt. Wir spazierten durch den alten Stadtteil Grund. Liefen die alte Stadtmauer entlang. Gingen teuer essen. Redeten viel. Lachten viel. Sogen noch soviel von dem anderen auf wie es ging. Ich war nicht traurig. Ich hatte mich abgefunden. Mit dem was ist und mit dem was sein würde. Noch war das Loch nicht zu spüren. Noch war er da. In dem Restaurant beklagten wir uns über die kleinen Portionen. Diskutierten über das Verhältnis von Geld und Gegenleistung. Mein Englisch war heute eine Katastrophe. Sein Deutsch auch. Er versuchte mir irgendetwas zu erklären, was ich nicht verstand. „Sorry for doing surgery with a screw driver and a hammer", sagte er mir entschuldigend. „Was?" Anscheinend konnte ich heute nicht nur schlecht Englisch sprechen, auch das Verstehen klappte nicht. Er erklärte mir das Sprichwort, bis ich es verstand: Mit Hammer und Meissel operieren.

Schliesslich wurde es dunkel und wir fuhren wieder zu seinem Hotel. Wir tranken noch einen letzten Whisky im Foyer. Dann gingen wir in sein Zimmer, schliefen noch ein letztes Mal miteinander. Wieder mit Kondom. Er verwöhnte mich. Besonders bemüht, dass auch ich noch eine letzte schöne Erinnerung mitnehmen würde. Schon drei Stunden später mussten wir wieder aufstehen und zum Flughafen stürzen. Keine Zeit zum Kaffee, geschweige denn einem Frühstück. Wir standen noch zusammen am Schalter an. Dann war es soweit. Wir drückten uns noch einmal. „It must have been some kind of love.", flüsterte er mir ins Ohr. Er hielt mich von sich weg und sagte, "Ich verspreche dir, dass ich dich in den nächsten 20 Jahren noch einmal besuchen komme!" Ich brachte kaum ein Wort heraus. Dann kam der obligatorische Abschiedskuss. Ich sah ihm nach, wie er in der Gangway verschwand. Er war weg.

Völlig ausgepowert und gleichgültig fuhr ich zur Arbeit.

Ich schrieb ihm noch am selben Tag: „Ich hoffe, du hattest einen guten Flug und kommst mit dem Jet Lack zurecht. Letztendlich war der Abschied doch nicht so hart, wie ich gedacht habe. Aber ich bin mir sicher, dass die Trauer noch kommen wird. Im Moment bist du gefühlsmässig einfach noch da.
Also heisst es jetzt, zurück zu meinem echten Leben (Ich hatte eine Tür geöffnet, bin hindurch gegangen in ein anderes Leben, und bin jetzt wieder zurück.) Ich werde dir wahrscheinlich die nächsten Tage nicht schreiben, da ich mir im Kopf irgendwie klar werden muss.
Aber ich würde mich freuen, von dir zu hören, wie es dir geht. Hab eine schöne und entspannte Zeit. Lisa."

Ich machte an diesem Tag früh Feierabend und ging gleich ins Bett. Wollte vergessen. Doch ich schlief nicht lange. Schliesslich musste ich ja auch noch meine Kinder abholen. Nachdem wir vom Hort zurückkamen, schnappte ich mir eine Decke und legte mich auf das kleine Stück Rasen hinter dem Haus. Die Sonne schien. Doch ich bekam es nicht wirklich mit. Ich schrieb in mein Tagebuch:

Er ist weg und hat 1000 Bilder dagelassen! Was kann man alles in sechs Wochen reinpacken?! Ich könnte das Buch voll schreiben. Fetzen – Sand an meinen Füssen – aus den Schuhen, die ich am Strand in Belgien getragen hatte. Warum will man immer festhalten? Ich versuche loszulassen, doch die Trauer ist da, kommt ziellos nach oben.

Die nächsten Tage schrieben Erney und ich uns trotz gegenteiligem Vorsatz. Er hatte um zwei Fotos gebeten. Eines von meinem bunten „Lebensbild" und das andere von der Kohlezeichnung aus Leningrad. Aber vor allem hatte ich ihm eine wichtige Mitteilung zu machen:

NEGATIV !!!

Von: Leonard, Erney
Gesendet: Donnerstag, 27. Mai 2004 11:10
An: Schumacher Lisa
Betreff: RE:

Danke schon. Doch habe ich nicht viel daruber gedacht. Ist schon zu wissen das alles klar ist. Jetzt denke ich wir sollten dieses test fruher gemacht. Hatte uns gut gepasst ☺. Ich glaube das du auch daruber freuest um das bei dir alles in ordnung ist. Noch ein mal, danke schon.

Wie gehts bei dir? Mir war wieder ein "emotional overload". Traurig das ich muss weg und weiss nicht wenn ich wieder zurück kann. Und freulich das ich wieder in North America bin. Ich bin hier jetzt in U.S. beim freund. Ich fahr zurück nach Canada heute abend oder morgen abent. Ich fang an U.S. nicht lieb zu haben. Also geh ich gerne nach Canada. Ich habe viel uber dich gedacht und wunsche ganz lautstarke das du konnst hier sein and meine leben sehen. Ist fur mich schwer.

Ich hoffe das du gelegenheit nimmst viel zeit zusammen mit dein freunde machts weil ich denke fur dich wert es helfen and ist fur dein leben sehr wichig. Ich hoffe das dein college dir zufrieden last, fur deine emotion, denke ich, ist er gift Lieber gehts mit Tina nach Trier neue "friends" kennen lernen.

I hope you can read my german, and that you didn't mind me doing surgery with a screw driver and hammer.

Liebsten Grusse
Erney

From: Schumacher Lisa
Sent: Thursday, May 27, 2004 5:54 AM
To: Leonard, Erney
Subject: AW:

I love your German „style" as this is you and I can understand almost everything !!!

Und ich freue mich von dir zu hören. Mein kleines Highlight für heute. Gestern als ich vom Flughafen weggefahren bin habe ich mich gefühlt wie in einem dunklen Tunnel, etwas dumpf und leer. War schon um 7.00 Uhr auf der Arbeit und bin um 3.00 Uhr nach Hause gefahren um zu schlafen. Dann gestern Abend ging es los: Ich habe mich in den Garten gesetzt, meine Schuhe ausgezogen und ... hatte Sand vom Meer an meinen Füssen. War nicht schön, aber auch Trauer gehört dazu und es war abzusehen, dass sie kommen wird.

Im Moment habe ich nur Lust mich zu verkriechen, aber meine Freunde lassen mich nicht und ich denke das ist auch besser so. Come back to my old life. Mein Kollege kann mir nicht gefährlich werden, aber neue „Freunde" mit Tina werde ich auch nicht suchen. Geht nicht. Ich wollte dir eigentlich die nächste Zeit nicht schreiben, um Abstand zu bekommen.

In case you want a translation – just tell me. But I think you will understand.

Mach es gut
Ich denke an dich

Auch er fand, dass Abstand wohl guttun, es ihm den Abschied ebenfalls erleichtern würde. Gesünder für uns beide wäre. Also wünschte ich ihm noch alles Gute für seine Zukunft, alles Glück der Welt, Zufriedenheit und Befriedigung, schön dass es im Englischen dafür nur ein Wort gab. Und nahm mir fest vor, ihm den nächsten Schritt zu überlassen.

Dann versank ich in Trostlosigkeit. Und versuchte mich durch innerliche Distanz zu Erney zu retten. Ich analysierte unsere Beziehung und redete mir ein, dass sie nichts Besonderes gewesen sei. Ich rief mir alle möglichen und unmöglichen schlechten Eigenschaften von ihm in Erinnerung und versuchte mich zu überzeugen, dass es so besser war – ohne ihn. Aber dann nahm ich es gleichzeitig wieder zurück.

Ich schrieb in mein Tagebuch:
Was will ich, was brauche ich? Die Vorstellung, auf Dauer so zu leben wie ein altes Ehepaar, ist mir einerseits ein Graus. Andererseits meine Sehnsucht. Ich werde alt – bekomme wahrscheinlich Torschlusspanik! So begehrt und angenommen zu werden wie von Erney, erscheint mir heute als etwas besonders Wertvolles, wohl weil mein Wert sichtbar schwindet. Zumindest der, der Männer zum Bleiben veranlasst. Wäre ich aber heute dafür bereit,

meine Eigenständigkeit aufzugeben? Ich weiss es nicht. Ich glaube, ich habe so viel an mir gearbeitet, so viel verstanden, dass ich irgendwie bei „Null" wieder angekommen bin und gar nicht mehr wirklich weiss, wie ich ticke – abhängig vom Gegenüber und meinen Gefühlen.

Gefühlsmässig würde ich Erney sofort folgen, egal wohin. Noch einen Monat. Wie wäre es nach 6 Monaten, einem Jahr – zwei Jahren? Die Intensität würde nachlassen. Würde ich tatsächlich mein jetziges Leben verlassen, würde ich meine Entscheidung bestimmt bereuen. Das ist meine Erfahrung – mein Kopf. Gefühlsmässig: Es war so fantastisch mit ihm: Seele, Körper, Geist – alles im Einklang. Vertrautheit. Mein Kopf: Wie ginge ich damit um, dass er ständig Sex „braucht", dass er eifersüchtig ist, mit meinem Freiheitsdrang nicht klarkäme, konservative Vorstellungen eines „Familienlebens" hat – er Brötchenverdiener, Kinder, Hausfrau (muss kochen können!)? Ich passe erst gar nicht in sein Bild. Er weiss es und trotzdem hat er Sehnsucht nach jemandem wie mir. Warum? Er muss es für sich lösen. Ich wäre bereit zu ihm Ja zu sagen. Er müsste jedoch akzeptieren, dass ich mir treu bleibe und ich müsste akzeptieren, dass er sehr empfindsam ist und womöglich mit Samthandschuhen angefasst werden müsste (ich glaube das bekäme ich nicht hin ☺?) Es würde wahrscheinlich nicht funktionieren. Andererseits: Wer kann ohne Kompromisse? Er ist jähzornig (sagt er). Fühlt sich schnell angegriffen...

Das Schicksal wird für mich entscheiden. Wenn er es tatsächlich sein soll, müsste er sich frei machen. Von seinem Film. Von seiner Welt, in der er nicht glücklich ist, die er so einfach aber nicht verlassen kann. Er muss sich selbst befreien. Wenn das Schicksal es will, wird er es schaffen.

Ich lebte in der Vorstellung, es würde irgendwie alles gut werden. Doch tatsächlich litt ich unter dem Verlust. Bewegte mich in einer Welt, die gedanklich nur aus Erney bestand, die er aber nicht mehr ausfüllte.

Meine Freundinnen Karin, Yvonne und Marion bemühten sich mich aufzumuntern. Luden mich zu allen möglichen Gelegenheiten ein, oder kamen mich besuchen.

Ich hatte richtigen Liebeskummer. Noch schlimmer als bei Erwin (unglaublich, aber es war möglich). Ich war apathisch und desinteressiert. Eigentlich wollte ich sterben. Plötzlich tauchte wieder Erwin auf. Kam mich einfach so abholen, um eine Runde Motorrad zu fahren. Oder er fuhr mit mir in der Mittagspause tanken. „Glaubst du, man kann von Liebeskummer sterben?", fragte er mich rein rhetorisch. Er schien sich Sorgen zu machen, oder? Es war mir alles egal.

Auch die anderen spürten, dass ich nur ein Bedürfnis hatte: Nicht mehr zu sein. Und schliesslich kam noch meine langjährige Freundin Monika aus Berlin ein paar Tage vorbei. Ihr Besuch war schon lange geplant, also fügte ich mich den Gegebenheiten. Sie war noch nie hier gewesen, seit ich von Volker weg war. Und sie kannte meinen ganzen Freundeskreis noch gar nicht. Das holten wir jetzt ausgiebig nach. Eigentlich war mir alles zu viel, aber meine Freunde liessen nicht zu, dass ich mich hängen liess. Yvonne war in dieser Zeit sehr aggressiv zu jedem. Dann wieder war sie kurz vorm Zusammenbruch. Hatte Kreislaufprobleme, ass kaum noch etwas. Ich spürte ihren Appell. Versuchte mich zu kümmern. Riss mich zusammen. Und war total überfordert. Monika hatte am 6. Juni Geburtstag und wir feierten bei dieser Gelegenheit nach einem ausgiebigen Essen auf meinem Dachboden. Um 12 Uhr stiessen wir alle an. Wir waren sieben. Meine Glückszahl. Marion sagte feierlich: „Wir stellen uns in einen Kreis und wünschen uns still etwas

Gutes für die anderen." Es war schon ein bisschen mystisch. Und sehr verbindend. Ich hatte das Gefühl, jetzt könne mir nichts mehr passieren: Alle meine Freunde waren da.

Yvonne schenkte Monika ein Buch. Khalil Gibran, Der Prophet. Sehr spirituell. Als ich später darin blätterte, stolperte ich über folgende Seite:

Da sagte Al-Mitra: Sprich zu uns von der Liebe: Und er hob den Kopf und blickte auf die Menschenmenge und es verstummten alle.
Und er sagte mit mächtiger Stimme:

Wenn die Liebe Euch ruft, folgt ihr. Auch wenn ihre Pfade beschwerlich und steil sind und wenn ihre Schwingen euch umfangen, gebt euch ihr hin. Auch wenn das Schwert zwischen ihren Fittichen euch verwunden mag. Und spricht sie zu euch schenkt ihr Glauben, auch wenn ihre Stimme eure Träume zerschlagen mag, so wie der Nordwind den Garten verwüstet. Denn so wie die Liebe euch krönt, wird sie euch kreuzigen.
So wie sie eurer Wachstum befördert, stutzt sie auch euren Wildwuchs.

Ebenso wie sie zu euren Gipfeln emporsteigt, und eure zartesten ZWEIGE liebkost, die im Sonnenlicht zittern, wird sie zu euren Wurzeln hinabsteigen, und sie erschüttern in ihrem Erdverhaftetsein.

Wie Gaben sammelt sie euch und drückt sich euch an die Brust. Sie drischt euch um euch zu entblössen. Sie siebt euch um euch von eurer Spreu zu befreien. Sie mahlt euch blütenweiss. Sie knetet euch bis ihr geschmeidig seid. Und dann überantwortet sie euch ihrem heiligen Feuer, damit ihr heiliges Brot für Gottes heiliges Festmahl werdet.

All das wird die Liebe euch antun damit ihr die Geheimnisse eures Herzens erkennt und in diesem Erkennen zu einem Bruchteil vom Herzen des Lebens werdet.

Solltet ihr aber aus Angst nur den Frieden der LIEBE und die Freuden der Liebe erstreben, dann ist es besser für euch, wenn ihr eure Blösse bedeckt, und die Tenne der Liebe verlasst und hinaustretet. In die Welt ohne Jahreszeiten, wo ihr lachen werdet, aber nicht all euer Lachen und Weinen, aber nicht all eure Tränen.

Die Liebe gibt nichts als sich selbst und nimmt nichts als von sich selbst. Die Liebe besitzt nicht noch will sie Besitz sein. Denn der Liebe ist die Liebe genug. Wenn ihr liebt, solltet ihr nicht sagen, Gott ist in meinem Herzen, sondern, ich bin im Herzen Gottes.

Und meint nicht, ihr könntet den Lauf der Liebe bestimmen. Denn befindet sie euch für würdig, bestimmt vielmehr sie euren Lauf.
Die Liebe wünscht nichts als sich selbst zu erfüllen.
Doch wenn ihr liebt und Wünsche haben müsst, dann wünscht euch dies: Zu verschmelzen und gleich einem rauschenden Wasser zu werden, dass der Nacht seine Weise singt. Die Qual zu grosser Zärtlichkeit kennen zu lernen. Verwundet zu werden von eurem eigenen Verständnis der Liebe und bereitwillig und freudig zu bluten.

Im Morgengrauen mit einem Lärchenherzen aufzuwachen und für einen neuen Tag des Liebens Dank zu sagen.

In der Mittagszeit zu rasten und dem Entzücken der Liebe nachzusinnen, am Abend dankbar heimzukehren und dann einzuschlafen mit einem Gebet für den Geliebten im Herzen und einem Lobgesang auf den Lippen.

Ich versuchte krampfhaft, meine Tränen zurückzuhalten.

Lucia hatte mitgelesen. Und verstand. Verstand den grossen Unterschied zwischen der einzigartigen Liebe, die Lisa gefunden hatte und der oberflächlicheren, die Lisa oder eigentlich auch andere, sie selbst inbegriffen, vorher gelebt hatte. Verstand noch mehr die Zusammenhänge zwischen dem Licht der Liebe und ihrem eigenen, die sie zuvor geahnt, nein sogar fast körperlich gespürt hatte. Aber würde Lisa stark genug sein, freudig und bereitwillig für diese Liebe zu bluten? Lucia zweifelte.

Kurze Zeit später schrieb ich Yvonne eine E-Mail. Ich hatte das Bedürfnis Grenzen zu ziehen. Also teilte ich ihr mit, dass ich im Moment etwas Ruhe brauche und sie mir eigentlich zu viel sei. Das sass natürlich. Wie zu erwarten, reagierte sie auch aggressiv. Schrieb mir eine vorwurfsvolle Mail zurück. Und anschliessend beschwerte sie sich über mich in unserem Bekanntenkreis, bei Karin, bei Marion ....

Erney und ich hielten etwas Funkstille. Doch es dauerte nicht lange ....

Von: Leonard, Erney
Gesendet: Sonntag, 7. Juni 2004 14:12
An: Schumacher Lisa
Betreff: RE:

Wie gehts bei dir? Ist alles noch immer gut. Hoffentlich kommt dein leben wieder zu normal. Jetzt beim arbeit hab ich nicht gut zeit zum schreiben. Heute abend schreibe ich mehr wenn ich zeit habe.

Habt dich nicht vergessen.

Immer noch viel in mein kopf.

Erney

Von: Leonard, Erney

Gesendet: Montag, 8. Juni 2004 15:08

An: Schumacher Lisa

Betreff:

Habe heute abend gesitzt und all die emails gelesen von dir, und hab mich gefreut uber diesen zeit. Fur mich ist so viel passiert in 2004. Wenn hier sitzt und daruber denke, wirt mein kopf voll. Im Europe war alle emotions ganz lautstark. Dass kann sehr schon/schwer sein. Ich freue mich sehr das ich das gelegenheit habt viel zeit mit dir gemacht. Ich habe viel von dir gelernt. Enough of german…

Er sprang über ins Englische: Ich werde müde und möchte vor morgenfrüh noch meine Gedanken an dich zu Papier bringen. Im Moment arbeite ich in den USA (5 Stunden von Zuhause weg) und es gefällt mir gut. Einfach nur für mich selbst zu sein.

Ich finde diesen Übergang in mein altes Leben sehr schwierig und ich fühle jetzt wahrscheinlich (und auch schon vorher) die schlimmen Folgen unserer kurzen gemeinsamen Zeit. Es ist mir richtig schlecht gegangen, als ich diese CD's von dir noch einmal gehört habe. Sie erinnern mich an glückliche Zeiten und Orte, die ich so bald nicht mehr besuchen kann. Ich denke, all die unbeantworteten Fragen sind jetzt noch das Beste an all dem (Was wäre gewesen, wenn die Umstände anders und einfach vorteilhafter zwischen dir und mir gewesen wären?). Wenn ich dich tatsächlich noch einmal besuchen komme, werde ich wohl versuchen, keine Intimität mehr aufkommen zu lassen. Es wäre zu viel – ein zweites Mal!

Ich hoffe dir geht es gut. Sind deine Gefühle wieder im Reinen? Ich hoffe, dein Exfreund auf der Arbeit nervt dich nicht. Wie geht es Tina? Geht es ihr ohne Anthony schlecht? Mit Kathi? Ist sie traurig das ich nicht mehr besuchen komm? How's work? Sind die "Nachwehen" des Streiks schon vorbei? Viele dingen das ich wollte wissen, aber wenn du wollte noch nicht kein contact, ich kann dass verstehen.

Best regards
Erney

From: Schumacher Lisa
Sent: Tuesday, June 9, 2004 6:55 AM
To: Leonard, Erney
Subject: AW:

Hi Erney
Jetzt, wo du gegangen bist, werde ich überall erinnert: Ich musste in den Saturn eine CD kaufen, wo wir zusammen nach deutschen Interpreten geschaut hatten. Ich muss so oft am Astoria, deinem Hotel, vorbeifahren, ich war wieder im Irish Pub … und ich war gestern in Luxemburg im Grund gewesen, wie ich dir am Telefon erzählt hatte. Sogar, wenn ich dusche oder wenn ich in meinem Bett liege, am Morgen aufwache, werde ich an dich erinnert. Es macht also keinen Unterschied, ob wir Kontakt haben oder nicht. Du bist im Moment überall. Ich frage mich, wie das mir passieren konnte.
So voll von tiefen Gefühlen. Ich versuche dankbar zu sein, für die Gelegenheit, diese Erfahrung mit dir gemacht zu

haben. Aber meistens fühle ich nur Trauer, da ich jetzt anfange, mich an all die kleinen und grossen Momente zu erinnern. Ich möchte sie wieder haben und sie irgendwie behalten. Warum kann ich dich nicht einfach in meinem Herzen gehen lassen und mir sagen, dass es gut war, wie es war und mein altes Leben wieder aufnehmen? Es funktioniert nicht! Es ist für mich auch hart. Ich habe herausgefunden, dass es falsch war zu sagen: Besser solche Gefühle zu haben, als gar nichts und es als wundervolle Erinnerung behalten. Ich bin nicht stark genug dafür (im Moment). Ich würde ein normales Ende wirklich bevorzugen, um besser damit klarzukommen. Ich habe Angst, dich jetzt zu idealisieren (vor allem, da ich keine Chance hatte, deine schlechten Seiten herauszufinden ☺) und wahrscheinlich auf ein Phantom zu warten. Natürlich ist es noch zu früh darüber zu reden, wie ich in Zukunft klarkomme. Für dich auch. Du schreibst, dass du dich besser nicht mehr auf mich einlässt, wenn wir uns wiedersehen. Um dich zu schützen. Vielleicht sollte ich auch so denken. Aber andererseits könnten wir versuchen, uns so oft es geht zu sehen, um es auszuleben. Damit auch das Herz eines Tages versteht, dass es unmöglich für uns ist, zusammenzukommen. Wir, vor allem ich, haben eine Insel kreiert, die nicht existiert. Wie Ferien vom echten Leben. Ich flüchtete für eine Weile aus meinem Alltagsleben, indem ich alles wegschob. Das ist aber nicht auf Dauer lebbar. Also, was wahrscheinlich passieren würde, wäre, dass wir gestresst wären und alles mit mehr Realität sehen würden. OK, es auszuleben ist kompliziert. Aber vielleicht gibt es Möglichkeiten, da nicht nur du reisen kannst ... Ich verstehe, dass es für dich nicht so einfach wäre, da du eine Beziehung hast. Und vor allem, da du dir so sehr wünschst, eine Familie zu haben, eigene Kinder, würdest du mich wahrscheinlich nicht als Beziehung sehen können. Aber vielleicht könntest du später deine Lebensträume verwirklichen, wenn wir es irgendwie ausgelebt haben. Vielleicht einfach geniessen, was wir haben, ohne einem Ziel wie eine Familie? Du bist noch jung! Du könntest all das etwas später haben – nach mir. Im Moment fühle ich mich so unsicher, wann oder ob überhaupt wir uns wiedersehen können. Also wünschte ich mir ganz stark etwas, an dem ich mich festhalten kann. Ein Vorschlag für ein Treffen? Ich könnte mit so einem Ziel besser leben und wäre glücklicher, als ich es im Moment bin. Aber ich weiss, für mich ist es leicht so etwas organisieren zu wollen. Ich bin frei – du nicht. Ich weiss, dass diese Art Wünsche von dir kommen müssen. Für mich wäre es wichtig, eine Zukunft mit dir zu haben, aber nicht die Art Zukunft, die du dir in einer Partnerschaft wünschst. Einfach nur eine Zukunft, in der wir schauen können, wie weit es geht. Ich würde mir auch wünschen, dass wir eines Tages gute Freunde werden. Dies würde aber erst funktionieren, wenn wir es ausgelebt hätten, nicht vorher (und nach einem langsamen und langweiligen Ende, nicht nach einem schlechten).

Ich möchte dich nicht unter Druck setzen. Du brauchst keine Angst zu haben, dich letztendlich doch zu entscheiden, mich nicht mehr zu sehen. Ich würde es verstehen. Aber im Falle, dass du mir das sagst, sage es mir bitte nur für dich, nicht weil du denkst, es wäre besser für mich. Ich werde so oder so warten, aber ich werde auch irgendwie zu recht kommen, immer! Und wenn ich mit oder ohne Hoffnung warte, muss es für irgendetwas gut sein (z. B. dafür, dass ich in der nächsten Zeit keine Probleme mit Männern haben werde ☺)

Ich hoffe, dieser Brief ist nicht zu viel für dich. Ich bin ehrlich, indem ich dir meine momentanen Gefühle und Wünsche mitteile. Manchmal ist es besser, dies nicht zu tun. Ich fühle mich auch etwas unsicher, ob es richtig war.

Aber, da ich von dir erwarte, nicht für mich zu entscheiden, versuche ich es auch nicht umgekehrt.

Vielleicht fühlen wir eines Tages anders, aber ich kann es mir im Moment nicht vorstellen. Du siehst, ich möchte dich irgendwie behalten und damit auch ein wenig Hoffnung und ein paar Träume . Sorry.

Lisa

Ich kämpfte. Auf meine Art. Er brauchte etwas Zeit, um mir zu antworten. Es war ja auch nicht gerade leichte Kost von mir gewesen.

Von: Leonard, Erney
Gesendet: Mittwoch, 15. Juni 2004 13:08
An: Schumacher Lisa
Betreff:

Lisa

Ich bin gerade damit fertig geworden, dein Email noch einmal zu lesen. Zuerst war ich einfach nur überrascht, dass du so fühlst. Dann fühlte ich mich geehrt, dass du so sehr an mir hängst und Träume wie diese hast, gegen alle Vernunft. Danke, dass du mir erzählt hast, wie du fühlst.

Es gibt mir ein gutes Gefühl, so sehr gewollt zu werden. Aber, obwohl ich ebenfalls gerne mehr Zeit mit dir verbracht hätte als nur ein paar Monate, kann ich diesen Traum nicht als Möglichkeit für uns sehen. Es ist auch für mich ein Traum. Ich erkläre dir, wie ich darüber träume: Ich hatte immer den Traum ein professioneller Hockeyspieler in der NHL zu werden. Ich weiss, dass dies nie geschehen wird, da ich nicht gut genug bin. Aber trotzdem kreiert meine Fantasie diese Bilder. Für ein paar Minuten bin ich ein Star und verdiene 50.000 Dollar pro Spiel. Und das zaubert jedes Mal ein Lächeln in mein Gesicht. Die

Träume mit dir sind ähnlich. Für mich ist es genug, von dir gewollt zu werden.

Erinnere dich, als wir im Restaurant essen waren. Als ich fertig war, wurde ich unruhig. Wollte weiterziehen. Du siehst, wenn ich einen Plan habe, dann kann ich nicht innehalten, bis ich ihn auch durchgeführt habe. In meinem Kopf muss ich alles bis zum Ende durchziehen. Ich weiss, ich weiss. Ich soll ruhig werden und an den Blumen riechen... Aber Ich weiss auch, dass sich eine Beziehung mit dir genauso anfühlen würde. Ich wäre nie wirklich zufrieden oder entspannt oder glücklich. Du bist anders – in dem Fall. Andererseits könnte ich mir auch nicht vorstellen mein Leben aufzugeben und nach Deutschland zu ziehen. Es tut mir leid, dies ist sicherlich nicht die Antwort, auf die du gehofft hast. Ich würde mir so sehr wünschen, dir eine E-Mail zu schreiben , die dir den ganzen Tag ein Lächeln auf dein Gesicht zaubert. Noch einmal: Sorry!

Trotzdem. Ich habe auf jeden Fall vor, dich zu besuchen. Das nächste Mal, wenn ich in Deutschland bin, egal wo, werde ich egal wie weit fahren und dein Dorf finden!

Da die Gefühle noch so frisch sind, möchte ich für eine Weile Abstand zu dir halten. Vor allem um mein kompliziertes Leben langsam wieder auf die Reihe zu bekommen. Ich möchte keine Zeit festsetzen, aber dir auch nicht das Gefühl geben, dass der Kontakt zu mir jetzt „verboten" ist. Ich möchte, dass du weisst, dass du mir jederzeit schreiben kannst, wenn du das Gefühl hast, du müsstest.

Manchmal sind meine Augen grösser als mein Bauch. Es ist verrückt, aber bevor ich diesen Job bei Fanuc bekommen habe, habe ich mir so sehr gewünscht, ihn zu haben. Und jetzt? Jetzt ist alles so kompliziert geworden. Trotzdem würde ich die Zeit nicht zurückdrehen...

Bis gleich....

Liebe Gruss
Erney

P.S. Wenn du zuruck schreibst, ich mochte von mein
deutsche freund
deutsch lesen.

Ich bekam einen Schreck. Hatte ich ihn zu viel genötigt?
Er fühlte sich verpflichtet, sich abzugrenzen. Mich abzugrenzen. Wenn auch auf eine rührende Art. Das wollte
ich nicht. Gar keine Abgrenzung. Nur weiter fühlen dürfen. Ich musste ihm deutlicher erklären, dass es mir nicht
um eine normale Beziehung ging. Denn nichts war normal.

From: Schumacher Lisa
Sent: Wednesday, June 15, 2004 6:55 AM
To: Leonard, Erney
Subject: AW:

Hi Erney!

Schön, von dir auch eine lange E-Mail zu bekommen. Natürlich schreibe ich dir gerne in deutsch. Ich freue mich,
wenn du weiter deutsch lernen möchtest. Allerdings
werde ich nach wie vor die Dinge, die mir wichtig sind, in
englisch schreiben, weil ich sonst Angst habe, dass du
sie vielleicht nicht richtig verstehst. Allerdings besteht
auch die Gefahr, dass ich nicht die richtigen Worte in englisch finde/treffe, aber ich fühle mich dann einfach sicherer. Ich habe dir zwar geschrieben, dass ich nicht mehr
über meine Gefühle schreibe, werde dies jedoch noch
einmal tun, als Antwort auf deine E-Mail. Und dann höre

ich wirklich auf. „Ich glaube, ich habe einiges zu klären. Ich habe mir ein Ziel in Form einer Verabredung, eines Termins für ein Treffen gewünscht. Ich habe mir gewünscht, meine Gefühle mit dir auszuleben. Du antwortest, dass du dir nicht vorstellen kannst, in Deutschland zu leben. Zu schnell für mich. Ich wollte nicht so weit denken. Alles was ich habe, sind diese unglaublichen Gefühle und ich versuche damit klarzukommen. Da ich mir so sehr wünsche, dich wiederzusehen, hätte ich gerne einen Besuch geplant, wo immer du gerade bist. Und vielleicht noch mal und noch mal und vielleicht kommst du noch mal nach Deutschland und noch mal ... Und hoffte, dadurch diese Gefühle auszuleben und dich irgendwie zu behalten. Das war mein Bauch&Herz.

Mein Kopf sagt, dass deine Ansicht über Träume und Realität richtig sind. Also werde ich jetzt auch damit anfangen. Eine normale Beziehung (oder die Gefühle, die wir haben, auszuleben) würde zur Konsequenz haben, dass entweder du nach Deutschland oder ich nach Kanada ziehe. Beide Möglichkeiten wären hart für uns und verbunden mit Heimweh und allen anderen Problemen. Und vor allem für mich, aufgrund meiner äusseren Umstände wäre es noch schwieriger. Und hier noch etwas „Lisa-Kopf": Ich habe in der Vergangenheit herausgefunden, dass ich nicht fähig bin, eine normale Beziehung zu leben. Die einzige Beziehung, die ich mir vorstellen kann, wäre mit jemandem, der nicht sehr oft da ist. Mein Leben ist voll von Organisation: Kümmern um meine kleine Familie, meine Arbeit, mein Studium, mein soziales Engagement ... Im Moment kein Platz für einen Mann, nur für Momente. Aber ich würde trotzdem darauf bestehen, die Nummer eins für ihn zu sein. Obwohl er bei mir höchstens die Nummer drei wäre, nach meinen Kindern und vielleicht sogar noch nach mehr. Umstände, die eine Beziehung fast unmöglich machen. Also würde ich nie die Idee unterstützen, dass du mit mir zusammen leben würdest, da ich niemals so wäre, wie du mich kennen gelernt hast und ich dich auch nicht glücklich machen könnte.

Und ausserdem weiss ich, dass du denkst ich wäre zu alt für dich und deine Lebenswünsche in einer Beziehung. Du hast Recht. Ich bin zu alt, aber vor allem aufgrund meiner Erfahrungen, die ich mit Beziehungen gemacht habe. Also denke ich, wir hätten sowieso keine gemeinsame Zukunft. Soweit mein Kopf.

Mehr von meinem Herzen: Ich hatte angefangen, an die Möglichkeit zu glauben, dass Liebe wirklich existiert. Und an den Umstand, dass Liebenkönnen von einem selbst abhängt. Dann habe ich dich kennen gelernt. Ich war nicht wie sonst verliebt. Nicht diese immensen Schmetterlinge im Bauch. Aber vom ersten Moment an fühlte es sich an, als solle es so sein. Mein Schicksal, jemanden wie dich kennen zu lernen, der mich so intensiv fühlen lässt. Es fühlte sich wirklich magisch an. Wie in meinem Bild schienen alle drei Seiten ausgeglichen zu sein indem was wir fühlten. Wie Teil von einer höheren Energie zu sein. Ich habe so etwas noch nie vorher erlebt.

Aber wie soll ich diese beiden Seiten „Kopf und Herz" miteinander verbinden? Mein Leben mit all dieser Organisation, meinem Stolz, niemanden zu brauchen und keinem Raum für irgendjemand sonst und auf der anderen Seite diese Art Gefühle für jemanden, den ich wirklich will? Ich weiss es nicht. Aber, da du zufrieden bist, einfach nur so gewollt zu werden ohne es ausleben zu müssen, muss ich es nicht wissen. Es ist nicht mehr mein

Problem. Ich akzeptiere deine Realität und dass du bessere Umstände brauchst, um dich fallen lassen zu können, als ich sie dir bieten kann. Ich werde mit dir in Kontakt bleiben. Aber ich glaube, ich brauche auch eine Pause. Ich muss mich noch mal auf mein Leben konzentrieren und brauche Stärke dafür. Muss neue Prioritäten setzen."

Nichts desto trotz werde ich viel an dich denken. Lass es dir gut gehen.

Ich melde mich wieder
Lisa

Die ganze nachfolgende Zeit war ich dann gar nicht mehr anwesend. Gelegentlich wach gerüttelt von den wenigen Telefonaten mit ihm. Immer noch in dieser Welt gefangen, die nicht mehr existierte. Doch wehrte ich mich nicht mehr. Liess es einfach zu wie es war. Diese starke Verbindung über alle Grenzen hinweg. Und machte merkwürdige Erfahrungen: Ich lag einmal bei Karin auf der Wiese auf einer Decke. Plötzlich hatte ich ein Gefühl, als läge Erney auf mir. Ich spürte seine Präsenz ganz deutlich. Mir wurde warm ums Herz und ich fühlte mich absolut geborgen. Konnte das sein? Wünschte er sich gerade, bei mir zu sein? Meine Fantasie ging mit mir durch.

Wenn Erney und ich telefonierten, ging es mir danach jedes Mal schlecht. Jedes Mal nahm er wieder ein kleines Stück meines Herzens gefangen. Wir redeten zwar über einen möglichen Besuch von mir, aber nicht wirklich ernsthaft.

Schliesslich erzählte er mir, er hätte gleich am ersten Wochenende mit seiner Freundin gestritten. In ihrer masslosen Wut hätte sie spontan nach einem Teil aus seiner Tasche gegriffen und es total zerrissen. „Guess, what it was!" Es war mein Abschiedgeschenk für ihn gewesen: Der Alchemist. „Sie versprach mir aber danach, Ersatz zu besorgen, weil sie wohl merkte, dass mir das Buch wichtig war.", versuchte er mich zu beruhigen.

Sie musste unsere Verbindung spüren. Es konnte gar nicht anders sein.

Ich wurde krank. Kraftlos. Wollte nur noch schlafen. Vergessen. Mein Körper reagierte merkwürdig. Ich bekam einen dicken Bauch als wäre ich im 3. Monat schwanger. War das heimliches Wunschdenken? Aber auch Magenschmerzen. Nahm grundlos zu. Konnte sie mich verflucht haben?

Mitte Juni fuhr ich nach Berlin zu Monika. Mit Kathi. Sven wollte lieber bei Volker bleiben. Mein Gegenbesuch. Auch um mich abzulenken. Ich war so erschöpft, dass ich mindestens sieben Mal Pausen einlegen musste, um nicht am Steuer einzuschlafen. Es war schön, mit Monika zusammen zu sein. Doch wirklich geniessen konnte ich sie nicht. An einem Nachmittag gingen wir mit Kathi in den Berliner Zoo. Ich schleppte mich eigentlich nur mit. Die beiden liessen mich in Ruhe. Gingen zum Streichelzoo während ich mich davor auf einer Bank ausruhte. Ich sah eine Ziege, die zärtlich ihr Zicklein ableckte. Auf einmal kamen mir die Tränen. Als wäre die Ziege ein Symbol dafür, was ich verlieren würde. Ich hatte die Illusion, als würde mir die Freundin von Erney ein Zeichen senden: Schau, was ich haben werde. Ich spürte, sie würde ihn zurückgewinnen und ich spürte ihre negativen Energien. Zeichen. War es Einbildung? Doch ich riss mich zusammen. Kehrte nach Hause zurück und versuchte mich mit neuen Aufgaben über Wasser zu halten.

Marion, die immer versucht war, überall Harmonie und Frieden zu stiften, überredete mich eines Tages, mit ihr und Yvonne an der Mosel picknicken zu gehen. Ich war in einer gleichmütigen Stimmung. Also liess ich mich darauf ein. Wir suchten uns ein hübsches Plätzchen direkt am Ufer. Fahrradfahrer fuhren an uns vorbei, doch wir störten uns nicht daran. Ab und zu kam ein Motor- oder Ruderboot die Mosel entlang und oft wurde uns gut gelaunt zugewunken. Wir hatten ein Gefühl wie im Urlaub. Natürlich hatten wir auch Sekt dabei. Ich schaute melancholisch über das Wasser und mir wurde ganz merkwürdig zumute. Yvonne entschuldigte sich überschwänglich für ihre Reaktion auf meine E-Mail und ich versuchte ihr meine Motivation dafür zu erklären. Dass ich einfach nur meine Ruhe wollte, und überhaupt, wie sonderbar es mir im Moment erging. Ich erzählte von meinen intuitiven Momenten. Von einem Gefühl, fremd gesteuert zu werden. Krank gemacht zu werden. Von den Botschaften. Waren es wirklich welche? War es Erneys Freundin? Marion hörte aufmerksam zu. „Natürlich ist so etwas möglich. Lisa. Du weisst, solche Dinge existieren. Kannst du dich erinnern, dass ich dir mal erzählt habe, wie ich meinen Mitschüler einmal verflucht habe? Ich habe ihm etwas ganz Schlimmes gewünscht. Und kurz darauf ist sein Vater gestorben. Oder die Geschichte mit meiner Nachbarin Elke, die mich so oft genervt hat? Resultat, sie hatte einen schweren Autounfall. Geschweige denn die damalige Geschichte mit dir." Ja, es fiel mir wieder ein. „Und es kommt alles auf mich zurück, das hat sich erwiesen. Deshalb mache ich es nicht mehr.", wiederholte sie jetzt wieder, bei unserem Picknick. „Irgendwie tröstet mich das.", gab ich zu. „Wenn mich jetzt Erneys Freundin verflucht hat, dann wird sie es auch bezahlen müssen." Wir legten uns gemütlich auf unsere Decken und ich döste wieder vor mich hin. Das Gespräch war kräftezehrend.

Irgendwann legte sich Yvonne neben mich und wollte mit mir kuscheln. Für sie normal. Doch ich war diese Nähe nicht gewöhnt. In meinem jetzigen Zustand war es mir sogar unangenehm. Ich riss mich zusammen, um ihr nicht schon wieder vor den Kopf zu stossen. Mir kamen plötzlich die Tränen. Einerseits war ich gerührt über Yvonnes Zuneigung. Auch wenn es mir zu viel war. War sie doch in mich verliebt? Das wollte ich nicht. Ich fühlte mich anderseits verzweifelt und machtlos gegenüber dieser spürbaren, doch unbeweisbaren Energie. Schutzlos ausgeliefert. Ich war am Ende und wünschte mir Trost.

Lucia machte sich verstärkt Sorgen. Auch wenn Lisas Schmerz normal war. Aber diese Reaktion war es nicht. Diese Kraftlosigkeit, diese Botschaften. Mehr und mehr spürte Lucia eine negative Energie, die sich über Lisa zusammenbraute. Was für eine Kraft! Sie musste Lisa schützen. Das spürte sie. In den nächsten Tagen blieb sie einfach in ihrer Nähe. Stellte sich schützend vor sie, bis die Energie schliesslich Konturen annahm. Und sich ihr direkt in den Weg stellte. Ein verzerrtes Gesicht. Dunkle, lange Haare. „Geh zur Seite!", kam mit dunkler Stimme die unheimliche Aufforderung. Doch Lucia rührte sich nicht von der Stelle. „Was willst du?" „Ich habe einen Auftrag. Ich muss dem Ganzen ein Ende setzen." „Niemals. Rühr sie nicht an." Der Schatten verschwand wieder, aber nicht lange. Bereits am nächsten Tag tauchte er wieder auf. Lucia blieb standhaft. Doch der Kampf kostete ihre eigene Energie. Stückchenweise.

Ich versuchte Erney in den nächsten E-Mails nichts von meinem Zustand spüren zu lassen. Ich wollte unverbindlich sein, ihn nicht mehr unter Druck setzen. Ihn quälte sowieso schon ein schlechtes Gewissen mir gegenüber.

Also schrieb ich ihm gelassen.

From: Schumacher Lisa
Sent: Monday, June 21, 2004 6:55 AM
To: Leonard, Erney
Subject: AW:

Wie geht es dir? Bist du jetzt in deinem alten Leben wieder angekommen? Bei mir geht es so langsam. Hatte letzte Woche viel zu tun. Ich musste ein Meeting für alle Werkstattleiter unseres Konzerns organisieren und auch noch daran teilnehmen. Ich hatte nicht nur unseren Wartungsplan zu präsentieren, ich musste auch noch alle technischen Details unseren Werkstattleitern aus England und Spanien übersetzen. Es war ziemlich lustig. Was heisst zum Beispiel Greiferstange oder Anleger auf Englisch? Selbst in Deutsch ist es schwer zu verstehen. Mit Händen, Füssen und Zeichnungen haben wir letztendlich alle Lösungen gefunden (gripper bar/feeder) und die beiden waren trotzdem mit mir zufrieden.

Und dann habe ich mich durchgerungen, mein Studium weiterzumachen und die erste Arbeit abgegeben. Ich bekam sie benotet zurück. Und ich konnte es nicht fassen: sehr gut. In unserem Notensystem ist dies die beste

Note, die man bekommen kann. Das bestätigt mich natürlich weiterzumachen, auch wenn ich im Moment absolut keine Lust habe zu lernen.

Marion geht es im Moment gut, sie hat gerade zwei neue Lover gefunden! Tina freut sich, weil Anthony bald wieder einen Einsatz in Deutschland hat und Yvonne geht es mittlerweile auch wieder besser. Ich glaube sie hat ziemlich an mir geklammert und festgestellt, dass ich nicht mehr so für sie da bin. Deswegen war sie in den letzten Wochen ziemlich aggressiv. Da ich mich auch weiterhin von ihr distanziert habe (sie war mir zu viel), scheint sie jetzt endlich nicht mehr so viel von mir zu erwarten und geht wieder normal mit mir um.

Diese Woche bekomme ich Besuch von Monikas Freund Robby aus Berlin. Er spielt in einer Irischen Band und hat einen Auftritt (Gig) in Luxemburg. Und dann kommt noch meine Cousine aus Berlin zu Besuch.

Also jede Menge Action. Und ich habe es endlich geschafft (nach immerhin 4 Wochen :-)) meine Bude so aufzuräumen und sauberzumachen, dass ich wieder Leute reinlassen kann.

Soweit so gut. Würde mich freuen, wenn du mir schreiben würdest wie es dir jetzt geht und was du so machst.

Liebe Grüsse
Lisa

Von: Leonard, Erney
Gesendet: Dienstag, 22. Juni 2004 13:24

An: Schumacher Lisa
Betreff: RE: Good Morning

Lisa

I feel that your mood was very positive when wrote me. It sounds like things are all looking good. That's great. And you didn't write about your feelings so much, so I'm guessing your feeling more at peace with yourself. You had an interesting/difficult experience at work, which sounds to me you enjoyed. I tried to imagine you doing this presentation, and I imagined you would have done very, and your audience would have appreciated your honest effort. I would have liked to been there to watch you ;-). You are a likable person and therefore I'm sure they enjoyed this performance from an attractive woman. Good for you!!!

Habt mich gefreut das du mich geschrieben hast. Und ich freue mir das ich dich auch schriebe. Mit mir geht die leben schnell. Bei der arbeit geht es jetzt gut. Noch immer bin ich bei Rochester Hills (U.S). Ich hoffe das ich gelegenheit habe einen "farbe firma" zu sehen und lernen vor China. Und wollte ich gelegenheit haben mein chef zu zeigen das ich doch nicht ein faule arbeiter bin. Jetzt arbeite ich viele stunden um mein namen zu abzahlen. 60-70/woche. Jeder deuschlander werde sich bestimmt erschrocken sein.

Jetzt lebe ich bei Jeff in seinen Bude fur a paar woche bis ich wieder weg muss. Wir kommen gut fertig und machen viel spass. Ich habe gelegenheit seine freunde kennen lernen. Es ist sehr interessant zum ein party kommen wo sie alle gehorlos sind. Habt mich erfreut diese erfahrung zu machen. Ich habe Jeff gesagt das wolltest mir besuchen in U.S. Er hatte schell gesagt das wir viel platz haben, und das ich dir sollte sagen zu kommen.

Mit meinen freudin habe ich es schluss gemacht. So gleich wie Yvonne. So fest angeklammert und ich wollte nur ruhe haben. Ich weiss noch nicht wie ich schluss machen werde von dieser schluss. (to put an end to the end) Ich fuhle mir jetzt mehr frei aber fur meine freudin und ihre tocher fuhle ich sehr, sehr schuldig. Ich weiss noch nicht wie ich dieser teil muss. I don't want to bring your mood down with my problems. I know everything will turn out OK. Also bin ich allein fur die letzte 2 wochen. Ist fur mich sehr gesund. Aber nur ohne sex komme ich schwer weiter. Bist du erschroken oder? Ist fur mich ein sehr grosse prufung. Wenn kommst du mich besuchen? :-)

I'm almost done reading the Alchemist. Very interesting book. I've found it rather uplifting. I can see how you must have enjoyed this book immensely. You should read the book "The Celestine Prophecy" I know you would love this book, very spiritual for your spiritual mind to soak up.

In conclusion, a lot has happened to me as well. I'm glad to hear you're doing well again and sincerely hope that you and your friends continue to do well. Schick deiner kinder und freunde eine deutsche gruss von mir.

Bis weiter

Erney

Also hatte er Schluss mit ihr gemacht. Ich traute der Sache nicht und ich war nicht wirklich glücklich, denn er hatte sich ja nicht für mich entschieden. Nur gegen sie. Ich war aber auch nicht aufnahmefähig. So ausgebrannt und krank fühlte ich mich. Noch lange Zeit. Mir war alles egal geworden. Dieser Zustand dauerte insgesamt sechs Wochen an. Ich machte mir schliesslich doch Sorgen und ging zum Arzt. Normal war das nicht. Diese ständige Müdigkeit. Der Arzt fand nichts.

Lucia liess sich kraftlos auf ihr Bett sinken. Es war zum Eklat gekommen. Mit diesem Fremden. Stundenlang waren sie umeinander gekreist. Liessen ihre Kräfte spielen. Konzentrierten ihre Energie auf den anderen. Keiner kam einen Schritt weiter. Bis sie sich schliesslich dazu entschieden hatten, sich hinzusetzen und zu palavern, wie der Fremde vorschlug. „Du kannst nicht ewig hier warten", eröffnet er.

„Du kannst nicht ewig hier hinkommen. Es kostet dich zu viel Energie."

„Stimmt. Aber ich werde meinen Auftrag erfüllen."

„Was genau ist dein Auftrag?"

„Sie muss sterben."

„Aber warum? Was würde es ändern?"

„Sie hört dann auf, Erney weiter zu beeinflussen, zu vereinnahmen. Und die Liebe von meiner Schwester abzuziehen."

„Aber Lisas Tod würde nur dazu führen, dass Erney noch mehr an ihr hängt."

Der Fremde dachte darüber nach. „Du könntest natürlich Recht haben."

„Ausserdem liegt es an deiner Auftraggeberin, Erney zurückzugewinnen. Wenn sie die richtige Taktik anwendet, würde es überhaupt kein Problem sein. Aber sie ist wohl sehr ungeschickt. Warum unterstützt du sie nicht dabei?"

Der Reisende sah sie erstaunt an. Woher wusste sie so viel?

„Ich überlege es mir. Ich werde mit meiner Schwester reden." Er stand auf. „Aber ich komme wieder", drohte er, bevor er verschwand.

Eines Montags ging es mir schlagartig besser. Kurz darauf erzählte mir Erney am Telefon, er habe sich an diesem Wochenende wieder mit ihr versöhnt. Sie wäre wie umgewandelt gewesen. Ich war überrascht. Aber nicht traurig. Schliesslich sollte es ihm gut gehen. Aber war die Rückkehr meiner Energien der Beweis? Hatte sie mich wirklich verflucht? Und jetzt, wo sie gesiegt hatte, liess sie endlich ab von mir?

Richtig gut ging es mir aber immer noch nicht. Nur körperlich. Ich hatte meine Energie wieder. Aber nicht meine Lebensfreude. Erst hatte ich die nebensächliche Frage in seiner letzten E-Mail, ob ich Erney besuchen komme, sofort aufgegriffen. Doch die Praxis liess es nicht zu. Er wusste nie, wann er wie lange wo bleiben würde. Er konnte jederzeit wieder zu einem neuen Auftrag versetzt werden.

Dann wollte ich nur noch weg. Mein Zuhause aufgeben. Irgendwo neu anfangen. Wollte vergessen. Ablenkung. Er schrieb mir ein paar Tage später: „Ich vermisse dich!" und ich antwortete ihm:

From: Schumacher Lisa
Sent: Wednesday, July 7, 2004 10:11 AM
To: Leonard, Erney
Subject: ...

Hi!
Es freut mich, dass du mich vermisst! Warum soll es dir besser gehen als mir? ☺ Laufe jetzt schon seit ein paar Wochen wie in einem Vakuum herum. Emotional ziemlich gleichgültig gegenüber meinem Umfeld. Keine Lust, irgendjemanden anzurufen, keine Lust viel zu unternehmen. Meine armen Freunde! Mir geht's nicht gut, mir

geht's nicht schlecht. Versuche mich ab und zu mit irgendwelchen Aktionen abzulenken – wieder für irgendwen oder irgendwas etwas zu fühlen.

So wollte ich mich z. B. für eine Arbeit im Ausland bewerben – bei einem Reiseveranstalter. Die Beschreibung der Stelle ähnelte durchaus meinem Traumjob. Einsatzort in Griechenland, Frankreich oder Spanien während der Saison! Habe eine zeitlang in diesem Traum gelebt, wollte weg, wollte Ablenkung, wieder „Feuer für etwas fangen". Habe mit Sven darüber gesprochen, in einem anderen Land zu leben. Er hat mir gesagt, ich soll warten bis er Abitur hat. Das sind noch 7 Jahre! Kathi wäre nicht das Problem. Sie würde überall hin mit. Ausserdem hat mir Marion versprochen, sie würde sogar in meine Wohnung ziehen und auf meine Kinder aufpassen, wenn ich für diesen Job 6 Monate weg wäre. Nur in diesem Fall würde sie nie mit Sven klarkommen. Er akzeptiert im Moment kein einziges weibliches Wesen ausser gerade noch so mich und seine Schwester ☺ ich werde es also wohl doch nicht tun, zu kompliziert.

Na ja, was soll's. Habe halt so meine Träume, die gerade dann hochkommen, wenn ich weglaufen will. Aber es ist nur ein Weglaufen – ich weiss es.

Ich werde noch oft an dich – auch durch meine Kinder – erinnert. Gut, ich habe mit ihnen über dich gesprochen. Dass ich mich in dich verliebt hatte und deswegen ab und zu mal traurig bin. Sven – mein Lebensberater ;-) – sagt aus heiterem Himmel, heirate Erney doch ☺
(er ist so schön naiv). Kathi bringt unserem Nachbarkind „give me 5 – higher ..." bei oder sie fragt, wann du wiederkommst – sie habe noch eine Karte für dich ....

Alles nicht einfach. Hätte nicht gedacht, dass es so schwierig für mich ist. Ein bisschen Angst habe ich jetzt schon dich wieder zu sehen, weil es danach vielleicht wieder so lange dauert, bis es mir wieder gut geht. Ich erinnere mich an deinen Satz not to persue an intimate relation. Verstehe ich jetzt whole hearted. Aber trotzdem: Wenn ich wüsste, dass du hier wärst, würden mich glaube ich keine 10 Pferde davon abhalten können dich zu sehen – auch nicht mein Kopf.

Habe mir tatsächlich überlegt dich zu besuchen, wenn du es auch willst. Ich weiss, dass du jederzeit einen Einsatz woanders haben kannst. Vielleicht sollten wir warten, bis du wieder so einen Einsatz im Ausland hast, denn dann ist es eher absehbar, wie lange du dort bleibst. Deshalb hier mein Vorschlag:

Wir entscheiden spontan. Ab 6. August kann ich fast jederzeit Urlaub nehmen. Vorher geht nicht, ich muss Kollegen vertreten und kann nicht weg.
Sollten wir uns dann immer noch sehen wollen (es könnte ja auch sein, dass du bis dahin jemand neues kennen gelernt hast – dein Leben geht schnell ☺) dann versuche ich kurzfristig einen Flug zu buchen.
Also wenn es bei dir halbwegs überschaubar ist, dann sagst du mir einfach: „Ich bin jetzt „da und da" und bleibe wahrscheinlich „so und so" lange, also mach jetzt Urlaub!" ... und dann setze ich mich in den nächsten Flieger.
Alles Liebe
Lisa

Als wir das nächste Mal telefonierten, träumte er wieder. „Ich werde eines Tages meine selbstgemachten kanadischen Möbel in Deutschland verkaufen. Dann kannst du mir dabei helfen." Oder „Ich kann vielleicht in einer deutschen Firma in meiner Heimatstadt arbeiten. Dann könnte ich öfter mal nach Deutschland kommen." Danach hörte ich lange Zeit nichts mehr von ihm. Ich meldete mich erst einmal auch nicht. Doch irgendwann Ende Juli dachte ich an meinen bevorstehenden Urlaub, und daran, dass man ihn doch für einen Besuch nutzen könnte. Also schrieb ich ihm ganz unverfänglich: „Lebst du noch?" Und er antwortete:

Von: Leonard, Erney
Gesendet: Dienstag, 29. Juli 2004 15:38
An: Schumacher Lisa
Betreff: RE: ...

Ja ich lebe, grausam aber mein herz tickt noch. Nur spass, Jetzt bei der arbeit muss ich nur 8-10 stunden der tag sein. Aber doch 7 tage der woche.
Fur mich ist was neu. Sehr heftig! Mein freudin ist empfangen. Ich weiss nicht was zu sagen mein kopf schwimmt noch. Ich bin traurig daruber und freulich und angst und ungeduldig mein kind zu sehen. Zu viel. Ich fuhle mein welt wird zerplatzen aber doch bin ich nicht der erste man zu vater gemacht.
Gehts mir gut? Es geht wie der leben oft geht.
Und mit dir?
Erney

Ich musste schlucken. Erst antwortete ich ihm, dass das ja zu erwarten gewesen sei. Die beste Methode, um einen Mann zu halten. Ich war wütend auf sie. Doch dann beruhigte ich mich langsam und schrieb ihm noch eine E-Mail.

From: Schumacher Lisa
Sent: Friday, July 30, 2004 3:24 AM
To: Leonard, Erney
Subject: AW:

Für Träume sollte immer noch Zeit sein. Daher hier ein Link, den ich gefunden habe:

http://www.kanadahaus.de/blockhaus.html

Hier fehlen nur noch kanadische Betten im Sortiment ☺

Ansonsten habe ich nachgedacht. Mein Traum, dich besuchen zu kommen, ist jetzt wohl geplatzt. Du hättest wahrscheinlich gar nicht den Kopf für mich. Daher nehme ich davon Abstand und lasse dich gehen. Ein zweites Mal. Du brauchst jetzt deine Kraft, um dich mit der neuen Situation zu arrangieren. Ich würde da nicht reinpassen.

Aber auch wenn ich mich jetzt nicht mehr melden werde: Wenn du einen Freund brauchst, kannst du mich jederzeit – auch nachts – anrufen.
Alles Liebe
Deine Lisa

Von: Leonard, Erney
Gesendet: Donnerstag, 31. Juli 2004 13:14
An: Schumacher Lisa
Betreff: RE: ...

Ohne sagen kannst du meinen gedanken verstehen. Ja rechts, jetzt ist mein situation viel verändert. Ich danke dir fur das verstehen. Ich fuhle auch ein wenig schuldig fur dich. Ich weiss (ohne sagen) das dir es schwer gehts damit. Ich bin auch zum grosse teil traurig daruber.

Machts gut. Ein tag werde ich noch einmal wieder zum deutschland kommen.

Erney

Sie hatte gewonnen. Ich fuhr eines Nachts ganz spontan, als der Vollmond gross und hell am Himmel stand, auf eine einsame Wiese. Ich stellte mein Auto ab, ging ein paar Schritte und liess die gespenstische Atmosphäre auf mich einwirken. Ich hatte das Gefühl, der Mond sei der Träger für sie. So wie es für mich die Sonne war. Zwei Kräfte, die um Erney gekämpft hatten. Ich schaute zum Mond und gab ihr innerlich den Weg frei. Frieden. Vor allem für das Kind.

Erney rief nur noch selten an. Aber er teilte mir seine Ängste mit. Seine Sorgen. Ich versuchte ihn zu trösten. Dass nicht alles schlecht sei, wenn man Vater werden würde.

Ende September schrieb ich ihm noch einmal. Spontan. Dass ich im Moment viel Arbeit habe, aber auch eine Herausforderung. Am nächsten Morgen, es war Samstag, rief er sofort zurück. Wir redeten fast zwei Stunden lang. Es war schön ihn zu hören. Er war leicht betrunken (bei ihm war es drei Uhr nachts).
Er erzählte mir, dass er geglaubt hatte, mehrere Beziehungen gleichzeitig haben zu können – ohne Probleme. Doch jedes Mal, wenn er mit mir telefoniert habe und anschliessend zu seiner Freundin gefahren sei, hätte er Probleme gehabt. Er habe vor ca. 6 Wochen einen One-Night-Stand gehabt. Da wäre es kein Problem gewesen,

es mit ihr zu vereinbaren. Aber mit mir wäre so eine Verbindung. Er fragte mich, was ich an seiner Stelle machen würde. „Break contact", habe ich ihm geantwortet. Und dann fragte er mich: „Meinst du, wenn wir uns nach ein paar Jahren wiedersehen, wir uns wie Freunde sehen könnten, oder ob diese Verbindung bleiben würde." Ich sagte ihm, ich glaube sie bleibe. Er glaube das auch.

Wir redeten noch viel. Über seine Vaterschaft, über die Beziehung, dass sie sich am stabilisieren wäre. Über seine Panik, nach der Geburt nicht mehr so leben zu können wie bisher. Über seine Angst vor Säuglingen und und und... Dieses vertraute Gefühl war gleich wieder da. Ich fragte mich verzweifelt: ‚Was ist das? Wozu ist das alles gut? Warum kann ich ihn nicht einfach gefühlsmässig vergessen? Wäre ich 10 Jahre jünger und hätte keine Kinder, würde ich um ihn kämpfen. Aber so muss ich ihn aufgeben.'

All die Zeit halfen mir meine Kinder, nicht verrückt zu werden. Und meine Arbeit. Ich konzentrierte mich auf beides und fand darin Beruhigung und Erfüllung. Mein Freundeskreis hatte sich zurückgezogen. Oder ich mich von ihm. Das war mir immer noch ganz recht. Ich wurde zwar zeitweise sehr einsam, aber es schien mir andererseits auch gut zu tun.

Auch Lucia tat ihrs dazu Lisa zu stärken, soweit sie konnte. Lisas Wunde war noch nicht zugeheilt. Zu tief. Und die Essenz ihrer Erfahrung war noch nicht bei ihr angekommen. Zwischenzeitlich hatte sich auch ihr eigenes Umfeld geändert. Rosita und Agatha gingen mittlerweile ihren eigenen Weg. Zu sehr hatte sich Lucia nur noch um Lisa gekümmert. Sie riefen sich nur noch selten. Lucia war es jedoch ziemlich gleichgültig geworden, ob sie noch Weggefährten hatte oder nicht. Sie hatte viel mit Lisa gelitten

und leckte nun ihre eigenen Wunden, wie auch Lisa die
ihren.

Anfang Oktober schrieb ich in mein Tagebuch:

„Die Zeit rennt und nimmt sich mehr von sich ..." Ich bin
mal wieder in einer Krise. Nicht massiv aber nachdenklich.
Ich funktioniere bestens. Auf der Arbeit, bei den Kindern.
Wenn ich alles richtig machen will, zerrinnt mir die Zeit,
lebe ich nicht. Was kann ich ändern? Wie kann ich es än-
dern? Oder ist es so richtig? Vielleicht kompensiere ich im
Moment nur meine innere Einsamkeit mit diesem Funkti-
onieren. Aber sie ist Teil von mir, manchmal zugedeckt
durch innige Gefühle wie zu Erney, aber selbst in einer Be-
ziehung doch auch irgendwann heimlicher Begleiter. Also
war mein Motor immer schon, ihr zu entrinnen. Unmög-
lich. Ich muss lernen, sie positiv zu sehen, nicht mehr zu
flüchten.

Ende Oktober fragte mich Erney überraschend per
E-Mail, ob ich ihn im Dezember in Mexiko, bei seinem
neuen Auftrag besuchen wolle. Ich antwortete ihm zögernd, ich verspürte Panik. Wollte nicht wieder leiden.
Auf meine zurückhaltende Antwort meldete er sich nicht
mehr.

Im November entschloss ich mich, anstelle des längst
aufgegebenen Fernstudiums eine einjährige Weiterbildung anzufangen. Steffi, eine wiedergefundene alte Bekannte hatte mich überredet. Einmal die Woche abends
und Samstagvormittag. Ich spürte wieder meinen be-
rühmten Aktionismus. Aber er tat mir gut. Neue Bekannt-

schaften, meine Einsamkeit reduzierte sich auf ein Minimum. Ich hatte gelernt, dass ich nicht wirklich jemanden brauchte und das machte mich ruhig und ausgeglichen. Zwar distanziert aber offen für Neues.

Und Schritt für Schritt fand ich wieder zu mir selbst. Auch die Lebensfreude kam langsam zurück. Ich spürte es an den Reaktionen meiner Gegenüber.

Erney rief überraschend an einem Sonntag Anfang Dezember an und erzählte mir, er habe den Job bei Fanucrobotics aufgegeben. „Back to my old life", sagte er mir. Und er habe einen neuen Job bei einer kanadischen Firma bekommen. Ich freute mich für ihn. Doch wichtiger war jetzt die Geburt seines Kindes. Ich bat ihn, mir zu schreiben, wenn es so weit war. Ansonsten fehlten uns ziemlich die Worte. Der Bezug zu UNS war nicht mehr da. Oder wir verdrängten ihn. Ich hatte jetzt keine E-Mail-Adresse und keine Telefonnummer mehr von ihm. Aber ich fühlte auch nicht mehr das grosse Bedürfnis, mich bei ihm zu melden. Wozu? Was brachte das? Jedes Mal wieder ein Stückchen Freude, ein Stückchen Leid. Ich wollte Ruhe. Den Schmerz vergessen.

Als ich eines Tages die Strasse durch unser Nachbardorf fuhr, sah ich Yvonne gerade ihre Post hereinholen. Ich hielt an und liess das Beifahrerfenster herunter. Yvonne grinste, steckte ihren kurzgeschorenen Kopf ins Auto und sagte: „Was machst Du denn hier? Ich dachte du lebst nicht mehr!" „Ich weiss, ich weiss. Ich war einfach nicht da – sozusagen im Kloster." Dabei lächelte ich sie etwas verlegen an und stellte mit Überraschung fest, dass ich mich wirklich freute, sie jetzt nach fast vier Monaten wiederzusehen.

Sie schien sich auch zu freuen, denn sie sagte: „Hast du Zeit? Willst du einen Kaffee? Komm doch noch ein bisschen rein. Ich habe nämlich noch bis 4 Uhr Luft, bis ich Gina vom Kindergarten abholen muss." Warum eigentlich nicht?! „Gute Idee. Ich bin zwar gerade auf dem Weg zu deiner Boutique – du weisst schon – von der du mir so vorgeschwärmt hast. Aber das kann ich noch verschieben." „Am besten lässt du dein Auto einfach hier so stehen", schlug sie vor. Ich stieg aus und folgte ihr ins Haus. Es hatte sich einiges verändert. Langsam, ganz langsam hatte sich ihre Behausung von einer langweiligen, phantasielos gestalteten, in eine farblich frohere, gemütliche Wohnung verwandelt. Yvonne hatte immer gesagt, für Gestaltung habe sie kein Gespür. Eigentlich wäre ihr das Aussehen ihrer Wohnung egal. Wie oft hatten wir ihr versucht Anregungen zu geben! Über ihren Teppich gelästert! Oder über ihre uralte Couch gegrinst.

Ich lehnte mich gegen ihren Küchenschrank, während sie frische Kaffeebohnen in die elektrische Mühle einfüllte. „Wie geht es dir?", fragte sie besorgt. „Ich hätte mich spätestens an deinem Geburtstag nächsten Monat gemeldet.", fuhr sie fort. „Ich wäre bei dir eingefallen und hätte dich gefragt, ob du mir die Karten noch einmal legen kannst. Aber jetzt erzähl doch mal!" „Na ja, mir ging es nicht gut. Ausserdem war ich intolerant und gleichgültig. Du kennst mich. Normalerweise lasse ich jeden wie er ist. Aber im Sommer war ich in einer Phase, da hatte ich kein Verständnis mehr, keine Geduld. Alles und jeder hat mich genervt. Und dann habe ich mich zurückgezogen. Wie ich schon sagte: Ich war im Kloster – du weisst was ich meine", grinste ich unsicher. „Ich weiss", antwortete sie. „Du meinst das Kloster, indem ich mich auch so lange befunden habe. Manchmal braucht man so was einfach, um noch mal Abstand zu gewinnen, sich nicht ablenken zu lassen und noch einmal zu sich zu finden.

Dann ist einem alles zu viel und die innere Auswanderung ist der letzte Ausweg. Geht's dir denn jetzt besser?" „Ja. Ich komme langsam wieder heraus. Ich habe wieder Lebensfreude! Und Du?" Sie lächelte vielsagend. Ich fuhr fort: „Ich habe gehört, du wärst neu liiert mit einer alten Bekannten von dir, mit drei Kindern." „Zwei!" rief sie empört. „Nie wieder drei!" Wir lachten, da wir beide wussten, worauf sie anspielte.

Und jetzt? „Ich bin glücklich, Lisa. Ich wusste gar nicht, dass es so etwas gibt. Michaela und ich haben so eine Wellenlänge. Wie oft denken wir das gleiche. Es ist unbeschreiblich." „Also ein Happyend?", fragte ich. Sie schaute verlegen zur Seite. „OK. Also wie zu erwarten Komplikationen?" „Na ja, " sagte sie. „Sie kommt gerade aus einer langjährigen Beziehung. Das ist noch zu frisch. Die Zeit für uns ist noch nicht reif. Das wissen wir beide. Aber es ist so schwierig immer auf den Verstand zu hören. Wir hatten uns fest vorgenommen, das Körperliche herauszulassen. Uns Zeit zu lassen. Und zu warten, bis sie für eine neue Beziehung bereit ist. Aber – wir haben es gerade mal zwei Wochen ausgehalten." „Ich denke, du solltest das alles nicht so pauschalisieren.", reagierte ich. „Wer sagt, dass sie nicht doch bereit ist? Das ist doch stark von der Konstellation in ihrer vorherigen Beziehung abhängig. Wenn sie beide sich schon länger auseinandergelebt haben?

Oder eine Art Freundschaft gepflegt hatten, die andere Beziehungen vom Gefühl her zulassen würde? Weisst du es? Ich würde nicht immer alles versuchen in Schubladen zu packen." „Du hast recht. Du kennst mich. Ich versuche immer die Kontrolle zu behalten." „Stimmt. Und was ist der Grund dafür? Du hast immer noch Angst, verletzt zu werden." „Vielleicht." antwortete sie. „Aber du weisst, ich möchte eigentlich den Moment leben. Das Leben geniessen und mich frei von den Zwängen machen, die eine Beziehung so verkomplizieren. Aber doch, wenn ich ehrlich bin, habe ich ab und zu schon Angst, dass sie mich verlässt. Wir haben gestern erst genau darüber geredet. Sie weiss sowieso immer, was mich gerade bewegt. Und gerade jetzt hat sie mir die Angst wieder genommen."

„Das hört sich doch gut an. Und meiner Meinung nach gehört eine gewisse Angst dazu. Weisst du noch, wie wir immer philosophiert haben über den Idealtyp der Liebe? Total frei, ohne Eifersucht, Verlustängsten einfach nur wissend, dass man liebt und einem dies genügt?
Aber es ist ein Trugschluss, Yvonne. Nur Bauch ist nicht lebbar. Wir Menschen sind nicht dafür geschaffen, nicht festzuhalten." Sie schaute mich wissend an.
Ich fuhr fort: „Weisst du, als ich im April Erney kennen gelernt habe, hatte ich genau diese von uns damals so favorisierte Einstellung: Ohne Kopf! Ich wusste, er würde bald wieder gehen. Und trotzdem habe ich mich eingelassen. Ich wollte nur den Moment leben. Und was kam dabei heraus? Erst war es noch einfach. Und wahrscheinlich deswegen total intensiv. So etwas hatte ich noch nie erlebt. So frei und offen. Wir erlangten eine Ebene, die so magisch war, dass ich glaubte in einer neuen, wunderbaren Welt zu sein. Einfach unbeschreiblich.
Doch dann wollte ich festhalten. Die Vorstellung, ihn nie wieder zu sehen, konnte ich nicht ertragen. Ich brauchte Hoffnung. Und als er weg war, fiel ich in das besagte Loch. Ein halbes Jahr habe ich bis jetzt gebraucht. Ich leide, als wäre jemand Geliebtes gestorben."

Sie warf ein: "Stimmt – du warst überhaupt nicht mehr da. Deine Augen! Sie waren tot. Haben nichts mehr gesehen. Durch mich durchgeguckt. Sie leben übrigens wieder. Ich sehe es!" hob sie freudig hervor. „Ja. Und ich habe mir genau deswegen vorgenommen, in Zukunft nicht mehr nur den Moment zu sehen, sondern auch nach den Umständen zu wählen. Meine Seele zu schützen." Sie nickte verständnisvoll. „Ja, ich denke, wir können wirklich nicht einfach nur nach dem Bauch leben und den Kopf abschalten, da hast du recht. Genau das spüre ich ja jetzt. Und so etwas mir! Ich weiss jetzt, wie du dich gefühlt haben musst. Und vielleicht hast du mir ja gerade deswegen das alles hier nur angehext!" mutmasste sie grinsend. „Habe ich. Das ist die gerechte Strafe dafür, dass du damals kein Verständnis für mich hattest, " gab ich schmunzelnd zurück.

Sie goss uns einen Kaffee ein und wir setzten uns ins Wohnzimmer. „Aber kannst Du dich erinnern" fragte sie, „dass du mir beim letzten Mal als du mir die Karten gelegt hast, die Liebe aufgedeckt hattest? Eine neue Beziehung? Damals hast du gesagt ‚Lass es mich wissen, wer es ist!'. Und jetzt das!"

Ich konnte mich nur dunkel daran erinnern, freute mich aber über diesen Zusammenhang. „Nein, kann ich nicht wirklich. Ich wünsche dir aber auf jeden Fall, dass es diesmal gut wird. Und mach dich nicht so verrückt!" „Versuche ich", sagte sie. „Aber was ist denn jetzt mit dir? Irgendwas Neues?" „Nein, bloss nicht! Ich will im Moment keine Beziehung. Ich habe in den letzten zwei Jahren genug mitgemacht. Ich brauche eine Pause. Aber du weisst ja wie das ist. Wenn man sich endlich von allem befreit hat und zufrieden ist, passiert natürlich wieder etwas." „Stimmt. Aber ich glaube auch, dass dir eine Pause guttut. Schliesslich sind es bei dir ja nicht nur zwei Jahre. Eigentlich hast du doch seit deiner Trennung von deinem Mann immer wieder nur Pech mit Männern gehabt. Inklusive der Zeit davor, bis du ausgezogen bist." „Jetzt wo du es sagst – es sind ja sogar sieben Jahre... stimmt. Aber nur die ersten und die letzten zwei Jahre waren besonders heftig. Erst die fürchterliche Trennung von Volker, die zwei Jahre dauerte, dann drei Jahre etwas Frieden und dann Erwin, jetzt Erney – ich glaube es reicht."

Ich trank meinen Kaffee aus und stand auf. „Yvonne, ich werde mich jetzt wieder öfter melden, OK?" „OK, das freut mich." Sie umarmte mich zum Abschied und drückte mich fest. Ich ging aufgeräumt zum Auto. Es war gut gewesen, dass wir uns getroffen hatten. Zu lange hatte ich das aufgeschoben. Zu lange alles verdrängt. Meinen Ärger, auch über sie. Eigentlich hatte ich sie nur nicht so lassen wollen wie sie ist. Ein ganz wertvoller Mensch, hoch intellektuell, oft philosophisch und spirituell. Aber voller Aggressionen und manchmal mit Verhaltensmustern wie ein Kind. Und das letztere hatte mich wiederum aggressiv gemacht. Selbst mit Problemen behaftet, hatte ich diese Eigenschaft von ihr als zusätzlichen Druck empfunden. ‚Da will jemand etwas von mir, das ich nicht erfüllen kann oder will.'

Mir ging noch viel im Kopf herum. Erney: Irgendwie hatte er durch die Vergleiche mit Yvonnes neuer Beziehung ein Revival erfahren. Ich hatte ihn bereits so gut verdrängt. Doch da war er wieder, vor meinem geistigen Auge. An sein Gesicht konnte ich mich kaum noch erinnern. Es fiel mir schwer, es wiedererstehen zu lassen. Wir hatten ja auch nur sechs Wochen gehabt. Die Bilder von uns an der Wand hatte ich mittlerweile zugehängt, weil ich mir schliesslich gesagt hatte, ich müsse doch vorwärts schauen, nicht zurück. Immerhin hatte ich einige Monate dazu gebraucht, doch eigentlich waren die Bilder auch nicht wirklich aussagekräftig. Sie fingen ihn nicht so ein wie er gewesen war.

Aber an seine rotblonden Haare, die bei mir jetzt irgendwie in meiner fast orangen Haarfarbe „weiterlebten", konnte ich mich erinnern. Oder an die Geste, seine Lippen in bestimmten Situationen zu schürzen. Unbewusst hatte ich es leicht kopiert, wie mir ab und zu auffiel. Oder an seine weiche Haut, seine vielen seidigen Körperhaare, die mich überhaupt nicht gestört hatten, mit denen ich stattdessen gespielt hatte. Oder an sein Ihrgerät – wie er immer so schön zu sagen pflegte.

Rosita und Agatha riefen sie. „Wir möchten jetzt gehen", eröffneten sie Lucia. „Unsere Lichter sind da. Kommst du mit?" Lucia sah das Licht. Sie hätte sich mit hineinfallen lassen können. Doch es schien sie nicht mehr zu rufen. Zu viel Energie war aus ihr gewichen. Beim Kampf um Lisa. Für ihren Schutz. Für ihre Liebe. Traurig sah sie die beiden an. „Ich kann nicht. Ich muss noch hierbleiben. Energie auftanken." „Kannst du nicht mehr gehen?" „In diesem Zustand nicht." „Aber warum hast du es so weit kommen lassen?", fragte Agatha verständnislos. „Ich musste. Ich habe Lisa in diese Liebe getrieben. Und mit dieser Liebe kam ein anderer Reisender ins Spiel. Ein starker Gegner. Beauftragt von Erneys Frau. Sie hat die Kraft. Wie Marion. Nur noch stärker. Und ich musste Lisa beschützen. Wir haben lange gekämpft. Jetzt ist er zwar auch geschwächt. Aber er wird wieder kommen und dann werde auch ich wieder bei Lisa sein." „Aber dann wirst du vielleicht noch mehr Energie verlieren." „Vielleicht. Jetzt muss ich mich eine Weile aus der Gegenwart zurückziehen. Ich werde in meiner eigenen Zeit auftanken. Das wird schon gehen." Agatha und Rosita sahen sie sorgenvoll an. „Wir können dich doch nicht hier so alleine lassen!" „Doch, das müsst ihr. Ihr habt eure Schicksale gelöst. Es ist Zeit. Macht euch um mich keine Sorgen. Wir werden uns bald wiedersehen." Unschlüssig betrachteten Agatha und Rosita das

Licht. „Jetzt geht schon." Lucia umarmte die beiden und begleitete sie bis zum Licht. Sie winkten ihr zu und verschmolzen zu einem warmen Leuchten, bis Lucia sie nicht mehr sah. Würde sie sie wirklich wiedersehen? War das danach ein neues Leben mit den alten Freunden? Mit neuen? Bald würde sie es wissen.

Jetzt, nachdem Yvonne eine Freundin hatte, bemühte sie sich nicht mehr. Rief nicht mehr an. Gut, auch vorher war kaum noch ein Kontakt da gewesen. Aber ich hatte eigentlich gehofft, ihr ein deutliches Signal gegeben zu haben. Vielleicht hatte es nicht gereicht? Musste ich noch deutlicher werden, dass ich wieder ihre Freundin sein wollte? Ich entschloss mich schliesslich, einen Abend mit einem Essen für alle meine Jungfrauen zu organisieren. Marion, Yvonne und Karin. Merkwürdig, dass mich immer Jungfrauen umgaben. War doch etwas an der Astrologie dran? Yvonne hatte Michaela mitgebracht. Kein Problem. Doch es war den ganzen Abend so, als wäre sie gar nicht da. Wir gar nicht da. Knuddelte, redete, lachte nur mit Michaela.

Ich entschied, mich von ihr zu verabschieden. Ich brauche Freunde, denen ich wichtig bin. Nicht noch mehr Verletzungen.
Ich räumte auf. Analysierte meine bisherigen Freundschaften und stellte fest, dass ich nie enge Freundschaften hatte, die wirklich gleichberechtigt waren.

Für Dominique war ich die Mutter und sie das Kind gewesen, das meine Grenzen nicht akzeptieren musste.

Für Yvonne war ich vielleicht eine heimliche Verehrte gewesen und ein Spiegel. Nachdem sie diesen nicht mehr brauchte, war ich nicht mehr wichtig für sie.

Für Marion war ich solange gut, wie sie nicht kritisiert wurde. Und sie war super empfindlich. Über die Jahre hatte ich ihren Mechanismus erkannt. Sie flatterte immer zu mir, wenn sie gerade wieder jemand Vertrautes brauchte. Und der Abstand zu ihrer letzten Verletzung gross genug geworden war. Ich verletzte sie ständig. Durch meine offene Art. Dadurch, dass ich ihre Gedankenwelt nicht immer nachvollziehen konnte. Und je nach Laune flatterte sie dann wieder weg. Und verletzte mich dann im Gegenzug. Keine Konstanz, keine dauerhafte Treue zu mir. Auf und Ab.

Aber waren diese Vertrauten nicht vielleicht eher ein Partnerersatz für mich gewesen? Mit all meinen Erwartungen? War das nicht zu viel auf Freundschaftsebene? Ich weiss es nicht. Je näher man sich kommt, desto mehr zwischenmenschliche Mechanismen spielen sich ab. Desto mehr Grenzen können verletzt werden. Vielleicht ist es besser, sich nicht so nahe zu kommen?
Es war eine schöne Zeit gewesen, die jetzt vorbei war.

Nun hatte ich zwar noch Ursula und Beate aus dem Dorf, die aber ihr Familienleben ohne mich zelebrierten und ich nur gelegentlich zu einem Kaffeeklatsch oder Frauenabend willkommen war. Steffi, meine alte Bekannte, mit der ich gerade wieder in Kontakt gekommen war – sehr verhalten zu Anfang – aber jetzt machten wir die Weiterbildung zusammen. Tina, die mittlerweile eine endlich intakte neue Beziehung gefunden hatte, aber unsere Treffen sich demzufolge nur noch auf das Büro beschränkten. Monika, bekanntermassen weit weg in Berlin. Karin, ein

Geben und Nehmen auf Gegenseitigkeit – aber leider nicht intellektuell sondern nur auf praktischer Ebene. Und Jenny, die mit ihrem Job in Luxemburg und ihrem Freund Marcel vollauf ausgelastet war und wir nur selten telefonierten. Im Grunde fühlte ich mich sehr einsam.

Lucia konnte genau verstehen, wie Lisa sich fühlte. Auch ihr ging es nicht viel besser. Rosita und Agatha fehlten ihr. Sogar Rachel ein bisschen. Und sie hatte keinerlei Ambitionen, neue Reisende kennenzulernen. Warum? Eigentlich fühlte sie sich in ihrem kleinen Radius zwischen ihrem alten Leben und dem von Lisa geborgen. Etwas ändern, würde wieder neue Kraft fordern. Und immer noch war ihre alte nicht ganz hergestellt. Das einzige, was sie derzeit versuchte, war Lisa zum Schreiben zu animieren. Und dabei lernte sie immer ein Stückchen mit.

Mein Tagebuch quoll die nächste Zeit über von der Suche in mir selbst. Ich brauchte Antworten, um weiterzumachen. Lösungen.

Fliehen vor der Einsamkeit ist immer noch meine Motivation. Auch wenn ich die Einsamkeit in Kauf nehme. Nicht mehr um jeden Preis entfliehen möchte. Ich stelle mich meinen Ängsten und bemerke: Es geht auch so. Jeder Mensch ist allein. Beziehungen, Freundschaften, Aktionismus täuschen nur darüber hinweg und gestalten das Leben vielfältiger, bunter. Doch, wer sich ins eigene Gesicht sieht, stellt fest, dass die eigene Geschichte, die eigenen Wertvorstellungen, der eigene Charakter einen immer alleine stehen lassen. Man kann sich nur anpassen, sein Gegenüber würdigen und dadurch selbst soviel zurückbekommen, dass es das Leben erträglich macht. Und das ist meine Motivation. Mich mit Menschen zu umgeben, die mir etwas zurückgeben. Die mich aber auch lassen, wie ich bin. Die meine Wertevorstellungen teilen: Toleranz, Gerechtigkeit, Einfühlungsvermögen.

In Zeiten, in denen ich mich besonders einsam fühle, gehe ich mit mir ins Gericht. Das ist gut so. Wichtig. Eine Grundlage, um mich weiterzuentwickeln, neue Akzente in meinem Leben zu setzen, neue Erfahrungen und Konstellationen herauszufordern. Denn nur wer sich selbst ändert, beeinflusst sein Umfeld.

Und das, was ich gelernt habe, ist:

Keine ANGST zu haben

Vor Ablehnung und Abgewiesen werden – denn ich weiss, ich kann auch alleine klar kommen, brauche nicht wirklich jemanden. Mit diesem Wissen kann ich mich besser auf meine Mitmenschen einlassen – ich muss mich nicht von vorne herein schützen -, aber kann auch, wenn es darauf ankommt, mich zurückziehen und somit meinen Stolz wahren. Keine Fluchthintertür – ich habe doch immer meinen Rücken frei!

Vor der Liebe – denn ich weiss, dass der der lieben kann, auch bereit ist, einen grossen Verlust in Kauf zu nehmen und damit auch den Schmerz.

Vor dem Schmerz – denn ich weiss, dass er uns wachsen lässt und zur Liebe dazugehört wie der Tod zum Leben.

War das die Essenz, die Lisa finden sollte? War ihr eigener Auftrag erfüllt? Lucia zweifelte. Irgendetwas fehlte. War Lisa wirklich bereit zu dem, was sie dort schrieb? Wenn, dann würde Lucia gehen können.

Erwin nervte mich mittlerweile mit seinen merkwürdigen Anwandlungen. Auch im Frühling 2005 versuchte er mich wieder zu einem Bier zu überreden. Eigentlich war ich nicht mehr wirklich interessiert. Doch da ich lange arbeiten musste, war mir ein bisschen Abwechslung an diesem Tag ganz recht. Ich rief ihn schliesslich an und sagte: „Wenn du mir etwas zu essen machst, komme ich zu dir." „Ich habe jetzt keine Zeit mehr.", antwortete er. „Ich muss etwas erledigten. Aber du kannst trotzdem kommen. Und wenn ich noch nicht fertig bin, kannst du ja schon mit Kochen anfangen." Warum eigentlich nicht? Als ich bei ihm war, zeigte er mir, was er zum Kochen auf den Tisch gestellt hatte. „Ist das alles?", fragte ich hilflos. „Mehr habe ich nicht, tut mir leid." „Und Gewürze?" „Nur das, was hier steht." Dabei öffnete er seinen Schrank. Er zeigte mir noch dies und das und wollte wieder in sein Zimmer gehen. „Ich schaue mir selbst an, was du hast", schlug ich vor. „Nein! Ich möchte nicht, dass du an meine Schränke gehst!", protestierte er vehement. Was war das schon wieder? Hatte er Paranoia? Dachte er von mir, ich wollte in seinen Schränken nach Geheimnissen herumsuchen? Hatte er vielleicht dort Koks versteckt? Mein Geduldsfaden riss. „Weisst du was? Das hier habe ich wirklich nicht nötig. Ich fahre." Verdutzt sah er mir hinterher. Aber er versuchte mich nicht aufzuhalten.

Jetzt war es endgültig, endgültig vorbei!

An Ostern überkam mich das erste Mal seit langem wieder die alte Lebenslust. „Was kostet die Welt?!" Marion überredete mich, mit ihr in ein nahegelegenes Rockcafé zu gehen. „Aber vorher müssen wir noch meine neue Freundin Bettina abholen." Kein Problem. Unterwegs erzählte sie mir schnell noch alles was sie von Bettina wusste. „Sie passt bestimmt gut zu dir. Gut, ein bisschen durchgeknallt. Aber alleinerziehend und sie hat so eine ähnliche Geschichte hinter sich, wie du mit Volker. Es gibt nur einen Unterschied: Sie ist in ihrem Haus geblieben."

Ach Marion! Sie zog immer verrückte Leute an. Irgendwen, der vielleicht gerade seine künstlerische Leidenschaft entdeckt hatte. Oder jemand, der vor lauter Drogenkonsum nur noch Weisheiten von sich gab. Immer spannend. Aber ich konnte mit diesen Leuten nicht wirklich etwas anfangen. Nur eines wusste ich. Marion würde bald wieder das Interesse an Bettina verlieren. So wie immer. Sie verstand es, Türen zu öffnen. Jedem, der sie interessierte, zu signalisieren, „du bist willkommen. Du kannst hier dein Herz ausschütten". Aber sobald diese Leute freundschaftliche Gefühle gepaart mit den dazugehörigen Erwartungen entwickelten, wurde es Marion zu eng. „Ich habe ihnen doch nichts versprochen." Wie ein Schmetterling: Von Blüte zu Blüte.

Jetzt kamen wir in dem Haus an. Ein altes, liebevoll renoviertes Bauernhaus. Und Bettina, gross, älter als ich. Zerzauste Haare. Sie trug eine sehr aufreizende Bluse für diesen Abend.

Aber bevor es los ging, setzten wir uns noch auf ihre Couch vor den Kamin, der anheimelnd knisterte. Erst einmal eine Zigarette. Einen Wein. Und Marion fragte sie, ob sie wieder Karten für sich gelegt hätte. „Na klar. Ich werde heute Abend jemanden mit nach Hause nehmen." Seit ihrer Scheidung war sie ununterbrochen auf der Suche. Hat viele Männer, ohne dass ich das bei ihrem etwas liederlich wirkenden Aussehen vermutet hätte. Die beiden philosophierten über Kartenlegen, bis Marion erwähnte, dass auch ich dies gelegentlich praktizierte. „Lisa ist gut darin. Mir hat sie schon ein paar Mal das richtige vorausgesagt." Bettina sah mich durchdringend an. Konkurrenz? Doch dann sagte sie nachdenklich: „Ja, Lisa. Du hast die Gabe. Ich spüre es." Verwirrt schaute ich sie an, sagte aber nichts. Ich und eine Gabe? Kartenlegen machte ich mehr oder weniger aus Spass, um zu überprüfen, ob tatsächlich etwas dran war. Manchmal war es das, manchmal konnte ich sie nicht richtig deuten. Oder sie waren schlichtweg falsch. Aber eine Gabe? Ich hatte eine gute Intuition, das wusste ich. Und bei meinen Freunden oft auch genug Kenntnisse, um die richtigen Schlüsse zu ziehen. Aber bei anderen traute ich mir das nun doch nicht zu. Also, eine Gabe. OK. Ich liess es so stehen und verbuchte es unter den Absonderlichkeiten meines bisherigen Lebens. Vielleicht war ja doch etwas dran an der Magie. Kein leeres Wort. „Hast du schon einmal eine Erfahrung mit Geistern gehabt?", wollte Bettina wissen. Ich lachte. „Nein. Ich würde mich auch nicht darauf einlassen. Wenn es sie gibt, dann wäre es zu gefährlich. Das einzige Mal, als ich bei einer Sitzung dabei gewesen war, hatte es nicht geklappt. Also kein Beweis. Wobei…" Marion horchte auf. „Erzähl weiter. Ich finde das hoch interessant." Bettina nickte zustimmend. Also erzählte ich. „Ich war damals gerade 17. Frisch aus dem Internat entlassen, in dem Manuela sich immer wieder als Medium fürs Gläserrücken angeboten hatte. Eine Freundin hatte mir dann nach dem Internatsaufenthalt davon erzählt. Mich hatten sie nie dabei haben wollen, aber jetzt wollte sie mich überzeugen und organisierte ein neues Treffen mit Manuela bei ihrem damaligen Freund. Ich hatte ja schon viel davon gehört. Die wildesten Geschichten. Und jetzt war ich neugierig. Manuela leitete uns an. Wo wir die Zettelchen mit den Buchstaben hinlegen sollten, wo das umgedrehte Glas hingehörte und was wir machen mussten, falls ein böser Geist ins Glas kommen würde. Wir mussten alle einen Finger auf das Glas legen. ‚Locker', so wies sie uns an. Sie probierte stundenlang einen Geist zu rufen. Irgendwie hatte ich das Gefühl, dass es meine Schuld war, dass es nicht klappte. Denn die anderen waren alle erfahrene Geisterbeschwörer. Doch dann irgendwann rückte das Glas. Ganz langsam. Schob vielleicht einer? Es war nicht festzustellen. Und so bekam ich nie den vollständigen Beweis, Nachdem auch das Frage- und Antwortspiel ziemlich lahm war und sich alles nur auf Manuela bezog, was sie sich ja auch ausdenken hätte können, brachen wir schliesslich ab. Irgendwie fand ich es lustig." „Aber da war doch ein Haken, oder?", schlussfolgerte Bettina richtig. „Ja. Meine Freundin blieb bei ihrem Freund und ich sollte im Wohnzimmer schlafen. Im selben Zimmer, indem wir vorhin noch versucht hatten, Geister zu beschwören. Und kaum war das Licht aus und ich auf der Matratze in die Decken eingemummelt, lief es mir eiskalt den Rücken runter. Als würde etwas neben mir lauern, das ich nicht sehen konnte. Ich war wie gelähmt vor Angst. Traute mich nicht mal, einen Finger zu rühren. Ging die Fantasie mit mir durch? Ich schimpfte mit mir. Aber es hat ewig gedauert, bis ich endlich wagte aufzustehen und das Licht anzumachen. Ich blieb keine Sekunde länger in diesem Haus." „Richtig unheimlich", kommentierte Marion. Da wir jetzt schon einmal dabei waren, wollte ich auch von ihren Geschichten wissen. Marion sagte nur, „ich bin einmal meinem Schutzengel begegnet. Nachdem ich aus der Narkose erwacht war. Er stand an meinem Bettende und schaute mich liebevoll an. Und er gab mir eine ungeheure Kraft. Diesen Augenblick werde ich nie in meinem Leben vergessen." Bettina und ich waren gerührt. „Aber lasst uns jetzt aufbrechen", forderte Marion uns auf. „Sonst brauchen wir gar nicht mehr loszugehen." Es wurde ein beschwingter Abend. Ich tanzte seit langem wieder. Flirtete und traf sogar einen alten Freund. Das Leben war doch wundervoll.

Doch bald schon nach diesem Abend hatte mich die Tretmühle wieder. Und die Langeweile. Was sollte ich mit meinem Leben nur anfangen? Hatte ich überhaupt eine

Option? Ausserdem war ich immer noch am Lernen. Die Kinder brauchten mich und auch auf der Arbeit war viel zu tun. Was machte ich mir eigentlich Gedanken? Und für eine neue Beziehung war ich längst noch nicht offen. Wollte ich überhaupt noch einmal eine? Wie sollte das zeitlich gehen, geschweige denn, dass ich einen passenden Partner finden könnte? Ich brauchte Ruhe. Keine neuen emotionalen Eskapaden. Ich war noch lange nicht hergestellt.

Eines Tages, als die Sonne gerade wieder stärker wurde, stellte ich mich mit Steffi in der Pause vor die Schule, genoss die Wärme und quatschte noch ein bisschen. Eine kleine ausländische Frau sprach mich an. „Ich möchte dir aus der Hand lesen". Nicht schon wieder! Nach vielem Hin und Her und einigem Feilschen – schliesslich hatte ich nur 10,- € in der Tasche, liess ich mich darauf ein.
Wir suchten eine ruhigere Ecke und kaum standen wir, riss sie mir ein Haar aus, faltete es und betrachtete es. Sie fing an. „Du hast eine lange Lebenslinie und zwei starke Linien, eine Glücks- und eine Schicksalslinie. Die Lebenslinie sagt mir, dass du 85 Jahre alt wirst (ohne sie zu sehen. Aber ich wusste, dass sie lang war, hatte ich mich doch auch schon etwas mit Handlesen befasst). Du bist ein liebenswerter offener und ehrlicher Mensch. Du bist ein fröhlicher Mensch, aber du bist auch oft sehr nachdenklich und manchmal depressiv. Lass das Denken! Du hast schon viel hinter dir, mein Schatz. Viele Dinge hast du begonnen und konntest sie nicht beenden. Ich sehe zwei Berufe, die nichts miteinander zu tun haben. Einer ist selbstständig. Du hast zwei Schnitte im Bauch gehabt (Stimmt!), zwei Lieben verloren (Stimmt auch – Volker und Erney) und du hast schon viele Männer unglücklich gemacht. Aber jetzt bist du kalt. Du möchtest keinen Mann mehr. Du wartest auf den Einen, der dich versteht.

Hier stehen drei Kinder in deinem Leben." „Nein, ich habe zwei!" „Ja, aber ein drittes wollte auch zu dir kommen. Das stand für dich vom lieben Gott so geschrieben. Ein paar Mal hat es das auch schon versucht!

Deine beiden Kinder sind sehr glücklich. Aber eins deiner Kinder hat dir viele Sorgen bereitet. Das ist aber jetzt vorbei.

Ausserdem hast du eine Blockade in dir. Das hemmt dich. Du kommst nicht weiter, wenn du diese Blockade nicht löst. Ich sehe, dass sie auf deinem beruflichen Weiterkommen lastet und auch auf deiner Liebe. Du musst sie loswerden. Dafür gebe ich dir einen Talisman. Dann wird dein Leben wieder gut! Es wird nur noch aufwärts gehen, das lange dunkle Tal ist hinter dir. Und, es wird ein Mann in dein Leben treten, der dich bereits kennt." Ich wollte Erney. Er musste es sein!

„Warum hast du ausgerechnet mich angesprochen?", wollte ich wissen. „Besser, wenn ich dir das nicht sage." Wahrscheinlich sah man mir an, dass ich ausnehmbar war wie eine Weihnachtsgans. „Sag es mir trotzdem", beharrte ich. „Na gut. Aber ungern. Ich habe ein Kreuz hinter dir gesehen." Ein Schauer lief mir über den Rücken.

Maria faszinierte mich. Wie wahrscheinlich alle Frauen mit dieser Begabung. Also liess ich mich auch darauf ein, ihr für den Talisman mehr Geld zu geben. Ich ging zum Geldautomat und hob 150,- € ab. Ich gab ihr 100,-. Marias Tochter legte mir beim anschliessenden Kaffeetrinken noch die Karten. Obwohl ich mich weigerte, noch mehr zu zahlen. Sie sah eine neidische Frau darin. (Davon hatte ich mehrere. Vor allem auf der Arbeit). Eine Heirat, die mir verheimlicht werden würde. Wieder das Kind. War es vielleicht Erneys Kind, dessen Entstehung ich indirekt beeinflusst hatte? Ich gab ihr schliesslich doch noch 20,- €. Dass es darauf hinauslaufen würde, war mir eigentlich schon vorher klar gewesen. Aber was ist schon Geld! Sagte auch Maria. Sie hatte schon richtig erkannt, dass ich kein geldgieriger Mensch bin und eigentlich gerne gebe.

Ich fuhr nach Hause, legte mich in die Badewanne und fing an zu grübeln. Wenn ich ehrlich war, wollte ich nicht wirklich weiter in der Firma bleiben. Zu viele Dinge waren geschehen. Zu wenig mein Potential, obwohl sichtbar, gefördert und anerkannt. Allerdings erinnerte ich mich auch daran, dass Maria mir gesagt hatte, ich müsse noch ein paar Jahre bleiben. Ein paar Jahre! Damit wollte ich mich nicht abfinden. Mein Chef traute mir viele Dinge nicht zu. Blockierte mich in meinen Möglichkeiten. Ich wollte weg und nahm mir gleich vor, nach Stellenausschreibungen im Internet zu sehen. Vielleicht selbstständig werden? Oder hatte sie mit der Selbstständigkeit meinen ehemaligen Verein gemeint? War mein heimlicher Traum vielleicht schon vorbei? Ich fand nichts im Internet, was mich motivierte.

Am nächsten Morgen, als ich erwachte, spukte die Geschichte immer noch in meinem Kopf herum. Ich dachte an das ungeborene Kind, das ich mit 20 abtreiben gelassen hatte. Die Tränen kamen mir hoch. Ich dachte an Erney, den ich immer noch liebe und Tränen kamen mir hoch. Ich dachte an die Blockaden und das Kreuz, das Maria gesehen hatte.

Ich stand auf und dachte an mein ungeborenes Kind. Ich setzte mich in die Sonne und dachte an mein ungeborenes Kind. Ich blätterte in meinem alten Tagebuch nach. Las die Geschichte noch einmal. Als ich Volker das erste Mal in meinem Leben getroffen hatte, war ich gerade 19 Jahre alt gewesen. Mitten in der Ausbildung. Ich war schwanger geworden. Ungewollt. Hatte mich mit meiner Periode verkalkuliert. Er war damals in einer anderen Beziehung gewesen. Konnte sich nicht für und nicht gegen mich entscheiden. Mit meiner Schwangerschaft wurde es für ihn leichter. Gegen mich. Am 22.06.1987 wurde das Kind abgetrieben. Vielleicht hatte es immer wieder versucht, zu mir zu kommen? Hatte Maria recht gehabt? Ich weinte. Ich bemalte einen Stein. Gab meinem Kind einen Namen. Mona oder Marius. Schrieb das erste, für mich so entscheidende Sterbedatum darauf, das mich in meinem Leben so sehr beeinflusst und begleitet hat, und stellte den Stein mit zwei kostbaren handgezogenen Kerzen von meiner Mutter auf den Tisch. Ich kniete mich davor und bat mein Kind um Verzeihung. Ich wünschte ihm, dass seine Seele einen Weg auf die Welt bei einer guten Mutter gefunden hat. Die rote Kerze brannte schneller ab als die blaue. Es musste Mona gewesen sein.

Dann dachte ich über meine Arbeit nach. Natürlich konnte ich dort noch weiterleben. Wenn ich meine Rolle nicht so wichtig nahm, meine Erwartungen nicht so hochschraubte. Doch eigentlich wollte ich was anderes. Für Selbstständigkeit fehlten mir aber der Mut und eine zündende Idee. Doch es stimmte. Die berufliche Fremdbestimmung nagte an mir. Ich wollte frei sein. Wo war mein Kampfgeist geblieben? Meine Energie? Zu träge.

Und mit der Liebe? Die Tochter der Wahrsagerin hatte mir in den Karten gelegt, dass er kommen würde. Ich sagte „Oh, nein! Möchte nicht, dass er wieder kommt. Nicht wieder leiden." Ist das meine Blockade? Meine Angst, wieder zu leiden? Ich muss den Schmerz annehmen. Er ist schon fast vorbei, aber er darf sein. Er gehört dazu. Ich möchte doch lieben!

Wie sehr beeinflussen Vorhersagen doch! Ich hatte Manfred kurz darauf kennen gelernt. „Ich kenne dich aus dem Tanzkurs bei Schneiders.", fing er das Gespräch an. „Der ist doch schon 1 1/2 Jahre her! Wie kannst du dich da an mich erinnern?!" Das war doch nicht möglich! Ich hatte ihn damals jedenfalls nicht wahrgenommen. Vielleicht hatte ich auch nur Augen für Erwin gehabt?

Sofort schoss mir der Gedanke in den Kopf, dass Maria vielleicht ihn gemeint haben könnte. Ab da machte ich einen grossen Bogen um Manfred. Wollte nicht, dass er „es" ist. Wollte überhaupt niemanden. Nur Erney. Hatte aber schon fast ein halbes Jahr nichts mehr von ihm gehört. Er war jetzt Vater geworden. Wahrscheinlich frisch verheiratet. Und blockierte mich so sehr. Das musste aufhören. Nur wie sollte ich mich von ihm befreien? Ich grübelte und kam schliesslich auf eine Idee. Ich entschloss mich, ihn suchen zu lassen. Vielleicht würde ein Wiedersehen helfen, von ihm Abschied zu nehmen? Ich war überzeugt davon.

Kaum hatte ich den Vorsatz in die Tat umgesetzt und den Suchdienst beauftragt, fühlte ich mich wieder merkwürdig. Alte Magie kam hoch. Fühlte sich an, wie damals an der Mosel.

Dann erinnerte ich mich, dass Maria ein schwarzes Kreuz hinter mir gesehen hatte. Damals zum Abschied sagte sie mir, sie müsse herausfinden, was es zu bedeuten habe. Ich rief sie an und sie traf sich daraufhin erneut mit mir. „Jemand hat einen Toten geschickt." Erneys Freundin! Ihr verstorbener Bruder! „Ja. Und sie kennt dein Geburtsdatum. Das ist nicht gut. Sie will dir schaden. Ich werde für dich beten."

Panik erfasste mich. Warum liess sie mich nicht in Ruhe? Sie hatte ihn doch! Nicht ich. Doch sie musste das Loch spüren, das nicht von ihr zu stopfen war. Aber es würde auch bleiben, wenn sie mir schadet. Erney und mich verband die Erinnerung. Oder war es mehr?

Maria gab mir ein Weihwasser, wie sie dazu sagte. Eine simple Plastikflasche mit Wasser und Kräutern. „Das ist mein Spezial-Weihwasser. Sehr wirkungsvoll", beteuerte sie. „Versprühe es in jede Ecke deiner Wohnung, deines Büros und deines Autos! Und pass vor allem beim Autofahren auf." Sollte ich bei einem Autounfall sterben? Was war mit Fliegen?

Ich hatte mit Monika den nächsten Urlaub geplant. Ich würde in einem Flugzeug sitzen, indem ich doch kein Weihwasser verspritzen konnte! Angst machte sich breit. Ich versuchte mich dagegen zu wehren. Surfte viel im Internet nach Lösungen. Kaufte schliesslich Lektüre über germanische Magie. Ein Hoffnungsschimmer. Nicht beweisbare Magie gegen nicht beweisbare Kräfte. Mein altes Volk würde mich schützen. So wie die indianische Wurzeln von Erneys Freundin sie begleiteten.

Ein Abend vor der Abreise lag ich in der Badewanne und hatte das Gefühl, nicht mehr alleine zu sein. Etwas war da und machte mir Angst. War es Einbildung? Ich stieg aus der Wanne und setzte mich mit meinem neuen Buch in die Küche. Mit höchster Sorgfalt malte ich mir germanische Schutzrunen auf ein Stück Papier. Und nahm es in meinem Handgepäck mit. Die Ängste liessen nach.

Lucia war wieder da. Sie hatte die dunkle Wolke gesehen. Ganz dicht bei Lisa. Doch diese simple Schutzmassnahme von Lisa schien ihn zurückzudrängen. Waren es wirklich die Runen? Oder war es Lisas eigene Kraft, die einen Kanal gefunden hatte? Zumindest eines wurde Lucia klar. Lisa würde es schaffen. Sich selbst helfen. Auch ohne sie. Ihre

Aufgabe schien erfüllt zu sein, oder? Unschlüssig liess sich Lucia wieder zurücktreiben. Aber ihr Licht war immer noch nicht stark genug. Was sollte es. Sie konnte durchaus noch eine Weile hierbleiben. Sie wartete einfach unbeeindruckt auf Lisas Rückkehr aus deren Urlaub. Wenigstens dieses Leben mit ihr wollte sie nicht missen.

Und nach meinem Urlaub, in dem ich auf zauberhafte Art bei einem kleinen Flirt mit einem griechisch-kanadischen jungen Mann erneut meine Unfähigkeit bemerkte mich zu öffnen, meldete ich mich wieder bei dem Suchdienst. Ich solle mich weitere 6 Wochen gedulden und nicht nachfragen. Sie würden sich selbst melden. Ich malte mir aus, was Erney sagen würde. Versuchte mich vor mir selbst für diese Grenzverletzung zu rechtfertigen, indem ich ihm einen Brief für die erste Kontaktaufnahme des Suchdienstes schrieb, der alles erklären würde. Ich wollte doch einfach nur Abschied nehmen. Zur Übergabe kam es aber nicht. Nein, gefunden hatten sie ihn auch noch nicht. Er rief einfach an. Nach über einem halben Jahr. Hatte er es gespürt?

Ich gestand ihm meine Suche. Er war überrascht und leicht beunruhigt, versprach mir aber, eine Emailadresse einzurichten. Ich spürte, dass er es nicht gut fand. Seine Angst, sein Familienleben zu gefährden. Ich versprach ihm die Suche abzubrechen. Daraufhin war er beruhigt.

Er fragte nach meinem Liebesleben. „Nichts Ernstes, es geht nicht", gab ich ihm zur Antwort. Er entschuldigte sich, spürte er doch, dass es wohl mit ihm zu tun haben musste. „Du brauchst dich nicht zu entschuldigen! Du konntest doch nicht ahnen, dass ich mich so in dich verlieben würde", beschwichtigte ich ihn. „Wer spricht denn hier von Verlieben?! Wir hatten einfach nur total geilen Sex!", beschwichtigte er. Redete er hier sich oder mich glücklich? Warum rief er an?

Ich liess es so stehen. Doch der Wunsch nach einem innerlichen Punkt war immer noch da. Vielleicht könnte ich Erney mal so ganz nebenbei treffen? Wenn ich dort Urlaub machte? War es wirklich richtig, ihn noch einmal zu sehen?

Den Sommer verbrachte ich zuhause. Auch den Urlaub mit meinen Kindern. Es war ruhig um mich geworden. Lediglich meine Weiterbildung hielt mich ein wenig auf Trab. Ich lernte viel mit meinen neuen Schulfreunden und Steffi. Alles war relativ emotionslos geworden. Keine spürbaren Aufs und Abs. Beruhigend. Das war es doch gewesen, was ich gewollt hatte oder? Ruhe. Ich hatte den Schmerz integriert. Und spürbar kam eine neue Lisa hervor. Vielleicht etwas reifer. Manchmal verspürte ich wieder den Drang zu schreiben. Und so auch diesmal.

Sonne. Ich geniesse sie gerade. Sitze auf Svens Bett, das Fenster offen. Und schreibe. Warum geht es mir so gut? Eine merkwürdige Frage. Aber indem ich sie mir stelle, wird mir bewusst, wie beschissen es mir die letzten Jahre ging. Immer auf der Suche nach mir selber, scheine ich jetzt am Ziel zu sein. Doch ich kenne die Gefahr. Sollte mir wieder einmal ein Mann über den Weg laufen, in den ich mich verliebe, wird sich zeigen, wie viel meine ganze Arbeit an mir selber wert war.

Ich sehe diese wunderschönen Blumen, fühle Musik, geniesse die Sonne. Sehe meine Kinder. Mir wird warm ums Herz. Mit etwas Wehmut angereichert. Wie schnell die Zeit vergeht! Wie wenig habe ich behalten!
Kathi fragt mich oft: „Wie war ich als Baby? War ich auch so anstrengend?" oder „habe ich viel geredet?" Grob kann ich ihr antworten. Aber ich weiss nicht mehr, ob sie

viel oder wenig weggeworfen, angebissen oder versteckt hat. Diese Erinnerungen scheinen mir plötzlich wertvoll. Doch sorglos habe ich sie in der Vergangenheit verdrängt. Nicht wichtig. Und heute? Auch heute werde ich diese Kleinigkeiten vergessen. Wie ist Sven in der Pubertät? Ich werde wahrscheinlich nur aussagen können, dass er umgänglich war. Im Gegensatz zu Kathi, die mit ihren 10 Jahren jetzt schon so zickig ist, wie ich es mit 15 war. Aber Details? Man sollte alles aufschreiben. Denn was geschrieben steht, vergisst man nicht.

Wenn ich alte Geschichten aus den ersten Jahren der Kinder vorlese, so ist es als wären dies ins Gehirn gemeisselte Tatsachen. Tatsachen, die mir später als 100%ig wieder erzählt werden. Echt. Wirklich? Beschönige ich nicht so manches? Aber wer ist Richter, wenn nicht ich?

Die Dinge, die mich selbst betrafen, habe ich nie beschönigt. Meine Tagebücher sind voll von Selbstkritik und Ursachenforschung.

Die Grosse Frage WARUM.

Die grösste die es gibt. Eine Frage, die höchste Befriedigung in sich birgt, bei deren Lösung. Eine Frage, die zur Verzweiflung führt, bei keiner Antwort. Eine Lieblingsfrage von Kindern.

Einige brennende Warums habe ich für mich beantwortet. Nach meiner Erfahrung. Nach meiner Beobachtung. Rein subjektiv, doch in sich immer schlüssig. Bin ich doch mein grösster Richter.

Das Problem: Je mehr logische Beobachtungen, desto grösser das Puzzle. Bis hin zu einer Grösse, die wir nicht mehr überschauen können. Und hilflos geben wir auf. Denken, nichts wirklich verstanden zu haben. Von den grossen Zusammenhängen des Lebens.

Doch Zufälle? Keine Beweise. Dies sind nicht beantwortbare Fragen nach dem Warum.

Jeder ein eigenes Universum. Mit seiner eigenen Wahrnehmung. Seiner Wahrheit. Alles parallel und doch nicht gleich.

Und doch. So viele gleiche Wahrnehmungen. Ist das Beweis genug? Wir nennen es Glauben, wenn die Beweislage unzureichend ist.
Und nach dem Loslassen der Frage und Hinnehmen des fantastischen, unlösbaren, grossen Puzzles erscheint der Glaube an ein übergeordnetes Muster. Es muss so sein, denn wir wissen, dass es Parallelen gibt. Nicht nur horizontale sondern auch vertikale. Nicht nur räumliche, sondern auch zeitliche. Und wir wissen, dass es eine Abhängigkeit von Positiv und Negativ gibt. Yin-Yang, Hochs und Tiefs, Schwarz und Weiss. Muster, die bestehen, aber nicht direkt sichtbar sind. Weil wir Teil davon sind. Doch sind sie spürbar. Wenn man sie beobachtet und Kausalitäten herstellt. Zwischen sich selbst und seinem Umfeld. Aber je genauer wir werden, desto verwirrender scheint alles. Wir greifen nach der Lösung und haben tausend neue Fassetten in der Hand.

Gut und Böse. Gibt es das? Gerade hier beschert uns das Warum eine detailliertere Sichtweise. Verständnis. Grautöne. Nichts ist wirklich gut. Nichts böse. Es gibt nur böse Taten. Und gute. Doch die guten sind selten uneigennützig und die bösen nie ohne Grund. Je älter ich werde, desto mehr Grautöne. Schwarz und Weiss verblasst. Ich möchte weiss sein. Vielleicht heilig? Vielleicht das, was mir als Kind von der Kirche eingeimpft wurde? Heute weiss ich, dass es nie wirklich heilige Menschen gab. Oft wurden Märtyrer heilig gesprochen. Oder solche, bei denen die Kirche einen politischen Nutzen daraus ziehen konnte. Aber meine Sehnsucht blieb.

Das heilige Feuer. Brennt von innen. Niemals konstant. Es ist die Liebe. Nicht das, was die meisten Menschen dafür halten.

Die, die einen Menschen seelisch töten kann und hebt, bis in den Himmel. Dort im Himmel habe ich sie gespürt. Und das Feuer, das läutert. Und von dort bin ich wieder hinunter gefallen. In meine Unzulänglichkeit und Feigheit. Tief verletzt suche ich Heil im Rückzug von meinen Mitmenschen. Niemand ist es mehr wert, zu meinem Inneren vorzudringen.

Doch je mehr ich mich schütze, desto sicherer gehe ich mit dieser neuen Schale um. Sie ist dick geworden. Ich muss niemanden mehr so weit hineinlassen. Nicht wie früher. Früher war ich nicht wirklich gefährdet. Denn die Liebe kam nie mit. Heute dient die neue Schale zum Schutz vor der Liebe. Und die Sehnsucht stirbt. Stattdessen sehe ich die Sonne, das Lächeln der Menschen – ich lächle zurück -, meine Kinder, die Blumen...

Ich liebe das Leben mehr als zuvor. Breitet sich die Liebe nun von innen aus?

Liebe ist der Beweis von etwas grossem. Losgelöst vom irdischen, vom Körper. Übergeordnet. Und sie ist weiss!

Könnte man Energie sehen, würden wir auch Muster erkennen. Komplex, ähnlich der Chaostheorie, aber mit der Zeit verständlich. Die menschliche Folge der Sichtbarkeit wäre der Wunsch nach Kontrolle. Jeder Schritt würde dann dem Muster untergeordnet. Mit dem einzigen Ziel: Das beste für jeden. Doch damit würde sich das „alte" Muster auflösen. Das Beste für die Menschen hätte das schlechteste für „WEN" zur Folge? Oder haben wir das schlechteste schon hinter uns? Wenn die Muster sich auflösen, kann nur die Liebe übrigbleiben. Das ist das Beste. Hass hatten wir bereits zur Genüge. Und diese Phase wäre vielleicht der zeitliche Spiegel in seiner Gesamtheit zur Vergangenheit. Wann überqueren wir die Achse? Muss noch mehr passieren? Ein letzter vernichtender Weltkrieg? Trennung von Spreu und Weizen? Es wäre logisch. Logisch wäre aber auch das ausgleichende Leben nach dem Tod. Aber was, wenn man ein schönes irdisches Leben hatte? Vergangenheit – Zukunft, mehrere Leben, Tod... Dies alles ist als Spiegel möglich. Vielleicht kreuz und quer.

Ich suche mal wieder im grossen Puzzle herum. Keine Chance, es zu überblicken.
Aber ich glaube.

Lucia konnte es nicht fassen. Was schrieb Lisa da? So nah an ihr dran? Hatte Lucia durch ihre blosse Gegenwart diesen Blick ermöglicht? Lisa musste sie spüren. Die einzige Erklärung. Und Lisa hatte auch das Licht damals gespürt. Und hier auf dem Papier erkannte Lucia schwarz auf weiss, dass Lisa weit mehr erkannt hatte, als Lucia ihr zugetraut hatte. Doch war auch klar geworden, dass das wirkliche Zulassen des Schmerzes noch weit entfernt, die eigentliche Erfüllung noch nicht möglich war. Die erneute Mauer hielt Lisa zurück. Der Schutz vor neuen Verletzungen. Diese Mauer hatte auch sie, Lucia, in ihrem Leben

gehabt. Dieselbe Liebe von innen heraus. Für alle Men-
schen, die Natur, die Kinder im Besonderen. Aber niemals
so tief, dass man sich verlieren konnte.

Im September traf ich Manfred wieder. Steffi hatte mich
in eine Salsa-Bar „entführt". Die Musik erzeugte bei mir
eine ausgelassene Stimmung. Ich tanzte mit ihm und war
überrascht, wie gut man sich mit ihm amüsieren konnte
und wie viel Interessantes er zu erzählen hatte. Als es um
das Verabschieden ging, vermied ich eine festere Verabredung. „Wir sehen uns bestimmt mal wieder", gab ich
ihm vage mit. „Ja, ich würde mich sehr freuen", kam die
ehrlich gemeinte Antwort. Als ich draussen war, meinte
Steffi, wir hätten ja sehr harmonisch ausgesehen. „Wäre
er nicht was für dich?" „Nein, kann gar nicht sein! Er ist
nett, aber bestimmt nicht mein Typ!" Ich wehrte mich.
Nicht nur gegen Steffis Verkupplungsversuche, sondern
auch gegen mein Gefühl, das sich ganz leicht bemerkbar
machte: Er reizte mich. Es tat gut, gewollt zu werden. Die
Monate vergingen, das Bild verblasste - ich war im Prü-
fungsstress.

Ausserdem meldete sich Erney jetzt öfter. Fast einmal im
Monat. Aber inhaltlich sehr verhalten. Wissend, dass er
sich für seinen Familienweg entschieden hat und nicht
heraus kann und spürend, dass wir uns immer noch anziehen, immer noch diese Verbindung ist, die nach Erfüllung schreit. Kanada-Träume befielen mich regelmässig.
Ich plante ernsthaft einen dreiwöchigen Urlaub in Kanada, in allen Details. Und klammerte mich daran fest:

>**From:** Schumacher.l@freenet.de
>**To:** erndog09@hotmail.com
>**Subject:** Some news from Germany
>**Date:** Sat, 22 Oct 2005 18:26:09 +0200

Hi Erney!

Ich hoffe, dass es nicht zulange dauert, bis deine Internet-verbindung wieder steht und du diese Email vor nächstem Jahr noch liest ☺. Ich fühle mich heute so glücklich und frei, dass ich dir einfach schreiben muss. Einfach so. Denn heute habe ich endlich meine Prüfung hinter mich gebracht. Es gab dieses Jahr soviel zu lernen und ausserdem hatte ich gerade in diesen 12 Monaten dermassen viel auf der Arbeit zu tun (manchmal 10 Stunden am Tag – ich weiss, das ist wenig für dich ☺) meine Kinder brauchten mehr und mehr Unterstützung in der Schule, meine Freunde aus der Schule benötigten teilweise etwas Hilfe, so dass ich irgendwann wirklich nicht mehr wollte... Ich wünschte mir teilweise, mir einfach nur eine Decke über den Kopf zu ziehen und nichts mehr zu sehen. Und jetzt... Es fühlt sich an wie wenn nach einem lang anhaltenden Gewitter endlich wieder die Sonne scheint. Jim, mein Englischlehrer hat mir sogar eine 1 als Note gegeben. Darüber bin ich sehr stolz. Die anderen Noten kenne ich noch nicht, aber sie werden wohl nicht so schlecht sein. Also werde ich heute eine Menge mit meinen Schulfreunden feiern! Und es gibt noch mehr zu erzählen: Kannst du dich an Erwin erinnern? Der Kollege von mir, mit dem ich kurz zusammen war und von dem ich dir damals erzählt hatte? Er ist verschwunden. Niemand weiss, wo er abgeblieben ist. Nicht einmal sein Bruder, der mit ihm zusammenlebt. Er hatte eine Woche Urlaub genommen – per SMS, sehr ungewöhnlich! – und kam danach einfach nicht mehr zur Arbeit. Dann suchte die Polizei nach ihm und fand schliesslich heraus, dass sehr hohe Beträge von seinem Konto abgebucht wurden. Sie denken jetzt, dass er vielleicht erpresst wurde, aber ich glaube, dass er immer mehr Kokain genommen hat und jetzt ist er irgendwo in Südamerika – total stoned (so sagen wir dafür). Ich wollte dich übrigens noch über meine Pläne informieren, einmal nach Kanada zu kommen. Ich habe mir eine Rundreise über Toronto/Quebec herausgesucht und wirklich nette Bed & Breakfast Unterkünfte gefunden. Ich würde zwei Wochen herumreisen und die dritte Woche in einem B&B in deiner Nähe verbringen (45 Minuten von dir entfernt). Es heisst Sunset Bai und die Beschreibung hört sich wunderschön an, so dass ich nicht zu sehr leiden würde, wenn du nicht kommen könntest (ich hasse Warten). Ich werde allerdings noch nicht buchen, da mich die Reise ca. 4 – 5.000 € kosten würde. Der Flug 2.100 € (für drei Personen).Wenn ich jetzt schon buchen würde, könnte ich zwar einen günstigeren Flug bekommen, aber es könnte dann sein, dass die B&B dann ausgebucht sind. Es ist kompliziert, wenn man alles selbst bucht. Aber ich werde wohl bis nächstes Jahr damit warten, und dann meine finanziellen Möglichkeiten erst mal überprüfen. Feierst du übrigens deinen Geburtstag? Du wirst 30! Du kannst mir ja erzählen, wie es war. Und wenn du mir eine Adresse schickst (vielleicht die eines Freundes oder ich könnte einen männlichen Namen als Absender angeben), bekommst du auch noch ein deutsches Geburtstagsgeschenk.

Pass auf dich auf!

Lisa

PS

>I hope you don't mind me doing surgery with a screwdriver and a hammer :-)I

>am too lazy today to look at my dictionary.

Wie immer, antwortete er mir nichtssagend. Ich traf Manfred zufällig wieder. Wieder in der Salsa-Bar, wo Steffi und ich unsere neue Freiheit ohne Schule feierten. Diesmal war ich wortkarg, da eine gewisse Erwartung in der Luft lag. Ich wehrte mich dagegen und Manfred reagierte neutral. Er unterhielt sich kaum mit mir, nur soviel, dass ich kein Desinteresse hineininterpretieren konnte. Ich war beruhigt. Diesmal gab ich ihm zum Abschied meine Email-Adresse mit und Steffi feixte: „Er wird sich spätestens nächste Woche bei dir melden." Sie sollte Unrecht haben. Ich wartete aber auch nicht darauf. Als er sich nach immerhin zwei Wochen doch einmal meldete und mich nach einem Treffen fragte, liess ich mich ganz vorsichtig darauf ein. Weihnachtsmarkt! Wir tasteten uns vor: „Ich habe Kinder ..." „Ich bin mit meiner Exfreundin noch befreundet..." Nach diesem Treffen entschied ich erneut: Er ist es nicht und wird es nie werden! Wir trafen uns wieder. Das Gespräch wurde persönlicher, selbstkritischer. Ich wurde neugierig. Er ist doch ein ziemlich interessanter Mann! Etwas schien zu wachsen. Lisa! Du hast doch nichts zu verlieren! Deine Erney-Träume kannst du doch behalten!

Dezember 2005. Tagebuch:
Der Deckel der Weiterbildung ist gerade weggebrochen. Habe jetzt 18 Monate emotionale Kälte hinter mir. War nicht bereit, irgendeinen Menschen wirklich an mich heranzulassen. Dieser Zustand scheint anziehend zu sein – für viele interessante (männliche) Angebote, die mich kalt liessen. Aber jetzt habe ich wieder Zeit für mich. Und Sehnsucht nach Nähe.
Nach einem Versuch, über das Internet jemanden kennen zu lernen, musste ich mir eingestehen, dass es immer noch so ist. Nicht irgendwen!
Schaue ich einen erotischen Film an, der mit Sehnsucht und Leidenschaft zu tun hat, habe ich immer umgeschaltet. Gestern nicht. Der Film hiess „Untreu". Gefühle kommen hoch wie vor einem Jahr. Verzehrende Sehnsucht

nach Erney. Nach seiner leidenschaftlichen Umarmung.
Seinen Berührungen. Nach diesem besonderen Funken!
Emotionale Kälte hilft. Wie ein Mantel, der alles zudeckt.
Ich bin dabei, ihn abzustreifen. Langsam und vorsichtig
schaue ich mich wieder um. Nach einem besonderen
Menschen. Nach Wärme.
Ach Erney! Warum haben wir uns so sehr ineinander ver-
loren, dass wir uns besetzen? Ein Stück des Herzens blo-
ckiert ist? So lange schon!
Ganz vorsichtig habe ich jemand an mich herangelassen.
Manfred. Zwilling wie Erwin. Katze wie Erney.

Im Dezember wurde es ernst. Ich signalisierte mehr Interesse. Und... wir landeten das erste Mal im Bett. Er war
behutsam, genau richtig! Ich verbarg meine Angst, dass
ich meine Sexualität verloren haben könnte. Sie war be-
rechtigt, denn ich hatte keinen Spass am Sex. Immer
noch nicht. Schon der zweite Versuch seit Erney. War ich
immer noch so zu? Aber ich hatte das Gefühl, Manfred
ist wirklich an mir interessiert. Und ich war es an ihm.
Also beliess ich es nicht bei einem Versuch... Und voller
Optimismus begab ich mich auf einen vorsichtigen Weg
in eine neue Zweisamkeit, wie auch immer sie aussehen
würde. Das Gegenüber wertschätzend und frei, aber auf
mich aufpassend.

Trotzdem klopfte ich in den nächsten Gesprächen mit Erney ab, wie wir uns wiedersehen könnten, ohne dass er
in Schwierigkeiten kommen würde. Ja, er wolle mir zu
gerne auch seine Welt einmal zeigen.
Und je näher ich Manfred kam, desto grösser wurde die
Sehnsucht   nach   der   Intensität   mit   Erney.
Ich musste eine Entscheidung fällen.

Übersetzung:

Lieber Erney,

Heute werde ich ehrlich zu dir sein (und zu mir). Ich habe im Sommer nach dir gesucht, weil ich mir so sehr gewünscht hatte, von dir Abschied nehmen zu können. Ich hatte gehofft, ein Ende zu finden, indem ich sehen und fühlen würde, dass du glücklich bist mit deiner kleinen Familie.

Und Abschied zu nehmen, war sehr wichtig für mich, da ich in meinen Gefühlen blockiert war. Emotional erfroren. Es hatte keiner eine Chance, an mich heranzukommen. Aber ich wollte doch wieder fühlen! Ich hätte nie geglaubt, dass ich jemals so stark fühlen würde, wie ich für dich fühlte und vielleicht immer noch fühle. Und, obwohl du sagtest, dass es nur wundervoller Sex gewesen wäre, war es viel mehr für mich.

Mittlerweile habe ich einen Freund. Es hat gerade angefangen. Er ist geduldig und gibt mir Zeit. Ich fühle Wärme und es fühlt sich gut an. Also noch ein Grund, von dir Abschied zu nehmen. Deswegen habe ich dir auch angekündigt, dass ich dich vielleicht ganz spontan besuchen komme. Aber als ich mir jetzt versucht habe vorzustellen, wie es sein würde, dich wiederzusehen, musste ich mir eingestehen, dass ich immer noch Sehnsucht nach deiner Nähe haben könnte. Und wer weiss, vielleicht würde es dir genauso gehen. Resultat: Wir würden beide wieder leiden und es wäre kein Abschied sondern ein Neubeginn. Und eine Gefährdung unserer Beziehungen.

Also, was ich eigentlich sagen möchte, ist: Ich möchte dich wiedersehen. Aber erst, wenn wir beide frei sein werden und offen für alles (wenn ich alt und voller Falten sein werde). Wenn du in der Lage sein wirst, mir dein Kanada zu zeigen, ohne Angst, mit mir gesehen zu werden. Vielleicht ist das erst in 20 Jahren und vielleicht werden wir auch nichts mehr füreinander fühlen. Aber dieser Weg ist sicherlich besser als der, den ich gehen wollte. Ich bin immer zu ungeduldig.

Trotzdem möchte ich von dir hören. Aber ich werde jetzt mit Träumen aufhören. Versprochen.

Lisa

Im Januar antwortete mir Erney.

Übersetzung:

-----Ursprüngliche Nachricht-----
Von: Ernie Tiesen [mailto:erndog09@hotmail.com]
Gesendet: Sonntag, 22. Januar 2006 04:45
An: Schumacher.l@freenet.de
Betreff: RE: Viele Grüsse

Zuerst einmal möchte ich dir für deine Nachricht danken. Ich glaube fast, du kannst in mir lesen, wie ein Buch.

Ich habe dir übrigens nicht erzählt, dass ich letzten Sommer geheiratet habe. Ich weiss, ich hätte es tun sollen, aber ich wollte unsere Unterhaltung nicht belasten. Du hast jetzt gesagt, was zu sagen war. Danke, dass du es ausgesprochen hast, was ich nicht wollte. Ich fühle mich jetzt viel besser, da ich spüre, dass du vorwärts gehst. Es war einfach nicht fair, nicht ein Teil deines Lebens sein zu können. Ich bin froh, dass du jemanden gefunden hast, der dir Wärme und Tiefe gibt. Ich denke, dass du alle diese Grossartigkeiten verdient hast, die eine Beziehung bieten kann. Leider war es mir nur kurz möglich, dir das zu bieten.

Wir beendeten unsere Beziehung sehr positiv, was sehr ungewöhnlich ist. Ich denke an unsere Beziehung wie an den Sonnenuntergang am Strand von Belgien. Ich werde mich immer daran erinnern.

Pass auf dich auf. Ich bleibe in Kontakt

Drucki

Erney

Ich liess es so stehen. Erney hatte sich geoutet: Er fühlte nach wie vor genauso wie ich. Das gab mir Trost und Hoffnung. Ohne Klammern! Wir würden uns wiedersehen, und wenn erst in zwanzig Jahren, es wäre auch in Ordnung!

Bereits im Februar entdeckte ich: Ich hatte mal wieder jemanden zweckentfremdet! Manfred hatte mir den Abschied von Erney leichter gemacht. Mir geholfen, innerlich einen Punkt zu setzen. Und danach? Ich fing an, alles von ihm auf die Goldwaage zu legen, bemerkte zusehends sein Desinteresse an meiner Person, seinen Egozentrismus. Er fragte mich nie etwas. Erzählte nur von sich. Aber natürlich nicht, mit wem er das Wochenende verbracht hat. Denn das wäre ausserhalb unserer Vereinbarung gewesen: Erst einmal offiziell Single zu bleiben. Doch ich brauche das Gefühl, wichtig zu sein. Vertrautheit. Nach einem letzten Treffen, an dem wir wie ein altes, gelangweiltes Ehepaar zusammen fernsahen und er mich einmal kurz berührte, standardmässig nach Programm, verliess ich ihn fluchtartig. Flüchtete wieder in meine Geborgenheit gebende Einsamkeit und zog meine Fühler erneut ein. Es würde doch noch etwas dauern und ein passendes Gegenüber erfordern, bis ich endlich offen wäre für jemand neues. Aber selbst wenn ich für den Rest des Lebens alleine bleiben würde, ich wusste, ich kann es.

Nur ein kleiner Funke glühte in mir. Ein inneres Aufbegehren gegen diese trübe Sinnlosigkeit meines Daseins. Ich benötigte eine neue Aufgabe. Etwas, was mich mitzieht. Etwas, womit ich Dinge ändern konnte. Ich wollte wieder Feuer fangen. So wie damals mit dem Verein. Und etwas, womit ich Gleichgesinnte oder sogar Freunde treffen könnte. Also trat ich kurzerhand bei den Grünen ein. Nicht meine überzeugteste Wahl, aber besser als die anderen Alternativen. Und die Grünen waren einerseits bereits regierungserfahren, andererseits liessen sie aber noch neuen Wind zu. Vielleicht sogar neue Ideen. Die verkrusteten alten Parteien würden damit Schwierigkeiten haben. Der Ortsverband der Grünen war klein. Bestand nur aus 13 Mitgliedern. Und schon bald wurde ich zur Sprecherin gewählt. Es mangelte an potentiellen Amtsinhabern. Zu Anfang stürzte ich mich hinein. Bildete mich. Lernte die Strukturen kennen und die Möglichkeiten, wirklich mitzubestimmen. Und hatte mich natürlich dem Thema Familienpolitik verschrieben. Ich forderte die Mitglieder mit Brainstorming, erarbeitete mit ihnen neue Strategien. Initiierte die neue Öffentlichkeitsarbeit. Bastelte eine Homepage für uns. Und liebte es mehr und mehr offen zu diskutieren. Doch dann wurden die Termine mehr. Am Wochenende mal eine Fahrt von 200 km keine Seltenheit. Ich brauchte immer noch Ruhe. Meine Ressourcen schwanden so schnell dahin. Also schob ich meinen Job vor. „Ich kann leider nicht mitkommen. Ich habe im Moment soviel im Büro zu tun." Und merkte, dass ich mich mal wieder übernommen hatte. Und noch etwas: Mein Interesse, etwas in der Politik zu ändern, war schwach geworden, nachdem ich die politischen Strukturen kennenlernen durfte. Sie bedeuten langer Atem, lange Wege, viele Arbeitskreise, viel Zeit, mit dem Ergebnis einer sehr unwahrscheinlichen oder gar keiner Erfolgsaussicht, Menschen zu helfen. Den Grünen wollte ich eigentlich nicht helfen. Aber ich tat es. Dasselbe wie auf meiner Arbeit. Es befriedigte mich nicht, denn eigentlich brauchten diese nicht wirklich meine Hilfe. Einige der Mitglieder waren mir allerdings ans Herz gewachsen. Doch wie auch bei neuen Kollegen dauert es einfach, bis etwas wirklich wächst. Bis man die Deckung der beruflichen oder politischen Gemeinsamkeiten verlässt und sich auch persönlich öffnet. Ich war ungeduldig und gleichzeitig gleichgültig. Selbst nicht bereit zu dem, was ich von anderen erwartete. Vielleicht musste das so sein? Nette Menschen um sich herum, aber keine Möglichkeit geben, verletzt zu werden?

Lucia fühlte sich immer einsamer ohne ihre Freundinnen. War Lisas Leben ansteckend? Ab und zu reiste sie in der Gegend herum. Doch, je weiter sie sich von ihrem Haus entfernte, desto mehr schwanden wieder ihre Energien. Wie stark musste der kanadische Reisende gewesen sein? Er war noch jung gewesen. Vielleicht hatten junge Reisende einfach mehr Macht. Auf jeden Fall war er jetzt weg. Gott sei Dank. Nur, jetzt hatte Lucia nichts mehr zu tun. Sie langweilte sich. Und blieb so die meiste Zeit auf Lisas Fersen. Dort war zumindest etwas zu beobachten. Oder war ihre eigene Einsamkeit vielleicht auf Lisa übergesprungen?

Meine Gleichgültigkeit übertrug sich auch auf die Kinder. Sven verbrachte viel Zeit in seinem Zimmer. Mit seinen Kumpels, die ihn voll vereinnahmten. Ich war nur noch wichtig für das Essen und die Wäsche. Ach ja, das Taschengeld durfte ich nicht vergessen. Zunehmend engten mich seine Freunde ein. Ich konnte mich in meiner

Wohnung nicht mehr frei bewegen. Sonntags mal im Bademantel von der Badewanne in mein Zimmer? Pubertierende Jugendliche wollte ich nicht noch zum Lästern provozieren. Das Telefon war ständig blockiert. Massen an Chipstüten und Colaflaschen waren regelmässig zu entsorgen. Svens Zimmer sah immer aus wie eine Müllhalde. Und bei jeder Gelegenheit verlangte er nach Alkohol. Ab und zu erlaubte ich es. Solange es nur das war? Aber ich musste mir insgeheim eingestehen: Er gehörte nicht mehr zu meinem Leben und ich nicht mehr in seins. Und Kathi? Auch sie ging ihren eigenen Weg, trotz ihrer zarten 10 Jahre. Häufig bei ihren Freundinnen, ständig bei Papa. Und wenn sie da war, fernsehen.

Ich hatte nach Beendigung meiner Weiterbildung eine neue Stelle im Unternehmen angeboten bekommen. Und ich hatte für meinen alten Job noch keine Nachfolgerin. Also bekleidete ich eine Zeit lang zwei Jobs. Überstunden waren vorprogrammiert. Noch weniger Zeit für die Kinder. Im Februar eröffnete mir Volker, dass er jetzt, nachdem er mit seiner Freundin endlich das neue Haus umgebaut hatte, Kathi zu sich nehmen würde. Was hatte ich dem entgegenzusetzen? Was hatte Kathi dem entgegenzusetzen? Ich konnte ihr nicht viel bieten. Nachmittags mal zum Sport fahren? Aussichtslos. Sie abends noch bei ihren Hausaufgaben unterstützen? Es lief immer auf Streit hinaus. Sie vom Fernsehen abhalten? Ich hätte die Lücke mit Aktionen schliessen müssen. Nicht genug Kraft. Es würde ihr bei Volker wesentlich besser gehen. Ein Haus. Natur. Zwei Menschen, die sich um sie kümmern würden. Ich gab nach. Kathi fügte sich. Sie war sowieso gerne bei ihrem Papa. Und Mama war ja immer noch da. Sie hinterliess ein Loch, das ich mit noch mehr Arbeit kompensierte. Und es traf mich mehr, als ich mir eingestand.

‚Sie vegetiert nur noch so dahin', dachte Lucia bei sich. Da ist kein Leben mehr. Nur noch funktionieren. Die Mauer musste wieder dünner werden. Leben hineinlassen. Auch mit dem Risiko verletzt zu werden. Das, was sie selbst ihr ganzes Leben gelebt hatte, war für Lisa keine Lösung. Das Zölibat konnte nur funktionieren, wenn auf anderer Ebene eine gewisse Befriedigung stattfand. Zum Beispiel durch Helfen. Aber wem half Lisa? Einem Unternehmen, noch mehr rauszuholen? Den Grünen? Nicht wirklich befriedigend.

Dafür wurde der nächste Urlaub umso wichtiger. Ein Urlaub in Italien auf einem Bauernhof. Zwei Wochen Zeit für die Kinder. Und glücklich, ihnen dieses Abschiedsgeschenk zu machen. Denn ich spürte, dass Sven nun mit fast 16 bald nicht mehr mitfahren würde.

Ich sammelte also meine ganze Kraft und mein Organisationstalent und fuhr das erste Mal alleine zwei Wochen mit ihnen weg. Auch jetzt war die Angst vor Einsamkeit auf ein Minimum reduziert. Ich würde einsam sein, na und? Ja, alleine mit den Kindern, ohne einen Partner oder die liebe gute alte Karin. Ich war die Gebende, aber niemals die Nehmende. Das Gefühl, von den Kindern geliebt zu werden, als Gegenleistung, ging doch immer im Alltag unter.

In dem wunderschönen Bungalow lebten wir uns schnell ein. Und fanden Anschluss bei deutschen und Schweizer Familien, die dort ebenfalls ihren Urlaub verbrachten. Ich war beliebt, wurde öfter mal mitgenommen. Und der italienische Besitzer, der mit einer deutschen Frau verheiratet war, stellte mir bereits nach zwei Tagen nach. Es liess mich kalt. Ich kam mir vor wie ein Beobachter. Mein Herz war immer noch nicht dabei. Aber die Lebensfreude, die italienische Atmosphäre bezauberten mich. Und hinterliess eine Sehnsucht danach wiederzukommen. ‚Wollte ich wieder offener werden?', fragte ich mich irgendwann. Wann berührt mich ein Mensch wirklich? Mögen war kein Problem. Aber sie wieder verlieren genauso wenig.

Ein klein wenig nachdenklich reiste ich mit den Kindern wieder zurück. Aber schon bald verschwanden meine Bedenken und ich verlor mich wieder in der Ereignislosigkeit des Alltags.

Irgendwann im Februar 2007 schrieb ich seit langem wieder in mein Tagebuch. Es gab ja auch nicht wirklich etwas zu schreiben. Aber diesmal hatte ich das Bedürfnis dazu.

Ich lebe nicht. Gestern, als ich gerade eingeschlafen war, wachte ich wieder auf, starrte auf die Lichtflecke, die der Mond an die Wand projizierte, und wusste es im selben Moment. Wo war es hin? Ich musste etwas ändern. Ich bin doch gerade erst 40. Wenn ich Glück habe – Halbzeit. Glück? Ist es Glück 80 zu werden und nicht gelebt zu haben?

In dieser Nacht entschloss ich mich etwas zu ändern. Den nächsten Tag, es war ein Sonntag, verbrachte ich damit herauszufinden, warum ich nicht lebe. Und ich nahm die ersten Strategien in Angriff: Ich bewarb mich in Berlin – auf die nächstbeste Stelle. Ausserdem besichtigte ich ein Grundstück in der Nähe, das sich nicht nur als sehr beschaulich herausstellte (direkt neben einem Bachlauf), sondern dessen Besitzer auch noch nette Gesprächspartner waren, bei denen ich spürte, dass ich etwas hinterliess – einen kleinen Funken Leben. Anschliessend fuhr ich Jenny besuchen, die gerade mit ihrem Freund in ihr eigenes kleines Holzhäuschen gezogen war. Ein Nachbargrundstück war auch noch frei – für runde 50.000,- €. Sollte ich? Der Gedanke in Jennys Nähe zu wohnen gefiel mir. Ich wäre dann nicht mehr so einsam, hätte, wann immer ich wollte, eine nette Gesprächspartnerin – selbst zum Philosophieren, wenn mir danach wäre. Gut, ihr Freund, bzw. der Zustand, wenn beide zusammen waren, sagte mir nicht so zu, denn die gegenseitigen Sticheleien waren mir oft zu viel. Aber es war ja schon viel besser geworden. Ich kenne die Beziehung schon seit Anfang an – mit allen Aufs und Abs. Sie boten mir nach einem ausgiebigen Spaziergang noch ein gemeinsames Mittagessen an, doch mich trieben das schöne Wetter und eine innere Unruhe weg von ihnen. Vielleicht wollte ich auch nur für mich sein.

Ich fuhr nach Hause, in Gedanken schon vor der Klotze mit einem leckeren Auflauf, den ich aus den Resten von gestern zaubern wollte. Als ich eintrat sah ich sofort, dass meine Kinder noch da waren. „Kathi, was macht ihr denn noch hier!" Sven brummte aus meinem Bett heraus: „Er wollte uns um 3 Uhr abholen – und er ist immer noch nicht da." Schnell schaltete ich um. „Wollt ihr denn mitessen?" „Was gibt es denn?" brummte der Grosse schon wieder. „Die Reste von Gestern." „Nee – dann nicht." „Sven, lass dich doch einfach erst mal überraschen, wie es wird!" „Na gut, vielleicht ess ich mit." Ich ging in die Küche und ärgerte mich erneut, als ich die Waschmaschine sah. Gestern gebraucht gekauft – bei der ersten Wäsche schon kaputt. Jetzt musste ich doch eine neue kaufen. Schon wieder 400,- €. Hört das denn nie auf? Kann ich nicht einfach mal viel Geld haben? Doch eigentlich hatte ich viel. Für meine Verhältnisse. Nicht für die anderer – wo auch immer sie standen. Ich hatte gelernt, dass ich für normale Arbeiter und Angestellte wahrscheinlich viel verdiene. Mit dem Unterhalt für Sven und dem Kindergeld wohl sogar ein kleines Vermögen. Aber wie machten die anderen das? Sie haben ein Haus, ein Auto, ein Boot ☺. Mir wird schon schlecht, wenn ich daran denke, dass ich jetzt langsam – also eigentlich schon etwas schneller – an meine Rente denken müsste. Wenn ich noch aufholen wollte, müsste ich rund 300,- € jeden Monat investieren. So oder so. Aber wenn schon, dann würde ich gerne ein kleines Häuschen haben. Nur – dann müsste ich jetzt fast die Hälfte meines Gehaltes für ein Haus ausgeben, wenn ich im Alter einen eigenen Wohnsitz ohne Mietzahlung haben wollte. Und das macht mir Druck. Dann könnte ich ja noch weniger leben, oder? Lebe ich jetzt? Ich habe einen Spruch gelesen, der mir zu denken gibt (von wegen Geld macht nicht glücklich...) Weltliche Reichtümer sind notwendig, um sich den gedanklichen Reichtümern widmen zu können. Die Bedürfnispyramide besagt: Eine Stufe nach der anderen – zuerst möchte man die Grundbedürfnisse, wie Ernährung, Schlafen, Sex befriedigen. Dann kommt das Bedürfnis nach Sicherheit und als nächstes die sozialen Kontakte. Und schliesslich ganz oben das Bedürfnis nach Selbstverwirklichung. Ich stecke immer noch zwischen der ersten und zweiten fest.

Ich werde wohl mein ganzes Leben den ganzen Tag arbeiten müssen und nie Zeit haben, mich wirklich mit dem Leben zu befassen. Und in den kleinen Oasen, Lichtblicken oder ähnlichem verplempere ich die kostbare Zeit, indem ich mich vor die Klotze hänge oder einfach nur penne. Ich verschlafe meine Freiräume. Wenn ich träume, dann ist alles bunt und voller Action. Manchmal habe ich auch wieder jemanden an meiner Seite. Dann komme ich noch schlechter aus meinem Bett und will überhaupt nicht mehr aufstehen. Ich lebe nicht. Alles ist so schwer. Ich befinde mich in einem Vakuum, selber ge-macht. Alles nach Plan. Die Kinder brauchen ihr gewohn-tes Umfeld, besonders nach einer Scheidung. Also blieb ich hier im Dorf. Wohne seitdem in einer Dreizimmer-wohnung. Gross genug. Gemütlich. Sogar mit einem Dachboden, auf dem man Feten feiern kann. Das war al-lerdings zu Zeiten als ich noch lebte. Wann und wo war ich gestorben? Ich habe kaum Freunde. OK, wenn man tot ist, ist das ja auch nicht ungewöhnlich. Ich habe mich von fast allen zurückgezogen, bis auf zwei Frauen aus dem Dorf und Karin, meine gute alte Seele. Verrückter-weise fühle ich mich oft noch einsamer durch sie. Mit Ka-rin kann ich nicht gut reden. Sie ist eher wie eine Mutter für mich, die sich kümmern möchte. Ursula und Beate sind beide verheiratet. Ursula sogar relativ glücklich. Bei Beate weiss ich es nicht so genau. Ich bin neidisch, ob-wohl ich mir das nie eingestehen würde. Dafür habe ich an Fastnacht mit Beates Mann stundenlang getanzt – kleine Revanche, dafür dass sie mit meinem Exmann durchbrennen wollte. Ein Recht habe ich darauf nicht, schliesslich war ich es, die damals Volker nicht mehr wollte. Und sie hatte erst kurz danach mit ihm angebän-delt – weil er ihre unerfüllte Jugendliebe gewesen war und sie nun endlich auf Wiedergutmachung gehofft hatte. Trotzdem. Besitzansprüche sind schon etwas Merkwürdiges.

Zurück zu meinem Leben, das nicht mehr existiert. Ich schaue auf den Auflauf. Er erfreut mich. Das Essen ist wichtiger geworden. Nicht nur der Genuss, sondern auch das gemeinsame Erlebnis mit meinen Kindern. Ich erlebe bewusster, als würde ich Abschied nehmen. Dabei ist es nur ein kleiner Windhauch in meinem Vakuum, der den Moment so gewichtig macht. Es schmeckt den Kindern und ich freue mich darüber. Kurz darauf steht Volker in der Tür. Ich erzähle ihm wie selbstverständlich von meiner Waschmaschine und ich bin im Nachhinein überrascht, dass wir uns normal unterhalten haben, sogar mit einem Lachen. Schnell hatte ich mich wieder zurückgezogen. Gefährlich! Warum eigentlich noch?

Endlich sind alle weg und ich hänge mich vor die Klotze. Letzte Nacht hatte ich 10 Stunden geschlafen. Trotzdem werde ich müde und dämmere ein. Am nächsten Morgen scheint draussen die Sonne, es ist wunderschön. Ich bleibe im Bett und verschlafe diesen herrlichen Tag. Nach dem Schlafen wandere ich ruhelos durch meine Wohnung. OK, die Spülmaschine räume ich noch aus und wieder ein. Aber ansonsten kommt nichts Produktives heraus. Ich setze mich mit dem Rest der Honigmelone und einem Kaffee auf die Couch. Jetzt fehlt mir meine Zigarette. Was hatte ich mir in mein Aufhör-Büchlein geschrieben? „Ich will leben und ich will frei sein." Rauchen und Schlafen – meine Narkotika. Ich bin 40! Ich möchte leben! Nur, wie fange ich das an?
Ich hatte mir immer gesagt, weglaufen bringt nichts. Woanders ist es nachher genauso wie hier. Ich muss hier etwas ändern. Das lähmt, wenn man nichts ändern kann. Ich kann mir keine neuen Freunde oder einen Partner aus dem Ärmel zaubern. Und anbiedern kann ich mich nicht. Das ist nicht mein Naturell – lieber versauere ich mutterseelenallein in meinem Bett und fange wieder an zu rauchen. Doch könnte es woanders nicht doch vielleicht besser sein? An manchen Orten sind die Menschen offener. Wie z. B. auch in Berlin.

7. Abschied

Jetzt im Januar zu meinem 40. war ich gerade dort gewesen. Meine Freundin Monika hatte ihren Umzug gefeiert und meinen Geburtstag gleich mit, vor dem ich hier geflüchtet war. Ich lernte auch einen Nachbarn von ihr kennen. Alois. Fast die ganze Nacht hatte ich mit ihm gequatscht. Über Gott und die Welt. Er mag um die 50 Jahre alt sein und redet sehr intellektuell – passend zur 68er Generation und der damaligen Studentenbewegung – und ist seit 1970 in Berlin. Jetzt arbeitet er im Jugendamt als Sozialpädagoge. Ich fand ihn damals sehr sympathisch und er hinterliess etwas bei mir, so dass ich ihm im Januar, bevor ich wieder nach Hause fuhr, noch einen Zettel mit meiner Email-Adresse in den Briefkasten gesteckt hatte. Und siehe da – er hatte sich kurz darauf auch gemeldet. Einsam wie ich bin, bin ich schon bei geringfügigem Interesse an meiner Person Feuer und Flamme! Das mit den Emails hin und her hatte aber nicht so recht klappen wollen. Also gab Monika ihm meine Telefonnummer und eines Abends rief er an. Ein nettes langes Gespräch, allerdings etwas langweilig.

Und natürlich ist er zu alt, zu weit weg, womöglich zu lethargisch und tanzen kann er auch nicht. Trotzdem spukte er drei Nächste in meinen Träumen herum. Jetzt nach drei Monaten denke ich immer noch ab und zu an ihn. Fast wie ein neues Leben. Auch mit Monika. Sie ist ein gewichtiger Teil meines Lebens. Gemeinsame Urlaube, gemeinsame Erlebnisse, Stundentelefonate. Mehr als alles andere – derzeit. Also doch Berlin?

Vielleicht muss ich erst mal wie ein Sandkorn in der Sanduhr ins Rutschen kommen, damit mein Leben wieder lebt? Hier in der Natur – ich höre vor meinem Fenster die Vögel zwitschern – in diesem beschaulichen Dorf pocht

mein eines Herz. Denn hier sind auch meine Kinder zufrieden. Ob glücklich, vermag ich nicht zu beurteilen, sie
kennen ja noch nichts anderes. Aber in Berlin pocht mein
anderes. Und eigentlich bin ich Sven auch Berlin schuldig
– seine Geburtsstadt. Sein Vater, seine Verwandten... Er
hat mit Recht Angst davor. All die Jahre kein Kontakt.
Aber es würde sich entwickeln, irgendwie.

Nur … Berlin ist doch gefährlich!!! Meine Kinder könnten
unter die Räder kommen. Ich kann sie nicht beschützen.
Auf der anderen Seite lernen sie nicht wirklich das Leben
kennen, wenn sie in ihrem beschaulichen Dorf bleiben.
Und ich lerne nicht, ihnen etwas zuzutrauen!

Ich werde wohl nach Berlin zurückgehen. Ich muss wieder leben!!!

Meine Cousine hatte mir in Berlin ein Buch zum Geburtstag geschenkt. Wintermärchen. Mystisch. Die Stadt New
York voller Zauber und Gräuel. Hell und Dunkel. Mut. Der
Hauptdarsteller: Peter Lake und ein Pferd. Ein Zauber-
pferd? Es beeinflusst mich und ich verliebe mich in die
Stadt. Nicht in New York, sondern in die vielen Sonnen-
und Schattenseiten einer Grossstadt. Chancen und Risiken. Und in den Hauptdarsteller.

Osterferien – wieder in Berlin
Jutta kommt uns abholen. Es ist Mittwoch und der zweite
Tag meines Urlaubs. Wir fahren weit – bis nach Treptow.
Günno, Juttas Freund und ehemaliges Bandmitglied von
Monikas Exfreund Robbi, hat diesen Abend organisiert,
denn hier in Treptow in einer Art Gemeindehaus spielen
die Gäste regelmässig einmal im Monat Harmonika. Und
Monika hat ein solches Instrument von ihrem Papa ge-
erbt. Vielleicht würde sie hier jemanden kennen lernen,
der ihr ein paar Tipps geben kann?

Die Atmosphäre fühlt sich an wie damals im ehemaligen Osten. Merkwürdig. Die Speisekarte ist kurz und handgeschrieben, aber Günno beteuert, dass nur die Hälfte darauf steht. So ist es auch, denn er bekommt Bratkartoffeln mit Spiegeleiern. Ich bestelle mein erstes Bier in diesem Jahr! Es schmeckt köstlich. Und die Musik ist auch OK. Günno erzählt uns alles, was er über die Spieler weiss. Einige von ihnen sind schon sehr betagt. Gegen Ende des Abends spielt ein Profi aus Polen, der leider nie auf die Füsse gefallen war, wie man erzählt. Er hatte diese Gemeinschaft kennen gelernt, weil er früher am Strassenrand gespielt hat – so fantastisch, dass er von einem der hiesigen Gemeindemitglieder angesprochen worden war. Und er ist bis heute dieser Gemeinschaft treu geblieben. Mir war bis heute gar nicht bewusst, dass man dieses Instrument so wunderbar virtuos spielen kann. Zum guten Schluss lernt Monika auch noch einen potentiellen Lehrmeister kennen, und zufrieden fahren wir so gegen Mitternacht zurück nach Steglitz.

Am nächsten Morgen laufen wir um 10 Uhr morgens los. Monika will mir heute Friedrichshain – das neue Kreuzberg – zeigen. Und anschliessend, wenn wir noch nicht zu müde sind, noch die Bergmannstrasse in Kreuzberg zum Vergleich. Welche würde mir wohl besser gefallen? Wir fahren mit der U-Bahn bis zur Schönhauser Allee und gehen den Rest zu fuss. Ich finde Friedrichshain nicht besonders ansprechend. Normale Berliner Strassen und jede freie Stelle an Häuserfassaden, Eingängen oder Fenstern irgendwie beschmiert. Allerdings ist es auch kalt und so sind die Strassencafés, die normalerweise eine schöne Atmosphäre zaubern, natürlich nicht offen. Ich erstehe in einem der vielen indischen Läden ein hübsches Tuch, das mich etwas warmhalten soll. Die Läden gefallen mir. Alles irgendwie unkonventionell. Bei dem

Inder kommt eine total „deutsch" aussehende und sprechende Frau, komplett in indische Kleidung gehüllt mit einem grossen Turban auf dem Kopf aus der Umkleidekabine. Ich als Wessi bemerke so jemanden noch erstaunt – natürlich ohne mir eine Blösse zu geben und sie anzustarren! Zur Bergmannstrasse laufen wir weiter zu fuss. Monika kommt aus dem Staunen nicht mehr heraus. Ich und laufen? Aber seit ich aufgehört habe zu rauchen, geniesse ich jede Bewegung – nicht nur weil ich sie jetzt brauche, um nicht wie ein Hefekloss auseinander zu gehen. Sondern auch als Ablenkung.

Alter Checkpoint Charly. Erinnerungen werden in mir wach. Wie lange ist es her, dass ich hier regelmässig in den Ostteil der Stadt gemusst hatte, um in der DDR Postbesorgungen für meinen damaligen Arbeitgeber zu erledigen. Als ich die Bilder des Mauerbaus betrachte, kommen mir die Tränen. Was für eine verrückte brutale Zeit wir überstanden haben. Überall sind Andenken zu kaufen. Alte russische Militärmützen, Mauerstücke – immer noch, Abzeichen... Endlich in der Bergmannstrasse angekommen stöbern wir erst noch in diversen Läden nach Büchern oder schönen Kleinigkeiten, bis wir endlich bei einem Irish Coffee in einem gemütlichen Café Rast machen. Mir fällt auf, dass bisher alle Bedienungen, Verkäufer und Verkäuferinnen total freundlich und herzlich sind. Tut das gut. Aber vielleicht hat es auch mit unserer Ausstrahlung zu tun – Urlaub! Monika und ich erzählen uns gegenseitig unseren Frust mit Männern. Wie sehr hat uns das gefehlt!

Sie wartet darauf, dass ein zwanzig Jahre älterer schon seit Jahren bekannter Freund sie endlich erhört. Er hat vor kurzem angefangen mit ihr zu flirten und als sie sich daraufhin verliebte, bekam er kalte Füsse und zog sich zurück. Und in diesem schwebenden Wartezustand mit viel Hoffnung und Verständnis wird frau ganz verrückt.

Ich versuche sie zu trösten und erzähle ihr im Gegenzug, wie schlimm es ist, niemanden zu haben an den man denken kann. Ich hänge in der Luft. Nichts bewegt sich. Perspektivlos. Doch wieder zurück nach Berlin, vielleicht, um die Bewegungslosigkeit zu überbrücken? Und was wird dann aus den Kindern? Wir drehen und wenden es mal wieder bis zum üblichen Ende: Die Kinder sind noch zu jung. Ich brauche Geduld. Vielleicht noch zwei Jahre? Ich hasse diesen Wartezustand. Schliesslich bezahlen wir und fahren mit der U-Bahn zurück zu Monika nach Steglitz. Im Hausflur entschliesse ich mich, kurz bei Alois zu klingeln. „Es wird langsam Zeit, meinst du nicht?" „Ja, er wartet bestimmt schon darauf." Vorgestern Abend, als ich angekommen war, hatte ich nur kurz durch die Gegensprechanlage mit ihm gesprochen. „Wir gehen jetzt Essen. Bis wann können wir dich danach denn noch stören?" „Naja, so bis halb 10." „Und morgen? Wann hast du morgen Zeit?" „So ab 18:00 Uhr" Monika war dazwischen gefahren: „Dann sind wir aber schon mit Jutta verabredet..." „Naja, Mal schauen." Natürlich war es an diesem Abend später geworden und nichts mit meinem Besuch bei ihm. Auch am nächsten Abend war er noch nicht zurück, als Jutta bereits kam. Jetzt ist er nicht da. Wahrscheinlich muss er auch heute länger arbeiten. Doch schon kurz darauf, wir sitzen gerade in Monikas Küche und schauen über den Hof, kommt er. Er sieht mich und winkt mir fröhlich zu. Ich mache die Tür auf und meine: „Ich war eben schon kurz oben und habe geklingelt. Möchtest du mit uns zusammen zum Thailänder Essen gehen?" „Äh, nein. Das Essen kann ich nicht mehr sehen." „Und danach, möchtest du ins Irish Pub kommen?", mischt sich Monika ein. „Das wäre OK. Um wie viel Uhr denn? So gegen 9? Schafft ihr das?" „Klar. Dann bis nachher."

Erleichtert über dieses ausstehende Treffen schliessen wir die Tür. Monika und ich gehen also zum Thailänder. Fantastisches Essen! Ich bestelle grünes Curry, schliesslich weiss ich seit meinem thailändischen Kochkurs im November letzten Jahres, wie es zu schmecken hat. Und abgesehen davon hat der Abend nostalgische Gründe, da Monika diejenige war, mit der ich das erste Mal in meinem Leben thailändisch gegessen habe. Natürlich verspäten wir uns zu unserer Verabredung. Alois wartet schon seit einer halben Stunde. Aber vorwurfsvoll ist er nicht. Wir plänkeln bis halb 1 bei anheimelnder irischer Atmosphäre herum, bis Monika vor Müdigkeit fast vom Stuhl fällt. Nachdem wir nach einem kleinen Fussmarsch zurück bei Monika ankommen und wir uns von ihrem Nachbarn verabschiedet haben, wobei Monika ihn noch gefragt hatte, ob er nicht Lust hätte, morgen mit nach Prieros mitzukommen, er jedoch verneinte – er bräuchte Zeit für sich -, sage ich zu ihr: „Ich habe noch nie einen so interessanten langweiligen Menschen kennen gelernt." „Wäre er nichts für dich?" „Nein." „Warum denn nicht?" „Weil er 1. nicht mit nach Prieros kommen möchte – also nicht wirklich Interesse an mir hat. Und 2. weil er nur sein Bier bezahlt hat und nicht unseres.", grinse ich.

Am nächsten Tag, nämlich Karfreitag, fahren wir allein Richtung Prieros zu Monikas Wochenendhaus und Garten. Eigentlich soll es ja schönes Wetter werden, aber trotz gelegentlichem Sonnenschein ist es immer noch kalt. Auf dem Weg dorthin fahren wir noch durch Zehlendorf bei Monikas Mutter vorbei. Einen Schaukelstuhl abholen. Endlich kann Monika etwas transportieren – schliesslich habe ich ein grosses Auto. Monikas Mutter überrascht uns mit einem Schokoladen-Osterei. „Braucht ihr noch Bücher?" Sie führt uns in das alte Zimmer von Monikas Papa, der vor einigen Wochen gestorben ist. Monika geht die Sachen mit ihr durch. Und so erstehe ich noch einen Autoatlas und jede Menge Strassenkarten. Voll bepackt verlassen wir sie wieder. Schnell, bevor Monikas Trauer wieder hochkommt.

In Prieros begutachten wir als erstes Monikas Garten. Oh Gott – wie viel hat sie noch zu tun. Das Haus ist kalt. Draussen ist kalt. Unentschlossen stehen wir herum. Soll Monika schon mit der Arbeit loslegen, wie es eigentlich geplant war? Wo soll ich mein Buch lesen, denn zum Helfen habe ich zu wenig Ahnung? Wir entscheiden uns bereits nach kurzer Zeit, doch wieder umzukehren. „Ich mache das alles nächste Woche." Sie hat noch eine weitere Woche Urlaub – im Gegensatz zu mir. So früh zurück überlegen wir, was wir nun mit uns anfangen können. Diesmal würden wir nicht essen gehen, oder? Nein, wir bleiben brav bei einer Kleinigkeit, nämlich selbstgemachten überbackenen Möhren, und gehen anschliessend in einen Pub in der Nähe mit irischer Life-Music. Leider kommt Monikas Bekannter nicht, auf den sie so sehr wartet. Trotzdem ein gemütlicher Abend, an dem uns der typisch berlinerische Kneipenwirt noch einen Zaubertrick vorführt – er lässt Monikas Zigarettenkippe verschwinden.

Am nächsten Tag ist wieder Wandern angesagt. Schliesslich haben wir uns ja schon lange nicht mehr bewegt... Wir wandern von Steglitz bis zum Kuhdamm über die Hardenbergstrasse zur Kantstrasse bis zum Savignyplatz. Unterwegs essen wir thailändische Fleischspiesse mit Nusssauce – köstlich. Ich hatte diese noch nie probiert. Am Savignyplatz kommen alte Erinnerungen hoch. Hier hatte ich damals einmal einen Freund gehabt, der nicht nur verheiratet, sondern auch noch gefährlich gewesen war, wie sich nach kurzer Zeit herausgestellt hatte. Ob es ihn noch gab? Wir schauen besser nicht nach, selbst nicht nach fast 20 Jahren. Im Lampengeschäft, in das wir einkehren, erzählt uns der Besitzer – ein dicker Shisha-rauchender Ägypter, nachdem wir seine Kekse und seinen Tee probieren, dass es schon stimme: Berlin sei arm aber sexy. Es gäbe keinen, selbst wenn er so aussähe, der mehr als 100,- € in der Tasche hätte. Alles nur Schein – über Kredit. Und Jobs gäbe es auch nicht mehr. Selbst die einfachen wären sofort weg. Wozu noch Aushänge machen? Lächerlich.

Wir kaufen keine Lampe. Trotzdem haben wir uns gut unterhalten. Jetzt setzen wir uns in die Sonne. Immer noch kalt, aber schön. Der Kellner ist wie üblich ein warmherziger freundlicher Mensch. Monika bestellt gebackenen Camembert. Dazu bekommt sie nicht nur jede Menge lecker angerichtetes Obst, sondern auch noch Brot mit Griebenschmalz. Wir beobachten die Leute. Ich bekomme nicht genug. Menschen scheinen mir heute immer zweimal zu begegnen. Ich sehe so viele Unikate, dass ich sie mir merken kann. Ein Mann um die 50 mit einem schönen grossen Hund spricht uns an, ob wir nicht ein bisschen Geld für ihn hätten. Er könne seinen Strom nicht mehr bezahlen. Er sieht ganz normal aus – nicht wie ein Bettler. „Ich bekomme Hartz 4, aber sie haben mir den Strom abgestellt." Ich werde nachdenklich. Vielleicht sollte ich doch nicht den Sprung nach Berlin wagen? Wir gehen schliesslich weiter. Wieder auf dem guten alten Kuhdamm! Hier hatte alles angefangen. Damals vor nun genau 18 Jahren, als ich das erste Mal hier gewesen war. Die Atmosphäre hatte mich an Paris erinnert. Bereits nach zwei Tagen hatte ich einen Vertrag bei einer Zeitarbeitsfirma in der Tasche. Sehnsucht packt mich erneut. Auch wenn der Kuhdamm nicht mehr derselbe ist – keine Hütchenspieler mehr, keine Schmuckstände – kein Café Kranzler. Aber es ist immer noch genauso voll. Ich erkenne Berlin wieder – endlich. Mein Berlin. Schweren

Herzens verlassen wir die spärlich warmen Sonnenstrahlen und nehmen die U-Bahn. Wir wollen ja schliesslich heute Abend tanzen gehen. Also reicht es so langsam mit den Mammutwanderungen. Kurz vor der Wohnung begegnet uns Alois. „Ich habe euch einen Zettel unter die Tür geschoben. Kommt ihr morgen zu mir frühstücken?" „Ja gerne. Um wie viel Uhr denn?" „Ich würde sagen so zwischen halb 10 und 11." Besser geht es ja nun wirklich nicht! Ich freue mich, denn ich mag ihn. Monika glaubt, dass er in mich verliebt ist, aber solange er nicht eindeutig ist, brauche ich ja nicht zu reagieren oder eventuell Grenzen zu ziehen.

Monika legt sich noch kurz etwas hin, bevor wir uns zum abendlichen Tanzen gehen schick machen. Schliesslich, so gegen 21.30 Uhr, fahren wir los. In ein Lokal, das Monika noch nicht kennt, ihr jedoch wärmstens empfohlen worden war. Es ist noch nicht viel los in der Amber Suite. Nachdem wir die aufgestylten Frauen um die 40 sehen, die wohl nichts anderes im Kopf haben, als einen reichen Macker abzukriegen, fühlen wir uns leicht deplatziert. Eigentlich fühlen wir uns jünger, oder?

Der Eintritt kostet 10,- €. Also müssen wir etwas bleiben, damit sich der Preis amortisiert. Wenn ich später noch tanzen kann, ist es OK. Das Publikum ist zwischen 40 und 80, allerdings gefällt uns die Musik. Wenigstens etwas. Alles wirkt edel und steif. Wir gehen ein paar Mal tanzen, bestellen für 4,40 € 0.2 ml Wein und halten noch ein wenig durch. Doch so gegen halb 12 haben wir die Schnauze voll. Wir wollen gehen. Halt stopp – Monika muss noch auf Toilette. Ich warte und warte und warte... Unterdessen sehe ich jemanden, der mich an Erney erinnert – mein Herz macht einen Sprung. Und meine Stimmung landet auf dem Nullpunkt. Schliesslich gehe ich Monika suchen. Aber da kommt sie schon. „Ich habe die andere Diskothek gefunden, von der mir Wilfried erzählt hat.

Komm mit!" „Guck mal wer da kommt", sage ich im selben Moment. „Wilfried". Ein herzensgutes Berliner Unikum und guter Freund von Monika. Frührentner, weil manisch-depressiv aber in Behandlung sagt er immer mit einfachen Worten, was er denkt und trifft meistens den Nagel auf den Kopf. Wir gehen also zu dritt in die Disco für jüngere. Ich fühle mich sofort wohl. Nach einer kurzen Toilettenvisite stürze ich mich auf die Tanzfläche. Endlich ausgelassen tanzen. Schon bald habe ich Blickkontakt zu mehreren lustigen Gesellen, mit denen ich anfange, kräftig herumzualbern und zu flaxen. Hey – es ist Urlaub und ich bin frei! Einer von ihnen lässt sich richtig auf mich ein – und ich mich auf ihn. Er kann super tanzen – vor allem mit mir. Geht auf jede meiner Bewegungen ein – und ich auf jede der seinen. Ein wundervolles Paar. Wir werden immer ausgelassener. Er hebt mich hoch und dreht sich mit mir im Kreis. Ich kreische. Kurz danach ein erster vorsichtiger Kuss. Die Atmosphäre brennt. Alles stimmt. Die Chemie stimmt. Er stimmt. „Wie heisst du eigentlich?", fragt er mich schliesslich. Ich hatte so etwas Nichtiges ganz vergessen – total im Rausch. Ich stelle mich vor – er stellt sich vor. Peter. Er fragt noch was – es ist zu laut. Lass uns was trinken gehen und uns unterhalten, schlage ich vor. Er lädt mich zu einer Weinschorle ein. „Hast du einen Mann, einen Freund?" „Nein, aber dafür zwei Kinder." Er lacht. Wir lernen uns kennen, wie ein neues Pärchen. Was macht er, was mache ich. Er nimmt zur Kenntnis, dass ich nicht in Berlin wohne. Er kennt Trier nicht. „Tirol", sagt er später. Vermischt alles. Ist durcheinander. Oder immer so? Trotzdem machen wir uns immer heisser. Ich gehe Monika suchen. „Was soll ich machen, Monika? Ich möchte mit ihm mitgehen. Aber ich kann dich doch nicht alleine lassen. Und ausserdem habe meine Tage!" „Es gibt Männer, denen macht das nichts aus. Und wegen mir brauchst du dir keine Gedanken zu machen.

Hab ruhig deinen Spass. Ich habe hier auch meinen. War die ganze Zeit schon mit Wilfried tanzen." Peter findet mich bei Monika. Jetzt sind wir wieder in der Disco für ältere – allerdings herrscht hier jetzt auch eine bessere Stimmung. Peter und ich tanzen, tanzen, tanzen. Es ist wunderschön. Heiss. Ich erzähle ihm von meinem kleinen Problem. „Ich habe gehört, Frauen hätten dann besonders viel Lust", antwortet er ungerührt. Dann müssen wir losfahren, wir halten es nicht mehr aus. Ein Taxi. Peter hat seinen Schlüssel und seine Jacke bei einem Freund im Auto liegen gelassen. Und der ist schon längst nach Hause. Ein Dauerklingeln beim Freund, während ich im Taxi davor warte führt nicht zum Erfolg. Und jetzt? Ich habe da noch eine Idee, sagt er. Wir fahren nach Kreuzberg. Dort hat er noch eine Wohnung, in der seine Eltern leben. Fünfter Stock. Atemlos klingelt er Sturm. Ich fühle mich deplatziert und warte draussen. Er schliesst kurz die Tür, klärt alles mit seinem Vater und winkt mich schliesslich rein. Er scheint nicht zu wollen, dass ich seinen Vater zu Gesicht bekomme oder der mich. Und schiebt mich in ein Gästezimmer. Wir lassen uns kurz auf das Bett fallen. Plötzlich steht sein Vater in der Tür und sagt etwas. Ich verstehe nichts, bin nur froh noch nicht ausgezogen zu sein. Was wollte er? „Uns etwas zu essen anbieten." Peter scheint sichtlich genervt von ihm. „Ich muss auf Toilette", gebe ich schliesslich zu. Er nimmt mich an die Hand und führt mich durch die Wohnung eine Treppe hoch. Die Wohnung ist neu restauriert – alles perfekt. Aber die Möbel sind teilweise sehr schäbig. Unsicher komme ich aus dem Badezimmer wieder heraus. Wo ist Peter? Ich gehe langsam die Treppe hinunter. Unten rumort Peters Vater. Darf er mich jetzt sehen oder nicht? Peter kommt mich suchen. „Ach hier steckst du. Komm hoch." Er führt mich in ein Zimmer auf der oberen – halb Kinderzimmer, halb Schlafzimmer mit einem Doppelbett.

Er hat eine Kerze angezündet, was mir erst gar nicht auf-
fällt. Ich bin aufgedreht. Endlich fallen wir übereinander
her. „Hast du ein Kondom?", frage ich. „Ja, im Mantel.
Und der ist bei meinem Kumpel im Auto." Wir machen es
trotzdem, auch wenn ich mich nicht gut dabei fühle.
Meine Lust deckelt alles zu. Alles intensiv. Fast genauso
wie das Tanzen mit ihm. Wie lange war das letzte Mal
her? Ich hatte vergessen, wie schön es ist. Einlassen. Zulassen. Fühlen. Es funktioniert wieder! Danach nimmt er
mich in den Arm. Eng an mich gekuschelt schläft er ein.
Ich bin bald wieder wach. Kann nicht schlafen. Er dreht
sich weg von mir. ‚Was mache ich eigentlich hier? Soll ich
warten, bis er aufwacht? Und dann?' Ich werde unruhig.
Ziehe mich an. Gehe auf Toilette. Ich suche ein Stück Papier zum Schreiben. Nichts. Dann versuche ich ihn zu wecken. Nichts. Also gehe ich nach unten. Der Vater wartet
schon auf mich. „Kaffee?" „Auja, gerne!" „Hier. Und hier
haben Sie auch noch ein paar Ostereier. Nehmen Sie." Er
möchte, dass ich frühstücke. Bockwurst. „Ich mache sie
warm, das dauert nur 5 Minuten." „Nein, danke. Ich
möchte noch nichts essen. Aber wo ist die nächste U-
Bahn?" Nach rechts, Prinzenstrasse. Er ist sehr bemüht.
Setzt sich zu mir und erzählt über sich und seine Träume.
38 Jahre verheiratet. Schläft fast nie. Frührentner.
Raucht 80 Zigaretten am Tag und würde aufhören, wenn
er auf seinem Land in Kroatien wieder als Landwirt arbeiten würde. „Vielleicht ja schon bald!" Er macht noch einen Kaffee. Ich schaue mich um. Hochzeitsfotos von Peter an der Wand. Und seine Kinder. Ich finde einen Stift
und schreibe meine Handynummer auf eine Serviette.
Dann bringe ich sie zu Peter. Er schläft immer noch tief
und fest. Lege die Serviette unter sein Zigarettenpäck-
chen. Das wird er hoffentlich finden. Dann verabschiede
ich mich von ihm mit einem vorsichtigen Kuss. Er ist echt
süss. Hat einen Ohrring. Fünf Jahre jünger als ich, seit drei

Jahren von seiner Frau und seinen zwei Kindern getrennt. Selbstständiger Dachdecker. Steinbock – wie ich. Ich gehe runter, verabschiede mich von Peters Vater. Er winkt mir noch nach, bis ich im Treppenhaus verschwunden bin. Mit zwei selbstgefärbten Ostereiern in der Tasche mache ich mich auf den Weg. Morgens um halb 7 im tiefsten Kreuzberg. Skurriles Berlin! Unterwegs aufgerüttelt von einem Lachkrampf. Jemand brüllt ganz plötzlich den Namen der nächsten U-Bahnstation. Eine Frau, die geschlafen hatte, fällt vor Schreck fast von der Bank. Dann schaut sie mich an, ich schaue sie an und wir fangen an zu lachen. Um halb 8 komme ich bei Monika an. Aufgedreht. Monika hat sich trotz allem Sorgen gemacht. Steht aber erst mal auf, obwohl sie selbst erst seit 5 Uhr im Bett ist, und hört sich alles an. Dann schlafen wir noch ein bisschen, bis zum Frühstück bei Alois. Wir quälen uns um halb 10 aus dem warmen Bett und machen uns fertig. Alois hat noch eine andere Freundin eingeladen und wir unterhalten uns prima. Sein Frühstück ist perfekt! Allerdings werde ich um halb 1 wieder so müde, dass ich mich bei ihm verabschiede. „Es tut mir sehr leid. Vielen Dank für alles und vielleicht bis zu meinem nächsten Besuch." Morgen würde ich zurückfahren. Ich umarme ihn kurz zum Abschied. Monika kommt dankbar mit nach unten. Wir legen uns wieder ein paar Stunden aufs Ohr. Und dann heisst es: Osterbraten. Wir kochen was das Zeug hält und es wird köstlich. Lammschulter mit Kartoffeln und grünen Bohnen im Speckmantel. Als Nachtisch Mascarponecreme. Lecker. Wir platzen fast. Dann werde ich wieder hundemüde. Es ist erst halb 8. Monika schlägt vor, einen Film zusammen zu sehen. Ich bezweifle, dass ich über die ersten 10 Minuten komme. Brot und Tulpen. Bald schreie ich nur noch vor Vergnügen. Skurril wie das, was ich im Moment alles erlebe. Im Film ein Neuanfang.

Ich möchte auch! Meine letzte Nacht in Berlin. Diesmal gehen wir früh ins Bett.

Und am nächsten Tag um halb 10 mache ich mich zurück auf den Weg. Ich bin froh, unterwegs zu sein, auch wenn ich Monika nicht gerne verlasse. Meine einzige wirklich noch real existierende Freundin. Aber als Reisender schwimmt man im Strom der Ablenkung. Und ich muss nicht daran denken, dass ich sie verlassen muss. Oder dass Peter nicht anruft. Ich bin nicht verliebt. Aber ich wünsche mir, dass er sich meldet. Je länger er braucht umso mehr. Ich komme zuhause an. Nach immerhin 7,5 Stunden. Es ist halb 6, die Sonne scheint und es sind sogar 22 °C. Ich beschliesse, meinen lädierten Rücken auf meiner vor dem Urlaub erst neu erstandenen Sonnenliege (klassischer Liegestuhl wie vor 40 Jahren schon üblich) zu erholen. Dann rufen meine Kinder an. Sie wollen sofort kommen. Ich zögere es bis morgen heraus. Alles runter schreiben. Auch wenn mir meine Kinder fehlen, bedeutet das jetzt erst mal Stress. Essen, ins Bett schicken usw. Ich wiegele ab. Volker ist immer noch sauer, weil ich ihm vor dem Urlaub Vorwürfe gemacht hatte, dass er Kathi einfach an meinem Wochenende verplanen würde. Also will er die Kinder jetzt nicht bei sich behalten. Ich sage ihm schliesslich, was er hören will und habe einen letzten Abend frei, um zu verarbeiten. Ich schreibe Monika eine SMS, dass ich in der Sonne liege und fange an, mein Erlebtes in den Laptop zu klimpern. Im Internet recherchiere ich noch ein wenig nach Dachdeckern, die Peter heissen, werde aber nicht fündig. Vielleicht ist es besser so.

Wo kommt dieser unbändige Wunsch her, wieder neu anzufangen? Frisst er schon seit Jahren an mir und ich habe ihn immer wieder verdrängt? Ein Kind zu haben, befriedigt ungemein. Es gab mir das Gefühl zu wissen, wofür ich lebe. Ein paar Jahre. Dann fühlte ich mich mehr und mehr eingesperrt. Mit dem zweiten Kind noch mehr. „Und täglich grüsst das Hamsterrad!" Vielleicht wäre es doch besser gewesen, ich hätte kein Kind bekommen? Ich liebe sie. Sie sind alles, was ich wirklich habe – meine Familie. Aber sie haben ihren eigenen Weg – ich müsste mich dem unterordnen, ihr Leben in den Vordergrund stellen und meine Interessen zurück. Dieser Zustand war die ersten Jahre OK. Sinn gebend. Weitertreibend. Jetzt sitze ich nur noch auf der Wartebank. Brauchen sie mich noch, oder nicht? Auf Abruf – und ich warte. Ich möchte keine Verantwortung mehr – frei wie ein Vogel dort hinfliegen, wo ich hin möchte. Allerdings gibt es dabei – abgesehen davon, dass ich nicht so einfach aus dieser Verantwortung raus kann – das etwas grössere Problem: Wohin?

Mal angenommen, ich hätte tatsächlich keine Kinder. Was würde ich tun? Wohin triebe es mich jetzt? Zu Rocco nach Bella Italia, Peter nach Berlin oder Erney nach Kanada .... ? Also doch Männer. Emotionen schenken Kraft für einen Neubeginn. Andererseits könnte ich auch einen Mann hier haben. Wenn ich es mir nur darum ginge. Für alle Beteiligten einfacher. Aber einen räumlichen Neuanfang wagen, ist ein Gefühl wie Reisen und, dass ich immer wieder von dem Mann weggehen könnte. Also sehne ich mich nach Geborgenheit mit einer grossen Hintertür, die ich hier nicht hätte. Hier sitze ich in der Heimat fest – gefangen. Andererseits, liesse ich mich emotional wirklich auf jemanden ein, dann würde ich auch zu ihm ziehen, egal wo er wäre. Und dann wäre ich irgendwann in derselben Situation wie jetzt. Ebenfalls Heimat. Ebenfalls Bindungen. Ähnlich wie damals mit Volker. Glücklich war ich trotzdem nicht. Zeitweise ja, aber auch dann schon hatten die Verantwortung und die tägliche Tretmühle mich zermürbt. Vielleicht träume ich von einem Mann, der mir Geborgenheit ohne Verantwortung gibt. Wo ich kommen und gehen kann wann ich will. Ist so etwas möglich?

OK. Schauen wir uns als nächstes die Männer an. Sie alle haben in meiner jüngsten Vergangenheit, obwohl ich vierzig bin und mich nicht mehr schön fühle, meinen Wert als Frau bestätigt. Äusserlich. Vielleicht auch seelisch – das weiss ich nicht. Das tut gut. Es gibt mir das Gefühl, nicht in der Masse unterzugehen – Selbstbestätigung. Noch mehr? Ja, einen Traum. Vielleicht ist es das – ich will träumen und die Realität gar nicht sehen.

Sonntagmorgen – 22.04.07

Beim Aufwachen wird es mir sonnenklar: Ich muss nach Berlin. Dort habe ich Freunde – die beste Voraussetzung für einen Neuanfang. Diesmal rede ich ernst mit Sven. Für ihn bricht seine heile Welt zusammen. Wie in meinen Tarotkarten prophezeit: Der Turm. Wir einigen uns nach langen Diskussionen darauf, dass er nachkommt und übergangsweise bei Volker bleibt. Montag spreche ich mit Volker. Er hat es schon längst geahnt. Mit den Kindern hat er kein Problem, obwohl er jetzt Nachwuchs bekommt. Ich muss noch mit Kathi reden – in aller Ruhe. Vielleicht ist sie wirklich erst mal besser bei ihm aufgehoben. Es wird mir wehtun, aber ich habe sie ja so schon kaum noch. Seit über einem Jahr wohnt sie schon bei Volker und kommt nur alle zwei Wochenenden oder mal spontan vorbei.

Montagabend spreche ich mit Monika und Peter. Peter! Er hat sich gemeldet. Und freut sich. Monika auch – sogar sehr. Wir schmieden schon richtige Pläne. Aber jetzt muss erst einmal ein Job her. Geplantes Timing: Nach den Sommerferien... Seitdem wechselt meine Gefühlswelt zwischen Euphorie, Panik und Traurigkeit. Bereit zum Abschied sein und Neubeginne... Als nächstes muss ich mit meinem Chef sprechen. Mit den Grünen habe ich schon am Mittwoch gesprochen. Auch das fiel mir schwer.

Ich bekam so viel Zuneigung und Bestätigung, als bekannt wurde, dass ich weggehe. Meine Kollegen überschlugen sich dabei, mich zum Bleiben zu überreden. Mein Chef war geknickt. Und selbst Norbert, mein ehemaliger Chef, mit dem ich nicht mehr so gut klar gekommen war, war niedergeschlagen. Im Mai machte ich eine Abschiedsfeier mit Freunden und Kollegen. Immerhin kamen sogar rund 30 Leute. Ein gelungener Abend, der erst in den Morgenstunden auf meinem alten Dachboden bei lauter Musik ausklang. Sogar ein „Lisa"-Lied" wurde aufgelegt und alle hatten sie mitgegrölt.

Meine einzigen Freunde aus dem Dorf, Beate und Ursula mit ihren Partnern kamen und boten mir an, jederzeit bei ihnen Gast sein zu können. Zwei meiner grünen Freunde waren ebenfalls da gewesen. Der Rest der Grünen, obwohl eingeladen, war wohl sauer. Schliesslich hatte ich sie im Stich gelassen. Und ich war auch noch ausgetreten, mit dem Hinweis, ich bräuchte sogar die 18 Euro im Monat.

Und sogar mein Chef, der etwas distanziert wirkende Geschäftsführer von immerhin neun Standorten, war gekommen, um sich einmal in die Abgründe seiner Untergebenen zu begeben. So konnte er schmunzelnd verfolgen, wie einige seiner Angestellten sich mit Tequila die Kanne gaben.

Die nächste Zeit schien alles wie am Schnürchen zu laufen. Selbst Kathi schien der bevorstehende Abschied mit der Aussicht, die Ferien bei mir zu verbringen, nichts auszumachen. Schliesslich würde sie jetzt bald grosse Schwester! Ja. Volker bekommt noch einmal Nachwuchs – trotz seines Alters von nun 47 Jahren. Der Preis, den man zahlen muss, wenn man sich eine 14 Jahre jüngere Frau anschafft...

Nach der Fete ging der Ernst los. Bisher bekam ich kaum Antwort auf meine Internet-Jobsuchen und Bewerbungen. Trotzdem hatte ich mir einen Stichtag gesetzt. 01.09. würde ich in Berlin sein.
Mein Chef, dem ich von meinen Schwierigkeiten erzählte, stellte mir kurzerhand ein wunderbares Zwischenzeugnis und ein Empfehlungsschreiben aus. Immerhin führte das und die Optimierung meiner Bewerbungsunterlagen zu einem ersten Telefoninterview. Das verlief zwar nicht so gut, aber ich war auch aus der Übung.
Dann hatte ich ein Vorstellungsgespräch bei einer Vermittlungsagentur, die mir allerdings nichts versprechen konnte. Das war Anfang Juni. Ich fuhr also wieder nach Berlin. Für drei Tage. Das Bewerbungsgespräch war diesmal wesentlich besser und mein Gesprächspartner signalisierte mir Hoffnung. Am nächsten Tag gingen Monika und ich vier Wohnungen besichtigen. Diese hatte ich ebenfalls per Internet organisiert. Wie sehr Bilder doch täuschen können! Eine Wohnung aus einem eher nichts sagenden Inserat, die allerdings in Monikas Nähe war, überraschte uns dann absolut positiv. Abgezogene Dielen, hohe Decken und Fliesen in Küche und Bad. Sie war perfekt. Und zwei Wochen später bekam ich die Zusage. Und genau zu dieser Zeit erhielt ich eine weitere Einladung zu einem Vorstellungsgespräch. Diesmal flog ich

nach Berlin. Das Vorstellungsgespräch dauerte lange und die beiden Geschäftsführer interviewten mich in einer Art, die mir bis dahin unbekannt war. Nicht die üblichen Fragen: „Nennen Sie drei Stärken von sich …“. Sondern eher: „Was würden Sie tun, wenn Ihre Mitarbeiterin ständig Fehler machen würde." Ich hatte ein gutes Gefühl und gleichzeitig Angst, dass ich diesen Job nicht schaffen würde. Trotzdem nahm ich ihn an, als mir zwei Tage später der eine Geschäftsführer die Zusage gab. Sozialer Bereich – das würde vielleicht auch mich bereichern!

Ich hatte jetzt eine Wohnung und einen Job. Und noch fast drei Monate, in denen mich alle immer ständig auf meinen bevorstehenden Weggang ansprachen.

Lucia war unendlich traurig. Sie würde Lisa nicht begleiten können. Berlin war zu weit für ihre Energiereserven. Aber sie verstand Lisas Entschluss. Zu lange hatte sie sie hierbehalten. Zu lange beeinflusst. Lisa musste wieder ihren eigenen Weg beschreiten. Denn anscheinend hatte Lucia ihr zum Schluss jegliche Lebensfreude genommen. Merkwürdig. Trotzdem. Vielleicht würde Lisa doch bleiben, wenn Lucia mal wieder etwas stärker nachhelfen würde? Sie hatte Angst, jetzt auch noch Lisa zu verlieren. Sie selbst konnte immer noch nicht gehen. Und wie, verdammt nochmal war Lisa die Idee gekommen? Ausgerechnet Berlin? Waren es ihre Wurzeln, die sie dorthin zogen? Berlin war immer schon ein Teil von Lisa gewesen. Und auch von Rachel, wenn sie sich richtig erinnerte. Rudolf, Lisas Opa, war in Berlin geboren. Lisas Mutter auch. Und Sven. Musste auch dort etwas gelöst werden? Hatte jemand sie gerufen? Ebenfalls beeinflusst, als Lisa dort gewesen war? Sie würde es nicht erfahren. Sie war nicht dabei gewesen, hatte nur das Tagebuch von Lisa studiert, wenn Lisa schrieb. Oder war es dieses merkwürdige Buch

gewesen? Wintermärchen? Sie würde es jetzt einfach ver-
suchen. Sie hatte Macht, das wusste sie. Irgendwie
musste Lisa bleiben!

Ein paar Wochen später bat mich Volker irgendwann zu einem Gespräch. Er zeigte mir seine Wohnung und meinte daraufhin, dass Ida, seine Freundin, für ihr weiteres Studium ein eigenes Zimmer bräuchte. Er habe nun doch keinen Platz für Sven, der könnte aber doch sicherlich irgendwo ein Zimmer im Dorf nehmen und er würde sich kümmern. Ich rastete nicht aus, sondern liess den Gedanken erst einmal sacken. Was für ein Desaster für Sven! „Ich werde erst mal mit ihm reden." „Und was hast du dir als Unterhalt für Kathi gedacht? Schliesslich bist du ja jetzt nicht mehr da, um mich zu unterstützen." „Wie bitte? Du kriegst keinen Cent! Schliesslich hast du auch nie bezahlt." „Nie? Das stimmt nicht. Ich kann dir genau belegen, dass ich bezahlt habe..." Und schon war der alte Streit wieder da. Er grub alte Kamellen wieder aus – ich sei doch an allem schuld gewesen – ich hätte ja nicht gehen müssen – und das ganze vor seiner Freundin! Er hatte immer noch nicht aufgearbeitet. Ida tut mir leid. Wir gehen im Streit auseinander. Er meint, ich würde alles zerstören. Und da ich so reagiert hätte, bräuchte ich nicht mehr um Verständnis zu bitten, wenn ich nur eine kleinere Summe zahlen könnte.
Tja und das liebe Geld war immer ein Streitpunkt zwischen uns gewesen. Wer hatte denn jetzt recht? Aus seiner Sicht hätte ich es ja besser haben können. Und er hat ja all die Zeit für Sven mitgesorgt. Aus seiner Perspektive viel – nämlich alle zwei Wochenenden und in den Ferien etwas länger. Und den PC und den Roller hätte Sven ja auch von ihm. Gebeten hatte ich ihn nicht darum.
Der Knackpunkt: Sven ist nicht sein Sohn. Also warum soll er für Kathi Unterhalt zahlen, wenn er dann auch noch

obendrauf für Sven indirekt zahlt. Mein Standpunkt war, „zahle erst mal für deine Tochter. Für Sven bekommst du dann etwas zurück." Geeinigt wurde sich damals nach einem 18-monatigen zermürbenden Kampf, dass er gar nichts bezahlen bräuchte, ruhig das Kindergeld für Kathi einkassieren könne – Hauptsache er kümmerte sich häufiger um die Kinder und vor allem: lässt mir meine Ruhe! Ich war zermürbt. Danach kümmerte er sich aber auch mehr. Nicht wesentlich, obwohl er jetzt als Frührentner mehr Zeit gehabt hätte. Aber wenigstens ohne Kampf und Hickhack. Ich war klein geworden.

Und jetzt hatte ich die Nase voll. Wie unverschämt, jetzt auch noch Geld zu verlangen? Nach unserem Streit schrieb ich ihm eine lange Mail und rechnete ihm einmal aus, wie viel er all die Jahre gespart hatte: knapp 24.000 €. Wutentbrannt schrieb er zurück, ich solle mir meine Rechnungen sonst wohin stecken. Leider bestätigte mir eine Familienanwältin, dass ich nicht aufrechnen könne. Ich hätte damals einfach weiter kämpfen bzw. klagen sollen. Da ich das nicht getan hatte, zahle ich also jetzt. Allerdings 50 € direkt an Kathi. Damit sie auch etwas von dem Geld hat. Und Volker 150 €. Mal gespannt, ob er klagt, denn laut Tabelle fehlt noch etwas Geld.

Am nächsten Tag nach unserem Streit kam Sven von einer Schulfreizeit. Ich erzählte ihm, was passiert war. Kurzerhand schwang er sich auf seinen Roller und stellte Volker zur Rede. Er blieb dort über Nacht.

Ida rief am nächsten Morgen an und brüllte mich an, ich könne meinen Sohn behalten und mit ihm machen was ich wolle, so unmöglich hätte der sich benommen. Sie hätte sich immer aufgeopfert, aber so etwas bräuchte sie sich nicht bieten zu lassen. Dann knallte sie den Hörer auf. Als Sven schliesslich nach Hause kam, fragte ich ihn: „Sag mal, was hast du denn mit Ida gemacht?" „Ich habe ihnen nur (ruhig) gesagt, dass ich noch ein Zuhause brauche und sie könnten das Baby doch tagsüber in Kathis Zimmer stellen."

Volker behauptete später Sven gegenüber, Sven könne nur nicht bleiben, weil ich nicht für Kathi zahlen wollte. Aber es würde schon irgendeine Lösung für ihn geben. Ich wurde richtig wütend! Er verdrehte, wie immer, die Tatsachen wie er es für sich brauchte. Ich hatte noch nie einen solchen Manipulationskünstler gesehen.

Ein auf und ab und wieder einmal mussten die Kinder für seine Interessen, mich schlechtzumachen, herhalten. Ich würde Sven mit nach Berlin nehmen müssen – Sven war darüber sehr unglücklich, kämpfte wie ein Besessener für dieses eine Jahr im Dorf, doch ich war eigentlich froh darüber, dass er nun doch mitkommen würde. Endlich war wenigstens ein Kind aus Volkers Dunstkreis heraus.

Erney meldete sich überraschend! Ich erzählte ihm von meinen Plänen und er erzählte mir von seinen. Er wolle auch umziehen – 1000 km weiter. Eine Chance für seine Beziehung, so sagte er, denn seine Frau sei so sehr in ihren Familienbund integriert, dass er kaum ein „normales" Familienleben habe. Schliesslich meinte er, seine Email-Adresse sei abgelaufen, er würde aber eine neue beantragen. Also hatte ich nichts mehr von ihm. Die einzige kleine Verbindung war nun nur noch meine Email-Adresse, denn auch eine neue Telefonnummer konnte ich ihm nicht geben. War es gut so? Ich war bereit für den Neuanfang!

Dann kam der Umzug. Für mich war alles klar. Montag wäre Verabschiedung in der Firma. Dienstagnachmittag käme der Umzugswagen. Nach dem Einräumen würden

Sven, Kathi und ich hinterher fahren, allerdings in einer kleinen Pension auf halber Fahrt eine Zwischenübernachtung einlegen. Ursprünglich hatte ich ja geplant, bei meinen Eltern zu übernachten. Dann hätten wir uns auch verabschieden können. Vor allem Sven, da er nicht mehr bereit war, dort mit mir zusammen einen Höflichkeitsbesuch abzustatten. Tja, so ist das, wenn man 16 ist. Doch meiner Mutter war das zu viel. Und obendrauf liess sie es noch durch meinen Vater ausrichten. Ich war stinksauer und er bekam es wie immer von mir ab. Warum auch konnte er sich immer noch nicht durchsetzen? Immer noch war er der Schwache – zeigte zwar sein Bedauern, aber mehr würde nie kommen - es würde ewig so bleiben.

Dann kam alles anders. Volker liess mir durch Sven ausrichten, dass Kathi nicht mitkäme, wenn ich das nicht mit ihm absprechen würde. Ich schrieb ihm eine E-Mail. Er reagierte nicht darauf. Kurz vor dem Termin holte er Sven auf einen Sprung ab. Ich schaute aus dem Fenster und sprach ihn an: „Du wolltest mit mir reden?" „Von Wollen kann gar keine Rede sein." „Das beruht ja wohl auf Gegenseitigkeit, aber anscheinend reicht dir meine E-Mail nicht." „Nein, so läuft das auch nicht. Du kannst nicht einfach über Kathi bestimmen. Wir haben einen staatlichen Auftrag: Gemeinsames Sorgerecht! Und bevor du irgendetwas machst, hast du das mit mir abzusprechen und ich gebe dir mein Einverständnis oder auch nicht." „Welchen Film fährst du denn jetzt? Bisher war es klar geregelt, dass Kathi die zweite Hälfte der Ferien bei mir war, also was soll das jetzt?" Feindselig betonte er die neuen Zeiten, die ich mir selbst eingebrockt hätte. Er wollte einen Kniefall von mir. Stattdessen antwortete ich ihm: „Volker, du hast das alles Kathi gegenüber selbst zu verantworten, wenn du sie nicht fahren lässt." Wortlos drehte er sich um und setzte sich in sein Auto. Ich war schockiert. Wie abgrundtief musste er mich hassen, dass er es mal wieder auf dem Rücken der Kinder austrug? Ich reagierte nicht mehr, sondern liess es darauf ankommen. Sven verbrachte die Zeit bis zum Umzug ebenfalls bei Volker, weil er es so wollte.

Montags war wenigstens die Abschiedsfeier auf der Arbeit planmässig. Ich war so gerührt, dass ich kaum meine Tränen zurückhalten konnte. Sie hatten mir ein Abschiedsgedicht geschrieben und Norbert, mein Exchef, hielt eine Ansprache. Und ganz viele Geschenke hatten sie mitgebracht. Für eine Reise nach Paris hatten sie gesammelt und einen Korb mit Leckereien dekoriert. Petra, meine liebste Kollegin, gab mir ein ganz persönliches Geschenk: „Am besten, du packst es zuhause aus", grinste sie. Sofort wusste ich Bescheid. „Nein, du hast mir doch nicht etwas den Mann zum Selberbacken geschenkt?!" Drei Jahre war es her, als wir durch die Fussgängerzone nach Geschenken für die Weihnachtsfeier Ausschau gehalten hatten. Und die Backform war uns damals in die Hände gefallen. Was hatten wir gelacht und es zur absolut innovativsten Idee für Frauen wie mich gekürt. Ich fiel ihr um den Hals. Wir machten noch viele Abschiedsfotos, ich bedankte mich bei allen für die tolle Zeit und schnell musste ich raus – es war zu viel!

Bis Dienstagnachmittag hatte ich alles verstaut. Sämtliche Kisten waren gepackt, die Glastüren, Spiegel etc. in Folie eingewickelt, die Türen der Möbel zugeklebt. Bettzeug und Koffer hatte ich im Auto verstaut. Schliesslich wurde ich ungeduldig und rief die Handynummer des Fahrers an. „Diese Nummer ist zurzeit nicht vergeben." In der Zentrale korrigierte man mir die Nummer, die mir falsch mitgeteilt worden war. Also neuer Versuch. Endlich erreichte ich jemanden. „Ah, Frau Schumacher. Wissen Sie denn nicht, dass wir erst morgen kommen? Hat Ihnen niemand aus der Zentrale Bescheid gesagt?" Oh nein! Ich musste mein Bettzeug und meinen Koffer wieder aus dem Auto holen. Zu Essen hatte ich auch nichts mehr…

Am nächsten Tag kamen sie um halb 11. Ich half kräftig mit, denn sie waren nur zu zweit. Zur selben Zeit kamen schon Marion und Jens - Marion meine neue Nachmieterin - mit Eimern, Pinseln und sonstigem bepackt und fingen an zu renovieren. Moritz, unser Kater, war verschwunden. Sven rief alle Nase lang an, wann es denn jetzt endlich losginge. Zwischenzeitlich rief ich Monika an und bat sie um Asyl für eine Nacht. Denn die Pension hatte ich bereits abgesagt und ausgeladen würde erst am nächsten Tag. Sie war zwar etwas überfordert, organisierte aber trotzdem noch mithilfe ihres Freundes zwei Matratzen. Irgendwie würde es schon gehen. Um halb vier fuhr ich die Kinder bei Volker holen – Moritz verstaut in einem grossen Käfig. Er mauzte kläglich. Zu meiner Freude kam Kathi sofort angelaufen und meinte auf meine vorsichtige Frage: „Natürlich komme ich mit. Was denkst du denn?"

Lucias Herz wurde schwer. Sie hatte verloren. Einsam blieb sie zurück. Die neuen Mieter waren da. Ausgerechnet Marion. Diese würde sie aufspüren. Für ihre Zwecke womöglich missbrauchen. Auch Lucia musste weg und liess sich, mit einem letzten Blick auf Lisa und ihre Kinder, zurück in ihre Vergangenheit gleiten. Das Licht war stärker geworden. Warum? Verstärkt durch den Schmerz, den sie selbst in ihrem Leben nie erfahren hatte, und der ihr nun in den Knochen steckte? Gut, Knochen war zu viel gesagt… Sie hatte Lisa mehr geliebt als alle Menschen, die sie in ihrem Leben um sich gehabt hatte. Sie hatte Gefühle zugelassen, in der Gewissheit, dass ihr nichts mehr geschehen könnte. Gemeinsam auf Lisas emotionale Abenteuer eingelassen. Sie mit gesteuert. Und letztendlich genauso gelitten wie sie. Jetzt würde sie Abschied nehmen müssen. Lisa in ihre Zukunft entlassen. Und eingestehen, dass Lisa ihre Mauern nicht mehr brauchte. Sie war wieder bereit, Schmerz auf sich zu nehmen. Um zu lernen. Um zu leben. Ohne dieses zermürbende Gleichmass. Lucia fühlte, dass es richtig war. Sie legte sich auf ihr altes Bett und schloss die Augen. Brauchte nicht zu schlafen, aber ruhen, das konnte sie. Vergessen? Plötzlich hörte sie eine Stimme. ‚Komm her, Lucia.‘ Sie öffnete ihre Augen. Rachel stand vor ihr. Leuchtender wie jemals zuvor. Eine Lichtgestalt. ‚Du hast mir damals geholfen. Ich habe dich dazu gebracht, auf dein Licht zu verzichten. Jetzt helfe ich dir. Komm!‘ Lucia stand auf und schaute sie fragend an. ‚Mein Licht ist immer noch nicht stark genug, weisst du?‘ ‚Doch, das ist es. Du glaubst nur, dass es noch nicht so weit ist. Du trauerst und klammerst dich an Lisas Leben fest. Lass es los. Und nimm meine Hand.‘ Lucia blickte zurück. Ihre alte Wohnung war kalt. Ihre lebende Wohnung besetzt durch neue Menschen, die sie nicht mochte. Und Lisa? Sie könnte sie doch zumindest mal in Berlin besuchen. Wenn auch nur kurz. Rachel schien ihre Gedanken zu lesen. ‚Du kannst sie besuchen. Auch dann noch. Die Frage ist nur, ob du es dann noch willst. Kommst du nun?‘ Lucia zögerte. Doch dann ging sie einen Schritt auf die Wärme zu und das Gefühl von Geborgenheit machte sich breit. Sie ergriff Rachels Hand.

Wir fuhren nicht lange. Nach einer Stunde machten wir bereits Rast, weil wir alle so einen Hunger hatten. Moritz liess ich raus aus seiner Kiste und im Auto frei herumlaufen, weil ich glaubte, er müsse vielleicht etwas trinken oder mal auf sein Katzenklo. Doch der hatte nichts anderes zu tun, als ganz zuunterst zwischen die Sitze zu klettern, wo ich ihn nicht mehr raus bekam, wollte ich nicht das ganze Auto ausräumen. Also blieb er dort sitzen. Kurz nachdem wir weiterfuhren, bekam ich richtige Bauschmerzen und mir wurde schlecht. Hatte ich mir den Magen verdorben? Ich hielt durch – notgedrungen. Und gegen halb 12 nachts kamen wir endlich bei Monika an. Ich fiel sofort auf die ausgebreiteten Matratzen und war nicht mehr ansprechbar. Dachte ich an Essen, wurde mir noch schlechter. Irgendwie überstanden wir die Nacht zu dritt auf den zwei Matratzen, dazwischen Moritz und Monikas Katze Tammy. Gerädert verabschiedeten wir uns morgens von ihr. Sie musste zur Arbeit und wir zu unserer neuen Wohnung. Mein Kreislauf machte schlapp – ich konnte mich kaum noch auf den Beinen halten. Der Umzugswagen war diesmal pünktlich, aber helfen konnte ich nicht. Mir fiel es fast sogar zu schwer, den Möbelpackern zu sagen, wohin was kommen sollte.

Endlich war alles in der Wohnung und wir konnten das Nötigste auspacken. Was für ein Chaos!

Nach zwei Tagen ging es mir besser und ich hatte endlich Überblick. Essen war wichtig. Und Fernsehen. Aber auch Internet für Sven. Und während die Kinder sich damit vergnügten, legte ich richtig los. Ich bohrte, schraubte, nagelte was das Zeug hielt. Selbst eine Arbeitsplatte sägte ich für eine neue Spüle zu. Erstaunlich, was man alles schafft, wenn man muss! Und endlich, nach einer Woche, konnte ich mit Kathi noch ein wenig Urlaub machen. Das war vor allem wichtig, denn die beiden hatten angefangen, vor lauter Langeweile bei jeder Gelegenheit zu streiten. Wir gingen schwimmen, ins Kino und besuchten zusammen mit Sven den Fernsehturm. Dann hiess es, Kathi wieder zurückzubringen. Geplant waren zwei Übernachtungen bei Ursula und zwei Tage für Sven mit seinen

Kumpels. Unterwegs ging zum zehntausendsten Mal das Auto kaputt. Wie sehr hatte ich das satt! Wir wurden abgeschleppt, eine Reparatur stand an, aber ich bekam Gott sei Dank einen Leihwagen, und neben einem Stau ging es eigentlich dann ganz zügig. Wir hatten nur 10 Stunden gebraucht! Ursula wartete beim Hoffest vom Winzer Kirchen auf mich, nachdem ich Kathi bei Volker abgeliefert hatte. Der hatte unterwegs über Handy noch Kathi erzählt, dass Ida im Krankenhaus war. Die Fruchtblase sei gerissen. Ab jetzt müsste sie liegen, denn das Kind war erst 25 cm gross und hatte noch keine ausgebildete Lunge.

Ich verabschiedete Kathi vor Volkers Haus und versprach ihr, sie am Montag noch richtig zu verabschieden. Sven liess ich diesmal nicht bei Volker, sondern wie Sven selbst wünschte, bei Ursulas Sohn raus, der bereits mit selbstgemachten Nudeln auf ihn wartete. Dann fuhr ich zum Winzer und konnte mich endlich bei einem leckeren Wein bei Ursula am Tisch niedersinken lassen. Ursula kümmerte sich richtig fürsorglich um mich. Es ist schön, Gast zu sein.

Am nächsten Tag stattete ich Marion in ihrer neuen und meiner alten Wohnung einen Besuch ab. Ich hoffe nicht, dass sie in meine Fussstapfen tritt und ebenfalls als vom Dorf nicht akzeptierte allein Erziehende, Isolierte, vom Lärm Genervte, enden würde. Die Wohnung sah bereits ganz anders aus und es fiel mir leicht, die alte hinter mir zu lassen. Sehr leicht.

„Warum verabschiedest du dich nicht von Dominique?", fragte sie, die Harmoniesüchtige. „Sie würde sich freuen. Ausserdem ist sie nächste Woche in Berlin. Ich könnte ihr deine Telefonnummer geben. Kannst du ihr nicht verzeihen?" „Ich glaube schon, dass ich das könnte. Aber ich möchte keinen Neuanfang mit ihr. Deshalb ist es gut so wie es ist."

Mir wurde schlagartig klar, dass ich zwar auch die Möglichkeit verletzt zu werden zulassen musste, um zu leben, aber ich musste es nicht dort provozieren, wo ich bereits wusste, dass kein Ausgleich mehr möglich war.

Jens besuchten wir ebenfalls, der jetzt das von Marion geräumte Haus mit dem Hausstand seiner neuen Freundin Daniela neu bestückte. Und dann fuhr ich noch meine Karin besuchen. Das war mir ein inneres Bedürfnis. Zu sehr litt sie unter dem Abschied, wie mir andere bestätigt hatten.

Am nächsten Morgen ging ich um 7:00 Uhr zur Bushaltestelle, um Kathi noch abzupassen. Ich hatte ihr noch einmal eine SMS geschrieben, dass ich dort warten würde. Fünf Minuten zu spät, der Schulbus war schon losgefahren, kam Volker mit ihr auf den Parkplatz des Edeka-Geschäfts gefahren. Spontan sagte ich, ich könne Kathi ja zur Schule fahren, dann hätte ich etwas mehr Zeit für sie. Er reagierte nicht. Kathi stand unsicher vor mir – zwischen zwei Stühlen. Ich wiederholte meinen Vorschlag nicht noch einmal. Stattdessen drückten wir uns fest und innig und sie stieg wieder zu Volker ins Auto. Ich kaufte noch Brötchen, dann weckte ich Sven, der bei seinem anderen Kumpel Michel geschlafen hatte. Rosi, Michels Mutter und ehemalige Nachbarin, freute sich sichtlich mich zu sehen. Auch hier war ein kleines Stück alltägliche Vertrautheit weggebrochen.

Dann hiess es wieder, zurück nach Berlin.

Friedrich erwartete sie. Neugierig beobachtete er, wie sie sich in ihrer Berliner Wohnung einrichtete. Alleine – ohne Mann. Es waren merkwürdige Zeiten. In seiner Zeit wäre so etwas unvorstellbar gewesen. Eine Frau, alleine? Gut

es gab Dienstmädchen, die nie einen Mann finden konn-
ten, weil sie die Gelegenheit dazu erst gar nicht bekamen.
Das erinnerte ihn an Angela. Dieses hübsche Ding, das
Wilhelm den Kopf verdreht hatte. Seinem Wilhelm, der
einmal das gut situierte Familienunternehmen überneh-
men sollte. Und was hatte der gemacht? Einfach geflüch-
tet. Wie ein Fahnenflüchtiger. Erschossen gehörte er. Im-
mer noch. Dieser Schwächling. Aber Wilhelm war nir-
gends mehr auffindbar. Zu weit weg. Oder schon gegan-
gen? Er glaubte eigentlich nicht daran. Schliesslich war
sein Vater Heinrich auch immer noch hier. In Berlin. Sie
hatten sich gelegentlich einmal getroffen. Aber eigentlich
hatten sie sich nichts zu sagen.

Sein Leben war ruhig gewesen. Gut, er selbst war schon
zu alt gewesen, um seinen Kaiser persönlich im Krieg zu
unterstützen. Aber er hatte mitgefiebert und seinen Sohn
darin gestärkt, für sein Vaterland einzustehen. Was hatte
der gemacht? War einfach durch die Maschen geschlüpft.
Abtrünnig. An die Mosel zu dieser Angela geflüchtet. Hin-
ter einer Krankheit versteckt. Wie er ihn verachtete! Er
selbst war treu geblieben. Und selbst nach seinem Tod,
als sein gedemütigter Kaiser abdanken musste, unter-
stützte er mit seinen Mitteln und vielen anderen Reisen-
den die neue Machtübernahme Deutschlands, um letzt-
endlich den Kaiser wieder zurückzuholen. Aber Hitler war
eine Enttäuschung. Er wollte selbst an die Macht. Und
nutzte ihre Energie für seine Pläne. Alle Mühen umsonst.
Seitdem kam er nur noch selten in die aktuelle Zeit. Zu
fremd. Zu viele unvorstellbare gesellschaftliche Änderun-
gen.

Aber jetzt war sie wieder hier. Diese Lisa. Und er merkte,
dass er mit ihren Augen die neue Gesellschaft eher ertra-
gen konnte, spürte er sie doch.

Sie war ein merkwürdiges Wesen. Er hatte eine Verbin-
dung zu ihr. Da war ein dünner Faden zu seiner Familie.

Eine Nachfahrin seines Sohnes Wilhelm, ihrem Uropa. Also was war er? Aja, ihr Ururopa. Das hörte sich merkwürdig an. Lisa hatte etwas an sich, was er nicht einordnen konnte. Sie war liebenswert. Wenn er sie betrachtete wurde ihm warm ums Herz. Ihr Lächeln! Es erinnerte ihn an Angela, die auch so lächeln konnte und wenn er ehrlich war, ihn damals auch bezaubert hatte. Nicht nur seinen Sohn. Ja, sie war ein Lichtblick gewesen in dieser stolzen aber herzlosen Familie. Seine Frau Friederike war die Herrin gewesen. Machthungrig und kalt. Er war zwar das Familienoberhaupt, aber sie hatte es immer wieder geschafft, seine Autorität zu untergraben. Sie hatte das gutgehende Familienunternehmen seines Vaters Heinrich weiter ausgebaut. Häuser gekauft. Mieter hinausgeworfen. Restauriert und reiche Mieter wieder hereingesetzt. Er selbst hatte es geduldet, konnte er sich ihr gegenüber doch schwer durchsetzen.

Aber wie sehr hatte er sie dafür gehasst. Für ihre Kälte. Ihre Herzlosigkeit. Umso mehr, als sie Wilhelm verboten hatte, Angela zu heiraten als sie schwanger geworden war. Denn damit hatte Friederike seinen Sonnenschein aus dem Haus getrieben. Und ein paar Monate später auch seinen Sohn. Der nur durch sie abtrünnig geworden war. Werden musste!

Und heute? Jetzt wollte er einfach nur, dass Lisa endlich hier blieb. Bei ihm. Um sein so ödes Leben zu versüssen. Schon einmal war sie hier gewesen. Sie hatte einen Mann gewählt, der ihm selbst sehr ähnelte. Kam er doch auch aus einer alten Familie aus Mecklenburg-Vorpommern. Thorsten. Dummerweise war seine Mutter ebenso ein Drachenweib wie seine Friederike. Und diese hatte zwar den Sohn gewollt, der in Lisas Bauch heranwuchs, aber nicht Lisa. Diese war ihr zu unkonventionell gewesen. Zu freiheitsliebend. War doch nun die Aufgabe von ihr, sich

wie eine ordentliche, pflichtbewusste Ehefrau ihres Soh-
nes zu verhalten. Und Lisa? Sie hatte sich wie Angela ver-
halten. Hat ihr neu geborenes Baby mitgenommen, ohne
Trauschein, und flüchtete zurück an die Mosel. Ohne
Thorsten. Ohne die vermeidliche Schwiegermutter. Diese
kämpfte weiter um den Enkelsohn. Aber Thorsten war nur
zutiefst verletzt und nicht stark genug, um Lisa zurückzu-
holen
oder ihr zu folgen. Er resignierte. Und er selbst? Er hatte
die Spielwiese der Gegenwart ebenso verlassen. Lisa und
ihr Sohn Sven waren nicht mehr da.
Aber jedes Mal, wenn sie Berlin besuchte, spürte er es.
Manchmal war ihm danach, sie zu sehen, manchmal tat
es ihm zu weh, dass sie wieder gehen würde. Nicht so das
letzte Mal. Er hatte gespürt, dass sie bereit war zurückzu-
kommen. Zu ihm! Und er intervenierte. Er hatte einen
Mann gefunden, der ihm selbst gefiel. Handwerker. Wie
er. Mit Wohnungen in Berlin. Wie er. Und es hatte sich
gut angefühlt. Wie sehr konnte er mitempfinden, was Pe-
ter empfand. Er nutzte ihn, um selbst von Lisa so viel wie
es ging mitzunehmen.

Einen der nächsten Abende widmete ich Peter. Ich hatte
Bedenken, schliesslich hatten wir uns nur einmal gesehen und wer weiss, was noch übrig geblieben war? Der
Abend war enttäuschend. Mein Verdacht bestätigte sich,
dass er nicht besonders hell im Kopf war. Er erklärte mir,
er würde doch schon lange in der Wohnung wohnen, wo
sein Vater wohnte. Aha – war da nicht eine andere Story
gewesen? Er machte mir Vorwürfe, dass ich mich nicht
öfter gemeldet hätte. Und als ich mich dann verabschiedete, konnte er es nicht glauben. „Ich habe doch alles für
heute Abend vorbereitet…" Wie konnte er nur erwarten,
dass es einfach weiter ginge?

Ich meldete mich nicht mehr bei ihm. Und ich merkte, dass ich keinen Halt in Form eines Mannes brauchte. Nicht irgendjemand!

Jetzt hatte ich noch zwei Wochen Urlaub und kam so allmählich zur Ruhe. Ich musste zwar noch einiges organisieren, aber der Alltag war langsam geordnet. Mir fehlte etwas Kraft, um mich ins neue Leben zu stürzen, aber es war schon spürbar – es stand vor der Tür!

Dann zweifelte ich wieder. War die Wohnung zu klein? Zwei Zimmer – 63 m², sogar mit Balkon und das Ganze im grünen Stadtteil Steglitz. Ich fühlte mich wohl, wie in einer Höhle. Vor allem dank des grossen Hochbetts, das ich mir bauen gelassen hatte. Gleichzeitig hatte ich das Gefühl, dieser Umstand der Geborgenheit hinderte mich daran, rauszugehen – mein neues Leben endlich in Angriff zu nehmen – und so flüchtete ich wieder in die Schriftform:

Ich bin ungeduldig, schliesslich bin ich schon drei Wochen in Berlin. Aber die gewünschte Lebensfreude stellt sich nicht ein. Wie auch? Sie kommt ja aus mir. Und ich brauche dafür Freunde, vielleicht etwas Sonne und Musik. Stattdessen hat Monika seit drei Monaten diesen neuen Freund, der sie fast vollständig in Anspruch nimmt. Stattdessen zieht mich mein Sohn Sven runter, der mir bei jeder Gelegenheit bestätigt, dass es ein Fehler war, nach Berlin zu kommen. Stattdessen fehlt mir meine Tochter – trotz der schon vorherigen Distanz. Und stattdessen ist der Sommer miserabel und kalt.

Ich fühle mich entwurzelt, auch wenn ich das vorher schon war. Meine Kinder werden flügge, aber wenn sie unglücklich sind, zieht mich das immer noch runter. Daran merke ich, meine Mutterrolle ist noch nicht beendet. Ein Jahr werden wir hierbleiben – auf jeden Fall. Nur so können wir beurteilen, ob es OK war. Darf ich noch in WIR-Form denken? Soll ich? Ich vermisse die Harmonie mit meinen Kindern, als ich noch wirklich Mutter für sie war.

Warum wollte ich überhaupt einen Neuanfang? Ist es einer? Ich bin doch immer noch die Alte! Ich wollte eine Grenze ziehen, emotional und räumlich. Keine Abruf-Mama mehr sein, wobei Volker sich brüsten konnte, dass er ein so toller Papa ist, weil ich ihm immer den Rücken gestärkt hatte. Nicht mehr als exotische Alleinerziehende auf dem Präsentierteller leben, kritisch beäugt von den Dörflern. Ich wollte neue Herausforderung, um nicht das Gefühl zu haben, lebendig begraben zu sein. Und ich wollte neue Hoffnung, vielleicht einen Lebenspartner finden zu können, der weltoffen und reflektiert ist. Unwahrscheinlich in der alten ländlichen Umgebung, so jemanden zu finden.

Und, wenn ich ganz ehrlich zu mir selbst war: Ich bin gegangen, um endlich selbst zu verlassen. Meine Tochter hatte mich schon ein Stückchen verlassen – es tat kontinuierlich ein bisschen weh. Ständig wurde mir vor Augen gehalten, dass ich ihr das Leben nicht bieten kann, was Volker ihr bietet: Familienleben, Häuschen, Natur. Ein kleines Brüderchen. Zeit. Ich wollte nicht mehr zusehen müssen. Sven, der mich sichtbar nicht mehr brauchte – nur noch mit seinen Kumpels herumhing. Ich – gefangen in meiner eigenen Wohnung. Von ständiger Präsenz der Jugendlichen, ihrer Lautstärke und ihrem Dreck begleitet. Wo blieb ich?

Berlin bietet viel. Ich brauche kein kostspieliges Auto. Ich komme überall hin. Ich kann an der hiesigen Kultur teilhaben. An der Wahnsinns-Atmosphäre. Aber da beisst sich die Katze wieder in den Schwanz: Dafür benötige ich Begleitung – jemanden der mich mitzieht.

Ich muss wohl geduldig sein – wie immer. Am Montag fängt meine neue Arbeit an, dann lerne ich viele neue Menschen kennen. Neue Herausforderung! Auch dafür bin ich hergekommen. Endlich raus aus dem Trott meines letzten Jobs, auch wenn ich dort viele liebgewonnene Kollegen hatte.

Sven geht jetzt den vierten Tag in die Schule. Und überhaupt, er geht in die Schule, obwohl er nicht motiviert ist – trinkt nur ab und zu ein bisschen zu viel Bier und zockt den halben Tag WOW – ein Internetspiel. Es könnte schlimmer sein.

Wie findet man als Mutter wieder zu seinem eigenen Leben? Es ist schwer, aber es wird schon. Denn das ist mein Auftrag, um aus meinen alten Depressionen herauszukommen. Lebensfreude finden!

Ich plante eine Einweihungsfete. Lud meinen alten Berliner Bekannten Uwe ein. Er würde auch seine thailändische Freundin mitbringen. Helga, meine Cousine, würde auch kommen. Mit ihrem Freund Harald. Monika - natürlich mit Stephan - und eventuell noch Jutta mit Günno. Eingeladen hatte ich noch mehr: Da waren Alois, der nette Nachbar von Monika, Frauke, meine Cousine mütterlicherseits, die auch schon seit Jahren hier in Berlin lebte, Jörg, Monikas Bruder, und Jürgen, ein bis dahin unbekannter Internet-Bekannter, der gerne Siedler spielte. Aber diese waren alles Fragezeichen, da sie sich noch nicht gemeldet hatten. Trotzdem konnte sich mein „Bestand" eigentlich schon sehen lassen.

Meine neuen Kollegen waren nett. Doch mit jedem Arbeitstag stellte sich mehr Sehnsucht nach meinem alten Umfeld ein. Ich hatte Heimweh nach meiner Firma, nach meinen alten Kollegen. Viele meldeten sich ab und zu per E-Mail. Jedes Mal versetzte es mir einen kleinen Stich. Zog mich zurück. Es kostete Kraft, mich nach vorne zu orientieren. Aber ich wollte doch!

Ich wollte immer noch reisen, die Welt kennenlernen. Berlin war meine erste grosse Reise. Hier konnte ich Urlauber sein, solange ich wollte. Mit der notwendigen Sicherheit, überleben zu können.

8. Haltsuche

Meine Einweihungsfete wurde schön. Es kamen, bis auf Frauke und Jörg, alle Eingeladenen. Etwas enttäuscht war ich über meinen bisher anonymen Internetbekannten. Was hatte ich erwartet? Jürgen, mit dem ich bereits ein wirklich tiefsinniges Gespräch am Telefon geführt hatte und dies insgeheim mit Hoffnungen verknüpfte, vielleicht durch diesen winzig kleinen Zufall meinen zukünftigen Seelenverwandten getroffen zu haben, war zwar nett, aber er entpuppte sich als äusserlich wenig anziehend. Eine leicht gebeugte Haltung, schiefe Zähne und Froschaugen. Ich verlor mein Interesse, sobald ich ihn gesehen hatte. Stattdessen fühlte ich mich wieder zu dem gutaussehenden Alois hingezogen, der sich den ganzen Abend mit Harald bestens unterhielt. Wäret den Anfängen! Er würde mich doch nur langweilen.

Manchmal war ich verwundert, dass eine so rege und teilweise von Lachsalven untermalte Unterhaltung in Gang kam. Wie ein Zuschauer beobachtete ich die Kommunikationsabläufe bei meinen Gästen, die sich teilweise völlig fremd waren. Ich unterhielt mich mit allen, war eine gute Gastgeberin. Trotzdem war ich auch Zuschauerin von mir selbst. Was machte mich so selbstsicher zwischen meinen Gästen? Wie konnte ich sie lustig unterhalten? Mein Herz war nicht dabei, ohne dass die anderen es merkten. Däng, die thailändische Freundin von Uwe, übernahm sehr schnell die Führung. Selbstbewusst, einnehmend, gab sie jedem in ihrem ziemlich undeutlichen Kauderwelsch ihr Urteil mit auf den Weg, ob er oder sie es hören wollte oder nicht. „Du bist eine schöne junge Frau und hast ein gutes Herz." Jung? Ich wurde verlegen. Zu Monika sagte sie, sie sei eine Hexe. Helga befand sie als fantastisch gekleidet und kommentierte ihre traumhafte Figur. Sie machte viele Fotos, zeigte uns stolz ebensolche von ihren Kindern und ihrem Enkelkind. Und alle waren natürlich am 20.10. zu der von ihr organisierten Benefiz-Veranstaltung eingeladen. Um halb 12 liess sie sich abholen. Uwe erklärte später, dass sie thailändische Feste in einem anderen Ausmass kennen würde und dass das bei mir kein Fest für sie gewesen sei. „Aber warum hast du ihr nicht die Wahrheit gesagt?" „Sie wäre dann erst gar nicht mitgekommen." Hilflos hob er die Hände. Er erzählte mir, dass er seit sechs Jahren glücklich mit ihr sei. Aber sie wäre genauso unglücklich verheiratet wie er. Und eine Scheidung käme für beide aufgrund der finanziellen Hintergründe nicht in Betracht. So verschwand Däng wieder frühzeitig und hinterliess ein kleines Loch. Zuletzt ging Alois. Ich machte ihn auf seine bei mir fehlende Telefonnummer aufmerksam (die Einladung hatte ich ihm in Schriftform in den Briefkasten gesteckt) und er könne ja mal anrufen.

Am nächsten Tag räumte ich alles auf und vergrub mich in das Buch „Jetzt oder Nie", das mir Monika zu meinem Umzug geschenkt hatte. Ich schlief viel, auch wenn die Fete schon um halb 2 zu Ende gewesen war. Ich spürte eine nahende Erkältung. Svens Stimmung belastete mich. Er hatte Heimweh. War perspektivlos. Wollte nur zurück, egal wie. Und wenn er unter der Brücke schlafen müsste. War es falsch gewesen, hierher zu kommen? Ich fühle mich einsam – verstärkt durch den Trubel des Vorabends. Ich gehörte nicht dazu, noch nicht. Würde die Fete einen Anfang bedeuten? Würden mich meine Gäste vielleicht jetzt in ihr Leben integrieren? Würde das mein Loch zudecken, das ich wieder empfand? Ich wünschte mir doch nur ein Zuhause!

Friedrich sorgte sich. Würde Sven Lisa zurückziehen? Die anderen? Das durfte nicht sein. Sie gehörte doch hierher!

Zu ihm. Gut, er konnte Sven verstehen. Keine Familie aus-
ser seiner unruhigen Mutter. Seine alte Familie, die seines
Vaters, desinteressiert.

Die neue Welt war so gleichgültig geworden. Keine sozia-
len Erwartungen an die Kinder zu stellen, sie nur zu ver-
hätscheln anstatt sie zum gesellschaftlich wertvollen Mit-
glied zu formen, hatte doch nur ein Auseinanderleben und
Gleichgültigkeit zur Folge. Die Eltern und Grosseltern wur-
den unwichtig. Gemeinschaft wurde unwichtig. Alles
drehte sich nur noch um die Interessen des Kindes. Sie
wurden zu Egoisten erzogen. Zu totalen Individualisten.
Und wenn es um die Rolle in der Gesellschaft ging, liess
man sie nach all dem Leistungsdruck in der Schule mit sich
allein. Dass man es so weit kommen gelassen hat, konnte
er nicht verstehen.

Auch Lisa schien so erzogen worden zu sein. Frei. Ohne
Vorbereitung auf die Rolle als Frau. Und so erzog sie auch
ihre Kinder. Egoistisch. Unverantwortlich. Ohne anständi-
gen Rahmen. Andererseits bemühte sie sich rührend um
ihre Kinder. War das eine Muttereigenschaft? War das ihr
Mutterinstinkt? Unabhängig von der Prägung des Eltern-
hauses? Aber in einem Punkt versagte sie hoffnungslos.
Sie konnte ihren Kindern den Halt nicht geben, den sie
selbst nicht hatte.

Hilflos beobachtete er sie. Er spürte ihre Empfindungen,
als wären es seine. Er fragte sich, warum Peter ihr nicht
gereicht hatte. Er hätte ihr Halt geben können, dass
wusste er. Und waren Partnerschaften nicht immer ir-
gendwann oberflächlich und wurden zur Routine? Das
war doch normal. Aber sie schien unerbittlich. Wollte
wohl einen Traummann. Ihn selbst hätte sie wohl auch nie
genommen. Das wusste er jetzt. Trotz dieser Erkenntnis
konnte er nicht von ihr ablassen. Sie durfte wählerisch

sein. Sie durfte durchs Leben stolpern. Denn in seiner Situation war er einfach nur dankbar, dass er sie spürte und ein wenig mit leben konnte.

Ich gehe zu Fuss zu Monika. Das lenkt ab und verdrängt meine Tränen. Zeit, meine Gedanken zu ordnen. Traurig komme ich bei ihr an und erzähle ihr all meinen Kummer, meine Zweifel. Wie soll ich das schaffen? Bin ich vom Regen in die Traufe gekommen? Vorher war ich nicht zufrieden. Mein Leben – ein Einerlei, aber meine Kinder zufrieden. Jetzt kommt mein Leben in Schwung, ich komme langsam an, aber meine Kinder sind unglücklich. Unterm Strich: Ich fühle mich schwach und hoffnungslos. War alles umsonst? Wie kann ich zufrieden werden, wenn es meine Kinder nicht sind? Wie sehr muss man sich opfern? Was ist richtig, was ist falsch? Unzufriedene Mutter = unzufriedene Kinder – dachte ich. Also läge meine Verpflichtung auch darin dafür zu sorgen, dass ich zufrieden bin – dachte ich. Jetzt liegt der ständige Appell in der Luft, dass ich zurückkommen soll. Bin ich dann ein Verlierer? Verliere ich mich nicht selbst darüber? Berlin hat den Nachteil, dass ich finanziell nicht gut auskomme. 200,- € weniger Gehalt, 200,- € Unterhalt für Kathi und die ganzen Reisen für die Kinder, damit ich Kathi sehe, damit Kathi Sven sieht, damit Sven Volker und seine Kumpels sieht. Ist es das wert? Ich hatte gehofft, dass Sven neue Chancen bekommt. Raus aus dem dörflichen Zudröhnen in eine Zukunftsperspektive. Ein neuer Horizont – ein wenig Ankommen in der uralten Heimat. Vielleicht irgendwann Familienkontakt. Zu viel erwartet? Sven macht mir massive Vorwürfe. Ich hätte sein Leben zerstört. Keine Perspektive, nur Lustlosigkeit. Er verweigert sich bei vielem. Will die Stadt nicht sehen, nicht kennenlernen. Droht mit Selbstmord, Weglaufen, Schule schmeissen.

Schaffe ich es, nicht nachzugeben? Zurück in meine eigene Perspektivlosigkeit? Ist Berlin wert, dass ich meine Kinder opfere? Wofür? Für einen Traum? Der realistisch betrachtet das gleiche bringt wie überall? Nein. Berlin ist ein Wunder. So tolerant, so atmosphärisch. Ich möchte hierbleiben. Ich möchte meine Kinder zurück. Ich bin zerrissen, wie meine Kinder es sind.

Aber, ich fühle wieder was. Ich freue mich auf Kathi. Nächstes Wochenende hole ich sie ab. Ich bin auch auf der Arbeit angekommen. Eine grosse Aufgabe – ein grosser Kampf. Am Freitag Essen mit meiner Cousine Helga und Familie. Sven kommt sogar mit. So ganz verweigert er sich nicht. Er ist nur einsam. Unsicher. Ein Freund wäre toll. Auch für mich.

Ich gehe wieder zu Monika. Alte Erinnerungen kommen in mir hoch. Ein Tag vor dem Tag der deutschen Einheit. Ich habe Sven die Bücher gezeigt. Wie das damals war, als die Mauer gefallen war. Er war interessiert und das überraschte mich. Monika heitert mich auf. Ich kann wie so oft meinen ganzen Müll bei ihr abladen und anschliessend spielen wir Billard. Wie in alten Zeiten. Sie versucht Sven einen Praktikumsplatz in ihrer Bank zu besorgen. Dort wo auch sein Vater einmal gewesen war. Thomas aus der Bank, mit dem ich später telefoniere, hofft, dass Sven nicht so ist wie sein Vater. Dem habe ich übrigens auf die Mailbox gesprochen, dass wir da sind. Ob er sich meldet? Was muss das für ein Gefühl sein, nach 14 Jahren Kontaktlosigkeit? Ich wünsche mir Integration für meinen Sohn. Wir sind zwei Monate hier. Vielleicht ist alles auch noch zu früh? Ich sage Sven, dass wir nächstes Jahr neu überlegen. Er versucht mich auf die Ferien festzunageln. Dann auf jeden Fall zurück. Ganz abgeneigt bin ich nicht. Meine Tochter fehlt mir. Aber andererseits hat

Volker meine Familie absorbiert. Meine Kinder. Und ich werde immer Anhängsel bleiben. Vor allem wenn ich zurück gehe. Jetzt kann ich meine Wichtigkeit betonen. Jetzt bin ich kostbarer als vorher. Jetzt habe ich Kathi mehr als in den letzten 1 ½ Jahren. Aber ist sie nicht noch zu klein, um verlassen zu werden? 11 – fast 12. Wenn ich zurückgehe, dann nur, wenn sie bei mir leben kann und will. Aber Zeit habe ich dann immer noch nicht für sie. Ich hasse es, nicht Mutter sein zu können. Ich hasse es, trotz meiner geopferten Zeit auf der Arbeit, nicht richtig leben zu können. Es ist zum Kotzen!

Auf den letzten Drücker klappte es noch mit dem Praktikumsplatz für Sven. Irgendwie schien er dankbar zu sein, dass Monika und ich uns kümmerten. Und wurde zusehends umgänglicher. Kathi kam dann endlich eine Woche in den Herbstferien nach Berlin. Kevin verbrachte ein paar Tage in seinem Dorf bei Volker. Danach war er zufriedener. Ausgeglichener. Teilweise kommunizierte er wieder ohne Groll mit mir, fast wie in einer richtig harmonischen Familie. Und nachdem Kathi hier gewesen war, bemerkte ich, dass ich den zusätzlichen Stress, den sie machte, nicht wirklich vermissen würde. Sie als Person ja. Ich vermisste sie, kaum war sie wieder weg. Aber die Ruhe….

Die nächsten Monate vergingen wie im Flug. Gelegentlich traf ich mich mit Monika oder ihren Freundinnen. An Sylvester hatte ich die Bude voll – so viel Besuch! Kathi war wieder bei mir. Jens mit Daniela und seinen Kindern. Steffi und Maria aus Trier. Und Monika. Zusammen schauten wir uns ein Feuerwerk an und genossen die anschliessende Nacht bei Sekt und heisser Gulaschsuppe in meiner Küche. Die nächsten Tage bis zu ihrer Abreise zeigte mir Kathi wieder deutlich, wie sehr ich ihr fehlte.

Es gab mir jedes Mal einen Stich. Aber wieder hatte ich das Gefühl der Ruhe – kaum war sie weg. Diese Ruhe benötigte ich, um aufzutanken. Zu sehen, was ich mit mir anfangen würde. Sven hatte sich gänzlich beruhigt und war sogar einverstanden, eine bessere Schule in Berlin zu besuchen. Er würde also hierbleiben. Ich war überrascht. Die Arbeit wurde schon langsam Routine. Erstaunlich, wie schnell ich integriert war. Aber Fühlen konnte ich es nicht.

Ich spüre wieder die Leere in mir. Angekommen. Ziel erreicht. Wohin weiter? Diese Leere kenne ich nur zu gut. Soll ich jetzt langsam einmal anfangen in meiner Seele zu forschen, was es damit auf sich hat? Also habe ich ein wenig im Internet recherchiert. Vielleicht doch wieder eine Familienaufstellung? Etwas Taoismus? Oder einfach eine Psychotherapie? Ich habe Angst davor. Und gleichzeitig den Wunsch, es alleine zu schaffen. Kein Vertrauen zu den vielen Tummelplätzen der Psychoversteher. Etwas schreit nach Antworten in mir. Mein Wunsch nach Stabilität. Nach dem Gefühl des Wissens – auch was man will. Nach dem Gefühl des Kennens – auch von dem Weg. Meinem eigenen spirituellen und tatsächlichen. Manchmal spüre ich Kräfte in mir. Ein grosses Selbstvertrauen. Kenntnisse der Umwelt und der Abhängigkeiten. Nur – was soll ich damit anfangen? Wohin mich damit wenden? Sollte ich mir zum Auftrag machen, diese Fähigkeiten, mich in andere hineinzuversetzen, Zusammenhänge in einem grösseren Rahmen zu verstehen oder schlichtweg die der Analyse – an andere weiterzugeben? Wer würde mich denn hören wollen? Hätte ich noch die Kraft dazu? Ein Netzwerk aufzubauen, mich belasten zu lassen von Zeit- oder Geldnot? Diesen Preis möchte ich schlichtweg nicht zahlen. Auch wenn ich bereit zu einer Coach-Ausbildung wäre, die auch einiges kostet. Aber der Coach-

Beruf ist gerade sehr modern und auch hier tummeln sich viele, die genauso, wie diejenigen der Seelenklempner, oft mehr Schaden anrichten, als Gutes zu tun. Ich möchte nicht dazugehören!

Vielleicht sollte ich einfach klein anfangen. Mit einer Homepage. Mit der Möglichkeit, zu allen Lebenslagen etwas sagen zu können, ohne den Zwang zu haben, sofort präsent zu sein. Aber – könnte ich damit wirklich helfen? Und da ist es: Mein Helfersyndrom. Nur, wenn ich es ausleben kann, ohne dabei verschlungen zu werden, bin ich zufrieden. Wenn Leute mich um Rat gefragt haben, ob PC-technisch oder persönlich – dann war ich zeitweise glücklich. Wenn sie nicht auf mich gehört haben, schaltete ich irgendwann mein Interesse ab oder fühlte mich ausgenutzt. Schwierig, aber mit der Distanz einer Website vielleicht einfacher.

Sie schrieb so viel! Es war anstrengend ihr zu folgen. Vieles verstand Friedrich nicht einmal. Die neue Technik, von der mittlerweile ein ganzes Leben beeinflusst wurde. Ihre Worte. So neudeutsch. Aber es machte ihn auch neugierig.

Heinrich rief ihn. „Wir haben Zuwachs bekommen.", begrüsste er ihn. „Was? Wer ist es?", wollte Friedrich erstaunt wissen. „Dein Urenkel. Bernhard. Er findet auch kein Licht."

„Wie hast du ihn gefunden? Kennst du ihn?", fragte Friedrich neugierig. „Natürlich. Ich habe nie aufgehört, nach ihnen zu schauen. Nicht so wie du!", ergänzte er vorwurfsvoll.

Friedrich schaute seinen Vater nur nachdenklich an. „Woher nimmst du die Kraft? Sind sie für dich nicht zu weit weg?" „Doch, manchmal schon.", entgegnete sein Vater. „Aber ich habe den Kontakt nie verloren." Er wiederholte: „Nicht so wie du. Und deshalb war ich sie immer wieder besuchen. Deinen Wilhelm, seinen Sohn Rudolf, seinen Sohn Bernard... Unsere Familie!", betonte er. Friedrich schluckte. Sein Vater hatte Wilhelm gefunden?

Schuldbewusst rechtfertigte er sich. „Was bringt dir das? Und vor allem, warum nur die Männer?" Heinrich grinste. „Frauen zählen nicht. Unsere Männer sind diejenigen, die Unterstützung benötigen. Alle, die sie bekommen können. Und ich habe sie unterstützt. Soweit es ging." „Das ist mir neu. Was ist mit unseren Nachkommen? Warum brauchen sie Hilfe?" „Sie sind schwach. Und du warst der Anfang. Du warst schwach. Schau sie dir doch an! Deine Friederike. Und was hat sie aus Wilhelm gemacht? Machen können? Du hast sie nicht gebändigt, wie es sich gehört. Du hast sie nicht in ihre Schranken gewiesen. Schau doch, was daraus geworden ist?

Stattdessen hast du dich an den Kaiser geklammert wie ein Ertrinkender. Und das Ganze nur, weil du dich bei deiner Frau nicht durchsetzen konntest. Du Angst hattest.

Deine Nachkommen haben alle versucht, deine Fehler wieder gutzumachen." Friedrich schaute ihn fragend an. „Wie sollen sie meinen Fehler wieder gut machen können?" Heinrich lächelte gequält über so viel Unwissenheit: „Wilhelm hat sich einen komplett anderen Typ Frau gesucht. Eine fröhliche Frau. Herzlich. Deine Angela." Das habe ich arrangiert. Sie wäre so formbar gewesen." Friedrich schluckte. Heinrich fuhr fort. „Und trotzdem war er schwach. Dank Deines Versagens. Er ist krank geworden. Hat zu viel Alkohol getrunken. Seine Frau im Stich gelassen. Die Strategie mit einer weichen Frau hat versagt." Friedrich senkte den Blick. Er musste nachdenken. Hatte sein Vater womöglich recht? War Friederike beziehungsweise seine Schwäche an allem schuld? An den Problemen seiner Nachkommen?

Heinrich ergriff weiter das Wort: „Wilhelm hinterliess eine enttäuschte Frau, die selbst stark sein musste. Für ihren Sohn Rudolf. Angela hat sich an ihren Sohn geklammert. Er wurde ihr Lebensinhalt. Selbst noch als erwachsener Mann.

Und sie machte Rudolfs Frau das Leben zur Hölle als er seine Familie für den Krieg verlassen musste." Friedrich war erstaunt. „Wie kannst du das alles wissen?" Hatte sein Vater das ganze Leben von seinem eigenen Sohn mitverfolgt?

„Wie gesagt. Ich habe sie unterstützt.", entgegnete der. „Aber stärken konnte ich sie nicht wirklich. Deine Friederike war zu einflussreich gewesen. Seitdem waren es immer zu starke Frauen, die unsere Männer klein gemacht haben. Schau dir doch z. B. deine Lisa an. Sie ist auch so stark. Nur noch liebenswürdig dazu..." „Woher weisst du...?", schrak Friedrich auf. Heinrich entgegnete: „Ich lebe doch nicht auf einem fremden Planeten."

Friedrich musste schlucken. Er ahnte, dass Heinrichs Intervention nichts Gutes gebracht haben konnte. Oder bringen würde. War er doch ein herrschsüchtiger brutaler Patriarch gewesen, der seine eigene Frau und Friedrichs Mutter entwürdigt, geschlagen und letztendlich in den Tod getrieben hatte.

Im Januar war mein Onkel Bernhard gestorben. Ich fuhr zusammen mit meiner Cousine Frauke in meine alte Heimat zur Beerdigung. Wir fuhren knapp sieben Stunden quer durch Deutschland, das mit einer gefrorenen Nebelschicht gespenstisch und mystisch weiss überzogen war. Es erwarteten uns bereits meine Eltern, mein Bruder, meine Schwestern und meine Tante, die Mutter meiner Cousine. So viel Familie! Selbst Kathi holte ich für einen Tag dazu. Wir Geschwister mussten das Erbe besprechen und es gelang mir, einen Konsens zwischen den vielen unterschiedlichen Parteien zu finden, so dass meine älteste Schwester das Haus meiner Oma übernehmen konnte. Kein Streit, das war mein Ziel, und ich hatte es erreicht. Die Familie hinterliess bei mir das Gefühl dazuzugehören. Wärme. Und die Beerdigung war gefühlvoll und rührend. Ich weinte. Alle weinten. Am Grab spielte ein alter CD-Player sein Lieblingslied von Bach. Eine Nachtigall zwitscherte dazu. Wir bemerkten die Einzigartigkeit des Moments und dachten an die Seele meines Onkels, der im Leben so unglücklich gewesen und jetzt endlich frei war. Später wurden viele Familiengeschichten erzählt. Erstaunlich, wie alt ich werden musste, um daran dieses Interesse zu zeigen. Aufgewühlt und ausgelaugt kam ich wieder in Berlin an.

Lucia suchte den Rat der Weisen. Durfte sie Lisa noch einmal besuchen? Konnte sie es? Sie fühlte, dass Lisa sie vermisste. Greja und Laos lächelten vielsagend. „Ludmila, du hast uns so grosse Dienste erwiesen."

„Grosse Dienste?", fragte Lucia ungläubig, die sich langsam an ihren alten Namen wieder gewöhnte.

„Ja. Zum einen hast du durch deinen Aufenthalt in der Zwischenwelt ein kostbares Wissen mit zurückgebracht. Heute wissen wir mehr über den Mechanismus, der diese Seelen so verharren lässt. Aber vor allem hast du uns Lisa, oder besser gesagt, Romania, in gewisser Weise zurückgebracht. Dank deiner können wir ihren Einfluss einschätzen." Ludmila horchte auf. „Wieso wisst ihr nichts von ihrem Leben?" „Wir wissen nichts Genaues über den Werdegang unserer Ausgesandten. Erst wenn sie zurückkommen und es uns erzählen. Du hast sie nicht nur für uns eindeutig identifiziert, sondern auch noch etwas viel wichtigeres vollbracht!" Die Lichtgestalt machte eine bedeutungsschwere Pause. Dann fuhr sie fort. „Du hast ihr dabei geholfen, ihren Weg zu finden. Und wir sind nun noch

zuversichtlicher, dass sie ihren Auftrag erfüllen wird." Lucia oder Ludmila dachte nach. War sie Werkzeug gewesen? Gewollt? Ungewollt? Für wen? Für Lisa? Romania? Die Verschmolzenen? „Könnt ihr nicht selbst intervenieren, wenn ihr merken würdet, dass es nicht so läuft, wie es sein soll?"

„Vielleicht indirekt. Wir selbst – die Verschmolzenen – können nur den Start beeinflussen, aber nie selbst in Erscheinung treten. Wir würden die Menschen verbrennen, wenn wir mit ihnen in Kontakt treten würden. Und die Reisenden blenden. Nur die nicht verschmolzenen Sonnenkinder können es, wenn sie es wollen. So wie du. Manchmal spüren wir instinktiv gewisse Schwingungen und erkennen die Notwendigkeit eines bestimmten Handelns. Wie ein Ruf. Dann erscheinen wir den Menschen als Vision oder Eingebung.

Wir können nur einen gewissen allgemeingültigen telepathischen Einfluss nehmen, wenn wir gerufen werden. Zum Beispiel durch die Liebe und den Glauben zu einem Gott und die dadurch vereinte Energie."
Ludmilas Verständnis wuchs. Sie war voller Wissbegier. Mehr als nach ihrem letzten Leben. Oder dem davor. Langsam kam ihre Erinnerung zurück.

„Aber wieso hat Lisa eine Aufgabe? Ich nicht?"
„Die meisten Menschen haben nur die Aufgabe, sich zu entwickeln. Ihre Seele zum Funkeln zu bringen. Bis sie verschmelzen. Romania nicht. Sie ist schon verschmolzen. Aber ihr Auftrag ist nicht einfach zu erklären." Ludmila wurde nachdenklich.

„Was bringt die Seele zum Funkeln?", wollte Lucia schliesslich wissen.
„Einzig und allein die Liebe.

Die Liebe, für die man sich selbst opfern möchte. Die Liebe, die den Menschen über seine irdischen Bedürfnisse hinaus hebt. Die Liebe, die vereint." Gedankenblitze schossen Ludmila durch den Kopf. Lisas Tagebucheinträge. Die Schrift des Propheten. Ihre eigene instinktive Suche nach Lisas Liebe. „Und solange bis die Menschen es erreicht haben, werden sie wiedergeboren.", ergänzte Greja.

„Ich verstehe aber nicht ganz. Romania war doch vorher schon eine Lichtgestalt", bohrte Ludmila. „Und jetzt erst fand sie die Liebe?"

„Nein, Ludmila. Sie hatte die Liebe schon in sich, bevor sie wieder zum Mensch wurde. Aber dieses Wissen wurde ihr als Mensch genommen. Nur im Laufe ihres Lebens hat die Suche danach und die Bestätigung ihr ihre eigene Stärke wieder bewusst gemacht, um als Mensch den Auftrag erfüllen zu können, den sie hat. Bei ihr mussten wir einen Teil der Energie zurückhalten. Dies ging nur mit vereinter Kraft und wird in der Regel nicht gemacht. Weil es unnötig ist. Aber diesmal waren wir gezwungen, sie und andere verschmolzene Lichtgestalten zurückzusenden."

„War ihr Pendant auch dabei? Ist sie ihm begegnet, während ich sie begleitet habe?" „Kay? Er ist ebenfalls zurück auf der Erde. Und ja, vielleicht war er Erney, von dem du uns erzählt hast. Vielleicht ein anderer. Wir wissen es nicht genau. Wie verhalten sich Lichtgestalten als Mensch? Bleibt ihre Energie zentriert? Oder breitet sie sich aus? Romania und Kay haben eine Verbindung, die konstant bleibt. Unterbewusst. Und vielleicht wirkt diese Verbindung als Verstärker für die Suche nach dem, was scheinbar fehlt. Als Mensch. Mit all den bewussten Einschränkungen. Wir experimentieren im Moment aus der Not heraus. Viele von uns sind im Moment auf der Erde. Wir sind bald an einem Punkt, wo sich alles entscheidet."

„Aber was ist mit den Reisenden?", fragte Ludmila neugierig. „Warum stecken so viele mittlerweile fest?"

Nachdenklich antwortete Greja: „Ihnen fehlt oft nur noch ein kleiner Schritt. Sie müssten ihr Leben aufarbeiten und die Wertigkeit erkennen. Verzeihen. Den Zugang zu ihrer bis dahin gewonnenen Liebe zulassen. Und loslassen. Aber stattdessen verharren sie. Und genau das ist unser Problem und Grund für Romanias besondere Aufgabe."

Neugierig sah Ludmila Greja an.

Sie erhielt endlich die alles erklärende Antwort: „Du weisst, es werden immer mehr Reisende. Religionen sind in den Hintergrund gerückt. Oft instrumentalisierend anstatt wegweisend. Mitmenschlichkeit entgleist mehr und mehr zu Egoismus und Habgier. Menschen wünschen sich aber einen Weg. Hoffnung. Und bekommen immer mehr haltlose Ratschläge, die ins Nirgends führen anstatt zu Vergebung und Liebe. Die Moral für das Miteinander und die Liebe zum nächsten sind nicht mehr modern.

Die Reisenden erhalten von den Lebenden keine Antworten mehr, keine Vorbilder mehr, beeinflussen aber wiederum die Lebenden noch zu deren Nachteil. So dass diese später auch nicht ins Licht gehen können. Ein Teufelskreis. Und je mehr in der Zwischenwelt stecken, desto weniger werden wiedergeboren um sich weiterzuentwickeln. Wenn du so willst, ist die Zwischenstufe ohne Ausweg so etwas wie die Hölle. Die Angst vor dem Schmerz lässt sie verharren." Ludmila verstand plötzlich. Die Beeinflussungen der Reisenden. Rudolfs Schmerz. Der Schatten. Sie steckten alle fest. Und dann fiel ihr ein wie Romania und Erney – war es Kay? – den Weg für viele Reisende geöffnet hatten. Durch ihre Liebe. Durch diese Intensität im Augenblick.

Als hätte Greja ihre Gedanken erraten – denn diesmal hatte Ludmila nicht „laut" gedacht – fuhr sie fort: „Um *das zu ändern, benötigen wir Wesen wie Romania. Sie hat eine grosse seelische Kraft und lässt sich kaum von den Reisenden beeinflussen. Sie reisst sie sogar mit. Lässt sie durch ihre Erfahrungen lernen. Und mit den zusätzlichen Prüfungen, die sie überstehen musste und noch muss, gewinnt sie immer mehr die Fähigkeit, sich in grosse Zusammenhänge, in Reisende und auch in ihre Mitmenschen hineinzuversetzen. Deren Aura zu spüren und weitere Antworten für sie zu finden."*

Ludmila begriff langsam die Tragweite. Trotzdem brauchte sie Gewissheit: „Hat sie nicht einfach nur den Weg zu sich selbst und ihrer Fähigkeit zu lieben gefunden?"

Die Lichtgestalt lachte. „Ludmila, überleg doch mal. Sie hat die Fähigkeit zu lieben. Sie ist Teil von ihr. Im Grunde benötigt sie die Entdeckung der Liebe überhaupt nicht. Sie zeigt anderen nur den Weg. Nicht nur einem Menschen, sondern vielen. Nicht nur Männern, sondern auch ihren Kindern, ihren Freunden, Kollegen... sogar dir. Und bei allen hat sie etwas hinterlassen, oder? Schmerz." Ludmila schluckte. „Ist das denn Sinn und Zweck? Schmerzen zu haben?"

„Es gibt keine höhere Liebe ohne Schmerz. Nur, wer bereit ist, sich einzulassen, ist fähig zu lieben. Du hast es uns selbst erzählt. Romania hat die Angst vor ihren eigenen Schmerzen besiegt. Für alle anderen. Und sie wird immer wieder bereit sein, neue Schmerzen einzugehen. Ihre Liebe ist ein Geschenk für den Moment. Aber man kann Lisa nicht festhalten. Sobald man sie für sich beansprucht, verlässt sie. Und der Verlust hinterlässt bei jedem, der Lisa liebt, ebenfalls Schmerz. Und davon gibt es sehr viele..." Ludmila unterbrach sie. „Das stimmt, alle haben sie sie geliebt. Viele wollten sie nicht gehen lassen." „Siehst du? Und genau das ist die Chance. Zu lernen, dass man

Schmerz nicht vermeiden kann, wenn man liebt. Sie werden lernen, den Schmerz zu verarbeiten. Keine Angst mehr zu haben. Den Moment trotzdem zu schätzen. Auch wenn er schon vorbei ist. Sie werden nicht mehr verharren, sondern nach der Liebe weiter suchen, die ihnen Romania geschenkt hat. Offen werden für eine neue Liebe. Und die alte behalten als Geschenk. Viele haben es Dank Romania schon geschafft. Und das nehmen sie auch mit. In ihr neues Leben. Und dadurch werden es immer mehr. Romania ist nicht die Einzige, die mit dem Auftrag auf die Welt gekommen ist, noch mehr Liebe zu säen. Aber sie ist dir anvertraut worden und in ihrer Art auch einzigartig. Jeder von ihnen. Dieser Anfang wird sich auf Generationen auswirken. Es wird einen neuen Weg geben. Ohne die konservativen Fesseln der Gesellschaft. Immer mehr Menschen werden Tiefe zulassen können und den Moment wieder mehr wertschätzen. Die Einzigartigkeit des anderen. Sich verbinden. Spüren. Und verstehen. Weg von egoistischen Fesseln zu der Antwort, dass unsere Energie eins ist. Und sie geführt werden zu einem höheren Selbst. Und dieser Aufbruch wird auch bei den Reisenden Gehör finden und den Weg öffnen, denn sie werden zuhören."
Lucia war überrascht. Es war plausibel. So viele Reisende hatte sie gesehen. Unglücklich. Ausweglos. Hoffnungslos. Romania, ihre Lisa, hatte eine grosse Aufgabe vor sich. Und vielleicht schon einen Teil davon erfüllt. Wer weiss?

Zweifel suchen mich immer noch regelmässig heim. Die Emails und Telefonate meiner alten Kollegen und Freunde werden nicht weniger.
Warum bin ich wirklich gegangen? Ich denke, um wieder zu mir selbst zu finden. Einen Punkt zu setzen. Weg von den zermürbenden Verpflichtungen, oberflächlichen Beziehungen, notdürftigen Träumen. Hin zu neuen Risiken,

zu neuem Leben - spüren. Und bewusst Nähe dort zuzulassen, wo sie hingehört. Und nicht mehr dort, wo es bequem ist, weil sich jemand scheinbar anbietet, mich aber niemals erreichen und damit verletzen kann. Mündend in die Belanglosigkeit.

Weniger ist mehr.

Monika ist mein „mehr". Obwohl sie selten Zeit hat, bereichert sie mein Leben. Ich weiss sie zu schätzen. Mit ihrer Lebenslust, Kindlichkeit und Tiefe. Und sie bekommt ein Kind, um das auch ich mich kümmern darf. Kathi ist mein „mehr", weil ich sie jetzt, entbunden von den alltäglichen Verpflichtungen, offen und frei sehen und vor allem meine Liebe zu ihr fühlen kann. Sven ist mein „mehr", weil er wieder zugänglicher geworden ist, weit mehr als vor dem Umzug. Meine Familie ist ein „mehr" geworden, weil ich durch den Abschied die Bande bewusster spüre.

Und zunehmend sehe ich die Menschen um mich herum. Spüre ihre Aura. Meine Sinne sind erstaunlich geschärft. Ich habe die letzten Jahre so viel beobachtet. Vielleicht hat mich Erwin damals dazu gebracht, den Menschen wirklich wahr zu nehmen. Durch die ständige Fokussierung auf seine Seele, die so spürbar schön und doch so unerreichbar war, kann ich heute leichter hinter die Mauern schauen.

Und so langsam formt sich alles zu einem Bild zusammen. Die Verwicklungen, die Verblendungen in meiner Vergangenheit. Die Atmosphären und scheinbar Gespürtes. Die Bedeutung von Liebe und der Weg dorthin über sich selbst. Ständige Arbeit, ständige Bewusstmachung, ständiges Loslassen. Durch die Konzentration auf meine wesentlichsten Lebensinhalte, ohne dass ich mich wie früher verzettele, wächst langsam in mir eine neue Kraft.

Doch wie wird es weiter gehen? Wie definiere ich meinen jetzigen Platz in der Welt?

Ich habe einen neuen Weg für mich beschritten. Und meine Ziele endlich genauer definiert, um mich zu stärken. Eine Weiterbildung als Betriebswirt. Dauer: Zwei Jahre. Eine anschliessende Ausbildung zum Coach. Und dann kann ich mich selbstständig machen, mit dem Geld meines Erbes.

Und für die Seele vielleicht einen Garten? Ich schaue mich erst einmal um.

Aber ein grosses Loch ist noch zu stopfen. Meine Einsamkeit. Also doch wieder mehr belanglose Kontakte? Ich muss Geduld lernen und auf wertvolle Menschen zu warten, die zukünftig zu meinem Leben gehören sollen. Aber anfangen muss ich trotzdem irgendwie. Zeichen setzen. Mich bemerkbar machen.

Ich schrieb mich im Internet in diversen Plattformen ein. Nur keine Seiten zur Partnersuche, von denen es eine Unmenge gab! Denn so offensichtlich war ich nicht auf der Suche. Lieber wollte ich nach interessanten, netten und lustigen Menschen suchen. Eine Seite bot Kontakte für „Neuberliner" an, eine half bei der Tanzpartnersuche. Und so lernte ich im März Pierre kennen (den zweiten Peter – war doch etwas dran am Wintermärchen?) Wir verabredeten uns in einem nahegelegenen Café und hatten schon bald Gesprächsstoff, als würden wir uns als potentielle Partner kennenlernen. Eigentlich wollte ich das gar nicht, aber gleichzeitig lag ein Reiz in der Luft. Wir redeten viel auf Französisch und dadurch hatte er automatisch eine Verbindung zu meinen alten Erinnerungen an Paris geschaffen. Ein grosser Pluspunkt. Er grub mehr und mehr meine Vergangenheit aus, machte mir Komplimente, auch wie stark ich sei. Ergebnis: Verwirrt ging ich nach Hause.

Durch das Erzählen waren mir wieder viele Dinge bewusst geworden. Ich hatte seit Jahren niemanden mehr gehabt, der mich derart kennenlernen wollte. Es tat gut. Aber es machte mir auch Angst. Zu sehr schon gelernt, mich mit mir selbst auseinanderzusetzen - ohne direkten Spiegel. Indirekte hatte ich genug gehabt. Meine Kollegen der letzten Jahre. Meine Freunde der letzten Jahre. Menschen, die mir selten in der Form wie Pierre signalisiert hatten, dass ich wirklich für sie interessant war. Bis ich gegangen war.

Der Start in Berlin ist so schwer! Die vergangenen Kontakte zerren an mir. Aber was würde ein Zurück bringen? Veränderung der alten Muster? Nein. Ich würde wieder dort landen, wo ich herkomme. Die Kontakte würden wieder zu meinem Alltag gehören, ohne dass ich dort Änderungen bewirken würde. Oberflächlich wie eh und je. Und wenn ich mich ändere? Könnte ich nicht genauso dort Prioritäten setzen? Aber dort ist niemand mit der Tiefe, die ich suche.

Ich bin gegangen, um diese Muster zu durchbrechen. Um eine Chance zu bekommen, neue Menschen kennenzulernen, ohne die Verpflichtung, mich den alten zu widmen, die meine Zeit rauben.

Eigentlich brauche ich diese direkten Spiegel wie Pierre, um mich selbst zu finden. Denn zu lange habe ich gegraben. Zu lange mich selbst analysiert. Je mehr man ins Detail geht, desto weniger erkennt man das grosse Ganze. Ich bin nur noch ein Bestandteil aus vielen Puzzleteilen und muss mich langsam wieder zusammensetzen lassen. Doch Pierre werde ich nicht wieder an mich heranlassen. Der Moment war genug. Er möchte eine Beziehung. Ich kann mich nicht in ihn verlieben. Erney kam wieder hoch.

Es muss jemand sein, der die Erinnerung an ihn verwischt.

Zwei Tage später hatte ich eine schlaflose Nacht, weil ich gerade so viel für die Arbeit vorbereiten musste und sämtliche Dinge, die ich womöglich vergessen hatte, mir alle 10 Minuten, kurz bevor ich endlich eingeschlafen wäre, siedend heiss wieder einfielen. Also stand ich schliesslich auf, schrieb alles auf und hoffte, jetzt endlich einschlafen zu können. Weit gefehlt. Wieder stand ich auf, machte mir eine heisse Milch mit Honig und setzte mich vor den Fernseher. Ein Film im Ersten. Eine dicke ältere Frau, die jedoch ein warmes Herz und Ausstrahlung hat, läuft einem gestandenen, gutaussehenden Geschäftsmann über den Weg, der sich gerade in einer Krise befindet. Er hängt sich an sie, weil er bei ihr etwas bekommt, was ihm fehlt: Wärme. Aber gleichzeitig möchte er sie nicht als Freundin, weil sie optisch nicht zu ihm passt. Und am Ende entscheidet er sich doch für sie, weil er erkannt hat, dass es Wichtigeres gibt als Aussehen. Nachdenklich fand ich schliesslich meinen Schlaf.

Mit dem Frühling erwachte mein Hunger nach Nähe. Ich sehnte mich nach einer neuen Beziehung und sedierte meine Umgebung nach passenden Männern. Selbst, wenn sie mir optisch nicht gefielen. Nachts träumte ich von Erney. Die Sehnsucht nach ihm war verblasst. Nach seiner Körperlichkeit. Aber niemals nach der Essenz, die wir beide gelebt hatten. Und so würde ich wohl ewig auf der Suche bleiben – nach einem zweiten Mal.

Im Internet hatte ich endlich den Garten gefunden, den ich gesucht hatte. Mit der BVG zu erreichen, nicht in einer Kolonie – also ohne mäkelnde, kontrollierende Nachbarn, mitten in einem kleinen Stück Wald. Und das Ganze auch noch bezalbar (für ungefähr 2.000,- €). Ich stellte den Kontakt her und irgendwie schien es, als sollte dieser Garten wirklich mir gehören. Ich war die erste Bewerberin, also bekam ich ihn auch. Und später stellte sich heraus, dass es kaum einen Garten für dieses Geld gab. Mit kleinem Wochenendhäuschen. Ich freute mich so sehr auf den jetzt langsam erwachenden Frühling! In meinem Garten.

Und auf meine neue Aufgabe. Natur. Sie würde mich beruhigen und mir etwas Ursprünglichkeit zurückgeben. Den Blick für das beständige Wachstum und den Wechsel. Ein neuer Spiegel, der mir den Ursprung der Dinge näherbringen würde und dazu aufforderte, in ihm zu graben, anstatt in mir.

Friedrich sass auf ihrem Sofa. Nichts Spektakuläres ereignete sich. Fernsehen war gut. Eine schöne Beschäftigung für sein gelangweiltes Dasein. Und Lisa lag in ihrem Hochbett, von wo sie ebenfalls schaute. Auf einmal war er hellwach. Er spürte, dass er mit Lisa nicht mehr alleine war, sah aber niemanden. Auch keinen Reisenden. Das Einzige, was er spürte, war eine Wärme und Geborgenheit, die er so lange schon vermisste.

Es war einer dieser verregneten Aprilabende, an denen ich mich am liebsten in mein Bett verzog, noch etwas fernsehen guckte und dann gemütlich einschlummerte. Ich träumte. So real. Als wäre ich wach. Im Traum, in der Mitte meines Wohnzimmers, stand plötzlich eine Lichtgestalt. Sie schimmerte golden und lange Haare umwehten ein liebes Gesicht. „Wer bist du?", wollte ich wissen. Mein Herz klopfte, Angst hatte ich jedoch keine. Stattdessen durchflutete ein warmes Gefühl meinen Körper. Ich fühlte mich zu diesem Wesen hingezogen. Ganz stark.

„Mein Name ist Ludmila. Ich bin hier, um dich weiter zu begleiten. Und ich freue mich sehr"

Überrascht hielt ich den Atem an. „Begleiten? Weiter?"
Ungläubig schaute ich sie an. Sie kam mir so vertraut vor.
Die Szene wechselte. Plötzlich standen wir auf einer Lichtung. Der Morgen graute. Bäume wiegten sich leise im Wind, der uns durch die Haare fuhr. Es roch nach Wald und Frühlingsblumen.

„Du hast eine Menge gespürt und erraten. Ich habe deine Aufschreibungen gelesen. Manche Weisheiten sind dir in gewisser Weise durch den Äther zugeflogen. Manche Zusammenhänge hast du unbewusst schon gewusst. Das alles hilft dir zu verstehen." Ich hatte noch so viele Fragezeichen.

„Werde ich irgendwann alles verstehen?" fragte ich vorsichtig.

„Wenn du gestorben bist, ja."

„Gibt es keine Möglichkeit, es jetzt schon zu verstehen?"

„Wahrscheinlich nicht. Das Einzige, was du tun kannst, ist weiter nach Zusammenhängen zu suchen. Ich habe dich lange begleitet. Und weiss sehr viel von dir und deiner Art, Dingen auf den Grund zu gehen. Deine Aufarbeitung, deine Suche nach den Zusammenhängen der Liebe, dein Analysieren von dir selbst und den anderen. Dein Sieg über die Angst vor dem Schmerz. Und deine Anziehungskraft, der du dir gar nicht bewusst bist." Ich war wie gebannt.

„Die Essenz hast du schon verstanden. Und du entwickelst dich immer weiter. Die nächste Stufe steht unmittelbar bevor. Aber ganz begreifen wirst du erst wieder, wenn du zu uns zurückgekommen bist." Ein Schaudern überlief meinen Rücken. So viel offenbarte sich.

Ludmila fuhr fort. „Die Menschen haben den Kern bereits längst erkannt. Widergespiegelt in ihren Religionen, in ihrem Wissen über das Böse und die Liebe. Aber leider verlieren sie immer mehr ihren Weg. Sie müssen sich wieder neu orientieren. Den Weg zur Liebe neu definieren."

„Warum?", wollte ich wissen. „Warum ist es so wichtig, die Liebe zu finden?"

„Ich versuche, es dir zu erklären. Es ist schwierig, denn richtig verstehen wirst du es nie können. Die Zusammenhänge muss man spüren. Dieses Wissen ist in der Beschränktheit der lebenden Körper nur bruchstückhaft verständlich. Aber ich kann dir zumindest eine einfachere Theorie mitteilen. Es ist ein Spiel der Energien."

„Energien?"

„Die Sonne ist Energie. Wir sind Energie. Und Energie ist ein Träger und Gestalt für verschiedenste Inhalte und Fortschritte, die sich ineinanderfügen. Wir sind alle Teil davon. Das Wasser, die Tiere und Pflanzen. Selbst die Planeten – die Steine. Und Menschen in deiner Form, aber auch Wesen in meiner, haben ein grosses Potential an allem. Wir sind wie der Wind, der die Erde, die Pflanzen und das Wasser in Bewegung halten und es formen. Aber auch wir werden geformt.

Es gibt positive und negative Energien. Alles ist miteinander verbunden. Das eine bedingt das andere. Und nicht nur das. Alles wächst. Ständig." Sie machte eine kurze Pause und sah mich nachdenklich an. Würde sie mir mehr erzählen? Ludmila wurde ganz ernst. Sie fuhr fort. „Im Moment gewinnt die negative Energie immer mehr an Boden. Die Tendenz ist steigend. Wir sorgen uns. Daher bedarf es einer Stärkung der positiven Energien. Und eine zentrale Form davon ist die Liebe."

Ich war so berührt. Wärme durchfloss mich. Verständnis. Ich fühlte. Es schien alles so in sich schlüssig zu sein. Deshalb war die Liebe so wichtig. Deshalb war ich immer auf der Suche. Und was mich überglücklich machte: Mein Leben hatte einen Sinn. Es würde auch nach dem Tod ein Weiter geben. Mit unseren gelebten Inhalten. Oder zumindest der Essenz davon. Geformt durch die Unwägbarkeiten des Lebens.

Ich schaute Ludmila an. Sie war so schön. Mir schossen weitere Fragen durch den Kopf. Aber sie lächelte mich nur an. Dann sagte sie: „Ich muss zurück, Lisa. Ich…."

Sie wurde durchsichtig in der aufgehenden Sonne und verblasste. Ihre Abschiedsworte waren nur noch leise zu hören, bis sie ganz verschwand.

Ich zitterte plötzlich. Und wurde wach. Lange lag ich noch in meinem Bett und sehnte mich nach der Lichtung zurück. Ich hatte mich dort so glücklich gefühlt. Ich sah noch genau die Bäume vor mir, die Gräser, roch den Duft der Frühlingsblumen. War es nur ein Traum gewesen? War es meine Phantasie, die nach Bestätigung gierte? Doch dieses Bild von Ludmila und dieser Wärme und Geborgenheit würde ich für immer behalten, das wusste ich.

Ludmila war wieder da. Sie durfte sein. Bleiben. Solange sie wollte. Bei Romania oder Lisa. Und sie brauchte keine Zeiten mehr zum Auftanken. Bis sie wiedergeboren würde.

Hier war sie nun. In Lisas Wohnung. Sie sah Friedrich an, der dort auf dem Sofa sass.. Sie erkannte in ihm die Ähnlichkeit zu Rudolf. Aber noch etwas. Sie fühlte sich zu ihm hingezogen. Wollte ihm helfen. Was machte er hier? Langsam, ganz langsam kamen Bilder hoch. Friedrich als kleiner Junge. Friedrich hinter der Küchentür. Entsetzt. Friedrich geschlagen und getrimmt. Für eine Militärlaufbahn. Sein Vater immer im Nacken. Seine Flucht in eine schützende Ehe, die dann zum Gefängnis wurde. Und dann sah sie ihre eigene Selbstaufgabe bis hin zum Tod. Es fiel ihr wie Schuppen vor den Augen! Er war ihr Sohn gewesen!

Sie versuchte mit ihm zu reden. Aber er reagierte gar nicht auf sie. Warum nicht? Konnte er sie nicht sehen? Gefangen in seiner Zwischenwelt? Aber sie spürte seine Gedanken und wusste plötzlich, dass er es gewesen war, der ihr Lisa weggenommen hatte. Nach Berlin „entführt".

Und dass er es war, der sie selbst letztendlich hierhin geführt hatte. Zu Ihrer Familie! Wenn auch einer lange vergangenen.

Sie umarmte ihn, auch wenn er nicht reagierte. Wie ein Blinder. Aber sie war glücklich. Glücklich hier sein zu können. Dank ihrer neuen Freiheit. Ihrer Stärke als Zurückgekehrte. Und auch wenn sie nicht mehr wesentlich intervenieren konnte, wie sie bemerkte, so war sie zumindest in der Lage zu beobachten.

In meinem Alltagsstress hatten Träume keinen Platz. Also verblasste dieser so wundervolle Traum schon bald wieder. Langsam lebte ich mich in meiner neuen Firma ein. Ich war bereits ein dreiviertel Jahr dort und arrangierte mich mit den vielen kleinen zwischenmenschlichen Schwierigkeiten, die dort bestanden. Zwischen den Geschäftsführern, zwischen diesen und den leitenden Angestellten, zwischen diesen und „meinen" Sekretärinnen, zwischen meiner Kollegin und mir. Oft ging es nur um Anerkennung. Wahrnehmung. Alle funktionierten, ohne den anderen zu sehen. Es menschelte. Ich stellte mich vor meine Sekretärinnen und gab ihnen Anerkennung. Eine Perspektive. Ein Herz. Ich hörte zu, wenn ein Betreuer sich beschwerte, dass die neuen Auflagen für die Selbstbestimmung der behinderten Menschen ein persönliches Helfen untersagten. „Du hast ihm Geld geliehen? Dieses Verhalten wird zukünftig abgemahnt." Es sollten keine Abhängigkeiten mehr entstehen. Unterband man aber damit nicht die Motivation, helfen zu wollen? Persönliche Beziehungen? Alles sollte immer anonymer werden.

Es war anstrengend, in einem solchen Spannungsfeld. Einerseits spürte ich das fehlende Herz. Andererseits war ich Meister im Gestalten neuer Abläufe, die eine Belastung reduzierten. Und persönliche Beziehungen konnten sehr wohl belastend sein. Erwartungen konnten Energie rauben. Und dagegen half nur Distanz. Ich konnte es verstehen.

Die Geschäftsführung war distanziert geworden. Gegen alle ihre Mitarbeiter. Und kehrte den Spiess um. Sie erwarteten Leistung. Sie erwarteten Stärke. Und persönliche Interessen wurden verachtet. Mehr Geld? Mehr Freiraum? Mehr Mitbestimmung? Unverschämt.

Ich selbst erwartete nichts. Ich leistete. Und langsam wurde ich akzeptiert. Immer mehr anspruchsvolle Projekte durfte ich begleiten. Es fing an mir Spass zu machen. Und mit der Zeit lernte ich auch andere Kollegen kennen, die mir ans Herz wuchsen. Offen und authentisch.

Friedrich freute sich. Er wusste, dass Lisa jemanden brauchte, der sie halten würde. Sie brauchte doch Halt. Einen Mann an ihrer Seite. Und bei seinen Beobachtungen hatte er einen starken Mann entdeckt. Einen Mann, zu dem er Nähe empfand. Ein Seelenverwandter? Und der ihr gewachsen zu sein schien.

An der letzten Weihnachtsfeier hatte ich einen der Leiter eines anderen Standortes beim Tanzen kennengelernt, der etwas bei mir hinterliess, doch danach als zu unerreichbar von mir ad acta gelegt wurde. Gross, gutaussehend, distanziert und überlegen. Wenn er einmal in die

Zentrale kam, wurde ich immer rot und macht einen Bogen um ihn. Was war los mit mir? Ich war doch sonst immer gelassen, egal wie selbstbewusst jemand war.

Eines Abends stand Ruth, eine Kollegin von ihm, in meinem Büro. Ich verstand mich wunderbar mit ihr. Sie hatte Humor, ein Helfersyndrom wie ich und war immer optimistisch und gut aufgelegt. Sie überredete mich, noch mit den anderen im nah gelegenen Biergarten ein Feierabendbier trinken zu gehen. „Na klar! Da sage ich nicht nein." Und dann war er da: Peter. Mein Wintermärchen.

Der Abend endete sehr verheissungsvoll mit uns beiden alleine, einer Menge Tequila und tiefschürfenden Gesprächen. Der Alkohol täuschte mich nicht. Sofort hatte ich ein verbindliches Gefühl. Verbindung - Und einige Tage später so fest, dass wir uns nur noch sehen wollten. Spüren wollten. Hören wollten. Jeden Tag. Voller Zärtlichkeit. Unsere Hände berührten sich wie im Traum. Zauberhände.

Niemals hätte ich gedacht, dass ich meine scheinbar so kostbare Deckung der Individualität einfach so über den Haufen werfen, meine Freiräume nicht mehr missen würde. Er hilft mir im Garten. Zeigt mir Berlin. Ist voller Lebenshunger mit mir und ich mit ihm. Alles steht Kopf - eine neue, tiefe Erfahrung.
Drei Wochen mit ihm und ich schwebe immer noch. Die Welt scheint zu leuchten, die Musik intensiver zu klingen, die Menschen schöner zu sein. Wie im Rausch lasse ich mich von Anfang an in seine Arme gleiten. Mit Zärtlichkeiten umfangen. Mit Gedichten. Rosen. Und immer wieder kämpfe ich mit meiner Ungläubigkeit, dass es einen solchen Menschen überhaupt gibt. Er lässt mich Erney

vergessen. Wir betreten eine neue Welt. Voller Innigkeit und Neugierde. So viele Parallelen in unseren Leben. So viele gleiche Erkenntnisse. So viele gemeinsame Interessen. Und so gross unsere Anziehungskraft – körperlich und seelisch. Ich lasse mich fallen. Voller Zuversicht – ohne Angst. Immer intensiver. Inniger. Vertrauter. Das Risiko gehe ich mit vollen Zügen ein. Was ist morgen? Ich glaube an eine Zukunft mit Liebe. Ich muss nicht festhalten. Er gehört nun zu meinem Leben dazu. So wie Erney. Und auch wenn die Zeit sich ändern wird, so ist es doch der Moment der zählt und mich wieder öffnen lässt. Für die Menschen, deren Liebe ich spüre. Ihren Tiefgang. Und die mich immer wieder ein Stück weiter bringen, mit der Überzeugung, dass man es zulassen muss.

Friedrich war überrascht über diese Intensität. Was war das mit Lisa? Wie konnte sie diese Intensität überhaupt hervorrufen? Er spürte, dass Peter sich voll einliess. Er gierte nach Lisas Anerkennung. Nach der Gewissheit so geliebt zu werden, wie er war. Eigenwillig und sensibel.

Noch immer war es schön mit ihm. Nicht mehr so intensiv – wie zu erwarten. Wir sahen uns jeden Tag. Arbeiteten mittlerweile in einem Projekt zusammen. Ich –nur übergangsweise. Aber es zeigte, dass wir auch hier harmonierten. Diskutierten oft über die nächsten strategischen Schritte und Massnahmen. Er beäugte mich kritisch, musste aber immer wieder zugeben, dass ich richtig lag. Manchmal wirkte er etwas hölzern. Und ich sicherlich manchmal zu kindisch. Wenn ich z. B. gegen die Repressalien gegen Raucher wetterte. Er – strikter Nichtraucher – liebte es, mir dann vor Augen zu halten, wie egoistisch ich war. Bedingt durch seine manchmal stoisch-pädagogische oder verletzende Art stritten wir öfter. Er massregelte Kathi, obwohl er sie kaum kannte. So in etwa: „Du musst jetzt nicht was trinken und deiner Mutter das Geld aus der Tasche ziehen. Warte doch einfach bis zu Hause." Wir waren aber schon zwei Stunden unterwegs gewesen. Unter vier Augen sagte ich ihm ruhig, dass er sich zurückhalten müsse bei der Beurteilung meiner Kinder. Zumindest der offenen. Denn auch Sven hatte sich sehr schnell gegen ihn gewandt. Hatte Peter ihm doch einfach Vorwürfe gemacht, dass Sven sich selbst nach einem Jahr noch nicht integriert und mir richtig verziehen hatte.

Trotzdem – wir wuchsen langsam zusammen. Wesentlich vertrauter, verbrachten wir oft gemeinsame Wochenendausflüge oder Spaziergänge in Berlin. Für mich hatte ich kaum mehr Zeit. Achtung Lisa!

Aber theoretisch wusste ich, dass es meine Aufgabe war, meine Grenzen zu kennen und rechtzeitig zu kommunizieren. Er war nicht einfach. Ich auch nicht. Vor allem nicht, weil er mich verunsicherte, denn ich spürte, dass er sich wieder etwas verschlossen hatte. Keine Liebesbeteuerungen mehr. Keine Rosen.

Der Sex war immer noch schön und intensiv. Er achtete darauf, dass es mir gut ging. Doch er war auch sehr eingefahren, liess keine freie Körperlichkeit zu, achtete sehr auf seine Würde. Er gehörte zu der Generation, die sexuelle Freiheit gelebt hat. Und so war er auch an Frauen geraten, die einfach ihn benutzt und mit ihm gespielt hatten.

Ludmila spürte, dass Peter Lisa Halt geben sollte. Friedrichs Halt. Sie sah die Zusammenhänge. Sie sah Farben. Verbindungen. Bedingungen. Wie sehr das eine Defizit das andere bedingte. Pausenlos. Ihr früheres Defizit ihrem Mann Heinrich gegenüber führte zu dem anderen Extrem: Dem Suchen von Friedrich nach Halt bei einer starken, aber kalten Frau. Um nichts zu wiederholen. Um die Demütigungen seiner Mutter – ihr selbst - umzukehren.

Dadurch wurde er selbst entmündigt und musste zusehen, wie sein Sohn aus dem Haus getrieben wurde. Und Heinrichs Intervention verhinderte den Blick aller männlichen Nachkommen für das Wesentliche: Die Liebe. Sie bedienten alle die uralten Mechanismen. Sie sollten wieder stark werden. Dominant. Heinrich war gut im Beeinflussen. Das wusste Ludmila.

Und die so manipulierten Söhne und Enkel scheiterten an der Widersprüchlichkeit der eingeimpften Erwartungen mit der gespürten Notwendigkeit einer partnerschaftlichen Beziehung. Stattdessen liessen sie ihre Frauen in entscheidenden Momenten im Stich und ernteten dafür Verachtung oder Ablehnung.

Und plötzlich wusste sie was Friedrich brauchte. Er musste ihr selbst verzeihen. Ihrer Schwäche. Sie war in dem Leben mit Heinrich gebrochen worden. Wie Rachel. Und hatte sich gegen das Leben entschieden. Anstatt sich selbst zu befreien. Wie war das? Lieber unter einer Brücke als so ein Leben zu fristen? Und ihr Sohn hatte den Samen mitgenommen.

Friedrich taumelte zurück. Hatte er seine Mutter gespürt? Er hatte Peter und Lisa beobachtet. Gesehen, wie fragil die Wahrnehmung des anderen war, wenn die eigenen Erwartungen an den anderen im Vordergrund standen. Lisa liebte bedingungslos. Aber wenn sie Verdacht geschöpft hatte, dass es nicht um Liebe ging, sondern um die Bestätigung des anderen, bediente sie es eine Weile, bis sie sich wieder verabschiedete. Er bewunderte ihre Stärke, die natürlich schien. Nicht, um den anderen zu beherrschen, sondern um auf das Gleichgewicht zu achten. Plötzlich entsann er sich der vielen Machtdemonstrationen und Demütigungen. Von seinem Vater gegenüber seiner Mutter. Und von Friederike gegenüber ihm. Nie war es um Liebe und Toleranz gegangen. Um Respekt. Seine

Mutter hat es erduldet. Genauso wie er. Gelernt, dass Zähne zusammenbeissen und Wegschauen ein wenig Ruhe brachten. Anstatt sich gegen die eigene Angst zu wenden, noch mehr gedemütigt zu werden, und damit etwas zu verändern. Angst macht den anderen noch stärker.

Und nun wusste er was zu tun ist. Eine innere Ruhe durchströmte ihn. Er wusste, seine Mutter war hier. Sie war hier, um ihn zu holen. „Mutter!", rief er. „Bist du hier?" Ludmila konnte ihren Ohren nicht trauen. Überglücklich umarmte sie ihn. Eine Welle der Wärme durchflutete seine Energiehülle. Er lachte. „Danke Mutter! Danke, dass du mich nicht aufgegeben hast! Ich werde nun tun, was ich tun muss!"

Er rief nach Heinrich. „Was willst du?", fragte dieser ungehalten. „Mich von dir verabschieden." „Das kannst du nicht. Du bist zu schwach.", lächelte Heinrich verächtlich. Und dann änderte er den Ton. „Du hast dich einwickeln lassen. Von Lisa. Du musst dich von ihr lösen. Sie ist ein schlechtes Vorbild. Zu modern. Zu frei. Das ist unnatürlich. Selbst deine verwandte Seele Peter, der endlich stark genug ist, um sich bei einer Frau durchzusetzen, ist wohl gegen sie machtlos." Heinrich schaute Friedrich vorwurfsvoll an. Wie konnte Friedrich sich verabschieden wollen? Peter könnte doch immer noch Friedrichs Vorbild werden und ihn endlich zur Einsicht bringen, dass Frauen dominiert werden müssen! Auch, oder besonders solche Frauen wie Lisa!

Er fuhr fort auf Friedrich einzureden: „Du musst ihn bei einer anderen Frau begleiten. Er ist der richtige für dich. Und wenn Peter sich endlich durchgesetzt hat, dann – und nur dann - kannst du gehen. Ich weiss es."

Friedrich schaute ihm gerade in die Augen. Sie waren eisgrau. Noch nie war es ihm aufgefallen. Nein, er hatte sich nie getraut, ihm in die Augen zu schauen. Und jetzt? Was konnte Heinrich ihm noch antun? Und wenn? Was konnte schlimmer sein, als hier in der Zwischenwelt mit seinen eigenen Ängsten eingesperrt zu sein? „Du hast unrecht", entgegnete er ganz ruhig.

„Wie bitte?" Heinrich zog eine Augenbraue hoch. „Du wagst es, mir zu widersprechen?"

„Ja. Es geht immer nur um dich. Du versuchst selbst hier in der Zwischenwelt noch eine Rechtfertigung für dein Tun zu finden. Du mischst dich in das Leben deiner Nachkommen ein, ohne zu bemerken, dass du dadurch nur alles noch schlimmer machst.

Dabei bist du es, der nicht gehen kann. Weil du nicht bereit bist zu verstehen. Deine eigenen Fehler zu sehen."
Heinrich schnappte nach Luft und wurde vor Wut rot im Gesicht. Doch Friedrich liess sich nicht mehr verunsichern. Plötzlich sah er klar. Und beruhigt und voller Vorfreude schaute er auf sein Licht, dass er endlich sehen konnte. Noch einmal wendete er sich zu seinem Vater. „Lieber Vater. Ich habe dich geliebt und gefürchtet. Und später nur noch gehasst. Ich habe dir die Schuld für den Tod von Mutter gegeben. Und ja, in gewisser Weise auch ihr, dass sie mich verlassen hat. Aber ich verzeihe dir heute. Und ihr. Und ich kann spüren, dass Mutter dadurch erstarkt ist. Jetzt." „Du hast sie gesehen?", fragte Heinrich ungläubig. „Nein. Nur gespürt. Und sie hat mir die Augen geöffnet." „Das kann sie gar nicht.", entgegnete Heinrich verächtlich. „Sie hat nicht den Verstand dazu." „Du hast sie nie kennengelernt.", antwortete Friedrich erstaunlich emotionslos. „Und das genau ist dein Problem. Niemals hinschauen, nur auf die Bedienung deiner Erwartungen. Und solange du dein Gegenüber nicht siehst, wirst du hier

feststecken. Nicht ich." Damit schwebte Friedrich zu seinem Licht, drehte sich nochmal zu ihm um und sagte: „Lebwohl Vater." Friedrich sah fassungslos zu, wie sein Sohn langsam verblasste. Nachdenklich und einsam blieb er zurück. Und ein klein wenig hasserfüllt starrte er auf Lisa.

Buch II

Eigentlich musste Äe nur warten. Und da seine Zeit viel langsamer verging als auf der Erde, wäre es für ihn ein Wimpernschlag. Sein Plan war schon von Anfang an von Erfolg gekrönt. Aber ihm reichten die wenigen dunkel gewordenen Sonnenkinder noch lange nicht. Er brauchte viele von ihnen. Sehr viele. Und deshalb durften die Sonnenkinder seinen Plan nicht entdecken.

Der Wunsch nach gefühlsmässiger Reife hatte die Sonnenkinder dazu geführt, ihre alten Formen zu verändern. Hatten sie zu Anfang mit Tieren jeglicher Art angefangen, merkten sie bald, dass diese nur ein verlängerter Arm ihrer selbst waren. Alle diese Tiere hatten trotzdem noch Zugriff auf das universale Wissen. All diese Tiere liebten es zu jagen. Und hier auf der Erde konnten die Sonnenkinder ihren Spieltrieb und Experimentiergeist noch weiter ausleben. Geburt, Überleben, Strategien entwickeln, Jagen, Sterben. Dann hüpfte man eben in eine neue Gestalt.

Erst das Experiment der Begrenzung und der Sprache hatte plötzlich eine Änderung hervorgerufen. Kein universales Gedächtnis stand diesen Tieren mehr zur Verfügung. Vergraben in ihrem Unterbewusstsein. Nur noch kleine Einblicke waren einzelnen von ihnen möglich. Und durch diese Begrenzung war erst diese starke Ausprägung der Gefühle möglich geworden. Kein Sonnenkind wäre in der Lage gewesen, Gefühle länger als für einen Moment zu behalten. Geschweige denn, dann diese Gefühle anderen beibringen und weitergeben zu können.

Mit dieser neuen Spezies war es aber plötzlich möglich geworden, eine Verschmelzung über Zeit und Raum zu provozieren. Die bereits verschmolzenen Sonnenkinder unterstützten gelegentlich durch Eingreifen die Richtung. Nicht immer konnten sie präsent sein, für diejenigen die sie suchten. Die Zeit auf der Erde ging einfach zu schnell vorbei. Und deshalb bekamen sie auch nicht mit, dass Äe in Zeiten der ein oder anderen Sonnenfinsternis dasselbe tat, wie die Sonnenkinder: Er schickte Energie in neue Körper. Und diese – seine Schattenkinder – hatten für die Sonnenkinder eine magische Anziehungskraft. Mit falschen Versprechungen. Auf der verzweifelten Suche nach Liebe wurden die Gier und das Machtstreben immer ausgeprägter. Nicht mehr die Seelenverwandtschaft wurde favorisiert, sondern die Beherrschung des anderen, das Besitzen Wollen und natürlich auch das Konsumieren. Brot und Spiele. Und das schöne war, dass diese gefangenen Sonnenkinder als verzweifelte Seelen im Nirgendwo gefangen blieben. Er musste nur warten. Dann würden sie freiwillig zu ihm kommen. Wenn die Zeit in dieser Zwischenwelt lange genug andauerte.

Äe hatte den ultimativen Plan. Er wusste, dass seine Intervention nicht unbemerkt geblieben war. Die Sonnenkinder gerieten unter Druck. Und sandten viel zu schnell neue Sonnenkinder, ohne den Prozess der Wiedergeburt. Die Weltbevölkerung explodierte. Zu viele unreife Energie. Sie schaufelten ihr eigenes Grab. Es war ein Vergnügen dies zu beobachten. Diese so arroganten und scheinbar allwissenden Sonnenkinder bekamen eine Lektion erteilt, von der sie sich nie wieder erholen würden.

Die Schattenkinder hatten nur ein Ziel: Die Sonnenkinder in Versuchung zu bringen, in der Zwischenwelt zu bleiben. Mit geschickter Manipulation. Sie zu verführen, dass ihre eigentlichen Ziele in Vergessenheit gerieten. Mit falschen Versprechungen, Konsum und Kontrolle.

Die Nutzbringung einer Liebe wurde nun in Frage gestellt. Sie diente nur der Vermehrung, als Gefängnis und entsprach nicht mehr dem favorisierten Individualismus. Sie konnte wehtun und Schmerzen waren nicht mehr angesagt. Die Vermeidungshaltung führte früher oder später zur Zwischenwelt. Und ein Entkommen war dann so gut wie unmöglich. Fressen und gefressen werden zum Erhalt der eigenen Spezies, der eigenen Sippe, des so wertvollen geliebten Umfelds waren weiterführend; umgekehrt ein Stillstand, wenn Fressen und Gefressen werden für falsche Ideologien eingesetzt wurde.

Er würde nur noch wenige Erdenjahre benötigen, bis er die Mehrheit auf seiner Seite hätte. Und diese Seelen würden ihm gehören.

Ein unerbittlicher Schlag gegen die Sonnenkinder und ihre überlegene Energie. Und er würde grösser und stärker werden als jemals zuvor.

9. Ankunft

Rückblick – Lisas Peter (Fels, Stärke, Halt)

Als Säugling fällt Peter Lake vom Schiff und landet Ende des 19. Jahrhunderts an den Ufern von New York *(Mark Helprin – Wintermärchen)*. Er wird in den Sümpfen von Indianern grossgezogen, lernt das Überleben in der Natur und unter den Menschen und wird ein Lebenskünstler. Ein genialer Mechaniker. Ein Reiter der Zeit. Und er verliebt sich auf seinen Diebes-Streifzügen in ein krankes Mädchen, das ihm eine Verbindung zu dem Höheren bietet. Durch ihre Liebe. Als sie stirbt, sucht er sie. Und findet einen Begleiter. Ein Pferd. Die Geschichte ist eine Fabel. Etwas, woraus man lernt. Und Bücher begegnen Menschen oft, wenn diese einmal wieder einen Wink des Schicksals brauchen. So auch mich.

Peter hatte Tiefe und Reife. Er reflektierte sich und mich. Ich fühlte mich magisch angezogen. Aber bald schon nicht wirklich angenommen. Er kritisierte mich in meiner Art und plante auch seine eigene Zukunft – ohne mich. Ohne meine Kinder. Das verletzte mich, obwohl es ja eigentlich meinem Ideal entsprach - ich eigentlich nur den Moment leben wollte. Aber sobald dieser gelebt war, brauchte ich anscheinend doch die Aussicht auf neue Momente in der Zukunft. Festhalten wollen. Wiedergutmachung für Erneys Weggang. Garantien. Nochmal sollte das nicht passieren – Mein Unterbewusstsein regte sich. Zusammen ein Zuhause. Gemeinsam an einem Strang ziehen. Das waren meine Bilder, meine Vorstellung einer zukunftsfähigen und wachsenden Liebe. Ich lehnte mich auf wie in meinen Kindertagen. Alte Muster kamen hoch. Wir stritten immer öfter. Diskutierten. Ich kämpfte mit all

meinen Mitteln darum, dass er sich ganz auf mich einliess. Und die Gefahr in Kauf nahm, einen Verlust hinnehmen zu müssen. Für eine neue Heimat, ein geliebtes Umfeld, für das es sich lohnte zu kämpfen und zu sterben.
„Du bist zu mächtig", sagte er zu mir.

Auf der Arbeit war die Stimmung gekippt. Meine Kollegin,
mit der ich jeden Tag acht Stunden verbrachte, fühlte
sich vernachlässigt und ungerecht behandelt, weil ich in
diesem wichtigen Projekt Erfolg hatte und Anerkennung
bekam, sie selbst aber nicht. Warum gab man ihr nicht
auch so eine Chance? War sie weniger wert als ich? Weniger wichtig? Ich fühlte ihre Bedürfnisse, die ich ihr nicht
erfüllen konnte. Nur die Geschäftsführung, die es bewusst nicht tat. Das grosse Projekt ging zu Ende. Zurück
zu meiner alten Rolle, fühlte ich mich nun deplatziert.
Und schaute mich wieder auf dem Arbeitsmarkt um. Es
war enttäuschend. Noch weniger Gehalt. Zu alt für den
Arbeitsmarkt. Dann bekam ich ein überraschendes Angebot von meiner alten Freundin Jenny.

Peter schluckte, als ich es ihm erzählte, meinte jedoch,
dass ich die Chance unbedingt ergreifen müsse. Die
Schweiz! Mehr Verdienst. Neue Aufgaben. Er liess mich
gehen. War es doch Liebe? Liebte er mich so sehr, dass
er mich gehen lassen wollte? Aber es fühlte sich nicht so
an. Eher so, als würde er keine Gefühle mehr investieren
wollen. Sich entziehen. Trotzdem begleitete er mich in
dieser umwälzenden Zeit. Oft kam ich das Wochenende
nach Berlin. Manchmal kam er auch zu mir. Er half mir
beim Umzug in meine erste kleine Wohnung. Nun hatte
ich zwei davon. Er kam mit zu einem Firmenausflug in die
Berge und wir verlebten im Sommer noch eine Woche
zusammen in Griechenland.

Nach sechs Monaten löste ich unsere Wohnung in Berlin auf. Sven zog in eine kleine Wohnung in seiner alten Heimat bei Volker und Kathi. Er hatte die Schule geschmissen. Hatte mich trotz seiner 18 Jahre wohl doch noch gebraucht. Und als kleine Wiedergutmachung für mein schlechtes Gewissen richtete ich ihm die Wohnung ein, kümmerte mich um die laufenden Kosten und besorgte ihm den Zugang zu einer neuen Schule. Vielleicht würde er es packen, wenn seine Freunde und ein Teil seiner Familie wieder in der Nähe wären. Mit in die Schweiz wollte er nicht. Ich konnte es verstehen. Er hatte ein grosses Bedürfnis nach einem konstanten Rahmen, den ich ihm nicht mehr bieten konnte.

Meine Hoffnung, dass Peter nachkommen würde, zerschlug sich durch seine fehlende Initiative. Stattdessen wurde der Kontakt immer weniger. Und eines Tages, nach einer der vielen Aussprachen über Skype gestand er mir, dass er wohl nie kommen wollte. Ich trauerte.

Trotzdem war ich neugierig und offen für das neue Land und die andere Mentalität. Das erste Mal seit 18 Jahren war ich wieder frei. Ungebunden. Und liess mich in vollen Zügen auf das Neue ein. Ich wollte nicht mehr zurück.

Nach einem Jahr verliebte ich mich in den ersten Schweizer, der mir das Gefühl gab, begehrenswert zu sein. Peter kämpfte nicht. Er konnte sowieso nichts ändern, wenn er nicht seine Existenz aufs Spiel setzten wollte. Nachkommen? Das Thema war für ihn unrealistisch. Und für mich kam die Vorstellung nicht in Frage, auf Dauer einen Hausmann zu finanzieren, auch wenn ihm diese Idee gefallen hätte.

Der Schweizer zeigte mir die Berge. Diese unbeschreibliche Atmosphäre. Erzählte mir von den Gefahren. Und wie alle Schweizer, schaute er immer nach dem Wetter. Naturverbunden. Irgendwie. Er ging mit mir oft in ganz besonderen Lokalen und Orten essen, kostete mit mir bei jeder Gelegenheit Schweizer Spezialitäten. Er liess mich das Land spüren. Die Menschen. Aber auch seine Musik. Klassische Musik. Tschaikowsky. Dvorak. Gustav Mahler. Er war ihr Übersetzer geworden und versöhnte mich mit alter Ablehnung. Er liess mich durch seine Augen jede Sekunde geniessen. Ein deutscher Philosoph urteilte einmal über die Schweizer, sie seien wie ihre Täler: tief aber begrenzt. Es stimmte, sie hatten Tiefe. Und ihre Begrenztheit bestand zumindest bei den alteingesessenen in fehlender Toleranz. Begründet in ihrem Konservatismus, der darin gipfelte, dass erst 1990 das Frauenstimmrecht in einem letzten Schweizer Halbkanton eingeführt wurde. Festhalten an Bewährtem.

Als mein Schweizer einmal einen Judenwitz von sich gab, war ich schockiert. Und verwirrt. Er begründete es damit, dass die Vorbehalte gegen den Geiz der Juden in der Schweiz weiter kultiviert wurden. Untermalt mit der Präsenz der Juden im Bankwesen. Er erzählte mir, dass er persönlich nichts gegen sie habe. Aber man müsse sich vor ihnen in Acht nehmen.

Eigentlich war ich noch immer auf der Suche nach Halt. Gerade in diesem neuen Umfeld. Mit so vielen neuen Fragen. Und meiner Unsicherheit. Aber diesen Halt gab mir mein Schweizer ebenfalls nicht. Er rief zwar oft an und war an meinem Leben interessiert. Aber er lebte keine Sexualität mit mir und plante auch keine Zukunft. Er pickte Momente mit mir heraus. Auf Abruf. Ohne Verbindlichkeit. Ich sehnte mich nach Innigkeit. Ankommen dürfen. Oft erinnerte er mich an die alte Geschichte mit meinem ehemaligen Kollegen Erwin. Auch „mein Schweizer" hatte strahlend blaue Augen, war unheimlich charmant und immer in seiner eigenen Welt. Musste sich alles immer wiederholen? Ich wollte ihn nicht verlieren und ihn so lieben wie er ist. Ohne Erwartungen. Es war ein Kampf gegen mich selbst. Alle freundschaftlichen Versuche versagten bei mir. Und nach einem halben Jahr löste ich mich wieder von ihm. Ohne einen Grund zu haben, auf ihn wütend zu sein. Aus Selbstschutz, um meine Kraft nicht zu verlieren. Und ich sah ein, dass auch er aus Selbstschutz handelte. Er erfreute sich an mir. Das genügte ihm. Tiefe Liebe würde er nicht zulassen. Und nicht den möglichen Schmerz. Langsam dämmerte mir, warum Erwin damals gesagt hatte, ich sei gefährlich. Ich wollte immer alles. Alles geben und alles nehmen. Und das hatte er gespürt.

Noch etwas wiederholte sich. Wieder hatte eine mir vertraute Seele mich verletzt. Nicht Dominique. Diesmal Jenny. Wir waren Kolleginnen geworden. Und ich fühlte die Eifersucht auf meinen Erfolg. Jenny machte viele Fehler. Ich war perfektionistisch. Sobald ich etwas von ihr brauchte, schob sie vor, keine Zeit zu haben. Es gab immer wichtigeres. Nur wenn ihr Chef die Bitte wiederholte, wurde es sofort gemacht. Jenny wollte nicht mein Handlanger sein, obwohl ich ihr sicher nicht das Gefühl gab, über ihr zu stehen oder mehr wert zu sein. Dummerweise lobte mich mein Chef bei jeder Gelegenheit. Und Jenny wurde immer kleiner. Und so fing Jenny an, mich in ihrem Rahmen als Antwort klein zu machen. Vor ihren Kollegen in Luxemburg. Die Krönung lag in der Ignoranz meinerseits, als ich einmal nach Luxemburg zu Besuch kam. Keine Begrüssung. Und wir waren einmal Freundinnen gewesen! Das tat weh.
Ein Kollege, der ihr gegenübersass und sehr schwierig war, sog die täglichen Sticheleien auf wie ein Schwamm.

Und interpretierte so meine Anforderungen an Jennys und seinen Job ebenfalls als persönliche Kritik. Das konnte doch nur so gemeint sein, wenn Jenny das auch so spürte? Aus heiterem Himmel brüllte er mich am Telefon an. Ich wäre unverschämt. Er würde sicher nie mehr etwas für mich tun. Dabei wollte ich nur ein Programm von ihm und hatte gefragt, warum es nicht ging. Es ging ihm um Anerkennung und Machterhalt. Ich hatte nicht hinterfragt. Und wenn er Schwäche zeigen würde, dann würde er vielleicht seinen Job verlieren. Ich war schockiert. Über die Distanz Luxemburg/Schweiz konnte ich nichts klären. Keine Wogen glätten. Und hier war ich hilflos ausgeliefert. Wenn eine Zusammenarbeit nicht mehr möglich war, war meine Arbeit nicht mehr möglich. Dann würde ich gehen. Der Luxemburger Chef intervenierte. „Spring mal nicht gleich aus dem Fenster!" Nach einem langen Gespräch gestand er mir den Versuch zu, das Problem an der Wurzel zu packen. Mithilfe einer Mediation. Doch er knüpfte eine Bedingung daran. Vorher sollte ich mich mit Jenny aussprechen. Beim nächsten Mal in meiner alten Heimat verabredete ich mich also mit ihr. Ich hatte Bauchschmerzen vor dem Treffen. Wie sollte ich all das Gespürte in Worte fassen? Wie sollte ich eine Lösung finden? Ich war selbst so verletzt und enttäuscht. Das Gespräch fand in Trier statt. Es begann schleppend.

„Warum sollen wir überhaupt eine Mediation machen?", fragte Jenny. „So ein Unsinn. Und warum soll ich daran teilnehmen? Ich habe mit eurem Streit überhaupt nichts zu tun." Jenny war sich keiner Schuld bewusst. „Ich glaube nicht, dass Ingo von alleine all diesen Groll aufgebaut hat. Wieso? Ich hatte doch kaum etwas mit ihm zu tun." „Das bildest du dir alles nur ein.", entgegnete sie. Ich fragte sie, warum sie so distanziert wäre? Ständig blocken würde? „Als ich letztens in Luxemburg war, hast du

mich total ignoriert. Mich noch nicht einmal begrüsst."
Ging man so mit Freunden um? „Ich differenziere zwischen der Arbeit und Privat. Auf der Arbeit haben meine Gefühle nichts zu suchen.", war ihre ruppige Antwort. Ihre Antwort machte mich hilflos. Und traurig. So viele Jahre waren wir zusammen durch Dick und Dünn gegangen. So oft hatte Jenny mir geholfen. So oft war ich für sie dagewesen. Und das war auf der Arbeit nichts mehr wert?

Die Mediation war schleppend. Aber auch gewinnbringend. Beate, die Mediatorin, schaffte es, uns aufzuzeigen, dass wir unterschiedliche Typen seien. Ich selbst eher der Strukturmensch. Zielorientiert. Jenny und Ingo eher der aufbrausende, schnelle. Und die Kunst bestehe nun darin, den anderen so stehen zu lassen. Wenn man in Zukunft selbst merkte, dass es mal wieder kippt, sollte man das vereinbarte „Stopp" nutzen, um noch einmal neu mit der Kommunikation anzufangen. Mit dem Verständnis des Gegenübers. Ich war mit dem Ergebnis zufrieden. Wir würden eine friedliche Koexistenz führen. Führen können. Doch innerlich weinte ich um unsere Freundschaft, die vorbei war.

Beate spürte es. Und bot mir an, für mich eine Einzelberatung zu machen. Wingwave hiess ihre Methode. Warum nicht? Ich sehnte mich nach Heilung. Beate erarbeitete mit mir meine persönlichen Ziele. Anerkennung im Job. Herausforderung. Eigenverantwortung. Helfen können. Nützlich sein. „Und privat? Eine Beziehung?" Eigentlich schon. Im Grunde wäre ich offen für einen neuen Partner. Aber ich wolle das Gefühl, geliebt zu werden. So sein zu dürfen, wie ich bin. Und das seien wahrscheinlich zu hohe Ansprüche. Beate hörte zu. „Hast du dich als Kind geliebt gefühlt?" „Nein." Sie machte mit mir eine kinesiologische Übung. Stellte eine Frage. „Wenn die Antwort auf meine Frage ein Nein ist, dann kann ich deine zusammengepressten Finger ganz leicht auseinanderziehen, egal wie sehr du dich anstrengst. Ist die Antwort Ja, dann behältst du die Kraft und ich habe keine Chance." Sie fing an. „Bist du als 10-jährige gewollt worden?" Nein. „Als 5-jährige?" Nein. „Als Säugling?" Nein. „Als Embryo?" Nein. Immer wieder stellte sie dazwischen testende ‚Ja-Fragen'. Ich war über die Wirkung überrascht. Nicht jedoch über das Ergebnis. Im Grunde hatte ich es immer schon gewusst. Und deshalb sehnte ich mich wohl auch so nach dem Gewollt werden. „Du musst dich selbst wollen. Und lieben. Stell dir vor, dort sitzt du als kleines Kind. Und nun stell dir vor, du nimmst es in den Arm und gibst ihm all die Liebe und Geborgenheit, die ihm fehlt." Ich weinte.

Beate förderte meine Wurzellosigkeit zu Tage, meine Angreifbarkeit, meine fehlende Grenzziehung und meinen fehlenden Schutz. Ich müsse mehr auf mich aufpassen. „Stell dir einen Schutz vor. Zum Beispiel einen Regenschirm. Und jedes Mal, wenn du angegriffen wirst, ziehst du ihn hervor." Ich überlegte. Was sollte ich nehmen? Da entstand ein Bild vor meinem geistigen Auge. Der Bär. Ja. Das würde mein Schutztier sein. Ein Sinnbild für Kraft und Sicherheit.

Ludmila spürte Lisas Gefühle. Ja sie war hier in der Beratung. Gerufen durch Lisas Empfindungen. Die Beratung tat Lisa gut. Ludmila beobachtete es wohlwollend. War das das Geheimnis der Intensität, die Lisa ausstrahlte? Dass sie etwas suchte, was sie längst in sich hatte, aber niemals finden würde? Das ihr scheinbar als Kind schon verwehrt wurde? Immer weiter auf der Suche nach Intensität und Wissen? Erstaunlich. Gefördert durch dieses De-

fizit konnte Lisas Liebe erst richtig erstrahlen. Ihre Offenheit und fehlender Schutz war der Schlüssel dazu. Zu neuen Erfahrungen, die sie teilen konnte. Neuen Begegnungen, die von ihr lernen würden. Und Verabschiedung ohne Groll. Nur mit Trauer über das fehlende Verständnis des anderen. Für das Grundgebot des friedlichen Miteinanders und der Liebe. Die Wahrnehmung des Gegenübers. Die Wertschätzung des Gegenübers. Die Grenzwahrung des Gegenübers. Brauchte Lisa einen Schutz? Nein. Ihr Schutz war der Abschied. Ihre Erkenntnis. Und die Vergebung.

Doch gleichzeitig erkannte sie die Gefahr, in der Lisa schwebte. Ihre Offenheit war auch die Tür für negative Energien, die ihr diese so kostbare positive Energie wieder rauben konnten. So wie der dunkle Schatten.

Sie hatte zwischenzeitlich viele Reisende gesehen. Aus ihrer höhergestellten Perspektive das ganze Ausmass. Es waren so viele! Drei, vier Generationen. Sie belauschte ihre Gespräche. Ihre Ängste und Sorgen. Und ihre gelegentlichen Versuche, Lösungen zu finden. Aber die Mehrheit war resigniert und hatte sich einfach zurückfallen lassen. Ludmila konnte ihnen folgen. Zumindest denen, die ab und zu „auftauchten". Aber dort, wo sie mit ihnen landete, waren unvorstellbar viele. Sie sah ihre Leichen. Verletzt auf Schlachtfeldern. In Lazaretten, Häusern, Konzentrationslagern. Krankenhäusern. Aber auch scheinbar gesundet in ihren Betten. Hier sah sie auch Rudolf. Einen alten Bekannten. Alle hatten noch etwas offen. Sie waren so vielen Lügen ausgesetzt gewesen. So viel Ungerechtigkeit. So viel Leid. Viele konnten sich selbst nicht verzeihen. Sie hatten getötet, gemordet, gehasst. Und das Dramatische: Aus ihnen war eine neue Generation gewachsen, die

– oft noch am Leben – die Schuld oder den Hass nie ver-
arbeitete. Sie waren die nächsten, die festsitzen würden
und es teilweise schon waren.

Und ihre Kinder? Diese waren nicht mehr bereit, das alles
weiterzutragen. Die 60er-Generation. Sie rebellierte. Be-
freite sich. Und brach oft mit der falschen Moral und Ethik
ihrer Eltern und Grosseltern. In diese Generation waren
Lisa und die anderen geboren worden. Um wieder Liebe
zu sähen. Und ihren Vorfahren und Reisenden Wege auf-
zuzeigen. Aber wie sollten sie die erreichen, die einfach
zurückgesunken waren? Und es kamen stetig neue hinzu,
die ihre Seele verkauft hatten. Für geschickte Manipula-
toren. Aus aller Welt. Statt 10 Jungfrauen zu finden, er-
kannten einige von ihnen die Wahrheit ihrer Opferung. Sie
hatten getötet für eine Lüge. Aber andere glaubten im-
mer noch. Sie erkannten statt der Lüge nur ihr eigenes
Versagen. Und diese Reisenden waren die gefährlichsten.
Präsent. Überall. Sie versuchten Einfluss zu nehmen. Wei-
terhin. Sie pflanzten sich in die Gedanken der Lebenden.
Motivierten und lockten. Für die Wiedergutmachung ih-
res eigenen Fehlverhaltens. Provozierten neue Kriege.
Neue Polaritäten. Sie hatten sich an Machtstrukturen ver-
kauft, die nicht mehr für den Erhalt der eigenen Gemein-
schaft kämpften, sondern nur noch um Machterhalt sei-
ner selbst willen. Und dachten gar nicht daran, ihr Licht
zu finden.

Ludmila erkannte das alles. Aber sie konnte nichts mehr
beeinflussen. Der Zugang zu den Reisenden war nicht
mehr da. Alle Hoffnung lag in dieser Generation. Und al-
les, was ihr selbst übrigblieb, war weiter zu beobachten.

Mein Nachbar Ernst überraschte mich hin und wieder mit
einem wundervollen Essen. Er war früher Koch gewesen.

Aus Berlin. Und nun schon seit 20 Jahren in der Schweiz. Zusammen mit seiner Frau Marianne, einer Schweizerin. Er sah aus wie Meister Proper. Strahlend blaue Augen. Keine Haare auf dem Kopf. Gross. Mächtig. Mit einem gewinnenden Lachen. Wenn er wollte. Seine Frau war eher ruhig. Aber sehr liebevoll. Auch zu mir. Oft war ich Gast bei ihnen. Manchmal brachte mir Ernst auch eine gerade kreierte Köstlichkeit an die Tür. Ich mochte ihn. Er hatte den typischen Berliner Humor. Und diese Intensität zu leben. Zu geniessen. Wie „mein Schweizer".

Aber es gab noch etwas, was mich faszinierte. Seine Geschichte. Er war in Berlin aufgewachsen. Hatte den Bau der Mauer mitbekommen. Familienverluste. Im letzten Moment in den Westen geflüchtet. Im Krieg schon das Familiengestüt mit 20 Pferden an die Armee verloren. Dann nach dem Krieg die Apotheken seines Vaters im Ostteil der Stadt. Er stammte aus einer wohlhabenden und stolzen Familie. Er hatte ihr den Rücken gekehrt. Seine Grossmutter hatte seine Mutter aus dem Haus geekelt, als Ernst noch klein gewesen war, weil sie dem Stand nicht entsprochen hatte. Sie wurde ausbezahlt. Gegen den Willen seines Vaters. Und Ernst sah sie nie wieder. So war er bei seinem überforderten Vater und der dominanten Grossmutter gross geworden.

Ich erzählte ihm von der Geschichte meiner Familie und der Verstrickung mit Berlin. Dass mein Uropa Wilhelm, der auch aus einer alteingesessenen reichen Berliner Familie stammte, seine Liebe ebenfalls aufgeben sollte, weil sie seinem Stand nicht entsprochen hatte. Nur er hatte die drohende Enterbung akzeptiert und zu ihr gestanden. Sie gebar ihren gemeinsamen Sohn in Berlin. Rudolf, meinen Opa. Dann war Wilhelm seiner Frau in ihre Heimat nach Trier gefolgt. Doch Berlin hatte auch Rudolf nie losgelassen. Er war zurückgekehrt. Mit seiner Frau. Und dort wurde auch sein erstes Kind geboren.

Meine Mutter. Nach der Geburt zogen sie aus Berufsgründen nach Salzburg. In die Nähe seiner geliebten Berge. Aber schon bald musste er am Krieg gegen Russland teilnehmen. Und meine Grossmutter war mit meiner Mutter und mittlerweile zwei weiteren Kindern zurück nach Trier gezogen. Vierzig Jahre später wurde in Berlin auch mein erstes Kind geboren: Sven.

Eines Tages träumte ich einen komischen Traum. Ich war mit irgendeiner Gruppe unterwegs. Sie liefen vor. Durch einen Bauernhof. Ich muss auf Toilette. Und bin barfuss. Ich laufe in den Garten, um jemanden zu suchen. Die Gruppe geht weiter. Ohne mich. Ich sehe sie nicht mehr. Ein Hund schiesst auf mich zu. Wütend. Ich bekomme Angst. Dann brüllt der Bauer und der Hund bremst direkt vor mir und tut mir nichts. Ein anderes komisches Tier (sieht aus wie ein Otter) kommt schwanzwedelnd auf mich zu und lässt sich von mir streicheln. Ich erfreue mich total an diesem Tier und seiner Freude.
Der Bauer sagt, ich könne ja später die Hühner füttern. Er habe zur Not auch ein Bett. Ich bin glücklich über das Angebot und weiss, dass ich bleiben werde.
Als ich aufwachte, dachte ich noch lange über diesen Traum nach. Ich wünschte mir ein Zuhause. Eine Aufgabe. Und das Gefühl, bleiben zu dürfen. Gewollt zu werden. Mmh. Als Ernst mit der Idee kam, mich einmal zu einem richtigen Älpler mitzunehmen, willigte ich sofort ein. Und kaum sah ich die Alphütte, das heimelige Tal und die Kühe und Ziegen, wusste ich – das war mein Bauernhof. Also fragte ich Beat den Älpler, ob man hier auch mithelfen könne. An Wochenenden zum Beispiel. „Kein Problem. Gib mir deine Telefonnummer, dann machen wir einen Termin aus." Der Käse, die Milch, der Joghurt – es schmeckte alles wunderbar.

Kurze Zeit später schrieb mir ein Peter, dass er auf der Alp war und mich begleiten könne. Ich war etwas verwundert, denn ich war ja schon dort gewesen. Aber schreiben wollte ich das nicht. Stattdessen versprach ich, ihn anzurufen, wenn ich aus Deutschland wieder zurückkäme.

Und dann telefonierten wir. Ich stand auf dem Balkon von Marius, einem Freund von Ernst. Er kochte dort thailändisch und ich war eingeladen. Das Telefonat war lang und irgendwie verbindlich. Das Missverständnis war schnell geklärt. Er stellte sich als Allrounder heraus, der auf der Alp gearbeitet hatte, aber auch Bergführer und Schnitzer war. Die Aussicht auf dem Balkon prägte sich ein. Ich spürte Intensität.
Der Abend mit Ernst und seinen Freunden ging zur Neige und ich war nach der langen Rückfahrt und dem Essen bei Fremden richtig froh, wieder Zuhause zu sein. In meiner Dreizimmerwohnung. Mit dieser fantastischen Aussicht über das Tal bis hinunter zum Greifensee. Ein Luxus, den ich mir leistete, aber nun auch leisten konnte.

War er es? Lisas Pendant? Kay? War er ihr gefolgt? Vom Geburtsdatum würde es stimmen. Er war fast ein Jahr jünger als Lisa. Ludmila spürte eine starke Verbundenheit. Sofort. Als gehörten sie zusammen. So viel Energie! Aber Peters Energie fühlte sich anders an. Sie schien genau gegenteilig zu sein.

Seit diesem Gespräch fingen wir an zu SMSen. Schon bald sehr vertraut. Lustig. Und auch irgendwann anzüglich…
„Du kannst die Badewanne auf der Alp benutzen. Ich schaue auch nicht hin…" Immer öfter klopfte mein Herz. Wir kannten uns doch gar nicht! Es dauerte nicht lange, dann telefonierten wir. Stundenlang. Ich wurde vor eine

Entscheidung gestellt. Will ich mich wieder einlassen? Er ist krank, bekommt eine Rente – sein Knie ist kaputt. Er hat Schlafstörungen. Er ist arm, lebt in einem alten Bauernhaus ohne Bad….

Aber er hat Humor, ganz viel Lebenserfahrung, Intelligenz. Tiefe. Es kribbelte… Ok, Lisa. Überprüfe es. Peter lud mich zu einer Wanderung auf dem Pilatus ein. Als Bergführer. Kostenlos. Ich liess mich darauf ein. Morgens um 6:00 Uhr sollte ich da sein. Oje. Das hiess um halb 4 aufstehen.

Ich wollte mich ins Leben fallen lassen. Es sollte sein, wie es kommen würde. Und dann sah ich ihn das erste Mal. Es war noch dunkel. Er lehnte an seinem Auto, als ich ausstieg, und grinste mich an. Gross. Charismatisch. Mit einer Zahnlücke, die er versuchte zu verbergen. So dick war er gar nicht, wie er behauptet hatte. Nur einen Bauch. Normal in unserem Alter, oder? „Am besten, du steigst wieder in dein Auto ein und fährst mir hinterher." „soll ich nicht hier parken?" „Nein, nein. Der Parkplatz, den ich meinte, ist direkt gegenüber unserer Einstiegsstelle." Er fuhr mit seinem weissen Seat vor mir her. Eine schmale Bergstrasse entlang bis zum Parkplatz. Ab da ging es nun zu Fuss – und das gleich steil bergauf. Er lief langsam vor. Doch schon nach ein paar Minuten war ich total ausser Atem. Er wartete erstaunt. Ich holte wieder auf und merkte, dass ich einfach nur langsam laufen musste. Langsamer als er.

Geduldig führte er mich durch das Schroffen Gelände. Über einen Steinhang. Ein bisschen klettern. Dann waren wir da: An der Mondmilchhöhe. Er erzählte mir die alte Sage. Von Amos und Berta, den Drachen, die hier in der Höhle gelebt haben sollen. Und einen Küfer retteten, der im Winter in ein Loch gefallen war.

Er reichte mir die Hand zum Reinklettern. Es fühlte sich gut an. Vertraut. An den Wänden trat eine weisse Flüssigkeit heraus. Die Mondmilch. „Streich dich damit ein! Das soll Glück bringen." Wir inspizierten noch den hinteren Teil der Höhle, der in einen immer enger werdenden Gang mündete. Nein. Jetzt traute ich mich doch nicht weiter. Auch wenn Peter eine Stirnlampe dabei hatte. Es war unheimlich. Schliesslich verliessen wir die Höhle und zogen weiter, zurück über das Steinfeld und weiter über saftig grüne Bergwiesen. Wir begegneten einem Älpler, der verzweifelt versuchte seine Kühe weiterzutreiben. Doch die Leitkuh scherte sich überhaupt nicht. Peter half schliesslich mit. Die Kühe suchten Kontakt zu ihm. Er hatte ein gutes Händchen für Tiere.

„Was hältst du eigentlich vom Kampieren?", fragte er mich beim Weitergehen. „Mmh. Ich habe einen Schlafsack dabei." „Und ich ein Zelt." Wir grinsten uns an. Der Tag sollte noch nicht zu Ende sein.

Schon ein paar Stunden später, es war ca. 16.00 Uhr, kamen wir zurück zu den Autos. Ich hatte Appenzeller für ihn dabei, weil ich wusste, dass er gerne Bier trinkt. „Nein, nein. Lass uns kaltes Bier besorgen." Alle Geschäfte hatten zu. Wir fragten in einem Restaurant. Peter handelte den Preis runter und wir gingen mit unserer Beute von 10 kühlen Flaschen zu unserem Zeltplatz zurück. Peter stellte einen Tisch und zwei Hocker neben seinem Auto auf und deckte den Tisch. Trockenfleisch, Käse, Brot. Und natürlich Bier. Dann erzählten wir uns unser Leben. Ich hatte nicht viel zu erzählen – im Vergleich zu ihm. Ich erfuhr von seiner Vergewaltigung mit 7 Jahren. Von seiner Selbständigkeit. Von seinem Burnout. Vom Ausbruch der Hepatitis C und die radikale Behandlung, ähnlich einer Chemotherapie. Von seinen Depressionen, von der Behandlung mit 13 verschiedenen Psychopharmaka, die in einer Elektroschock-Therapie gipfelte. Oh

Gott – hatte er viel hinter sich. Und trotzdem hatte er einen wunderbaren Humor, brachte mich zum Lachen und durch die Intensität unserer ersten Nacht auch zum Weinen. Ich fühlte mich angezogen, aber manchmal durch seine radikale oder vulgäre Art auch abgestossen und das sollte noch lange so bleiben.

Wir verlebten das nächste Wochenende auf der Alp von Beat. Zum Arbeiten. Ich lernte Ziegen suchen, melken, Ställe säubern und Kuhmist auf den kargen Wiesen verteilen. Peter hakte Holz, half beim Käsen und machte sich auch sonst überall nützlich.

Nachts war es kalt. Ich schlief bei Peter im Zelt. Er mummelte sich in seinen Schlafsack und schlief sofort ein, während ich mich in der dünnen Decke in den Schlaf zitterte. Schon fünf Stunden später wachte er wieder auf. Stimmt – er hatte ja Schlafstörungen. Er unterhielt sich mit mir. Über irgendwas. Ich wollte nur schlafen. Das ärgerte ihn und er wurde provokativ. Und ich weinerlich. „Ich will nach Hause in meine warme Badewanne…" „Du musst mehr Disziplin zeigen." Ich fing an zu zicken. „Komm, ich mache dir erst einmal einen Kaffee.", besänftigte er mich. Um 4 Uhr morgens. Ich ging darauf ein, aber von Schlaf konnte keine Rede mehr sein. Um sieben Uhr ging es wieder zu den Ställen und ich war heilfroh, als wir nachmittags endlich fahren konnten. Kein Tag länger wollte ich bleiben.

Der Schlafentzug nagte an mir. Jedes Mal, nachdem ich bei ihm war. Und trotzdem zog es mich immer wieder zu ihm. Wir lebten intensiv. Alles spüren. Alles kennenlernen. Zusammen saufen, rauchen, tanzen. Sex.

Und schon bald sagte er mir die so ersehnten Dinge: Ich möchte für immer mit dir zusammenbleiben. Du bist die

Frau, für die ich mich entschieden habe. Ich liebe deine Hände, deinen Körper, den Sex mit dir.

Es war wunderschön. Ich durfte bleiben.

Nach ein paar Monaten kam Sven zu mir. Erst einmal nur für eine Weiterbildung. In seiner kleinen Wohnung regierte das Chaos. Die Schule hatte er nun schon zum zweiten Mal geschmissen. Er brauchte eine Perspektive. Peter versuchte, mit Sven klarzukommen. Aber dessen Lethargie und Gleichgültigkeit, gespickt mit Trotz und Vorwürfen stiess bei Peter auf absolutes Unverständnis und Abwehr. „Wie kann er so mit seiner Mutter umgehen? Wenn er dich noch einmal so anmacht, dann vergesse ich mich!" Ich lernte ihn von seiner aggressiven Seite kennen und stand zwischen den Stühlen.

Es folgten viele Auseinandersetzungen. Verteidigung von mir. Verteidigung von Sven. Vorwürfe und Erwartungen von ihm. Zwischendurch wieder Versöhnung. Verständnisvolle Gespräche. Tiefe. Ich zerriss immer mehr. Daneben hatte ich einen anspruchsvollen Job, bei dem ich mehr und mehr überfordert war. Inhaltlich und menschlich. Was sollte ich tun? Wo sollte ich hin? Ich wollte weg aus dem Job. Ich wollte zu Peter. Es ihm recht machen. Und gleichzeitig mein Recht auf meinen Sohn und dessen Verständnis.

Dann wieder gab es Momente, bei denen sich Peter Mühe gab mit Sven auszukommen. Nach ein paar Monaten lösten wir Svens Wohnung auf. Ich konnte nicht alles finanzieren. Er zog zu mir. Und schon ein halbes Jahr später zogen wir in Peters Nähe. Der Druck vom Pendeln war weg. Endlich aufatmen. Und Sven besorgten wir als kleine Wiedergutmachung für den erneuten Umzug ein kleines Auto. Die Ferien verbrachte ich fast nur bei Peter, um das Auto herzurichten. Mein Urlaub flog ungenutzt dahin und ich fühlte mich selbst nach drei Wochen noch unerholt und ausgelaugt. Die letzten Tage fuhren wir

noch einmal in die Berge. Wanderten zu den Glocken-
türmli und übernachteten bei Marco, in einem kleinen
Hotel in Hospental. Für Peter war es das erste Mal in einem Hotel. Er hatte noch so viel nicht erlebt.
Ungezwungen lernten wir andere Gäste dort kennen.
Und schon bald faszinierte Peter die Anwesenden durch
sein Interesse und seine Intensität. Wir wurden für einen
Abend eine kleine eingeschworene Gemeinschaft, die die
Erlebnisse gegenseitig teilte. Auch Dirks Ausflug in eine
ausweglose Situation in den Bergen und seiner Rettung.
An diesem Morgen. Auch wenn Peter nicht die Bildung
hatte, um mit einem Lehrer oder einer Filmemacherin
verbal mitzuhalten, hatte er doch eine intuitive Intelligenz, die alles in den Schatten stellte. So viel Potential –
ungenutzt über die Jahre. Missbraucht von ihm selbst. Er
deckelte auch an diesem Abend mit Alkohol. Und riss die
anderen mit. Nach einem Katerfrühstück verabschiedeten wir uns herzlich von den anderen und fuhren wieder
zurück. Zurück in mein ungeliebtes Leben auf der Arbeit.

In der darauffolgenden Zeit kam es immer öfter dazu,
dass Peter mich brauchte. Immer mehr Panikattacken.
Immer mehr Arztbesuche. Täglich mehrere Anrufe. Immer schlimmere Depressionen. Ich versuchte zu helfen,
wo es nur ging. Er wolle nicht mehr leben. Alles sinnlos.
Und etwas Böses sässe ihm im Nacken meinte er. Vielleicht sein Vater?

„Du wirst es schaffen. Es ist nicht mehr weit!" Ich
keuchte. Spürte mein rotes Gesicht. Höhenluft, Sonne
und Anstrengung. Eine ungesunde Mischung. Aber er
schaffte es immer, mich zu motivieren. Solange ich einen
Sinn darin sah. So oft stapfte ich langsam und stetig im
Abstand hinter ihm her. Voll Vertrauen. Nur jetzt nicht

mehr. Hatte er mir nicht immer versichert, auf mich aufzupassen? Jetzt kämpfte ich mit meinen Tränen. Ich war nicht für diese Welt geschaffen. Ein falscher Schritt... Und eben noch war ich so wütend auf ihn gewesen. Er war einfach weiter gegangen. Hatte nicht einmal zurückgeschaut. Ich war das erste Mal an meiner Grenze. Die grossen aufeinander gestürzten und in sich verkeilten Steine. Dazwischen grosse Löscher, die ins Nichts führten. Und in einem solchen hatte ich mich verfangen. Kurz. Ich kam nicht mehr hoch. Ich rief nach ihm, aber er war schon längst ausser Hörweite. Mühsam hielt ich mich an einem vorstehenden Zacken eines der Riesen fest. Schliesslich konnte ich mich selbst hochziehen. Die Spitze meines Wanderstocks war abgebrochen. Diese Kletterei in dieser Einöde. Wofür? Ich hatte einen kleinen Schock. So schnell konnte es vorbei sein. Mühsam kam ich wieder auf meine zitternden Beine. Und folgte ungefähr Peters Richtung. Endlich kam ich aus dieser Steinwüste auf ein kleines grünes Plateau. Lässig wartete Peter, an einem Stein gelehnt. „Wo warst du denn so lange?" Wütend und hilflos kamen mir die Tränen. „Du hast mich nicht mehr gehört. Ich hätte dich gebraucht." Er liess sich alles schildern. Dann kamen die ersehnten Worte. „Ich passe das nächste Mal besser auf dich auf. Aber ich hätte nicht gedacht, dass dir etwas passiert. Du bewegst dich so sicher im Gelände." Er legte ihr einen Arm um die Schulter und schaute zum Gipfel. „Wir haben es nicht mehr weit. Lass deinen Rucksack hier, dann kannst du besser klettern. Und ab jetzt gehe ich hinter dir." Getröstet liess ich mich nun weiter von ihm anleiten. Und jetzt stand ich endlich nur noch einen Meter von dem Gipfelkreuz entfernt. „Warte", rief Peter und fingerte an seiner Tasche. „Ich will diesen Augenblick festhalten." Er nahm den Fotoapparat heraus, drückte auf den Knopf und fing an zu sprechen. „Und hier seht ihr Lisa, die es geschafft hat, über dieses schwierige Gelände zu kommen..." er schwenkte die Kamera über den Weg, den wir gekommen waren, „und ich bin unheimlich stolz auf sie. Jetzt seht ihr, wie sie den Gipfel erstürmt." Ich kletterte weiter. Dann war ich oben. Endlich. Mein erster 3000er. Er kletterte freihändig hinterher und liess die Kamera an. Als ich mich zu ihm umdrehte, grinste er mich an und fragte: „Wie fühlst du dich?" Ich musste lächeln. Wie oft hatte er mich das schon gefragt. Jetzt wollte ich erst einmal entspannen. Den Moment geniessen. „Mach das Ding aus!", forderte ich. „Kein Problem." Er kam zu mir ans Kreuz und schaute mit mir über die Weite, die anderen Berge, die nun auf Augenhöhe zu sein schienen und noch die ein oder andere Schneefläche aufwiesen. Wir genossen den Blick. Die Sonne strahlte und der Wind kühlte mein aufgeheiztes Gesicht.

Schliesslich suchten wir uns eine Sitzgelegenheit, assen unsere mitgebrachten Brote, Käse, Apfel. Die obligatorische Belohnungszigarette durfte nicht fehlen.

Ich kostete den Moment aus. Stellte mich in den Wind und träumte davon zu fliegen. Es war ein bisschen magisch. Diese Berge. Sie zogen mich an. Hinterliessen immer etwas bei mir. Eine Sehnsucht, die unergründlich schien. So alt. Und Peter hatte mir diesen Blick geöffnet. Er teilte mit mir seine Leidenschaft. Wenn auch nur zum Teil. Ich würde nie mit ihm die Gipfeltouren machen können, nach denen er sich sehnte. Ich war nicht ehrgeizig genug. Mir reichte es, mit ihm in der Bergwelt unterwegs zu sein. Und nicht zu oft in dieser menschenfeindlichen Umgebung, sondern dort wo es noch grün war.

Er war der erste Mann, den ich bewunderte. Er konnte so stark sein. Selbstbewusst. Mächtig. Aber genauso konnte er destruktiv sein, menschenfeindlich und überheblich.

Er verachtete so viele Menschen, aber am meisten verachtete er sich selbst. Für seine Schwäche. Er war stolz auf alles, was er in seinem Leben erreicht hatte. So exzessiv. Und sein Lieblingssatz war, dass er genug erlebt hätte. Genug gelernt. Das wäre nicht mehr zu schlagen. Also warum sollte er weiterleben? Nur hier in den Bergen, hier fühlte er sich herausgefordert. „Die Berge haben mich neu geformt. Sie haben mir Grenzen gesetzt und mich zu mir selbst geführt." Er konnte so weise sein. Und so verachtend. Auch zu mir. Er liebte es mit mir zu philosophieren. Überraschte mich immer wieder mit seiner Tiefe und seinem Scharfsinn. Und im selben Atemzug ertränkte er sich selbst im Alkohol. Ein grösserer Widerspruch als ihn hatte ich noch nie erlebt.

Anfänglich wollte ich ihm helfen. Ihm seine noch offenen Wünsche erfüllen. Neue finden. Er war ein Fass ohne Boden. Wahrscheinlich gerade, weil er nicht mehr wirklich Wünsche hatte. Und immer mehr zog er mich in die Perspektivlosigkeit und die Resignation hinein. Ich konnte ihn so gut fühlen.

Ein letztes Aufbäumen war unser gemeinsamer Plan nach Schweden zu gehen.

Ich mobilisierte all meine noch übriggebliebene Kraft für dieses Unterfangen und zog ihn mit. Wir kauften uns die Ausrüstung, ein Navigationsgerät und Kartenmaterial. Peters Auswahl fiel auf den Sarek. Es sollte einsam sein. Keine Menschen. Natur pur. Mit ihm konnte ich es mir vorstellen. Ich war schon so sehr in seine Welt eingetaucht. Doch je mehr er sich hineinsteigerte, seine Routen ausarbeitete, Filme und Erfahrungsberichte schaute, desto grösser wurde seine Angst, dass ich es nicht schaffen würde. „Du musst trainieren. Regelmässig." Meine Sehnsucht war nur der Ausstieg aus dieser beruflichen

Hölle. Aus meiner Erschöpfung. Hinein in einen Traum. Ein paar Monate aussteigen. Ich würde das finanziell schon hinbekommen. Auch die teure Ausstattung kaufte ich. Plante die Reise, buchte die Fähre. Aber trainieren? Wir gerieten in Streit. Ich wollte mich nicht noch mehr auspowern. Ich fuhr doch schon so oft mit ihm Fahrrad. Jedes Mal quälte ich mich. Verdammt. Und fühlte mich gegängelt anstatt gestärkt. Trotzdem hielt ich weiter an unseren Träumen fest.

Bis zu dem Zeitpunkt, als ich zusammenbrach. Mein Nervenkostüm war endgültig zerrissen. Ein emotionales „Overload". Ich hatte schon vor drei Monaten gekündigt. Aber mein Chef hatte mich noch darum gebeten, wenigstens die Produktion bis Ende Mai durchzuhalten. Das hatte ich versucht. Bis jetzt. Es hatte sich immer noch nichts in der Firma geändert. Ich wurde immer noch voll eingeplant. Ich sollte „meine" Kunden noch weiter voll betreuen und noch zusätzlich neue Mitarbeiter einarbeiten, trotz meines offensichtlichen Zustands. Ein neuer Mitarbeiter wurde einfach nicht wertgeschätzt, ob wohl er der Einzige war, der mich schon seit längerem entlastete – aber sicher so bald wieder gehen würde... Ich schrieb eine unverschämte Mail, in die ich alles hineinpackte, was sich aufgestaut hatte. Und als ich sie abgeschickt hatte, kam es über mich. Zittern, heulen, Erschöpfung. Aus.

Ich hielt noch weiter an Schweden fest. Irgendwie. Aber dann entschied er für mich: „Wir gehen nicht. Du musst erst einmal wieder auf die Beine kommen. Einen neuen Job finden." Verzweifelt und wütend stritt ich wieder mit ihm. Er konnte doch nicht einfach meinen Traum zerstören, an dem ich mich die ganzen letzten Monate festgehalten hatte! Aber er hatte noch ein schlagkräftiges Argument. Die Jahreszeit. Ich hatte alles zu früh geplant. Ende Mai. Und dann würde in Schweden gerade die Schneeschmelze einsetzen. Am besten wäre der August. Aber das war für meine Planung viel zu spät. Traurig musste ich ihm zustimmen. Aber noch viel trauriger war er. Ich spürte, dass der einzige Wunsch, den ich ihm noch abringen konnte, gerade in Trümmern versank.

Ludmila war besorgt. Wie konnte es sein, dass Kay ihre Energie raubte anstatt sie zu stärken? Oder war Lisas Energie ohne ihr Pendant viel stärker als mit? Durch Abstand erzeugt? Das würde auch ihre enorme Anziehungskraft erklären, solange sie auf der Suche gewesen war. Jetzt war sie verblasst. Dieser viel gerühmte Zustand der Verschmelzung, er schien nur stark zu sein, wenn die beiden Seelen befreit waren von den irdischen Pflichten und Zwängen. Verschmelzung hiess doch, dass sich Positiv und Negativ nicht mehr anziehen, sondern bereits angezogen haben, also nicht mehr diese starke Energie erzeugten. Konnten also zwei Verschmolzene durch Abstand zueinander diese Energie wieder neu entfachen?

Peter kümmert sich um mich, wo es nur ging. Ich sollte am besten den ganzen Tag bei ihm bleiben, damit ich wieder zu Kräften käme. Aber wenn ich bei ihm war, fühlte ich mich in der Pflicht, trotzdem für ihn da zu sein. Entweder er bekam es in den Rücken oder hatte wieder seinen Blähbauch. Immer irgendwelche Schmerzen. Und das stresste mich zusätzlich. „Wenn du einkaufen gehst, kannst du mir dann was mitbringen?" „Da kann ich nicht alleine hin. Kommst du mit?"
Ich wollte nicht mehr müssen. Einfach nur noch eine Decke drauf, mich selbst bedauern und meine Wunden lecken. Ich fühlte mich bei ihm nicht echt. Nicht in meinem

Umfeld. Sondern angepasst an sein Leben und seine Umgebung. Nicht dass ich das nicht auch geniessen konnte. Aber nur Momentbezogen. Es war nicht mein Leben, auch wenn er mich dort gerne hingepflanzt hätte. Und ganz langsam hätte er meinen Wildwuchs gestutzt. Aber dieser gehörte doch zu mir! Mein Freiheitsgedanke. Meine Eigenwilligkeit. Ich wollte nur Rücksicht nehmen und für ihn da sein, wenn ich es von mir aus wollte. Nicht auf sein Verlangen hin. Und darin war er gut: Im Verlangen. Und aus dem Zwang heraus, dass es ihm besser gehen musste, damit es auch mir besser ginge, wenn ich mich nicht mehr so verantwortlich fühlen müsste, suchte ich weiter nach Lösungen für ihn.

Ich suchte eine Therapieform ohne Psychopharmaka. Das war gar nicht so einfach. Aber schliesslich fanden wir eine Verhaltenstherapeutin und gingen ab da jeden Freitag zusammen hin. Schon bald stellte sich heraus, dass Peter sich nicht aufgehoben fühlte. Nicht ernst genommen. Er brauchte ein Gegenüber, das ihm gewachsen war. Diese Frau war es nicht. Denn Mütterlichkeit suchte er nicht. Sondern Antworten.
Er gab die Therapie schliesslich auf.

In diesem Zustand lernte ich bei meiner Jobsuche Melanie kennen. Wir hatten schon bald ein offenes Gespräch und sie empfahl mir für Peter den Besuch einer Schamanin, die sie selbst gut kannte. Vielleicht könnte sie ihn heilen. Ich erzählte Peter davon. Er war gar nicht so abgeneigt, wie ich dachte. Also machte ich einen Termin. Bei Linda.

Er war skeptisch. Vor allem, als wir von Linda in ein Zimmer geführt wurden, das aussah wie ihr Schlafzimmer.

Wir setzten uns vorsichtig auf die Bettkante und Linda erzählte von ihrer Arbeit. Ihrer Methode. Und Peter erzählte ihr von seinen Angstzuständen und Depressionen. Es roch nach Süssgras. „Soll ich dir sagen, was ich alles spüre?" „Ja. Natürlich". Sie schloss die Augen. Dann erzählte sie: Du hast als Kind ein Trauma erfahren. Etwas sehr Schlimmes. Dein Leben war seitdem nie leicht. Weil du es selbst nicht wolltest. Du bestrafst dich für etwas. Etwas, was in deiner Vergangenheit liegt. In einem früheren Leben." Sie machte eine kurze Pause. „Früher einmal warst du ein mächtiger Magier. Die Welt lag dir zu Füssen. Aber du hattest Konkurrenz und Angst, Deine Macht zu verlieren. An einen Schüler von dir. Einen Jungen. Du hast ihm etwas sehr Schlimmes angetan und büsst in deinem jetzigen Leben dafür. Hast du schon – mit 7 Jahren." Peter schaute sie verständnislos an, aber sie bekam es nicht mit. „Du musst dir selbst verzeihen. Und aufhören, dich zu bestrafen." Ich fühlte, dass sie Recht hatte. Vielleicht nicht mit dem Magier. Aber mit der Bestrafung definitiv.

Sie fing an zu trommeln und versetzte sich in eine Art Trance. Gleichzeitig konnte sie uns aber erzählen, was sie sah. Sie sah Peter auf einem Bett liegen. Er wolle sterben. Schon halb tot. Ein Löwe sei bei ihm und Peter setze sich auf, um den Löwen zu streicheln.

Szenenwechsel. Peter in einer Felswand. Er weiss genau, was er tut. Er muss sich nur wieder auf sich einlassen. Über ihm ein Adler.

Dritte Szene. Peter geht über eine Steppe. Der Boden unter ihm saugt geradezu an seinen Füssen. Als wolle es ihn begrüssen und nicht mehr gehen lassen. Er geht weiter bis zu einem Abgrund. Schaut über das Land. Sein Land. Er war zurückgekommen. Ein alter Indianer kommt zu ihm und legt ihm die Hand auf seinen Arm und heisst ihn willkommen an seinem angestammten Platz.

Dann war die Stunde schon fast vorbei. Wir analysierten gemeinsam das Gesehene. Sie sagte, dass alle Chakren bei Peter, bis auf den Kopf, in Mitleidenschaft gezogen sind. Aber ein Licht in seiner Mitte glühe und liesse ihn nicht sterben. Er solle unbedingt wieder kommen. Sie könne ihm helfen.

Was war das? Ludmila hatte ihren Augen nicht getraut. Während der Sitzung hatte sie Peters Schatten gesehen. Ein negatives Energiefeld. Stark. Präsent. Aber das Schlimmste kam noch. Während sie beobachtete, sah sie einen zweiten Schatten. Sie erkannte ihn sofort. Ein Schauer lief ihr über den Rücken. Er war wieder da. Der Bruder. Nun neben dem zweiten Schatten, der Peter galt. Es war wohl einfach gewesen, so Lisa zu finden. Gestärkt durch das Trommeln und die Vereinigung der anwesenden Energien. Und auch ihn. Lisas Pendant.

Nach dem Termin wurde Peter unruhig. Er spürte vermehrt eine Gefahr und die Tücken des Alltags, die er alle seinem früher so autoritären Vater und Geist zuschrieb. Irgendetwas musste ja die Verantwortung für seinen Zustand tragen. Sein Körper zuckte. Ein Anzeichen seines inneren Stresses. Aber auch ich bemerkte eine Veränderung. Ich hatte plötzlich Angstzustände in seinem Haus. Wachte nachts auf und interpretierte die Lichterspiele an der Wand als irreal und ungewöhnlich.

Ein weiterer Termin bei Linda musste her. Sie kann doch Geister verjagen, oder? Selbst wenn wir nicht daran glaubten – schaden konnte es ja auf keinen Fall. Wir fuhren also noch einmal zu ihr und er erzählte Linda von seinem Vater. Wie er ihn als Kind misshandelt habe. So autoritär und herzlos. Sie stellte eine Verbindung der beiden fest. Eine sehr negative. Er würde Peter sein Glück nicht gönnen. Damit der Einfluss auf Peters Leben aufhört, müsse sie die Verbindung lösen. Peter liess es mit sich geschehen. Es war ihm sowieso alles zu viel und zu unwirklich. Dummerweise hatte sie an diesem Tag eine weisse Leggins an, die ihren String Tanga durchscheinen liess. Für ihn fühlte sich das wie Provokation an. Und unseriös. Unbewusst ging er weiter auf Abstand.

Sie warnte ihn, dass auch die Lösung einer negativen Bindung ein Verlust sei und sich das wahrscheinlich in den nächsten Tagen spürbar machen würde. Eine Art Entzug. „Jaja", dachte er wohl bei sich.

Nun ging sie wieder in Trance und erzählte, dass sie in seinem Haus sähe, dass sich sein Vater in einer Ecke des Wohnzimmers eingenistet hätte, und sie spüre seine negative Energie. Dann sagte sie uns, dass sie versuchen wolle, ihn ins Licht zu schicken. Sie würde ihn ansprechen. Jetzt sähe sie ihn. Er stünde da, in einer Art Rüstung und denke überhaupt nicht daran zu gehen. Sie solle verschwinden. Ein starker Mann. Mit einer sehr negativen Aura. Sehr aggressiv. Sie müsse ihre Taktik ändern. Sie würde sich jetzt in das Leben von ihm einfühlen. Wann war er so negativ geworden. Sie sähe ihn als blondes Kind auf einer Wiese. Etwa sechs Jahre alt. Alles war gut. Bevor etwas Traumatisches in seinem Leben geschähe und ihn zu dem negativen Menschen machen würde, der er nun war. Was genau ihm mit 7 Jahren widerfuhr, wäre erst einmal egal. Sie wolle ihm dieses Bild mitbringen und ihn daran erinnern, dass es auch einmal gut gewesen war in seinem Leben. (Mir fiel ein, dass Peter mir einmal erzählt hatte, dass sein Vater mit 7 Jahren beim tödlichen Unfall seines eigenen Vaters dabei gewesen war.) Linda beschrieb, wie sie nochmals mit dem Geist sprach. Ihm das Bild aus glücklichen Kindertagen vermittelte und er unmittelbar darauf reagierte. Er würde gehen. Aber noch einmal wiederkommen, um sich von seinem Sohn zu verabschieden. Peter reagierte fast nicht darauf. Sollte sie doch nur erzählen. Ich selbst fand sie faszinierend. Und auch wenn ich bei manchen Dingen skeptisch war, glaubte ich, dass irgendetwas dran sein musste. So viele passende Bilder. Es konnte nicht alles erfunden sein.

Sie schaute mich an und sagte: „Ich spüre deine heilenden Kräfte. Dein ganzer Körper kann heilen. Und du bist eigentlich sehr stark, aber im Moment brauchst du Energie. Die Sonne wird dir guttun. Und wenn du Peter helfen möchtest, dann räuchere doch sein Haus aus. Ich erzähle dir wie es geht. Aber ich bin sicher, du kannst es schon."

Peter nahm sich noch einmal zusammen und hörte interessiert zu. Welches Räucherwerk war wofür gut? Süssgras fand seine Aufmerksamkeit. Ja, das wäre genau richtig, um anschliessend die guten Energien wieder ins Haus zu ziehen. Und Ausräuchern am besten mit weissem Salbei. Wir verabschiedeten uns. Und sie bat mich zum Schluss, doch selbst einmal zu ihr zu kommen. Sicher.

Die nächsten Tage ging es ihm immer schlechter. Sein Körper zuckte noch mehr. Er wurde immer nervöser. Und dröhnte sich zu mit Alkohol und Valium, das er gerade von seinem alten Psychiater, bei dem er nun wieder in Behandlung war, ergattert hatte. Er selbst sah keinen Zusammenhang zwischen seinem Zustand und der Ankündigung von Linda, aber ich. Ich besorgte das Räucherwerk, führte es aber noch nicht aus. Wir fanden einfach nicht den richtigen Moment. Stattdessen hatte ich weiter Alpträume, wenn ich bei ihm schlief und schrieb es nun der negativen Energie zu, die wohl noch zu spüren war.

In einem ganz intensiven Traum will ich Peters Vater Liebe schicken und stehe dafür in der Zwischenwelt, die nur aus grauen staubigen Steinen besteht und suche nach ihm. Ich sehe, wie andere mir folgen. Beim näheren Hinsehen entdecke ich, dass sich dicke Würmer durch ihre Beine fressen. Ich schreie sie an, sie sollen umkehren. Dann schaue ich auf meine Beine und erstarre: Sie sind auch voller Würmer. Ich rede mit mir selbst: Das gehört dazu. Wir alle dürfen nicht kämpfen, sondern müssen es zu lassen. Ich auch. Ich versuche, mich auf das zu konzentrieren, warum ich da bin, finde aber nur wieder den Ausgang in die wirkliche Welt. Ich schaue zurück und spüre, dass der Weg nun auch für etwas anderes Böses offen ist. Die Panik wächst. Menschen fangen an zu fliehen. Ich greife nach der Hand von Peter. Wir laufen. Wie alle anderen. Ich ziehe Peter, damit er nicht erwischt wird. Dann dreht sich ein flüchtender vor mir um, springt über meinen Kopf hinweg und stellt sich der Gefahr. Dem Wesen, das uns verfolgt.

Da ich in dieser Zeit nicht mehr arbeitete und krankgeschrieben war, versuchte ich, auch etwas für meine Seele zu tun. Ich fühlte mich immer noch so ausgelaugt und kaputt, dass ich zwar Pläne hatte wieder zu arbeiten, aber nicht die Kraft. Melanie hatte mich auf Ideen gebracht. Sie hatte mir von ihrer Ausbildung erzählt. Heute könne sie mit Geistern kommunizieren. Und mit ihrem Geistführer. Sie sah alles so positiv und selbstsicher. Ob ich auch so etwas machen wolle? Ein paar Tausender kostete es schon. Nein. Das Geld war es mir nicht wert. Ausserdem – glaubte ich an die Geister? Eigentlich schon. Aber ich wollte nicht mit ihnen kommunizieren. Denn ich glaubte zumindest nicht daran, dass sie gut waren. Und einen bestärken wollten. Im Gegenteil. Ich vermutete, dass die

Geister, die mit uns kommunizierten, ihre eigene Motivation in den Vordergrund stellten. Welcher Art auch immer.

Trotzdem glaubte ich an einen grossen Plan hinter allem. Ein universelles Wissen von Dingen, die wir wissenschaftlich nicht beweisen konnten. Konnten wir es nicht anders anzapfen? So auf die Idee gebracht – gönnte ich mir einmal etwas nur für mich: Ich buchte einen Kartenlegekurs. Ganz in der Nähe.

Peter rümpfte die Nase. Aber er tolerierte es. Liess sich sogar einmal die Karten von mir legen. Gabriella, die Kursleiterin, war eine bodenständige liebenswürdige Frau in meinem Alter. Ich mochte sie. Bei den Übungen wurden auch meine Karten gelegt. Und es war die Rede von einer Reise zu zweit. Einer spirituellen Reise. Ich erzählte Gabriella von Linda und der Tundra. Vielleicht war das Peters und mein Weg?

Das Bild von Linda vor Augen hatte etwas hinterlassen. Peter in der Tundra – wie er nach Hause kommt. Ich wünschte mir so sehr eine Lösung für ihn. Sollten wir einmal nach Kanada reisen? Erst kam ich auf die Idee, Erney zu schreiben. Über Facebook. Warum nicht? Wir waren so weit voneinander entfernt. Vielleicht kannte er wirklich jemanden? Aber er rührte sich nicht. Also recherchierte ich im Internet nach spirituellen Reisen und schrieb einen Veranstalter an.

Postwendend erhielt ich Antwort. Aber eigentlich hatte ich sie schon. Denn Peter erzählte mir noch am selben Tag, dass Suzanne, die Schwester von Peters Nachbarn, mit einem Indianer da wäre. Und genau dieser Name wurde mir von dem österreichischen Veranstalter genannt: Eben diese Suzanne. War es Zufall? Euphorisch rief ich bei den Nachbarn an. Doch diese blockten gleich: „Das ist alles Humbug und schwarze Magie. Nichts für Peter. Lass die Finger davon." Ich war wie vor den Kopf gestossen. Das waren doch ihre Gäste! Also schrieb ich Suzanne eine E-Mail – in der Hoffnung, dass sie hier in der Schweiz diese lesen würde. Und ja, sie war offen für unsere Sorgen. Schon am nächsten Tag kam Sequaya und sie zu uns rüber. Peter fühlte sich von ihm magisch angezogen. Weisse Haare, ein liebevolles, weises Gesicht. Wie alt mochte er sein? Fast 80. Er hörte sich Peters Kummer an und versprach, ihm zu helfen und mit ihm eine Zeremonie durchzuführen. „Wir sind alle eins, Peter. Dein Leid ist unser aller Leid und deine Freude ebenso. Du bist niemals allein." Peter war fasziniert und gerührt.

Der nächste Tag: Sequaya kam mit Suzanne an den Tisch vor dem Haus. Peter war betrunken, hatte es aber noch geschafft, das gewünschte Feuer in Gang zu setzen. In einem Grill. Bedächtig breitete er eine Decke auf dem Tisch aus und stellte seine Utensilien darauf. „Es sind nicht deine Ängste, Peter. Du nimmst sie nur auf. Und unsere Zeremonie wird dir die Ängste nehmen." Sequaya sang. Suzanne trommelte und sang mit. Es war mystisch. Aber auch ein bisschen komisch und fremd. Wir rauchten Friedenspfeife. Eine lange verzierte Pfeife, gefüllt mit einer Kräutermischung. Ich zog kräftig, aber nicht kräftig genug. Irgendwie kam kein Rauch raus. Sequaya half mir und paffte so lange, bis sie wieder qualmte. Ich versuchte es nochmal. Hustete. Und gab sie zurück an ihn. Plötzlich stiess er die Pfeife gegen Peters Brust und rief etwas dabei aus. „Die Ängste sollen vergehen." Peter schrak zusammen. Suzanne übersetzte für Peter. Aber er war nicht wirklich aufnahmefähig.

Danach machten wir ein Feuer und setzten uns zusammen. Es war eine Vertrautheit entstanden und Sequaya erzählte mir aus seinem Leben. Er hatte schlimme Dinge erlebt. War als kleines Kind in ein Nonnenheim gesteckt worden. Als Bildungsmassnahme. Schliesslich wollte man die Indianer umerziehen. Also nahm man die Kinder einfach weg, damit diese nicht die „schlechten" Traditionen ihrer Eltern mitbekamen. Sequaya hatte eine schlimme Karriere hinter sich. Drogen. Gefängnis. Mehrere Nahtoderlebnisse. Beim vierten Mal kam er zurück und hatte inneren Frieden gefunden. Und ein Mantra, das ihm mitgegeben wurde: „Great Thanks, great Peace, great Love." „Ihr müsst es nur immer wiederholen. Mehrmals am Tag. Es wird vieles verändern!"

Zum Abschied wollte Peter Sequaya irgendetwas mitgeben. Etwas ganz Persönliches. Und schenkte ihm einen Bergkristall, den er selbst in den Bergen gespickt hatte.

Wir fuhren die beiden am nächsten Tag nach Zürich zu ihren Freunden, verabschiedeten uns herzlich, und beim Weiterfahren wurde mir klar: ich war wehmütig. Ein so toller Mensch. Mit seiner eigenen tragischen Geschichte und dem Finden einer höheren Spiritualität und Weisheit. Mit dieser so warmen und gütigen Ausstrahlung. Unbewusst hatte ich das Bedürfnis, ihn zu behalten. Irgendwie. Aber er gehörte nicht zu meinem oder unserem Leben – so weit weg in Kanada. Leider.

Die nächste Zeit ging es Peter merklich besser. Keine Zuckungen mehr. Kein Griff zum Valium. Gott sei Dank. Und eines sonnigen Tages – es war der 06.06.2013 – räucherte ich das Haus aus. Wer weiss, ob es etwas brachte. Interessanterweise sah ich beim Räuchern des Sitzplatzes von Peter kleine, leuchtende, orange Striche vor meinem

Auge. Merkwürdig, aber wahrscheinlich ohne Bedeutung.

Mein eigener Termin bei Linda war sehr schön, tröstend und kraftspendend. Ich erzählte ihr von meinem Traum in der Zwischenwelt. „Ein sehr interessanter Traum! Und das Böse steht für das, was heute vorgeht. Die Welt wird sich reinigen – mit viel Schlimmem als Antwort. Und wir müssen uns dem stellen. Aber auch dem Bösen. Dann kann es uns nichts tun. Es nährt sich von der Angst."
Sie sagte mir, sie würde so viel in mir sehen. Ich wäre eine Heilerin, aber ich würde es nicht nutzen. Nicht nutzen wollen. Sie sähe so viel Positives. Ich hätte früher schon einmal als Heilerin gelebt. In einem Holzhaus am Rand eines Dorfes. Und die Menschen hätten mich aus Dankbarkeit versorgt. Ich wäre sehr glücklich gewesen. Ein schönes Bild. „Warum habe ich dann diese Blockaden, die mich hindern, das zu tun, was ich kann?", wollte ich von ihr wissen. „Wahrscheinlich hast du früher einmal jemanden falsch behandelt und damit aufgehört." Wir machten noch eine schamanische Reise zusammen. Ich liess mich von ihr leiten und meine Fantasie spielen. Ich solle mir mein Krafttier vorstellen. Es fühlen. „Wie gross ist es? Welche Farbe hat es?" Sie könne es sehen. Ich tastete mich vorsichtig ran, aber ganz klar war es nicht vor meinem inneren Auge. Schliesslich lüftete sie das Geheimnis: Ein kleiner weisser Büffel. Musste es ein Indianisches Tier sein?
Die Bilder der Reise in die Muttererde, mit allen Gängen und Höhlen würden mich nie mehr loslassen. War doch mehr an diesen Reisen dran, als nur reine Fantasie? Aber den Sinn erkannte ich nicht. Und eine unbewusste Angst schlich sich bei mir ein, vor dem, was ich vielleicht sehen könnte. Linda lud mich zum Abschied noch in eine Schwitzhütte ein. „Wir brauchen dich mit deiner Kraft!"

Ich war natürlich geehrt. Und sagte zu. Sie schien sich wirklich riesig zu freuen.

Ludmila war begeistert von Lindas Aufnahmebereitschaft für sie selbst. Noch nie hatte sie einen Menschen getroffen, der diesen Zugang zu ihrer Welt hatte. Sie waren sich begegnet. Auf Augenhöhe. Und hatten gemeinsam eine Lösung gefunden. Ein weisser Büffel! Die eigenen Waffen. Der Schatten traute sich nicht mehr so nahe an Lisa ran, dass spürte sie ganz deutlich. Aber würde es reichen? Sie selbst konnte Lisa nicht mehr helfen. Der Schatten bemerkte sie noch nicht einmal. Irgendwie brauchte sie noch mehr Unterstützung. Wenn sie schon keinen Zugang mehr zu Lisa oder den Reisenden hatte, dann doch anscheinend zu empfänglicheren Menschen wie Linda.

Der Schwitzhüttentag war ein Erlebnis. Es regnete. Wir sollten alle nach der Zeremonie in einem grossen Raum schlafen. Schlafsack und Matte hatte jeder dabei. Melanie lieh mir ein Tuch, eine Trommel und begleitete mich auch sonst an diesem Tag. Es war schön, nicht alleine zu sein. Denn auch wenn alle anderen nett waren, so hatte ich nicht das Gefühl integriert zu sein. Oder es zu wollen. Die Zeremonie wurde routiniert und sicher durchgeführt. Linda wusste was sie tat. Ich fühlte mich in der Enge und Dunkelheit erdrückt. Nicht von Linda oder der Dunkelheit oder der Fantasie, die beschworen wurde. Sondern von den Andren. Von ihrer Präsenz. Ihrem Leid. Ihrer körperlichen Nähe. Manche waren ganz nackt. Ich mochte es nicht. Das hier war nichts für mich. Es fühlte sich erzwungen an. Ich fühlte mich gezwungen. Ich müsste doch etwas spüren, oder? Meine Kraft einbringen, wie Linda es erwartete. Stattdessen machte ich mich innerlich immer kleiner. Nicht hier sein. Dann sackte mein Kreislauf zusammen und ich musste nach draussen in den kalten Regen. War ich es vielleicht gewesen, die alles blockiert hatte? Ich fühlte mich so. Ich lag auf einer kleinen Matte und schaute in den Regen. Meinem überhitzten Körper tat jeder Regentropfen gut.

Kaum war ich etwas erholt, schnappte ich mir meine Sachen und fuhr nach Hause. Meine Suche nach Spiritualität würde nicht mehr den indianischen Weg einschlagen. Dies war nicht meiner. Es gehörte nicht zu meiner Kultur und zu meinem Empfinden. Ich würde den germanischen gehen. Zurück zu meinem alten Buch, mit dem ich mich die nächste Zeit mehr und mehr wieder beschäftigte.

Bei Peter kehrte Ruhe ein. Er konzentrierte sich auf eine neue Arbeit. Die Restauration eines alten Modellflugzeuges seines Vaters. Über 30 Jahre war es alt und sollte früher einmal ein gemeinsames Projekt werden, was nie fertig geworden war. Jetzt wollte er es fertig stellen. Für seinen Vater. Und Abschied nehmen.

Zeitgleich fing er eine neue Therapie an. Bei einem Psychologen, der ihn ernst nahm. Der ihm viele Erklärungen gab und ernsthaft mit ihm arbeitete. Ich freute mich, dass Peter sich nun langsam bereit war, sich seinen Problemen und Ursachen zu stellen. Und dass es ihm besser ging, schrieb er der neuen Aufgabe zu – das Flugzeug fertig zu bauen.

Trotzdem geriet er sehr oft in Stress. Stress, den er sich selbst machte. Bei jeder Gelegenheit. Friedhelm – sein Therapeut gab nicht auf. Aber Peter verharrte in seinen Krankheiten. Als wollte er es so.

Die erste Diagnose von Friedhelm war ADHS. Er selbst habe es auch. Doch bei näherem Hinsehen und Peters

Ordnungssinn waren wohl doch eher die Kindheitstraumata die Ursache für Peters Angstzustände und Krankheiten.

Peter konnte sich unheimlich aufregen, wenn ich nicht so funktionierte, wie er wollte. So auch an einem Tag, als ich 5 Minuten zu spät kam, um ihn in die Therapie zu fahren. Er brüllte mich an. Er fühlte sich nicht ernst genommen. Und ich fühlte mich gegängelt. Nicht wertgeschätzt – schliesslich fuhr ich ihn ja schon. Musste ich mich dann so behandeln lassen? Eingeschnappt und ohne einen einzigen Wortwechsel fuhr ich ihn hin. Ich musste auf ihn warten. Eine Stunde. Nach 10 Minuten rief er mich an, ich solle zu ihm hochkommen. Und so begegnete ich das erste Mal seinem Therapeuten. Er versuchte zu vermitteln. Und fragte mich schliesslich vor Peter: „Wie lange können Sie das eigentlich noch mitmachen? Sie opfern sich auf. Und sehen nicht ihre eigenen Grenzen." Peter vermittelte er, dass dieser nicht immer so hohe Erwartungen haben solle. Er solle sich etwas von mir wünschen, aber nicht fordern.

Nach dem Gespräch fing ich an mich mehr und mehr aus der so bindenden und auffressenden Verantwortung zu ziehen. War es wirklich meine Verantwortung, ihn überall hinzufahren? Ihn bei seinen zahlreichen Krankheiten zu begleiten? Es waren so oft neue Symptome. Mal das Herz. Dann der Atem. Die Schulter. Kopfschmerzen. Ischias. Ein Ende war nie in Sicht. Ein guter Tag ohne Schmerz immer ein Geschenk. Teils reagierte ich ziemlich ruppig. „Nein. Ich gehe bestimmt nicht mehr Bier für dich holen." Er reagierte eingeschnappt. Aber wenn wir anschliessend darüber sprachen, erkannte er meine Schwierigkeiten, mich sanft abzugrenzen und tolerierte es. Und er gestand mir, dass ich ihn wunderbarerweise beruhigen würde. Mit meiner Anwesenheit. Mit meinen Händen. Er würde viel hinnehmen, bevor er mich wieder gehen lassen würde.

Die kommende Zeit distanzierte ich mich trotz seiner schönen Worte von meinem so schützenden, aber auffressenden Bär. Es wurde ruhig um uns. Ich konnte ihm nicht wirklich helfen. Ihn nicht heilen. Er musste es selbst wollen und nicht alles auf mich abwälzen.

Aber ganz kam ich nicht von ihm los. Ich musste mir eingestehen, dass ich ihn liebte. Auch wenn ich oft wegwollte. Und er beteuerte mir immer, dass er mich gehen lassen würde, wenn ich es wollte. Trotzdem würde er bis ans Lebensende für mich da sein. Ich wäre so wertvoll für ihn geworden, dass ich immer einen Platz bei ihm hätte. Wie sollte ich so gehen? War es nicht dieser Halt, den ich mir immer ersehnt hatte? Bleiben dürfen ohne dazu genötigt zu sein?
Ich blieb. Wenn auch manchmal nur, weil ich mich innerlich nicht von unseren tiefen Gesprächen und den schönen Momenten verabschieden wollte. Ein innerer Widerstreit der lange noch in mir tobte.

Ich konzentrierte mich auf meine persönliche Zukunft. Ich würde meinen heiss ersehnten Wunsch erfüllen. Selbständigkeit. Was konnte ich am besten? Organisieren. Und das würde ich auch anbieten. Rund ums Büro. Ich belegte Kurse. Und wurde schliesslich vom Arbeitsamt unterstützt. In den Kursen lernte ich viele Menschen kennen. Und entdeckte, dass man mich dabeihaben wollte. Das ich beliebt war. Und man gerne mit mir zusammen war. Nicht bei allen. Aber als Grundgefühl erhielt ich Bestätigung und eine Perspektive. Denn eigentlich war ich immer noch am Boden. Mit meinen Energien.

Mit meinem Schock, einen gutbezahlten Job aufgeben zu müssen, weil es zu viel war. Weil ich mein Leben nicht mit diesem Job vereinbaren hatte können. Weil ich einen verständnislosen Chef hatte. Obwohl es eigentlich an mir gelegen hätte, Grenzen zu ziehen. Aber dazu war ich viel zu blockiert gewesen. Zu unsicher. Und diese Unsicherheit war geblieben. Wer wollte mich denn noch? Mein Alter. Mein „deutsch sein". Bewerbungen blieben fruchtlos. Aber der direkte Kontakt mit diesen Menschen gab mir wieder Kraft und Hoffnung.

Ich stellte mich auch meiner Erschöpfung. Machte selbst eine Therapie. Nach einigen Sitzungen hatte ich jedoch das Gefühl, es bringe mir nichts. Zusammenhänge wurden mir schon klar. Ich konnte viele Muster in mir erkennen, die auf die Beziehung zu meiner Mutter zurückzuführen waren. Sie war ein Kriegskind gewesen. Hatte selbst keine Kindheit gehabt, sondern musste früh lernen, dass nur lautes und manchmal unverschämtes Fordern ihr ein Mindestmass an Aufmerksamkeit und Liebe gab. Und dadurch wiederum entwickelte ich als Kind die Fähigkeit, diese Forderungen zu vermeiden, indem ich ihre Bedürfnisse vorher erkannte. Wir alle wurden in unserer Kindheit unbewusst konditioniert, emphatisch zu werden. Und als ich merkte, dass ich dadurch aber keine Liebe, sondern nur die Vermeidung von Ausbrüchen erreichte, wandte ich mich von ihr ab und machte ihr das Leben irgendwann zur Hölle. Heute war ich versöhnt. Sie war eigentlich die Schwache von uns allen, auch wenn sie immer stark und übergriffig wirkte. Nie hatte sie ein anderes Verhalten gelernt.
Trotzdem half das ganze Verstehen nicht, meine Erschöpfung zu verringern. Auch nicht die Psychopharmaka, die ich nahm. Sie verhinderten nur emotionale

Tief- und Höhenflüge und ich fühlte mich wie in Watte gepackt.

Meine Lehrerin für das Lenormand-Kartenlegen, Gabriella, bot mir an, eine Aufstellung zu machen. Warum nicht? Ich war alleine mit ihr, also würden mich keine anderen Menschen stören. Diesmal spürte ich keine Energien, tat aber, was sie mir vorschlug. Ich wusste ja nicht, was sie alles fühlen konnte. Das Thema, das wir wählten, war meine männliche Seite, die ich verleugnete. Dazu stellte sie meinen Vater auf. Und meinen Opa. Meinem Vater sollte ich verzeihen, dass er nicht stark gewesen war. Es fiel mir nicht schwer. Ich liebte ihn sehr. Aber schon lange nicht mehr mit irgendeiner Erwartung, wusste ich doch, dass er auf seine Art zwar stark war, aber nach aussen eher Schwäche signalisierte. Keine Eindeutigkeit.

Nun sollte ich mich meinem Opa stellen. Die Liebe zu ihm flammte wieder auf. Aber auch die Erinnerung an das, was mir einmal meine Schwester erzählt hatte: Er wolle seine Ruhe. Gabriella sagte: „Dein Opa wird dich begleiten und dich stärken. Er steht jetzt hinter dir." „Aber er wollte seine Ruhe. Warum sollte er das jetzt tun?" „Er macht es für dich. Für dich und deine Suche nach Antworten." Ich fühlte mich wohl. Und getröstet. Zum Abschied gab sie mir noch ein Ritual mit: „Schreibe dir diesen Vertrag mit dir selber auf. Du hast ein Recht darauf, dass es dir gut geht. Du darfst dich freuen. Kraft haben. Gesund sein."

Ludmila war glücklich. Auch Gabriella spürte sie. Wenn auch nicht in dem Mass wie Linda. Und sie hatte für Lisa Unterstützung gefunden. In Rudolf. Sie erinnerte sich an ihn. An seine Aussage. Hatte er vielleicht auf diesen Moment gewartet? Darauf, dass sich durch Lisas Augen auch seine Starrheit löste? Er würde sie begleiten und verteidigen. Gegen den Schatten. Und womöglich dabei selbst seinen Abschied finden. Heute wusste sie mehr über ihn. Rudolf hatte eine tiefe Schuld auf sich geladen. Im Krieg. Er hatte bei Mord und Totschlag mitgewirkt. Bei Vergewaltigungen – selbst bei jungen Mädchen. Und später im Kriegsgefangenenlager wurde er selbst gebrochen. Was war noch von ihm übrig, als er nach der Kriegsgefangenschaft zurückkam? Unbewusst konnte er nicht zulassen, dass dieses Monster glücklich leben durfte. Er hatte es nicht verdient. Aber auch seine dunkle Seite lebte auf, wenn er seine hübsche junge Tochter erblickte. Er spannte sie als Weggefährtin ein und zog sich mehr und mehr von seiner Frau zurück. Sein Verhalten blieb natürlich nicht unbemerkt. Während Getrud ihn als einen Verehrer ihrer selbst und ihrer Schönheit wahrnahm und ihn anhimmelte, setzte ihn seine Frau schliesslich unter Druck. Sie ahnte seine Vorliebe und drängte sich ab da vehement dazwischen. Getrud jedoch verstand dieses Verhalten nur als Affront gegen sie. Und seit dieser Zeit hasste sie ihre Mutter mehr, als dass sie sie liebte.

Schliesslich suchte Rudolf Heil in der kindlichen Bewunderung seiner Enkel. Besonders in Lisa. So unverdorben. So tief berührend. Hier wurde er seiner selbst willen geliebt. Hier durfte er sein. Und seine Enkel würden niemals erahnen, was er getan hatte. Und seine Frau hatte mittlerweile ihr Vertrauen wiedergefunden.

Am nächsten Tag schrieb ich den Vertrag, in zweifacher Ausfertigung, besiegelte es mit meinem Blut und fuhr zu Peter. „Würdest du mit mir ein Ritual zusammen durchführen?" Neugierig kam er mit. Er hielt mir den Schirm, als ich im strömenden Regen an einem einsamen Weiher mitten im Wald mein Papierschiffchen mit dem Vertrag verbrannte. Es war ein besonderer Moment. Ein Bussard flog über den See und verlor seine Beute. Ich war glücklich, dass Peter mich begleitet hatte. Vielleicht ging es mir bald besser.

Im Mai bekam Peter überraschend eine Nachricht von seiner Tochter. Das erste Mal nach 14 Jahren. Sie wäre in einem Heim in der Nähe. Und jetzt, wo Michelle 18 geworden war, konnte sie das Verbot ihrer Mutter ignorieren und endlich ihren Vater kennenlernen. Peter geriet in Panik. Nein, er wollte sie nicht sehen. Auf gar keinen Fall. Ok. Erst einmal sollte sie Fotos schicken. 14 Jahre! Er verdrängte sein schlechtes Gewissen, indem er sich innerlich verbarrikadierte. Trotzdem kamen alte Bilder hoch. Die Beziehung zur Mutter von Michelle war klassisch gewesen. Jung, schwanger, heiraten, Existenzängste, zweites Kind, Überforderung, Konflikte, Streit, Erwartungen, Enttäuschungen, Fremdgehen, Scheidung, Verletzungen, Verletzungen, Verletzungen. Er hatte versucht sich das Leben zu nehmen. Nun hatte er eine Tochter, die das Ebenbild von ihm und seiner Geschichte war. Ihre Mutter – genauso hartherzig wie sein Vater. Sie mit 7 Jahren missbraucht. Suizidversuche. Selbsthass. Es war irgendwie unheimlich. Einzig – er hatte eine liebevolle Mutter gehabt. Umso mehr erhoffte sie sich nun von ihrem Vater. Wiedergutmachung. Ich konnte es fühlen. Er auch. Also machte er zu.

Es war Sommer. Kathi war bei mir. Endlich wieder. Wir verstanden uns prächtig. Endlich hatte ich einmal Zeit für sie. Wir spielten den lieben langen Tag, gingen ins Städtchen, kochten zusammen. Michelle hatte wieder geschrieben. Ganz vorsichtig. Und fragte nach der Handynummer von ihm. In seiner Verzweiflung schrieb er ihr, dass sein Handy kaputt sei und gab ihr dafür meine Nummer. Nun war ich mittendrin. Ein hin und her. Und irgendwann telefonierte ich mit ihr. Sie war lieb. Unsicher. Vorsichtig. Und ich spürte, dass sie ihm nichts Böses wollte. Ich erzählte ihm davon und fragte ihn, ob ich sie einmal besuchen gehen könne. Sozusagen als Stellvertreterin. Er hatte nichts dagegen. Und so verabredete ich mich mit ihr.

Wir trafen uns in einem Café in der Nähe. Eine unsichere junge hübsche Frau erwartete mich. Ihre Arme waren übersäht mit alten Narben. Ihre Hände zeigten verheilte Brandwunden von Zigaretten. Aber ihre Augen strahlten. Und sie lächelte so herzlich und offen, dass ich sie sofort in mein Herz schloss. Phlegmatisch sass sie mir gegenüber. Ich erzählte ihr viel von ihrem Vater. Sie sog alles auf. Plötzlich fing ihr Unterkiefer an sich zu verziehen. Sie entschuldigte sich und nahm eine Tablette. Dann erzählte sie es mir. Sieben unterschiedliche Präparate nahm sie ein. Psychopharmaka gegen ihre Unruhe und Stimmungsschwankungen, gegen Stimmen und Halluzinationen, gegen Depressionen, gegen die Nebenwirkungen der Medikamente. Ich war schockiert. Nachdem wir ausgetrunken hatten, fragte ich sie spontan, ob sie mit an den See kommen wolle. Kathi und ich würden Boot fahren. Ich hatte für 50 CHF ein Plastikboot ergattert und freute mich darüber wie ein kleines Kind.
Na klar. Sie war dabei. Also nahm ich sie erst einmal zu mir mit. Ich stellte ihr Kathi vor und wir packten gemeinsam zusammen, was wir so brauchten, für einen Tag am See. Mittendrin fragte Michelle, ob sie ihrem Papa schreiben dürfe, sie habe aber nicht seine Handynummer. Ohne lange zu überlegen, gab ich ihr mein Handy. Und sie schrieb ihm, dass sie bei mir wäre und sich freuen würde, ihn bald zu sehen. Er reagierte sofort. Abweisend.

Wütend. Ich versuchte ihn anzurufen. SMS waren nicht dazu geeignet, die Situation zu entschärfen. Er ging nicht dran. Michelle war schockiert. Was hatte sie ihm getan? „Nichts. Michelle. Er fühlt sich nur überfahren. Mach dir bloss keine Vorwürfe. Wenn überhaupt, dann war das mein Fehler!"

Ich fuhr mit den beiden also zum See. Wir paddelten zu dritt am Ufer entlang. Es war ein vorsichtiges, aber lustiges Kennenlernen. Wir lachten viel. Wir plantschten. Und Kathi und sie, beide im selben Alter, verglichen sich und ihre Erfahrungen mit Männern, Sex und Piercings. Michelle war sehr reif und erzählte uns freimütig, dass sie nur auf Frauen stehen würde.

Als ich wieder zurück zu unseren Sachen kam, hatte ich einen Anruf und eine SMS von Peters Schwester auf dem Handy. Ich rief zurück. „Peter ist absolut aus dem Häuschen. Was hast du gemacht?" Ich erklärte es ihr. Und war einmal mehr überfordert mit Peters Wut. Erst verdrängte ich es. Was sollte ich tun? Er ging doch nicht ans Telefon. Am nächsten Morgen fühlte ich mich wie gerädert. Ich musste es irgendwie klären. Also fuhr ich einfach zu ihm und klopfte so lange, bis er aufmachte. Verärgert liess er mich rein. Dann redeten wir. Er fühlte sich von mir genötigt. Nicht wahrgenommen. Ich versuchte ihm zu erklären, dass ich wüsste, was ich tue. Und warum war er auf die Idee gekommen, dass ich mit Michelle einfach so bei ihm reinplatze? Glaube er, ich hätte seine Ängste nicht gekannt?

Michelle wolle ihm doch nichts. Nur einen vorsichtigen Kontakt.

Von jetzt auf gleich änderte er seine Meinung. Er sagte plötzlich: „Gut. Dann soll sie herkommen. Dann bringen wir es hinter uns. Gib mir dein Telefon." Ich war total überrascht. Und siehe da, er rief sie an und lud sie zu sich ein.

Ich ging sie abholen. Sie war aufgeregt. Und hatte sich ihre schönsten Kleider angezogen. Sie wollte gut aussehen. Für ihren Papa. „Meinst du er mag mich?" „Natürlich. Warum sollte er dich nicht mögen?" Bei ihm angekommen, öffnete er die Tür, nahm sie in den Arm und sagte: „Endlich lerne ich dich kennen." Das Wiedersehen war harmonisch und bald schon lachten sie zusammen, tauschten Anekdoten aus und verglichen ihre Erfahrungen mit ihren Psychopharmaka. Sie wussten beide eine Menge. Namen, Wirkung, Nebenwirkungen. Valium. Abhängigkeit. Drogen. Kokain. Beide hatten dieselben Vorlieben. Denselben Humor. Beide manchmal vulgär, exzessiv und Grenzen suchend. Sie erkannten, dass sie dieselben Gerichte mochten, Musik liebten und brauchten, dasselbe Taktgefühl hatten. Ich war glücklich, dass sie sich gefunden hatten.

Wir verbrachten den Schweizer Nationalfeiertag zusammen. An diesem Tag lernte sie auch ihren Halbbruder kennen. Kathi und Sven waren auch dabei. Eine richtige Patchwork Familie! Wir grillierten, dazu gab es meinen Pfälzer Kartoffelsalat und dann machten wir eine Wasserball-Schlacht, die darin endete, dass Mädchen gegen Jungs eine Verfolgungsjagd anzettelten. Es war ein runder schöner Tag geworden. Und ich glaube wir alle waren glücklich.

Der Sommer ging zu Ende. Kathi musste wieder nach Hause. Ich selbst in einen Kurs der Arbeitsvermittlung.

Michelle fühlte sich nicht mehr wohl in der Einrichtung. Sie erzählte uns, welche Straftäter sie gerade wieder um sich hatte. Dass sie ständig von den Betreuern gemassregelt wurde. Kontrolliert. Nicht verstanden. Und eines Tages erzählte sie uns von ihrem neuen Freund. Sie war total verliebt. Ich hatte ihr angeboten, an jedem zweiten Wochenende zu mir zu kommen. Das nahm sie gerne an. Peter verhielt sich distanziert. Er sah zwar ein, dass Michelle sich ein Zuhause wünschte. Aber er würde diesem Wunsch nicht entsprechen. Wenn ich das tun wolle, bitte. Und den Freund würde er auf gar keinen Fall rein lassen. Wer weiss, was das für einer ist.

Ab und zu verbrachten wir zu dritt die Abende. Eines Abends rief mich ihr neuer Freund an, sie sei sturzbetrunken und es wäre etwas passiert. Ob ich sie nicht holen kommen könne. Natürlich. Als ich ankam, wurde sie von zwei Freunden gehalten und in mein Auto gehievt. Ein anderer Freund kam mit. Er erzählte mir, was passiert war. Sie wäre ziemlich zu gedröhnt duschen gewesen und danach von einem Feten Besucher vergewaltigt worden. Wir gingen alles durch. Polizei. Anzeige. Selbstjustiz. Aber letztendlich verpuffte alles. Peter reagierte mit Unverständnis. Wahrscheinlich hätte sie es sogar provoziert. Ich konnte es nicht fassen. Und fühlte mich stellvertretend im Stich gelassen.

Nichtsdestotrotz suchten wir in der darauffolgenden Zeit für Michelle gemeinsam eine Lösung. Sie wünschte sich erst einmal, aus dem Heim rauszukommen. Und dann eine eigene Wohnung. Endlich einmal ohne fremde Bevormundung leben. Ein nachvollziehbarer Traum. So genehmigte ich ihr auch, ab und zu ihren Freund mitzubringen. Ich hatte ihn ja kennengelernt. Und vertraute meiner Menschenkenntnis. Ein paar Wochen später beendete sie die Beziehung. Es war ihr zu eng geworden. Zu viele Erwartungen. Ich verstand sie. Für die Fähigkeiten, eine richtige langjährige Beziehung zu führen, mit all den Einschränkungen, Verpflichtungen, der Hingabe und Opfer war sie nicht geschaffen. So wenig wie ich.

Peter weihte seinen Therapeuten ein und beratschlagte sich mit ihm. Ich schlug vor, dass Michelle übergangsweise zu mir kommen könne. Um erst mal aus dem Druck herauszukommen. Bedingung: Keine Drogen und der regelmässige Besuch einer Therapie. Neue Einstellung der Medikamente.

Michelle nahm das Angebot dankbar an. Endlich eine Perspektive. Wir klärten also mit der Leitung des Heims, Michelles Beiständin und der Psychologin von Michelle, warum Michelle nicht bleiben könne. Für mich war es vor allem der Druck, unter dem sie stand. Sie wurde nicht neu medikamentös eingestellt, sollte aber trotzdem 50 % arbeiten. Das passte für mich nicht zusammen. Die Begleitung und Förderung fehlte mir für sie. Sie wünschte sich schlichtweg ein Zuhause und ein gewollt werden.

Ludmila horchte auf. Etwas braute sich massiv zusammen. Der dunkle Schatten an ihrem Horizont waberte regelrecht. Und sie sah davon ausgehend eine Verbindung direkt zu Peter. Und von ihm zu Michelle. War er doch nicht Kay? Konnte es sein, dass sie sich geirrt hatte, und Peter eigentlich von einer ganz anderen Seite kam? Zu dieser negativen Macht gehörig? Sie musste etwas tun! Lisa beschützen...

Er lächelte bösartig. Mmh – er würde es einfacher haben als gedacht. Sie immer wehrloser. In einem perfiden Spinnennetz aus Hilfsbedürftigkeit und Macht gefangen. Er würde ihr den Dolchstoss versetzen. Ein paar wenige Schritte waren noch nötig. Michelle und Peter. Ein perfektes Gespann, in deren Kraftfeld Lisa zerrieben würde. Mmh. Mittlerweile hatte er Lisa nicht mehr nur als lästige Fliege betrachtet. Sie war mehr geworden. Eine Feindin.

Eine fast ebenbürtige Gegnerin. Aber heute war es anders. Sie war blass geworden. Vergiftet.

Rudolf betrachtete den Schatten. Er spürte eine Verbindung. So nah. Der Schatten kam bedrohlich näher. Umkreiste ihn. Hüllte ihn ein. Rudolf klammerte sich gedanklich an Lisa. Den Gedanken an etwas Gutes. Liebenswertes. Dunkel kamen die Worte: „Du hast keine Chance gegen mich. Wenn du nicht aufgibst, rufe ich dir alle wunderschönen Erinnerungen wieder ins Gedächtnis. Dann wirst du Qualen erleiden, die unvorstellbar sind!" Rudolf schrak zurück. Woher sollte dieser Schatten etwas über seine Vergangenheit wissen? Er selbst vermied diese tunlichst. „Ich bin dir in die Vergangenheit gefolgt.", ergänzte der Schatten Rudolfs Gedankengang. „... und bin nur etwas weiter zurück gegangen, als du dich getraut hast." Rudolf hielt sich die Ohren zu. „Nein!!! Sag es nicht." „Nein? Warum sollte ich Mitleid haben? Du beschützt Lisa. Also bist auch du mein Feind." Rudolf überlegte fieberhaft. Was konnte er tun? Gegen diesen starken Gegner? Gegen seine Macht? Die Macht brechen. Irgendwie. Und wenn er selbst nachschauen würde, was hinter ihm verborgen lag? Was er so sorgsam vermied anzuschauen? Der Schatten hätte keine Macht mehr über ihn. Er würde selbst steuern, was er erfahren würde. Ohne Zutat von diesem Monster. Aber er könnte trotzdem verloren gehen. Gebrochen werden. „Ich mag keine Chance gegen dich haben. Aber ich habe das Recht, selbstbestimmt in den Tod zu gehen. Auch wenn wir bereits tot sind, Es gibt eine Stufe danach. Und die erklimme ich, wie ich es mir selbst vorstelle. Ohne dein Zutun." Mit diesen Worten liess sich Rudolf in die Vergangenheit zurückgleiten. Zögerlich schritt er ein paar Sequenzen weiter zum Tod seines Freundes. Hier lag er. Zerfetzt. Und er selbst schrie wieder, wie damals. Und danach hatte alles angefangen.

Danach war er Amok gelaufen. Hatte alles vergessen. Menschlichkeit. Mitleid. Empfindungen jeder Art.

Sein Freund war nicht mehr da. Ins Licht gegangen. Zu gerne hätte er mit ihm die damalige Situation noch einmal angeschaut. Irgendwie aufgelöst. Und jetzt? Es war nicht so schlimm gewesen, wie der Schatten glaubte. Na und? .... Aber dann kamen sie doch... Bilder. Von erschossenen Frauen und Kindern. Missbrauchten Frauen und Kindern. Er im Blutrausch. Sogar mit Lustempfinden, wenn er kleinen feindlichen Mädchen etwas antun konnte.

Und dann kam das Gefühl Kotzen zu müssen. Er hörte nicht mehr auf. So spät. Hinschauen. Er war ein Monster! Viel grösser als der Schatten!

Schliesslich konnten wir sie abholen. Erst wollte Peter nicht mitkommen. Aber selbst Friedhelm wirkte auf ihn ein, dass dies ein wichtiges Signal für Michelle sei. Und dann ging alles schnell. Michelle zog in ihr eigenes Zimmer in meine 4 Zimmer-Wohnung. Sven arrangierte sich, indem er noch weniger aus seinem Zimmer kam. Wir vereinbarten einen Küchenplan. Regelten den Einkauf und die Verpflegung. Und planten gemeinsam, wie Michelle mit ihrem Geld umgehen lernen sollte. Es war eine zeitraubende Angelegenheit. Sie brauchte viel Aufmerksamkeit. Ich gab sie ihr. Sie erzählte den ganzen Tag von allem möglichen, was sie sich gerade neu kaufen wolle. Ein Hund wäre ihr grösster Traum. Dann ihre Musik. „Hör mal dieses Lied an. Ist das nicht geil?" Immer mehr vereinnahmte sie mich. Aber ich konnte auch viel geben. Schliesslich startete meine Selbstständigkeit erst im neuen Jahr. Peter fühlte sich von mir zurückgesetzt. Meine Erwartung war, dass er sich mehr integriert. Mich vielleicht ein wenig unterstützt. Und vor allem mehr für Michelle da sein sollte. Stattdessen erhöhte er den Druck auf mich. Und ich war wieder gefangen zwischen den Erwartungen meines Umfelds. Mal wieder wollte ich es allen recht machen und gab jedem das Gefühl, doch nicht zu genügen. Kannte ich das nicht? Sofort stopp. Zuerst sprach ich mit Michelle. Der Januar rückte immer näher und es war offensichtlich, dass Michelle jemanden brauchte, der für sie da war. Der nach ihren Finanzen schaute. Ein Mindestmass an Tagesstruktur gab. Wir schauten uns Tierheime an. Vielleicht konnte sie in einem solchen stundenweise mithelfen? Oder eine Tagesklinik? Betreutes Wohnen? Nichts kam wirklich in Frage. Ich gab ihr leider mit diesen Aktionen das Gefühl, dass ich sie nicht mehr wollte. Sie mir unbequem wäre. Und ich wusste, dass ich nicht auf Dauer im bisherigen Rahmen für sie da sein konnte, wenn ich selbst für mich sorgen musste.

Eines Tages kam ich wieder mit zu Friedhelm. Er hatte mich mittlerweile im Visier. Ich hatte meine Therapie bei seiner Kollegin einfach so abgebrochen! Das ging nicht. Ausserdem mischte ich mich ein in die Beziehung von Michelle zu ihrem Vater Peter. Peter wisse viel besser als ich, wie man mit Michelle umgehen müsse.

Friedhelm war felsenfest davon überzeugt, dass auch ich ADHS habe und dringend behandelt werden müsse. Das Gespräch war anklagend. Und radikal. Er liess mich kaum zu Wort kommen. „du behauptest von dir, dass du wüsstest, wie es Michelle geht?" „Ach, sind wir jetzt doch beim Du?" Du bist jetzt so nahe, da kommt es darauf auch nicht mehr an. Aber eines kann ich dir sagen. Niemand weiss, wie es dem anderen geht." „Doch, ich fühle es." „Das ist Quatsch! Das kannst du nicht!" Es ging so weiter.

Das Schlimmste war, dass er Peter auf seine Seite zog: „Erzähl mir doch mal, wie chaotisch Lisa ist..." Nach Peters Wahrnehmung war ich sehr chaotisch. Ich kam immer zu spät. „Lisa. Was sagst du dazu?" „Ich komme nur zu spät, wenn ich es vertreten kann. Wenn ich weiss, dass ich muss, dann komme ich nicht zu spät." „Aha. Also kannst du nur mit Druck. Das ist typisch für ADHS." Und Peter fuhr fort: „Ihre Wohnung ist immer unaufgeräumt. Jedes Mal, wenn ich da bin, fängt sie erst an, etwas zu tun." Wie konnte er es wagen, das zu beurteilen? Er war doch so selten bei mir. Er hätte doch wissen müssen, dass ich keine täglich gebügelte Bettwäsche brauchte oder einen Boden, von dem man essen konnte. Mir reichte eine aufgeräumte Gemütlichkeit. Und wenn ich keine Zeit hatte, weil ich ja die ganze Zeit bei ihm war, dann räumte ich halt später auf. OK. Manchmal auch, wenn er bei mir war. Aber nur weil ich wusste, dass ihn ein belagerter Tisch oder herumstehende Teller in der Küche störten.

Ich fühlte mich von Peter hintergangen. Zwei gegen mich. Und lehnte mich immer mehr auf. „Siehst du? Du verteidigst dich, weil du eine andere Wahrnehmung von dir hast, als die wirkliche. Und das ist eindeutig ADHS." „Aber dann müssten alle meine Freunde, die nicht so ordentlich sind ADHS haben." „Das würde mich nicht wundern.", entgegnete Friedhelm. „ADHSler finden sich immer. Triffst du nicht immer auf Menschen, die Depressionen haben, hyperaktiv sind, im Leben nicht klarkommen?" „Nein! Ich habe nur Menschen um mich rum, die Tiefgang haben. Die etwas Besonderes sind." Meine Rechtfertigung interessierte ihn nicht. Er hatte ja schon längst sein Urteil gefällt.

Friedhelm war mir verbal überlegen, weil er mich psychologisch geschult in einen Engpass trieb. Teilweise reagierte er aufgebracht und wütend. Emotionen, die bei mir eine Verteidigungshaltung hervorriefen. Dann wieder schnitt er mir das Wort ab. Er wollte mich gar nicht hören. Erst böse, bohrte so lange, bis ich ihm versprach, mich zumindest mit der Diagnose auseinanderzusetzen. Dann versöhnlich. `Böser Bulle – Guter Bulle' Nach dem Gespräch fiel ich in mich zusammen. Wieviel war denn überhaupt ich, wenn alles, was mich ausmachte, nach Friedhelms Angaben auf ADHS zurückzuführen war? Meine eigene Wahrnehmung, meine Empathie, mein Bedürfnis nach Tiefe und Antworten – und meine Freunde.

Ludmila rief nach Rudolf. Er reagierte nicht. Stimmt. Er konnte sie ja nicht hören. Sie machte sich Sorgen. Wenn sie auf den Schatten schaute, ahnte sie, dass irgendetwas nicht stimmte. Er lauerte weiterhin. Und das machte sie umso verrückter. Angst stieg in ihr hoch. Sie würde Rudolf finden und nicht mehr aus den Augen lassen.

Drei Tage lang kamen mir bei jeder Gelegenheit die Tränen. Ich fühlte mich auseinandergenommen. Nicht mehr ich selbst. Meine Intensität, meine Sturheit, meine Freiheitsliebe, meine Suche, meine Begeisterungsfähigkeit, wenn ich tiefen und besonderen Menschen begegnete. Alles Mechanismen von ADHS? Ich musste mehr darüber wissen. Überprüfen, was dran war. Also kaufte ich mir die Bücher, die er mir empfohlen hatte. Ich fand sehr viele Übereinstimmungen mit meinem Selbstbildnis. „Lass mich, doch verlass mich nicht." War ich das? Waren wirklich alle meine Freunde so? Wieviel war krankhaft an den Mechanismen des Abstossens und Anziehens? Was war normal? Sollte ich eine neue Therapie machen? Dann fragte ich mich selbst, wofür. Wollte ich normal werden? Der Norm entsprechen? Dann war ich eben schnell begeisterungsfähig. Dann spürte ich halt stark den anderen

Menschen. Na und? Schadete mir mein eigenes Verhalten? Schadete es anderen?

Ludmila sah mit Verwunderung die Parallelen. Während Lisa dort unten kämpfte, kämpfte Rudolf mit seinen eigenen Dämonen. Er war fast nicht mehr sichtbar. Und der Schatten war gewachsen. Scheinbar vervielfältigt. Hatte er Verstärkung bekommen? Hatte sich alles gegen Lisa verschworen? Sie brauchte Antworten. Und verliess spontan die Arena zurück zu Ihren Brüdern und Schwestern.

Ich war zwar erschöpft, aber an meiner Person wollte ich nichts ändern. Warum sollte ich? Nur damit Peter sich nicht mehr aufregte, wenn ich mal 5 Minuten zu spät kam? Ich fühlte mich eigentlich ok und wollte auch so gelassen werden. Und die ganze Diagnose um ADHS herum brauchte eigentlich nur der Psychiater für seine Abrechnung. Für ihn war meine Erschöpfung eine Depression. Und meine Depression die Folge von ADHS. Ganz abwegig war das natürlich nicht. Schliesslich hatte mich die Suche nach Anerkennung und Liebe immer wieder dazu gebracht, meine eigenen Grenzen zu übergehen. Also muss man wohl die Suche aufgeben, um seine Grenzen ziehen zu können. Sich selbst lieben und anerkennen, damit man die anderen nicht mehr braucht. In den eigenen Grenzen bleiben. Ruhig werden. Ausgeglichen. Nein. Ich selbst habe meine eigene Methode. Feuer spüren. Menschen spüren. Anziehung spüren. An meine Grenzen gehen. Zusammenbrechen. Wieder aufstehen. Austesten. Lernen. Entwickeln. Auch mal weglaufen. Ich würde meiner Sinuskurve des Lebens nicht den Rücken kehren.

Warum nur hatte sich Friedhelm so aufgeregt? Er hatte mich nicht stehen lassen können, weil er der Meinung war, ich würde Peter und meiner Umgebung Schaden zufügen, mit meiner Art und meinem Selbstverständnis. Er hatte mich als überheblich und anmassend bezeichnet. Ist das nicht auch ein Zeichen dafür, dass er selbst anerkannt werden wollte? Mit seinem Wissen und seinem eigenen Erfahrungsschatz? Er ist schliesslich Therapeut! Und deshalb vermittelte er mir, dass nur er eigentlich den richtigen Weg wisse, mit psychisch Kranken umzugehen. Aber ich hatte ja gar nicht den Anspruch, es besser zu wissen. Ich liess mich immer durch mein Gefühl leiten. Das mir die Bedürfnisse meiner Gegenüber so deutlich vermittelte. Das mir instinktiv die schlimmen Seiten der Psychopharmaka aufzeigte. Bei Peter und genauso bei seiner Tochter. Und ja, Liebe konnte auch verletzen. Wenn man sie wieder wegnahm. Und vielleicht konnte ich auch schaden. Aber auch gut tun. Das wusste ich.

Ich verabredete mich wieder mit Melanie, die eine Freundin zu sich eingeladen hatte. Romi. Sie machten jeden Mittwoch einen sogenannten Zirkel. Trommelten, meditierten und besprachen ihre Eingebungen und Gespürtes. Das wollte ich einmal selbst miterleben und hatte Melanies Einladung dankbar angenommen. Vielleicht auch, um meine Zweifel zu besiegen. Sah man nun wirklich jemanden? War das Gehörte nur Einbildung? Aber wie, wenn beide dasselbe spürten und fühlten? Dieselben Eingebungen hatten?
Ich war sehr interessiert. Wie war das möglich? Gab es Verbindungen zu der Zwischenwelt oder sogar noch höher? Ich selbst hatte ein starkes Interesse daran. Doch dieser Weg war mir verschlossen. Ich hatte keinen Zugang. Es gab zwei mögliche Gründe: Entweder es war alles Einbildung oder der Zugang sollte mir persönlich verwehrt bleiben. Ich musste mich hier umschauen. Auf der

realen Welt. Und immer mehr spürte ich, dass hier auch meine Aufgabe lag.

Nach der Meditation, bei der Romi meinen Geistführer gespürt hat – definitiv weiblich (Ludmila?)– tastete sie noch meine Aura bzw. mein Energiefeld ab.

„Du hast eine grosse Aufgabe vor dir. Sie macht dir Angst. Aber im Grunde hast du alles, was du für die Aufgabe brauchst. Deine Fähigkeiten hinter der Aufgabe haben die Farbe Blau. Und in der Mitte leuchten sie stark. Und die Aufgabe hat irgendwie mit Heilung zu tun" Ich war beeindruckt. Denn ich würde mich in wenigen Wochen selbständig machen. Endlich. Und mein sozialer Aspekt, den ich immer brauche, war, dass gerade Burnout-Betroffene, die unter dem Leistungsdruck und letztendlich der Macht- und Geldgier der Grossen zusammenbrachen, wieder unter menschenwürdigen und menschenwahrnehmenden Bedingungen leben und arbeiten durften. Ein Traum natürlich. Zunächst musste ich erst einmal gross werden. Begeistert erzählte ich den beiden, was Linda vor einigen Monaten bei mir gesehen hatte. Ich hätte grosse Heilkräfte in mir und ein sehr sehr grosses Herz. „Aber Linda hat mir auch gesagt, dass ich Blockaden in mir habe. Vielleicht wolle ich in diesem Leben nicht mehr heilen, weil im letzten Leben etwas falsch gelaufen sei." Romi schaute mich nachdenklich an. „Du musst doch nicht die Hände auflegen können, um zu heilen, Lisa. Du kannst es auch anders tun." Melanie mischte sich ein. „Romi hat Recht. In gewisser Weise heilst du doch auch, wenn du dein Ziel weiterverfolgst und Burnout-Betroffenen helfen kannst, oder?" Ich nickte.

Romi fuhr schliesslich mit ihrer Energiearbeit fort: „Du hast einen Partner. Ihr seid tief miteinander verbunden. Wie das Wasser auf dem Grund des Meeres. Aber auf der

Oberfläche triftet ihr auseinander. Ihr habt ziemlich stürmische Zeiten, nicht wahr?" Wie Recht sie hatte. Das sagte ich ihr auch.

Melanie hielt sich eher zurück. Sie sah sich selbst ein bisschen als Hexe. Interpretierte jedoch nichts in mich hinein. Stattdessen erzählte sie Romi, wie sie mich kennengelernt hatte. „Da sass doch diese Frau vor mir, die angab, sie sei ein Zahlenmensch. Und ich dachte nur: Nein. Das ist eine Hexe." Ich musste schmunzeln, als ich an unser erstes Treffen im März diesen Jahres zurückdachte. Stimmt. Sie hatte mir schon sehr bald von übernatürlichen Phänomenen erzählt und einer Schule, wo man lernen konnte sich so zu sensibilisieren, dass man in der Lage war, mit Lichtmenschen und Geistern, mit dem eigenen Geistführer und vielen anderen zu kommunizieren. Aber immer unter dem Aspekt, helfen zu wollen. Den Lichtgestalten oder den Menschen. Daraufhin hatte ich ihr einige meiner alten Geschichten erzählt und sie hatte fasziniert zugehört. Irgendwie fing da unsere Freundschaft an, obwohl ich ursprünglich nur bei ihr gewesen war, um einen Job zu finden. Ja, dieses Jahr hatte es in sich.

Melanie schenkte den feinen Toskana Rotwein nach und meinte zu mir: „Kannst du Romi noch die Karten legen?" „Na klar." Romi war gespannt. Ich liess sie die Karten mischen und legte sie vor mir auf dem Tisch aus. Und alles, was ich mit ihr zusammen anschaute, schien zu stimmen. Die Karten lügen nicht. Nur die Interpretation ist manchmal etwas daneben. Das hatte auch meine Lehrerin Gabriella immer gesagt.

Irgendwann schauten wir auf die Uhr und sahen, dass es schon spät geworden war. Melanies Hund musste noch raus. Und so gingen wir alle zusammen. Wir verabschiedeten uns herzlich und versprachen uns, einen solchen Abend bald zu wiederzuholen.

Ich hatte in der darauffolgenden Zeit mit Peter viele zermürbende Gespräche wegen Michelle. Ich sei zu lasch. Ich müsse ihr Grenzen setzen. Und kam immer mehr in Rechtfertigungszwang. Mein Verständnis für Michelles Bedürfnisse war riesengross. Zu sehr sah ich in ihr meine eigenen Kindheitsverletzungen. Meine damalige Wut. Meine Rebellion. Und das daraus resultierende Bedürfnis nach Anerkennung, Verständnis und Liebe. Und so fühlte ich mich erst recht von Peter hängengelassen. Selbst verletzt. Selbst abgelehnt. Es war doch seine Tochter. Musste er nicht ein wenig wieder gut machen?

Er meinte, dass es meine Entscheidung gewesen wäre, soviel zu investieren. Stimmt. Ich mochte sie und half ihr eigentlich aus meinem Selbstzweck heraus. Bediente mein Helfersyndrom und meine Altlasten. Und ich erwartete von Peter Unterstützung, die er mir nicht gab. Stattdessen bemängelte er meine fehlende Präsenz bei ihm. Bei der nächstbesten Gelegenheit, nach einem erneuten Streit, indem er mal wieder mit dem Ende der Beziehung drohte. zog ich einen innerlichen Schlussstrich. Ich meldete mich nicht mehr. Und er gab dafür Michelle die Schuld. Schrieb SMS. Auch an sie. Sie reagierte heftig. Obwohl ich versuchte, ihr die Mechanismen zu erklären. Am nächsten Tag war sie weg. Eine Woche später wieder in der Klinik. Nur noch Kontakt über SMS. An Weihnachten holte ich sie ab. Zu dem versprochenen Weihnachtsschmaus, einem gemeinsamen Essen mit Kathi und Sven, ohne Peter. Sie war distanziert. Misstrauisch. Verletzt. Und ich merkte, dass ich mich selbst ausgenutzt und weggeworfen fühlte. Wollte nicht mehr helfen, ihre Mechanismen zu bedienen. Anziehen, abstossen. Sie beherrschte es bis zur Perfektion. Wie Peter. Und ich selbst wahrscheinlich auch.

Nach Weihnachten söhnten Peter und ich uns wieder aus. Wie immer redeten wir über alles. Er würde mich nach wie vor lieben wie am ersten Tag. Nein. Sogar noch mehr. Nie hätte er mich verlassen wollen. Doch ich blieb innerlich distanzierter als vorher und konzentrierte mich auf die grosse Aufgabe, die vor mir lag.

Es war ein merkwürdiges Jahr gewesen. So viel war passiert. In den Ländern brodelte es. Der Euro schwächte die Länder. Islamisten strebten nach der Macht. Immer mehr Aufstände entstanden. Die Wirtschaftskrise war immer noch spürbar. Die Verantwortlichen nicht entmachtet. Alle spürten eine Veränderung. Die Welt wurde immer mehr von Macht und Gier regiert. Oder schon immer, nur jetzt rückte es ins allgemeine Bewusstsein. Und der Mensch war nach wie vor wenig wert. Oder immer weniger. Denn durch die Globalisierung existierten die alten Gesellschaftsgrenzen und damit die schützende Hand für den Einzelnen fast nicht mehr.

Auf der anderen Seite war immer mehr die Entdeckung einer Wahrheit zu spüren, die viele ergriff. Wir sind alle eins. Es wird eine gesellschaftliche Änderung geben. Es ist zu spüren. Für die, die offen und zu sich selbst ehrlich sind, die die Energien spüren und weiterdenken. Wir wollen keine Ausbeutung mehr. Keine Macht. Keine Gier. Wir wünschen uns Liebe und Geborgenheit. Und Frieden.

Ein neues Jahr begann. Ich mietete ein kleines Büro, machte daraus einen Laden. Jeder konnte zu mir kommen. Ich würde beim PC helfen. Bei den Programmen. Warum sonst hatte ich selbst so viel gelernt? Und bei der Einrichtung von Büros. Beim Organisieren. Drucken. Binden.

Jeden Tag fuhr ich ins Büro. Hannes, mein alter Kollege, half mir beim Möbel kaufen, aufbauen, einrichten. Die Eifersuchtsdramen, die mit Peter folgten, räumte ich bei einem gemeinsamen Whiskeyabend zu dritt aus...

Rudolf wurde die Bilder nicht los. Es war zu entsetzlich. Er schloss die Augen, lag tagelang regungslos in seiner alten Zeit auf einer schmalen Pritsche. Hatte er nicht genug in der Gefangenschaft in Russland für seine Sünden gebüsst? Er hatte gehungert. Psychische und körperliche Folter überstanden. Aber er spürte, es hatte nicht gereicht. Er hätte sterben müssen – als Strafe.

Eine Woche später. Ernst war tot. Ein Motorradunfall. Ich weinte. Ich würde ihn vermissen. Seinen Charme, sein grosses Herz.

Er hatte mich an meinen Opa erinnert. So wie Marianne – seine Frau – mich an meine Oma erinnerte. Komisch, dass es immer Verbindungen gab. Ernst war mir noch so präsent. Mit seinem Humor, seinem Lebenshunger und seiner Genusssucht. Gerade erst vor ein paar Tagen war er mich noch zu meiner Eröffnung besuchen gekommen. Jetzt stand seine Urne bei Marianne im Wohnzimmer. Neben der Musikanlage, die er gerade erst installiert hatte. „Er war glücklich.", erzählte Marianne. „Er hatte endlich seine Musikanlage und war in letzter Zeit so dankbar für alles." Ihr kamen die Tränen. Ich nahm sie in den Arm. Konnte die Trauer so deutlich spüren. „Vielleicht schaut er von oben zu.", meinte ich. „Ich glaube nicht daran." Marianne sah mich traurig an. Ich beschwichtigte. „Du glaubst vielleicht nicht daran, aber du kannst es niemals mit Bestimmtheit wissen, oder?" „Das stimmt." „Aber manche Dinge können wir wissen. Z. B. dass alles Energie ist und sie nicht verloren geht. Richtig?" „Richtig". „Und dass es Dinge zwischen Himmel und

Erde gibt, die da sind, die wir spüren, aber nicht erklären können. Vor allem nicht mit unserer Begrenztheit. Und vielleicht niemals, oder?" „Ja. Stimmt. Ich habe gerade erst ein Buch wiedergefunden – über Telepathie. Ist eigentlich auch nicht nachweisbar." „Und ist es nicht auch Energie, die wir mit unserer Konzentration bewegen können? Wir können es nur nicht kontrollieren, so dass es beweisbar wäre. Und sehen können wir sie auch nicht."

Marianne erzählte von Ihrer Erfahrung, als sie früher dem ersten Esoterik-Run gefolgt war. Aber sie hatte so viele Menschen getroffen, die angeblich über besondere Fähigkeiten verfügten, aber diese sich nur als heisse Luft herausstellten, dass sie sich irgendwann von diesen Dingen abgewendet hatte. Auch von ihrem Wunsch nach Spiritualität.

Sie zögerte kurz, dann erzählte sie, dass sie einmal in einem Kurs über Hypnose war. Niemand hatte es geschafft, sie zu hypnotisieren. Aber am Schluss hatte zumindest eine Massnahme bei ihr Erfolg: Ein Stück Papier wurde durch die Kraft der Gedanken des Hypnotiseurs in ihrer Hand so heiss, dass sie sich fast daran verbrannte. „Auch das könnte ein Trick sein," wandte ich ein. „Aber ich bin sicher, dass man unterscheiden muss zwischen denjenigen, die so etwas tun, um einen Nutzen daraus zu ziehen, und denjenigen, die die Kontrolle ihrer Gedanken für Zwecke einsetzen, die uneigennützig sind. Nur hier lasse ich den Beweis dann für mich gelten." Marianne nickte. „Ich finde Deine Einwände gut. Und ich glaube, ich lese jetzt doch das Buch noch einmal."

Ich war gerührt. Auch wenn ich niemals wissen würde, was wirklich hinter dem grossen Ganzen steckt, so spürte ich doch, dass es Grund zur Hoffnung gab. Immer.

Eine kleine Stimme in seinem Hinterkopf liess Rudolf nicht zur Ruhe kommen. Es gab da noch etwas, was er vergessen hatte. Lisa! Aber er fühlte sich so schwach. Er würde noch ein wenig liegenbleiben.

Eines Tages sass ich wieder einmal bei Peter am Küchentisch. Dort lag ein neues Buch. „Was ist das?", fragte ich ihn. „Das hat mir meine Schwester geschenkt. Das scheint eine Art Heilungsmethode zu sein, die wirklich etwas bringen soll." Neugierig nahm ich es in die Hand: Der „Healing Code" hatte mich gefunden.

Ich fand Bestätigung in diesem Buch. Für so viele meiner eigenen Erfahrungen und Beobachtungen. Für die Erfahrung mit Sequaya. Mit Gabriella. Mit Linda. Mit Melanie. Aber auch mit Monika, Konnte es so einfach sein? Das Heilen? Ja. Es war eine Bündelung und damit Aktivierung der eigenen Energien mit Liebe. Versöhnung. Glaube und Ehrlichkeit zu sich selbst. Und damit konnte jeder von seinem Leiden erlöst werden.

Das Buch lieferte eine grosse Menge wissenschaftlicher und logischer Antworten für Phänomene, die als esoterisch oder als Humbug abgestempelt wurden. Auch von mir. Beweise für Kräfte, die in uns allen stecken, die wir aber nicht nutzen. Begründungen aus der noch so unerforschten Quantenphysik: Erinnerungen werden über Generationen gespeichert, in unseren Zellen, unserer DNS – in unserer Energie. Positiv und negativ. Bilder bleiben. Manchmal auch Bilder von Fremden übertragen. Die Aktivierung der positiven Bilder kann eine negative Schwingung aufheben. Und die Mobilisierung der eigenen Energien ist einfach. Die Wünsche müssen der instinktiv gefühlten Wahrheit entsprechen. Nicht den falschen Schlüssen, die wir ziehen, z. B. dass wir nicht liebenswert sind, nur weil wir als Kind angeschrien wurden. Und eine Art Gebet zusammen mit bestimmten Handhaltungen vor den wichtigsten Drüsen des Menschen – wie der Hypophyse und dem Hypothalamus aktivieren dann die Heilung. Auch für andere. Ich war fasziniert und wie gefesselt. „Ich wünsche mir Genesung für Peter. Ich weiss, dass es möglich ist. Und bitte um Hilfe. Ich wünsche mir, dass er eine Änderung zulässt. Ich weiss, dass es möglich ist. Und bitte um Hilfe. Ich wünsche mir, dass er das Böse verzeiht, das ihm widerfahren ist. Ich weiss, dass es möglich ist. Und bitte um Hilfe." Würde es etwas bringen? Ich fühlte, dass Peter stärker wurde. Aber nicht wirklich ausgeglichener. Geduld Lisa!

Ludmila sprach verzweifelt auf Greja und Laos ein. Was konnten sie tun, um Romania zu schützen? Zu retten? Rudolf war nicht mehr da. Niemand sonst, der Lisa beschützen konnte. „Vertraue ihr", beschwichtigte Greja. „Sie ist stark". „Aber der Schatten ist gross!" „Du unterschätzt Romania! Sie muss vielleicht sogar durch diese Prüfung hindurch." „Kann ich denn überhaupt nichts tun?" Greja konnte ihr ihre Sorgen nicht zerstreuen. Laos wandte sich an Ludmila: „Wir könnten einen Teil deiner Energie zurückhalten. So dass du wieder zu einer Reisenden werden kannst. Vielleicht kannst du sie mithilfe der anderen Reisenden unterstützen." Ludmila war sprachlos. Sie würde mit Rudolf sprechen können. Mit anderen Reisenden. Überglücklich dankte sie den beiden.

Ich investierte viel Zeit in meine Selbstständigkeit. Voller Elan setzte ich immer wieder neue Ideen um. Inserierte, fand neue Kollegen, die mit anpackten. Ich akquirierte sogar einige Kunden, die Webseiten benötigten. Es schien aufwärtszugehen. Aber Peter stand mir nicht zur

Seite. Stattdessen malte er alles schwarz aus. „Der Laden wird nicht laufen". Ich liess mich nicht irritieren. Glaubte daran, alles hinzubekommen. Aber dann kam eine Zahlungsrückforderung von 12'000 CHF der Allianz. Sie hatten einen Fehler gemacht und mir zu viel ausbezahlt. Ich war am Boden zerstört. Wie sollte ich das alles schaffen? Ich hatte nur noch Geld für 3 Monate; ohne die Rückzahlung. Gut, ich bewarb mich schon von Anfang an um 50 % Stellen, aber ich fand nichts. Hoffnung stirbt zuletzt. In meiner Verzweiflung bewarb ich mich auf eine Stelle in Zürich. Fast 60 km weit weg, Aber ich musste etwas finden. Und – oh Wunder – ich bekam die Stelle. 3 Tage die Woche. Perfekt. Nur Reserven hatte ich nun keine mehr, obwohl ich mit der Allianz Ratenzahlung vereinbarte. Ich setzte mir ein Ultimatum – wenn ich bis Jahresende meine laufenden Kosten nicht tragen könnte, würde ich den Laden zumachen. Keine weiteren Schulden! Peter beschwerte sich, dass ich nur den Laden im Kopf hätte. Er könne es nicht mehr hören. Ich hätte auch gar keine Zeit mehr für uns. Ich wäre so kompromisslos geworden. Gut, ich stand nun wirklich nicht mehr auf Abruf zur Verfügung. Und ich fühlte mich oft im Stich gelassen. Wir stritten. Wir machten Schluss. Er fehlte mir. Ich ihm. Wir fingen wieder an. Und im ewigen Hin und Her, mit einer 6-Tage-Woche kam meine Erschöpfung, mein Gedächtnisproblem zurück. Ich war wieder am Limit. Ich beschloss, den Laden zu kündigen und den Druck. Ich sah keine Perspektive, die Selbständigkeit so schnell aufbauen zu können. Also wieder kleinere Brötchen backen. Mit Peter machte ich wieder Schluss. Nach einem erneuten Streit. Er hatte meinen Sohn zutiefst beleidigt. Und dann fiel ich in ein tiefes Loch. Kunden sprangen ab – jetzt ohne Laden, für neue Kunden zu akquirieren fehlte mir die Kraft. Ich wusste, dass Peter mir nicht guttat. Aber vor allem, weil ich so an ihm hing. Ich schrieb in mein Tagebuch:

Peter bedient meine Sehnsucht nach Anerkennung. Er entzieht sie mir durch seine Weigerung an meinem Leben teilzunehmen. Er schenkt sie mir, wenn ich zu ihm komme. Er mein Mittelpunkt ist. Er entzieht sie mir beim Sex – er reduziert mich dabei auf die Befriedigung seiner Bedürfnisse. Er schenkt sie mir durch seine Bewunderung in vielen Dingen und seine Liebesbeteuerungen.

Gerade war Ursula und ihr neuer Freund zu Besuch. Es war schön zu sehen, wie sie harmonieren und sich ergänzen. Ich denke viel über meine Beziehung nach, die seit 3 Wochen nicht mehr ist. Man ist auch für das verantwortlich, was man nicht tut. Soll ich sie retten? Warum? In den Bergen, wo ich den Beiden den Rhonegletscher zeigte, wurde ich wehmütig. Das war unsere Welt gewesen. Hier habe ich ihm vertraut. Hier hat er mir so viel beigebracht, mir sein Wissen freiwillig weitergegeben. Hier hat er mir Mut gemacht. Ich war sogar ein wenig klettern gewesen. Hier hat er mir weitere Abenteuer in Aussicht gestellt. Mich mit Bildern geprägt – vergangenen und zukünftigen. Was war gut? Unsere Vertrautheit – wir wissen fast alles voneinander, auch unsere Abgründe. Er kennt mich – oft besser als ich mich selbst. In den Bergen hat er mich beschützt. Er gibt gerne – kocht für mich, Hilfe beim Umzug, Reifen wechseln. Er war immer daran interessiert, dass es mir gut geht. Mit ihm konnte man so gut geniessen. Essen, die Natur. Seine Begeisterung steckt an. Er kreiert Bilder, die verbinden. Seine Offenheit und Selbstreflektion waren bewundernswert. Die Gespräche mit ihm waren tief und bereichernd. Oft. Aber er konnte auch so verletzend und vulgär sein. Seine Macht ausspielen. Mich ent-

täuschen, wenn ich ihn brauchte. Und am allerschlimms-
ten waren die eigenen Schwächen, die er mir spiegelte.
Seine Erwartungen zu spüren und nicht erfüllen zu können
oder zu wollen. Er war so gut darin, seine Bedürfnisse in
Apelle zu kleiden. Und ich sah so ständig meine Unfähig-
keit, mir selbst zu verzeihen, dass ich nicht genügte. Nie
genügte.
Aber will ich ihn zurück? Auf jeden Fall vermisse ich ihn.
Bin aber auch zu stolz, um auf ihn zuzugehen. Und er wird
es auch nicht mehr, auf mich zugehen. Er weiss genau,
dass ich diese Bestätigung erwarte. Aber warum sollte er
kämpfen. Ich habe mich ja so verändert.

Je mehr ich über die Beziehung nachdachte, desto mehr vergrub ich mich. Doch es sollte immer noch nicht zu Ende sein. Ein zufälliger Kontakt. Vorsichtiges Geplänkel. Dann wieder Nähe. Weiterhin auf und ab. Mit einer neuen Freundin von ihm. Eifersuchtsdramen. Versöhnung. Und im Sommer verliebte ich mich in jemand anderes. Spontan. Unkontrolliert. Bei einem Paragliding-Flug. Ohne Konsequenz. Nur Gefühl für den Moment und den Wunsch, mehr zu bekommen. Peter bemerkte es sofort. Er reagierte bei einer Wanderung extrem eklig. Fies. Zu mir. Danach machte ich wieder Schluss. Es war so hoffnungslos. So eine Beziehung wollte ich nicht mehr. Endgültig.

Rudolf richtete sich auf. Er hielt den letzten Gedanken
fest, als er aus seiner Dämmerung erwachte. Dann rief er
sie. Ludmila. Er hatte sich an sie erinnert. Sie konnte ihm
helfen, das spürte er. Und schon war sie da. Erstaunlich.
„Guten Tag Rudolf.“ „Ludmila!“ Er lächelte. Doch sofort
wurde er wieder ernst. „Kannst du mir helfen?“ Ludmila
setzte sich neben ihn. Ihren Urenkel.

Ich wachte nachts auf. Dunkle Gedanken verfolgten mich. Es wurde immer schlimmer. Jede Nacht. Trauerte ich? Es waren Depressionen wie ich sie noch nie hatte. Lebensfreude wie weggeblasen. Resigniert. Ich funktionierte weiterhin. Auf der Arbeit. Aber das war es schon. Ich versank in Dunkelheit. Wieso konnte mich eine Trennung so umhauen? Oder waren die Depressionen einfach ansteckend? Hatte ich sie von Peter übernommen?

Ludmila spürte Lisas Depressionen. Zu nichts mehr fähig. Innerlich tot. Der Schatten stand direkt vor ihr. Und dazwischen Rudolf. Er war noch schwach. Aber er sammelte all seine Energie und Liebe und hüllte Lisa ein. Ludmila gesellte sich dazu. Warum hatte der Schatten jetzt seine Passivität aufgegeben? Hatte es etwas mit Rudolf zu tun? Der Schatten grollte ihnen entgegen. „Es wird jetzt beendet werden. Dieses leidige Thema." Ludmila fragte ihn: „Warum bist du zurückgekommen? Es war jahrelang ruhig. Und deine Schwester hat doch ihren Willen bekommen!" Dunkel antwortet er: „Meine Schwester war nur der Anfang von einer grösseren Wahrheit. Dem Wissen um die übergeordneten Zusammenhänge. Und ich spüre, dass Lisa diese Zusammenhänge immer mehr stört. Massiv! Peter ist ein guter Partner, aber nun muss ich wieder übernehmen. Es reicht. Jetzt ist die Stunde der Abrechnung, auch für das Leid, dass sie meiner Schwester und so vielen anderen zugefügt hat. Liebe? Was soll das sein, wenn man sie wieder wegnimmt! Sie hinterlässt grösseren Schaden als Macht und Gier!" Er wuchs auf eine beachtliche Grösse. Und kam Lisa immer näher. Rudolf und Ludmila kamen in arge Bedrängnis. Er war so stark. Ludmila konterte: „Aber die Lehre der Liebe ist das Wissen um die Unendlichkeit. Nur durch ein Defizit kann man es Lernen! Und das ist Lisas Aufgabe! Warum willst du die Liebe zerstören?" Der Schatten wuchs noch mehr und grollte ohrenbetäubend. Hatte sie den Punkt getroffen? War die Aufgabe des Schattens eigentlich, die Liebe zu zerstören?

Ich musste etwas ändern. Meine Nachbarin, mit der ich mich oft tiefsinnig unterhalten hatte, gab mir irgendwann den Kontakt zu einer Frau, die eine Art Lebensberatung anbot. Jetzt war der Zeitpunkt, es auszuprobieren. Der Termin war nachmittags. Maria. Sie wirkte warmherzig. Sympathisch. Und führte mich in ihren Praxisraum unter dem Dach. Ich setzte mich ihr gegenüber an einen grossen Tisch. „Was führt dich zu mir?" Ich überlegte kurz. „Eigentlich suche ich Wurzeln. Ein Weiter. Ich bin im Moment orientierungslos. Weiss nicht wohin. Möchte aber nicht mehr fliehen. Nicht mehr weglaufen. Sondern aus freien Stücken entscheiden, ob und wo ich bleiben will."

Rudolf rief nach seinen alten Kameraden. Er wusste von vielen, die festsassen, so wie er festgesessen hatte. Und da kamen sie. Einer nach dem anderen stellte sich neben Ludmila und ihn. Sie spürten Rudolfs Weg. Sich seinen alten Geistern stellen – interessante Bezeichnung unter den gegebenen Umständen – und bereuen. Dann hatte die Liebe wieder eine Chance. Und diese spürten sie bei Lisa. Sie spürten, dass es sich lohnte, für die Liebe zu kämpfen und Lisa zu schützen. Sie war wertvoll. Gegen diesen Schatten.

Ich erzählte Maria von meiner Familiensituation. Maria wollte alles wissen – erneut eine Maria, die mir half.
Sie betrachtete alle Konstellationen. Wollte viel von meinem Opa hören. Und formulierte irgendwann die These: „Du fliehst für ihn stellvertretend. Du hast das Trauma deines Opas übernommen." Ich brach sofort in Tränen aus. Ich konnte gar nicht mehr aufhören. Eine unsägliche

Trauer durchströmte mich. Maria bestätigte meine Vermutung. „Wenn du so stark auf meine Worte reagierst, dann ist da was. Das scheint dein jetziges Thema zu sein!" Sie führte mich zu ihrer Liege, packte mich warm ein, legte mir ihre Hände auf die Schultern, während mir weiterhin die Tränen leise liefen und sprach lange beruhigend auf mich ein. „Du darfst loslassen, Lisa. Das ist nicht deine Aufgabe. Gib sie deinem Opa zurück…." Wie ein Mantra.

Rudolf spürte die Kraft, die durch ihn strömte. Sie alle hatten Lisa begleitet. Waren keinen Zentimeter von ihr gewichen. Und bekamen hautnah die Lösung mit. Maria wurde zum Katalysator. Unmittelbar war die Wirkung auch beim Schatten zu spüren. Er war kleiner geworden. Sie waren zu viele gegen ihn. Diese Verbindung zu Lisa zusammen mit dem Auflösen des alten Traumas fuhr in sie wie ein Blitz. Rudolfs Geschichte wirkte stellvertretend für alle. Und alle fühlten neue Energie. Befreiend! Gegen diese Energie war der Schatten machtlos. Er verblasste. Sie hatten für diesen Moment gewonnen!

Ludmila begleitete die Reisenden ins Licht. Es waren viele. Auch Rudolf. Er hatte endlich verstanden. Verziehen. Auch sich selbst. Und er liess die Liebe wieder bewusst zu. Die er gespürt hatte, als er für Lisa eingestanden war. Uneigennützig und frei. Ein wahrhaftes Ziel, um zu sterben. Und zu leben: Die Liebe. Er sah im Geiste seine Frau wieder. Seine andere Hälfte. Und wusste plötzlich, wo er hingehörte. Lisa würde es nun alleine schaffen. Sie hatte den dunklen Schatten mit Hilfe von ihm und seinen Kameraden überwunden. Ihre Energie war gestärkt. Manifestiert in der neuen Distanz zu Peter. Kein Schatten konnte sie mehr angreifen. Rudolf war stolz. Auf sich und noch mehr auf sie. Sie hatte nicht nur ihm, sondern auch all seinen Kameraden neue Hoffnung gegeben.

Mittlerweile arbeitete ich 80%. Meine Selbstständigkeit war so gut wie nicht mehr vorhanden. Ich verdiente genug, dass ich wieder etwas für mich machen konnte. Ich begann eine Ausbildung zur Heilpflanzentherapeutin. Es war mir ein inneres Bedürfnis. Irgendwie schien das meine neue Aufgabe zu werden. Heilen? Mal sehen. Ich würde dafür arbeiten. Und musste noch viel lernen. Aber es fühlte sich richtig an. Endlich. Und ich lernte wunderbare Menschen im Kurs kennen. Ich fand die tiefen und faszinierenden Menschen, die ich mir immer in meinem Umfeld gewünscht hatte. Meine eigene Seele heilte. Gestärt durch eine gesteigerte Intensität meiner Wahrnehmung in der Natur. Es gab Momente der regelrechten Glückseligkeit. So viel wurde mir klar. Altes Wissen. Alte Riten. Wir hatten uns durch die Kopflastigkeit der letzten Jahre so weit von unseren Wurzeln entfernt. Die Natur ignoriert bzw. sogar – arrogant wie wir waren – nach unserer Vorstellung formen wollen. Beherrschen. Wer waren wir, der wir nicht die eigentlichen Wunder wahrnahmen und stattdessen uns selbst verherrlichten?

Über die Heilkräuter kam ich auch zur ganzheitlichen Ernährungslehre und lernte, wie alles ineinandergreift. Zusammengehört. Alles ist eins.

Ludmila kam sie noch einmal besuchen. Sie schaute mit Freude auf Lisa. Sie wusste, dass Lisa sie nicht mehr brauchte. Sie würde nun ihre Energien behalten. Gestärkt durch ihre Distanz zu Peter, den sie nicht mehr in ihr Leben liess. Gleichzeitig erkannte Ludmila nun, dass Gesch in diesem Leben nur dazu dienen sollte, mit Romania ein Spannungsfeld aufzubauen. Durch die ewige Sehnsucht und Suche. Und dadurch andere mitzureissen. Es würde Romania nicht beschieden sein, in diesem Leben noch eine glückliche Zweierbeziehung mit Gesch zu leben. Aber sie würde Geschs Ähnlichkeit noch in weiteren Menschen entdecken. Das war ihr Weg.

Und noch etwas entdeckte Ludmila. Lisa ging nun viel liebevoller durchs Leben. Sie schenkte jedem davon, der offen dafür war, aber nicht sich selbst. Das hatte Lisa gelernt. Positive Energie zu verströmen, ohne ihre eigenen Ressourcen wieder, wegen eigenen Verletzungen und Ängsten, die zum Festhalten riefen, aufzubrauchen. Das war ein langer Weg gewesen. Ein lehrreicher Weg. Und Ludmila beobachtete, wie immer mehr Menschen Lisas Beispiel folgten. Liebe gaben. Und als Vorbild fungierten. Das Pflänzchen würde wachsen.

***

Die Menschen wurden den Sonnenkindern, ihren Energiegebern, immer ähnlicher. Zurück zu den Wurzeln? Alle eins! Und doch auch wieder anders. Ähnlich wurde der immer grösser werdende Zugang zum universellen Wissen, das eigentlich hätte verborgen bleiben müssen. Um nicht wieder gleichgültig zu werden. Gegenüber dem einzelnen Individuum. Und damit der Zugang zu dieser einzigartigen Liebe wieder versperrt werden würde. Immer noch kehrten wenige von den ausgesandten Sonnenkindern von der Erde zurück. Waren die zunehmende Gleichgültigkeit und das Wissen um ihre Einheit Grund dafür? Wollten sie nichts mehr lernen? Hatten sie resigniert? Die Drohung der Äeschs war mittlerweile überall zu spüren. Die Vernichtung des Schattens war nur ein Tropfen auf dem heissen Stein. Doch Romania und die anderen hatten weitere Wege geöffnet. Viel erreicht.

Und würden noch viele neue Generationen nach sich ziehen.

Arius wartete. Die Sonnenkinder trafen sich. Es brodelte. Was, wenn sie noch weitere von ihnen verlieren würden? Wo wäre ihre Schmerzgrenze? Müssten sie ihr Projekt aufgeben? Es war zu langwierig, um gegen die Äeschs schnell eine Abwehr aufzubauen.

Gesch teilte einen Gedanken: „Wenn wir es schaffen, ein komplettes Gegengewicht mit der Liebe und unseren Verschmolzenen aufzubauen, wird auch das Prinzip der Erde auf uns übertragen. Wir haben uns seit den ersten Versuchen enorm weiterentwickelt. Wenn wir aber den Gesetzmässigkeiten der menschlichen Liebe zukünftig immer mehr entsprechen, ist eine Weiterentwicklung für uns nur möglich, wenn auch die Äeschs in ihrem Gegensatz dazu sein dürfen. Im selben Ausmass wie wir. Wachsen, kämpfen, schrumpfen, versöhnen. Anziehen und Abstossen. So wie wir es selbst eingefädelt haben, um zu unserem höchsten Gut zu kommen. So werden wir auch ohne die Erde uns selbst im gleichen Spannungsfeld bewegen."
Allen kamen gleichzeitig folgende Worte in den Sinn: ‚Wohin geht die eigene Reise? Seid ihr doch nicht das System, das sich selbst genügt? Steckt dahinter womöglich ein noch weit höheres? Ihr müsstet vielleicht euren Fokus ändern und noch viel weiter schauen als bisher.'